元詩選

初集 中

〔清〕顧嗣立 編

中華書局

元詩選丁集目録

元詩選丁集

虞學士集

集字伯生，蜀郡人。宋丞相允文五世孫也。父汲，僑寓臨川之崇仁。以契家子從草廬吴先生澄遊。大德初，薦授大都路儒學教授，歷國子助教博士，累遷祕書少監、翰林直學士兼國子祭酒，拜奎章閣侍書學士。命修經世大典，進侍講學士。文宗晏駕，謝病歸。至正八年五月卒，年七十有七，贈江西行省參知政事，仁壽郡公，謚文靖。歐陽元功曰：皇元統一之初，金、宋舊儒，布列館閣，然其文氣，高者崛強，下者委靡，時見餘習。承平日久，四方俊彦萃於京師，笙鏞相宣，風雅迭唱。於時虞公方回翔胄監容臺間，有識之士，早以斯文之任歸之。至治、天曆，公仕顯融，文亦優裕。一時宗廟朝廷之典册、公卿大夫之碑版咸出其手，粹然成一家之言。家素貧，束修羔雁之入，還以爲賓客費，雖空乏弗卹也。早歲與弟槃闢書舍爲二室，書陶淵明、邵堯夫詩於壁，左曰「陶菴」，右曰「邵菴」，故世稱邵菴先生。先生爲文萬篇，存者十二三。門人訂其在朝、應制、歸田、方外諸稿，釐爲五十卷，曰《道園學古録》。詩稿亦曰《芝亭永言》。先生詩與浦城楊仲弘、清江范德機、富州揭曼碩先後齊名。人稱虞、楊、范、揭，爲有元一代之極盛。先生嘗謂仲弘詩如百戰健兒，德機詩如唐臨晉帖，曼碩詩如美女簪花，人或問曰：「公詩如何？」先生曰：「虞集乃漢廷老吏也。」蓋先生未免自負，而公論皆以爲然。

味經堂詩 并序。以下在朝稿。

國子祭酒魯公伯子翬父作味經堂，自爲記以勖其子遠。公嘗命遠從予遊，故賦此詩。

維昔玄聖，有子過庭。學禮學詩，詔之丁寧。面牆之窒，繇不知味。親能使學，不能使嗜。覩於德容，聽於德音。詠歌周旋，實悦我心。邈乎千載，聖往言在。舍而不求，匪罔斯殆。畏友翬父，窮經篤行。既有諸躬，思貽厥成。既菑既畬，俾稼之食。既畋既漁，俾鼎之實。作堂高明，曰子遠來。吾經在兹，遠其味之。始予虛羸，匍匐來食。茹草飲水，以禦朝夕。窮人得歸，自我父師。俛焉斯文，老至不知。煌煌靈芝，如彼嘉玉。薄言采之，在彼中谷。南陽之人，來詹來言。君子豈弟，宜其後昆。

題宋誠甫侍郎垂綸亭

岷源建高，駛無游舠。漢會其委，安流滔滔。爰有君子，垂綸其下。雖不得魚，意甚閒暇。援蕌引檝，至于中沱。蔭樹以休，悠悠永歌。逝波沄沄，不轉維石。樂兹忘憂，矢言不食。烝然雲興，風畢以高。鶴翔中天，遺景九皋。木其落矣，魚亦潛渚。睠言夙好，除于風雨。風吹衣裳，彼爲栖栖。行吟望予，實勞我思。山有榛棘，河有鰋鯉。豈其飲泉，必泠之美。君子冠純，秩秩大經。洞有清酌，可以濯纓。

高竹臨水上

高竹臨水上，幽花在崖陰。以彼貞女姿，當此君子心。春陽不自媚，夕露忽已深。湘妃昔鼓瑟，悵望蒼梧岑。

月出古城東

月出古城東，海氣浮空濛。車騎各已息，宮闕何穹窿。牧馬草上露，吹笳沙際風。帳中忽聞雁，傳令彀雕弓。

書上京國子監壁

神京極高寒，幽居了晨夜。雷風無時發，零雨每飄灑。炎光不到地，蕭爽度長夏。大化漠無宰，豈必事陶冶。揚雄不曉事，守道栖栖者。玄經百無徵，白髮謾盈把。

至治壬戌八月十五日榆林對月

日落次榆林，東望待月出。大星何煜煜，芒角在昴畢。草樹風不起，蛩蜩絶啁唧。天高露如霜，客子衣盡白。羸驂齕餘棧，嫠婦泣幽一作空。室。行吟毛骨寒，坐見河漢没。驛人告一作趣。晨征，曈曈曉光發。

憶三十年前與元復初參政同賦秋日梨花元有句云朝食葉底梨暮看枝上花而忘其後句因續之云

朝食葉底梨，暮看枝上花。花開食實後，霜風振長柯。遠水良可鑒，彩雲亦易過。念爾白於雪，日暮當如何？

李老谷

十轉山巃交，九度沙磧溜。始辭平漠曠，稍接山木秀。老病畏行役，慰藉得良覯。秋嶺晚更姸，寒花晝如繡。故園夫如何？朝陽眩霜柚。

泰定甲子上京有感次韻馬伯庸待制

輪音迎日轂，儀羽集雲路。寂寞就書閣，老大長郎署。爲山望成岑，織錦待盈度。我行起視夜，星漢非故處。至治癸亥有「南坡之變」，晉王以旁支繼大統。

天曆戊辰前續詠貧士一首

目昏畏附火，枯坐寒窗中。破褐著絮重，虛豆兼冰祟。病骨於此時，浮屠屹撐空。呼兒檢餘曆，記日待春風。雖欣解凍近，翻驚紀年窮。貰酒欲自廣，無錢似陶翁。

後續詠貧士三首

老骨寒不寐，夜長況聞風。心悸危欲折，跼蹐敗絮中。雞鳴當晨參，馬疥芻不充。山童衣百鶉，唤之愧忽忽。求火掃木葉，庭樹亦已空。決起不敢怠，曙光屋南東。苟遂牛馬性，歸放春草豐。中丞趙世安嘗爲伯生請曰：「虞集久居京師，甚貧，又病目，幸假一外職使醫。」文宗怒曰：「一虞伯生，汝輩不容耶！」當時詞臣之清節如此。

歸蜀越關隴，棧閣危登天。適越河濟隔，堰水丈尺間。飢寒迫旦暮，舟車計茫然。東家有一叟，欲去初不言。早朝聽詔畢，唤馬閶闔前。童奴受宿戒，向爨争相先。聞之嗔兒子：我何爲汝牽？屨無千金賈，吾足安暇憐。

爲政貴察色，讀書在研覃。司視既不明，兩者無一堪。尚不逭吏責，爲師固宜慚。聖世無棄物，況兹久朝簪。決去豈我志，知止亦所諳。頗聞南山下，菊根浸寒潭。濯餌千日期，冰臚復清涵。老馬果識道，更服鹽車驂。

觀花有感

掛巾花樹枝，酌酒花樹下。風吹巾上塵，花落手中斝。清唱起相壽，毋遽且聊暇。流光急去人，莫怪行樂者。

赤城館

雷起龍門山，雨灑赤城觀。蕭騷山木高，浩蕩塵路斷。魚龍喜新波，燕雀集虛幔。開户微風興，倚杖衆雲散。

同閣學士賦金鴨燒香

黄金鑄爲鴨，焚蘭夕殿中。窈窕轉斜月，逶迤動微風。綺席列珠樹，華燈連玉虹。無眠待顧問，不知清夜終。

退直同柯敬仲博士賦

月下白玉階，露生黄金井。疏條棲鵲寒，衰蕙流螢冷。戀闕感時康，懷歸覺宵永。晨鐘禁中來，白髮聊自整。

題儋耳東坡載酒堂二首

翳翳儋耳城，歷歷桄榔樹。百年遺故丘，新堂設賓阼。清風海上至，朝陽在庭户。丹山五色鳳，覽德屢來下。甘辛熟桂酒，羅列雜藷蕷。荷黎多孫子，食飲祭先具。蛟龍波浪深，歸來風雨除。

鑿井得甘泉，渴者恒自私。流潤不擇地，委順復何疑。海南絶風雨，水木況華滋。鄰舍解讀書，諸生還誦詩。何必懷故都，聊樂宜在兹。星河度白鶴，山月懸蛾眉。來晚去何速，勞人千載思。

盜發亞父冢 彭城有盜，識寶氣於亞父冢上。發之，得一劍云。

盜發亞父冢，寶劍實累之。冢開寶氣盡，獄吏書盜辭。盜言惟見寶，寧知亞父誰？項王不相信，弟子遂輿尸。黄腸下深錮，千歲復何爲。大河繞城東，落日在城西。過客立城下，踟躕望安期。

步虚詞二首

步虚長松下，流響白雲閒。華星列爟火，明月懸珮環。肅然降靈氣，穆若愉妙顏。竹宫憺清夜，望拜久乃還。

朱光出東海，高臺迎赫曦。六龍獻陽燧，九鳳保金支。錬丹軒轅鼎，濯景崑崙池。拜賜冰玉佩，玄洲共遨嬉。

記子昂畫

春風動蘭葉，庭户光陸離。言收竹上露，石角挂練衣。車行不擇路，芣苡何楚楚。遊子憺忘歸，徘徊歲云暮。

送西臺治書仇公哲

陜郊得時雨，生意始來復。存者事稼穡，還者葺牆屋。安知凋瘵餘，政可致新福。闢除正廣術，區井表深瀆。均齊定恒志，忠厚保敦篤。豈無憂世士，受仕在芻牧。爲義苦多違，好名常不足。治書肅將指，善類庶有勖。

送張道士歸上清

白雲盱水上，自古多仙人。手攜緑玉杖，頭戴白綸巾。袖中出風雨，天上禮星辰。歸來庭户静，芳草自生春。

日出行

日出上城府，日暮當早歸。城門已擊柝，出郭何焉依？下馬投館人，空垣月當扉。涼風振庭樹，巢鳥屢驚飛。起坐搔白髮，忽如霜草稀。周公不復夢，仲尼故沾衣。老萊有孺色，傳聞惟食薇。求之事已晚，徘徊行道微。

贈寫真佟士明

佟郎居上京，閱人如風花。拈筆寫其似，千歲留英華。邇來七十年，將相紛在目，來者有如此，往者那可續。昔我初北遊，面白鬢如鴉。點染煩粉墨，華星映丹霞。今如雪中松，苦硬雜蒼白。却視當年容，邈如不相識。不識當如何？臨風且長歌。黄雲接河漢，白雪漫陂陀。乞身願歸老，吴蜀山總好。贈君千黛螺，翠色秋可掃。

寄陳衆仲助教上都作

學省足清晝，詞垣驚早秋。美人隔河漢，落月在高樓。持衣未成曲，吹笛不勝愁。還趨鳷鵲觀，別製鷫鷞裘。

題商德符華山圖

昔祠雲臺館，行穿御階柏。夕陰嵐氣深，重碧照行客。獨訪張超谷，漸覺巖險迫。冰生玉井頭，日射仙掌側。豈無鐵鎖懸，翻身若飛鶻。恐煩華陰令，不奈昌黎伯。王事況有程，車馬何忽忽。流觀終南山，周覽天府國。爾來十七年，欲往不再得。山河想邈悠，傷殘轉蕭索。摩挲商老圖，彷彿希夷宅。高哉蓮華峰，白雲澹秋色。

賦茅山道士雲松巢

昔年李太白，廬山思結巢。褰雲自天上，和鶴止松梢。道士潘閑遠，高居古大茅。誦經門卧虎，看劍石眠蛟。飛步脱鳬舄，長吟吹鳳匏。九江攬秀色，許爾作神交。

題李溉之學士白雲半閒

山中多白雲，何由到城邑。招之恐不來，欲攬遽無迹。棲檐候晨光，納牖作秋色。用沖不爲盈，常住寧若客。分張任蒼松，散落還白石。日照香爐峰，月射仙掌側。有恩封一鄉，與子當共食。

爲范尊師賦雲林清遊

太茅千仞下，結屋三四楹。雲林户牖潤，鶴去海天平。坐上發長嘯，人間聞玉笙。斸苓春霧重，煮朮晚煙輕。緑室噓丹氣，蒼崖受日精。樵遺伐木斧，真降引霓旌。九鼎金還就，千齡樹不傾。問誰解居此？云是范長生。

送李彦方閫憲 并序。

文監李公彦方出貳閫憲，同朝羣公皆賦詩以爲贈。彦方屢擢臺職，激揚之宜，有不待予言者。適有一事，深有感於愚衷。先正魯國許文正公實表章程、朱之學，以佐至元之治。天下人心、風俗之所係，不可誣也。近日晚學小子，不肯細心讀書窮理，妄引陸子静之説以自欺自棄，至欲移《易》、《論語》章句，直斥程、朱之説爲非，此亦非有見於陸氏者也。特以文其猖狂不學以欺人而已，此在王制之必不容者也。閩中自中立之歸，已有道南之歎，仲素、愿中至於元晦，端緒明白，皆在閩中，不能不於彦方之行發之。去一贓吏，治一弊政，不如此一事有以正人心，儒者之能事也。集卧病，目眚尤甚，援筆書此云。

七閩去天遠，顛連苦無告。牧人受深寄，昧者覆爲暴。犀象雜金貝，飢渴劇飫膏。大言相鄙夷，饜奪心自佼。豈無循廉吏，實病黑白撓。聰明屬旒黈，聽熒資所到。李侯金閨彦，圖史擅讎校。晨聞大夫奏，夕理武夷棹。君子慎修職，寧適豐廉稍。蕉荔甘多毒，薑桂老堪芼。所懷延平翁，揚休似明道。授受有源委，精微足深討。言立聖如在，表正愚可造。師匠久不興，真妄如枘鑿。云何誚支離，肆誕長兇傲。異言古所誅，末學足深悼。閩雖在海隅，前聞此淵奧。正誼從簡編，良俗宜善導。贈言不及他，持此永爲好。

題鄭秀才隱居

陶翁昔好菊，荒徑不暇鋤。素琴初無絃，名酒亦屢虛。雖有二三子，薪水不讀書。淒涼千載下，高名將焉如。不如鬼谷洞，鄭子樂有餘。種菊以爲田，田中更爲廬。善藥不二價，詠觴送居諸。有子揮五絃，涼風在庭除。時來青田鶴，亦出濠梁魚。昨者游京師，侯門曳華裾。捧檄忽一喜，翩然告歸與。芳蒲采甘露，玉漿釀清醑。老父坐堂上，稚子具籃輿。晨遊南山陲，暮濯清水渠。席閑撫猗蘭，房中詠《關雎》。以此得高壽，何必南陽居。

題朱邸竹木

猗猗淇園竹，結根盤石安。枝幹相扶持，風雨不可干。其實鳳所食，君子思保完。恒恐聲影疏，蕭條霜露寒。金玉慎高節，千載承清歡。

詠史

軒后邈已遠，漢武亦雄哉。荒忽九州外，百年過煙埃。變化庶長久，臨海築層臺。黃金靡鏤飾，喬林摧斷裁。樂通竟先死，孫卿殊未回。不知作者意，空令來者哀。奉盤泣繁露，馳道殷奔雷。志氣昔所在，風雲恒往來。

賦蘇伯修滋溪書堂

滋源恒伏流，春雨川乃盈。林疇廣敷潤，草木俱繁榮。臨深見遊鯈，仰喬有鳴鶯。君子樂在斯，齋居托令名。積學抱沈默，時至有攸行。抽簡魯史存，采詩商頌并。禹穴追馬公，湘江歌屈生。紉蘭不盈握，伐木有餘情。浩然欲浮海，歸興還濯清。方舟我爲楫，白髮愧垂纓。

送張兵部孟功巡河分題得屋上烏

花發上陽春，門開未央曙。城柝起羣棲，流光散朝羽。息影須近檐，結巢願當户。轆轤轉金井，終日灌嘉樹。

賦水木清華亭

中流泛蘭枻，望彼嘉樹林。落日蕩野水，浮雲生夕陰。游魚戀芳藻，好鳥鳴幽岑。爲樂恐易老，吾將脱朝簪。

于仲元舍賦紅梅

白雪不成夜，丹霞遂崇朝。妙質承日映，飛英向風飄。醉來紅袖近，歌罷綵雲消。揚州問何遜，何似董嬌嬈？宋公傳《元詩體要》特載陰何體，所録虞文靖之詩爲多。文靖有詩云：「少陵愛何遜，太白似陰鏗。」亦舉其所好言之也。

賦洛川老人九十

洛川老人年九十，須眉如畫身玉立。錦袍金帶方烏巾，手挽強弓無決拾。八月平原秋氣高，聞有狡獸依蓬蒿。清晨上馬薄暮返，累騎毛血懸韃櫜。身是前朝將家子，生逢太平百無事。都將英氣化高年，何物小兒堪指使。太守上言朝有恩，束帛養牛兼上尊。洛川老人過百歲，擊壤爲歌傳子孫。

張令鹿門圖

張侯襄陽人，深知襄陽樂。十年宦學懷襄陽，故托豪縑寫山郭。老我不樂思蜀都，人言嵩陽好隱居。三十六峰常對面，水竹田廬還可圖。欲往不能心懆懆，忽見新圖被山惱。沙禽浦樹俱可人，金澗石牀爲誰好？向來耆舊皆英雄，駕言從之道焉從。弄珠月冷識遊女，沈劍潭深知卧龍。八月霜晴水清淺，聞道扁舟足回轉。何時古寺傍檀溪，幾處殘碑在江峴。呼鷹臺高秋草多，養魚池中蓮芡波。蜀嵩未必不如此，我今不遊奈老何。張侯張侯早結屋，莫待史畲爲君卜。要看隴上課兒耕，好在魚梁白沙曲。

湛湛行

湛湛天宇玄以黝，星白如銀垂近人。牛羊散漫草多露，大帳中野傍無鄰。去年八月羽書急，婦女上馬小兒泣。今年八月天子來，身屬櫜韃月中立。

家兄孟修父輸賦南還

大兄五月來作客，八年不見頭總白。五人兄弟四人在，每憶中郎淚沾臆。我家蜀西忠孝門，無田無宅惟書存。兄雖管庫賨父蔭，弟竊微禄一作餘澤。承君恩。文章不如仲一作孟。氏好，叔氏最少今亦老。五郎十歲未知學，嗟我何爲長遠道。諸兒讀書俱不多，又不力耕知一作將。奈何！憂來每一作惟。得二三友，看花把酒臨風哦。一作歌。蜀山嵯峨歸未得，盤盤先壠臨川側。碧梧翠竹手所一作自。移，應與青松各千尺。南風吹雪河始冰，兄歸烏帽何𦊨𦊨。明年乞身向天子，共讀父書歌太平。

子昂墨竹

子昂畫竹不欲工，腕指所至生秋風。古來篆籀法已絶，止有木葉雕蠹蟲。黄金錯刀交屈鐵，大陰作雨山石裂。蛟龍起陸真宰愁，雲暗蒼梧泣湘血。吴興之竹乃非竹，吴興昔年面如玉。波濤浩蕩江海空，落月年年照秋屋。

商德符畫幽篁古木

湘君宫在洞庭湖，幽篁古木龍所都。石壇雨長碧苔蘚，水屋風動青珊瑚。老人攲枕看螻蟻，嫠婦停舟聽鷓鴣。江南蜀道問來往，商公商公今有無？

爲達兼善御史題墨竹

蜀道荒涼多古木，篔簹千尺相因依。小年慣見今白髮，杜宇夜啼愁不歸。老可嘗作陵州守，古墨蛟龍多入手。春雷每恐破壁去，神鼎空令夔魅走。丹丘越人不到蜀，脩葉何以能縱横。内府人家爛熳寫，使可見之心亦驚。江南御史龍頭客，暫别那能不相憶。知君深識篆籀文，故作寒泉溜崖石。

畫鶴

薛公少保昔畫鶴，毛羽蕭條向寥廓。通泉縣壁久微茫，故物都非況城郭。長鳴闊步貌閒暇，解寫高情亦奇作。田中芝草日應長，石上松花晚猶落。赤壁江深孤月小，白雲野迥秋霄薄。羣帝相從絳節朝，八公許製黄金藥。誤嬰塵網迹易迷，移召中洲夢如昨。借懸素壁憶真侣，忽有微風動林壑。碧虚寥寥積雪高，直過蕭臺絶棲泊。

寫廬山圖上

憶昔繫船桑落洲，洲前五老當船頭。風吹雲氣迷谷起，霜墮楓葉令人愁。高人衹在第九疊，太白一去三千秋。石橋二客如有待，裹茶試泉春巖幽。

題旦景初僉司畫

旦公山堂城東南，畫圖古檜何毿毿。城中無山有山癖，直藉豪墨窮幽探。旦公彈琴古檜下，鬱鬱窗户生晴嵐。春雨時來鶴鳴谷，秋聲夜作龍吟潭。先皇畫坐羣玉府，内使趣召飛雙驂。畢宏韋偃出中祕，嘗丘北苑開縢緘。是時旦公主舒卷，一二文士相交參。旦公歸來坐成想，亦頗拈筆爲梗柟。伯熙奉詔每有作，礌砢相並將無慚。嗟予懷歸亦已久，摩挲老目百不堪。山中豈乏真偃蹇，可容白髮抽朝簪。

題柯敬仲畫 并序。

予先世居隆州州治之後山，石室翁守郡時，隆爲陵州。州事簡，時來就吾家，拾故紙背作茅蘭竹木之屬，所得頗多。吾幼時尚收得數紙，今亦亡之。丹丘生用文法作竹木，而坡石過之。近又以新意作墨花甚妙，從子悦有眉山學官之行，丘爲作此，予愛而賦之。

昔者老可守陵州，守居北山吾故丘。太守時來看山雨，每畫紙背成滄洲。老蒲松煙色過重，揮霍陰崖交劍矛。百年離亂亡故物，敝篋江南誰復收。新圖筫簹枝葉脩，使我不樂思昔侯。碧雞祠前杜鵑叫，玉女井上叢篁幽。棠梨樹高青子落，碧花翠蔓縈牽牛。揚雄無家不歸老，蠨蛸蟋蟀寒相求。丹丘先生東海客，何以見我空山秋。蕭條破墨作清潤，殘質刊落精英留。陂陁重複分細草，山石縈紆生亂流。眉山學官莫厭冷，言歸故鄉非遠遊。石田茅屋儻可得，萬里欲上東吴舟。百花潭深濯新錦，持報以比珊瑚鉤。

白翎雀歌

烏桓城下白翎雀，雌雄相呼以爲樂。平沙無樹托營巢，八月雪深黄草薄。君不見舊時飛燕在昭陽，沈沈宫殿鎖鴛鴦。芙蓉露冷秋宵永，芍藥風暄春晝長。

題簡生畫澗松

簡生與我皆蜀人，留滯東南凡幾春。每拂齊紈作山水，使我感慨懷峨岷。如此長身兩松樹，滿谷悲風散陰霧。雌雄如劍變爲龍，鱗鬣齊成擘崖去。祕閣嘗觀韋偃圖，蒼潤雄深世所無。默識形神出模畫，把筆莽蒼增嗟吁。玉堂寶書本同館，官府既分難復見。摩挲新墨慰衰朽，鬢雪飄蕭數開卷。昔我樵牧青城山，坐起政在雙樹間。當時簡生若相見，應并寫此聽潺湲。劉郎集賢好賓客，好著幽窗對晴碧。凌靈爲我哦七言，有鶴飛來破秋色。

題柯博士畫

磯頭風急潮水長，蒹葭蒼蒼繫魚榜。青山一髮是江南，白頭不歸神獨往。幽篁繞屋茅覆檐，木葉脱落秋滿簾。買魚沽酒待明月，定是黄州蘇子瞻。子瞻文章世希有，謫向江波動星斗。夜投斷岸發清嘯，棲鶻驚飛怒蛟吼。圖中風景偶相似，欣然揮灑春雲開。子瞻應是念鄉里，還化江東孤鶴來。

題高彦敬尚書趙子昂承旨共畫一軸爲户部楊侍郎作

高文簡公一日與客游西湖，見素屏雅潔，乘興畫奇石古木。數日後，文敏公爲補叢竹。後爲户部楊侍郎所得，虞文靖公題詩其上。此圖遂成此三絶。

不見湖州三百年，高公尚書生古燕。西湖醉歸寫古木，吴興爲補幽篁妍。國朝名筆誰第一？尚書醉後妙無敵。老蛟欲起風雨來，星墮天河化爲石。趙公自是真天人，獨與尚書情最親。高懷古誼兩相得，慘淡酬酢皆天真。侍郎得此自京國，使我觀之三歎息。今人何必非古人，淪落文章付陳迹。

題灤陽胡氏雪溪卷

去年，予與侍御史馬公同被召。出居庸未盡，東折入馬家瓮望縉山，度龍門百折之水，登色澤嶺，過黑谷，至於沙嶺乃還。道中奇峰秀石，雜以嘉木香草，輦道行其中，予二人按轡徐行，相謂頗似越中，但非扁舟耳。適雨過，流潦如奔泉，則亦不甚相遠。郭熙《畫記》言畫山水，數百里間必有精神聚處乃足記，散地不足書。此曲折有可觀，恨不令郭生見之。灤陽胡太祝乃以「雪溪」自號，豈所見與予二人同乎？然灤水未秋冰已堅，尋常已不可舟，況雪時耶？當具溪意云爾。因爲賦詩云：

積雪平沙陰山道，射虎殘年不知老。豈識船如天上坐，翠竹爲帷樹爲葆。昔乞鏡湖苦不早，白髮如絲照清潦。他年此地若相逢，應著漁蓑脱貂帽。

題楊友直檢校所藏李營丘枯木圖

老龍出海蒼髯鬚，營丘枯木天下無。回枝屈鐵墮崖雪，澗底應拾青珊瑚。明堂清廟要梁棟，朔風吹沙澤腹凍。老身不用歎遲暮，按圖來求萬鈞重。

酬蕭侯送蒲萄

蕭侯昔致蒲萄苗，山童不灌三日焦。宛西上品復親致，手種窗南自澆水。一月當生一尺長，移向江頭薜荔牆。秋深雨足馬乳重，皐囊石壓青霞漿。是時蕭侯當走馬，來訪衰翁茅屋下。酒酣舞劍傾一尊，不信金盤露如瀉。

題衮塵騮圖

驊騮食粟石每既，立仗歸來汗如洗。脱羈展轉聊自恣，落花塵土隨身起。君不見春雷起蟄龍欠伸，霧擁雲蒸九河水。

林皋亭

九月天氣肅，鶴鳴在林陰。使君甚好客，來者總能吟。紅樹秋山近，黄華夕露深。鄰翁八九十，有酒即相尋。

題子昂長江疊嶂圖

昔者長江險，能生白髮哀。百年經濟盡，一日畫圖開。僧寺依稀在，漁舟浩蕩回。蕭條數根樹，時有海潮來。

送先隴二鄰僧還吴

蘭若背山陰，松篘夾徑深。門閒容虎卧，湖近聽龍吟。雨過泉添澗，風飄磬出林。衲衣皆舊識，一一謝幽岑。

次韻阿榮存初參議秋夜見寄

寓館城門夕，高秋雨露開。天垂華蓋近，月轉紫垣來。疏闊思良會，淹留到不才。深期謝安石，揮麈散風埃。

雪谷早行

積雪擁柴門，行人稍出村。溪頭或遇虎，木末不聞猿。接棧廻山閣，支橋就樹根。驅車上重坂，回首見朝暾。

雪巖樓觀

高閣丹青起，中天紫翠分。窗當太白雪，門俯九疑雲。伐木山人去，吹簫帝子聞。塵中歸未得，春思轉紛紛。

送人之劍閣倅

往年登劍閣，快馬著春衫。設險懷前賦，摩崖覓舊劖。鄉人遊雪界，郡倅試冰銜。歸道觀新政，春江不挂帆。

寄子山尚書

竹色侵衣碧，重簾雨氣深。白鷺翻墨沼，紫燕入書林。北海春尊側，西山夕閣陰。東曹公事少，歌舞散黄金。

漫興

雨閣添衣潤，風簾隱几高。白頭更事少，病目向書勞。南客傳音信，東家問酒醪。江邊茅屋破，歸棹若爲操。

送張尚德 并序。

史館薦張尚德爲檢閲官，朝廷以爲宜，稱可其請。未奏也，有司以闕簿注新進士。尚德頗有聞，即斂裳宵逝。噫！進退若是，可以信史館之薦人矣。予力雖不足以留之，亦終不敢失之也。故作是詩以餞之。

六月初聞雨，官河潦水生。江南歸宋玉，稷下謝荀卿。鵷鷺青霄迥，蒹葭白露盈。都留詩興在，來聽上林鶯。

寄丁卯進士薩都剌天錫 鎮江録事宣差。

江上新詩好，亦知公事閒。投壺深竹裏，繫馬古松間。夜月多臨海，秋風或在山。玉堂蕭爽地，思爾珮珊珊。

明皇按樂圖

新度《霓裳曲》，三年教得成。驚鴻渾不下，飛燕若爲輕。芍藥春亭暮，芙蓉野水生。梨園多白髮，吹笛到天明。

送長沙守

白髮長沙守，循良又好文。近辭金馬去，遠有玉魚分。對竹聽湘雨，開簾看嶽雲。漢廷思賈誼，一飯莫忘君。

代衆仲作

昔在泉州住，將軍每見招。春雲山對屋，夜雨水平橋。池鴨穿荷葉，溪魚上柳條。禁城鐘鼓起，車馬晚蕭蕭。

送王照磨之官雲南

遺廟珍珠浦，歸舟僰道溪。飛鳶愁暑雨，走馬畏山泥。官署尊丹鷲，祠官勝碧雞。題詩遠相送，紅日五雲西。

玉堂燕集圖

朝廷多暇日，别館又青春。薄醉猶催酒，清歌況有人。玉堂金硯匣，翠袖白綸巾。老去渾無賴，憑誰爲寫真。

畫檜

茅山多古樹，此檜更長生。鸛鶴棲來穩，蛟龍化得成。雲深還近户，月落似聞笙。千載如相見，蒼然故舊情。

贈楊友直

洛陽楊友直，字倣漢中郎。畫若錐穿石，垂如雨漏牆。舞花羞女美，醉草笑僧狂。昨日鴻都學，煩君寫數行。

題朱邸竹木

江上復春雨，層陰覆碧波。石高龍影卧，林迥鶴聲過。解珮猗蘭浦，揚舲落木坡。佳人翠袖薄，日暮欲如何？

赤壁圖

過鶴生新夢，攜魚憶舊遊。清霜凋木葉，落月湧江流。隱者時一作誰。堪訪，良田亦易求。如何玉堂夜，白髮不勝愁。

八月八日有感題視草堂壁

載筆趨芸閣，探囊索緼袍。坐銷秋日淨，心折夜風高。識字頭先白，謀生計轉勞。文園多病渴，常想賜蒲萄。

賦程氏竹雨山房二首

春雨過山竹，幽泉繞舍鳴。燕泥書帙晚，魚浪釣絲晴。奉席從孫子，連牀總弟兄。舊聞林下叟，讀《易》到天明。

遊子聞春雨，思親望故園。竹間開几席，花底注山尊。累世書連屋，頻年稻滿村。卜鄰淳朴地，絶學欲重論。

戲作試問堂前石五首

試問堂前石，來今幾十年？衰顏空雨雪，幽致自風煙。微醉寒堪倚，孤吟静更眠。舊湖春水長，誰繫釣魚船。

爲問堂前石，何年别太湖？春風神不王，夜月影長孤。不中明堂柱，空餘艮嶽圖。頗思嘉種木，歲晚與相扶。

爲問堂前石，何無藤蔓纏？金蓮疑可致，紫菊若爲妍。舊夢遺波浪，閒情閱歲年。祇緣相識久，親爲濯清泉。

碣石久淪海，女媧曾補天。乾坤遺蕢爾，霧雨護蒼然。淬劍龍隨化，彎弓虎自全。昔賢多賦此，誰賦最流傳？

爲問堂前石，屢逢堂上人。遠來嗟最久，獨立與誰鄰？運載勞車馬，摩挲識鳳麟。鑾車書吉日，追琢到嶙峋。

代石答五首

幸自鄰頑鄙，毋煩問歲年。當寒金作礪，向煖玉生煙。眉黛無歸意，毛羣有叱眠。涼州三百斛，亦未酹觥船。

昔觀一柱觀，還度幾重湖。雪盡身還瘦，雲生勢不孤。研穿鄴臺瓦，賦就草堂圖。芝閣玄雲在，危蹤敢藉扶。

牛角何堪礪，蝸涎謾自纏。沈冥辟邪古，羞澀望夫妍。神物須清鑒，靈根屬小年。金輿曾共侍，千載憶甘泉。

轉徙寧論地，存留亦信天。露盤危欲折，劫火不同然。洛下殘經斷，岐陽數鼓全。向無文字託，寂寞竟誰傳？

去歲留詩別，嗟哉白髮人！冠依子夏製，居切左丘鄰。執籥充振鷺，脩辭綴獲麟。終須愁坎壈，勿用誚嶙峋。道園嘗以江左先賢甚衆，後生晚進，知者蓋鮮，欲取元裕之《中州集》遺意，别爲《南州集》以表章之，以病目而止。

送魯子翬廉使之漢中

封上頌臺禮，輕車入漢中。節毛吹渭雨，木葉動秦風。把酒臺基古，馳書歲事豐。朝囘倚西閣，日日數歸鴻。

立春夜試墨

輕雪作春花，飛來入鬢斜。紫貂迎曉霧，絳蠟炫晴霞。書詔頻趨閣，思歸卽借車。幾時將稚子，隨意踏江沙。

次韻筠軒司徒足成旦公所藏英宗御題之句元題曰日光照吾民月色清我心又題琴曰至治之音二首

化國多長日，高人侍紫宸。觀書從上相，屬筆念生民。雲漢文章備，風雷號令新。惟應青簡在，能載古風淳。

御翰龍池曉，繙經鷲殿陰。雲依清静葉，月印妙明心。千載堂堂去，諸天肅肅臨。朱絃誰爲鼓？至治有遺音。

正月十一日朝回即事

宫樹春陰一作光。合，霓旌拂曙來。天光臨閣道，雲氣轉蓬萊。晝漏沈沈鼓，晨尊灩灩杯。香霏簾底霧，樂殷殿前雷。祥瑞儀曹奏，珍淳尚食催。舞庭分鷺序，效獻過龍媒。融雪微生草，輕風不動埃。老人南極至，王母上方回。玉色何多喜，金華得重陪。裁詩賀新雨，西閣待門開。

贈別兵部崔郎中暫還高麗即回中朝

束髮來東海，從軍護北門。珠光連旭景，玉氣達春温。淵静龍含德，門嚴虎列屯。從容參幄帳，慷慨屬橐鞬。拜表推黎獻，趨朝謁至尊。雲依温室樹，星入紫微垣。不道璠璵貴，仍嬰管庫煩。利行雖近市，義守不窺園。眷遇忘身得，危難欲手援。懷邦維父母，於國實甥婚。□□還羈靮，原原致璧飧。魯連名竟重，箕子教應存。簡在從當日，扶持□宿藩。清宫風肅肅，驂乘火焞焞。帝所爲郎重，王家報禮惇。暫伸桑梓敬，未愛李桃繁。神闕秋期早，康侯晝錫蕃。九成思閣鳳，六月待冥鵾。

次韻李侍讀東平王哀詩

宇宙生奇變，明良陷逆圖。傳聞昏白晝，悲憤結全區。治極機潛否，恩深事失謨。犯車仍斷軏，壞户竟傷樞。魑魅嫌明鏡，強梁忌雅模。甘心成首禍，藉口肆羣腴。隱忍危銜決，憑陵善唯俞。自天傒鈇鉞，累月具簞壺。裹革疑亡地，招魂競出都。笳鳴殘夕月，馬僨四交衢。所痛倉皇際，將無古昔殊。腹心何蠹蝕，肘腋不支梧。列位多翹楚，干城總豹貙。詎言歸厄數，不復頌貞符。天討公無赦，皇心愛不姑。報讎論婉孌，錫爵酹嗚呼。相業今如在，民生實少痛。誰能疵璧玉？唯有泣瓊珠。執簡書羣盜，當關欠一夫。馳奔嗟薄日，沐浴止中途。決去思投闕，違之或汎湖。危知無復死，恨不奮前誅。春雨煩冤潨，朝陽瘨思疏。謳吟申感慨，述作懼荒蕪。芒忽思離散，焄蒿起苑枯。神還嵩岳峻，氣直斗杓孤。陟降先皇側，回翔造化徒。英靈常會合，瞻想豈虛無。

送陳碩　并序。

莆田陳氏，慶曆名法從故家也。自衆仲來京師，集得友焉。凡問學脩己之事，有益於愚陋多矣。又從知其父兄之賢也，問所自出，則南塘趙氏，信乎其學之有傳矣。嘗以其從子碩來見，予愛其端謹可望。南歸省父，衆仲送之以文。予不能忘也，乃賦詩曰：

六歲過閩郡，書聲憶滿城。目盲今子夏，心醉昔延平。爾叔同游息，吾文愧老成。每分重席煖，相對一燈明。遠海乘桴意，高山伐木情。願攜卭竹杖，往看離支生。辟掾青衫舊，趨庭綵服輕。爲言穿木榻，亦未厭藜羹。寶瑟留飛雁，蘭舟及囀鶯。佩懷湘渚贈，綬向會稽迎。去去江雲溼，飄飄烏霧清。重來知有意，時我已歸耕。

奎章閣有靈壁石奇絶名世御書其上曰奎章玄玉有勅命臣集賦詩臣再拜稽首而獻詩曰

《禹貢》收浮磬，堯階望矞雲。自天承雨露，拔地起絪緼。擊拊磬音合，衡從玉兆分。巨鼇三島力，威鳳九苞文。辨位資乾坎，爲山塡幅員。固知興寶藏，不假運神斤。書帙侵春潤，香爐借宿薰。煙光晴冉冉，波影晝沄沄。融結由元化，登崇荷聖君。瑞於龜出洛，重若鼎來汾。柱立尊皇極，磐安廣帝勳。詎云陳祕玩，因顧獻前聞。

送袁伯長扈從上京

日色蒼涼映赭袍，時巡毋乃聖躬勞。天連閣道晨留輦，星散周廬夜屬櫜。白馬錦韉來窈窕，紫駝銀瓮出蒲萄。從官車騎多如雨，祗有揚雄賦最高。

贈星上人歸湘中

潭北湘南無影樹，一花吹度海門潮。天香滿室定初起，雲氣上衣身欲飄。寶月夜寒龍在鉢，銀河秋近鵲成橋。豈無一箇邛州竹，與爾松根共寂寥。

子昂秋山圖

翁昔少年初畫山，丹楓黄竹雜潺湲。直疑積雨得深潤，不假浮雲相往還。世外空青秋一色，窗中遠黛曉千鬟。瀛洲雞犬同人境，尚想翁歸向此間。

謝茅山主者贈白羅鷩衣請爲作大洞祖宗師四十五贊

鶴氅裁成雪色新，仙翁持寄感情真。清高自此全拋俗，寬博由來穩稱身。佩玉洞聞雲外響，劍光飛射日中塵。畫圖寫向羣真裏，便是揮豪贊詠人。

送莫京甫廣憲經歷

延春閣下承恩日，是我經帷侍講時。方擁青編臨綺席，遥看朱紱拜丹墀。風微細草鳴珂珮，日煖飛花近鬢絲。上憶遠人常軫念，莫言南海是天涯。

歐陽元功待制入院後僕以兼領成均辰酉甚嚴絶不得相見今夜當同宿齋宮賦此先寄并簡謝敬德修撰

學省初兼禁直稀，故人同署却相違。食餘苜蓿承朝日，坐候棠梨過夕暉。成均堂東有棠梨樹，日影至則師生始散，二十餘年矣。預喜奉祠秋寺燭，定知催襆早朝衣。今晨瘦馬經門巷，想擁青綾尚掩扉。

次韻張蔡國公淡菴青山寺詩

相國覲山負夙期，聖恩祇許暫相違。身隨雲影留三宿，心了泉聲絶百非。開士談空依寶樹，野人耕雨薦山薇。雙龍深護安禪處，繞坐諸天近紫微。

次韻國子監同官二首

坐隱烏皮髀肉消，諸生應笑懶邊韶。階前老馬隨秋草，袖裏遺編俟早朝。乞米西鄰晨有粥，留家南國暑無綃。經明亦是歸耕好，清夢無時萬里橋。

學宫南直禁垣陰，假寓惟愁兩壁沈。一曲鏡湖遺老事，三年經幄小臣心。銀河回夜天逾近，草徑迎秋露轉深。珍重鄉人居巷北，時能來往和鳴琴。

次韻馬伯庸寶監學士見貽詩并簡曹子貞學士燕信臣待制彭允蹈待制

禁廬曉直夾城西，經筍龍光映壁奎。繞閣浮雲飛野馬，當階生草伏騶麛。雷行已識天無妄，風烈唯聞帝弗迷。徒積寸誠無補報，每還冰署欲雞栖。

鼇峰者國史院庭中石名也伯寧御史爲僕言自其先公時與諸老名勝賦詩者蓋數百篇今玉堂無本而御史家具有之且曰峰所托差低𡑞稍崇其址乃八月五日既克如命因賦此以報且請録示舊詩補故事以傳云

視草堂前石一拳，何人移置自何年？久憐翠色連重地，故拔孤根近九天。俯仰百年承雨露，等閒千尺接雲煙。故家御史遺書在，爲録鼇峰舊賦篇。

題南野亭

門外煙塵接帝扃，坐中春色自幽亭。雲横北極知天近，日轉東華覺地靈。前澗魚遊留客釣，上林鶯囀把杯聽。莫嗟韋曲花無賴，留擅終南雨後青。

次韻伯庸尚書春暮遊七祖真人菴兼簡吴宗師二首

石渠承雨作流泉，中有參差荇菜牽。花近飛觴魚駭逝，柳低步障燕隨穿。紅塵朝路常參吏，清晝齋居幾劫仙。但乞會稽尋賀監，酒船一棹水中天。

一住京華三十年，春花秋月謾相牽。高情總付珠簾卷，危坐空餘木榻穿。水曲停驂新禊事，牆陰題字昔遊仙。動成陳迹多惆悵，安得長生老後天。

觸石墜馬卧病蒙恩予告先至上京寄溉之學士敬仲參書二首

翠幄臨都尚駐郊，言瞻龍漠度前茅。雨餘草氣千原合，日下雲章五色交。給札修辭持玉筆，賜羹充腹出珍庖。白頭感遇知何補，阿閣清嚴棲鳳巢。

趨召顛隮歎目昏，旋聞予告荷深恩。藥須西域千金劑，酒賜初筵九醞尊。默憶舊書忘晝永，行吟冷署覺春温。摩挲素壁光於雪，思得參書寫樹根。

雲州道中數聞異香

雲中樓觀翠岧嶢，載道飛香遠見招。非有芝蘭從地出，略無煙霧只風飄。玉皇案側當霄立，王母池邊向日朝。却袖餘薰散人世，九天清露海塵飄。

次韻楊友直北行道中

蕭蕭戎馬昔升虚，壯士吹笳慘不舒。關外羽書三月急，道傍茅舍百年餘。沙田雨足仍生黍，河水冰消不禁漁。洛下賈生猶獻策，平明立在玉階除。

王儀伯參政見和郊字韻詩復用韻敍謝二首

龍游宫沼鳳游郊，通水明堂不翦茅。緜蕝草儀三日具，大亨饗帝五雲交。執輿已信神爲馬，和鼎寧容祝代庖。八月涼風張樂地，頌聲洋溢播雲巢。

聖遠言湮感墊昏，河汾千載最知恩。垂紳論道稱前古，束髮明經奉至尊。車騎身從游汗漫，庭闈心在視寒温。朝回未覺歸途晚，斗柄西移揭角根。

次韻馬伯庸尚書

邃閣晨趨禁掖西，暮街騎馬及雞棲。退朝每想花邊散，得句應從竹上題。賜被南宫無宿火，齋居方丈有蒸藜。鳳池何似承明近，久候文星共聚奎。

二十五日卽事呈閣老諸學士

松陰鵠立候宫車，風送飛花著白鬚。水影漸移簾側畔，鶯聲祗在殿東隅。近牀儗進名臣操，載筆親題列女圖。太液雨餘波浪動，龍舟初試散魚鳧。

賦碭山成簡卿心遠亭

作亭臨河河水渾，草樹繞屋啼鳥聞。夢回枕上彭城雨，目送檐間芒碭雲。歸來黄菊有佳色，坐老青山無垢氛。但願尊中長得酒，曲阿莫問舊參軍。

謝吴宗師送牡丹并簡伯庸尚書

輕風紫陌少塵沙，忽見金盤送好花。雲氣自隨仙掌動，天香不許世人夸。青春有態當窗近，白髮多情插帽斜。最愛尚書才思别，解吟胡蝶出東家。

送進士劉聞文廷赴臨江録事

清江百尺石爲城，太華千峰積雨晴。官府幾時書帙静，漁舟盡日釣絲輕。故家好訪春秋學，上國多傳月旦評。頗有老懷煩録事，到州爲問范先生。

大廷策士問經世之道僕忝在讀卷之列觀諸進士所對有感賦此録以贈別劉性粹中支渭興文舉二賢良

昔人有欲問先天，林下相期二十年。已向塵埃成白髮，尚從燈火事青編。獲麟遂訖春秋後，鳴鳥猶聞禮樂前。春雨未來農事晚，獨懷歸計在山田。

羅朋友道擢高科拜官還崇仁賦此爲別

重溪疊嶂竹交加，曾著芒鞋踏白沙。名勝多年嗟寂寞，文章此日羡才華。青雲步武纔重見，白屋詩書尚幾家。鄉邑相逢煩告語，好敦忠信作生涯。白沙，友道居近之。昔崇仁有何同父尚書、李公父舍人墳墓故宅在焉。國朝六科，崇仁舉進士第者，惟家弟與友道，才二人，故云重見，所以深期望於來者云。

贈趙生

天門一日觀黃榜，茅屋三年掩素扉。湘帙蠹魚春雨潤，練囊螢火夜光微。夢游朔雪留鴻迹，思入南山望鶴飛。會倚宮牆看射策，上林初日炫朝衣。

訪李真人不遇

退朝花底珮珊珊，去訪真人曉出關。芳草欲迷行徑古，長松深護步廊閒。蒼龍挾雨得瑤簡，白鹿穿雲致玉環。如到天壇看月影，定知清露滿人間。

賦壺洲

傳聞海上有玄洲，曾是安期舊所遊。千頃白雲都種玉，一杯弱水不勝舟。魚龍夜護黃金鼎，鸞鵠晨朝紫綺裘。波浪不驚星斗近，步虛聲裏度清秋。

次韻朱本初訪李溉之學士不遇

城南城北煖塵飛，伐木相求苦未歸。吟到碧桃還細雨，行尋芳草又斜暉。綺窗綵筆題詩徧，斗帳沈香入袖微。共載小車勝上馬，重遊莫待曉紅稀。

寄趙子敬平章

聞道乘閒入翠微，猶愁嵐氣溼人衣。道旁野樹飛花盡，谿上春雲作雨歸。故舊釣絲輕在手，仙人棋局靜忘機。赤松曾許同千載，擬向高秋傍鶴飛。

仁壽寺僧報更生佛祠前生瑞竹有懷故園三首

聞道故園生瑞竹，試從來使問何如？蒼筤獨出千叢裏，翠節駢生數尺餘。比管可吹丹穴鳳，長竿莫釣錦谿魚。折筳已向靈氛卜，亦説能歸似兩疏。

聞道故園生瑞竹，令人歸興滿江干。扁舟不畏瞿塘險，匹馬誰云蜀道難。杜甫谿頭花匼匝，孔明廟裏柏闌珊。新堂題作歸歟字，定得臨江把釣竿。

聞道故園生瑞竹，吾家孫子好歸看。佛祠竟日春陰覆，先隴多年暮雨寒。門户淒涼嗟老病，鄉關迢遞報平安。重來慎勿勞余夢，駟馬橋邊據馬鞍。

别國史院鼇峰石

執戟揚郎久不遷，頻年從幸到甘泉。賜歸特許先三日，作賦時令奏一篇。翠勺娱人花帶露，貂裘倚馬草横煙。殷勤爲謝堂前石，何處來秋共月圓。

謝書巢惠梅花

巢翁遠送梅花樹，正在東風四日前。紅萼無言餘舊雪，白頭相見又新年。喜從嘉樹來江雨，憶共香秔上海船。春夜不眠賓客醉，只留孤鶴伴清妍。

再用韻簡巢翁

豈無尊酒梅花側，聞道長齋繡佛前。方閣護雲宜煖日，小車衝雪稱高年。頗辭閣下金蓮炬，但乞湖中罨畫船。約取巢翁攜鶴去，鬢毛同白不爭妍。

送王君實御史

頓覺文星闕下稀，旁人猶道此言非。東風十日京城雪，西道三春客子衣。鶯滿輞川君定到，鵑啼劍閣我思歸。千花並繞圖書府，相待承恩入紫微。

送歐陽元功謁告還瀏陽

曉奉新書進御牀，解纓隨見濯滄浪。歸鴻不計江雲闊，倦驥空懷野水長。竹簟暑風魂夢遠，茶煙清晝鬢毛蒼。籃輿千里宜春道，投老相求訪石霜。虞文靖父井齋先生嘗分教於潭，見歐陽元功所爲文，爲之擊節，繕寫成帙，親題以寄文靖。時文靖爲國子助教。此題前一首云：「憶昔先君早識賢，手封製作動成編。交游有道真三益，翰墨同朝又十年。」蓋紀其實也。

八月十五日傷感

宮車曉送出神州，點點霜華入敝裘。無復文章通紫禁，空餘涕淚灑清秋。苑中苜蓿煙光合，塞外蒲萄露氣浮。最憶御前催草詔，承恩回首幾星周。

送許有孚赴湖廣提舉

奉詔掄文祕殿西，才華知合籍金閨。思親浩蕩江波遠，戀闕遲回苑樹低。望鶴樓前移綵鷁，吟詩花底聽黃鸝。歸來尚覺春風早，雁字充庭玉筍齊。

賦石竹

積雪初消蕚緑華，東風吹動絳綃霞。龍嘘石氣千年潤，鶴過林陰一逕斜。刻字欲尋金錯落，析旌如織翠交加。綺窗坐對吹笙煖，未覺人間歲月賒。

奉同吴宗師賦蔡七祖新齋

城南煙樹聽鶯啼，石上莓苔覓舊題。自有琴心傳内景，更將書帙事幽棲。晚來相鶴風生竹，雨過籠鶯水滿谿。蜀客草玄成底事，蕭條白髮媿青藜。

寄來鶴亭主人

德清舊館何時到？雨後春泉定滿池。緑字久無弘景信，紫苔應長少霞碑。數峰煙樹天垂野，千頃鷗波雨散絲。海内交遊多老去，爲誰谿上放船遲。

送張兵部巡視運河

畫橋冰泮動龍舟，鴨緑粼粼出御溝。使者旌旗穿柳過，人家凫雁傍谿浮。桃花吹雨春牽纜，江水平隄夜唱籌。應有餘波方浩蕩，不令歸楫恨淹留。

謝吴宗師惠墨

念我衰年不廢書，錦囊古墨送幽居。明窗塵影丹同熟，玄圃雲英玉不如。敢爲文章勝虎豹，祇應箋註到蟲魚。研磨不盡人間老，傳與兒孫尚有餘。

三用韻答巢翁就以奎章賜墨贈之

鄰父長思長史書，不辭頻謁惱巢居。臨池三月玄霜盡，對月千篇白雪如。賦敵洛波翔翠羽，歌成湘浦媵文魚。故分瀘石松煙色，猶是奎章舊賜餘。

題著色山圖

江樹重重江水深，楚王宫殿在山陰。白雲窈窕生春浦，翠黛嬋娟對晚岑。宋玉少時多諷詠，江淹老去倦登臨。扁舟却上巴陵去，閒聽孤猿月下吟。

題畫

緝熙殿裏御屏風，零落誰收百歲中。錦樹總含春雨露，畫橋猶是舊青紅。花開陌上懷歸燕，潮落江頭送去鴻。何似緑波生太液，絳桃風急綵船東。

城東觀杏花 此詩誤見薩天錫《雁門集》中。

明日城東看杏花，丁寧兒子早將車。路從丹鳳樓前過，酒向金魚館裏賒。緑水滿溝生杜若，煖雲將雨少塵沙。絶勝羊傅襄陽道，歸騎西風擁鼓笳。

寄海南故將軍

海上風來五月秋，晚涼應上木蘭舟。金盤丹荔生南國，玉椀清冰出北州。狂客醉時花作陣，美人歌罷月如鉤。期門舊識將軍面，從獵還披翠羽裘。

次韻宋誠甫學士城南訪病暮歸

騎馬城南覓舊題，飄蕭席帽碧雲低。東風花柳過韋曲，落日兒童唱大隄。繡閣豈無和玉髓，錦囊還有鑄金蹄。歸來吟轉樓頭月，池冷芙蓉翡翠栖。

題康里子山尚書凝春小隱六韻

羣玉府中香滿袖，凝春亭裏看花開。綵雲近席微風動，紅日當窗好客來。西海珊瑚階下長，東家胡蝶雪中回。竹深每聽尚書履，池煖時分太液杯。鳳咮浮煙金錯落，鵝羣隨水白毰毸。人間應得函封帖，青李來禽繞舍栽。

次韻杜德常博士萬歲山

祕閣沈沈便殿西，頻年立此聽春鸝。風摇翠岸新生柳，雨浥銅池舊産芝。玉几由來常咫尺，衡門此日遂栖遲。申生欲去柴車在，杜甫長吟雪鬢垂。墨沼遊魚翻宿藻，畫檐飛燕罥晴絲。山中竹簟涼如水，應共鈞天九奏時。

次韻宋顯甫

御溝雪融三月初，鳧鷖鴻雁總來居。蒲萄水緑可爲酒，楊柳條青堪貫魚。池通天河起箕尾，混漾雲海浮青徐。舟前花落傍飛燕，隄上風來溼舞裾。翠輦時留金騕褭，錦波不著玉芙蕖。臨流宋玉偏能賦，莫待東都客問予。

燕陳公子宅贈燕學士

落日照大隄，花間聞馬嘶。城頭鼓角起，相送五門西。

宣和墨竹寒雀

灑墨寫琅玕，深宫春晝閒。蕭條數枝雪，不似紇干山。

上馬

眼昏身手鈍，上馬怕風沙。祇好扶藜杖，循籬看落花。

畫雙蝶

舞罷庭花落，池邊看睡凫。無端雙蛺蝶，飛上繡羅襦。

捕魚圖

網罟日相從，天寒澤國空。釣竿長倚樹，老却渭川翁。

題柯敬仲雜畫十首

北苑今仍在，南宫奈老何。青山解浮動，端爲白雲多。

雨過蒼苔石，雲生野岸泉。幽懷春冉冉，穉子秀娟娟。

鐵石餘生色，冰霜作曉妍。春雷明日起，何處尚龍眠。

昔過篔簹谷，鉤衣石角斜。儗尋龍作杖，拾得上天槎。

黄金千瑣甲，琱玉六簾鉤。雨送鴛鴦夢，煙籠翡翠愁。

娟娟生玉潤，楚楚作金聲。羽扇迎風定，羊車過月明。

峽口春雲重，江南夜雨多。水深桃葉渡，風急《竹枝歌》。

平陸蒼龍起，近山生遠煙。前村三萬頃，明日水平田。
莓苔生石路，翠竹自交加。不惜青鞋溼，臨流踏白沙。
昨夜採樵去，偶逢三尺枯。山人不到海，不識是珊瑚。

題李溉之學士湖上諸亭　録五。

煙蘿境

玉女乘煙霧，松間采薜蘿。飛行了無迹，明月送空歌。

金潭雲日

金沙灘上日，潭底見雲行。祇有琴高鯉，時時或作羣。

漏舟

春水如天上，秋潭見月中。如何列禦寇，猶欲待泠風。

秋水觀

湖深山影碧，天淨月光空。幸自無波浪，蘋花謾晚風。

無倪舟

三周華不注，水影浸青天。不上銀河去，空明擊棹還。

次韻竹枝歌答袁伯長三首

沙禽東去避網羅，蕩舟相逐如遠何。越山青青越女白，從此勞人魂夢多。

春江風濤苦欲歸，東盡滄溟南斗低。明年白日百花靜，憶爾琴中烏夜啼。

燕姬當壚玉雪清，簫中吹得鳳凰聲。不及晴江轉柁鼓，洗盞船頭沙鳥鳴。楊鐵崖《西湖竹枝詞》載此三詩。謂雖不爲西湖而賦，而其音節興象可以爲《竹枝》之則云。

木芙蓉

九月襄王宴渚宮，霓旍翠羽度雲中。滿汀山雨衣裳溼，宋玉愁多賦未工。

水芙蓉

長洲宮沼醉西施，蕩漾蘭舟不自持。願奉君王千歲樂，一盤清露玉淋漓。

送四川憲使

已歎玄經返墨池，復愁國史奉嚴祠。離鄉遊子歸仍晚，獨對東風惜鬢絲。

曹將軍馬

高秋風起玉關西，踣鐵歸朝十萬蹄。　貌得當時第一匹，昭陵風雨夜聞嘶。

馬圖

昔在乾淳撫蜀師，賣茶買馬濟時危。　鄉人啜茗同觀畫，解説前朝復有誰。

王母圖

偷桃小兒癡且妍，恃恩無賴更蒙憐。　竊翻雷電天公怒，風雨落花紅九川。
黄竹遺墟白雪高，空桑戴勝向晨嘷。　茂陵多欲非仙器，枉賜金盤五色桃。

竹杏沙頭鸂鶒

蛺蝶飛來石竹叢，羅襦曾試繡紋重。　荷花啼鳥銀屏煖，卧看窗間唾碧茸。

記夢中詩三首　祝融君、紫虚君、率子廉。

出海雲霞九色芒，金容滉瀁水中央。　向曾賜服玄洲玉，今結蕭臺五鳳章。
飛步崔嵬上九宫，親題綵筆篆明虹。　玉樓臨海連天碧，待子扶桑鶴出籠。
失脚漁磯返棹遲，幾回石上候來期。　老翁巖下諸年少，總解題詩笑鬢絲。

錢舜舉折枝芙蓉

白髮多情憶劍南，秋風溪上看春酣。翦來一尺吴江水，儗比千花濯錦潭。

賦故宋李文襄公植烏石渡舊隱

窈窕幽篁帶薜蘿，青春白日坐蹉跎。試詢烏石江頭水，寧有微波接汨羅。

訪杜弘道長史不值道中偶成

雨浥輕塵道半乾，朝回隨處借花看。牆東千樹垂楊柳，飛絮時來近馬鞍。

聽雨

屏風圍坐鬢毿毿，絳蠟摇光照暮酣。京國多年情盡改，忽聽春雨憶江南。

春雲

春雲漠漠度宫城，樓雪初融水未生。行過御溝成久立，起頭枝上有流鶯。

與趙子期趨閣

日出風生太液波，畫橋千尺彩船過。橋頭柳色深如許，應是偏承雨露多。

玉堂讀卷雜賦次韻

待漏宫門聽鑰開，袖中進卷總賢才。奏名殿裏千花合，傳勅階前好雨來。
千花覆檻柳垂絲，晝刻傳呼淑景遲。聖主自觀新進策，侍臣簪筆立多時。

院中獨坐

何處他年寄此生，山中江上總關情。無端繞屋長松樹，盡把風聲作雨聲。

題歐陽原功少監家柯敬仲畫

涔陽日日水生波，翠袖黄裳晚櫂過。珠樹月明花婀娜，鳳毛春煖錦婆娑。

紹興間臨安士人有賦曲一春長費買花錢日日醉湖邊玉驄慣識西湖路驕嘶過沽酒樓前紅杏香中簫鼓緑楊影裏鞦韆晚風十里麗人天花壓鬢雲偏畫船載得春歸去餘情付湖水湖煙明日重扶殘醉來尋陌上花鈿思陵見而喜之恨其後疊第五句重攜殘酒酸寒改曰重扶殘醉因歐陽原功言及此與陳衆仲尋腔度之歌之一再董此宇求書其事因書之並系以此詩

重扶殘醉西湖上，不見春風見畫船。頭白故人無在者，斷隄楊柳舞青煙。

八月十五日得旨先歸驛騎在門復召還草詔十七日至桓州驛題壁

烏桓東望天無際，祇有銀蟾出海頭。不得吹簫送清夜，禁城鐘鼓度中秋。

酬書巢送樱帚

積雨蒼苔路不分，松花盡日落紛紛。塵埃滿袖歸來晚，誰與柴門掃白雲。

子昂畫

棠梨枝上白頭翁，墨色如新最惱公。直似故園花石外，銅盤和露寫東風。

畫馬二首

蕭條沙苑貳師還，苜蓿秋風盡日閒。白髮圉人曾習御，長鳴知是憶關山。

虢國夫人學畫眉，宮門催入許先馳。春風十里聞薌澤，新賜金鞍不受騎。

題納涼圖

百頃芙蓉水滿陂，綺窗只在畫橋西。羊車薄暮過湖曲，驚起鴛鴦不並棲。

息齋竹

紫貂早解獵圍驂，一棹夷猶雪滿簪。山雨欲來春樹暗，盡將情思寫江南。

題子昂春江聽雨圖 並序。

越鳥巢南枝，所欲得於江湖之上者甚不多也。區區不余畀，覩此慨然。

憶昔江湖聽雨眠，翩翩歸雁度春前。數株古木依茅舍，老去何年踏釣船。

次韻杜德常典籤秋日西山有感二首

落日龍舟山下回，寺門依舊對山開。霜凋碧樹煙生草，從此頻傷八月來。

每進文章出殿遲，日華西轉萬年枝。甘泉罷幸揚雄老，滿鬢秋風不受吹。

題柯敬仲畫

牽牛引蔓上棠梨，上有幽禽夜夜棲。自有秋風動疏竹，江南落月不須啼。

題蔡端明蘇東坡墨蹟後

東坡墨蹟云：「天際烏雲含雨重，樓前紅日照山明。嵩陽道士今何在？青眼看人萬里情。」此蔡君謨夢中詩也。僕在錢塘，一日，謁陳述古，邀余飲堂前小閣中。壁上小書一絶，君謨真蹟也：「綽約新嬌生眼底，侵尋舊事上眉尖。問君別後愁多少？得似春潮夜夜添。」又有人和云：「長垂玉筯殘妝臉，肯爲金釵露指尖。萬斛閑愁何日盡，一分真態爲誰添！」二詩皆可觀。後詩不知誰作也。杭州營籍周韶多蓄奇茗，嘗與君謨鬭勝。韶又知作詩。子容過杭，述古飲之，韶泣求落籍。子容曰：「可作一絶，」韶援筆立成曰：「隴上巢空歲月驚，忍看回首自梳翎！開籠若放雪衣女，長念觀音般若經。」韶時有服衣白。一坐嗟歎。遂落籍。同輩皆有詩送之。二人最善，胡楚云：「淡妝輕素鶴翎紅，移入朱闌便不同。應笑西園舊桃李，强匀顔色待春風。」龍靚云：「桃花流水本無塵，一落人間幾度春。解珮暫酬交甫意，濯纓還見武陵人。」固知杭人多慧也。

祇今誰是錢塘守，頗解湖中宿畫船。曉起鬭茶龍井上，花開陌上載嬋娟。白樂天、蔡君謨、陳述古、蘇子瞻皆杭守也。

老却眉山長帽翁，茶煙輕颺鬢絲風。錦囊舊賜龍團在，誰爲分泉落月中。

三生石上舊精魂，邂逅相逢莫重論。縱有繡囊留别恨，已無明鏡著啼痕。

能言學得妙蓮華，贏得春風對客誇。乞食衲衣渾未老，爲題靈塔向金沙。丹丘柯敬仲多蓄魏晉法書。至宋人書殆百十函，隨以與人，弗留也。他日，獨見此軸在几格間，甚怪之。及取觀，則吾坡翁書君謨夢中詩及守居閣中舊題也。第三詩以爲不知何人作，其軒轅彌明之流與！陳太守放營妓三詩，亦辱翁翰墨流傳至今，亦有緣耶！卷後多佳紙，敬仲求集作詩識其後，賦此四首。是日試郭屺墨，但目疾轉深，不復能作字。又知年歲後，雖若此者，亦尚能作否，臨楮慨然！至順辛未二月望日，蜀人虞集書。

題著色山圖

巫山空翠溼人衣，玉笛淩虛韻轉微。宋玉多情今老矣，閒雲閒雨是耶非。

題東坡帖

東坡先生書少陵翁《負薪行》，筆力與辭氣同一高古。憶在江上聞舟人竹枝一首，謾識於此。

魚復浦前春水生，負薪渡江初月明。憑郎莫下巫峽去，楚王宫殿在專城。此詩亦見鐵崖《西湖竹枝詞》。

臘日偶題

舊時燕子尾毵毵，重見新巢冷未堪。爲報道人歸去也，杏花春雨在江南。

題扇與周幹臣

玉疊松花蜜餅香，龍珠星顆露盤涼。遥知環碧樓中坐，翠竹蒼松夏日長。

題周怡臨韓幹明皇出遊圖 以下應制録。

開元盛事何人畫，玉冠芙蓉御天馬。從官騎步各有持，移仗華清意閒暇。宫袍如錦照青春，詔許傳看思古人。不知身在瀛洲上，親奉圖書侍紫宸。

徽宗畫梨花青禽圖

宿雨初收禁林寂，玉斧臨窗看春色。蒺藜沙上煖塵飛，何處人間作寒食。

趙千里小景

前代王孫不好武，拈筆幽窗寫汀渚。殘雲野水三百年，依舊松筠溼春雨。

韓幹馬

開元沙苑蒺藜秋，韓幹新圖總不收。天廄真龍奇骨在，故知臣甫負驊騮。

曹霸下槽馬

櫪下長年飽豆芻，誰通馬語識踟躕？主恩深重知何報，或者東封駕鼓車。

滕昌祐蘹香睡鵝圖

蒼鵝惜毛羽，宛宛卧春雨。雨餘日照沙，上有蘹香花。懷香不自獻，夢到金鑾殿。殿池多躍魚，君王方草書。

竹林七賢圖 以下歸田稿。

瞻彼修竹，下臨清流。文石偃隄，華松蔭丘。植表界壤，翦茅宅幽。梁度高巘，臺隱中洲。方牀讀書，異宫同休。詠歌相聞，觴豆相求。或蒔名藥，或釣游儵。課藝嘉植，坐思遠遊。濯纓微波，看雲良疇。逸而不放，儼而自修。泰哉沮溺，邈乎巢由。按圖以觀，永宜春秋。孰若五君，遺其故儔。糟粕塵世，高蹤莊周。我懷古人，邈而違憂。安得揮絃，以招沈浮。

題汪華玉所藏蘭亭圖

衡茅負晴旭，有客至我門。共披會稽圖，山水盛繽紛。衆賢坐水次，飛觴汎沄沄。夷曠各有趣，高閒知右軍。幽情付後覽，陳迹感前欣。悠悠千載來，不異更旦昏。探穴問神禹，望海悲秦君。逝者皆如斯，死生固奚云。所以鼓瑟人，思從童冠羣。春服沂新浴，歸歟聊永言。撫卷不知老，遐思在兹文。東南極積水，日暮多浮雲。

玉隆留題

仙真治兹山，重阜隱延廣。沖奥元氣會，運至法靈響。與世作司命，神宇廓弘敞。及門春雨來，玄感副夙仰。摩挲晉時樹，託身何蕭爽。千載抱微息，日月共來往。欲爲黄髪期，日待紫芝長。上天垂光彩，月出江海上。故人不可待，惆悵理歸鞅。

記夢

夢行衡廬間，千仞過蒼壁。崇高仰神明，深廣下不測。雲雨蓄盤礴，時至如欲出。絪緼尚回旋，揮霍忽奔逸。物怪匿巖穴，㑘若俟霹靂。黑波汎高樹，木葉走崩石。升身登玄間，縱觀龍變迹。俯視九州野，草木有輝澤。乃在風雨外，手畫素三尺。揮豪極動盪，落墨更沈鬱。圖成示坐人，共笑不可得。顧瞻以踟躕，恍惚增歎息。因之命肩輿，出門聊有適。大術何舒舒，白鶴從數客。略經幽澗濱，便上青松側。憑高望遠水，雙景蕩虚碧。拂石共客坐，芳草藉尻膝。忽然聞鐘聲，睡覺北窗席。道園外祖楊文仲守衡州，井齋依之。時未有子，文仲爲禱於南岳，遂生道園。文仲夢一牙兵持刺入曰：南岳真人來見，既覺。聞兒啼聲，因命小字曰衡。道園自言：少時嘗夢遊南岳，歷覽其奇勝，頗能記憶焉。

次韻陳溪山椶履二首

解舄還上方，歸山據枯槁。禁足結僧夏，陳編謝探討。隱几或過晝，凝塵遂忘掃。行庭不見人，誰或踐生草。實由筋力衰，無復馳走好。前年當此時，嚴召出城早。追度龍門水，賜見沙領道。鼎湖忽踰年，始克罷趨造。感君素履詠，幽貞可長保。番番茹芝人，長歌豈知老。

六月乃屢雨，良田不憂槁。獨念桂林戍，觸熱赴南討。道路備攘掠，所過淨於掃。縛人夜送軍，吏卒何草草。蠻獠亦人類，義利啓戎好。尋原可制亂，機要貴及早。夜來送者還，頗言暍橫道。諸軍四面集，同月約皆造。誰爲飢渴謀，性命安可保。藜藿雖滿盤，對之令人老。

和陳溪山韻

幽人慎素履，古道思獨往。瞋目登高臺，浮雲不足上。丹砂煉仙骨，沆瀣濯神爽。遠懷澄江靜，耿若孤月朗。河漢自傾注，山川邈游想。斂迹倦飛翼，歸耕故時壤。好風從東來，空谷感遺響。詔書薦遺逸，郡府屬高仰。聊持東湖水，往助敬亭賞。

楚石琛藏主自蔣山歸却欲就叢林閱藏同舟清江之上賦此贈之

手攜北山雲，却上西江水。月明洲渚生，葉落風不起。虛舟不移棹，寒波釣金鯉。銀河轉碧落，北斗去天咫。龍吟匣中劍，虎躍弦上矢。殺機誰敢當，吹毛豈輕試。貝葉啓千函，木榻脱雙履。惟應勝壁觀，悠悠度年歲。

題蒙菴爲黄石谷賦

東南有高丘，下臨萬家邑。汪洋浹春潤，沃衍盛秋入。羣山若浪波，起伏翠重襲。靈運好奇險，高平罕相及。幽人園綺間，周覽度原隰。隨山導清泉，積石拾層級。結菴以蒙名，果行信所執。良時一來游，朔月九交十。門當星斗高，隴卧風雨溼。一川燈火歸，賓從雜車笠。登高愧能賦，騰身竦山立。

平江開元雪窗光禪師訪予臨川山中其歸也予與賓客用一兩六月涼中宵大江滿分韻送之不足予爲繼之而予分得一字

積雪何處高，蜀山最崷崒。海東極孤絶，目送斷鴻一。徘徊桫欏樹。宴坐但空室。園果墮宿雨，當晝從定出。八月露水繁，石鉢滿華蜜。相會豈無因，分牀便深密。

秋山行旅圖

春夏農務急，新涼事征遊。飯糗既盈橐，治絲亦催裘。升高踐白石，降觀素輕舟。試問將何之，結客趨神州。珠光照連乘，寶劍珊瑚鉤。乘馬垂苜蓿，縱目上高丘。策名羽林郎，談笑覓封侯。太行何崔嵬，日暮攤回輈。古木多悲風，長途使人愁。羸驂見木末，足倦霜雪稠。谷口何人耕，禾麻正盈疇。出門不及里，酒饌相綢繆。壯者酣以歌，期頤醉而休。安知萬里事，有此千歲憂。

次韻太朴良友對何仙舟讀書山中見懷之作

得謝荷休澤，消揺在巖阿。結廬庇風雨，樊圃搴藤蘿。塞坐古人書，日夕猶詠歌。追念少壯日，玩愒亦已多。兢兢事補塞，奈此遲暮何。美人百里内，邈若隔山河。興懷貽好音，緼藉三春花。報言慎芳歲，卷石崇巍峨。

劉忠肅公之四世孫中書舍人諱震孫之曾孫益之題其居曰雲松巢予家與劉氏累世之契故爲書忠肅公文集之首詩三篇並賦此與之

丞相昔遊泰山頂，天風浩浩春晝永。玉檢微茫不可求，但覺靈霞熱丹鼎。白日人間如水流，前代衣冠成古丘。悠悠憂患何足計，直道千年横素秋。徂徠之松數千尺，東連海上暮煙碧。中書偉人如玉立，每向南風望東北。濁世公子何翩翩，却憶匡廬還謫仙。芙蓉出水耀初日，五色光新天爲妍。我今僑居廬阜側，西視峨眉歸未得。豈無雲錦晚相娱，月落終懷雪山白。森森喬木魯東家，河間禮樂更光華。勿忘先世舊遊處，吾秣爾馬膏其車。

空山歌

高空之山聶公宅，稚川作圖纔數尺。秋天薄雲千仞表，春雨喬林百年物。憶昔侍郎鎮成都，將佐盈庭賓客趨。錦官城外笳鼓發，駟馬橋邊高蓋車。先廬舊在小東郭，丞相祠前同寂寞。嚴公同訪杜陵家，退之亦到淮西幕。峨眉嵯峨久不歸，江水娛人秋日暉。坐看蓬萊變桑海，自古南城天下稀。公子親迎陳氏館，我初至撫猶弱冠。看君揮翰甚風流，豈想重逢鬢毛換。君言中間一再來，數見先公胸次開。鶯花風雨必求友，水竹園林持酒杯。嗟予晚歲始能退，寧有文章驚海內。平生不受簡書畏，故家高致君應最。圖中山色積翠濃，雖欲舍子將焉從。蜀人相如最能賦，行倚山木歌高空。

爲燮玄圃題鼇溪春曉圖

芙蓉山陽萬家邑，石嶺戴巘縈紆入。溪水西行夜雨深，遠村桑柘春雲溼。昔因荒迥少官府，日暮狐兔作人立。自從置縣二百年，稍有衣冠更俗習。讀書進士比舍聞，潤屋黃金亦家給。山中白日浮雲多，負乘因仍足車笠。燮侯世胄國勳舊，射策君門恥沿襲。朱衣作監列星宿，遠人豈意高軒及。援琴不鼓書牒稀，彈鋏無魚賓客集。繡衣使者停車見，黃堂大夫下牀揖。登高望遠送飛鴻，攬轡駸駸度原隰。人言桐鄉人愛我，我愛桐鄉重於邑。畫圖千疊山木稠，茇舍蕭條莫忘葺。

題馬竹所畫

霜清木落江海空，一棹歸來何處翁。雙松千歲如鐵石，爲爾囘薄旋天風。憶昔神龍劍所化，夕卧滄波弄明月。望中冉冉雲氣生，直接銀河上瓊闕。

藿元鎮規模董北苑米南宫父子寫山水雲物殊有標致見示春江捕魚圖遂賦此

春江聚網萬魚急，漁人相歡魚相泣。負薪深山何處樵，利害相乘不相及。海鷗冥冥秋影微，黄葉江南一棹歸。人間得失兩無迹，不廢山水含清暉。

同開先南楚悦禪師觀息齋畫竹卷於崇仁普安寺煜公之禪室蓋煜之師一初本公所藏也因記延祐甲寅息齋奉詔寫嘉熙殿壁南楚與之同寓慶壽寺時予同爲太常博士俯仰之間已爲陳迹乃題其後云

嘉熙殿裏春日長，集賢奉詔寫蒼筤。邇來二十有五載，飄零殘墨到江鄉。匡廬高人昔同住，每見揮毫鳳鸞翥。木枯石爛是何年？修竹森森長春雨。

題村田樂圖

尺素自是高唐物，瑩如秋水宜設色。何人畫此畎畝間，一二三老人若相識。茅屋蕭條古樹下，農務未殷牛在野。或憐鸜鵒脱籠縶，或弄獼猴笑真假。老翁政自如兒嬉，高髻襁負相扶持。古時枌社祀田祖，拄杖出門移饌高亭隨所宜。抱瓮初來未貯酒，亦有生鵝宛延首。村優競攜樂具至，犬怪雞驚兒拍手。

欣見賓，雜花滿庭生好春。歲時無事得如此，擊壤何必非堯民。騎驢過橋殊矍鑠，攜具荒陂來赴約。定知張果千歲人，游戲人間共杯酌。

柳塘野鴨

江南水退秋光淺，風柳參差萬絲捲。鴛鴦在梁鳧在渚，蕩蕩扁舟去家遠。千艘轉海古長策，白粲連江動秋色。斷蒲折葦野水闊，爛爛明星且將弋。翠盤擎露夜深寒，玉色亭亭落月殘。太液池頭黄鵠下，夢中曾見畫中看。

江貫道江山平遠圖

江參去世二百年，翰墨零落多無傳。人間幾人寫山水，誰能意在揮毫前。昨見石林舊家物，春雷疊嶂初破墨。我和葉詩頗豪放，三者相望都突兀。險危易好平遠難，如此千里數尺間。高雲舒卷非散地，麗日照耀皆名山。我持美脯酒一斗，墨汁盈盤可濡首。江生精神作此山，向山呼生當至否？高秋銀漢天無雲，帷中泠然來夜分。黄茅嶺頭華蓋頂，畫我獨訪浮丘君。

爲汪華玉題所藏長江萬鴉圖

雲集幽人愛江渚，抽思揮毫寫横素。波瀾不驚潦水盡，秋氣晶明絶煙霧。征帆去棹不相襲，岸曲洲旋總堪賦。孤村城市僅如蟻，百丈牽江直如縷。蕭蕭木葉洞庭波，歷歷晴川漢陽樹。蒹葭宿雁天欲霜，叢葦寒鴉日云暮。就中樓觀何王宫，想見華年貯歌舞。丹青倒景駭靈怪，粉黛含情怨幽阻。青春遊子憺忘歸，白日泠風帳中語。人間遺迹何足留，最惜精思墮塵土。郭熙平遠無散地，小米蒼茫託天趣。銛鋒鋋戟不破壘，刻畫晶熒昔誰苦。渤海細書藝文草，精絶戈波絶回互。南唐後主萬鴉圖，點點晨光動毛羽。昔年曾見今目昏，雖復逢之亦難覩。汪侯此卷出故家，相示摩挲極愁予。香奩犀軸見者稀，謾録餘情示來者。

題漁村圖

黄葉江南何處村，漁翁三兩坐槐根。隔溪相就一煙棹，老嫗具炊雙瓦盆。霜前漁官未竭澤，蟹中抱黄鯉肪白。已烹甘瓠當晨餐，更擷寒蔬共萑席。垂竿何人無意來，晚風落葉何毰毸。了無得失動微念，況有興亡生遠哀。憶昔采芝有園綺，猶被留侯迫之起。莫將名姓落人間，隨此横圖卷秋水。

題韓幹畫馬

韓生觀馬十二閑，時寫一二傳人間。坡翁嘗來伯時宅，見此遺迹開衰顔。前行如雲塵不動，後者追風絶飛鞚。昔人能事已可能，始覺賞識非虚諷。昔觀祕府韓絶少，得見龍眠已驚倒。使人讀詩如見畫，人中豈復生坡老。五雲之中天上奇，代産名駒天子騎。神明尚令後古見，莫歎韓生非畫師。

題秦虢二夫人承召遊華清宮圖

貴人並鞚如輕鴻，承恩馳入華清宮。道途先不止行客，策蹇奔趨烏帽風。奚囊墮地何足拾，豈有篇章浪相及。畫史當時妙墨傳，光彩流動狂情急。君不見白頭拾遺徒步歸，明眸皓齒事皆非。朝天泥滑袖封事，高閣雨餘宫漏稀。

玉隆宫所藏宋乾道宸翰雲壑二字

昔者雲歸壑，天章自九重。日華常映鳳，山氣盡成龍。俯仰遺陳迹，高深儼德容。飄然化春雨，結想在高松。

寄三衢守馬九臯

聞道三衢守，年豐郡事稀。詩成花覆帽，酒列錦成圍。鶴髪明春雪，貂裘對夕暉。扁舟應載客，閒聽洞簫歸。

寄題汪道士草亭

飛白妙娉婷，新題照草亭。仙遺相鶴法，客借换鵝經。霧雨歸懸黍，風雲護茯苓。遥知春晝永，深坐養《黄庭》。

聞雁

樓近煖雲溼，夜深聞雁低。聲音燈外盡，羽翮月邊迷。冉冉白榆上，悠悠黃竹西。應逢穆王駿，春草一長嘶。

錢舜舉畫

一樹花如雪，清明客未歸。坐看黃鳥並，夢作綵雲飛。翠袖寒猶薄，羊車過絶稀。相如能作賦，月下卷春衣。

山水圖

汎舟桑落浦，望見香爐峰。野水常攲樹，山雲不礙鐘。桃源攜客覓，松徑與僧逢。爲託荆關輩，添予九節筇。

題馬竹所畫

老樹依江岸，歸舟傍釣竿。水花看晚淨，風葉識天寒。雁字來千里，魚羹付一餐。遠山青可隱，日下是長安。

送客北門晨登山木閣

晨登山木閣，零雨煖於春。溪水解留客，梅花偏照人。秫香知酒熟，市遠覺民淳。此地堪娱老，惟愁度水頻。

仙遊道士余岫雲爲從珠溪余隱士求得華山下黄茅岡一曲規作丹室喜而賦之不覺五首

華山東下有茅岡，云是毛公舊隱場。清露尚餘丹滿臼，白雲今許草爲堂。冬憑野燒開畬隴，春託山雷淨石牀。從此便爲千載計，洞天先拜紫玄章。

茅岡地主古醇儒，乞我岡頭作隱居。嶺上閒雲從管領，澗中流水聽開除。刀耕火種從兹始，雨笠風瓢便有餘。自古詩人多會合，浮丘毛氏不愁予。

石人屹立古仙壇，雙澗交流拱一盤。臨水種松須匼匝，就中作室要寬安。洞經即日脩真訣，玉臼逢春浴舊丹。却恐山中添故事，題詩莫與世傳看。

仙游辦得茅千束，華蓋須分屋數間。微詠玉經忘我老，謾調金鼎勝於閒。龍雷變化從舒卷，鶴露清寒自往還。何似綺園諸老者，採芝初不離南山。

茅岡初劃一溪雲，玄契華陽舊隱文。謁簡自題香案吏，封章先報大茅君。種成和露桃千樹，借與摩霄鶴數羣。便是宸清真洞府，不煩夢想託紛紜。

撫郡天寧明極覺講主陪敬齋監郡奉祠華蓋特有高詠三讀敬歎僕偶共清游輒復次韻衰退不工聊資笑粲

三峰宮殿接新橋，十月長齋陟翠嶤。朝步仍垂蒼玉佩，登歌還引紫瓊簫。千枝絳蠟連虹貫，五色香雲向日飄。賴有高人陪後乘，輕清詩句似參寥。

秋日同朋游北塔山

歸田多病故人疏，好客相逢樂有餘。老去深杯那解飲，詩成大字尚能書。門生去上青驄馬，道士歸騎赤鯉魚。如此餘閒多樂事，誰能七十始懸車。

送易用昭

詩成長是倩人書，最愛東家織翠裾。遠樹斷雲春雨外，華星明月晚涼初。滿窗柹葉題都徧，短帽梅花畫不如。莫向墨池成久別，鵝羣還欲謝崇虛。

集自郡城歸溪山翁寄詩並和中字韻垂教依韻再呈殊愧遲拙

暮春長日雨兼風，買得江船未及東。出郭故人邀杜老，輟耕田父訝龐公。謾從修禊忘溪曲，何用安車徧洛中。且起紫芝行復長，詠歸先與謝崆峒。

待客花陰午過中，茶香榆火一時新。千竿嫩緑摇輕暑，數萼餘紅墜晚春。坐憶雲林行道迹，夢游仙島意生身。遠根分種如冰雪，來向清池對玉真。

己卯臘八日雪爲魏伯亮賦

官橋柳外雪飛綿，客舍樽前急管絃。僧粥曉分驚臘日，獵圍晨出憶殘年。白頭長與青山對，華屋誰爲翠黛憐。惟有寒梅能老大，獨將清艷向江天。

某與胡伯友書問疏闊稍久因楚石藏主待謁翹仰高誼賦寄此詩

喬木千章萬壑秋，使君清興在危樓。星沈夜水神魚化，霜落寒汀宿雁留。紅袖烏絲酣楚客，畫屏銀燭看吳鉤。不知肯著枯藤杖，采采芙蓉涉遠洲。

贈楚石藏主謁饒心道六有先生

不識南塘第幾橋，翠樓華屋上岧嶤。古文獨許揚雄識，幽興誰爲杜甫邀。伐木春聲生澗谷，涉江秋影蕩蘭苕。散花如雨攜雙履，解與高人話寂寥。

縉山張君榮字仲華來丞撫之崇仁歷兩政六年心平氣順上下相安如一日雖有遠役重勞亦無闕事甚可稱也予之閒居相愛如故舊每懷扈從東道往來縉山道中見其風土之勝民俗之美未嘗不談道以爲樂於其受代調官京師因記之以詩而與之别明年進秩南來觀舊治父老兒童相迎於東門之外又當歌此以爲一笑之歡也

昔從時巡出縉山，翠畦緑樹畫圖閒。驅車百折龍門險，載筆千峰虎帳閒。麥粉勸嘗銀縷熟，粱炊持獻玉漿還。道旁父老應常好，爲説鄉風一破顔。

送撫郡經歷海朝宗調官

館閣論思拜命新，風雲近接屬車塵。受鼇宣室多清夜，奏賦甘泉是暮春。雨過落花行處少，日移高樹坐來頻。知君此日行吟思，驄馬封章又避人。

東坡墨竹

扁舟憶上浣花溪，風雨横江萬竹低。石室歸來秋似水，峨眉相對醉如泥。春雷翻石蛟龍起，夕照穿林鳥雀棲。二老何年重會面，爲揮濃墨寫淒迷。

白雲間上人度夏

白雲長傍太湖飛，忽向西江度釣磯。彭澤小龍邀共飯，湖陽遷客憶留衣。筍因春雨朝朝喫，橘待秋霜顆顆肥。我自本名無所住，經函松下共柴扉。

答甘允從寄海東白紵

海國練衣雪色明，寄將千里見高情。著隨野鶴渾相稱，行近沙鷗亦不驚。江露滿船歌醉起，爐煙擕袖憶詩成。秋風遊子偏愁予，誰采芙蓉共晚晴。

孫宰金碧山水

昔代香山避暑宫，中天積翠立芙蓉。雲生金水三春柳，露滴銀牀五粒松。飛瀑橋長通窈窕，斷陂人倦立從容。舊時行處今看畫，煙雨樓臺晚更濃。

甲戌四月十七日至臨川冲雲寺祝聖壽齋罷爲賦此詩

郭西寺門雙石頭，水檻相對林塘幽。白花過雨落松暝，黄鳥隔溪鳴麥秋。衰朽虚蒙宣室問，淹遲實愛小山留。爲貪佛日同僧話，滿袖天香念舊游。

蜀人劉夢良效楊補之掀蓬圖

錦屏山下花如錦，却愛清江野水邊。放筆豈能無直幹，掀篷方欲鬭清妍。最憐半面敧歌扇，更笑輕身障舞筵。君看上林千樹雪，繁枝何處獨娟娟。

答錢翼之

吳郡名書盛有唐，流傳風致到錢郎。閉門三月梨花雨，徧寫千林柿葉霜。客看舊題驚歲月，儈將新句度江鄉。莫愁茅舍淹留久，秋菊春蘭各自芳。

柯敬仲畫古木疏篁

不見丹丘四五年，幽篁古木更蒼然。蒹葭霜露風連海，翡翠蘭苕月在川。憶昔畫圖天上作，每題詩句世間傳。前村深雪誰高卧，亦有晴虹貫夜船。

李伯宗録詩

老去逢春衹謾吟，敢煩綵筆爲追尋。玉堂天上成塵夢，茅舍山中稱野心。萬里雲霄歸鳥盡，孤村風雨落花深。文章傳世知何用，空使高情慨古今。

閩憲克莊以故舊託文公五世孫明仲遠徵鄙文老退遺棄散逸荷伯宗用昭止善浩淵子勗至善及余表姪孫陳誼予兄子豐仲弟之壻賈熙用昭之從子大年等十餘人寒冬連旬日夜録之得五十卷亦已勞矣賦此爲謝

老去斯文付寂寥，寒枝枯甲一遺蜩。虚言自欺真何補，好友相求不憚遥。敗篋塵埃煩數子，破窗燈火每連宵。書成明日尋梅去，共看春風轉斗杓。

題汪華玉子昂蘭石二首

海内出珊瑚，枝撑碧月孤。鮫人拾翠羽，泣露得明珠。

參差不可吹，紉佩寄遠道。遂令如石心，歲晚永相好。

春妍帶雪圖

玉茗深宫裏，春妍帶雪殘。可憐五色羽，相並不知寒。

題饒世英所藏錢舜舉四季花木

海棠

睡起多情思，依稀見太真。一枝紅淚溼，似憶故宫春。

黄蜀葵

花萼立清晨，鵝黄向日新。金杯承玉露，偏醉蜀鄉人。

芙蓉

丹霞覆苑洲，公子夜來遊。終宴清露冷，折花登彩舟。

家茶

萬木老空山，花開緑萼間。素妝風雪裏，不作少年顔。

題饒世英所藏孤鶴圖

海風吹月憶危巢，清夜梳翎雪墮坳。仙客不知猶是畫，每聽長唳向松梢。

贈朱萬初二首

珥貂鳴珮入明光，新墨初成進御牀。草野小臣春夢短，猶懷染翰侍君王。天曆己巳，天下大定，中外乂安，天子始作奎章之閣於宫廷之西，日親御翰墨。時榮公存初、康里公子山皆近侍閣下，以朱萬初所製墨進，大稱旨。得禄食藝文之館，其名藉甚。邈在草野，豈勝千古之思乎！

延閣晨趨接佩聲，又紆朱紱向江城。丹心要似東陽水，釀作官壺徹底清。朱萬初以藝文直長，以年勞恩賞出佐帥幕兩海，轉丞東陽。東陽文物之邑，俗第以名酒歸之，豈其山川之望哉！韓文公譏丞不負余余負丞。今丞凡邑之風俗、教命、刑獄、科賦無不得言。言之當無不可行，存乎其人而已。萬初勉之。

雪後偶成

曉來殘雪在陂陁，遠似羊羣或似鵝。憶踏春泥看柳色，駝裘貂帽度冰河。

自贊題白雲求陳可復所寫像

歸來江上一身輕，野服初成拄杖行。祇好白雲相伴住，天台廬阜聽松聲。

子昂竹

憶昔吳興寫竹枝，滿堂賓客動秋思。諸公老去風流盡，相對茶煙颺鬢絲。

八駿圖

瑶池積雪與天平，西極空聞八駿名。玉殿重來人世換，蕭蕭苜蓿漢宫城。

中秋前偶賦四首

一室蕭然絶蔽虧，桂香初發自先知。已無熱惱仍無夢，坐到空林月落時。
空林月落大如盤，雞犬無聲曉氣寒。童子傒謀朝一食，玉杯盛得露漙漙。
一杯濃露滑如飴，灌漑清涼可療飢。畢力石田嗟已晚，空山何處采靈芝？

采芝不覺過前山，偶答樵歌莫却還。人影自行殘照外，雨雲先入翠微間。

次韻答魯子翬參政二首

海風吹雨散晨曦，紈扇高堂兩鬢絲。想見東南賓客盛，臨江釃酒看潮時。

病鶴前年下玉京，空巢聊寄一毛輕。白雲千載悠悠外，自照寒溪野水清。

玉龍圖

貝闕澄澄海月生，水晶簾影接空明。鮫綃剪得霓裳就，却擁冰髯上太清。

贈閒白雲

白雲東去又經春，每想飛鴻到水濱。幾箇遮山松樹子，憑君灑雨洗埃塵。

無題

貝闕珠宮夜不眠，露華浩浩月娟娟。不應又作人間夢，窈窕吹簫度碧煙。

聞機杼

咿啞機杼隔林幽，夢覺江湖憶舊遊。滿地月明涼似水，數聲柔櫓過揚州。

溪橋踏雪

萬竹孤亭積雪明，衝寒先到寄高情。過橋不是尋常客，共聽空山裂帛聲。

賦范德機詩後

玉堂妙筆交游盡，投老江南隔死生。最憶崖州相憶處，華星孤月海波清。

送程以文兼簡揭曼碩

故人不肯宿山家，半夜驅車踏月華。寄語旁人休大笑，詩成端的向誰誇。

至正改元辛巳寒食日示弟及諸子姪

江山信美非吾土，飄泊棲遲近百年。山舍墓田同水曲，不堪夢覺聽啼鵑。

癸酉歲晚留上方觀三首

燈前自了讀殘經，風入疏簾月入櫺。坐到夜深誰是伴，數枝梅蕚一銅瓶。

偶行幽徑豈尋春，忽見叢蘭紫茁新。幸自林深可終日，莫將香引路行人。

山中積雪到簷端，獨對篝燈坐夜闌。不是梅花心似鐵，如何禁得許多寒。

田舍

晨昏車馬亂雲煙，花下追遊亦偶然。百舌無聲春亦去，蕭蕭田舍日高眠。

別燮玄圃後重寄

郭西山路有寒梅，想見臨行首重回。夜聽雨聲知水長，滿船明月幾時開？

古檜

根到深泉石作身，疏疏香葉不知春。海波不動天風遠，千歲寒蛟作老人。《學古録》，公手自編定。好事者别輯公詩曰《翰林珠玉》，其從孫堪廣蒐訪得古律詩七百四十餘篇，曰《道園遺稿》。以補前稿之所未備。

萬户張公廟堂詩 并序。以下遺稿。

大德辛丑，昭勇大將軍河南征行萬户鎮通州張公以其兵從征緬，死之。通人作廟以祀公。三十年間，朝之公卿大夫士能爲文章者，莫不爲之有所製作。泰定丁卯，公子御史亦俾予賦之。集以爲征緬事始末，在朝諸君子則知之矣。通州僻在江海之際，其人何自知之，況久遠乎！且不著夫狂夫首禍之故，成宗皇帝聖明，卒致其罪。則公所以不肯墮其搆陷，必甲胄以死之意，亦終不白於通人之將來也。故稍原其始而道之，庶其有考也。詩曰：

於赫世皇，並用豪傑。一定宇内，櫜厥戈甲。既久既安，成宗繼之。祖功莫加，道在守持。狂夫興謀，以動相國。曰昔祖宗，咸尚戰克。萬方悉來，史皆前能。我獨無名，曷稱繼承。蠢彼西南，翳叢負固。

聚落八百，各統女婦。人強善驕，馬具競豪。豢豕于牢，黄金飾槽。取而有之，富可足用。赫乎功多，以世智勇。相臣以聞，天子曰嘻！有是言哉，汝其試之。狂謀既售，諫言不入。既賦軍實，弓鉞仍戢。餽饟啓行，萬里騷然。飢危蹈毒，未戰已捐。番番名將，天子爪士。鎮于江滸，天子所使。狂夫忌之，承制驅之。詎思國謀，徒逞厥私。將軍慨言，死我臣職。可陷者身，不陷吾直。見制鄙庸，豈我召兇。心知無還，況冀立功。與其矯誣，死彼狂手。孰與奮擊，不喪吾守。孤旅轉戰，身入不回。殺戮既多，身卒死之。三軍失聲，萬士喪氣。孰明公心，君門萬重。裹革東歸，遥遥江壖。部曲候迎，悲風旆纏。民懷其忠，士感其義。虎奮鷹揚，如見其至。卜廟得吉，東望際海。神來妥之，有永無壞。狂夫辱國，天子震怒。立呼狂豎，斬以大斧。狂罪則誅，死事奈何。褒封哀榮，百世不磨。豈惟不磨，元嗣御史。既有兄弟，又多孫子。奕奕勳門，秩秩良材。天之報忠，豈有涯哉。

金人出塞圖

海風吹沙如捲濤，高爲陁磧深爲壕。築壘其上嚴周遭，名王專居氣振豪。肉食湩飲田爲遨，八月草白風颼飅，馬食草實輕骨毛，加弦試弓復置櫜。今日不樂心慅慅，什什伍伍呼其曹。銀黄兔鶻明繡袍，鶻鵃小管隨鳴軺。背孤向虚出北皋，海東之鷙王不驕。錦韝金鏃紅絨絛，按習久蓄思一超。是時畠清天翳絶，鴐鵞東來雲帖帖。去地萬仞天一瞥，離婁屬望目力竭。微如聞音鷙一掣，束身直上不回折。遂使孤飛一片雪，頃刻平蕪灑毛血。爭誇得雋頓足悦，掛兔縣狼何足説。旌旗先歸向城闕，落日悲風起蕭屑。煙塵滿城鼓微咽，大酋要王具甘歡。王亦欣然沃焦熱，閼支出迎騎小驥，琵琶兩姬紅顴頰。歌舞迭進醉燭滅，穹廬斜轉氍毹月。

題花鳥圖 一作「吳中女子畫花鳥歌」。

吳中女兒顏色好，洗面看花花爲悄。調朱弄粉不自施，寫作窗間雪衣鳥。綠窗沈沈春晝遲，半生心事花鳥知。花殘鳥去人不歸，細雨梅酸愁畫眉。此詩《元音》、《乾坤清氣》俱作虞集，《體要》作揭傒斯。

次韻馬伯庸少監四首

仍歲從巡幸，山川識重臨。講幃來濟濟，馳道止駸駸。五月衣裘薄，諸生坐席深。歸耕何待老，莫問二疏金。

移蹕宮城曙，煙花繞閣重。來王俱屬籍，稱使不傳烽。賜席還親問，囊書更手封。恐煩宣室召，視日轉蒼龍。

臣甫多愁思，長歌拜杜鵑。鑿崖通閣道，積水放樓船。惆悵霜横野，棲遲雪滿巔。經行看宿草，碧色自年年。

太平知永日，漸老惜芳晨。論説慚孤學，推揚負相臣。退思常感慨，拜賜每逡巡。郊藪多閒地，餘生託鳳麟。

奉别阿魯灰東泉學士遊甌越

憶昔同經幄，春明下玉除。掛冠俄去國，連舸總盛書。筍脯嘗紅稻，蓴虀斫白魚。莫言江海遠，咫尺玉堂廬。

題秋山圖

峰迴留深隱，天清襲素袍。棲身斷人蹟，游目送鴻毛。樹掛栖厓鷙，藤懸飲子猱。龍眠石澗冷，虎撼樹根牢。木客吟時共，山樵弈處遭。浮雲過水盡，孤月挾霜高。羽使來三島，胎仙舞九臯。左招玉斧飲，右攬赤松遨。空色收寥廓，虚聲起繹騷。彈琴遺古散，載酒棹輕舠。遂向圖中見，誰能世外逃。乘槎幾月一作日。至，一泛九秋濤。

送朱生南歸 一作「送朱仁卿」。

喜一作羨。子南歸盱水上，經過爲我問臨川。幾家橘柚霜垂屋，何處蒹葭月滿船。應有交游憐遠道，試從父老説豐年。寒機早晚成春服，一一平安報日邊。

歸蜀

我到成都住五日，駟馬橋下春水生。過江相送荷主意，還鄉不留非我情。鸕鷀輕筏下溪足，鸚䳇小窗呼客名。賴得郫筒酒易醉，夜深銜雨漢州城。

自仁壽回成都

還鄉思遠去鄉遲，王事相縻敢後期。里父留看題壁字，山僧打送捨田碑。胡桃笻竹南方要，盧橘枇杷上國知。此日君親俱在望，徘徊三顧欲何之。

送韓伯高僉憲淛西

正月樓船過大江，海風吹雨灑船窗。雲消虹蜺横山閣，潮落黿鼉避石矼。闕下諫書誰第一，濟南名士舊無雙。湖陰暑退多魚鳥，應勝愁吟對怒瀧。

寄福建僉憲馬叔惠

荔子枝頭火齊紅，高堂紈扇坐薰風。湘筠簟冷魚波合，海柏梁深燕雨通。絡緯豈知秋袂薄，扊扅長憶曉餐同。禁城來看花如錦，誰道清霜解惱公。

端午節飲客與趙伯高

龍沙冰井夏初融，簪筆長隨避暑宫。蠟燭煙輕留賈誼，銅盤露冷賜揚雄。南村久病思求艾，北客多情問轉蓬。忽聽滿船歌《白苧》，翻疑昔夢倚春鴻。

周昉畫美人圖

島上雲生日轉楣，海風吹面暮寒尖。春明玉色遺薌澤，夜定珠光入鏡奩。織得鴛鴦成一作隨。綠皺，教成鸚鵡啄紅甜。試令鼓瑟應無語，目斷歸帆思未恢。一作淹。

費無隱丹室

碧雲雙引樹重重，除却丹經户牖空。一徑綠陰三月雨，數聲啼鳥百花風。年深不記栽桃客，夜静長留賣藥翁。幾度到來渾不語，獨依秋色數歸鴻。

賦雪洲

江上經年憶雪多，長洲化作玉坡陀。舊時射虎迷蹲石，薄暮歸漁認擁蓑。河伯作宫龍獻璧，湘靈遺珮鳳停梭。鳧鷖容與江花發，更待春來生水波。

挽文山丞相

徒把金戈挽落暉，南冠無奈北風吹。子房本爲韓仇出，諸葛寧知漢祚移。雲暗鼎湖龍去遠，月明華表鶴歸遲。不須更上新亭望，大不如前灑淚時。楊鐵崖洪武初不赴召詩：「子房本爲韓仇出，諸葛寧知漢祚開。」全用此詩頷聯，《列朝詩集》所載一本云：「商山本爲儲君出，黄石終期孺子來。」豈鐵崖知襲用前人之非，後乃自改耶！鐵崖豔詩有全寫韓冬郎者，英雄欺人，不可以訓。偶因此詩而并及之。

贈道士

神室誰開自洞微，紫煙爲户玉爲扉。春容淡薄貽仙舞，夜景虛明脉望飛。繞指風雷龍睡醒，滿囊雲錦虎馱歸。猶嫌長物煩聞見，更上高臺一振衣。

贈無塵道人

雲霧爲衣月作裳，天壇獨自禮虛皇。龍收古劍沈秋水，鶴識神丹起夜光。金井有聲惟墜露，玉階無色乍凝霜。無端下界松風動，又欲飄然上鳳凰。

玉華山

何處清江擁玉華，手題名榜寄仙家。光凝石殿千年雪，影動銀河八月槎。藏藥寶函騰玉氣，説詩瑶席散天葩。奎章閣吏無能賦，得似新官蔡少霞。

王庶山水

蜀人偏愛蜀江山，圖畫蒼茫咫尺間。駟馬橋邊車蓋合，百花潭上釣舟閒。亦知杜甫貧能賦，應歎揚雄老不還。花重錦官難得見，杜鵑啼處雨斑斑。

畫虎圖贈真一先生

獵獵霜風木葉乾，月明曾過越王山。青龍久待蟠仙鼎，赤豹相呼守帝關。終歲采芝茅阜曲，豐年收穀杏林間。誰家稚子能爲御？長與桃椎共往還。

滕王閣

城頭高閣插蒼茫，百尺闌干背夕陽。秋雨魚龍非故物，春風蛺蝶是何王。帆檣急急來彭蠡，車蓋童童出豫章。燈火夜歸湖上路，隔籬呼酒説干將。

京師秋夜

風竹撼秋聲，天寒夢不成。如何今夜月，偏照客窗明。

王朋梅東凉亭圖延祐中奉勅所作草也

灤水東流紫霧開，千門萬户起崔嵬。坡陀草色如波浪，長是鑾輿六月來。

丁卯禮部考試次韻二首

憶昔坡頭接錦袍，深堂披卷効微勞。三年重得同清夜，宫燭風簾見月高。

袍鵠鏘鏘赴曉闈，分廬陳藝别東西。憑教紅杏休開徹，早晚開闕蹋雪泥。

東家四時詞四首

臨流洗硯見長身，白苧寬衣短葛巾。紈扇自題新得句，水亭分送倚闌人。
摩挲舊賜碾龍團，紫磨無聲玉井寒。鸚鵡不知誰是客，學人言語近闌干。
澄波千頃擁高鬟，手折芙蓉月下還。解憶高堂風露冷，袷衣先送碧雲山。
賀雪宮門上表歸，貂裘猶帶六花飛。海南新送收香鳥，轉覺清寒入翠帷。

贈傅與礪

水玉空青不易求，蘭苕翡翠擅清秋。才情豈是人間少，不到高唐夢未休。

洪厓橋

澄江如練碧悠悠，一色蘆花覆遠洲。無盡春天歸雁急，月明寒影不曾留。

題張希孟凝雲石

海口不盈握，隤然如委雲。危岑集遠思，虛竇棲微熏。天高泰華斷，日出香爐分。几研襲清潤，文章互絪緼。潛雷起神谷，震驚天上聞。亟視恐無及，化爲九龍文。

朱秀之杞菊軒

高軒何所植，杞菊交根枝。紫實既秋熟，黄花亦晚滋。嘉名信共愛，何以療予飢。此邦號富庶，士賈志懷資。蕭條山石間，誰復見惸嫠。遺脱兼并餘，椎剥無完肌。縱彼百畝受，豈得安耘耔。種此頃步內，庶無征奪思。採擷勿違節，烹芼貴有宜。三咽可千歲，逍遥奉天隨。某游吴中，因省墓山間，頗見田野有可念，因賛高軒之樂而及之，庶觀風者之有采而知之者。

送豫章熊太古兼寄蘇伯修參政

豫章有家學，禮樂不見收。爲養不擇禄，淒涼向炎州。攬結桂樹枝，誰爲玉雪謀。十年一再見，我老君白頭。古劍光陸離，繫以珊瑚鉤。激昂文史間，未愧班馬儔。蘇君天下士，定價琳琅球。江漢方渺然，爲我觀素秋。長吟以相送，明月在高樓。

李伯時九歌圖

太乙神君號東皇，玉質要妙含和陽。生生氣始通微茫，綿綿蒸空神中央。浮英上羅文天章，覆冒下滿谷與阬。旁塞無間靈無方，靈來乘柔往乘剛。湘君夫人鎮相望，清温静好非淫傷。司命元老元氣昌，手執藜杖色老蒼。歷劫壽命不可量，少君之壽同其長。離無異體合有常，出入萬化終不亡。晶明發晨上榑桑，海天赫赫真金芒。質鍊不滅長垂光，河源混混流湯湯。伯也坐視無迎將，千古萬古何堂堂。彼幽爲厲爲強梁，朝貍暮豹方鴟張。精魂熠耀志意荒，招之不反巫無良。屈生作歌沈九湘，世人傳聲罕尋詳。祝融仙子調玄黄，九神出圖百怪藏。不信請視虞公章。

送吕教授還臨川 并序。

古者仕不出其國，五十里百里而已。入仕王朝，才千里而近。無父兄妻子墳墓屋宅之别，而有禄食之羨、車服之華焉。豈不便適人情乎哉！今國家奄有宇宙，仕者視南交朔易，若東西家然。則彼出入驅馳，不越乎州閭黨術之間者，不亦隘乎！吕君仲謙世居臨川之南，山木鬱茂，田毛易長，仰事其親，俯育其妻子，何嘗有意於遠游哉！一旦用薦書得爲遼東學官，隨牒以行且萬里。冬裘不足以禦寒，蔬腸不勝其恆肉。雖志氣不變，然情能無少違乎！僕願留之館中而不可，歸其宜也。故作詩以送之。

黄金作臺留好客，好客不留秋月白。一作色。東風吹雪滿衣襟，却賦長歌送行客。遼東之山醫巫閭，六月五月雪不除。昨朝遣使降香去，五尺冰上行飛車。一作飛行車。知君江上慣舟楫，快馬如龍亦徒設。束取來時一卷一作東。書，還向江波對一作弄。明月。我本蜀人隨水來，結屋與子相鄰隈。白髮京塵不歸去，臨風相送興一作空。悠哉。

城南春曉圖

天台先生有山癖，卧起無山朝不食。幾年騎馬聽朝雞，磊磈諸峰拄胸臆。陳生受意不受辭，竟拈禿筆爲掃之。既安樓觀對奇石，復著梁棧横清漪。游吾舊游釣吾釣，隔林彷彿聞幽鳥。瓊臺何處無桃花，此是城南暮春曉。夜來天子傳詔呼，先生直上鑾坡趨。盤盤回復一萬里，無限好山并好水。如從島上見陳生，盡寫歸來畫堂裏。

金馬圖　人負金馬睡於馬上。

賈胡自騎千金馬，解囊小憩荒城下。平原無樹起秋風，夢到陰山雪横野。太平疆宇大無外，外户連城無閉夜。不然安有獨行人，懷寶安眠如畫者。

刷馬歌

天馬之來大宛國，漢帝心馳渥洼域。貳師兵甲費如山，毛骨權奇不多得。世祖開基肇太平，昔日大宛俱拱北。如雲之馬西北來，飛控驚塵遍南陌。豢養年深生息蕃，卽今詔刷無遺迹。青絲絡頭千萬輩，戢戢駢頭死槽櫪。一程瘏毒一程愁，比到燕山肥者瘠。吾觀天廄十二閑，五花成隊春斑斑。監官喂養盛芻豆，年年騎去居庸關。聖朝誰信多盜賊，却慮騎氣藏凶奸。駑駘盡從天上去，騂騮豈得留人間。漢人南人窘徒步，道路相從俱厚顔。我今已是倦游者，東家蹇驢何必借。布襪青鞋取次行，正喜不遭官長罵。鄉里健兒弓弩手，詔許征鞍常穩跨。嶺南烽火亂者誰？何事至今猶梗化。君不見漢文皇帝承平時，千里之馬將安之。又不見項王一騎烏江渡，到頭不識陰陵路。

次韻葉賓月山居十首　録四。

冰泮溪流碧，雲生島嶼紅。輕陰殘夢裏，遠樹亂愁中。鷗外兼晴絮，鶯邊共晚風。地偏山氣近，霏靄溼房櫳。

露冷天光逼，溪澄夜影圓。水花含窈窕，山吹縱清䌥。爲覓洪崖侶，重尋赤壁船。翻愁孤鶴外，回互萬山連。

緑瑣依松潤，緗簾亂蘚斑。吹笙花下散，飛燕雨中還。有客歸謀酒，無言卧看山。春禽忽相喚，深樹兩關關。

風日宜芳歲，煙霞樂燕居。坐深閒看弈，燭冷静修書。臘醞紅生玉，春盤緑間蔬。但須門有客，不問食無魚。

酬崔御史送熊掌

熊掌來東國，分甘到老夫。鸞刀寒斷節，翠釜煖柔膚。免脱中山醢，魚藏丙穴腴。藜腸渾未厭，玉食恐時須。

代祀西嶽答袁伯長王繼學馬伯庸三學士二首、

紫禁沈沈曙色低，奉祠羣使已班齊。承恩歸院迷煙樹，乘傳開關蹋雪泥。蹀躞共憐騎苑馬，逶迤不若聽朝雞。山川有事寧辭遠，咫尺成都是國西。

棧道年年葺舊摧，已將平易履崔嵬。經行關輔圖中見，夢戀鄉山馬上來。諸葛精神明似日，相如情思冷於灰。重思親舍猶南國，願託江波去却回。此題袁伯長首唱而諸君和之，足以見一時館閣諸臣風采。袁、虞、王、馬，方駕並驅，此正有元極盛之時矣。集中所載諸公倡和之什，雖不必盡工，而各存之，以備參考。如此題及上京雜咏等類是也。

張道士蜀山圖

碧玉參天是蜀山，舊曾飛度歷孱顏。松風上接空歌外，蘿月長懸合景間。試劍丹崖秋隼疾，濯纓清澗夜龍閒。君家虛靖歸來日，冉冉蓬壺爲憶還。

從兄德觀父與集同出榮州府君宋亡隱居不仕而歿集來吳門省墓從外親臨邛韓氏得兄遺蹟有云我因國破家何在君爲脣亡齒亦寒不知爲誰作也撫誦不覺流涕因足成一章并發其幽潛之意云

我因國破家何在，君爲脣亡齒亦寒。南渡豈殊唐社稷，中原不改漢衣冠。温温雨氣吞殘壁，泯泯江潮擊壞欄。萬里不歸天浩蕩，滄波隨意把漁竿。

興慶宫朝退次韻袁伯長見貽是日上加尊號禮成告謝集卽東出奉祠齋宫

翠蓋重重寶扇斜，從官穿柳散慈鴉。過宫路遠紆天步，上壽杯深閣雨花。玉貫兩虹通象錦，衣成五綵鍊雲霞。奉祠東出蓬萊道，春水鳧鷖踏漢槎。

和李秋谷平章小車詩

雪晴宮草隱晴沙，相國朝天試帝車。班馬晝移温室樹，鳴鸞晨度掖垣花。搴帷每命賢俱載，趣駕頻煩使至家。此日龍門誰執御，擁經正履侍金華。

游岡子原呈王學士

岡子原頭春色濃，小車晨出看東風。雨餘林潤人烏好，日煖沙平我馬同。西引峰巒來座上，東瞻樓閣起天中。詠歸莫作忽忽晚，儻解相逢擊壤翁。

次韻寄元復初

黄粱夢覺人千里，白璧歸來月一缸。尊酒幾時忘北海，束書無路到東窗。卧龍宛宛冰生壑，飛鶴翩翩雪灑江。無限心期總寥落，秋風煙樹引歸艟。

羅若川畫松

暮春多雨晝冥冥，羅生畫松當素屏。老蛟化爲劍氣黑，白鶴下啄苔痕青。傳來日暮自篝火，夢入幽巖尋茯苓。不遇胡僧露雙脚，石函自了讀殘經。

送胡士恭

十年京國擅才華，宰相頻招載後車。太液蒼涼黄鵠羽，玄都爛熳碧桃花。三清風露仙人館，萬里煙塵野老家。拂拭舊題如隔世，華星明漢望歸槎。

舟泊安和阮宅次黄志高韻

十月東歸下石瀧，羣公促膝共輕艭。蕭雲故宅多喬木，阮籍清尊對暮江。方駕肯來良馬五，尺書先寄鯉魚雙。欲求深隱何山曲，雪竹霜筠共一窗。

賦文子方家篔簹亭竹影

數箇篔簹一小亭，南窗承日印寒青。水晶簾裏珊瑚樹，雲母屏間翡翠翎。却愛微風動蕭瑟，翻疑薄暮倚娉婷。憑君縱有鵞溪絹，莫與空花結定形。

舟次湖口

江沙如雪水無聲，舟倚蒹葭雁不驚。霜氣隔篷纔數尺，斗杓插地已三更。抛書枕畔憐兒子，看劍燈前慨友生。尚有乘桴無限意，催人摇櫓轉江城。

聶空山畫扇

客來山雨鳴磵，客去山翁醉眠。花外晴雲靄靄，竹邊秋月娟娟。

青山白雲圖

獨向山中訪隱君，行窮千澗水沄沄。仙家更在空青外，只許人間禮白雲。

寄澄湛堂法師

月中桂子落巖阿，想有林間閡〔貝〕（具）多。持足地神衣拂石，獻珠天女襪淩波。香因結願留龍受，水爲烹茶喚虎馱。寄到竹西無孔笛，吹成動地太平歌。

送戴真人歸越

戴先生，日飲五斗醉不得，再飲一石不肯眠。昨從桃源來，兩袖攜風煙。長安道上小兒女，拍手攔道呼神仙。馬如游龍花如雨，蹴踏春秋作朝暮。東方不作窗間戲，上帝還令海邊去。海邊玉虹夜不收，貝宮珠闕皆蛟虯。芝田玉樹久相待，天上老仙那肯留。戴先生，鑑湖之水三千丈，不可以鑑可以釀。明朝亦脱錦袍去，與汝酣歌釣船上。

田汝成《西湖志餘》云：「虞伯生際遇文宗，置奎章閣爲學士。順帝爲明宗子，文宗忌之，遠竄海南。詔書有曰：「明宗在北之時，自以爲非其子。」伯生筆也。文宗晏駕，寧宗立，八月崩，國人迎順帝立之。伯生時在江西，詔以皮繩縛腰，馬尾縫眼，夾兩馬間，逮捕至大都。嫉之者爲十七字詩曰：「自謂非其子，如今作天子。傳語老蠻子，請死。」至則以文宗親改詔稿呈，順帝覽之曰：「此我家事，豈由爾書生耶！」遂得釋。兩目由是喪明。按《元史》，伯生在文宗朝，中丞趙世安嘗以集病目就醫爲請。幼君殂，大臣用至大故事，召諸老臣赴上都議政，集在召列。馬祖常使人告之曰：御史有言，乃謝病歸。無馬尾縫眼之事，稗史流傳，恐未足以徵信也。

楊推官載

載字仲弘，建之浦城人。後徙家於杭。博涉羣書，年四十不仕。户部賈國英數薦於朝，以布衣召爲翰林國史院編修官，與修《武宗實録》，調海船萬户府照磨。延祐初，以科目取士，首應詔，登進士第。授饒州路同知浮梁州事，遷寧國路總管府推官，卒。初，吴興趙魏公孟頫在翰林，得載所爲文，極推重之。由是文名隱然動京師，凡所撰述，人多傳誦。史稱其文章一以氣爲主，而於詩尤有法度，自其詩出，一洗宋季之陋云。臨江范亨父序其詩曰：仲弘天稟曠達，氣象宏朗。開口論議，直視千古。每大衆廣集，占紙命辭，敖睨横放，盡意所止。衆方拘拘，己獨坦坦。衆方紆餘，己獨馳駿馬之長坂而無留行，要一代之傑作也。又曰：皇慶初，仲弘與余偕爲史官，每同舍下直，回翔留署，或至見月，月盡繼燭，相語刻苦澹泊，寒暑不易者，惟余一二人耳。虞文靖公與仲弘同在京師，每載酒詣仲弘，問作詩之法焉。仲弘酒既酣，盡爲傾倒，他日見文靖詩，歎曰：此非伯生不能作也。仲弘與虞、范齊名，其相與切磋如此。嘗謂學者曰：詩當取材於漢、魏，而音節則以唐爲宗。又言用功二十餘年，始能會諸法而得其一二。故當時之論詩法者，以仲弘稱首。

雪軒

北風海上來，大雪何壯哉！上下九萬里，洗淨無纖埃。君家十二樓，軒窗洞然開。吹笙擊鳴鼓，呼賓與銜杯。名言落四座，大笑聲如雷。舉頭望長空，高興驚冥鴻。仙人五六輩，飛下白雲中。粲粲明珠袍，相從萬玉童。問君何所事，未就丹鼎功。翩然却攜手，共入蓬萊宫。

桶底圖

巨鼇奮其首，戴山出海中。神人擇所處，共構金銀宫。凭高開户牖，屈曲互相通。女仙七十二，顔色如花紅。一一執樂器，奏曲殊未終。世傳《桃源圖》，其徵彭澤翁。此本出異士，雕刻尤精工。天地極廣大，爲地當不同。我願學仙道，積久乃有功。鍊形去滓穢，五色浮虚空。一朝乘風去，浩然入無窮。

次韻景遠學士立春日二首

大雪入歲暮，其兆爲有年。漉漉始彌旬，父老怨苦寒。平旦上馬去，重裘忽如單。况彼牛衣子，束緼噓微煙。賴有固窮節，猶念及古先。

人事重名實，趣向盡百端。丈夫負雄氣，動欲追古賢。於意少不愜，自放江海邊。登高望八極，雲氣生我前。萬事何足問，所須惟酒錢。

送淳安徐教諭之任

握手出南城，眷眷從此辭。蒼茫寒江色，日暮浮雲滋。大舟挾雙櫓，輕若駟馬馳。淳安衆才彦，並遲得師資。擊鼓會高堂，帷帳春風吹。執經列座下，質問無留疑。平生五車書，少出胸中奇。欻然聽佳譽，庶用懌我思。

太古雪爲楊友直賦

往時天大風，能吹華山裂。墜此一卷石，或云太古雪。粤自開闢初，雲氣所凝結。已經六萬歲，變化同巇嶫。望之色正白，表裏共澄澈。塵土不能涴，光采燿日月。願君勿愛此，持以獻金闕。冋中避暑時，持用消毒熱。

偕虞伯生魏雄卿魏池燕集分韻得閣字

侯家有貴客，置酒燕池閣。溽暑方盛極，風雨俄大作。移楊相簸蕩，蒲荷紛偃薄。亂叫失蛙黽，囘翔迷鸛鶴。街流汙穢盡，竇湧波濤惡。喧聲劇降殺，神氣欣洗濯。趣歡争酬酢，獻笑雜歌咢。益弛劍珮嚴，未厭觥籌錯。調燮維理得，滲漉宜施博。和澤布原野，溼煙散城郭。嘉蔬已蒨蒨，良苗常濯濯。吾徒家食餘，豫有豐稔樂。

題金壇宋氏自怡軒

白雲生何許？萌芽自山石。厥初僅毫末，須臾大充斥。蔓延塞虛空，日月爲昏匿。或時爲霖雨，庶類蒙潤澤。或隨飄風散，起滅竟無迹。相緣千萬變，發色黑青赤。畸人飭棟宇，遠俗喜幽闃。開軒納高曠，撫翫自怡懌。人情慕富貴，驅逐不暫息。轉盼失故常，在己何所得。上下數千載，往事猶歷歷。於焉服聖訓，無用苦沈溺。昔年陶隱居，常作帝王客。挂冠神武門，作詩寫胸臆。超然處物外，可謂且貞白。何以企若人，鞠躬修道德。

礀松爲丁師善作

礀松高百尺，磊落多大節。連根抱危石，古色黑如鐵。隆冬方沍寒，山中積霜雪。蘿蔦悉枯死，蒼崖猶凍裂。此時唯老榦，峭直不摧折。國匠求美材，瞻望歎奇絶。險阻不可致，既作復中輟。我願驅六丁，操斧隳嶱嵲。得此棟梁材，持以獻天闕。

劉將軍詩

交趾小蠻夷，去國將萬里。土産無異物，其人狀如鬼。溼熱生瘴氣，疾者無不死。天兵雖南征，棄之良有以。往年鄂州省，綏靖失其理。交馳赤白囊，來告犯邊鄙。遣人覘虛實，在廷孰可使。矯矯劉將軍，一旦備行李。有才兼文武，不但善弧矢。深入險惡地，限敵纔一水。介者數百人，視之若螻蟻。移文至其國，詰問事終始。指摘中利害，文辭更深美。報書禮甚恭，敝邑何敢爾。疆吏争怨隙，搆煽乃爲此。賄賂却勿受，足以振綱紀。威聲聞遠方，一邊禍爲弭。國家方全盛，武備不可弛。如此將帥才，宜歌宿衛士。

古木詩

大木生何許，乃在泰山隈。泰山崖石裂，怒水響如雷。浸潤長膏液，根株日以培。縱歷千百載，霜雪不能摧。長安天子詔，欲築九層臺。臺上搆宮殿，青雲共徘徊。匠氏走海内，博求棟梁材。萬夫治道路，揮斧重林開。大器當大用，小器易翦裁。有如豪侈士，蹤迹困塵埃。適可厚自養，毋爲輿歎哀。

題文丞相書梅堂

大厦就傾覆，難以一木支。惟公抱忠義，挺然出天資。死既得所處，自顧乃不疑。惻愴大江南，名與日月垂。我行見遺墨，再拜墮涕洟。名堂有深意，亦唯歲寒枝。可知平昔心，慷慨非一時，峩峩著棟宇，昭昭示民知。勿使風雨敗，永慰千古思。

塞上曲

沙塞何窅窅，樹短百草長。大河屈曲流，不復辨四方。驅車日將夕，黑雲隱長岡。人馬俱飢疲，解鞍飲寒塘。張坐逐平地，擊火燒烏羊。挏酪過醇酎，搖艷盈杯觴。既醉歌嗚嗚，頓蹋如驚狂。月從天外來，耿耿流素光。悲風動寥廓，拂面吹胡霜。白雁中夜飛，參差自成行。一箭落霜羽，挾弓負豪強。中情無留滯，千載能鷹揚。

偶題

叢生園中草，蔚蔚媚幽姿。乘時各敷榮，皓色被緑枝。似有微香發，秋風輒吹之。人人襟袖中，亦復可憐兹。詰朝步荒畦，莖葉稍離披。飄零卽已矣，霜露不爾私。榮悴既有時，小大何異而。幸愛七尺軀，天道不可誣。

夢讀退之詩頗奇詭已覺記其大旨作此篇

自聞蓬萊山，大林夾長巒。上生蘡藤蘿，下生荆榛菅。仰不見天日，藏蓄霧雨寒。仙聖常所處，沮洳亦少乾。雖云誇鳳凰，出入傷羽翰。哀音起空洞，令人鼻準酸。我欲訴上帝，爲施鐵鑿鑽。琢落石側裂，化爲千丈磐。瓊樓與玉殿，玲瓏相通寬。日月交户牖，光射青琅玕。而我從吾師，來遊樂且般。呼吸養元氣，華腴生肺肝。萬劫永不死，如循環無端。竊爲仙聖慮，炳然心若丹。上帝如許我，致此亦何難。

雪後次韻鄭集之

雪後登高望，江山信奇哉。重岡起且伏，相連白皚皚。水官方謝事，雲氣䨨然開。六龍翻滄海，赤日從中來。萬物將蠢動，忽如登春臺。木行味正酸，含萎先屬梅。天時亦相應，初昏占斗魁。遨遊自兹始，入林踐蒼苔。西湖青瀰漫，西山高崔嵬。長松更千載，老枝多折摧。名僧創精舍，静謐依巖隈。伊予實放士，正可誅蒿萊。情深惟痛飲，毋吝發新醅。家人欲求我，但見白雲堆。機心無自作，可使絶嫌猜。君辭如泉涌，我醉如山頽。卜居同里巷，時時得追陪。爲瓶或先罄，此恥當及罍。大雅歌治世，其音不宜哀。有倡必有和，愧我非長才。美哉春雪篇，雲漢共昭回。

次劉師魯韻

三年客塞上，日夜懷舊丘。飢來迫我去，何暇爲遠謀。四顧無一親，此身如羈囚。悲風動沙漠，回首令人愁。道路已漫漫，歲月復悠悠。丈夫四方志，至此何所求。買船發河上，河水亦南流。擕鉏理荒圃，吾疾日已瘳。飛雁至江滸，北風天始涼。是時禾黍登，斯人亦少康。皇天降厚德，胡爲私一方。燕趙及齊魯，人飢或相戕。奈何有積廩，如陵復如岡。生非肉食者，此憂心甚長。亟謀樹阜壤，誅茅覆小堂。我志亦易豐，歲祀有特羊。

橘中篇

並海無山林，莽莽皆平疇。君家擇地利，卽此營菟裘。雜樹作藩屏，青紅間綢繆。其中植橘柚，擁蔽枝葉稠。盛夏開白花，朱實懸高秋。飛霜虐萬物，寒風助颼飀。凌晨察變候，策杖巡維陬。是何黄金多，暴露宜藏收。採摘資衆力，轉輸及他州。子長傳貨殖，謂此同列侯。上充國家賦，下貽筐筥謀。千緐可坐致，何必龍陽洲。

次韻袁伯長

盤盤海底石，並樹青琅玕。至陽生至陰，龍宮常苦寒。揚光炫朝彩，吐氣蒸微瀾。根株歷千載，莫測勞悴端。端如巢居子，草木皮衣冠。超然去人羣，取友跡與翰。日誦黄帝言，浩歎淚闌干。奈何天下治，必以雲爲官。佩劍黃金環，咀丹白玉盤。自闢至人德，積熱生肺肝。黃塵日暮起，對面不相看。三山在何處？使我師王韓。聊歌紫芝曲，倚君清夜彈。

題屏風畫商山四老人

飛雪灑遥野，衝波蕩無垠。蟠蟠山谷間，居此四老人。下爲民庶師，上作王家賓。清風眇何許，馳想寂寞濱。

遣興偶作

春蔬茂前畦，蒨蒨有顏色。珍禽叫深樹，過耳亦一適。用是易吾慮，毋爲自襞積。放浪天地間，無今亦無昔。古人得意處，相與元不隔。如何故人心，未照我胸臆。徽言及纖芥，實出左右力。豈憚決係躧，人生且爲客。

書懷寄杜原父二首

吾生何爲者，穉年志頗高。神仙與功名，壯思躍秋濤。中宵豈無寐，悲甚幾欲號。後來失所養，百數患難逃。竭力奉甘旨，出入身甚勞。舊書益遺忘，九牛存一毛。稍後與人事，忍情如忍刀。旦夕自惟念，未足非兒曹。常欲力道德，屢失迷所操。區區習蠹簡，對案夜焚膏。儻然有所得，中心樂陶陶。忽如從古人，握手共遊遨。攜持亦何事，庶用娱蓬蒿。追思作詠歌，示之必賢豪。丈夫生世間，毋論賤與貧。

夙發多意氣，往往惟任真。松柏生高岡，挺然固出羣。不爲霜雪阸，不爲風雨春。得時可行道，節義亦足伸。吾生託下土，所識凡幾人。窮交獨相慰，笑語亦復親。

遥望山下雲，旦起迷羣岫。老鶴巢其中，縹緲標末構。長鳴對秋月，鳴罷復俯咮。散入墟落閒，聞者莫能究。顧惟雲外客，娱心飲醇酎。於此何如哉？吾亦有所遘。往來常泛舟，泝流浙江上。是時秋風高，濤水日夕壯。瞬息踰百里，猛捷莫可狀。倚船縱觀久，力可騎鯨况。顧謂吾友言，爲樂頗豪放。斟酌尊中酒，懷抱益虚曠。常從山中遊，實愛巖谷幽。長松蔭泉水，四時清如秋。佇立輒良久，忽欲忘其儔。吾聞古來人，山居多名流。此語或可信，市朝安得留。

贈執中允上人

南山多白雲，澶漫塞崖谷。中有龐良叟，寂寞卧林屋。前門樹高松，後户植幽竹。孤風相纏繞，波濤驚蕩沃。梵文五千卷，誦説盡精熟。時時發清唱，鏗鏘擊金玉。伊余走海内，一見輒歎服。願言從之遊，淡泊心自足。

次韻韶卿壬寅元日又三日聞游人頗盛之作

堂堂宵雨過，栗栗曉寒仍。獻歲人同得，東郊事復興。杜門疑我拙，有句愛君能。且驗臨階草，從今日漸增。

寄劉師魯

想君遊宦處，正值洞庭湖。落日波濤壯，晴天島嶼孤。舟航通漢沔，風物覽衡巫。天下文章弊，非君孰起予。

贈吾子行

春雨連城闕，春雲映户多。長衢方淖濘，小水亦風波。抱獨能如此，思君可若何。便當乘興去，著屐一相過。

東陽十題 録六。

焦桐

只作全生計，唯存半死心。芻蕘猶不置，斤斧重相尋。遂使煁焦釜，誰爲愛古琴？有材不足恃，愁絶念知音。

蠹簡

往古韋編在，何年始汗青。蠹蟲深卜宅，科斗少成形。泯滅阽秦火，搜羅出漢廷。斯文天未喪，不敢望全經。

塵鏡

收藏無寶匣，歎息網絲懸。孰使明爲暗，如觀醜勝妍。玉臺終寂寂，金鵲尚翩翩。政訝開元日，虚將盛事傳。

廢檠

二尺書檠在，如今久棄捐。魚膏雖有焰，蠹簡獨無緣。牆下偕遺礫，窗間帶舊煙。却觀提挈處，辛苦悔當年。

敗裘

寂寞牛衣子，能無敝緼袍。塵埃須浣濯，蟣虱費爬搔。意味存雞肋，寒涼視馬毛。千金既銷鑠，猶聽朔風號。

卧鐘

漢殿經焚後，虢然卧草中。雕幾牙板廢，鏽澀土花蒙。追蠡難陳力，華鯨不奏功。待賢初設簴，想見古人風。

送屠存博

君往金陵郡，於予亦有聞。海環平野盡，山出大江分。未召元司馬，誰憐鄭廣文。自今師道立，章薦必紛紛。

渡江寄俞仲連

舟濟大江濆，中流日欲曛。鹵翻沙際雪，潮落渡頭雲。鯨躍常知候，鴻飛不亂羣。頗思論勝概，把酒莫如君。

奉題伯父雙峰樵隱四首

山出雙峰秀，溪流一派清。土風存禮讓，人事省將迎。路逐高低過，田隨早晚耕。家林有如此，南望每關情。

石樹盤根瘦，沙溪激浪清。竹間看犢臥，木末見人行。穡事常分力，樵歌輒和聲。從來攜杖處，不礙白雲生。

山曲兩三家，相過路不賒。對門開竹徑，臨水種梅花。酒熟留人醉，詩成任客誇。時時談舊事，相看鬢垂華。

草滿三春緑，山留萬古青。呼兒欣解意，應俗憚勞形。採菌敲寒木，收魚照夜汀。祇應老崖谷，束帶尚論經。

送方韶父先輩遊五湖

蕭蕭垂素髮，渺渺泛滄波。過眼江山好，離家日月多。詩名終不朽，世事復如何。一往五湖上，蒼茫問釣蓑。

和張仲實之吴興舟行雜詠

水程通百里，雲樹隔千層。鶴髮歡相見，龍門羡獨登。文辭毋乃壯，杯杓尚能勝。仰止情何極，吾爲附驥蠅。

寄題羅氏别業

門前臨白徑，長日少人行。野樹重重暗，溪流脉脉清。山形元不斷，雲氣自相縈。已似龐公隱，何時重入城。

次韻江行四首

潮頭終歲白，沙腹有時皤。利涉他州柁，終更古戍戈。天依臨海樹，風作滿江波。亦有投竿意，還聽《孺子歌》。

藜羹真我食，薜荔亦吾衣。養性隨時足，全生徇物非。秋蓬猶未定，風樹莫相違。謾作煙霞想，曾無羽翼飛。

路僻行來好，天清望極遐。白魚翻急浪，黄犢卧晴沙。柳吐千條葉，梅殘幾樹花。佳辰從此數，歷歷看韶華。
子胥因諫戮，茲事幾經秋。顧爾忠難掩，于今憤不休。天風吹地轉，海水入江流。欲問鴟夷處，茫然使我愁。

送孫大方歸朝元宫二首

高卧林泉表，超然謝世紛。空山鳴白雨，古石繫蒼雲。不作夔龍伍，甘從鹿豕羣。都門遊宦客，回首總
慚君。
爲樓因地勢，四面盡青山。路落秋城外，河流曉樹間。雁飛雲莫莫，龍現雨珊珊。建木光華盛，何時共
折攀。

題信州先天觀圖二首

高林褰翠氣，虚谷散虹光。道士多騎虎，仙人自牧羊。澗泉通地遠，山嶺際天長。戴子文爲記，流傳示
不忘。
四圍山不斷，狀若碧芙蓉。谷遠含風細，崖深下露濃。茂林藏虎豹，陰洞伏蛟龍。恍惚神人降，浮空羽
蓋重。

次韻引浚儀公題蘭竹卷子

樹蕙連叢竹，祇應族類同。相依巖石畔，併入畫圖中。勁葉凝清露，危梢倚碧空。諒非高世士，此意固難通。

惠崇古木寒鴉

江上秋雲薄，寒鴉散亂飛。未明常競噪，向晚復争歸。似怯霜威重，仍嫌樹影稀。老僧修止觀，寫物固精微。

送林季羽入京宿衞

青雲自致身，磊落見斯人。卷衮辭蒼麓，垂纓侍紫宸。漏殘珠閣曉，香煖玉爐春。儻厭承明事，歸來衣錦新。

送徐義父入京

幽燕向日邊，裘馬去翩翩。磧迥沙如雪，河窮浪入天。上書雙闕下，待詔五門前。壯節多奇遇，無煩愧往賢。

中秋

攬雲憑結構，步月上林臯。不記金尊竭，頻瞻玉宇高。衶清存夜氣，天闊數秋毫。百尺樓如在，何煩卧汝曹。

送王元禮歸平城

燕趙多奇士，遺風有固然。射雕猶絶藝，屠狗亦名賢。形勢威天下，風流號北邊。送君歸此地，亦欲奮吾鞭。

題青田葉叔至野清堂

爲堂殊顯敞，在野興尤濃。白水流千折，青山繞百重。樹麻行旆旆，蒔木倚童童。相對漁樵話，終朝亦罕逢。

送張宣撫使嶺南

奉使入蠻煙，終軍始妙年。抗旌辭朔野，擊楫渡湘川。翠竹侵巖際，黄茅盡海邊。狼荒非善地，爲戒莫留連。

送李侍郎使安南

九秋天色晚，萬里送君行。馬首塞雲起，腰間寶劍横。奉揚天子命，慰答遠人情。直渡蠻江水，炎氛一日清。

送吳清叔

驛路程雖遠，帆風勢甚遒。青山隨岸去，白水滿江流。牢落添新愁，繁華憶舊遊。只今歸去好，把釣即槎頭。

次韻夏仲勉

不喜爲文富，長憂得酒慳。尊罍堆案上，筆硯棄牆間。有傳追王績，無書繼賈山。貴人能慢士，往見亦胡顏。

冬至次韻張宣撫二首

北去關河遠，南歸歲月長。屠龍雖有技，相馬獨無方。雲水連天暗，霜蕪滿地荒。客遊應未已，塵土在衣裳。

瀛海無消息，冥冥鳥道長。已驚雙鬢短，更待兩瞳方。落日依平嶂，洪河入大荒。憂來那可得，揮淚欲沾裳。

酬吾子行

耿耿思朋舊，悠悠涉歲華。既依秦大姓，方問魯東家。雅道將誰與，新詩敢自誇。祇今能會合，不憚路途賒。

贈周景遠學士

朔易回元氣，人才起俊流。蜚華當翰苑，文采冠中州。振珮趨臺閣，抽毫侍冕旒。人傳《鸚鵡賦》，家有鷫鷞裘。式覩黌宫立，共惟祀典修。一朝虞或缺，六器俾旁求。俎豆俄成列，蘋蘩遂可羞。中朝方有道，下士實同休。已及歸鴻候，姑爲食蟹謀。朋簪多繾綣，使節少淹留。曉日花間酒，春風柳下舟。篇章微品藻，山水愧清幽。鄭璞曾先辱，隋珠不暗投。考槃雖自引，闚覯亦吾憂。簡册銷長日，蓬蒿憚凜秋。論高非縱誕，興遠託賡酬。尚憶駒千里，胡能貉一丘。何當把君袂，相逐馭風遊。

壽杜尊師

澹蕩風雲氣，沈雄虎豹姿。由來天下士，絶異里中兒。苦縣常栽李，商山舊采芝。不當卿相位，猶可帝王師。始有巾車獲，俄蒙仄席知。賢才方並用，讒説遽相欺。豸角將巍冠，龍鱗敢逆批。變通俱合道，舒卷各乘時。築室煙霞祕，還丹日月遲。願公長住世，須作後天期。

春雪次陳元之韻

寒氣何悽慘，春空正杳冥。東皇收槖籥，北帝駕軨軿。混沌包三極，繽紛走百靈。散珠分的皪，擊玉碎瓏玲。始試朝藏日，俄疑晝隕星。危橋無客度，曠野少人經。百沸疑奔瀨，孤撐没峻嶺。林荒顛凍雀，崖滑墮哀㹶。袞袞隨風舞，颼颼雜雨零。遺蹤初得免，匿種詎憂螟。眄睞傾農室，歌謡徹帝庭。陽春將布德，品類各成形。捉筆題新句，持杯酌舊醽。今朝須痛飲，醉卧不須醒。

送張仲實之宜興

南渡邦初造，西山將獨賢。立功何赫赫，流慶尚綿綿。報國横戈數，登壇授鉞專。風雲方際會，江海固周旋。控險千鈞弩，臨危七寶鞭。忠誠深足仗，智勇實兼全。自返高橋役，端持宥府權。兵威終抗敵，人力可回天。甲第無踰者，諸孫固穎然。初生同燕頷，有美自蟬娟。善學聞當代，能詩起妙年。衞公猶故物，鄭老竟寒氈。矯矯青雲器，泠泠白雪絃。同遊雖未達，自視已無前。政事兼留意，時髦孰比肩。知機無轉石，縱辨若奔川。特達羣公薦，酸寒衆目憐。姑爲文學掾，會覓孝廉船。必見公侯復，無論雨露偏。秋風鵰鶚健，萬里正翩翩。

送丘子正之海鹽州教授

有美區中彦，由來志不羣。舟航了吴越，裘馬向燕雲。才思庾開府，風流王右軍。得時宜玉筍，稽古臘香芸。果拔英髦穎，遄收翰墨勳。諸公希宦達，半世有辛勤。奔走空皮骨，躋攀不寸分。夏侯何地芥，郢匠實風斤。嗟我慚鷗鷺，棲山似鹿麕。偶來詢故老，因得友多聞。湖舫曾秋雨，河橋幾夕曛。過從方不散，慘別亦奚云。俎豆班侯泮，鹽絺薄海濆。未論虞廩米，聊樂魯宫芹。此日顔應抗，之人德已薰。化爐新鼓樂，學殖重耝耘。行矣穿黄落，歸歟守白紛。贈言將底事，努力在斯文。

士開燕岳氏溪堂有溪山新月上江海故人同之句邀予及張仲實曹克明同足成之

置酒秋風裏，憑闌野色中。溪山新月上，江海故人同。縱浪情何極，留連燕未終。三鱣來上客，五馬會羣公。積水輸清氣，微霞銜近空。將昏林尚白，及早稻先紅。極論追遐古，深情念困窮。尚觀儀秩秩，未遂樂融融。才著當朝傑，文誇命世雄。數君今日選，宜爾集南宮。

次韻黄子久喜晴三十韻呈江知府

霞彩晨張錦，蟾光夕挂鉤。陰霾雖盡解，淫潦豈全收。寖動遨遊興，還聞倡和謳。容容追舊賞，歷歷破新愁。騎氣城邊縱，龍光海際浮。豔妝來士女，盛服擬王侯。在藻羣魚躍，依林白鳥啾。河流交不斷，山勢轉相繆。物理歸含毓，人情釋怨尤。娭娛從老穉，燕樂逐朋儔。幄帟分郊次，蟾帷擁道周。聯翩馳畫舫，巇嶫累朱樓。貿易通遐壤，繁華壓大州。聚廬千井富，接棟萬家稠。已戒增周□，仍催決下流。嘉蔬連隙地，宿麥徧高丘。曹事虞多廢，胥徒戢過求。醲恩方並育，和氣與同游。期會朝先往，追隨暮不休。露華開的的，風葉振颼颼。拾芥非無日，登禾卽有秋。朝家期少試，鄰郡固難侔。共美光華著，還矜德業修。在廷爭進薦，當宁免垂憂。玉漏傳臺角，金尊出殿頭。秉心存正道，造膝待嘉謀。履直恆如矢，防偏或類舟。第誇繙竹簡，不省計牙籌。善對慚鳴鶴，能歌愧飯牛。過情蒙許與，彌月爲淹留。

再用韻贈黃子久

自惟明似鏡，何用曲如鉤。未獲唐臣薦，徒遭漢吏收。悠然安性命，復此縱歌謳。石父能無辱，虞卿卽有愁。歸田終寂寂，行世且浮浮。不假儕羣彦，真堪客五侯。高人求款洽，末俗避喧啾。藜杖常他適，繩樞每自繆。與人殊用舍，在己寡愆尤。濟濟違班列，倀倀遠匹儔。能詩齊杜甫，分道偪莊周。達飲千鍾酒，高登百尺樓。艱危仍蜀道，留滯復荆州。鶴度煙霄闊，龍吟霧雨稠。東行觀海島，西逝涉江流。自擬需于血，何期渙有丘。古書嘗歷覽，大藥豈難求。撫事吟《梁父》，馳田賦《遠遊》。堂名希莫莫，亭扁效休休。檻日吟東濟，窗風背北飈。鳴琴消永晝，吹律效清秋。雅俗居然别，仙凡迥不侔。多聞踰束晳，善對邁楊修。儘有匡時略，寧無切己憂。塵埃深滅迹，霜雪暗盈頭。始見神龜夢，終嘗狡兔謀。雪埋東郭履，月滿太湖舟。急景誰推轂，流年孰唱籌。凌波乘赤鯉，望氣候青牛。好結飛霞佩，胡爲淹此留。

寄王繼學二十韻

聖主敷皇極，元臣建上台。虚心求俊乂，削迹去姦回。拜命超凡品，知君秉大材。淳風隨日播，公道應時開。負鼎資烹飪，操刀貴剸裁。銛鋒行肯綮，異味合鹽梅。廟議常參決，朝班復共陪。艱難須佽助，豁達遠嫌猜。遺佚聞風起，英豪接踵來。經綸非董賈，辭藻亦鄒枚。在野思羅致，盈庭想轂推。既將龍作友，惡假鳩爲媒。走也今留此，公平可念哉。執竿猶海上，扶耒卽巖隈。自守幽人意，寧虞俗子咍。舊遊辭玉府，故事憶金臺。落魄江湖阻，蒼茫歲月催。丹心徒耿介，素髮已毰毸。勿謂交如水，能忘恥及罍。飛黄當駕馭，猶足異駑駘。

送完者都同知

來游天子學，藉甚有聲華。論事依三策，藏書至五車。姓名題雁塔，譜牒記龍沙。自可編青竹，兼宜綰白麻。文工金有價，貌美玉無瑕。興盡方豪飲，篇終不浪誇。豈惟吟《芍藥》，曾是賦《蒹葭》。事莫分難易，人須辨正邪。月中初折桂，天上始乘槎。勿待秋風起，宫門聽鼓撾。

贈郭集賢

衣冠趨近地，藻翰集羣賢。給事黄門裏，抽毫黼座前。佩龜金作紐，賜馬玉爲鞭。御酒傾壺滿，宫花插帽偏。清光依日月，逸思繞風煙。記憶踰三篋，吟哦過百篇。自惟叨侍從，不敢廢周旋。秋著隨車獵，寒當襆被眠。蘇瓌才既敏，陸贄寵尤專。自爾紆皇眷，於焉理化絃。詞臣方進用，才大畢騰騫。可念如揚子，蕭蕭獨草玄。

寄周御史二十韻

同游河北後，共抵浙西初。獨倚知心舊，翻成會面疏。三年仍契闊，萬里更吹噓。小子無奇氣，先生有過譽。見稱司馬賦，求授夏侯書。倉卒排歸計，淹留著寓居。已非興俊逸，猶是主癰疽。名士多親我，諸公或請予。駕言將采芑，即事欲連茹。顧爾傷流矢，居然恨倚閭。驚心聞杜宇，過眼易蟾蜍。忽召抽金匱，俄徵論石渠。文章殊賈馬，謀略匪嚴徐。薄技終難效，窮愁只自如。尚矜存弊履，不肯曳長裾。與作棲梁燕，寧爲呼轍魚。儀形長日想，懷抱幾時攄。奏疏聞當宁，抽毫待直廬。烏臺絃既改，鼇禁席仍虚。馬首何由見，分光興有餘。

雲山圖爲茅山劉宗師作

長江千萬里，奔浪薄高雲。龍現誰能覩？猿啼不可聞。迂廻因地勢，昭晰應天文。劍氣秋如洗，珠光夜欲焚。連峰俄筍迸，斷岸復瓜分。句曲臨東極，巖頭有隱君。

題康里氏家譜

國受輿圖廣，家傳譜牒詳。馳聲由雁塞，拓迹至狼荒。轉戰踰千里，來降盡一方。奮戈回白日，列戟耀清霜。破竹收城邑，分茅賜土疆。弟兄皆勁悍，父祖各雄強。相印仍兼綰，兵符更迭藏。排衙開萬弩，納笏過三牀。已及書宗祏，還宜紀太常。後人能繼紹，千載有輝光。

贈魏虚舟少府

西蜀文章伯，東吴閥閲家。族傳貞觀舊，躅繼信陵遐。雅度人難測，高名衆共誇。爲楨材不小，韞櫝玉無瑕。鳴鳳占諧吉，乘龍偶契嘉。三䢒邀納笏，萬弩護排衙。世賞官仍及，朝參寵復加。天顔垂眷顧，地胏侈光華。緩步方鳴玉，高情欲泛槎。翻然歸翠麓，姑爾奉黄麻。彭澤還栽柳，河陽不種花。投閒銷日月，訪古略煙霞。臘蟻常開宴，春魚每看叉。興來恆放逸，賓從任喧譁。閤静褰珠箔，窗虚闒緑紗。琴彈多古雅，詩就輒妍姱。願作梁間燕，徒慚井底蛙。執鞭曾莫儌，抱瑟敢長嗟。戀戀情終在，悠悠道苦賒。春風吹去旆，翹首又天涯。

送丘子正之海鹽

珠生滄海底，玉韞碧山中。夜氣交明月，陽精現白虹。有賢兼重價，當代振英風。好學由天性，能書至國工。知名傳冀北，作賦擬河東。始欲徵揚子，旋聞薦褚公。陰符難獨美，遺教實争雄。絶藝雖宜進，奇才自不同。交游傾上國，掄選屬南宫。鄧禹官初試，匡衡對漫通。海邦終寂寞，學館尚穹崇。已注千人録，當成五典功。星辰皆在水，渤澥信浮空。把酒歡何限，乘槎興不窮。文章趨浩瀚，物態入牢籠。子必登芸閣，吾方守桂叢。索居彌寡陋，荒業孰磨礱。弗獲披雲霧，惟思對華嵩。知音期郭泰，流俗易王充。江海從兹逝，飄飄任短篷。一作轉蓬。

送朱仲山歲貢入京

昭代陶淳化，多方出異材。鳴岐聞鳳鳥，清道服龍媒。養素稠山僻，觀奇載籍該。爲珍如寶璧，奮蹟起蒿萊。未展垂綸趣，初承勸駕催。羔羊填委巷，駟馬踐輕埃。戰藝鋒無敵，搜賢網正恢。上書追偃樂，作賦並鄒枚。奮發真從此，游觀亦壯哉。雲霄千萬里，瞻望重徘徊。

招真觀圖

欲學無爲道，來居小有天。精神消物怪，采色變風煙。恬惔知天德，虛無象帝先。高風何特達，古迹尚流傳。地涉鴻荒表，山開混沌前。谷幽疑鬼聚，峰巧類人鐫。疊起三重閣，分流百道泉。巖穿留虎迹，石冷逗蛟涎。放浪曾無日，遨遊未有年。古經披覽罷，毛骨爲醒然。

寄沈少微金華山隱居

巖前通細路，嶺外接危峰。梯磴踰千級，煙霞過萬重。緣崖收異荈，步壑數長松。隔屋號朱虎，當窗現黑龍。蘅蘭争酷烈，桃李角鮮穠。隱士多相過，仙人庶可逢。第能安性命，何患改顔容。煉鼎丹砂熟，傾壺白酒醲。微茫追絶響，瀟灑振孤蹤。鄉里宜同好，他年必子從。

送侯尊師歸蜀

北上關河遠，南歸歲月賒。飄飄攜短劍，杳杳泛靈槎。别岸秋濤掩，前山曉霧遮。欲攀青桂樹，先採白蘋花。天道元無極，浮生卽有涯。舉杯呑夜月，引袖拂晨霞。獨跨冲天鶴，能追赴壑蛇。祇應投老去，長日煉丹砂。

春晚喜晴

積雨俄經月，新晴始見春。蒼苔侵别墅，緑水過比鄰。性僻居宜遠，身閒景易親。無詩排世累，有酒縱天真。循圃花粘履，憑闌柳拂巾。歌呼從稺子，談笑或嘉賓。漸喜漁樵狎，仍欣鳥雀馴。幽情延薄暮，浩思集清晨。養拙元非病，爲文敢自珍。杜門緣底事，作計懶隨人。

次韻虞彦高遊陽明洞

憶昔神禹奠九州，兹山會計功始休。諸侯玉帛渺何許，但見萬水從東流。衣冠永閉陽明洞，夜聞鬼哭巖之幽。珠宫貝闕號龍瑞，天造地設非人謀。槎牙怪樹凍不死，化作千丈蒼玉虬。丹洞呀然仙掌裂，翠峰巧矣蛾眉修。梅梁飛去鐵鎖斷，往往雷雨生靈湫。軒轅綵神極祕怪，海上笙鶴時相投。平生閉門讀史謳，子乃探穴先吾遊。明當挾子期汗漫，題詩更在最上頭。不妨山水樂吾樂，豈有飢溺憂民憂。故家喬木尚可求，有子有孫百世留。卧横玉簫泛歸舟，吹散萬斛江南愁。

古牆行

建炎白馬南渡時，循王以身佩安危。疏恩治第壯輿衛，縮板栽榦由偏裨。下錨江城但沙鹵，往夷赤山取焦土。帳前親兵力如虎，一日連雲輿百堵。引錐試之鐵石堅，長城在此勢屹然。上功幕府分金錢，歡聲如雷動地傳。爾來瞬息逾百年，高崖爲谷驚推遷。華堂寂寞散文礎，喬木慘淡棲寒煙。我入荒園訪遺古，所見惟存丈尋許。廢壞終嗟麋鹿游，飄零不記商羊舞。王孫欲言淚如雨，爲言王孫毋自苦。子孫再世隳門户，英公尚及觀房杜。如君百不一二數，人生富貴當自取，況有長才文甚武。公侯之後必復初，好把家聲繼其祖。

題山石猿鳥圖

萬卷堆中昏欲睡，忽見畫圖醒我意。眼前崖谷起嵯峨，便似著身遊此地。楩枏櫧櫟大百圍，奔泉透石辟歷飛。玄猿孤峙憩美蔭，下視白鳥娱清暉。昔聞虞舜狩南嶽，君子相隨化猿鶴。往時此輩猶爾爲，慨想雲林真可樂。拔劍斫山山骨露，山鬼咿嚶安敢怒。祇今踊躍歸去來，莫愁無覓誅茅處。

李伯時畫浴馬圖

古稱難畫莫如馬，近朝惟數李伯時。不至天閑觀帝服，如此骨相何由知。頭類渴烏尖插耳。竟度流沙輕萬里。圉人牽浴恆凜然，復恐化龍奔入水。貧居里巷無馬騎，徒步出入多傷悲。大脛薄蹄何足顧，退立道旁塵滿面。

題王起宗畫松巖圖

雲起重巖鬱凌亂，長松落落樹直榦。若人於此結茅屋，爽氣飄然拂霄漢。艤舟之子何逍遥，從者傴僂攜一瓢。山中無日不閒暇，跋涉相顧凌風飈。始知王宰用意高，使人觀圖鄙吝消。世間未必有此景，塗抹變幻憑秋毫。丹青遊戲固足樂，收絶視聽搜冥寞。向來爲政殊不惡，乃爾胸中有丘壑。

題華岳江城圖

華岳能詩世有名，學畫丹青亦豪放。此圖似寫安慶城，雉堞樓臺儼相向。北風將至江面黑，千艘萬艘争避匿。滄溟涌溢水倒流，南嶽動摇天柱側。蛟龍戲落秋潭底，素練平鋪八千里。時清好作釣魚翁，閒弄輕舟煙霧裏。

神馬歌次韻陳元之

神馬來自崑崙西，有足未始行沙泥。朝趨欲出飛鳥上，夕逝直與奔星齊。緑鬉半散插雙耳，赤汗交流攢四蹄。風神秀猛陋天地，豈顧燕蔡并渠黎。時時牽浴臨清溪，對人誇殺黄須奚。玉沙之禾中芻秣，不噏隄頭枯草稊。與君側耳聽長嘶，凡馬不聞生駃騠。

古劍歌爲吴真人作

閒閒真人藏古劍，敬之如神不敢忽。賓客時來求一覩，輒有悲風起倉卒。人言此是金鐵精，良工煅煉久始成。動摇天地合變化，摩蕩日月含光精。昔年有蛟起江中，口吐烈焰燒長空。下民昏溺上帝怒，雷電往擊皆無功。嘗持此劍斬蛟首，流血滔滔浸廬阜。傳記傳聞時既久，不意世間今尚有。吾過下里多惡氛，魍魎魑魅能食人。請君爲我絶此怪，一洗宇宙長清新。

題趙千里山水扇面歌

公子丹青藝絶倫。喜畫江山上紈扇。祇今好事購千金，四幅相連成一卷。春流漠漠如江湖，飛煙著樹相有無。嵐光注射翻長虚，白玉盤浸青珊瑚。追隨流俗轉蕭疏，對此便欲山林居。旗亭花發酒須沽，舟行爲致雙提壺。抱琴之子來相須，醉歸不省何人扶。旁有飛泉出巖隙，掣電飛霜相盪激。蛟龍不愛鯢桓食，但見垂綸古盤石。人生萬事無根柢，出處行藏須早計。一丘一壑儻如斯，便可束書從此逝。君不見鄭子真，躬耕谷口垂千春。毫芒世利能没身，汝胡齷齪爲庸人。

題秋雨長吟圖

雨暗秋天黑如墨，窮居茅屋出不得。終日長吟復短吟，吟罷令人轉悽惻。飢猿抱樹屈雙肘，病鶴拖泥垂兩翼。何當策杖過溪頭，要看南山新翠色。

竹樹圖

荆棘蒙蘢迷竹樹，亂堆古石蒼苔護。縱獵青郊懷舊路，躍馬重岡追狡兔，箭翎落地無尋處。

題温日觀葡萄

老禪嗜酒醉不醒，强坐虚欄寫清影。興來擲筆意茫然，落葉滿庭秋月冷。醉中捉筆兩眼花，倚檐架子攲復斜。翠藤盤屈那可辨，但見滿紙生龍蛇。

題墨竹

嶰谷陰寒石如鐵，二龍偃立露骨節。春雷動地萬物活，畏汝飛騰衝石裂。攢青聚緑生巖幽，海濤聲引風颼颼。年年三伏林下卧，白晝慘慄如深秋。以上二首，刻本分作絶句，誤。

宗陽宫望月分韻得聲字

老君臺上凉如水，坐看冰輪轉二更。大地山河微有影，九天風露寂無聲。蛟龍並起承金榜，鸞鳳雙飛載玉笙。不信弱流三萬里，此身今夕到蓬瀛。仲弘詩，前輩以《宗陽宫望月》一首爲絶唱。

次韻錢唐懷古四首

江湖清濁自天開，鴻雁鳧鷖與往來。黄道星辰環太乙，紫雲宫殿擁蓬萊。論文競奏王褒頌，獻壽深傾阿母杯。九域輿圖今混一，百年耆舊獨興哀。

斜界鈎陳通大道，中分魏闕對層巒。雲生殿上金鑪暗，露下庭前玉井寒。江漢飛龍俄窅窅，滄溟泛鷁竟漫漫。中天會合寧非數，坐見蒼生奠枕安。

山回禁籞入雲長，無復陳兵衛兩廂。千石金鐘埋野草，萬年珠樹落秋霜。龍文不徙陽人聚，鳥篆終降軹道旁。九市塵埃來衮衮，一江波浪去茫茫。

化人宫闕被層阿，棟宇高低若湧波。翠石文章書日月，寶珠光燄燭山河。空桑説法黄龍聽，貝葉繙經白馬駝。誰謂一無超衆有，只今塵土重來過。

題豐樂樓

崢嶸飛構壓名邦，西望平湖東望江。氣合重玄蒙沆瀣，標存九域奠洪龐。朝來散霧縈朱栱，夜後流星透碧窗。倚徧闌干愁目眩，飛鳶旋轉故雙雙。

水樂洞

石林求路轉聱牙，來訪香巖大士家。雨過門前生薤葉，風行隴上落松花。懸崖滴水鳴金磬，激澗流泉走玉砂。欲適山林去城市，久知寂寞勝紛華。

題拱北樓

殷地鼓鼙迎日出，倚天粱棟與雲浮。北瞻帝闕三千里，南控臣藩二百州。江海無波沈罔象，旌旗垂野駐貔貅。鸞回麗榜多深意，黼衮于今有魏牟。

次韻羅雲叔紅梅

玉人中酒殢芳華，盡壓東風百種花。襆被冬深裁異錦，篝燈夜永障輕紗。纖蕤露沁蜂腰蠟，密蘂雲蒸鶴頂砂。爲問閬風何處在？相期高舉御晨霞。

紀夢

海上垂綸有幾年，平居何事夢朝天。蒼龍觀闕東風裏，黄道星辰北斗邊。治世祗今逢五百，前程如此隔三千。揚雄解奏《甘泉賦》，應有聲名達帝前。

次韻陳子仁黄河二首

禹功疏鑿過憂勤，海内山川自此分。元氣渾淪通地脉，孤光迢遞貫天文。母金伏礫秋逾盛，陰火藏淵夜不焚。多少魚龍争變化，總歸西北會風雲。一作「萬里窮源何日遂，片帆西上破層雲」。

陰陽爲沴黄河溢，北度艱難擁萬艘。齊楚百城防雉堞，淮沂千里避鴻濤。耕鉏已失天時正，流徙争依地勢高。此日朝廷憂水患，須明利害策賢豪。

望海

海門東望浩漫漫，風颶無時縱惡湍。黑霧漲天陰氣盛，滄波銜日曉光寒。豈無方士求靈藥，亦有幽人把釣竿。摇蕩星槎如可馭，别離塵土亦何難。

送羅雲叔歸山中

黄石山原風物幽，賤子往年曾一遊。舊行櫪柘已成逕，新藝禾麻應滿疇。馮衍能忘白首歎，謝安須爲蒼生憂。餘杭溪上明日發，愁殺楊花吹客舟。

留别京師

囊衣託載道傍車，人事怱怱歲欲徂。風雨四更雞亂叫，關河千里雁相呼。蕪菁散漫根猶美，桑柘蕭條葉漸枯。却向一作上。高丘重回首，五雲繚一作飛。繞帝王都。

簡浙東萬户蕭伯善

擇帥中軍自古難，獨分符節守藩翰。夜鳴鼓角溪山静，曉豎旌旗雨雪乾。不待掃門知魏勃，豈須彈鋏識馮驩。祇令四海無征戰，萬卷詩書好厭觀。

贈同院諸公

詔編國史有程期，正是諸郎僳直時。虎士守門宮杳杳，雞人傳箭漏遲遲。窗間夜雨銷銀燭，城上春雲壓綵旗。才大各稱天下選，書成當繼古人爲。

玉堂夜直

直廬歲晏動羈情，朔雪將飛覺夜明。金井轆轤哀響絶，玉階瓴甓斷紋生。薜花莫辨沿牆迹，松葉時聞委砌聲。愧以不才同制作，諸公此日負高名。

寄維揚賈侯

經國長才世豈多，羣邪嫉正奈公何。氣蒸雲霧藏喬嶽，聲轉滄溟放大河。遠迹江湖猶棄絶，驚心歲月屢消磨。鵾鵬自有垂天翼，肯逐飛鴻入網羅。

寄康大夫

遥想幨帷出郭時，先驅十里走旌旗。青山落日蒼茫暗，白水秋風慘淡悲。勁矢每隨前隊發，清笳偏逐後行吹。荆州未覺風流遠，縱飲還應到習池。

寄袁伯長

幾年簪筆侍明光，直取才華補衛郎。祀事悉稽周典禮，頌聲須假漢文章。雲垂迥野鳴鞘遠，月滿高城下漏長。校獵合袪尤盛事，願聞作賦擬《長楊》。

東湖四景爲大尹本齋王侯賦四首

朝來千騎出城闉，爲向東湖踏早春。素練羃林雲氣薄，明珠穿草露華新。山花獻笑開簷畔，海鳥忘機戲水濱。記取當年賢太守，及時爲樂與斯民。

夏月湖中爽氣多，南風疊疊捲長波。漁人舟楫衝蘋藻，遊女衣裳攬芰荷。膾切銀絲嘗美味，腔傳金縷換新歌。使君用意仍深遠，卽此光華豈滅磨。

暫停麾蓋擁輕舟，此巳湖山屬暮秋。采采黄花登几案，離離紅樹散汀洲。傾壺浮蟻杯頻竭，下箸鮮鱗網乍收。莫向錢唐誇往事，白蘇未許擅風流。

即事

雲氣低藏十萬家，東湖飛雪又交加。玉禾舊布仙山種，瓊樹新開帝所花。别浦移舟聞過雁，高樓憑檻見歸鴉。侯門似有相如客，賸賦篇章與世誇。

禁城曉色清如水，高下樓臺錦繡中。千樹好花連上苑，百壺美酒出深宫。珍禽競集高林霧，寶馬争嘶横岸風。人物此時俱盛極，兩都絶勝漢西東。

次韻伯長待制

揮鞭遠過御溝斜，出院時時見暮鴉。已入玉堂同視草，還趨瓊砌共觀花。獸爐香繞窗前霧，蠟炬光摇帳底霞。此去天津元不隔，何須八月泛靈槎。

送薛玄卿歸龍虎山

金門詔下羽人歸，欲向山中採蕨薇。琥珀懸崖松樹老，琅玕倚澗竹根稀。高巖蓄雨星辰溼，古石懸雲逕路微。養性可無軒冕累，遊塵元不涴仙衣。

春雨

濛濛春雨暗重城，莽若山林雲氣生。駕過東朝霑羽蓋，仗移前殿溼霓旌。蒼松密掩巖頭鶴，翠柳深藏谷口鶯。明日不愁花爛熳，新晴陌上有人行。

題火涉不花同知畫像

堂堂玉立照青春，昭代由來重世臣。帶納掖庭聯衛士，分符江徼總編民。鵰鶚袞緩鳴鞭疾，翡翠簾深蓢燭頻。州縣三年姑少試，驅馳休厭屬車塵。

次韻黃子久獄中見贈

解組歸來學種園，棲遲聊復守衡門。徒憐酈隝開金穴，欲效寒溪注石樽。世故無涯方擾擾，人生如夢竟昏昏。何時再會吴江上，共泛扁舟醉瓦盆。

懷錢唐故人簡應中父

幾年流滯客京師，每憶江邊話別離。落魄已甘心似鐵，蹉跎無奈鬢成絲。草玄思苦無人問，彈鋏歌長只自悲。滿目塞雲飛去盡，倚筇獨立更多時。

寄吏部張尚書

復喜清朝用大賢，玉音俄對廣庭宣。姚崇已託君臣契，李泌終操將相權。此日經綸須展布，他時簡册要流傳。淵明有待公田米，可念江湖久棄捐。

題謝疊山遺墨

荆南失守見亡形，太歲徒聞忌丙丁。羸老扣心天藐藐，鬼神號哭夜冥冥。忠臣效死招烏合，烈婦捐生報雉經。辭氣凜然遺墨在，再三尋繹淚雙零。

寄題成都萬竹軒爲李仲淵作

君家種竹蜀江旁，高與蠶崖勢頡頏。已樹旌旗分部曲，更鳴琴瑟應宫商。蛟龍併逐波濤化，虎豹曾因霧雨藏。兄弟至今俱宦達，未應開逕接求羊。

送范德機

往歲從君直禁林，相於道義最情深。有愁併許詩頻和，已醉寧辭酒屢斟。漏下秋宵何杳杳，窗開晴晝自陰陰。當時話别雖忽遽，祇使離憂攪客心。

雷江阻風寄池陽通守周南翁

繫舟江岸隱蒲蘆，坐聽篙師制疾徐。巨浪駕空龍出没，猛風吹樹鳥歡呼。詩題短札難頻寄，酒滿長缾已屢沽。輦道沙乾宜並馬，問君何日宦京都？

點義倉即事

南來受命佐爲州，喜遇豐年暫出遊。過嶺崎嶇尋道路，上山磽确治田疇。修藤挂樹龍蛇走，怪石攢溪雁鶩浮。賦役已寬詞訴簡，素餐無補謾優悠。

再次韻張秋泉真人碧桃

一枝如玉照芳春，幾度憑闌欲殢人。翠被夜寒愁灑淚，珠簾月冷怕傷神。劉郎陌上栽仍舊，王母池邊賞又新。不是梨花飄雪樹，望中清絕更無倫。

寓長春道院春雨即事呈鄭尊師二首

南榮相距數尋間，滿地春泥隔往還。夜雨暗添籬脚水，曉雲濃拚樹頭山。修篁夾逕宜增植，細草侵階莫謾删。世慮紛然無止極，敢求大藥駐衰顔。

客遊無賴阻重陰，院落蕭條逕術深。數畝林塘觀不厭，一窗風雨坐相侵。靈虯尚有蟠泥迹，老驥寧無越塊心。多謝西家賢太守，相招樂飲費千金。

題沈君湖山春曉圖詩卷

迤邐沙隄接畫橋，東風楊柳暗長條。鶯隨玉笛聲偏巧，馬受金羈氣益驕。舞榭歌臺臨道路，佛宫仙館入雲霄。西湖春色年年好，底事詩翁歎寂寥。

舟次池陽偕通守周南翁燕表姪陳和卿家席上贈歌者

故人相見話綢繆，三日江干繫客舟。高燕未闌明月上，艷歌初轉彩雲留。光摇崖蠟寧知夜，字寫邊鴻已報秋。底事尊前能盡醉，爲伊肯展翠眉愁。

贈惠山聖長老

道人卓錫向名山，路絶巖頭未易攀。海上潮來風浩浩，洞中雲出雨潺潺。松柟直起參天碧，苔蘚旁行匝地斑。藉甚後人蒙法施，有如流水注蒼灣。

贈孫思順

天涯相遇兩相知，對榻清談玉屑霏。芳草謾隨愁共長，青春不與客同歸。薰風池館蛙聲老，落日簾櫳燕子飛。南浦他年重到日，湖山應識謝玄暉。此詩《風雅》作趙子昂，《體要》作楊仲弘。

寄曹雲西

羡君卜宅遠紛厖，長把絲綸釣大江。秔稻色枯雲慘慘，芰荷聲急雨淙淙。消磨歲月書千卷，傲睨乾坤酒一缸。甫里當年遺帙在，交鋒那肯竪幡降。

送戴尊師入越

躍馬年年塞北遊，春風此日送歸舟。山中樹老飛玄鶴，江上莎長卧白鷗。欲與謝公同隱逸，肯容賀老獨風流。山陰道士如相見，沽取村醪醉未休。此詩《元音》、《體要》俱誤作趙孟頫，《松雪集》中不載。

賦飛鴻送胡則大

年年客裏見飛鴻，成陣成行上碧空。杳杳江湖尋故侶，蕭蕭蘆葦下新叢。翺翔已出雲霄上，飲啄寧來沼沚中。今日似君歸去好，扁舟一夜起東風。

次韻蕭君用

崔嵬出水翠雲浮，舁轎拖舟豈厭遊。澶漫渠河方涉夏，蕭條竹樹已迎秋。銜杯興盡人先醉，舞劍歌長客易愁。八月江湖翻沕瀣，長竿更約與君投。

遣興

庭樹號蟬日已涼，寒雲橫雁夜何長。挾書萬里千明主，仗劍三年別故鄉。西北諸山連朔漠，東南衆水隔荆揚。淹留不去慚蘇子，莫遣貂裘厭雪霜。

湖上

秋郊縱步却驂驔，勝事能多許客參。如雪萬家收早稻，未霜千樹著黄柑。鼉鳴海上潮先湧，猿叫山前霧欲含。放浪漁樵元有處，使人猶愛住江南。

偕汪侯宴舟中

中流畫鷁獨翱翔，暫勒鳴騶駐岸旁。風引錦帆銜野色，波隨蘭棹泛晴光。草涵宿潤珠璣滑，麥漲春雲餅餌香。何事乘槎之海上，問津從此達天潢。

暮春遊西湖北山

愁耳偏工著雨聲，好懷長恐負山行。未辭花事駸駸盛，正喜湖光淡淡晴。倦憩客猶勤訪寺，幽棲吾欲厭歸城。緑疇桑麥盤櫻筍，因憶離家恰歲更。

題胡伯衡飛雲圖

未應時命固相違，千里遨遊久不歸。已占龍頭承紫詔，更蘄馬首賜朱衣。塵沙客路牽愁遠，泉石家鄉入夢稀。日夜思親心更切，滄浪悵望白雲飛。

吴山晚眺

山椒翬構四垂寬，上相旌旗會覽觀。傍近江湖天廣大，上連星斗地清寒。龍宫永鎖函書閟，鳳嶺重嗟苑樹殘。此際獨無雲蔽日，正宜翹首望長安。

遣興

門前高柳綠紛紛，戀靄留煙晝不分。雨砌芳菲晴後見，風窗言語靜中聞。桐花可作鳳凰食，竹葉還成虎豹文。但使此心無外慕，卜居何用絶人羣。

夏夜對月

暑天煩倦唯酣寢，薄暮登樓起宿痾。簟報新秋涼意早，窗開永夜月明多。不眠孤鶴頻驚叫，好事流螢屢見過。安得泛舟江海上，坐觀冰鏡落滄波。

題高尚書竹石

矯龍疑蒼筠，踞虎肖白石。儻乘風雲會，變化那可測。

題墨竹爲鄭尊師

風味既淡泊，顔色不娬媚。孤生崖谷間，有此凌雲氣。

客中卽事四首

漸覺星星兩鬢皤，推愁不去奈愁何！客中忘却春光度，驚見前林嫩竹多。

終朝矻矻坐書帷，春去春來總不知。怪得山禽如有意，隔窗撩亂踏花枝。

幾日懸懸雨不休，客窗孤迥使人愁。杜鵑啼切知何處？坐對雲山萬木稠。
美木千章繞故宮，如煙如霧塞虛空。路衝南北山岡斷，拔拂能來萬里風。

悼鄰妓二首

西子湖邊楊柳花，隨風飄泊到天涯。青春遇著歸來燕，銜入當年王謝家。此一首《體要》作揭奚斯。誤。
一種腰肢分外妍，雙眉畫作月娟娟。春風吹破襄王夢，行雨行雲若箇邊。二詩，鐵崖採入《西湖竹枝詞》，序云：我朝詞人能變宋季之陋，自稱仲弘爲首，而范、虞次之。

沙雁

漠漠寒煙樹影微，一行沙雁背人飛。江南江北秋將盡，客子如今猶未歸。

扇上竹

種竹何須種萬竿，一枝分影亦檀欒。秋宵更受風拔拂，聽取清聲入夢寒。

次韻康子山舍人二首

兼旬風雨氣寒涼，院落幽深草木長。却喜今年多夏果，碧苞丹實滿林香。
欲賞秋花色已涼，碧雲散盡楚天長。姮娥舊種無多樹，何故人間有此香。

到京師

城雪初消薺菜生，角門深巷少人行。柳梢聽得黃鸝語，此是春來第一聲。

送人二首

客路逢春雪乍消，眼前愁思轉相撩。垂楊染作黃金色，舞徧東風萬萬條。
金溝河上始通流，海子橋邊繫客舟。却到江南春水漲，拍天波浪泛輕鷗。

畫竹石

林前怪石起參差，篁竹叢深使客疑。如過瀟湘江上路，鷓鴣啼罷日西時。

宿浚儀公湖亭三首

夜宿湖亭水氣涼，四更風露溼衣裳。空濛霧重前山暗，屋角斜明是月光。
兩兩三三白鳥飛，背人斜去落漁磯。雨餘不遣濃雲散，猶向前山擁翠微。
幾年鄉夢隔江湖，此日登臨興不孤。小艇欲行無遠近，不愁歸醉要人扶。

題十二紅卷子

碧桃枝上有珍禽，調舌交交聽好音。畫出江南春意思，明年攜酒共追尋。

喜晴

樓外斜陽放晚晴，街衢前後聽歡聲。回舟更倚南風順，千里青山照眼明。

紀夢二首

四面青山擁翠微，樓臺相向闢天扉。夜闌每作遊仙夢，月滿瓊田萬鶴飛。

紛紛鸞鶴滿虚空，耳畔如聞度海風。直上雲霄千萬里，此身飛入紫微宫。

用韻送德陽入越爲贅壻

輕薄薄霧詰朝晴，岸柳江梅著樹明。更向若耶溪上聽，旁人歌唱盡春聲。

次韻雪

砑光帽子舞山花，吹落曾城萬仞斜。安得飇輪爲我駕，一時飛到列仙家。

陽關圖

咸陽西距玉門關，萬里征人憚往還。此别尊前須盡醉，相逢俱是鬢毛斑。

喜晴

檐外喧喧雀報晴，夕陽猶照小窗明。回舟更倚南風順，要聽田家打麥聲。

范經歷梈

梈字亨父，一字德機，臨江清江人。家貧早孤，刻苦爲文章，人罕知者。年三十六，辭家北遊，賣卜燕市。薦爲左衛教授，遷翰林院編修官。出爲嶺海廉訪司照磨，歷轉江西湖東，選充翰林應奉，改閩海道知事，移疾歸。徙家新喻百丈山，天曆二年，授湖南嶺北廉訪經歷，親老不赴。其明年以母喪哀毁卒，年五十九。德機癯然清寒，若不勝衣，而持身廉正。爲文雄健，追慕先漢古詩，尤好爲歌行，工近體，藹然見忠臣孝子之情焉。吴文正嘗以東漢諸君子擬之。人稱文白先生。所著有《燕然稿》、《東方稿》、《海康稿》、《豫章稿》、《侯官稿》、《江夏稿》、《百丈稿》，總十二卷，揭曼碩序之。以爲虞伯生稱德機如唐臨晉帖，則終未逼真。改評之曰：范德機詩如秋空行雲，晴雷捲雨，縱横變化，出入無朕。又如空山道者，辟穀學仙。瘦骨崚嶒，神氣自若。又如豪鷹掠野，獨鶴叫羣。四顧無人，一碧萬里。差可彷彿耳。德機詩學廬陵，楊中伯允得其骨，郡人傅若金與礪得其神，皆有盛名於時。歐陽原功曰：宋東都時，黄太史號江西詩派。南渡後，楊廷秀好爲新體。宋末，劉會孟出於廬陵，而詩又一變。我元延祐以來，彌文日盛，京師諸名公一去宋金季世之弊，而趨於雅正。於是西江之士，亦各棄其舊習焉。蓋以德機與曼碩爲之倡也。

送張鍊師歸武當山

張君瀛洲人，來作武當客。始來武當時，祇著謝公屐。弟子百數輩，稍稍來服役。誅茅立萬柱，空中現金碧。辛苦三十年，夜卧不側席，以之律鬼神，故亦如矩墨。元年踰冬旱，失火燒四國。野谷方焦燩，六月畿甸赤。朝廷亦不愛，犧牲與圭璧。僵巫暨儓史，歌舞無消息。君時待詔來，公卿初不識。一朝傳天語，問以濟旱策。君云臣鄙愚，造化非所測。陰陽有開閉，此實智者責。公卿復致辭，物生今孔棘。已勑京兆尹，取足輸粟帛。此如解倒懸，祀事惟所擇。君聞猶固讓，心實内憂惕。飛章白玉闕，瀝膽殫悃愊。臣實才淺尠，臣實學迮塞。臣有一寸心，願輔后皇德。后皇本愛民，民今旱爲厄。或者罪有由，皇亦重開釋。祈謝各有方，呪禁各有式。上堂薦明水，下堂考金石。夜分請命既，昧爽大施設。爲壇東市門，經紀法靈册。庭中玄武旗，飄飄墨黍一作水。黑。君臨一揮手，怒髮上霄直。指麾東方龍，卷水東海側。指麾西方龍，卷水略西極。北南暨中央，各以方率職。某日某甲子，漏下五十刻。我在壇上伺，不得忤區畫。豐隆與飛廉，列缺與辟歷。汝將汝風馳，汝遣汝雷擊。汝雲馮勿漓，汝雨必三尺。汝不從誓言，不畏上帝勑。至期果響答，動盪七日澤。常時人所難，君若不以力。公卿奏天子，是必有褒錫。可以寵號名，可以蕃服裼。君曰天子聖，卿從誠所格。臣敢貪天功，況乃歸計迫。昨得山中書，至自青溪宅。向來百弟子，遲歸在朝夕。暾時冬序半，霜下木葉積。明當課斬伐，結構西巖壁。山田晚報熟，芝朮及採摘。獼猿長如人，夜夜盜柿栗。隄防苟不豫，六氣盡蟊賊。公家事既已，私事容棄擲。方知用世士，遺世等糠籺。所過如虛空，焉知去留迹。我持一瓢酒，欲以贈遠色。歲暮不見君，悵望空中翮。

奉同元學士以落月滿屋梁猶疑照顏色爲韻賦贈鄧提舉之官江浙一首

青天青如石，星辰何磊落。適見北斗高，忽復滯郊郭。感此流電驚，行邁孰爲樂。況值杪秋令，清商動涼幕。芳燕候朋親，驅車背河朔。登高望四野，下田畢新穫。於時不同賞，惆悵睇雲岳。古人有云然，末契重交託。託契自有初，相晞在結髮。請持交龍鏡，比似空際月。昔月三五盈，今夜三五缺。月盈自有時，徯君采薇蕨。采薇陟崇岡，空筐不易滿。季女懷朝飢，日下光纂纂。豈無機杼思，十旬義一澣。含悽就經緯，意長絲緒短。路逢相識親，要入鮫人館。泣下仍成珠，更苦哀歌緩。緩歌浮雲停，急歌流水促。水流亦有宗，雲散復成族。踽踽行路子，離居振羣肅。會合寧無期，載感時運速。晨風懷菀林，玄鳥辭華屋。明發念飛蓬，秋聲浙江曲。浙河名山水，在昔最餘杭。浩浩負海區，地絕川無梁。執玉夸禹會，帶甲宣吳疆。慨彼仁義都，風俗殊興亡。末代綴繁會，周衢沸絲簧。聞之虛廟闕，斷雨生蛩螿。幸及九域一，四民一作海。樂時康。游歷須慎重，勿用多殞傷。矧茲握新命，出布堯文章。雖當日月遠，足昭雲漢光。淒其金氣厲，嘉賓方斂藏。楊柳卧枉浦，蒹葭委嚴霜。物情各有歸，我獨不得將。仰視雲中雁，肅肅俱南翔。雲雁明天中，回首顧齊州。沙嶼重綿亙，竟復少遲留。欲知鳴雁心，黍稻非終謀。視彼羣飛者，矢心良不猶。不猶將謂何？豈復不如茲。明年擇聖蹈，既往無復疑。譬之騄蹄駒，昂藏養雲姿。下乘歲百駕，逸足誠歸誰。伯樂偶並世，當受知者知。長鳴待儔侶，首路復安之。所之在東南，斷水列風嶠。至人遺吏隱，出處惠兼妙。千莫居匣中，千年逸神耀。一朝持入手，未言心相照。照之千里外，如在咫尺間。明夜夢見君，怡怡越河關。惜去不須臾，念來亦循環。古時岐路人，何用涕潸潸。景巖草木斷，虎豹啼空山。方冰先春水，野飯維清灣。買觴斮魚鮮，甫謝金鸞班。此行竟遂嬿，亦慰親友顔。天目掃煙岫，日夕飛禽還。山中桂樹多，庶爲故人攀。攀花貽遠道，洵美道中軛。若復無相忘，報之雙白璧。美人如芙蓉，隔浦無相識。舊交日已違，新交當日得。各自有殷勤，初不在容色。俯水愧遊鱗，仰空慚飛翼。眷言執手地，歲暮霜霰迫。踟躕復踟躕，悽惻重悽惻。

貽孛述魯翀編修

悲風動日夜，游子絶河山。一别十年流，四方幾時還。憶子旅江外，過余撫林嶠。曉色竹晻靄，春容杏闌珊。陽坡鳴赤雞，陰館來白鷴。文義相剖析，宴歌亦循環。吴星逐夢變，楚月帶愁彎。自來燕薊中，相望漢沔間。初傳教下郡，或道釣清灣。起居雖未悉，聲聞已難攀。明聖御八極，震驚折羣姦。登賢彌制斷，進士嚴刊删。倒澤起游泳，搜空集翻翾。斯時麟見郊，絶世驥在閑。豈期脱布衣，復得聯朝班。始疑迹異方，卒見意俱閒。惟此冰雪壺，近當雲霧關。紀載竹帛藏，潤色絲綸頒。儲才藏地閟，抽思刮天慳。固當讓俊逸，焉得委疏頑。物化豈堪玩，仙栖庶可扳。寤寐在靈嶽，徬徨愧塵寰。碧草蒙澗沚，青霞冠雲鬟。長生願不負，竟往事無艱。常聞羽人言，頗落俗士顔。早伐九節杖，倚之聽潺湲。

蒙恩供奉翰林未行改佐閩幕自豐城便道取疾由撫過盱與郡守薩侯會約尋麻源不果明日别盱

暫遠雲霞觀，却希山水音。珠星聯極下，璧月動江潯。始集寶氣亭，復趨金晶岑。馬飲樹連澗，猿啼風滿林。揚瀾思汗漫，睇嶺寫嶔崟。輟櫂更垂釣，推書時弄琴。石門生夕景，麻源籠曉陰。是郡遇賢守，佳致契幽尋。樽俎迫清好，絃歌彰古心。郡中宜鳳集，泓下或龍吟。頗愧塵務逼，還爲旅病侵。一行混吏軌，千載負國琛。即往事莫究，於茲念方深。姑山如有意，遂許一登臨。

由海昏入武寧道中

登高勢欲墜，踰險心始領。戒想適其恆，經過何由騁。洩雲行崦杉，零露浥澗茗。玄蟬振山凄，白鷺團沙整。久盼歸舟近，況懷垂釣永。豈不畏巖程，無因攬流景。煙霞蘊至樂，歲月啓深省。百丈有幽期，眷茲心耿耿。

九日報熊敬輿

羸疾卧江滸，承恩慰高秋。木落隖陼浄，天朗氣暄柔。便了晨光中，授我雙蝤蛑。呼童敬薦之，風味宜南州。憶昔客燕薊，白雲從方舟。於時見此物，千錢三十頭。打黄試新虀，爛醉天市樓。一日食一百，更爲明旦謀。三日困暴下，傳笑諸公侯。此邦誠罕見，初出一作市。愈難求。矧當浮萸日，傾道俗如流。

厚價得兩螯，持之比琳球。物有少爲貴，感事重綢繆。奈何雷同者，政復多優游。欲折黄金花，報君向滄洲。此花苦未發，少待歲寒酬。

贈安西王提舉别

車聲何軋軋，去我亦翩翩。借問車中人，幾時到秦川。秦疆數千里，西與雲棧連。行人秣馬過，猿啼上青天。長安古帝州，宅土腴不偏。聞君答平昔，宦游祇晏眠。十齡涉文史，十五懷家氈。二十學壯游，五十綴朝聯。奉常老掌故，今已二十年。功業晚何就，蕭蕭髮垂肩。天子念逢掖，錫官頗静便。紫衣綰黑綬，此是車中緣。飄飄上都門，白馬錦連乾。舉案招青山，孟光老猶賢。大兒坐車軒，小兒調馬鞭。中兒又絶好，國語荷珠圓。旦夕俟君至，買舍清渭壖。此皆足慰意，日食官俸錢。俸錢足養親，親自有圭田。人生慕富貴，富貴翻受憐。不有鐘鼎食，亦無膏火煎。前日三市事，目擊心凜然。當時氣凌人，不得呵烏鳶。觀君浩蕩去，萬事當棄捐。孔子不西行，及河軌再旋。今君涉河流，西路方緜緜。終南與嵩華，是中多神仙。仙掌出浮雲，上有三峰蓮。真人玉拄杖，挂在明月弦。便當往從之，吸月升太玄。金鼎交龍虎，使我神貌堅。奈何二三月，百憂集離筵。空花如錦機，野色相交鮮。楊花亂愁思，萬條散青煙。我不酌美酒，敬讓故人先。搥碎琥珀杯，獨灑春風前。春風澹無言，徒以别慮牽。别亦無所慮，所慮應當宣。顧及相思時，中腸鬱糾纏。爲吹雙紫燕，銜書到君邊。矯矯蕭徵君，珠貝藏龍淵。一别如列星，隨天夜移躔。鳳有五色瑞，時下岐山巔。請君問起居，歸來定何年。

宿夏莊

陰晴知何如，開户月滿地。主家種長榆，竟夕薰風至。半生朝市蹤，頗負山林意。及兹登覽餘，亦復纏世累。疏籬臨大道，嘶馬駭童稚。衆卧復離披，躊躇獨無寐。江山轉寥落，星斗亦聯綴。丈夫十載間，豈獨鉛槧事。

贈方永叔往教重慶路

汲水得明月，倒影上青天。客行三十年，未識蜀月圓。中宵夢巴蜀，秣馬辭燕服。成都雖云遠，未到意已足。遠意不可期，宿夕宛見之。雲迷飛鳥道，雨急卧龍祠。干戈何草草，祇説渝州好。但得渝州官，甘就渝州老。渝州古雄城，彭君舊建旌。至今江石上，猶有古時名。豪傑世已矣，空城俯流水。復有江東人，來教渝州士。方侯天機深，大雅託遺音。沈潛萬夫敵，脱略五湖心。翩然别我往，長揖仙人掌。疾風吹大旗，落日明斜舫。即此少相知，相知長恨思。巫山桂樹發，折寄定何時？

送吴真人持詔寧親

垂楊十二門，旦旦羅鳴騶。千騎萬騎中，孰是遠世儔。美哉吴夫子，脱灑住丹丘。氣涵羣象動，思與萬物周。天馬出名駒，逸態横九州。自從下地走，但飲星河流。明月落中江，倒影射斗牛。飄然持玉節，去犯蒼山稠。紫鳳把細華，逶迤仙巖陬。遂經三茅岑，已登閣峰頭。還家拜封君，玉册珊瑚鉤。笑問游子衣，不獨五色僊。門縣朱雀旍，坐擁金明裘。開筵浥芳醴，炰鱅進庶羞。承顔開淑訓，慰爾道路修。爾歸奉天子，萬歲更千秋。番君大國壽，賀老清湖愁。煙水三萬頃，宫袍在扁舟。荷花合古渡，此處不夷猶。雲錦雙鴛鴦，悠悠戲汀洲。東風長年來，揚我闌檻幽。白馬絡金羈，奈此甚盛休。儂家閣峰下，霞竹敷稻疇。鶴集偃松雪，青雲互綢繆。自從干戈餘，川岳秋蕭騷。骨肉倚四海，風雲擾吟謳。聞君復此去，浩蕩懷今遊。罷酒黄鸝鳴，高花艷城樓。良辰難能别，嘉會易爲酬。至樂夫子行，子行無滯留。

散步還南軒

幸自塵鞅絶，起游欲何之？江遠夕氣澄，開軒納新詩。莎雞振陽砌，蠨蛸結陰池。珊珊修木静，宛宛好風遲。一作馳。桃杏競秋園，旋隨時草萎。寧不悦生植，肅殺乃其宜。于斯見發育，及深霜露思。嵇康本達節，竟受薄俗嗤。快哉東方生，嘲哈得吾師。

度澤過關山

單車度大澤，有似游梁山。初飛雁鶩徒，辱在葭葦間。季冬陰風盛，雨霰紛珊珊。念我離大府，行役何時還。朝臨昌邑浦，夕指番陽灣。銜泥赴農村，老屋夜不關。然薪設供帳，風味猶百蠻。蒸烘溼衣裳，徒御相回環。極知道路難，猶念奔走艱。傳餐逮明燭，飢渴未容慳。春和理税駕，且以慰衰顔。

古干將

旻旻古干將，經世不再見。豐城匣已空，龍亦久當變。百怪日夜出，思爾一斷剸。裝佩美紛紛，不爾真百鍊。又恐百怪飛，翻著他人身。麒麟或失所，魍魎氣益神。不如且深藏，慎勿干星辰。我歌干將行，庶爲君子陳。

和答楊茂才

始我南山居，與子共朝夕。服事子尊君，德義藹夙昔。焉知二十載，萬變如頃刻。漁釣負平生，浩蕩隨所適。進慚負官義，退愧尋幽迹。而此山水間，時勤問消息。夜深款巖扃，蘿月在屋翼。清言溢前聞，子學日有力。世好將未忘，相資庶有得。

二杏　甲寅。

北鄰杏一株，身作龍盤拏。直上青天中，虛空高結花。南鄰杏更好，枝榦相交加。三月二月時，市地堆紅霞。自我來京城，寄居諸公家。其地僻且阻，茂樹繞窗紗。亦有桃與李，盛節爭豪奢。雖富無可人，紛紛亂如麻。晚遇此二杏，突兀超塵沙。嘗時好客來，立旆遥咨嗟。欲去復顧戀，往往至日斜。我昔直詞館，贏馬道路賒。晨往昏黑歸，無由領其嘉。今我已投散，終日猶枯查。朝暮出見之，百帀虛簷牙。而我又將去，何由報繁葩。誓將適南郡，闢地江之涯。種此一萬樹，漫漫被荒遐。花成實給食，收拾歲盈車。此事亦易集，但恐君疑誇。

谷口散暑

谷口月未上，漁火出横塘。門前面稻畦，鼃黽雜風篁。童丱弄山墅，今兹白髮長。新歸稍結構，日徯江海涼。琴書散衡宇，藥物布滿牀。謝告未緣衰，以疾不得將。維時仲夏半，織女當西堂。常恐梧樹落，莎雞戒衣裳。平生荷未志，經歲失豐穰。此行庶無負，海内膺時康。

登石城驛亭

南游未是謫，北行不當歸。今旦陟崇岡，飄飄風吹衣。始我在京時，雙闕凝秋暉。别來守窮海，故國音書稀。竊禄滋愧負，何時覯柴扉。胡不依白日，去卽能如飛。驛樓俯平川，其下白雲圍。雨餘足稻粱，可以信豐饑。去去道路遠，王事毋稽違。

饒國吴氏晚香堂

大江秋似練，楚樹落清曉。巖際不逢人，翩翩數歸鳥。饒君庭宇静，澗水黄花繞。爛錦照天朗，繁錢承露小。何當鶗鴂鳴，誤識春事了。焉知歲寒姿，獨立西風袅。乾坤有清氣，欲少未易少。摇落暮春期，美人煙霧杳。

將赴江淛大府校進士試會疾止建安驛上後山東眺郡城作十二韻

青雲建安郡，人物故鍾秀。承旭開芳樹，凌虚列遥岫。溪聲涌夜長，石角吐秋瘦。漁沙府圖識，仙室川浸溜。征塵汩炎毒，服事彌奔奏。淡淡鴻鵠舉，蒼蒼鷹隼候。山英茗在淪，館飯菰登豆。勤渠相國誼，忝竊大夫後，顧惟論賢能，奚取推寡陋。吾欲敕五丁，雷電激宇宙。疾飛移萬壑，及此洗昏疚。起爲梅子真，南厓掃丹臼。

八月十五日公堂讌别作

悠悠我行邁，去此粤山端。遲明駐征車，爰盡公堂歡。開顔俯城郭，簫鼓集儀鸞。謂欲戒醉飲，重此良晨難。闕門集會府，僚友並征鞍。更辭無别語，但祝長加餐。役者四五人，相從出林巒。亦復路傍泣，豈獨殊肺肝。况我離慈母，朝暮偵平安。送行各如許，焉得不辛酸。

秋日海康齋居

吟事久已落，兹晨遇高秋。泠泠空中籟，襲我書帷幽。如何寒暑疾，徑與大江流。江流不復轉，歲月已還周。遊子去京華，邈在天盡頭。胡雁不踰嶺，眷眷非良謀。排雲挹飛觀，金爵露光浮。在遠心所仰，胡爲滯滄洲。茅屋足花草，洵美難久留。苟能一吾志，斯道將何憂。

曉出西郊

自春已及夏，歲籥寢中更。平旦西郊道，始聞啼鳥聲。川晴樹氣嘉，夕露枝條盈。西峰近在眼，白雲夾路生。一從違夙昔，好懷鬱難并。未知高世意，忽復何以營。屠狗與漁釣，俱足成大名。卓哉箕潁客，使我抱深誠。

登西山頂還方澗作

弱質有貞向，依依在物表。謬當城闕隘，放意窮昏曉。晨興理良轡，啓途慮已悄。白日滿澗阿，林虚答鳴鳥。幽尋晚適遇，頗覺知者擾。俯仰古人迹，達生未爲少。緬彼高翔禽，凌空自鶱矯。

秋江釣月

秋江明似鏡，月色静更好。之子罷琴來，蘿徑初尚早。衆峰更滅没，横笛隔幽鳥。我船爾棹歌，絲綸蕩浮藻。潛魚却寒餌，宿雁起夜縞。離離不可招，白露下煙草。高風桐廬士，俊業渭川老。同是釣魚人，那應不同道。把酒酹清輝，如何答穹昊。

郡中即事十二韻

儋耳九州外，邈然在南荒。周回數千里，大海以爲疆。古來非人居，禽獸相伏藏。自從中世來，貢賦登明堂。其或失撫馭，山藪更陸梁。聚則成蜂蟻，散即驅牛羊。高結舞大鹵，上衣不備裳。殺戮乃酬勸，誅之仁者傷。吾嘗七八月，持節泛滄浪。一旬録郡獄，詢事考纖芒。問之守郡人，莫識爲治方。但見西風多，廨宇秋蕪長。聖哲戒忠信，勿謂不足行。及茲蠻貊邦，始見斯道臧。清江楊翬云：文白先生詩，性情所宗，一以少陵爲歸。海外諸作，杜之悲壯也。

出甘蔗州

清雨氣候變，移船孤石灘。已行千里餘，始驗初冬寒。暫解霧露毒，稍知江山寬。新人異言語，故事同憂歡。思昔夏后氏，封建天南端。伯業起句踐，世遠子孫殫。無諸佐大業，遂作漢王官。身受閩君策，白日海澄瀾。至今崇臺上，列戟絢衣冠。古來樹名節，於此事常難。惟有精英在，青霄明羽翰。

晚登南樓眺烏石九仙方山諸峰

自來閩中郡，僑寓公宇偏。身病縻服餌，覃居日如年。憲署歷三試，愚庸寡所宜。茲行臨辟道，黽勉以周旋。日夕登高臺，遥盼四山川。山川亦云美，宜與萬念捐。慈幃隔江關，稚子目娟娟。連夜夢新堂，嬉戲在我前。禄食無寸補，遠遊何當還。東風號陰澤，此土候氣先。草木相衰榮，已復争碧鮮。思及方春時，買船向邵延。長歌蕩暄景，吹笛玉臺煙。行止欽聖訓，義著艮象篇。此豈不在人，虛心以勉旃。

四月八日訪閩粤王無諸古城遂至蓮花峰下僧寺寺乃唐王審知祠

維夏氣清宴，原藪樹蘢葱。上弦適休暇，游詠紫煙中。石澗演新流，山苗含惠風。肥苧膚隱白，崇榴葉張紅。撫節警代謝，未歸憂心忡。承官尠政術，但覺禄養豐。句稽困日月，始得如游驄。觀省職何補，庶望裨至公。遺丘隱莎草，廢刹在空濛。而況塵境事，斯理固有終。

數日毒熱喜雨適立秋先三日也

夏末始炎毒，沈憂坐匡牀。起行無所之，登高睇遐荒。問昔西風歸，飄飄向何方？往還不可期，賴得天道常。聖主御大曆，故可稽明堂。粲粲白駱駝，玆晨郊路長。念我伏遷次，江海葉再黄。旅懷抱焦火，思濯寒冰鄉。忽來浮蒼雨，爽氣吹衣裳。稻田已就穫，晚種待新秧。微軀亦易持，但願蒸黎康。

新雨階除花藥倍茂田里生意懷之欣然情至有述簡諸作

久旱埃霧集，閒居寡高情。微雨夜來至，滿庭花藥生。長年憂里術，退坐若無營。偶攜一榼酒，得喚故人傾。念彼甿隸便，勞生在耦耕。薦饑苟不熟，何以供王程。幸天沛時澤，食息日已寧。繕性衡門下，寒飢無足驚。

苦熱懷楚下

苦熱不可極，念此西南風。誰云灝氣遠，乃在庭户中。我家百丈下，井上雙梧桐。向夕集歸鳥，未秋足鳴蛩。自從别家來，江海信不通。宛宛雒桑思，願從孤征鴻。夜夢白髮親，歡笑攜稺童。倚門望子歸，未歸憂忡忡。東皋無良田，何以待歲豐。盛年將稱意，無爲學轉蓬。

明月幾囘滿

明月幾囘滿，待君君未歸。中庭步芳草，蝴蝶上人衣。誰念同袍者，閒居與願違。

蒼山感秋

蒼山秋意長，池館靜而閟。雨止修竹間，流螢夜深至。皇羲世云遠，雅頌日凋弊。舉手遏頹波，誰識作者志。烏啼魯東門，泗水不染袂。後去三十年，直可肩聖知。機關繫風化，詞語特細事。月落閉虚簾，坐夢太古帝。揚眉頩玉色，盡發養生祕。勿謂仙學一作學仙。難，此道可立致。葉世奇《草木子》云：昔危太朴與德機同晚步，德機得「雨止」二句，喜甚。既而曰：語太幽，殆類鬼作。

酬申屠子迪

碧月出海底，挂在青天中。美人如明珠，滄波思無窮。身非千歲蓬，欲逐萬里風。願因紈素衣，託向孤征鴻。

筠州東都遇雨

高林展夏緑，杲日轉城岡。四國金石流，忽見飛雨涼。飄飄西北風，亦復至我傍。我行初涉旬，去意已徬徨。親交苦滯留，川陸互一作訏。阻長。遠行雖有命，期至詎能忘。宵分睇南星，命僕戒川航。豈無他方願，且及顧舊鄉。舊鄉寧非懷，吾生未渠央。

秋江

秋生洲渚静，露下蒲荷晚。忽憶釣魚時，人家楚鄉遠。

絶句三首

障擁芙蓉競，燈隨欅柳移。繁星臨迴野，疏雨過高池。
江上打魚船，有頭那無尾。與卿相見時，不望如魚水。
鄉路西州是，延平那向東。片帆儂會使，衹是怕隨風。

看東亭新筍

問竹何年有？親曾共歲寒。昨傳新筍發，扶杖繞林看。

蘄州城下晚泊與土人語及西方事平有喜而作

野闊秋無際，天空夕始涼。漁船下浦急，畬火入雲長。洲遠懷鸚鵡，山危指鳳凰。戍人新斂甲，垂老幸時康。

黄州道中

徑轉山仍掩，沙移圃自成。蒹葭連水白，楊柳蔭門清。無復論餘事，真堪了此生。眼中陳仲子，九鼎一豪輕。

百丈山中夜坐聞謹思將還憶甲寅入南中正此日也十二月二十三日四首

近得雷州信，遥聞弟姪來。江山淹遠望，天地保疏材。鄉爲魚羹起，今寧馬豆猜。殘年有心事，未定著一作「省定」。寒灰。

欲雪翻成雨，何天恰吝情。似緣春在近，故與月争明。谷樹行行暝，川雲冉冉輕。往年當此夕，孤棹適南征。

斜谷驚風合，空階墜溜鳴。燈昏時作暈，漏遠不傳更。但得林間趣，何須谷口名。是誰超物外，不用計浮生。

客行身萬里，家在地中分。爵命優臣子，江湖遠聖君。夜瞻龍鳳氣，歲出虎狼羣。舊故無消息，低回瘴海雲。

壬戌秋録囚晚行寧州道中追録

曉發高平鎮，前旌路未分。小橋煙外過，流水月中聞。虎豹宜多隱，豺狼不可羣。居人畝炎暑，報有竹連雲。

引兒灣晚泊

席壓波心正，舟移岸脚斜。夕陽明細霧，秋樹擁荒葭。問道獨如夢，懷京却勝家。客愁不自整，更苦暮啼鴉。

九日諸生攜酒至城東看菊

楚楚臨階菊，重陽特地開。慰人良有意，報汝愧無才。巷杵聞雞發，鄰觴送蟹來。采英吾欲寄，悵望倚江臺。

晚過孔奉常舍下

滄江一萬里，書信近如何。向暮客懷薄，及秋鄉夢多。故人相慰藉，並舍數經過。但願長無事，彤庭接珮珂。

贈别李教授亭赴五羊先往餘饒覲省

行色動西風，鄉心去住同。諸生五嶺外，之子大江東。且羨還家鶴，無愁度海鴻。若逢天上使，書記莫忽忽。

王繼學晚過舍下翌日惠詩兩章用韻答貺 録一。

平生病太史，淺陋愧曹邦。自足封函谷，聊須壘受降。黄鐘知和寡，白璧動成雙。天外誰招得，清風滿八窗。

和二章已而徵者適至戲用韻爲再疊云

久客歲云暮，悠悠念異邦。病因詩暫愈，愁爲酒先降。屋隱疏篁半，城依老樹雙。晨朝有好鳥，命我隔東窗。

登南城樓

樓倚晴空外，登臨延賞心。微風孤雁過，落日萬蟬吟。客路侵齊樹，鄉愁接楚砧。爲詢宮外筑，流水似哀琴。

寒食後百丈山夜坐

已新寒食火，更近暮天鐘。花片隨風減，柴扉帶月重。以閒酬宦達，將病抵心慵。本不從耕稼，臨江愧老農。

快閣延望

快閣延江望，清尊息坐彈。風雞猶戒曙，雲雁每辭寒。莫使晨歌廢，聊思飽食安。百年會有故，終不愧儒冠。

題秋山圖

我愛秋景好，自緣秋氣清。江空石露骨，木落風無聲。偶向畫中見，猶如雲外行。祇疑豻與虎，無地得縱橫。

貴州

離思久不愜，幽情晚旋添。天宜明月獨，山與宿雲兼。蛩語通支柱，蛛絲映卷簾。若無光霽在，何以破朱炎。

發横浦之永淳縣

急槳開蜃漲，孤尊已夕陽。水光排峽静，洲勢背城長。太史才無敵，將軍義不忘。感傷今歲月，淹泊愧滄浪。

題吴生雨吟圖還寄清江皮野

江雨四時昏，故人家遠村。如何一見面，還又兩忘言。老樹經鮫淚，空花斷雁魂。由來前日畫，妙手出吴門。

東齋秋雨後花藥具有生意

田園雖尚遠，未肯效凄涼。藥就籬成蔓，花因徑作行。豈惟延晚趣，自足信年芳。頗敬鄰人婦，驅雞不過牆。

晚興

古寺山重掩，平田縣對門。鵂鶹藏白晝，蟋蟀破黄昏。貝賈多通市，藷傖每近村。殷勤省風俗，慷慨動心魂。

晚上南山觀燒

渡口向寥闃，夕暉生翠屏。隨風初繞電，翳霧忽如星。鳥獸蒸宜遁，柴扉照不扃。閩都春始過，雨洗合重青。

京下思歸

黄落薊門秋，飄飄在遠游。不眠聞戍鼓，多病憶歸舟。甘雨從昏過，繁星達曙流。鄉逢徐孺子，萬口薄南州。

期出東郊不果却率便河閘橋詣張道人菴尋故舊作

却欲東郊去，還尋北渚來。江翻垂木動，風過雜花回。馗道迷朱轂，虚空見紫臺。世氛渾不奈，憶得是蓬萊。

和李溉之園居雜詠四首

書劍上青霄，鄉關雨雪遥。年華侵水竹，客思墮山苗。會想商巖綺，將從鄭里橋。文詞誠小伎，祗比俗情饒。
豈是幽棲地，飛騰亦未量。城根分鼠壤，池面合魚梁。名久喧郎署，歌時感女桑。畏卿音調苦，疇復貴相忘。
圃色依簾障，天光切户庭。草生連夜雨，花落徧池星。未遂翔寥廓，真堪托晦冥。逢時須紫燕，得意拂青萍。
丹柰花初結，朱櫻子半成。寢興因物變，筋力與年增。燕拂承塵去，蜂隨曳杖行。玉泉幾千仞，好在翠如傾。

種瓠

或言種瓠蔓長，必翦其標乃實。予齋所種，因樹爲架，蔓緣不已，果多虚花，欲去之，慮傷其凌霄之意。因賦五言，爲之解嘲云。

豈是階庭物，支離亦自奇。已殊凡草蔓，綴得好花枝。帶雨寧無實，凌霄必有爲。啾啾羣鳥雀，從汝踏多時。

秋後瓠果成一實輪囷可愛余嘉其晚成而不羣答賦云

嘉瓠吾所愛，孤高更可人。不虚種植意，終繫發生神。有葉誠藏用，無容豈識真。明年應見汝，衆子亦輪困。

寄李彦謙御史

古燕城下路，柳樹落西枝。每到重來處，長憐欲别時。鶻飛平照急，鷗集遠煙遲。此去秦州什，應須寄我知。

盧師東谷懷城中諸友

契闊遽如許，淹留空復情。天遥一鶴上，山合百蟲鳴。異俗嗟何適，冥棲得此生。平居二三子，今夜隔重城。

離席合賦贈南劍教授盛復之之官

首路向朱夏，出關猶到官。麥收風漲暑，梅熟雨留寒。氣候隨方異，才名自古難。豈容賢若爾，教授老江干。

遣懷

柳影侵門暗，桃枝亞竹高。年深詩並進，春在酒争豪。吏隱嗟何擇，行藏信所遭。斯文如未喪，端合付吾曹。

贈李提舉之官豫章

公孫閣下士，多似魯諸生。昨者聞高誼，茲行起盛名。文亭南斗近，征旆北風輕。余亦懷鄉郡，今猶滯帝城。關河驚半面，雪霰念孤征。芳宴絲簧咽，新詩錦繡成。長途心果怯，令節眼增明。渺渺飢鷹度，嗷嗷旅鸛鳴。露凝秋浦白，雲散夕堂清。是物關流動，何階計合并。會須縈桂楫，相共啜蓴羹。徐孺亭前水，因之幸寄聲。

立春日和王翰林

北斗紅雲上，西城皓雪邊。歲華今若此，宦味故依然。節轄荒冬後，寒驅夾日先。樓臺通帝極，井落散人煙。登眺臨無際，歡娛信有年。客情關外地，農事庾陰田。只有傷絃促，那能效展穿。幾時歸櫟社，盡日接芳筵。寶鼎昇平瑞，金罇淡蕩妍。逶迤朱鳳集，瀟灑白鷗眠。遠業嗟何就，高明賴必傳。道雖沾世用，意漫逐時遷。顧遇煩頻數，欣榮頗倍千。江湖萬里興，爛熳百花前。

寄福建杜廉訪使君

臬府羣工表，言官百世公。君王資稷卨，臺閣起黃龔。吳越聯閩服，蠻夷偃漢風。九州諸道右，一柱衆一作萬。流中。虎豹精神肅，豺狼道路通。青冥行勁銳，白日貫精忠。斧繡揚秋隼，泉阿達夜蛩。壺冰元自潔，瘴雨不勞空。賤子嗟何幸，微心誓盡躬。望來方切切，告別匪忽忽。祇爲文科重，尤慚祖餞隆。客魂消海鶻，病骨瘦溪蟲。謬敢辭王事，私嘗泣老翁。髮緣思母白，顔每應人紅。儻使彝倫薄，其如禄養豐。以兹三徑撫，猶獲二天蒙。上幕刑雖簡，滄洲道未窮。且將心萬疊，寫入嶧陽桐。

送菊

臥病高秋留海浦，明日重陽更風雨。杜門不出長蒼苔，令我天涯心獨苦。籬角黄花親手栽，近節如何獨未開。含芳闕采亮有以，使君昨暮徵詩來。凌晨試遣霜根送，畚土雖微甚珍重。極知無意競秋光，往一作任。作横窗歲寒供。憶我初客天子都，西垣植此常千株。結花年年應吹帽，始信南邦事盡殊。顧得封培自今日，何問朱厓萬家室。秋香端不負乾坤，但嗔籥管亂儔匹。歸去來兮雖得歸，念歸政自莫輕違。他日采英林下酌，誰向清霜望翠微？

閩州歌

閩州土俗户不分，生子數歲學繡文。圍綳坐肆雜男女，誰問小年曾識君。古來夜行斯秉燭，今者衢路走紛紛。那更誅求使者急，鞭箠一作笞。一似羶羊羣。古來閨閤佩箴管，今者女工徵六軍。雖復太平少征戰，設有備豫將何云。去年居作匠五千，耗費府藏猶烟雲。官胥掊克常十八，況以鳩斂奪耕耘。祇今棄置半不用，民勞竟是誰歡忻？歲歲條章省煩費，幸且不省無方殷。唐虞在上儉且勤，後王猶復錦繡焚。豈有夔龍讓姚宋，不言忍使憂心熏。觀風自是使者職，作歌雖遠天應聞。閩俗文繡局取良家子爲繡工，無別尤甚。亨父爲閩海道知事，作歌一篇述其弊。廉訪使以上聞，皆罷遣之。其弊遂革。

擣練圖

深宮佳人白日長，夜感蟋蟀鳴中房。起視河漢心回皇，雲鬟籠鬆分作行。清水如天收素練，翠蛾帶月杵玄霜。轆轤無繩金井悄，邊頭不見梧桐黄。裁縫熨帖坐在牀，載玄載黄公子裳。製成不遠煩寄將，但見寒暑彫三光，身體甚適平時康。君不見古來邊庭士，雪壓關河征戰多，拆盡衣裘淚如水。

題李白郎官湖

當時郎官奉使出咸京，仙人千里來相迎。畫船吹笛弄緑水，何意芳洲遺舊名。唐祠蕪没知何代，惟有東流水長在。黎侯獨起梁棟之，一作材。彷彿雲中昔軒蓋。南飛越鳥北飛鴻，今古悠悠去住同。富貴何如一杯酒，愁來無地酹西風。大别山高幾千尺，隔城正與祠相值。青猿夜抱月光啼，挂在東湖之石壁。黎侯本在斗南家，枕戈猶自憶煙霞。祇擬將身報天子，不負胸中書五車。昨者相逢玉闕下，别來幾日秋瀟灑。黄葉當頭亂打人，門前繫著青驄馬。君今歸去釣晴湖，我亦明年辭帝都。若過湖邊定相見，爲問仙人安穩無。

王氏能遠樓

游莫羡天池鵬，歸莫問遼東鶴。人生萬事須自爲，跬步江山卽寥廓。請君得酒勿少留，爲我痛酌王家能遠之高樓。醉捧勾吴匣中劍，斫斷千秋萬古愁。滄溟朝旭射燕甸，桑枝正搭虚窗面。崑崙池上碧桃花，舞盡東風千萬片。千萬片，落誰家？願傾海水溢流霞。寄謝尊前望鄉客，底須惆悵惜天涯。

錢舜舉畫馬歌

錢君畫人勝畫馬，安得名驄妙天下。青雲隱約見龍紋，有意軒昂馳華夏。圉官山立頎而髯，朱衣黑帶高帽尖。問渠掌握詎有此，牽控寧知人汝嫌。君不見才士受束縛，往往因之縱寥廓。

杏葉黄

杏葉黄，天雨霜。穹窿攙日照八荒，回光照見白玉堂。堂中美人雙鳴璫，中宵抱被直西廂。忠君愛親兩不忘，奈何零露沾衣裳。清曉樓頭見征雁，不如謝官歸故鄉。

侏儒行

君不見東方朔長九尺餘，不如侏儒長三尺。朝捧一囊錢，夕竟飽死復何益。死者不可作，飢者食有餘。堂堂之軀天所命，生之短者續則悲。嗟哉世之人，羨彼侏儒復何爲。

轆轤怨

門前水揚聲似雨，幽人當窗碧絃語。東里征夫去不歸，一雙蛾眉鏡中舞。年年井上攀轆轤，勞心只恐秋葵枯。他家種得長生草，梅花落盡青青好。

掘塚歌

昨日舊塚掘，今朝新塚成。塚前兩翁仲，送舊還迎新。舊魂未出新魂入，舊魂還對新魂泣。舊魂丁寧語新魂，好地不用多子孫。子孫緜緜如不絶，曾孫不掘玄孫掘。我今掘矣良可悲，不知君掘又何時。

望瀛海一首送危太樸之四明兼簡廉訪鄧使君翰林袁侍講

危君英妙年，獨往志千載。天馬出名駒，空行見風采。昨日銜書到空谷，甚欲留之不能待。九月開帆指四明，要逐高秋望瀛海。海水上接天漫漫，世人不知此別難。當君夷猶碧嶼日，是我對月永夕猿狖啼青巒。江樹葉飛天雨霜，江上吳歈思斷腸。窈窕徐家兒與女，却望蓬萊如故鄉。君行却向三山望，雲霧軒窗六鼇上。東方雖樂不可以久留，歸獻仙公白雲唱。西過錢塘遇順風，爲拜湖南持斧翁。會稽學士卧雲島，朱絃流水鳴孤桐，道我寄語莫怱怱。送君有情亦如海，海水有盡別意無終窮。

至日行

長安夜半通明光，羣公冠佩列雁行。秦壇三成樂萬舞，布衣類得齊鳴璫。小官需次祇自賤，當日再拜謝日長。多少朱門團黼質，何當起視東方白。

奉觀許尊府遺墨

奉常許君玉色立，手抱父書紅錦襲。紛茫蜀令九霄神，抉摘郢州千首溼。鍾張雖云世已遠，任趙未可肩相及。葉滿天地雨聲急，我縱覽之重於邑。却憶風雷昨夜顛，萬壑起盡蛟龍蟄。不然尺素尋常耳，何日一作得。蕭蕭百靈集。草堂驚怪不敢留，至寶豈復能輕酬。還君子孫世善收，扁舟歸弄江一作五。湖秋。

夜上烏巖

扁舟夜傍烏巖宿，一作棲。然火上巖尋古祠。老巫輟睡啓神户，牽幌請官窺漢儀。漢家將軍利於鵲，征行往往皆良奇。當時光武皇帝聖，舉以善馭皆周知。將軍再出定窮粤，忠義耿耿光精垂。不然夷祀已千載，何定一作得。至今歌舞之。高縣銅鼓五獸缺，以手摩拂增深悲。蜈蚣宵行蛛網結，不識欵書何歲時。庭中蕉葉照石面，猛虎出谷靈風吹。澤魚導從吏扶掖，欲留頗復懼深危。登臨有客動必戒，況此星露景倭遲。獨立蒼茫問横浦，明日江山勞夢思。

古杉行

丹陵觀，有古杉，屹如雙闕當雲門。云是鍾君之手植，君去此樹餘空村。尾摇翡翠梢八表，根結蛇蛟行九原。幽邊豈無鬼神護，深處直形天地恩。一方拆裂引穿溜，猶是百年燒火痕。蒼皮樹裏漸欲合，始知草木有道存。或云下有丹火伏，四時地底皆春温。神還復壯此其驗，疑是自此無傳喧。平生政坐嗜奇古，來看適值寒冬昏。長歌沈思遶其下，夜半月高松露繁。飄飄葉縣鳧舃影，牢落豐城龍劍魂。何當喚起博物者，共騎黄鵠凌昆崙。

題虔野逸亭

方丈新亭隱叢篠，下有長風蔭清沼。林間白日漏遊絲，空外青煙送乘鳥。人生百歲今半之，更百千歲將奚爲。麻姑自是好風骨，按行蓬島歸何時？

張明德經歷松石圖

張君畫手天下奇，往者京城曾見之。濟南參議最博雅，每爲送酒題長詩。深山大澤生喬松，緘封寄我章江湄。問君安得致此本，吏牘政類麒麟羈。又費臨川百日假，不爾能事何能施。澗阿無人白石爛，飛泉但見下漣漪。老夫對此神慘惻，況近歲寒霜霰垂。高齋展玩意未已，便欲共赴青雲期。搔首絃歌白駒操，悠悠四海將誰知。

懷舊游贈別杜君還益津

往與羽人曾結滄洲期，醉騎鯨魚躍天池。北走幽都摩碣石，所歷至今皆見之。澤國波光秋瀲灩，津亭月色曉參差。山夾疏鐘和雪度，樓棲斷角引霜吹。蘭園坐送流鶯亂，華觀行聞住鶴悲。別來幾度斜陽裏，平曲風煙勞夢思。安得狂心化爲浪，去隨流水到天涯。偶向燕城逢杜子，爲我立馬歡相持。自言家在碣石西，石西易水清淪漪。易州風帆日日至，佳人何事重來遲。重來易遲去易遠，便欲從君川路返。歲年冉冉思無限，詩成雁過雲濤晚。

小孤行

小孤有石如虎蹲，西望屹作長江門。洪濤萬古就繩墨，雖有勁勢不敢奔。大哉禹功悉經理，何必有志今能存。大者爲綱小者紀，不徒百谷知王尊。靈祠正在石壁下，我來適值秋風昏。明朝東行弔碣石，更與尋河問九源。

贈李山人

平生慕事華蓋君，四海孤蹤隨白雲。峨眉山人住盱水，駐馬重逢帝城裏。別來相問意悠悠，北走南飛又幾秋。昔向貴溪尋講鼓，又從薊郡攬征裘。展圖示我青山屋，山在盱城小江曲。東風日日蕩人歸，明發行歌載黃鵠。憶昔上帝勑游華子岡，中道勒回俗駕賓炎方。是行儻或如私願，華子岡頭定相見。麻姑應解索題詩，碧桃花發報人知。

己未行

二年六月己未朔，京城五更大地作。臥者顛衣起若吹，起者環庭眩相愕。室宇無波上下搖，乾坤有位東西却。自我南來覩再震，初震依微不今若。昨朝展席坐堂上，耽玩圖書静無覺。堂下羣兒又驚報，方餽饔人喪杯勺。櫛者倉皇下牀榻，門屋鏗鏘振鈴鐸。祇今猶自騰妖訛，且暮殊言共郛郭。大家夜臥張穹廬，小家露坐瞻星落。焉知怪變不可屢，安巢盡有一作日。南飛鵲。昔聞上帝憂瀛洲，親勑巨鼇十二頭。特爲羣臣舉首戴，萬古不與水東流。豈其九州亦類此，此事或誕或有由。上帝甚神吾甚愚，戴者勿動心優游。

奉酬段御史登岳陽樓之作時分理盜賊至海康

誰能手鏟湘水平，剗却君山看洞庭。昔人已騎黃鶴去，樓前亂芷春蘭青。豈知繡衣後千載，遠違鳳闕來江城。憑高弔古落日紫，領客置酒開雲屏。酒酣點筆賦新句，薄海傳誦令人驚。憶我初游白玉京，與君聯步趨承明。手宣皇猷敷帝績，濟濟學士如登瀛。一行竟墮萬里外，回首滄浪思濯纓。守官區區事無補，惟有白髮欺人生。牂牁水外萬竹底，四時鳥語煙邊鳴。忽忽此地復相見，恍如幽夢求仙靈。中宵秣馬不遑暇，君又北鄉予南征。如茲後會復何日，念之使我雙涕零。宫中聖人總四溟，所過海岳須澄清。鐵冠峨峨望天下，青霄快展皆修程。由來豺虎伏仁獸，況有鷹隼當秋橫。明夜相思隔雲島，月落高臺聞笛聲。

送蕭二十兄

東郊蕭條生事微，快馬日日趁朝歸。黑頭游宦吐粱肉，青眼高人歌蕨薇。儂家旅食強甘苦，何物俗流輕是非。百歲乾坤消屐屨，三江風浪隔庭闈。柳根臘雪春猶凍，沙上晴雲煖更飛。昔擬此時具吳榜，送行何故不沾衣。

奉和李監丞醉贈羽人之作

自從墮地愛名山，五岳尋真去不還。青山無津度日月，旦暮御風一作氣。行其間。九江西來赴海門，中有道路古來難。笑談解入蛟蜃腹，脱此命與松喬班。吾嘗左揖三茅君，右手直接高飛翰。至今空濛偃翠蓋，望雲懷我雙佩環。君從茅山來，青衣白霓裳。肝膽出古劍，剸裁光甚揚。玄元皇帝雲與仍，李武昭王裔之孫。稱世舉德朝未央。偶吹龍笛過九市，共君斟酌北斗傍。浪傳北斗不可挹，酹之昨以白玉觴。百觴未已已復醉，援此織女天機章。舉頭目送南飛鴻，我自滯留君遠翔。眇眇美人絳珠宮，紘白雲兮歌清風。浮萍流水相遭逢，何獨不在岐路中？何獨不在岐路中，相思昨夜春缸紅。

社日

丘鄰雨止散青煙，白叟相逢已隔年。忽遣大兒三角結，打門來覓社神錢。

五月二十六夜宿松林蘭若

白沙寨下接飛霞，行至招提日已斜。睡覺忽聞山寨語，不知今夕離吾家。

發湖口

已過匡廬却向西，片帆猶逐暮雲迷。路長正是思親節，取次鶯猿莫浪啼。

潯陽

露下天高灘月明，行人西指武昌城。扁舟未到心先到，卧聽潯陽譙鼓聲。

以瓊扇一握奉致黄明府

拾得炎州月一團，殷勤持贈比琅玕。情知已是秋風後，留作明年九夏寒。

鍾陵夜宿聞鐘

中年江海夢靈皇，夜半聞鐘似上陽。一百八聲猶未已，更兼雲外雁啼霜。

日晏

昨日相期早出村，今朝日晏未開門。可人一夜東風雨，緑遍天街舊草痕。

院中夜直

此身只似到南州，莎草寒雞一片秋。後夜玉堂誰上直？料應少睡更多愁。

離揚州

孤篷如磨遶汀沙，葉滿平湖藕未花。回首竹西亭漸遠，一江煙雨酒旗斜。

過三合驛

一春歸計又蹉跎，窮粤風光奈病何。總有青山千萬疊，行人長少鷓鴣多。

江上古祠

老樹昂藏倚岸隈，祠靈經歲鎖蒼苔。豚蹄巵酒能多少，便一作但。有羣鴉旦暮來。

湖面

湖面春深煖氣匀，青蕪未陨一作損。已知春。沙灣散駐張魚客，葦室時驚射雁人。

北山谷中老父

無多林屋冠青山，長子成孫鬢未斑。問我鄉原何處是？半生江海未知還。

渡端州峽

櫂郎得便泝清流，忽報舟前曉霧收。蠻語酬人翻自苦，好山不敢問何州。

正月二十四日至寶圭驛是北流縣自此遵陸指鬱林矣

遠辭京闕碧雲端，泝盡夷江未到官。回雁峰南更千里，是行誰爲報平安。

得樟樹鎮便寄家書

商船夜説指江西，欲托音書未忍題。收拾鄉心都在紙，兩聲杜宇傍人啼。

臨高阻雨

恐傾南海成秋雨，急喚西風作晚涼。淨掃黎山須見骨，莫令楚客屢回腸。

安定縣

島上晴雲滅復生，誰家吹笛海天明？縣堂曉起西風急，半是深黎夜雨聲。

至富屯

承恩千里出江鄉，轉歷三關道路長。黄葉霧開山市集，見人鳧雁憶横塘。

遊南臺閩粤王廟

海角釣龍人杳杳，雲間待雁路迢迢。若爲借得山頭石，每到高秋坐看潮。

池館夜坐聽雨

更聲隨雨動譙門，頗似聽泉宿楚原。客裏青燈如骨肉，獨能相待向黄昏。

懷京下親友

海上經年思殺人，絶憐京國舊交親。過江唯有傳柑使，寄得書回是暮春。

寓書

欲寫鄉書寄故園，行人已遠意空存。舉頭却見南來雁，箇箇隨春度塞門。

憶得

憶得佳人《白紵》詞，幾將天外數歸期。自從落盡庭前樹，夜夜秋聲總不知。

贈郭判官

慈烏夜夜向人啼，幾度紗窗兔魄低。自有平安三百字，無因却寄大江西。

卧病

朝來忽見樹藏霞，碧草春邊徑路斜。佳客不來春雨盡，山禽啄徧小桃花。

清明日留西山

離家六度見清明，知是何時出帝京。今日登臨倍惆悵，好山多似豫章城。

西谷訪人不遇

出郭幽人晚未歸，青天咫尺見何稀。一年衹有春晴好，多事楊花學雪飛。

春日上平坡寺

蘿逕陰陰近百層，金輿記是昔人登。山僧苦避尋詩者，牢閉柴門喚不應。

章義門送人還南城觀臺

郊原平晚緑萋萋，獨上高臺意轉迷。古樹鳴蟬城下路，送人長憶向安西。

懷臨江寓居

石霜峰北淦西頭，寄住林塘數畝幽。比及到家猶是客，對人强自説鄉愁。

清明日

旅庖欲禁自無煙，酒裹中原熟食天。不分小桃紅似火，爲人兒女照鞦韆。

絶句

幽人不出户長關，看盡春風長緑苔。多謝有情雙燕子，暫時飛去又飛來。

題松雪圖

傍人不識歲寒松，憐殺深山大雪封。待得化爲東海水，青天白日睡蒼龍。

贈熊處士還山房 并序。

廬山中有山房，宋李尚書公擇藏書處，今廢矣。海昏李氏爲其先作書堂於建昌州，亦曰山房，并祀尚書焉。蓋有慕廬山者矣。聞熊修業是問，故作此記之。

尚書舊隱在匡廬，亂後傳聞宅已墟。祠宇秪今誰薦鞠，鬼神猶自護遺書。石泉宛宛輸池細，川樹茫茫映日疏。不識海昏熊處士，冥棲消息近何如。

送馬掾遷湖南

聞君暫與故交違，去逐西風落葉飛。看劍未成今夕會，挐舟定復幾時歸。雲開帝子黄陵廟，月過將軍赤壁磯。事業還須各努力，收名卽用繡爲衣。

贈李宣使

故園雲卧四三年，府署依然念子賢。莫爲馳驅傷遠道，但將忠孝感皇天。湖南政譽聞争薦，日下絲綸佇近傳。爲報津頭黄菊蘂，明當照我上江船。

四月十六日詣東華門奉迎香輿

天香曉報出宫城，已辦隅頭合樂迎。黄鳥低斜衝隊過，紫騮疏蕩著班行。百王盛祀無遺典，萬乘深居有至情。失喜快一作共。傳湯沐賜，禮官識姓未知名。

至夏莊懷平坡舊遊

平坡谷前桃杏花，年時著屐到君家。祇今可買惟村酒，無復能來試石茶。簾幕高高通紫燕，溪流款款伏青蛇。同遊昨有虞公子，却爲盧郎得浪誇。

送梁知事之婺州

皓月青雲若箇邊，送行恨不共吴船。新官浙下皆名郡，舊宅山東有賜田。禮樂固應張盛代，簿書勿用歎流年。經時不見曹員外，今日因君重惘然。

追和盧修撰張平章園亭觀花飲

白藕花邊香已秋，西郊風物野亭幽。未須短杖扶持病，且遣孤尊斷送愁。紫氣近連飛鳳闕，青山遥隔釣魚舟。勝遊縱在招要外，猶解因詩頌醉侯。

秋日集詠奉和潘李二使君蒲編修諸公八首

古薊城邊白露零，秋聲不任旅人聽。差差乳燕朝辭舍，嚦嚦高鴻暮過庭。以病酬閒翻自惡，將愁抵醉祇難醒。何人解擬匡廬賦，千仞岡頭瀑瀉瓴。

生也無涯死有涯，拋書幾擬問南華。要知立志非多事，但使成言自一家。寒樹接天霜映鵲，溼蕪滿地雨生蛙。相過儻遂攜尊酒，檢按牆東野菊花。

迴無江左管夷吾，誰復能稱晉宋書。運本關天聊爾耳，力能蓋世復奚歟。百年草草雲龍地，四海悠悠法象廬。曾向鍾山酹芳草，至今心死及菑畬。

流落移家白帝都，低頭愧盡馬相如。題橋一字終何益，一作補。賣賦千金竟或無。風月長留前輩詠，塵沙滿載古人書。此身泛寄空江上，已異當時舊鬢鬚。

潘公牆角樹連庭，曾是笙簧晝夜聽。門巷祇今埋糞壤，輪蹄自昔走雷霆。長因午睡思茶竈，却爲朝吟款竹扃。若續濟南名士録，莫令憔悴鵲湖亭。

李侯高朗若空晴，議論詩書滿腹撐。期接仙舟應少便，偶分宮硯亦多情。蠻荒異俗中年歷，河漢頻秋向夕傾。此去暫煩南郡守，旗旄勿用野人驚。

蒲君高價本璠璵，多幸蒹葭得所於。學道初輕千里驥，收功直到九州魚。詩探飯顆尤難測，賦擬蘭陵定不虛。月月西垣更夜直，還應共我惜居諸。

秋入江山錦繡開，白雲紅葉盡詩才。句成底用三年得，槎在應須八月回。自是每爲浮客累，非關不受故人催。憑將寄語詞林老，風雨重陽又近來。

送白无咎太守之郡

瀟灑中書舊省郎，排雲曾攬舜衣裳。一麾況復守名郡，萬事不如歸故鄉。馬首漸遠燕闕雨，雁聲欲度晉城霜。漢廷擇相皆良吏，早奉潘輿謁建章。

奉同陳應奉訪友人不遇

翰林小暇出西城，京國餘秋晚更明。鷗度折磯心已熟，馬逢危石眼偏生。疾風稍定樓臺色，微照猶含鼓角聲。會合何因得惆悵，潛夫祇愧未潛名。

寄别倪大同

知君久住玉真壇，日與飛仙弄紫環。從此便令行地縮，逢誰不説上天難。鶴邊紅日浮觴送，馬首青山抱檄看。相好何因不相别，寄詩應到暮雲端。

將赴雷陽送羅提舉之任廣東

松滋暫泊薊門船，復指番陽一作禺。路幾千。茉莉香深和酒露，桄榔葉暗煮鹽煙。齊人舊算無遺策，漢史新藏有臢錢。莫爲遐荒心力怠，珠一作朱。崖更在海南邊。

休日出郊

歇馬高林煙霧開，感今懷古獨登臺。遷臣逐客皆前輩，幕長郎官盡上才。放浪已聞窮九域，飛騰終合近三台。謝公自有青雲屐，且與從容步紫苔。

寄友人

繡衣行部直南州，幕府英名早歲收。如此一臺兼二妙，令人萬里破千愁。桄榔葉暗潮聲幕，薜荔花懸岳影秋。此去三湘寧久住，近天須應璽書求。

題黄隱君秋江釣月圖

舊識先生隱者流，偶因圖畫想滄洲。斷雲滿路碧窗晚，明月何年青嶂秋。世故風塵雙短屐，生涯天地一扁舟。何由白石空磯畔，招得人間萬户侯。

寄上甘肅吴右丞

塞上孤鷹白雪毛，塞門風物静蕭騷。黄河西去從天下，泰華東來拔地高。枸杞莫將如薏苡，醍醐足飲勝蒲萄。遥瞻圭衮還朝日，正屬江湖心緒勞。

九月十九日京東門與董右軍諸公別至通州還寄在京朋遊 一作舊。

臨分強顔作笑言，上馬慟哭投煙村。十年總仗舊交力，萬里獨懷明主恩。南極下頭星象少，東風近便一作處。柳梅繁。時人祇怪丹砂令，一作冷。曾以虚名細討論。

山齋

山齋朝雨竹光匀，茶竈催添石火新。對語黄鸝真不俗，飛來白鷺淨無鄰。辭榮豈敢要時論，賞静猶應愧古人。報道林河春漲起，少須重理舊絲綸。

傅之經歷謁告還湘中未語别而宵征翌日與僚友追送生居亭中二首

美人歸思落滄波，昨者論心肯重過。寒盡極知春意在，夜深無奈月明何。海隅雖暫違霜幕，天上應須接玉珂。如此才賢移病去，瘴煙端的爲誰多。

北風盡日破南溟，行路經年倚壽星。子自全家依翠岳，我猶萬里隔青冥。山田鹿下投書去，水館猿啼却坐聽。王事馳驅知有素，何由重見此郵亭。

十月九日詣天光門上進三朝實録

儀鸞簇仗滿雲端，玉鑰初開衆樂攢。三后龍光周典册，羣臣鵠立漢衣冠。爐香著日浮晴靄，宮樹班霜試曉寒。千騎前頭都不避，一作見。祇傳學士拜金鑾。

歸來

十載歸來問草堂，入門喜見葛山蒼。慈親已慰占烏鵲，稺子行堪詠鳳凰。新理園池幾創物，小移松柏且分行。卜居未是居難卜，爲恐傍人議一作笑。楚狂。

辛酉歲元日

延祐七年三月，英宗卽位，是歲改至治元年。

西山千仞鬱崔嵬，山下樓臺紫翠開。玉帛會同來萬國，璣衡懸運屬三台。嘗聞海客談金鼎，更見祠官進玉杯。慚愧詞臣今白首，久無賦頌獻蓬萊。

曾教授赴韶州

荔子紅邊五月初，廣文去住定何如？報恩豈戀將軍馬，治盜聊迂太守車。多近藤蘿安吏舍，少憑椒葛附音書。到官定有佳聲薦，瘴雨蠻煙細袚除。

靖海縣

海縣春深沙氣喧，居人生事不離村。上梯取斧料桑尾，抽橛移舟繫柳根。已過清明違帝里，不妨紅白徧江園。持杯試與酬風物，深愧樊遲學圃言。

百丈春日紀懷

東風久不到新堂，生意雖微未卒荒。草上葋荾偏挺特，花間藘蔽故高長。時來豈盡栽培力，物化須知長養方。葵藿有心終莫奪，每聞支笏照滄浪。

寄題集賢周司直悠然閣

番陽東下萬山圍，魁閣崢嶸面翠微。雲接大荒回古色，波涵落木動晴暉。宦情静與游魚逝，詩思長隨夕鳥飛。久待倚闌成獨酌，癡兒了事各須歸。

歸思

陶公歸思定如何？山郭春風長薜蘿。直道當官惟任拙，庸才負禄祗慚多。江山實自辭家隔，日月虚隨閉户過。點點飛鴻向天末，憂端不類澤中歌。

風止聞鵲

荒山遠水放輕舠，頓雨顛風戒弊袍。五六月餘鄉問絶，二千里外客心勞。樹間烏鵲聲頻好，天上麒麟格自高。獨有武夷看未了，野人寄語壓香醪。

奉和王繼學懷濟南舊游四首

前輩風流逐斷澌，濟南舊録故人詩。遥知靈運初游日，正是元方後載時。青社寥寥成異物，丹丘畠畠屬遐思。壯年易動離居感，繾綣花前金屈巵。

樓上看山翠黛浮，樓前沽酒錦纏頭。登臨試與詢湖雁，豪傑親曾侶海鷗。沙嶺曉晴雲散出，野亭春盡水交流。意中故舊那能得，强擬倫生賦遠遊。

每愁大手不如燕，多見公侯勝昔年。計拙欲求千户等，心勞政類十洲仙。幾回見月思歸去，暫到臨風復惘然。翦盡緑楊三萬樹，多因無處著啼鵑。

手接新詞絶底清，一雙白眼爲君青。寰區政待新年穀，江漢徒傳赤日萍。斷雨潛蛟虛水樹，遠波回鷺實雲汀。此情可在齊州外，不解無人問獨醒。

上真應寺觀寺後龍湫湫在厓上蓋由寺北下馬並高數十折得之又數步許得巨石有僧龕其中云卽唐盧叟所隱成道處時日斜方焚香誦經聞客至乃輟誦相迎作茶云

憑高窈窕辨精藍，濯佩還思訪古潭。字扁孟家題處碣，洞留盧叟去時龕。近人野鳥如曾識，問客山精不敢談。聞説平坡猶在上，登臨雖倦且停驂。德機本集，至元間臨川葛仲穆所編。已下又從清江楊翚刻本及諸家選本所見録入。

節婦王氏

妾年四三，始識月團團。十二學女工，刺繡如鴛鸞。十九嫁夫家，事姑施衿鞶。夫壻良家兒，世籍爲王官。雖聯朱紫貴，不習綺與紈。過庭執詩禮，開口若驚湍。風儀在一時，争作玉人看。天地忽降毒，摧折青琅玕。回首四十春，景光若流丸。貞心守松柏，芳性軼芝蘭。落月簾帷曙，西風機杼寒。沈思往昔事，淚下紅闌干。豪客至茅屋，舉家竄林巒。入房衛病姑，身死白刃攢。相向義憐釋，視死色無難。親知爲歎息，保社爲辛酸。欲與上州府，爲妾旌門闌。妾實無所願，所願在所安。婦人往從人，阿母涕汍瀾。送行遺之語，敬順無違歡。匹偶固有時，寧知憂患端。辛苦蹈物變，豈羨身獨完。殷勤謝舊故，聞者摧肺肝。

重五日至西峽渡邂逅閩帥王侯盛稱山川之壯余謂可以爲知矣亦復有賦渡近方山之下

繫馬西峽間，朝曦射厓赤。城中見方山，江上成亂石。緣流感重險，攬勢得鉅敵。不有歌詠懷，徒困馳驟役。因之竊歔欷，美哉此歎息。尊醑清屢注，盤荔朱新摘。紛厖異方俗，卓犖同門客。去去無久留，薰風蕩南國。

袁州謁韓祠已宜春臺晚眺

乘月泛修陼，凌晨訪崇臺。層甍匝地起，疊觀凌雲開。時須炎夏首，斗柄從南回。四周翠巘出，六合清風來。王明猶日月，憲令若風雷。惠澤緑郊樹，陳蹤蒼澗苔。鼓鐘代寂寞，輪軫路徘徊。聞茲守郡者，自昔何雄哉。百鳥見孤鳳，衆星麗三台。吏負鈎石寄，法已豪分該。云胡答臨眺，遠揖謝英才。

樂會縣

早發端趙村，莫投樂會縣。縣阻道路長，但見水葱蒨。輕風掠溪麋，好月觸石面。前行日已分，後從氣猶眩。役者向我言，前年土豪變。黄旗伐晝鼓，樵屋擬牙殿。居民絶煙爨，搬併入淮甸。却又遭劫殺，流動靡安奠。羣夷盡蜂起，盡用血洗箭。公然肆淳暴，請與官軍戰。官軍幸努力，摧落得深便。雖獲覆其巢，姦愚不勝譴。于今郊原間，芳草白骨徧。我行適夜分，聽此毛髮旋。前岡明炬火，叫應欣跞踐。官吏候我來，始與人相見。沿河島沚深，問路山田轉。啾啾鳥鳥鳴，靡靡鞍馬倦。一從違京國，幾度夢霜霰。何所非異鄉，開懷謝身健。

奉寄翰林鄧侍講

曩承持節江之東，騎驢再上蓬萊宫。蓬萊仙人歌白鶴，聲落五湖煙雨中。世間爵禄不易致，何獨去就如飄風。朝廷禮樂須制作，六經隱義資發蒙。論思廟堂集耆碩，啓沃寧讓前諸公。閉門讀書古都市，四輩冠蓋方隆隆。我生生長在窮谷，那有文字爭人雄。謬蒙引譽百僚上，負禄府署慚無功。一别十年還又五，昔者少壯今成翁。誰知復客七閩下，隔二千里來詩筒。羸軀頓醒瘴厲惡，賴以慰此心忡忡。粤王城南浪自白，粤王城西花正紅。

凌雲篇

往與凌雲山人披虎豹、謁太清，是時東風滿瑶京，緑楊三月聽流鶯。君隨桂席湘江行，予亦騎馬趨承明。手把宫袍厭縛身，却憶南溟有縱鱗。四年辭海岳，一舉上星辰。逢君却向凌雲下，心上經綸甚瀟灑。半夜清猿四合啼，長松古月照回溪。桃花源上路，一去意都迷。我本凌雲峰畔客，何日相從卜其宅。早服還丹生羽翼，共脱朝衣挂青壁。

萬竹亭

誰能買山種萬竹，殘年請老住巴蜀。結亭更在竹中間，四面雲谿寫山麓。風敲最覺夜眠清，雨洗謄延秋望緑。日吟不限三千字，日飲定須過百斛。隴西仙翁持斧客，散馬凉城行新菊。爲言令弟隱滄江，如此風流天下獨。乃家正在蠶茨野，束束琅玕繞茅屋。方知白眼待時人，箕踞科頭自爲俗。是邦子雲劇博雅，閉門草玄食漢禄。多緣未識此君心，往事微瑕傷白玉。使君自是廊廟具，方駕前修詎爲辱。平生抱負勁直節，日暮天寒照空谷。始我瞻望望不及，終我歎嗟嗟不足。乞官儻或從西遊，向子亭邊祝黄鵠。

贈别清夫還吴

新雨不作泥，鉤輈樹上啼。征夫懷遠路，家在太湖西。别家今幾度，楊柳江邊樹。念鄉車輪下，漸是中年路。萬事中年尚可期，人生且莫長別離。長別離，向何方。九江落花清浦香，王睢斑斑鳧乳黃。南望不見三高堂，奈何游子思故鄉。我家諸公濟時早，功成身退合天道。當時未必知者賢，挽不回之卧煙島。後來閱盡虧成事，始識從之去時好。我不能赤手縛虹霓，又不能委身同草木。生逢堯舜世，肯受泥塗辱。昨者誤奮龍門雷，蝘蜓嘲之自云足。憂來舉觴酹白日，唯有皇天照空谷。張公子，吳江生，我有千載意，不羨身後名。爲君寫作贈行曲，曲中鏗戛難爲明。君行不聽我意平，明日買船棹秋聲。亦欲東下窺蓬瀛，飄然此去白玉京，須卿禹穴來相迎。相迎未見須相待，客行雖遲心未改。

卽事

隨地居能勝，因人景倍饒。折風疏菡萏，移雨近芭蕉。放浪明高蹈，留連近久要。虛心待世慮，已任過雲飄。

蘇李會合圖

未識沙場苦，空曾奉使來。詎知羝乳約，不抵雁書回。漢節風霜古，胡笳旦暮哀。誰憐太史令，心爲故人摧。

六月初十夜雨止玩月有感

雨歇青林迥，虛齋生夕涼。簾帷方度月，枕簟已懷霜。地角家何在？雲端路轉長。慈幃近安否？歸覲不能忘。

王武子相馬圖

偶然來廐吏，喚作九方臯。毁譽依名立，周旋逐物勞。神馳風電足，眼冷雪霜毛。事有遭逢者，騏驎固自高。

八月十五夜

城上初聞柝，天邊獨倚樓。可憐今夜月，還照異鄉秋。燭暗頻移席，簾虚不上鈎。回文錦機字，寫得大刀頭。

風雨

風雨忽如此，空山方晝眠。故應爲計拙，可復要人憐。燈火鄉村路，桑麻杜曲田。悠悠今視昔，把卷一茫然。

贈别南劍李使君三十韻

北户羣山表，南雲九域西。君今行欲徧，此意别都迷。妙句人誰識，前年手自題。李以烏撒宣慰同知，改吏部侍郎，使交趾。有《南征詩》一律。絶崖鈎象譯，懸徑摘烏栖。炎陝通冠冕，邊陲重璧圭。禮新尊璽節，名故籍金閨。勞有恩言切，歸無寵數躋。宸心端外見，廟誼肯中稽。望譽騰青瑣，輝光拂紫泥。旌麾深假借，民社載扶攜。猛氣排蒼鵠，幽思啓碧雞。動應多愜會，行豈強扳提。阜蓋喧童稺，黃堂拜耄倪。天機馴虎兕，帝力及鳧鷖。越厲冬深少，闉煙晚向淒。野人封水竹，郡吏接山谿。汲碧荷香弱，坡紅木實齊。九秋鵬鶚翮，萬里驌驦蹄。導從羅弓矢，登臨按鼓鼙。少須《青玉案》，與報《白銅鞮》。忠信先蠻貊，文章協壁奎。孰云當近服，不遂慰烝黎。執手關河早，論交歲月睽。物華盈眼亂，春色傍人低。謝豹空洲隱，王鳩遠樹啼。國容方整整，旅病轉悽悽。謬忝詞垣密，微能官秩卑。從班窺遂霸，浪漫笑山嵇。何日同樽酒，因風獨杖藜。延平寶劍氣，旦旦候虹霓。

寄甄氏訪山亭二十二韻

問子亭何許？滹沱舊水頭。谷陵千載異，風物四時幽。城郭長無事，琴尊或此游。窗據平野秀，户接亂泉流。猿鳥相賓送，漁樵互獻酬。太行晴日近，碣石晚煙稠。莽莽青天外，離離碧海陬。都將神迹化，只可笑談求。大檻花周映，虛階葉竟抽。豈容黃壤汙，祇爲白雲留。更就諸峰老，寧須萬户侯。心知嗜好酷，勢肯去來休。予亦尋山者，人疑避世儔。偶然依紫闕，不是謝丹丘。薄與江湖遠，頻嗟歲月周。夢嘗經五嶽，思屢繞三洲。室宇憑誰寄，園林誓自收。把書消旦暮，種藥引春秋。地僻澄官宂，天空掃旅愁。幾時攜古劍，萬里覓扁舟。牖想高人趣，空懷賤子羞。猶勝徐市俗，瀛島計悠悠。

曉山謠贈別金陵陳處士

昔我望天岳，于時春正深。雞鳴九州陌，鶴警萬花林。旭日騰重海，宵霞映別岑。露條承嶫巇，雪澗瀉嶔崟。馬足無由定，鶯聲不可尋。畏鐘牽逸覽，挂笏繫虚襟。每想丘中趣，如懸空外音。十秋傷逝水，千壑記捫參。晚遇陳夫子，高談契夙心。天形疏造化，月眼識浮沈。宦路悲懷玉，君門惜和琴。豈因平旦氣，薄示暮年箴。但恐丹崖失，何愁素髮侵。會當期絶巘，與爾鍊黄金。

贈裴秀才

江邊見立春，花老問征人。物色隨鄉異，風光逐候新。朝廷方貴士，經術足謀身。舉世皆騰踏，如君獨隱淪。鳴山應鸑鷟，在野泱麒麟。已用遺經試，寧辭累牘陳。飄飖行李别，繾綣酒杯頻。四海多英俊，諸公自等倫。雲霄開大道，溟漲接通津。百轉倉庚近，雙飛蛺蝶勻。款留俱醖藉，歸到莫逡巡。肯薄傳家賦，猶堪博釣綸。

贈别鄧修撰歸杭州

東風二月禁門鶯，天上佳人有遠行。惜路頻瞻霞上日，望家直到海邊城。休須滿假辭三徑，定約重來賦《二京》。回首津亭萬家柳，初非憔悴獨關情。

謝冷架閣春日東麓見懷

空谷白駒消息遲，東風楊柳萬煙絲。珮環憶爲同心贈，書榜傳看俊手施。曾以陋居追往昔，却因嘉遯感今兹。相思恐涉山靈怪，不遇仙人不記詩。

送别周儀之推官赴錢塘并簡李四祕書

武帝龍飛第一春，京華相送各沾巾。詎知邂逅文身地，總是棲遲皓首人。山驛蛟眠星滿洞，水鄉雁起月迷津。若逢李洞南天竺，爲説前書感謝頻。

送李祕書洞

祕書出自蓬萊苑，流落東吴又一春。見月定懷騎鶴侶，聞秋肯讓鱠鱸人。吾曹事業徒温飽，子等居諸異隱淪。海表何由攜手再，相憐同是老詞臣。

寄題龔氏山園

居士名園何處求？無有是中風物幽。巖花故解分藤綴，澗水新能合竹流。緑幕黄簾圍玉樹，青天白日映朱樓。醉吟自爾人難識，況是心輕萬户侯。

五月二十日發雷州過徐文次驛候役者不至留二日

久約歸吴弄釣舟，海天覊思復悠悠。誰知樹底春生月，獨坐人間地盡頭。粉壁舊題分蘚讀，瓦罌新酒接花篘。邊鴻固是南來絶，絶爲雷城信滯留。

送元經歷赴廣東

番禺直北望長沙，元帥持戈鎮海涯。萬里送君歸幕府，幾時爲我寄梅花。雲蒸巨浪魚吹岸，柳壓荒山獠陣牙。欲托鄉書妨枉騎，湄湘西上是吾家。

壽宮

武帝初行祀竈方，祠官宮女儼分行。石闌井井通金殿，金蓋童童出畫牆。但見攫龍呼作相，未聞騎鶴拜爲郎。祇今松柏緣原廟，時接雲軿下大荒。

贈陳提舉

便令回首綰青銀，已負南宫第一人。文武既興殷士貢，中韓猶比漢儒真。離鴻苦事風霜急，伏驥深心道路親。若遇清溪尋舊隱，洗觴猶及艾陵春。

和謝伯雨見惠之作

騷靈一作靈均。逝矣不堪呼，幾欲南遊訊楚巫。城郭煙濤垂白帝，星河風露浥黄姑。幽人往恨九關豹，佳士今猶千里駒。久客資君一作政資。相慰藉，可能無意謝飛凫。

蓮房

憶得花神一笑歡，六郎家住小江干。佳人怨等秋風近，稺子眠聽浦雨寒。强爲折來開户牖，誰將鎔出擬杯盤。少年太守思兄弟，戢戢青頭莫漫看。

畫馬

一自房星下渥洼，龍媒多在玉皇家。赤毛灑血微生汗，黑暈團雲整作花。不待老能知失道，固應來是涉流沙。如今豈少真神駿，猶有丹青紙上誇。

獨立

能詩不得静中師，又是天涯獨立時。高閣夕陽人影亂，曲河新水棹聲遲。一身慷慨家仍遠，十口凄涼歲薦饑。偶爾憑闌感風物，臨流先被白鷗知。

草堂

草堂不在萬山峰，時有幽人步往蹤。雨壓牆煙籠薜荔，石行渠水鑑芙蓉。清名豈讓陶貞白，共住猶强陸士龍。忽憶雁行天外去，歸來期在粤城中。

雨後坐郝大參亭子

每見人來問草堂，偶從燕坐憶滄浪。地形遠競朝霞爽，林氣清分宿雨香。移石旋成行藥徑，障泉思引釣魚航。他年紫綬歸黄閣，几杖苔生儘不妨。

公堂暇日

新起危樓接大荒，海天奇觀壓殊方。周牆恨未高千尺，猶見他家竹短長。

將如靖安徐文學自新搴舟來候良有古意以詩留别

西風危棧逼青雲，稍下臨江細路分。問縣尚須窮日到，棹歌無計得留君。

懷京城諸公書崖州驛四首

甚憶清河元侍講，送行猶有玉堂詩。只今夜夜隴頭月，照見征人有所思。
復憶濟南張吏部，作詩文氣壓諸公。佳兒亦是門生輩，尚想他年似若翁。
繡衣御史果能文，蜀道新來有李君。記得京城黄菊爛，爲余來覓董將軍。
妙爲文字吾雄甲，精切于今孰與儔。説著奉常虞博士，恨渠猶不見崖州。

縣下鑿池種樹成聚晨起視水深五寸而草樹承夜雨後蒼翠鬱然可愛戲題廳柱

檳榔池上芭蕉雨，更種垂楊十六株。中有玉堂蕭散吏，檢書正對《輞川圖》。

至烏石邸舍二首

不見居人只見村，離家茅屋又黄昏。面前滄海來無際，聞説占城對縣門。

苦竹叢西石色烏，來時依舊驛亭孤。自從歷徧崖州路，不敢彎弓射鷓鴣。

福州雜詩三首

前日題詩自侯官，計程今日到雲端。家人定得平安字，最念癡兒不解看。
海隅霜熟蠣房肥，獅子橋東望翠微。安得建陽一斗酒，少隨甘旨到柴扉。
虎豹幾曾驚石鼓，魚龍獨解隱金沙。遮藏翠荔餘千刹，掩映朱霞倚萬家。

至海口

曾隨仙仗集靈臺，流落于今豈不材。但比麻姑休狡獪，兩行持節過蓬萊。

上元日

蓬萊宮闕峙青天，後内看燈記往年。誰念東籬山下路，再逢春月向人圓。

二月二十四日自瓊州出白沙驛阻風二日不得渡海是日有幕客送寒衣却出賦詩

盲風怪雨一時清，又阻扁舟兩日程。天意似將留客住，明朝浮海看清明。

鬱林次韻寄懷王天輔知事

乍喜連山瘴霧收，黛眉更自鎖鄉愁。自從行李違滄海，九日初逢第二州。

齋居即事用敖徵君韻二首

故人不見意何如？流水孤村處士廬。猶記去年霜橘熟，分甘曾得寄來書。

桑溪竹圃路團團，門巷都非少日看。送客棹船頻借問，向來江面是闌干。

趙僉憲舊居

閒門付與東風掃，獨客殘春思遠道。日午不見蝴蝶飛，細看兒童弄芳草。

春日次韻友生絶句二首

馬頰河陽近北辰，去來猶爾恨通津。陌頭總是春風樹，自笑楊花只戀人。

旅食京華日欲晡，家園迢遞隔天隅。妻孥預識羈懷苦，解事新來一字無。

西軒即事

行廚晚食坐蕭條，欲買鯿魚待早潮。鼓絶山城門未掩，夢和疏雨度西橋。

春日西郊

東風千里福州城，緑水青山老送迎。惟有垂楊偏待客，數株殘雨帶流鶯。

聞角

西風嫋嫋拂弓旌，千里來看曉角聲。縱復淒涼歸未忍，炎州此外更無城。

揭侍講傒斯

傒斯，字曼碩。龍興富州人。幼貧，讀書刻苦。大德間，稍出游湘漢。湖南帥趙淇素號知人，謂之曰：「君，他日翰苑名流也。」程鉅夫、盧摯先後爲憲長，亦皆器重之。鉅夫因妻以從妹焉。延祐初，薦授翰林國史院編修官，遷應奉翰林文字，前後三入翰林。天曆初，開奎章閣，首擢授經郎，與修經世大典。累進翰林侍講學士，同知經筵事。至正初，詔修宋、遼、金三史，與爲總裁官。卒年七十一，追封豫章郡公，謚曰文安。曼碩初入史館，平章李文忠公孟讀其所撰《功臣傳》，歎曰：「是方可名史筆。若他人，直謄吏牘耳。」既復受知於王樞密約、趙承旨孟頫、元學士明善。東南文望如四明袁桷、巴西鄧文原、蜀郡虞集，有盛名公卿間。曼碩與清江范梈、浦城楊載繼至，翰墨往復，更相酬唱。曼碩在諸賢中，敍事嚴整，語簡而當。一時朝廷典册，及元勳茂德當得銘辭者，必以命焉。殊方絶域，共慕其名。得其文者，莫不以爲榮。善楷法，尤工行草。詩長於古樂府選體，而律詩長句偉然有唐人風。所著曰《秋宜集》。虞學士評其詩，謂「如三日新婦」，又謂「如美女簪花」，殆卽史所稱清婉麗密者歟！

臨川女

我本朱氏女，住在臨川城。家世事趙氏，業惟食農耕。五歲父乃死，天復令我盲。莫知朝與昏，所依母與兄。母兄日困窮，何以資我身。一朝聞密言，與盲出東門。阿母送我出，阿兄抱我行。不見所向途，但聞風雨聲。行行五里餘，忽有呼兄名。兄乃棄我走，客前撫我言。我與趙世親，復與汝居鄰。聞汝即赴死，扶服到河濱。我身盡沾濡，不復知我身。汝但與我歸，養汝不記年。涔涔遵旋路，咽咽還入城。城中盡驚問，戚促不能言。望門喚易衣，恐我身致患。再呼我母來，汝勿憂飢寒。汝但與盲居，保汝母女全。我母爲之泣，我鄰爲之歎。喜我生來歸，疑我能再明。況得與母居，不異吾父存。我今已十三，溫飽兩無營。我母幸康強，不知兄何行。我母本慈愛，我兄亦艱勤。所驅病與貧，遂使移中情。當日不知死，今日豈料生。我死何足憾，我生何足榮。所恨天地生，不如主翁仁。誰能爲此德，婁公名起莘。此詩用韻多誤，以其事有關勸戒，存之。

夏五月武昌舟中觸目

兩髯背立鳴雙櫓，短蓑開合滄江雨。青山如龍入雲去，白髮何人並沙語。船頭放歌船尾和，篷上雨鳴篷下坐。推篷不省是何鄉，但見雙雙白鷗過。

正月十二日尋盧學士船至漢口留詩爲別

晴江澹微瀾，曳雲在層巘。參差連舫出，散漫羣鷗遠。始知遵漢廣，遥睇高旆卷。懷賢每忘賤，臨流亦忘蹇。蒼茫景將入，窈眇春猶淺。新知遽相違，餘悰何由展。

黄尊師高軒觀鷺因留宿

開軒南嶽下，世事未曾聞。落葉常疑雨，方池半是雲。偶尋騎鶴侶，來此看鷺羣。一夜潺湲裏，秋光得細分。

衡山縣曉渡

古縣依江次，輕輿落岸隈。鳥銜行客過，山向野船開。近嶽皆雲氣，中流忽雨來。何時還到此？明月照沿洄。

題王山仲所藏瀟湘八景圖卷走筆作 録四。

朝送山僧去，莫喚山僧歸。相喚復相送，山露溼人衣。煙寺晚鐘。

顥氣自澄穆，碧波還蕩漾。應有凌風人，吹笛君山上。洞庭秋月。

天寒關塞遠，水落洲渚闊。已逐夕陽低，還向黄蘆没。平沙落雁。

孤舟三日住，不見有人家。昏昏竹籬處，却恐是梅花。江天暮雪。

以事暫如武昌發臨川

江轉欲無路，山回忽似圍。客程秋共遠，物色晚多疑。稍稍沙鷗集，忽忽野樹稀。武昌今夜夢，定有故人知。

女兒浦歌二首

女兒浦前湖水流，女兒浦前過湖舟。湖中日日多風浪，湖邊人人還白頭。

大孤山前女兒灣，大孤山下浪如山。山前日日風和雨，山下舟船自往還。《鐵崖竹枝詞序》曰：「揭曼碩文章居虞之次。如歐之有蘇、曾云。其竹枝詞爲《女兒浦歌》，其風調不在虞下也。」

送黄五舅得武陵校官還辰州寓居省侍

寧上山頭種禾黍，莫向他鄉作羈旅。山田得雨尚有年，他鄉顦顇何人憐。一身千里家何在，全家更在沅湘外。獨樹雞鳴楓葉飛，荒村雁没蘆花碎。親在窮邊望子還，子在長途衣復單。居無寸田出無僕，明年作音佐。官當食禄。

貧交行

驅車涉廣川，揚帆陟崇丘。結交四海内，中道多愆尤。朔風厲苦節，獨鶴横九州。朝拂三島樹，夕過五城樓。兩翅偶寒影，曠然何所求。登高臨大江，日暮萬里流。時哉疏鑿人，八年忘外留。出必益稷俱，歸與夔龍儔。進退兩不疑，功成垂千秋。萬事日相敓，恩情若雲浮。吾心苟不渝，反覆安足仇。自非天地外，何能獨忘憂。

別武昌

欲歸常恨遲，將行反愁遽。殘年念骨肉，久客多親故。佇立望江波，江波正東注。

南康夜泊聞廬阜鐘聲

廬山三百寺，何處扣層雲。宿鳥月中起，歸人湖上聞。入空應更迴，近瀑正難分。遥想諸僧定，香爐上夕熏。

春日雜言二首

冪歷楊柳枝，蒙茸春草齊。夭夭誰家婦，采桑臨路岐。零露沾其裳，蛛絲卷其衣。樹高身苦弱，蠶飢行復遲。辛苦事姑嫜，宿昔減容輝。見者皆歎息，此心知獨誰。良人日暮至，醉問爾何爲？

五歲能讀書，十歲能賦詩。十五事遠遊，三十無所爲。既乖俯仰責，復爲鄉里欺。生計日已疏，世態多瑕疵。煌煌金張門，徒隸皆光輝。日晏賓客集，軒車如風馳。一笑擲千金，片言委黄泥。齊生獨抱瑟，來往何逶迤。

夢武昌

黄鶴樓前鸚鵡洲，夢中渾似昔時遊。蒼山斜入三湘路，落日平鋪七澤流。鼓角沈雄遥動地，帆檣高下亂維舟。故人雖在多分散，獨向南池看白鷗。

遊麻姑山五首　并序。

湖北憲使程公閒居盱上二年矣。五月二十日，詔拜翰林學士。又十日，公與使者及諸客同遊麻姑山。輒以覽歷所止，賦詩五首。

雲關

君子苟初服，恩至若無榮。穆穆芳雨散，悠悠蒼山行。危關擁霧黑，飛術緣雲青。苔蘚滑如積，杉松窅冥冥。時逢負苓翁，忽聞流水聲。舉足向益高，矯然欲遐征。徒隸各忘倦，矧彼高人情。

飛練亭

神工擲天紳，挂之兩崖間。萬古輪不盡，誰能測其端。勢割山石愁，氣挾草木寒。安得天風吹，繫彼日月還。麻姑緑雲髮，黝黝長不殘。

湧雪亭

泉源出地底，仰向雲中行。擘厓瀉千丈，亂石皆騰獰。風霆日夜急，雨雪虛空明。不有神物扶，兹山應久傾。噴薄側飛鳥，砰訇愁百靈。仙家信爲好，喧聒何由平。

三峽橋

兩山束飛橋，下塹不測淵。誰開萬尋鐵？逗此無窮泉。淙淙輥空曲，洶洶投奔川。陽光下照之，忽作龍騰天。常恐桑田變，中有瞿塘船。

麻姑壇

嵯峨仙都觀，遥望丹霞天。後有千歲松，前有百頃田。風日夏颯沓，煙雲晝葱芊。羣彦一時集，安知非列仙。持觴起相酬，罷琴抗高言。天道信悠邈，人情何拘攣。靈君不可致，落景詎少延。仰雖慚冥冥，俯實憂元元。主人顧坐客，此中可忘年。

病夜

素壁深窗獨客身，桃枝蘁胯只爲鄰。極慚供給煩賢友，尚恐傳聞及老親。蛬響戒寒相應起，燭花連夜爲誰新。多情造物真豪縱，盡力相驅病與貧。

寄題馮掾東皋園亭

時雨散繁緑，緒風滿平原。與言慕君子，退食在丘園。出應當世務，入詠幽人言。池流澹無聲，畦蔬蔚情忘可避喧。庶云保貞和，歲暮委周旋。

葱芊。高林麗陽景，羣山若浮煙。好鳥應候鳴，新音和且閒。時與文士俱，消摇農圃春。理達自知箇，

宿梁安峽夢故室有感時還盱江

梁安峽裏杜鵑啼，絶壁蒼蒼北斗低。雲氣倒連山影合，石棱斜鬬浪聲齊。南風盡日迎歸客，落月空江夢故妻。一室十人分數郡，百年幾處候晨雞。

山莊晚立有懷舍姪沆督穫臨川

蔌蔌黄桑葉，蒼蒼白竹峰。居人争野碓，歸客背村鐘。路暗緣溪逕，山寒著霧濃。阿咸收稻未，辛苦鬭相從。

雨述三篇

江南臘月天未雪，居者單衣行苦熱。連山郡邑瘴盡行，豈獨嶺南與閩越。逋民穰穰度閩山，十人不見一人還。明知地惡去未已，可憐生死相追攀。

近聞閩中瘴大作，不問村原與城郭。全家十口一朝空，忍飢種稻無人穫。共言海上列城好，地冷風清若蓬島。不見前年東海頭，一夜潮來迹如掃。

冬來一晴四十日，三日南風當有雪。不知閩嶺今何如？念我故人書斷絶。劍南判官心所親，甌寧大夫

政有神。腐儒多事浪憂喜，安得貽書兩故人。

春暮閒居寄城西程漢翁十五韻

迢迢層城阿，峩峩鳳皇山。下有隱淪士，能爲淮漢言。兩日一寓音，五日一承顔。每談經濟事，恆及離亂間。言辭多忼慨，文字少凋殘。不歎東逝川，但憶南山田。寧與無心遊，不受衆目憐。褰衣必峻嶒，散步亦名園。舒卷信在襟，蕭寂固所安。經春館疾痗，撫時增懦孱。羣書亂藥裹，高卧掩荆關。蹇余屬久要，朝詣常暮還。醜劣愧高情，焉知君所觀。日出衆鳥語，蒼岑滿樓端。申章寫深誼，譾薄何由宣。

長風沙夜泊

長風沙，風沙不斷行人嗟。行人嗟，奈君何。南風正高北風起，大船初灣小船喜。移船更近大船頭，不獨風沙夜可憂。但祝行人好心事，長江何處是安流。茅屋參差數株柳，時平尚置官軍守。青裙老嫗詑鮮魚，白髮殘兵賣私酒。魚賤可買酒可沽，他人心事知何如！

何郎失鏡詞

團團如月不曾虧，家人親置枕中時。朝朝將正頭上幘，時時攜鑷鬢邊絲。古文宛轉何人造，失來始覺今難討。街頭不直半緡錢，古銅終較今銅好。向人不敢再三尋，客裏空疑同舍心。萬里相隨一朝別，夜夜還瞻天上月。

曉出順承門有懷太虚

步出城南門，悵望江南路。前日風雪中，故人從此去。

京城閒居雜言四首

朝從玂城南，暮從玂城北。白馬喻飛翰，輕裘如膏澤。塵起知獸駭，風高驗鳥疾。隻箭落雙鷲，千金出俄刻。歸來拜恩寵，樂飲過一石。僮奴增意氣，賓客改顔色。常恐文法士，輕薄多瑕謫。高門臨廣衢，秋風上荆棘。

朔土高且厚，民生勁而彊。榆柳雖弱質，生植益繁昌。桃李大於拳，棗栗充餱糧。誰謂苦寒地，百物莫得傷。青青雲夢竹，宿昔傲雪霜。移植於此庭，不如芥與楊。竹性豈有改，由來非本鄉。

眇眇寒門士，客遊燕薊城。上無公卿故，下無舊友朋。裘褐不自蔽，藿食空瞢瞢。四顧栽沴餘，但聞號哭聲。日負道德懿，敢懷軒冕榮。節食慎所欲，聊以厚我生。

高步覽九州，誰獨無與親。同室不相喻，矧彼途路人。誘詘更驅迫，巧詐日眩真。共美爲善樂，莫知與善鄰。未足保厥躬，已謂貽子孫。一言易爲義，一恩易爲仁。世無魯東叟，何以慰心神。

泊安慶時再北遊

夜泊淮西郡，寒生客子衣。酒家臨岸閉，野燒映江飛。雲盡月初出，潮平風慚微。前年城下路，此際正南歸。

漁父

夫前撒網如車輪，婦後摇櫓青衣裙。全家託命煙波裏，扁舟爲屋鷗爲鄰。生男已解安貧賤，生女已得供炊爨。天生網罟作田園，不教衣食看人面。男大還娶漁家女，女大還作漁家婦。朝朝骨肉在眼前，年年生計大江邊。更願官中減征賦，有錢沽酒供醉眠。雖無餘羨無不足，何用世上千鍾禄。

高郵城

高郵城，城何長。城上種麥，城下種桑。昔日鐵不如，今爲耕種場。但願千萬年，盡四海外爲封疆。桑陰陰，麥茫茫，終古不用城與隍。

濟州初度

辭家計日逢初度，遲日暄風在帝京。曉起慈親望天北，行人初泊濟州城。

楊柳青謡

楊柳青青河水黄，河流兩岸葦籬長。河東女嫁河西郎，河西燒燭河東光。日日相迎葦檐下，朝朝相送葦籬傍。河邊病叟長回首，送兒北去還南走。昨日臨清賣葦回，今日販魚桃花口。連年水旱更無蠶，丁力夫徭百不堪。惟有河邊守墳墓，數株高樹曉相參。

雜詩二首寄彭通復

區區九州內，橫從數千里。誰設山與河？愚者分表裏。京師天下本，萬國赴如水。珠犀從南來，狗馬由西止。浩浩荆吴船，日夜行不已。生材無定所，一物孰非己。皇天仁且廣，君道亦如此。我思古唐虞，當日誰共理。

脉脉我所思，彭氏躡遐蹤。婉婉若處子，未曾出房櫳。相望四千里，踰年闕相從。五月君寄書，九月達京中。我書欲報君，書到歲已窮。豈不懷繾綣，無由覩君容。參差天際雲，縹緲乘朔風。羽翼不吾施，翩彼南飛鴻。君有高世行，我無適時功。天命人得違，出處諒非同。

史館獨坐

地夐天逾近，風高午尚寒。虚庭松子落，攲檻菊花乾。撫卷俱千古，憂時有萬端。寂寥麟父筆，才薄欲辭官。

山水圖

幽人無世事，高卧謝浮名。山崦晴時出，溪流盡處行。還聞有漁釣，相問扣柴荆。不掃門前路，莓苔滿地生。

送道士薛玄卿歸江東

知君此去漸難招，只在人間已廓寥。市上有時逢賣藥，山頭何處覓吹簫。仙巖花落溪流滿，鬼谷雲開對影遥。未必故山安隱逸，海天涼月夜蕭蕭。

祖生詩

浦城孝子身姓祖，自憐性命如糞土。生纔五歲遭亂離，有母更被官軍虜。零丁二十八春秋，母縱得生何處求？天地茫茫明月恨，江山漠漠白雲愁。忽得母書驚母在，看書未盡淚先流。書云流落河南縣，河南蹋遍無由見。唐州境上忽相逢，白髮蕭蕭霜滿面。誰知喜極情轉悲，傍人更問初别時。千生萬死到今日，始爲母子東南歸。東南迢迢閩山路，入門猶記階前樹。居人傳説盡相看，雞黍提攜竟朝暮。祖生母子真可憐，少壯離别老大還。同時鄉井被兵者，幾人骨肉能生全。願生母子長壽考，四海昇平永相保。

燕氏救兄詩

千金之子不死市，楚人竟殺陶朱子。生者可殺死可生，千金爲重骨肉輕。誰爲平陽有燕氏，傾家乃出而兄死。弟再有兄兄見弟，里閭驚嗟官吏喜。嗚呼！安得天下之吏廉且循，庶政如水無寃民。

送華尊師以天壽節奉詔祀武當

靈時嚴漢祠，神峰標楚甸。羽人丹丘伯，承詔馳嘉薦。華渚曜玉虹，條風舞玄燕。長淮雨中瀉，喬嶽雲間獻。涉甸歷峻阯，梯空答弘願。授簡香始升，揭虡帝如眷。天清翼軫動，地肅玄武見。飛響迴更聞，奇祥靜逾絢。是中有真侶，謂張真人有道行。早接諸方援。胼胝負畚鍤，鑿翠蓄雷電。金芝産齋房，喬雲冠巖殿。祈禠無歲年，會節方紛衍。既協時君降，又樂明祀徧。聖曆齊堪輿，豐澤周寓縣。還歸報天子，獨往奚所羨。

送馬雍古御史撫喻河西

我皇屬憂顧，君子得安居。孟春風且寒，遺子以修途。四牡何翩翩，回首睇神都。我懷正紆鬱，殽函忽已踰。積雪被長巒，萎者何時蘇。巋彼蓮花峰，上出浮雲衢。白日皦以縣，下視若玄墟。煙塵起西北，原野無定株。行者中顧懷，居者念其廬。黄河洶東流，乃自崐崘渠。四海豈不曠，切若肌與膚。親賢遠讒人，古以致康娱。君子誠多才，乃用在馳驅。秦隴阻關塞，歲月浩已徂。鞠躬盡明義，足爲世所模。

送周山人之遼東

物變風已暄，庭虚雪猶在。每與君子違，偏驚歲年改。名山先夢到，靈藥隨方采。明日望行人，雲槎隔遼海。

李宫人琵琶引 并序。

鄂縣亢主簿言：有李宫人者，善琵琶。至元十九年，以良家子入宫得幸，上比之昭君。至大中，入事興聖宫。比以足疾，乃得賜歸侍母，給内俸如故。因亢且乞詩於余，遂作《李宫人琵琶引》。其辭曰：

茫茫青塚春風裏，歲歲春風吹不起。傳得琵琶馬上聲，古今只有王與李。李氏昔在至元中，少小辭家來入宫。一見世皇稱藝絶，珠歌翠舞忽如空。君王豈爲紅顔惜，自是衆人彈不得。玉觴爲舉樂乍停，一曲便覺千金直。廣寒殿裏月流輝，太液池頭花發時。舊曲半存猶解譜，新聲萬變總相宜。三十六年如一日，長得君王賜顔色。形容漸改病相尋，獨抱琵琶空歎息。興聖宫中愛更深，承恩始得遂歸心。時時尚被宫中召，强理琵琶絃上音。琵琶轉調聲轉一作逾。澀，堂上慈親還佇立。回看舊賜滿牀頭，落花飛絮春風急。

集賢大學士趙國公王開府慶八十應制

昭代雍熙日，詞林賦頌時。紫宸丹詔出，甲第五雲垂。裕廟青宫裏，王公玉樹枝。朝趨陪綺角，夕侍接龍夔。際會真難及，飛騰已在兹。暴公初繡斧，方叔更藩維。霜簡驚風裁，天官肅羽儀。還迎代邸入，竟被漢文知。位望躋三少，權衡俯百司。每蒙天黼黻，直許國蓍龜。鳳吹廣寒殿，龍舟太液池。羽觴春侍宴，玉座夜觀棋。德業前賢繼，辭華後進推。高情晞廣受，餘事擬徵珪。全趙山河富，瀛洲日月遲。九卿看綵服，八袠表龐眉。皇覽逢初度，殊恩介壽祺。黄封中使出，玉食尚饔移。國老陳嘉慶，李韓公作序。羣工播盛辭。禮非前代有，施及老臣宜。福禄何人並，忠貞百歲期。聖心誠念舊，政用作臣規。

結羊腸詞

正月十六好風光，京師女兒結羊腸。焚香再拜禮神畢，翦紙九道尺許長。撚成對綰雙雙結，心有所祈口難説。爲輪爲鐙恆苦多，忽作羊腸心自別。鄰家女兒聞總至，未辨吉凶憂且畏。須臾結罷起送神，滿座歡欣雜顰頻。但願年年逢此日，兒結羊腸神降吉。

小孤山次韻

小孤山前一回盼，蒼然始識孤山面。隔江疊嶂開翠屏，絶壁浮雲飄素練。憶昔初蒙翰林聘，艤棹探奇不知倦。捫蘿陟級至絶頂，目極神開氣爲變。大江東滙彭蠡來，晝夜崩騰奔海甸。笳鼓遥聞日月動，帆檣忽度乾坤轉。舟人不識造物奇，但趣急趂南風便。早悟微官七載縛，底用區區厭貧賤。深窗冷壁守編摩，何異揚雄困雕篆。重來勝地歲云暮，短景催人疾於箭。天昏一火明山半，石底猶疑有雷電。彭郎磯下寒浪湧，坐客正説龍君傳。人生可喜還可憐，世事堪違不堪戀。明朝匡廬復入眼，雖有此境何由羨。武城先生獨好事，名山每恨遊難徧。豐城客子無一錢，但當作詩乞如願。

贈别曾編修歸廬陵葬學士兄

孟冬涼風厲，謁告歸廬陵。阿兄在九原，歲暮豈遑寧。兄昔事武皇，海内希英聲。意氣動人主，文采何縱横。時事一朝異，長揖去躬耕。令弟紹芳猷，策足在承明。如何奄忽間，南北隔死生。方舟發京國，日落煙霧青。萬感緣中來，惕焉如有懲。羈臣戀魏闕，一夕魂九升。君子恩義重，况此骨肉情。情深不可忘，悠悠道路長。山川日夕改，我行殊未央。稍出燕冀都，已涉齊魯疆。高天圍四野，悵望但茫茫。道傍多古墳，塋域遞相當。荒草吹北風，日夕下牛羊。不知何代人，於此閲興亡。自古既有死，誰獨免摧傷。死者雖所同，私懷詎能已。途路猶感傷，况吾兄與弟。世俗日衰謝，常懼莫能起。生者忽若遺，誰復哀其死。念昔賢哲人，一一去爲鬼。詩書捐篋笥，采采當路子。掞藻厠明庭，幸與君子同。矧在弱冠年，已獲承其風。家本聖門後，孝友世所隆。何意手足親，一别曠音容。及我南歸日，舟楫復相從。皦皦寒日高，冥冥厲征鴻。落帆滄江際，渺然忽西東。努力慎所託，無爲謾勞躬。

贈王郎

王郎楚狂士，意氣飛秋霜。讀書一萬卷，下筆數千行。富貴視浮雲，况肯矜文章。十五恥閭里，掉臂辭故鄉。夜宿東海月，朝買西州航。瞋目王公前，結客少年場。一飲或一石，一醉或一觴。寧揖屠狗人，不與俗士當。千金不易笑，歲暮單衣裳。阮籍在窮途，英聲連四方。鸑鷟有時鎩，反愧燕雀翔。世無劇孟交，不及青樓倡。燕趙如花人，翠袂黄金璫。不識豪俊士，空媚癡與狂。王郎遠過我，坐我枯藜牀。終夕無酒飲，撫髀歌慨慷。平明別我去，極目空茫茫。

畫鴨

春草細還生，春雛養漸成。茸茸毛色起，應解自呼名。

送涂雲章訪舊武昌却入京師

垂雲厲驚風，萬里摩高圓。蟠泥鼓巨浪，豈顧九重淵。毛生入楚庭，穎脱俄頃間。粲粲一一作涂。公子，長嘯起丘樊。朝辭豫章臺，暮過匡廬山。大帆割鸚鵡，極目空波瀾。黃鵠錦袍仙，吹笙紫霞端。相顧一笑粲，青春滿南天。黃金築高臺，更覓郭隗賢。聯翩樂劇輩，相逐入幽燕。平明九門開，劍珮踰五千。豈無一字薦，傾倒平生言。東風杏花開，待我薊門前。

歸舟

汀洲春草徧，風雨獨歸時。大舸中流下，青山兩岸移。鴉啼木郎廟，人祭水神祠。波浪爭掀舞，艱難久自知。

小孤山曉發和蔡思敬韻

日落霞明錦浪翻，匡傾石峭白雲閒。乾坤上下雄孤柱，巴蜀東南壯此關。神物夜移風動地，仙舟曉渡月漫山。回瞻絶頂登臨處，空翠溟濛杳靄間。

白楊河看月

白楊河上看明月，昔人曾見今人别。茅屋數家河上村，化作三山白銀闕。波平風静棹歌來，萬頃沖融鏡面開。今夜江南憶遊子，空瞻雲漢上昭回。茫茫萬里燕齊路，北斗從横泰階曙。黄河東逝月西流，明日南風過洪去。

歌風臺和李提舉韻

萬乘東歸火德開，漢皇曾此宴高臺。沛中父老謳歌入，海内英雄倒載回。湯沐空餘清泗在，風雲猶似翠華來。穹碑立斷蒼煙上，静閲人間幾劫灰。

題嚴陵獨釣圖

何事玄纁入里閭，羊裘暫脱就安車。空令太史驚同寢，猶把狂奴視報書。一出聊爲天子重，諸公莫道故人疏。朝廷自足中興士，且放桐江著老漁。

題鼯鼠食瓜圖

種瓜中園，予亦勤止。瓜長而實，汝則殘止。雖則殘止，予敢汝仇。天實汝生，予將何仇。汝食之甘，既肆既閒。實之食矣，無傷予根。根存而微，惟予之窮。根盛而實，惟乃之功。

送蔡思敬還豫章有懷遼陽李提舉

來日能同去不同，獨攜別恨向秋風。眼看亂葉渾無定，心與浮雲并一空。黄獨山中歸自斸，玉梅溪上夢先通。莫嗤留滯京華者，更有遼陽送斷鴻。

孔林圖詩 并序。

集賢待制周侯能修禮於孔林，侍讀學士商公圖之，史官揭傒斯詩之。

巖巖尼山，蔽于魯邦。篤生聖人，維民之綱。尼山之下，有洙有泗。有蔚孔林，在泗之涘。維彼聖人，教之誘之。凡厥有民，則而傚之。維彼聖人，覆之載之。凡厥有民，敬而愛之。既誦其言，亦被其服。孰秣其馬？于林之側。既誦其言，亦履其武。孰秣其馬？于林之下。六轡既同，周侯之東。薦之侑之，聖人之宫。其音洋洋，其趨蹌蹌。其臨皇皇，聖人允臧。商氏圖之，式昭其敬。載瞻載思，罔不由聖。

李將軍歌一首送李天民赴邵武軍口巡檢

李將軍，材且武，儒冠換得兜鍪去。身疑南極老人星，氣食陰山雪毛虎。雕弧白馬金僕姑，天地昂昂此丈夫。五十方爲求盗使，人生何用苦詩書。寄言邵武諸官長，不是尋常一腐儒。時中書以吏部儒選員，多有十年不得調者。奏以爲閩、廣諸道巡檢，然多非其人，而天民式稱「是還老人星」，其常自喻。

題桃源圖 并序。

江左龍虎山南十里有桃源者，劉、王二尊師所闢也。臨江范亨父爲之記，余爲賦五言詩十七韻。

桃源非一處，龍虎晝難同。内外關踰鐵，高低石作叢。黄旛青劍北，紫蓋白雲東。蟾影當霄迥，蛾眉抱月弓。六峰名。千重藏曲折，四面削虚空。地户吟風黑，天池浴日紅。雪霜翻濺瀑，雷雨瀉崩洪。暗識猨啼遠，晴聞鳥語工。危龕三井秘，絶澗九橋通。江合仙巖怒，山連鬼谷雄。劉王開闢後，秦晉有無中。時見看桃侶，頻逢採藥翁。丹臺寒漠漠，琳宇氣熊熊。濟勝非無具，緣源恐莫窮。煙霞俄變滅，草樹杳蘢葱。四序何勞誌，羣愚儻擊蒙。誰言武陵近，十里上清宫。

送王留守宣慰荆湖

舟楫連檣出薊丘，弓刀千騎入荆州。歌翻郢雪寒暄變，恩逐岷波日夜流。雲雨暝連神女宅，山川晴繞仲宣樓。豈無賢士堪招隱，應向鹿門深處求。

寒夜作

疏星凍霜空，流月溼林薄。虚館人不眠，時聞一葉落。

送詹尊師歸廬山

香鑪峰色紫生煙，一入京華路杳然。雲碓秋閒舂藥水，雨犁春卧種芝田。書憑海鶴來時寄，劍自潭蛟去後懸。忽報歸期驚倦客，獨淹微禄負中年。

過何得之先生故居三首

可憐古井門外，依舊鐘樓屋西。何處高吟痛飲，黄華翠竹都迷。先生有詩云：「一井當門凍，寒光照四鄰。」又「我住東街北，鐘樓在屋西。」

軋軋機聲日暮，依依楊柳春柔。膝下中郎小女，曾聽唱我《高郵》。先生常喜余《高郵城》詩，相見即呼「高郵城來」。每相對，酒酣則朗誦數過。

頭上烏紗分贈，篋中縞褚相酬。不道别時長别，誰知愁是真愁。延祐五年冬十月，余南歸，以巾材一段見贈。予以白褚被報之。别時殊黯然也。且手書其三代名字授予，若有所屬然也。

送譚仲章歸長沙

君家雲陽下，忽向雲陽歸。行路有南北，看山無是非。三湘回雁盡，孤劍白虹飛。亦欲投簪去，從君采蕨薇。

我我亭詩 并序。

殷仲堪答桓温曰：「我與我周旋久，寧作我！」宜春黄元瑜取以名其亭曰「我我」。爲賦詩一首。

我游于袁，于龍之千。有闢閑閑，有環言言。有構桓桓，維集之安。我居我處，我笑我語。有翼其所，而敢予侮。我植孔嘉，我構孔華。曾莫之迎，而莫我多。彼馳者子，亦孔勞矣。既我覯矣，亦莫我逑矣。嗟殷氏之老，猶弗桓是友。我不我友，將誰歸咎。溫溫其和，瀏瀏其清。藹藹其芳，煥煥其明。嗟維古之人，尚或予聽。

題臨江同知問流民事蹟

江北流民七十口，三十餘年在江表。朋凶結惡四百餘，白刃差差歷村保。崩騰所向如投空，白晝攫金都市中。頃由南昌入豐邑，反賂守者爲先容。長官坐堂寇入室，妻子莫逃況金帛。豈無鄉民敢相敵，長官一揮翻辟易。臨江貳守廉且武，手縛其渠散其伍。豈惟鄉民得按堵，鄰境聞之皆鼓舞。其渠在獄伍四歸，天府上功民俗熙。乃知一念敬厥職，萬事至難皆可爲。人民社稷我所有，安得坐視如雞狗。人在雞狗猶愛之，民社豈在雞狗後，請君看取臨江守。

送李都事赴湖廣省幕

堂堂李通甫，起家掌邦憲。直氣横九秋，神明激雷電。再登蘭臺上，愛國心靡轉。時當至治末，有位日兢戰。崩騰五華山，鑿翠起臺殿。執筆佐御史，力諫明且辨。斧鑕已在前，獨立目不眴。駸尋國多故，災異周八埏。君復贊宣政，赤手握銓選。守法踰天官，反得官長怨。我皇奮江漢，撥亂啓天眷。乾坤再開闢，日月重昭絢。磊落收羣材，疏戚共登薦。君名一朝起，亦作丞相掾。丹心益傾竭，婉畫勒替獻。好惡古難同，禍福巧相禪。天子憂南紀，藩宣必時彥。下逮曹屬微，簡選亦精練。君得南省佐，聞者盡驚羨。傴僂辭闕庭，飄搖出畿甸。餞送盈路衢，懇欵陳志願。去年天下旱，窮蹙無貴賤。賑卹當及時，本末須並見。方春農事興，不廢乃爲善。又聞南中賊，憑陵及州縣。黎獠本吾民，撫綏在方面。恩信足以懷，逼迫使生變。况我聖天子，轍迹昔所徧。勗哉籌策良，無使空蹂踐。京城雨初過，草樹鬱葱蒨。喬木多早鶯，高堂有新燕。煩辭君勿誚，君歌我其抃。

畫鷹

文梁五色絛，秋高意氣豪。怒張兩目直霄漢，豈與短翮翔蓬蒿。妖狐晝作猛虎嘷，騶虞并與神麟逃。嗟爾飽食心空勞。

吴子高悼亡歸岳陽

都門落葉滿，遊子去京畿。忍聽《離鸞操》，遥逐秋鴻飛。愁霜曉入鏡，淚雨夕沾衣。煙樹黄河岸，風帆采石磯。平沙回渺漫，寒雨暧熹微。客心閒轉切，鄉書近却稀。夢聞兒女泣，行將僮僕依。竊慕漆園放，誰云潘岳非？乘濤慣不險，回江望若圍。武昌未易到，更向岳陽歸。

進士張于高得邛州判官歸成都

邛竹山前負弩迎，去年曾是一書生。天寒劍閣猶車馬，雪滿繩橋正甲兵。即恐徵求民力竭，莫將憂患客心并。六千餘里關河路，不盡深期遠别情。

寄題傅尊師兄弟所作寧壽道院

鍾榮之山千萬峰，琵琶塵湖相疊重。兩翁入谷起臺殿，半夜空山聞鼓鍾。猛虎如逢澗邊石，飛龍却是雲間松。《黄庭》書罷人難見，《鴻寶》披殘手自封。度壑采芝隨鹿迹，登厓望日躡雲蹤。已知塵世惟堪笑，不是神人定少逢。辟穀有方桃更美，圍棋無地橘相容。但餘一念封人祝，未與人間萬事慵。

雲錦溪棹歌五首

雲錦溪中雲錦鮮，好在高秋八月天。西蜀錦江那得似，西湖緑水更須憐。

纔過浮石是藍溪，溪上青山高復低。山中泉是溪中水，尋源直到華山西。

藍溪南去到藍洲，水底嶄嶄石不流。回望朱宫雲霧裹，白雲深處更高樓。

挹仙亭下薛公橋，紛紛抵暮更連朝。唯有橋西楊與柳，無情長繫木蘭橈。

溪上層層雲錦山，垂楊盡處是龍灘。不是孤舟來逆上，何人知道世途難。

題胡虔汲水蓄部圖應制

沙磧茫茫塞草平，沙泉下馬滿囊盛。曾於王會圖中見，真向天山雪外行。聖德只今包宇宙，邊庭隨處樂農耕。生綃半幅唐人筆，留與君王駐遠情。

題内府畫應制

曹將軍下槽馬圖

曹霸畫馬真是馬，宛頸相摩槽櫪下。卓犖權奇果如此，豈有世上無知者。朱絲不是凡馬韁，天閑十二皆龍驤，曾從天子平四方。畫圖彷彿餘驪黄，華山之陽春草長。

韓幹馬

韓幹畫出曹將軍，幹惟畫肉猶逼真。昂藏四顧欲飛去，老奚安知馬有神。想當此馬未畫時，朝刷吴越暮燕秦。頓轡長鳴風動地，不數驊騮與騏驎。當時用舍那知許，粉墨蕭條尚雄武。千金駿骨何足論，萬世長留羣玉府。

奉送全平章赴江西

聖主恩南土，明公起集賢。直期凋瘵後，共致太平年。金虎分符重，文龍賜服鮮。權綱兼將相，標格近神仙。天地三江外，星辰北極邊。丹心齊出處，素志在陶甄。請述江南事，都非大德前。但徼扶弱美，竟坐抑強偏。無復同憂樂，徒令舞智權。平疇吹渤澥，暗室伏戈鋋。貪虢明相訓，忠良默自憐。民心隨日壞，世態與時遷。况復兵饑接，仍聞病癘纏。誅求殊未已，蟊賊轉相挻。若擬寬憂顧，先須解倒懸。久飢寧擇食，多病但求痊。一語堪懲勸，微機足轉旋。已知平似水，更道直於弦。遥想聞公至，渾如望歲然。九重天上別，百丈霧中牽。日月明金節，山河入畫船。四方初息馬，五月正鳴蟬。豐樂田多黍，生香濼有蓮。岱宗標魯地，廬嶽壓湖天。水怪收崩浪，山靈掃瘴煙。歡呼麟鳳出，踴躍吏民先。笳鼓趨雄鎮，旌旗覆廣川。下車和氣應，袖手頌聲延。膏雨侵淮甸，仁風扇海壖。忠貞真世篤，調燮有家傳。赤子皆同體，蒼生且息肩。襲黄須警策，方召在蕃宣。

桃花鸚鵡

嶺外經年别，花前得意飛。客來呼每慣，主愛食偏肥。才子憐紅嘴，佳人學緑衣。貍奴亦可怕，莫自戀芳菲。

趙孝子

廬陵趙孝子，四歲父行賈。一去三十年，家惟大母母。大母已云没，而父行不歸。兒長亦有婦，母子聊相依。從父自北來，汝父久已死。母子哭相問，父死何鄉里。聞汝父死時，不知汝父處。汝但欲往問，京師多舊故。再拜别阿母，行行至京師。自念不見父，兒死無歸時。乃有曾長一作老。者，往昔與父善。言汝父死處，濱州利津縣。徒跣二千里，薄言至利津。朱琪張文輩，一一陳所因。死以某年月，葬以某木棺。姓名某所題，近在城南端。城南塚纍纍，翳然榛莽中。極目千萬塚，誰能識其蹤。行哭七日餘，欲死不得所。生者無由知，死者豈能語。解髮繫馬鞍，負之墳墳過。吾父儻有知，髮解鞍自墮。俄至一墳前，鞍墮髮自解。開墳見前和，題字宛猶在。既見父姓名，痛絶心始安。函骨陳野祭，禽鳥聲爲酸。鄉老四面來，驚歎未曾有。相帥報縣官，縣官駭之久。即日上大府，大府咸異之。次第聞中朝，行子正南馳。行子行且傷，哭踴如初喪。路遥山川阻，何時至故鄉。故鄉既云至，葬祭無遲禮。母子永不離，萬事若流水。聞者盡稱孝，見者皆感泣。期爾百世昌，望爾百禄集。兒今一無願，願母長不老。歲歲父墳前，灑飯墳上草。

題姑蘇陸友仁所藏衞青印

白玉蟠螭小篆文，姓名識得衞將軍。衞將軍，今何在，白草茫茫古時塞。將軍功業漢山河，江南陸郎古意多。

送鄉人祐上人從師歸當陽

學道玉泉寺，從師天子都。流年春事半，歸路客帆孤。山勢遥連蜀，江聲不入吳。故園如可到，種芋有遺區。

寄題張齊公廟

東安猛將張齊公，十八奪父軍囚中。至元召募起亡命，父子南伐收奇功。酒酣一躍馬上立，拔劍四顧奔雷風。十年轉戰江漢上，萬里直挽安南弓。乾清坤夷四海一，勳在旂常心帝室。身封萬户傳子孫，誓不偷生汙天秩。天下豐盛大德年，天子明聖宰相賢。小臣劉深射功利，上疏自薦能開邊。鬼方寡婦號八百，嫂叔操戈自争國。劉深一言取大官，遠帥官軍陵險阨。五溪運糧數萬家，哭聲震動湖南北。發徒開道徑折節，既勤其民大求索。斗量金珠谷量馬，谿壑之欲安可塞。此時張公亦在行，捐軀力諫皆莫克。折節薄險伏四起，劉深夜遁張公死。鳥飛不度山川愁，坐看英雄化爲鬼。乃知自古守邊鄙，大忌邀功貴寧敉。張公廟食東海頭，劉深梟首蠻煙裏。張公世爲忠孝門，劉深萬年穢青史。兩家同死不同心，試與題詩作臣軌。

番陽蕭性淵攜其祖將領所愛唐琴號霜鍾者還自和林求詩六月三日五門宣赦後作

嵩州昔有蕭將軍，讀書學劍天下聞。南隨龍馬渡江去，尚有孤琴傳子孫。孤琴云是唐人斲，昔日軍中自行樂。至今猶存殺伐聲，一鼓哀風振寥廓。將軍之孫才且良，文能作賦武蹶張。秦皇城下飲白馬，祁連山中射白狼。時平好文不好武，抱琴却歎儒衣誤。昭王臺上看青春，彭郎磯頭夢歸路。日長史館幽且閒，正冠拂琴爲我彈。京城六月日如火，霜鐘半夜鳴空山。南風自有虞廷操，可惜同心不同調。捐琴決眼望青天，今日天門有新詔。

送毛真人還龍虎山

手綰銀章主秘祠，翩然歸去忽如遺。壓湖龍井雲間上，鳳曲鸞歌月下吹。香逐蘅薇深更入，氣交梨棗靜偏宜。南屏風雨平坡雪，爭似山中夢覺時。南屏山在上都南七十里，歲扈從至上都，夏秋居焉。平坡在大都西四十里西山之上，冬春居焉。蓋皆所掌祕祠所在。

故中憲大夫嶺北行省左右司郎中蘇公志道哀詩

蘇公廊廟姿，推擇起爲吏。論議動引經，舉措必由義。惟時方大旱，謂咎在寃滯。決獄天乃雨，凶年化豐歲。流聲滿山西，憲府立羅致。慷慨平生懷，遂佐直指使。受命按邊鄙，正色行使事。邊臣既威服，使亦免顛躓。六曹收雄材，兩府資遠器。激昂天下事，往往見謀議。十載拘掾曹，彌年困文字。雖云富匡贊，豈足盡材藝。一命廁省僚，句稽得深弊。銓選班爵宂，出入錢穀細。並緣出多門，穿穴肆姦利。有如水上萍，驅去還復至。因風一披蕩，暫得免蒙翳。再命主賊曹，持平獨丕蔽。恆求情中實，動究法外意。功罪必誅賞，義惡俱惕厲。三命參宥密，令聞益昭晰。和林跨大漠，肇造此根柢。東際瀚海頭，西控流沙裔。北窮陰山外，南掎兩都勢。連營列萬里，倉庾千萬計。鎮以磐石宗，重以分省寄。憶昔大德末，成廟方厭世。桓桓忠獻王，功大更多智。武德既踐阼，宮闕始清閟。越邸矜微勞，寵極心乃異。國有社稷臣，讒乃惑聰睿。遂輟股肱任，往重藩屏繫。有威如雷霆，有恩若元氣。耕鑿比中上，什伍相錯置。士忘遠戍苦，民見太平治。道路無拾遺，商旅畢懷惠。忠獻一朝沒，武皇亦遐棄。寖尋延祐中，權相擢天位。磨牙吮人血，掉尾恣狂猘。戕賊骨肉親，迫逐見危墜。天人共震怒，降災及茲地。大雪深丈餘，人馬相枕斃。重爲朝廷憂，夙夜靡寧志。除吏超五等，聞者盡驚避。蘇公拜郎中，郎日辭九陛。厚禄非所榮，高爵非所貴。彼民亦天民，安得皆坐視。兼程到官所，發廪急周濟。死者何嗟及，存者再生遂。閭閻漸蘇息，竭力補黥劓。飛書九重天，請爲兵民備。募粟實塞下，愼勿憚勞費。天子賜問勞，名王致金幣。至今賴長策，當時已多忌。如何方賜環，及國竟長逝。都人走相哭，行子爲歔欷。崩騰朔風迅，慘淡浮雲曳。蒼松拔其根，黄鵠鎩其翅。幸哉有令子，名已注簡記。千秋常山下，豪傑一揮涕。

題羅稚川所畫臨川羅益謙溪居圖

迢遞臨川郡，泱漭元獻里。浮上君子廬，閉户青林裏。連山煙景晏，斷岸寒沙靡。日暮孤舟還，荒村隔流水。

寄題武寬則湖山堂

祝融九千七百丈，六月飛霜灑洞庭。攸輿學者武寬則，石鼓齋中窮六經。氣横瀟湘波浪白，思入嵩華煙雲青。四千餘里到京國，倒插五色鳳凰翎。河西猛將今太尉，一見握手坐廣庭。立呼愛子俾受業，豈獨汝學我亦聽。猨肩虎頭日侍側，長刀大劍羅青熒。動陳忠義破肝膽，衆目睒睗開心扃。丈夫乖遇豈偶爾，縱不我聽我則寧。嗟予官冷材力薄，每辱奇俊哀聆娉。天晴風静輒過我，如病得瘥醉得醒。不爲湖山勞夢寐，不爲富貴疲心形。始知卓識出天性，豈彼狗苟蠅營營。方今夔皋滿廊廟，洪恩屢降無濫刑。長材用世何不可，大夫列卿如拾螢。君如得位立行志，愼勿學我空星星。我今老矣何所稱，白雲深谷寒煙汀。

夢題墨梅

霜空冥冥江水暮，江上梅花千萬樹。無端折得一枝歸，一雙蝴蝶相隨飛。

寄題信州德元觀何真人林園長春亭

長春亭榭倚雲開，百里湖山入座來。流水繞階時自照，好花如幄手親栽。青雲每指尋真路，白髮頻登望母臺。墓在前山。六月神龍起潭井，人間幾處待風雷。

題信上人春蘭秋蕙二首

深谷煖雲飛，重巖花發時。非因采樵者，那得外人知。

幽叢不盈尺，空谷爲誰芳？一徑寒雲色，滿林秋露香。

賦得春雁送張郎中省覲揚州

東風吹歸雁，離離翔天側。朝發衡陽浦，夕過陰山磧。嘹唳浮雲中，萬里才一息。眷言思親者，相望有南北。

送聶太祝赴潮州録事聶天曆潛邸舊人

三載從容禮樂間，糾曹新拜度梅關。春風忽過金陵道，夜月重經黄木灣。盗賊數州相應起，甲兵諸道幾時還。憑君細講安民策，莫遣邊防一日閒。

題俞氏看雨軒

慘澹來何處，崩騰忽滿城。遥憐四山黑，近灑半江明。可愛花間溼，偏宜竹上聲。中宵未可住，高枕寄餘情。

賦得吴歌送人歸吴中

三月酒如澠，高堂絲竹停。繡筵雙鳳影，珠箔亂鶯聲。疊應紅牙拍，辭傳金縷名。綵雲低不度，芳塵暗自驚。花發長洲苑，日照闔閭城。且奉千金壽，寧忘萬里情。

飲張氏别墅 以下從各選本録入。

楚國多才俊，張家好弟兄。出門湖水碧，留客野堂清。微雨鳴疏竹，寒煙覆古城。園人隔畦語，歲暮此中行。

不寐呈何太虚

隙月斜依壁，窗風細著人。飄零知命晚，牢落夢家頻。斷雁何曾定，鳴雞不肯晨。何郎詩句好，萬里獨相親。

憶昨四首

天曆年中祕閣開，授經新拜育羣材。宫門待漏嘗先到，講席收書每後回。召試時蒙天語勞，分題不待侍臣催。滿頭白雪丹心在，太液池邊只獨來。

宫草葱茸禁樹齊，日趨延顥對凝暉。朝迎步輦花間立，暮送回鑾柳下歸。碧殿東浮蒼巘合，金河北引玉泉肥。幾回弘慶門前路，春氣濛濛欲溼衣。

已巳羣儒映壁奎，端陽侍燕寶慈西。線分學士親臣送，詩賜皇姑御手題。注酒含春瑶露重，承塵轉午錦雲低。日斜共出西門道，既醉猶能散馬蹄。

奎章分署隔窗紗，不斷香風别殿花。留守日頒中賜果，宣徽月送上供茶。諸生講罷仍番直，學士吟成每自誇。五載光陰如過客，九疑無處望重華。

趙道士山水圖

悄愴寒山曉，凄迷野水昏。長橋通古寺，小艇背衡門。路盡雙松上，雲生亂石根。如行南嶽暮，遥見祝融尊。

送人之淮東

扁舟何處客，此地飽經過。彭蠡江聲合，揚州月色多。天低知近海，地闊欲横河。自是吾生拙，如君定若何。

送林彦廣南鎮行香

昔年同事文皇帝，出入千門萬户中。漢閣圖書觀每徧，周家祀典學皆通。鼎湖忽送飛龍去，石鼓空歌我馬同。今日函香南鎮去，還尋禹穴酹西風。

贈吴主一 并序。

曹南吴主一妙年力學，能文章，尤工隸書。近自豫章以職事至京師，過予劇談，竟日忘去。忽以别告，令人惘然。詩以奉送。

國朝分隸誰最長，趙虞姚蕭范與楊。趙公温温蔡中郎，虞公格格由鍾梁。姚蕭二公撼中邦，豈以筆法窺漢唐。蕭守高尚姚文章，范公清遒不敢當。縱横石經兀老蒼，楊侯起家自洛陽。華山之碑早擅場，旁出捷入無留藏。曹南吴氏俊且良，古意颭颭浮匡箱。商盤周鼎儼作行，刓圭削鋭伏景光。宜伸而縮圓使方，外若椎魯中堅強。趨新騖巧紛披猖，欲辨輒止心孔傷。金陵皇象劍戟張，中山夏丞鼎獨扛。二碑分法古所臧，隸多分少須精詳。君方妙年進莫量，更入二篆君無雙。近者吾甥有陳岡，昔師楊氏今頡頏，見之爲道安毋忘。

登薊丘作

聞登薊丘望，西北削諸峰。轉覺天地肅，因悲霜露濃。雲間何處笛，日落滿城鐘。自笑栖遲者，惟堪學老農。

題先天觀圖

聞說先天觀，重重絶壁環。鳥啼青嶂裏，花落白雲間。樵子能長嘯，居人識大還。洞門無處認，唯有水潺湲。

和張太一秋興二首

蓬萊宫闕赤囘闌，龍虎神君禹步寛。朝㗸日華當食穀，夜迎天仗識鳴鑾。露飛仙掌金莖凍，月滿玄都玉珮寒。遥想西齋清似水，吟詩聽到漏聲殘。

太行遥接帝王州，西北連山際海稠。鶴下静依仙館夕，雁啼高挾塞垣秋。側身天地渾如寄，偷眼風雲總是浮。應笑白頭京國裏，長年百慮更千憂。

送張真人歸上清

閉户京城晝懶開，初聞北覲却南囘。馮夷擊鼓乘龍出，王子吹笙跨鶴來。囊裏天書明日月，匣中神劍閟風雷。囘瞻魏闕紅雲擁，應在山中看早梅。

送客省冷副使歸豫章覲省

始違山林賞，復作遠遊客。忽興慈母念，辭帝去京國。楊柳河上春，飄然就行役。聞者爲驚喜，朋儔皆歎息。昔依禁樹枝，今戀山巔柏。世俗更推蕩，日月如有迫。歸雁羣響哀，遥雲孤飛白。都門一尊酒，落景淡行色。以我留滯心，送君南征翮。

三月三日奉陪憲使程公遊麻原第三谷宴藏書山房白雲樓

明公富暇豫，勝日懷登臨。蹀躞驄馬行，窈窕幽人心。懸崖響晴雨，奔流濯春陰。雲門轉絶壑，畫橋貫長林。拂石慨往運，聞鐘知古音。耆松有百圍，突嶂踰萬尋。小憩釣魚臺，聿瞻華子岑。捫蘿入縹緲，側徑臨蕭森。上有百尺樓，下有孤猿吟。初筵俯層巔，微風蕩危襟。笑語定忘我，觥籌浩難任。豈不念永留，惘然歸思深。

登祝融峰贈星上人

洞庭南，桂嶺北，衡山連延瀟湘黑。中有祝融如髻鬟，嵯峨七十二峰間。祝融不自知，千山萬山如回環。回環面面芙蓉裹，儼如天仙朝紫皇，千官百辟遥相望。半夜每瞻東海日，六月常飛滿樹霜。龍拏鳳攫熊虎擲，雲生霧滅何時極。我來正值太平時，况有山僧似疇昔。憑高一覽四海空，草間培塿安足雄。盤盤羅漢臺，翕翕炎帝宫。復恐九天上，視我如井中。朔風日夜相騰蹙，谷老崖堅松柏禿。古來鐵瓦盡飄揚，山上至今猶板屋。山僧勸我歌，我歌徒自傷。天下五岳嵩中央，此山與我俱南疆。我今三十始一見，北望中原天更長。

和傅與礪

近日何多念，頻年不肯還。河流無故道，春色是他山。棐几看雲凭，衡門罷月關。無情寒與暑，偏解鑄衰顔。

硯山詩 并序。

山石出靈璧，其大不盈尺，高半之。中隔絶澗，前後五十五峰，東南有飛磴横出，方平可二寸許，鑿以爲硯，號曰硯山。在唐已有名，後歸於李後主。主亡歸於宋，米芾元章刻其下，述所由來甚詳。宋之季，歸於天台戴運使覺民，後又歸其族人。宰相賈似道求之弗與，擕持兵亂間，寢、處與俱，乃獲全。大都太乙崇福宫張真人，本戴氏子，今年春，貽書得之，請予賦詩。其辭曰：

何年靈璧一拳石，五十五峰不盈尺。峰峰相向如削鐵，祝融紫蓋前後列。東南一泓尤可愛，白晝玄雲生霮䨴。在唐已著羣玉賦，入宋更受元章拜。天台湏洞雲海連，戴氏藏之餘百年。護持不涴權貴手，離亂獨與身俱全。帝旁真人乘紫霞，尺書招之若還家。陰崖洞壑寒谽谺，宛轉細路通衺斜。崑崙蓬萊與方壺，坐卧相對神仙居。硬黄從寫《黄庭》帖，汗青或抄《鴻寶》書。秦淮咽咽金陵道，此物幸不隨秋草。願君谷神長不老，淨几明窗永相保。

山水卷

稍稍雲水動，藹藹煙峰亂。遠浦引歸橈，雙崖臨絶岸。方思隱淪客，欲結漁樵伴。水闊山更遥，幽期空汗漫。

送李掾自北回歸省長沙因簡趙宣慰張徵士呂宗二判官

萬里風沙斷，三湘日夜流。名成親白首，歲暮客扁舟。黄鵠延歸思，丹楓替别愁。眼穿回處雁，心静狎餘鷗。細雨黄陵廟，殘陽杜若洲。漸深桑梓敬，翻畏友朋留。送遠慚羈旅，臨分憶舊游。鐘聲衡岳曙，帆影洞庭秋。風壤通蠻徼，煙霞拂帝丘。交歌明月市，傾旆壓雲樓。訪菊逢徵士，行瓜識故侯。爲言憔悴客，敝盡黑貂裘。

送雷山人遊山

高人雨中至，邀我遊山作。自非冥寂徒，孰遣紛華落。方春乃發軔，殘雪猶映薄。隨雲度神皋，披煙望靈嶽。唏沐朝陽谷，照影清冰壑。淹留皆隱淪，往返必恬漠。惟應樵與牧，逢時得奇藥。歸來雖未期，鬒髮終如昨。

望葛市有懷故人盧子儀以附他舟不得上岸相見予往赴主一書院時盧實送予至長沙今經其里不一造門能無憾乎至樊口作

順流無風江更急，歲暮歸人浩難縶。所思只隔江上村，亂樹參差不容入。憶昨扁舟泝雲夢，觸熱千里能相送。我來悵望竟空還，一樽知是何年共。樊山蒼蒼赤壁暮，武昌對岸黃州路。連聲大笑櫓如飛，回頭獨送孤雲去。

黃鶴山聽雨得清字

玄扃息深構，虛館含餘清。瀟灑松上來，瑟縮花間鳴。遥兼夜柝警，細與寒更并。懷親感離別，撫物愧生成。土思浩方殷，春聲耿逾明。幸及朋知好，達此旦暮情。北展非窮轅，南山夢歸耕。何言託毫素，聊與欵平生。

湖南憲使盧學士移病歸潁舟次武昌辱問不肖姓名奉寄　大德七年。

我本耕牧豎，結廬章江涘。微生屬休明，世尚猶典禮。驚飆卷飛轍，寥落從此始。三年江漢春，萬事隨逝水。既昧理生術，復慚遊方旨。豈無青山歸，亦有桑與梓。何爲苦留滯，眷眷存君子。君子諒不然，東皋畢耘耔。

過族姪

東面雲山有草堂，下臨池水即滄浪。草侵古道莓苔滑，花壓頹垣薜荔香。每訪所親皆異物，始驚爲客久殊鄉。仲容兄弟賢相映，更爲吾宗足感傷。

銅儀 宋沈存中所鑄。

法像坤儀重，來從汴水遷。飛龍纏四極，黃道界中天。望絕秋毫永，循環太古前。荒臺明月夜，應有淚潺湲。

重餞李九時毅賦得南樓月

娟娟臨古戍，晃晃辭煙樹。寒通雲夢深，白映蒼祠暮。胡牀看逾近，楚酒愁難駐。雁背欲成霜，林梢初泫露。故人明夜泊，相望定何處？且照東湖歸，行送歸舟去。

出三洪峽

積水羣山裏，行舟亂石間。地偏疑隔世，峽怒欲藏關。獨鳥啼深樹，斜陽下急灘。千憂逢一快，未覺此生孱。

題邢先輩西壁山水圖

邢家蒼蒼西屋壁，萬壑千峰動寒色。大江忽轉天地迴，浮雲孤飛日月白。參差樓觀照林紅，松檜凄迷起朔風。崑崙蓬萊不可到，赤城白帝遥相通。賤子平生尚奇偉，南極衡湘北幽冀。復從大駕卜灤京，始投邢君多意氣。君昔扈從戎馬間，少壯不知行路難。月明飲馬長城窟，雪深射虎祁連山。萬里歸來太平日，坐我江山憂百失。平明萬騎出天門，又駕官車就行役。

送玄上人

清江古鎮封谿道，靈峰寺中玉泉好。靈峰上人天上歸，親見六龍天上飛。湧金門外潮來去，曾是錢塘江上住。十里松風六月寒，夢寐猶思徑山路。自參天目老禪師，始信靈峰路不迷。却被無端徵詔起，等閒來往不曾知。黄河萬里從西下，吕梁百步如奔馬。歸去山中問玉泉，應向海門深處瀉。

大駕既還獨候驛傳未得和陳真人見示

供奉關山遠，淹留日月長。鄉書迷楚越，鄰笛亂伊涼。秋水流成字，晴雲去作行。寸心懸帳殿，應似雁隨陽。

楚山秋晚

山人何處抱琴歸，遥想樓臺隔翠微。老樹風生舟正泊，空江日落雁初飛。豈無賦客能招隱，亦有漁翁醉息機。一幅秋光舒復卷，誰教塵土涴人衣。

和歐陽南陽月夜思二首

月出照中園，鄰家猶未眠。不嫌風露冷，看到樹陰圓。

犬清照逾近，夜久月將遠。牆東雙白楊，秋聲隔窗滿。

廬山連尊師求真陽詩久諾而未作也一夕夢中得之因書以贈 此詩《體要》作虞集。

稽天之浸不可滅，焦石之烈不可絶。香鑪峰頭按羽節，滿山桃花滿湖月。

十月十八日夜南郊齋宿夢先帝召見便殿手賜橘花一枝有感而作

淚盡烏號不可攀，傳宣忽降白雲間。天華拜舞君王賜，夢斷齋廬月滿壇。文宗御奎章日，學士虞集、博士柯九思常侍從，以討論法書、名畫爲事。授經郎揭傒斯潛著一書，曰《奎章政要》以進。萬機之暇，每賜披覽，及晏朝，有畫《授經郎獻書圖》行於世，蓋有深意存焉！虞嘗謂揭詩「如三日新婦」，己詩「如漢廷老吏」。揭聞之不悅。故憶昨詩有「學士詩成每自誇」之句。虞得詩謂門人曰：「揭公才力竭矣。」因答以詩云：「故人不肯宿山家，夜半驅車踏月華。寄語傍人休大笑，詩成端的向誰誇。」并題其後云：「今日新婦老矣。」觀此詩及《憶昨》諸作，其君臣相得之分，亦可謂一時盛事也。

夢兩雛

阿英十二能辟纑，阿牛五歲貪讀書。辟纑成縷無人織，讀書有志令人惜。汝父飄零汝母休，吾親雖健俱白頭。雨聲斷道風驚屋，阿婆獨抱諸孫哭。

大信晚泊呈舟中諸公

千家楊柳江當門，東梁西梁兩岸蹲。連檣大艦集日昏，撾金伐鼓海上聞。小江更出采石後，前人立功後人守。大信花，采石酒，陌上相逢莫回首。

題陳所翁雙龍圖

愛龍畫壁玄淵開，萬物顛倒隨雲雷。龍公被髮向空下，身是真龍非畫者。鐵作鬚鬣玉作鱗，電出兩目雲繞身。偶然會合此何處？仰面向天天不嗔。世間眩轉空形影，倏忽變化那能省。高僧説法夜來聽，誰道相逢非夢境。牛斗蒼蒼風雨暮，泉阿豈識延平路。當時縱無雷煥與張華，未必終藏不飛去。

黄侍講溍

溍字晉卿，婺州義烏人。生而俊異，學爲文，頃刻數百言。弱冠西游錢塘，得見遺老鉅工宿學，益聞近世文獻之詳。還從隱者方韶父游，爲歌詩相唱和，絶無仕進意。延祐開科登進士，授寧海丞。至順初，以馬祖常薦，入應奉翰林文字，轉國子博士，出提舉浙江等處儒學。亟請侍親歸，俄以祕書少監致仕。至正七年，起翰林直學士，知制誥同修國史。擢兼經筵官，陞侍講學士同知經筵事，累章乞休，不俟報而行。遣使追及。十年夏，得請還南。七歲而卒，年八十一。贈江西行省參知政事，追封江夏郡公，謚文獻。所著有《日損齋稿》三十三卷、筆記一卷。宋景濂曰：先生素行挺立，貴而能貧。遇佳山水則觴詠其間，終日忘去。雅善真草書，爲文布置謹嚴，援據精切，俯仰雍容，不大聲色。譬之澄湖不波，一碧萬頃，魚鼈蛟龍，潛伏不動，而淵然之色，自不可犯。世之議者，謂先生爲人高介類陳履常，文辭温醇類歐陽永叔，筆札俊逸類薛嗣通，歷事五朝，嶷然以斯文之重爲己任。與臨川虞集、豫章揭傒斯、同郡柳貫齊名，號儒林四傑，合而觀之，待制之才雄肆，而侍講之思峻潔，一時才士如王禕、宋濂輩，並出黄、柳之門，而溍爲一代文章之盛。殆亦氣運使然者矣。

效古五首

上山見明月，下山月相隨。月豈知愛我，我行自見之。故山日以遠，故人不可思。殷勤謝明月，願爾無時虧。

女美衆所悦，士窮世所輕。輕重安足言，泥盡水自清。淮陰初寄食，曲腰胯下行。季子黄金多，妻嫂來相迎。自古已復然，歎息空吞聲。

擊石乃有火，石火光不揚。攀天亦有路，天高路何長。嵯峨萬古雲，下覆歌哭場。富貴誠足多，貧賤不可忘。

落花隨風吹，各自東西飛。花飛既不息，水流復無極。同生不同歸，能勿異顔色。木生則有枝，豹死則有皮。悠悠岐路間，多言亦奚爲。

飲酒莫盡醉，盡醉無餘歡。讀書莫弔古，弔古多悲酸。蕭艾蔽中野，白露摧芳蘭。鳳飢不得死，鴟梟食琅玕。去去復去去，采芝青雲端。

晚晴

洩雲散積雨，林水含餘清。披衣有奇懷，偶從林叟行。新晴遠峰麗，夕陰孤花明。曠日固所虞，聊玆息營營。

夜歸

空山四寥寥，落日翳榛楚。蜿蜒草中徑，躡屩度寒雨。楠杉窈深黑，忽忽疑休虎。林窮澗水明，稍聽歸人語。

陪諸老夜飲

世故不可料，忽若浮雲移。坐令百年内，顛倒殊歡悲。顧惟我與公，異代同一時。覽古既深慨，撫今亦餘噫。長川去悠悠，青山莫委蛇。向來遠遊意，我行方遲遲。咄哉有志士，卒歲恆寒飢。況復託渺茫，欲與千載期。盈虚信天運，廢興豈人爲。願公姑舍是，一觴聊可持。

讀忠簡宗公遺事

公初起滏陽，艱危屬多壘。蒼然國家意，委身干戈裏。陰飈捲翠華，朔雪披南紀。悠悠虞淵日，力盡揮不止。寅恭秉齋鉞，際會開朱邸。長安付馮異，漢業中興始。宫庭數汛掃，蹕路無荆杞。疚心望鑾輿，感激涕如水。上表方出師，嗚呼孔明死。宴安不可懷，肉食毋乃鄙。巨舟竟未焚，三語猶在耳。蕭然舊祠下，碧草垂階𠯗。登堂挹光儀，赤舄仍几几。千載墮淚碑，一夫敢殘毁。傳家有遺書，敍事非虚美。勗哉慎失墜，庶以裨信史。

西峴峰

層雲抱春岑，急瀨洩嵌竇。修蹊入窈窕，衆綠蔚以茂。名亭標水樂，柱折荒碑仆。幽尋得緇廬，亂石扶結構。青精午堪飯，碧澗寒可漱。平生慕真賞，及此成邂逅。冥探指絕頂，有路忽通透。緣蘿度蒙密，翠氣溼衣袖。寄身泬寥內，下睨人寰陋。清謳雜風竹，大嘯落巖狖。東峰在眉睫，可望不可就。同遊却何時，瑶草春已秀。

夜興

秋氣入病骨，殘夢倏然驚。芭蕉葉間露，風過皆成聲。攬衣泬寥內，搔首天河横。飢蟲語不休，中宵誰汝令。孤鴻亦何苦，犯霜度微明。悠悠念羣動，百感忽我并。大化儻不爾，吾其免營營。

陳生詩

陳生少也孤，秉志何軒軒。讀書奉慈母，承顏郁春温。兀然處膝下，不問晨與昏。叢叢萬井中，陳生深閉門。暉暉百花時，陳生不窺園。常恐去左右，或乖覆育恩。一朝抱長痛，飛霜隕秋萱。鹽酪不入口，日夜涕傾盆。欲娶弗及養，矢言終不婚。尚賴百歲後，兒子父所孫。朝來游子衣，忽逐東風翻。世方醉糟粕，何庸薦犧尊。陳生顧謂我，是事安足論。幸託山水窟，放情詠蘭蓀。嗟今學步者，觸險争飛奔。願爾利鋤钁，深斸六籍根。願爾進竿艪，高泝百聖源。源長流自遠，根大枝乃蕃。勿摇崔嵬筆，誇作礧磈言。弘惟孝與弟，百行兹其元。咄哉行勿休，日月方沄沄。贈言豈予敢，情真覺辭繁。匪爲陳生榮，庶感薄俗敦。

送淩吉叟之杭州教授

浙水西八州，維杭實名都。古來萬人海，逐逐無賢愚。以兹百年後，淳朴古不如。翩翩誰家兒，白馬驕路隅。春風樊樓醉，一笑百斛珠。亦有朱門家，齊謳閶吴歈。綃綺散煙霧，繽紛被僮奴。可憐彼蚩蚩，久爲紅塵驅。頹俗如波瀾，孰障羣流趨。又如敗屋壁，風雨須人扶。博士非冗官，豈郎無良圖。當令歌舞場，化作絃誦區。行矣循所務，辭章信其餘。春風摻别衣，晴沙秀寒蘆。何以贈子行，白雲不可呼。聊持狂者言，用比貂襜褕。

晚泊釣臺下

四山環一水，遺臺故巑岏。那無漁樵居，政復不敢安。舍舟銜微雨，憑軒俯清灣。念昔乘興來，無從寄游觀。今我有行役，乃爾容躋攀。山靈豈愛我，爲解塵土顔。落日奠蘋藻，清風聞珮環。幽尋不可極，林暝吾當還。却去望層碧，孤舟生晚寒。

重登雲黄山

兹山實靈奇，吐納變舒慘。太常闕弗録，名號何黭黮。重華秩山川，盛典缺封禬。蒐遺多綸綍，蠲潔羅醘酖。腐儒世所貸，薄藝守鉛槧。無能旅駿奔，徒取肆游覽。霖潦時始收，天地餘藹晻。嵐光乍璘瑞，石狀終巃嵸。行行恣芒屩，往往得巃坎。冒進誠近貪，自畫將豈敢。久之雰埃豁，秀色坐可攬。青熒插鋒鍔，翕艴披菡萏。崖奔馬騑騑，石踞虎眈眈。高尋指天路，幽矚極玄窞。前行幾台背，後或兩髦髧。緣岡既踸踔，登嶺仍轒輡。舉頭塔廟湧，地平忽如毯。天人所食息，瓊玖化餘糂。林輝寶燈燒，風語金鐸撼。敗壁詩者誰，漬墨亂濃淡。險盡乃復佳，疲極復何憾。是節蕤賓初，野薦首昌歜。煮瀑茶可啜，剖石蜜堪噉。名談析毫髮，苦語瀝肝膽。理冥心自珍，機湊首屢頷。陽烏砉西翥，衆色齊慘澹。崔嵬識楩楠，蒼莽辨葭菼。莫投僧所寰，鐘鐙鼓紞紞。羣居肅不吴，共飯聲有噲。回睨夸奪場，撫事叢百感。趨名蛾赴燭，逐利魚投摻。何時脱火宅，霍若髭去頷。綺言息譊譊，妙供紛醃醃。於焉寄相羊，庶以忘壈坎。誰云入道苦，餘味需橄欖。

秋夜觀書作

閒居感時駛，獨學難爲功。眷言思古人，幽懷極忡忡。秉燭起中夜，攬卷來清風。恭惟千載心，皎潔懸無窮。泯俗自升降，道妙非汙隆。後來亦奚爲，黑白紛相攻。華芳乍可悦，軌轍何由通。吾將離言説，庶以觀其同。所憂明爲累，不懼蓄不豐。開軒視明河，白月當天中。怡然掩書坐，夜氣方鴻濛。

覽元次山春陵行有感近事追和其韻以寓鄙懷

惟王始建官，民命有所司。奈何闕流殍，束手無一施。屬者秋夏交，上狀殊酸悲。赤日紛按行，人馬同時疲。連阡見標牓，不救飢與羸。仍聞恣鞭箠，慘切傷膚皮。檢覈須再三，供張常恐遲。哀哀鬻兒女，貿貿行安之。感兹欲無訴，既往何由追。尚慚噢咻恩，稍緩租税期。云胡有倉卒，徵斂更相隨。但將充其數，肯復計爾貲。肉食不自鄙，謂我非敢知。棲棲甑石儲，剥割無或遺。言是鄰壤凶，藉此敷恩慈。寧知是州人，俟死無他爲。出語餘喘息，行步須扶持。猶令比樂土，疾苦喘誰。俯首州縣間，逭責自其宜。况迫大府令，聯絡飛符移。豺狼方在郊，鷹隼宜用時。區區貙狐兔，政爾何增虧。吾賤不及議，爲君陳苦辭。

石臺分韻得下字

蒼山面長溪，勢若飲奔馬。層臺跨其脊，萬古挹瀟灑。登臨兹惟要，朋從未云寡。迢迢歷榛莽，靡靡眺原野。白雲與翠霧，乭在履屐下。窮秋向摇落，霜菊政堪把。賞心孰無同，幽抱欣已寫。邈矣千載期，銘山傒來者。

游西山同項可立宿靈隱西菴

薄游厭人境，振策窮幽躅。理公所開鑿，遺跡在巖麓。秋杪霜葉丹，石面寒泉渌。仰窺倏上猿，攀蘿去相逐。物情一何適，人事有羈束。却過猊峰回，遥望松林曲。前山夜來雨，溼雲漲崖谷。縹緲辨朱甍，禪房帶脩竹。故人丹丘彦，抱被能同宿。名篇聊一詠，異書欣共讀。蹉跎未聞道，黽勉尚干禄。夙有丘壑期，吾居幾時卜。

陳孝子詩

南仲杭陳氏，斗龍父所名。家臨百丈溪，父書傳考亭。夫亦人之子，胡獨以孝稱。維仲適母盛，王實生寧馨。盛謂我已出，無殊祝螟蛉。仲父諱弗言，王卒不自明。睠然舍之去，呱呱聞泣聲。年運日已往，頭角稍峥嵘。籲天乞隕滅，願以益父齡。父没盛亦亡，弔影傷孤煢。或乃告之故，曰汝王所生。王居清湖上，去此無十程。時仲新捧檄，精廬擬横經。悲號棄其官，肩輿親奉迎。安知世代易，人非餘故城。鄰有鶴髮嫗，叩之久始磨。言我與汝母，少小俱娉婷。汝母生汝歸，去作江東行。不知今在無，我老猶零仃。仲也聞益悲，贏糧事晨征。六年困逆旅，冷雨啼青燈。譬彼無母雛，投林輒哀鳴。永豐有施氏，大屋深重扃。於焉得母處，一夕相合并。母子更抱持，淚如九河傾。三日負母還，盜賊方搶攘。倉黄與之遇，白刃紛交横。頓首前致辭，覼縷陳衷誠。能令激高義，相戒勿敢驚。仲昔以至行，上天降休禎。靈雁既羣集，嘉瓜復冬榮。區區彼蝱蝨，豈遂無人情。聖人語純孝，厥有閔與曾。未聞樹奇節，謡頌傳轟轟。此道古或希，此事今可徵。我歌雖云俚，庶感蚩蚩氓。

上京道中雜詩　録八。

發大都

辭親獨行邁，遥遥抵京國。胡爲突不黔，驅馬更遠適。至尊有時巡，樹羽殷阡陌。宿衛必近臣，顧問須耆德。陋儒亦何知，冗從同執戟。草深原野青，雨暗關塞黑，寥寥盛年意，眷眷游子色。一身萬人中，敢不思努力。

居庸關

連山東北趨，中斷忽如鑿。萬古争一門，天險不可薄。聖人大無外，善閉非楗鑰。車行已方軌，關吏徒擊柝。居民動成市，廬井互聯絡。幽龕白雲聚，石磴清泉落。地雖臨要衝，俗乃近淳樸。政須記桃源，不必銘劍閣。僕夫跽謂我，無爲久淹泊。山川豈不好，但恐風雨惡。

槍竿嶺

憶昔賜第歸，吾母適初度。蹉跎歲月晚，今辰乃中路。居人誇具慶，游子慚叱馭。玆山稱最高，揚鞭入煙霧。矗矗多峭峰，濛濛饒雜樹。崎嶇共攀援，躑躅頻返顧。陳情未成表，登高詎能賦。獨憐山下水，遠向盧溝去。

李老谷

緣崖一徑微，入谷雙崦窄。密林日易昏，况乃雲雨積。行人望煙火，客舍依山色。家僮爲張燈，野老煩避席。未覺風俗殊，衹驚關河隔。嚴程不可緩，子規勿勸客。

赤城

雞鳴秣吾馬，晚飯山中行。何以慰旅懷，赤城有嘉名。灘長石齒齒，樹細風泠泠。時見巖壁間，粲若丹砂明。温泉發其陽，撝訶勤百靈。前峰指金閣，真境標殊庭。白道人跡稀，青厓雲氣生。信美無少留，緬焉起深情。

獨石

解鞍及亭午，稍欣煙霧收。蒼然衆山出，歷歷如雕鎪。前瞻一石獨，靈宫居上頭。頗聞去年夏，水激龍騰湫。走避登屋山，夜半齊呀咻。幸兹溪澗中，今作清淺流。宴安不可懷，變化誠難求。翠華渺在望，行矣毋淹留。

擔子窪

自從始出關，數日走崖谷。迢迢度偏嶺，險盡得平陸。陂陀皆土山，高下紛起伏。連天暗豐草，不復見林木。行人煙際來，牛羊雨中牧。颯然衣裳單，咫尺異寒燠。佇立方有懷，相逢仍問俗。畏途宜疾驅，更傍灤河宿。

上都分院

晨興過桓州，旭日生蒼涼。舉頭見觚棱，金碧何巍煌。洪河貫其前，青山環四傍。暮投玉堂署，鼇峰屹中央。升階旅羣彥，官燭分餘光。琴册森在側，談笑來清觴。列坐無所爲，陳詩詠黃唐。帝鄉豈不樂，父母遠莫將。起視雲漢低，垂星爛寒芒。南飛有冥鴻，邈矣天際翔。右紀行詩本十二首，虞伯生題其後云：「少陵入蜀路崎嶇，故有淒涼五字詩。應奉爲官隨翠輦，固應同調不同辭。」

同王章甫待制校文上京八月十五夜宿龍門驛

涼風墮黃榆，萬馬皆南馳。而我方北首，度關及鳴雞。石路更幽阻，僕夫慘不怡。徐驅待明發，泱漭窮煙霏。貂裘者誰子？怪我逢掖衣。爲言霜露多，遑遑獨安之。我非不自愛，簡書今有期。憶昔州縣間，折腰向小兒。荏苒二十年，白首初登畿。同袍如燕鴻，去住恆相違。悠然慨平生，與世何參差。暝投龍門驛，高館臨回溪。青崖拱白月，水木含餘輝。秋色故瀟灑，我行殊未遲。相從況魁彥，炯若珊瑚枝。衰暮奚足云，一觴聊共持。

送王鍊師歸四明

飄飄采真侶，乃在四明山。霞居朝帝所，瓊館留人間。忽聞雙鳧舄，却向東南還。望之若流星，邈然不可攀。海月照階戺，天風飛珮環。我何苦覊旅，冰雪生朱顏。

湖上卽事

垂雲晝濛濛，湖面惟一色。薄暮風更生，際夜雪初積。凝陰勢方盛，塵境喧暫息。坐久聞孥音，忽然破寥闃。

題清華亭

名區滙修渚，流望俯平陸。飛雨天際來，遠峰淨如沐。生香餘晚華，繁陰藹嘉木。秀色坐可攬，終然不盈掬。觸景幽興多，接物道機熟。誰能與之游，食芳飲山渌。

曉行湖上

曉行重湖上，旭日青林半。霧露寒未除，鳧鷖静初散。貪緣際餘景，閃倏多遺玩。會心乍有得，撫己還成歎。夙予丹霞約，久兹芳洲畔。獨往願易違，離居歲方换。沙暄芷芽動，春遠川華亂。存期乃寂寞，取適豈爛熳。小隱儻見招，漁樵共昏旦。

登錢山望菰城慨然而賦

吴興水爲州，諸山若浮萍。况此一培塿，瑣屑世未名。所欣漁樵居，乃與緇錫并。種竹有萬竿，結茅無十楹。老僧解人意，蹝履能相迎。芳草被行徑，朱藤暗巖扃。蕭條空階暮，日照莓苔青。猶嫌所歷卑，未極游眺情。聳身白雲上，始見春申城。想當高會時，樓觀飛青冥。竭海薦罍勺，鎔山羞鼎鉶。安知千載後，寂寞無人行。煌煌冠蓋區，壤壤狐兔塋。歸來朱門客，聽此松風聲。

雪竇紀遊四首

高人欣相迎，山門帶流水。風生珠樹間，月窺鏡池裏。觸景遂成迷，應接殊未已。幽尋指山椒，崖傾忽如瀉。俯身視木末，懸水在足下。冥冥巖岫中，宴坐奚爲者。詰旦逾西岡，草木益深秀。梯苔下絶巘，坐石看飛溜。陰靈多窟宅，欲往不敢又。興移初出山，繫纜長汀樹。夜來雪已深，溪風水難度。猶疑鐘磬音，遥遥白雪處。

可憐行

紅顔白面可憐子，杖藜飢走荒山裏。翠眉新婦雪色皃，掩袖嬌啼瘦如鬼。道傍朱門照霜戟，腸斷汝翁呼不起。金魚象笏供樗蒱，紈袴終然愁餓死。春風秋月哀思多，嗟汝少年奈老何。

崑崙歌寄吾丘子行

翠鸞啼雲天四垂，花龍雙雙神姥歸。金仙憶君淚如水，昌陽落花青蘂蘂。層城珠闕揚素氛，開明猘猘環九門。羲和走馬不待人，鯨魚吸海海生塵。若有人兮悵修阻，紫玉參差老鳳語。笑揮如意教雲舞，雲間鶴雛生兩羽。歸來歸來勿蹉跎，秋風吹折玕琪柯。

金華山贈同游者三十韻

杖藜初出城西門，萬株紅葉如雲屯。芙蓉峰前問行路，宛宛一線隨潺湲。水聲漸遠山漸近，弱蘿纖葛手所捫。須臾横側變峰嶺，高岸忽復爲平原。細泉瀏瀏竹竿直，石樹駢立疑同根。剥金敗碧逢廢刹，猶以第一名其軒。天明獨去弔遺迹，玉女委蛻空丘墦。樓居西起望明滅，石扉呀若山之樊。罅幽穴險徑沮洳，膝行匍匐不得奔。割觀崖广架冡泬，雙龍遠霤蟠蜿蜿。紛綸怪狀滿巖腹，熊虎踞伏鸞鳳騫。其餘瑣細無不有，形求象索難具言。前趨林麓却下縋，俯矚九地窮涯垠。青枝翠羽不復辨，但聽風水聲喧喧。高燒松炬度其背，珠箔忽隨華燈繁。聳身上出指絕頂，碧桐高下彌山園。遥穿蓬艾踢雲雨，險艱從此不易論。秋毫細路莫容足，下瞰不測傍無藩。怪藤如鉤草如劍，舉首仰歎愁攀援。山翁顧之笑引臂，前牽後接猴與猿。馳坑跨谷攲側過，背汗喘息逾炰燔。陰沈古洞閟星日，雖有寒暑無朝昏。却行左轉復深入，愈覺慘慄摇心魂。珠纓縹緲現滿月，稽首大士天人尊。拂衣逕逐飛鳥下，青山出没波濤翻。或云漢人隱身處，彷彿肩背餘苔痕。蛇蟠磬折又數里，龕巖十丈開墉垣。夜歸草堂殿突兀，坐看雲月吐復吞。怡然攜手盡文士，頗覺筆下來源源。名山石室如可託，幸子歲晏來無諼。

題李坦之詩卷

神仙中人世莫識，政以文章爲戲劇。李生也復可憐人，手種蟠桃待春色。山空歲寒誰念汝，青楓墮影霜露白。遠遊賦成一朝去，翠蓋雲旗暮何適。蓬萊煙霧秋冥冥，鄧君白鹿無消息。袖中驪珠三百顆，夜深勿近蛟龍宅。金華之山青矗天，山人看山忘歲年。黄精芝草幸可食，安得與子巢其間。石牀醉聽松風眠，無爲長歌怨如哭，使汝惻愴凋朱顔。

苕溪風雨中章德茂同泛

黑風翻江白雨傾，檣攲柁側斷人行。此時惟我與章子，孤舟蕩漾烟波裏。蒹葭蒼蒼楊柳黄，浩歌擊舷興彌長。翩然一葉恣掀舞，青山白塔頻低昂。朝過城南暮城北，舟人問我將誰適。章子掉頭作吴語，秋水夜來深幾許。忽看大字標竹林，寺門對水仍陰陰。敲門見竹不見人，竹間翠石何蕭森。回舟少林雨如注，四顧冥茫但煙霧。魚驚龍躍吾不知，披蓑却入菰蒲去。岸傍羣兒拍手呼，笑言狂客世所無。嗚呼古人今則無，後來視我知何如！爲君留此有聲畫，題作扁舟煙雨圖。

陽山昱上人訪予吴門寓舍求爲湘竹詩予辭以未見竹上人不遠六十里自山中舁其竹而來好事有如此者欣然爲賦長句

道人來自陽山麓，手攜蒼種千竿竹。小裁方斛不盈尺，中有瀟湘江一曲。未信天工能爾奇，不知地脉從誰縮？晴窗倏倏散煙霧，眼底森然立羣玉。豈期我乃累此君，蒙犯風埃走塵俗。故山方遠重愁絶，新句未成慚迫促。黄岡之産大中椽，政用材美刳其腹。願言保此終天年，歲暮山中伴幽獨。

杭州送兒姪歸里

空江月滿潮聲怒，二兒勇踏潮頭去。故園天末眇予懷，夢中識汝歸時路。起向江樓遥望汝，江上青楓正霜露。凉風颯颯吹汝急，櫓摇背指龍山渡。翩然一葉舞中流，嗟汝童心得無懼。自我西游歷三紀，舉目交朋半新故。下車相揖何紛紛，白頭朝士猶徒步。玄都觀裏舊桃花，見我重來能幾度。緬思疇昔仍念汝，徙倚闌干日將暮。前潮將斷後潮續，層波複浪無重數。魚龍出没相後先，疾雷槌山雨如注。隔岸峰巒空復多，沙際冥茫但煙霧。計程知汝已登陸，息肩弛擔今何處？明朝過我三釜山，能勿徘徊起哀慕。近聞旱魃肆爲虐，殺吾手植千株樹。且須爲我語比鄰，莫遣牛羊上丘墓。

番陽周節士歌

周君生長番君里，長身俁俁鬚仍美。師張先生業孔氏，夏螢冬雪頻繼晷。先生愛君不骫骳，君謂先生我知己。遭時戰伐多瘡痏，賊衆乘之作姦宄。郡檄先生俾一洗，先生慷慨爲之起。曰彼蚩蚩聚蜂蟻，兇渠本我家奴爾。我將笞之用折箠，披其角毛脱距觜。奴挾兵來速如鬼，反噬其主先生死。先生諸子俱幼穉，周君聞之失箸匕。曰古復讎蓋有禮，師長之讎視兄弟。我今必也書於士，走告郡府伏以俟。府公義之弗敢止，授以殳斨與弧矢。或云彼衆我無幾，盍募援兵爲表裏。君奮不顧行益駛，賈勇直前無與比。賊窮擲金計何詭，得金失賊墮其餌。亟取貪夫尸諸市，士氣復振賊乃靡。追奔逐北劃賊壘，迅雷不及掩其耳。一柵既覆衆柵毁，生致賊奴洎妻子。刳其心肺獻俎几，告於先生辭亹亹。凱旋公庭旗旖旎，散遣部伍歸耘耔。天戈耀日方南指，郡將效死弗拜跪。周君堂堂衆所恃，人咸謂君今可仕。細書降表僅尺紙，大哉公侯小刺史。君言我本不獲已，出爲吾師刷讎恥。罪人已得賊已弭，東村西落無荆杞。不義富貴寧飲水，公毋多談且休矣。閉門高卧肉生髀，白駒空谷餘四紀。殁葬金潭有廟祀，鄉人歲時擊羊豕。子瞰來與胄子齒，踵門涕泣言如此。嗟君壯節甚奇偉，播兹歌詩侑哀誄。

題醉歌圖

翰林主人天上來，布颿不爲鱸魚開。江湖渺渺天一色，朝光暮靄相徘徊。昔賢心賞餘勝處，但有水竹無亭臺。碑材久已没荆棘，屐齒不復留莓苔。後來視今猶視昔，今我不樂何爲哉。大官馬湩遠莫致，鄰翁緑蟻浮新醅。欣然一飲便終夕，鼻端氣息如雲雷。是間别有一天地，不知何處爲蓬萊？回觀方内海一粟，醯雞塵甕何喧豗。黄冠祕監太狂態，騎鯨供奉非仙才。揮毫《政要》真學士，鋒車流水行相催。瑶池曲宴多雨露，歸歟酌彼黄金罍。

寄方韶父先生

牢落江南賦，知音寄渺茫。鹿麋行處有，芝草夢中香。遥與滄溟闊，悲歌白髮長。平生今古淚，滴破緑蘿裳。

雨二首

兀坐九十日，雨聲殊未收。花時翻益睡，茅屋不禁愁。生事吾何望，春寒晚故留。江波青滿眼，萬里付雙鷗。

泥潦今如此，出門知路難。蓬蒿春自長，桃李夢曾看。未覺龍公倦，誰憐燕子寒？青燈耿蕭瑟，千載入憂端。

寄友人

憐君山水意，局促守柴扉。故里悲秋草，涼風滿褐衣。滄洲斜日晚，白社幾人歸。寂寞分遥念，天寒木葉稀。

秋懷二首

天末雲猶去，山中歲欲徂。周流吾道在，歎息古人無。野鵲疑秋樹，新駒怯暝途。蒼茫念同志，微薄忝爲儒。

稍稍秋河落，娟娟宿露微。天清江不息，野迥樹相依。回首狂歌數，驚心昨夢非。流螢無思極，巧入絳帷飛。

憑軒

信有儒冠誤，憑軒意欲迷。山深風雨惡，天闊羽毛低。他日開炎瘴，連城送鼓鼙。荷殳吾愧爾，未敢歎塗泥。

風雨

風雨忽如此，閉門方晝眠。故應爲計拙，可復要人憐。燈火羌村路，桑麻杜曲田。悠悠今視昔，把卷一茫然。

社日重過方子踐

東風吹客衣，長憶見君時。一別驚雲散，重來與燕期。春深今雨夕，花老去年枝。莫待空山裏，青燈有所思。

聞子踐卧疾

吾子仍多病，何人共解顔。水聲和藥臼，春色閉松關。積雨連三月，懷人劇萬山。同游况零落，浩蕩可追攀。

過謝皋羽墓

識子今無日，風流可復尋。山林餘楚製，弟子解閩音。滄海他年夢，青天後夜心。平生匣中劍，零落遂如今。

八詠樓

懷古荒碑在，登樓晚望賒。秋陰垂野薄，江勢抱城斜。天地悲游子，冰霜感歲華。紅塵吹袒褐，歸興及清笳。

明月樓

遺堞何年有，飛甍壓上頭。鼓鼙分（大）（上）幕，香火望靈湫。曲岸舟如失，遥沙樹欲浮。登臨且吾土，未敢恨淹留。

杭州寄子踐　一作壽甫。

樽酒何人共？春光著處同。乾坤容野馬，歲月失飛鴻。俗眼能無白，風花故自紅。向來常處士，早已負諸公。

次韻答子踐

不謂飛霞佩，珊然寂寞濱。相看今雨夕，漸近長年人。往事驚如夢，何峰擬卜鄰。平生千里駕，還往得辭頻。

陪仇仁父先生登石頭城

談笑逢諸老，登臨失故亭。薄游成汗漫，高步覺竛竮。峽水通吴白，淮山入楚青。平生一杯酒，及此慰飄零。

抱琴

三尺枯桐樹，相隨年歲深。此行端有意，何處託知音。隱隱青山夜，寥寥太古心。空攜水仙曲，更向海中岑。

次韻答陳君采兼簡一二同志二首

默守知存道，清言不廢儒。身方同木石，名已在江湖。此士須前席，何人屬後車？唯應耕釣者，縹緲識霞裾。

尚想南歸始，簪花出禁闈。塵沙迷故步，桃李借餘輝。有日酬天造，終身返布衣。風流成二老，巾屨儻相依。

送陳養直歸四明

迢迢浙河水，同渡不同歸。執袂方成別，驚帆已若飛。野橋行處酒，風雪去時衣。瞻望嗟何及，天長鴻雁微。

送趙宗吉御史

憶共趨龍禁，驚聞正豸冠。汗顏居館下，矯首望雲端。去路黄河直，飛霜白日寒。仙舟如可託，歸理釣魚竿。

初至寧海二首

地至東南盡，城孤邑屢遷。行山雲作路，累石海爲田。蜃炭村村白，樱林樹樹圓。桃源名更美，何處有神仙？
縹緲蛟龍宅，風雷隔杳冥。人家多面水，島嶼若浮萍。煮海鹽煙黑，淘沙鐵氣腥。停驂方問俗，漁唱起前汀。

過永康桃巖

立石平如削，飛雲近可梯。莫窮千古勝，但惜衆山低。靈草經春長，珍禽隔樹啼。人言舊朝士，感事有留題。

九日登石頭城

背郭囂塵遠，高秋川岳清。幽懷初曠蕩，陳迹故縱横，遥望龍盤舊，長憐蟻穴争。紺園隨處闢，粉堞向來傾。發草窺智井，看碑驗故塋。門開蒼耳路，亭愛翠微名。遠樹淮南出，滄江鳥外明。人煙川浩渺，風物歲峥嶸。吹帽仍佳節，傳觴但老兵。愚生雜鼃黽，浪走愧璜珩。去去帆檣盡，蕭蕭蘆葦鳴。登高未成賦，覽古獨含情。政復哀王粲，何堪厭禰衡。敝廬滄海曲，目斷白雲生。

癸酉四月同子長至赤松子長先去遂獨宿智者之草堂已而子長與正傳

俱來同出靈源詣鹿田遊三洞遠過山橋至濡岳謁故中書舍人潘公之墓復回智者而别

昔共張公子，翩翩訪赤松。重來經兩紀，獨去宿孤峰。古木蒼陂映，禪房側徑通。夕陰千嶂黑，人静一燈紅。幸及軒車會，寧辭杖履從。相看如夢寐，健走愧兒童。春盡山仍好，林深澗忽窮。天低時墮雨，寺遠但聞鐘。弔古田無鹿，探奇洞有龍。幽尋穿窅窱，高步踏玲瓏。靈草多成藥，疏篁不作叢。嵐光凝晻曖，野色在空濛。下瞰疑無底，言旋復向東。巖阿棲斷礎，煙外落飛淙。細路緣苔磴，危橋跨石谼。泉依山曲曲，雲與樹重重。巨刹連名岳，穹垣護畝宫。倚闌斜日下，入室老僧逢。零落螭頭黑，荒涼馬鬣封。不才待薄禄，終古望遺風。弛擔雲關裏，傳觴雲峽中。追隨尋道侣，述作付文雄。急景真流電，浮生尚轉蓬。後期觀歲晏，來往意憧憧。

同劉遂初修撰周伯温編修任大瞻經歷王繼志架閣西山行香次遂初韻

仙馭賓天久，衣冠出此游。祇園金地古，汾水白雲秋。謁拜陪諸彦，躋攀展寸眸。始知山水窟，近在帝王州。深岫藏青靄，平蕪映緑疇。層臺臨太液，環海象瀛洲。粤自遺弓劍，無從望鼪旒。明庭虚次舍，綵纜舊維舟。陛戟盈千列，靈輿副九斿。祠官偵伺謹，中使往來稠。備禮兼今昔，求神徧顯幽。琅函開貝葉，玉瓚薦黄流。肸蠁人天合，輝光日月侔。遥看陳羽衛，疑是問龍樓。花雨繽紛落，香煙泱漭浮。重闕羅虎兕，簇仗擁螭虯。去去簫聲遠，微微扇影收。清都成夢境，塵劫等浮漚。歸徑緣湖尾，殘陽挂樹頭。舉杯相慰藉，分席暫淹留。物色迓行轡，風寒襲敝裘。回瞻天路永，坐感歲時周。戀闕慚衰朽，非材墮謬悠。詞休富鴻藻，珍贈若爲酬。

試院同諸公爲主試官作

右轄升庸日，秋闈獻藝初。端居煩坐鎮，妙簡備賢書。憶昔興文運，惟天啓聖謨。教條行九有，學業出三餘。儒術俄中否，詞場遂久虛。綸言何噩噩，髦士共于于。吐握承謙德，飛揚感壯圖。至公留藻鑑，成物待洪鑪。肅穆華星聚，涵容化日舒。誰歟隨計吏，行矣聽傳臚。橘柚天庭貢，參苓相府儲。鋪張須鉅筆，衰朽愧荒疏。

鳳凰山

滄海桑田事渺茫，行逢遺老色淒涼。爲言故國游麋鹿，漫指空山號鳳凰。春盡緑莎迷輦道，雨多蒼薺上宫牆。遥知汴水東流畔，更有平蕪與夕陽。

開元宫

誰使藏舟一夕移，紅樓翠幕未全非。曾聞帝子乘鸞去，疑有仙人化鶴歸。煙逕月明瑶草歇，石壇露冷碧桃稀。赤欄橋畔多時立，閒看楊花作雪飛。

早起

漠漠晴檐散薄雲，獨搔短髮立清晨。春風入樹無行迹，曉月窺簾欲近人。旋覺新吟隨夢寐，不知清露溼衣巾。何人正踏長安陌，想見看花拂面塵。

獨立 一作「遣興」。

數盡飛花一愴然，壯心迢遞夕雲邊。十年人事空流水，二月風光已杜鵑。過眼青春寧復得，汙人黄土絶堪憐。故園尚有平生約，可使蒼苔到石田。

即事

南陌東阡草色齊，愔愔門巷客來稀。受風燕子輕相逐，著雨楊花溼更飛。緑樹無言春又盡，紅塵如霧手頻揮。浮生莽莽吾何計，獨立看雲竟落暉。

予與劉君師魯爲文字交十有四年而固未嘗相識也兹過武林偶遂良覿有喜而賦

邂逅神交十載餘，青楓落月幾愁予。何言此日同傾蓋，勝讀平生未見書。天上玉堂容可到，山中金匱得長虚。故多餘事宜商略，可待秋風怨索居。

次韻山南先生遣興

稍覺春風入翦裁，更無魂夢到塵埃。苔枝自送黄昏影，寶篆頻銷白晝灰。世態漸應隨日別，老懷可復向人開。擁鑪坐聽蕭蕭雪，載酒攜琴暮也來。

寄朱仲山

異縣關心朔雁飛，酒燈棋雨計頻違。寄書全覺嵇康懶，入夢多疑李白非。黄葉閉門方寂寂，碧雲回首故依依。相逢賴有梅花約，試躡東風走翠微。

夏日漫書

枕上初殘柏子香，鳥聲簾外已斜陽。碧山過雨晴逾好，緑樹無風晚自涼。芳歲背人成荏苒，好詩和夢落蒼茫。求羊何不來三徑，門掩殘書滿石牀。

逢葉伯幾

水煙沙雨送歸航，楓葉蘆花已十霜。瑶曲天風春夢遠，墨池秋草故遊荒。碧峰又是新回雁，白石依然舊化羊。一笑相逢却成別，暮雲千里思茫茫。

宿賈氏山房

暝色蒼茫赴遠岑，獨追燈火下荒潯。寒沙細水通幽徑，修竹高楠走翠陰。草草悲歡中夜語，悠悠醉醒百年心。石霜煙月寒無寐，坐聽疏鐘出二林。

過烏傷墓

丹青像設始何年，翁仲遺墟自古傳。時有北人來下馬，不知秦樹幾啼鵑。牧童解指看碑路，野衲分耕祭墓田。回首長安西日外，茂陵松柏正蒼煙。

金陵天津橋 一作「金陵懷古」。

五雲零落渺天涯，陳迹蒼茫日自斜。畫角已吹邊塞曲，紅藍新長内園花。可憐遺老埋黄壤，曾倚春風望翠華。好在北山猿與鶴，依然同住舊煙霞。

送人歸豫章

已覺棲遲懶曳裾，可能爲我强躊躇。一帆秋色紅塵外，千里江關白雁初。建業水清誰共飲？潯陽潮斷定無書。黄金未盡朱顔在，莫種桃花學隱居。

送韶父先生遊京口

不到南徐三十春，好將夢寐弔遺民。也知往事如流水，衹想重來是後身。棹響官河風色暮，雲離野服鬢毛新。舊游偶失扶桑路，煩向滄江一問津。

寄張如心

謬羡侏儒飽一囊，舊游搔首獨淒涼。連天斷雁初沈日，匝地寒花欲有霜。聞道爲郎須白髮，未殊高枕待黄粱。紅顔好在張公子，坐聽松風春晝長。

佘山

春雲牢落雁無聲，沙岸參差石有棱。雙屐漫窮芳草徑，一龕長愧白頭僧。晴濤閃閃翻孤日，山木昏昏卷翠藤。後夜清風滿遥念，夢游空指上方燈。

龍潭山

二月清江照眼明，避風舟楫滿回汀。斷雲挾雨時時黑，密葉藏花樹樹青。習隱未成陶令賦，行歌聊共屈原醒。碧潭光景無消息，坐看魚兒點翠萍。

次韻方子踐觀潮

潮生潮落有時休，朝暮吴兒幾白頭。被髮祇誇迎駭浪，側身寧解障奔流。江吹碧瓦人聲曉，雲閃朱旗海氣秋。後夜月明天在水，有誰能此試登樓？

次韻答蔣春卿

不謂紅塵拂面時，軒然談笑一舒眉。晴風石鼎浮花乳，夜雨春盤冷碧絲。握手遽成三宿戀，論心那覺十年遲。酒船漁網歸無計，未必山前白鷺知。

重遊毗山

十載重來思惘然，勝遊邂逅一開顔。高林有色煙雲淨，曲徑無香草樹閒。漫遣金樽催白日，絶憐紅粉涴青山。南朝舊迹今誰記，腸斷風流不可攀。

花信

已覺尋芳去較遲，千林紅紫總紛披。幾經夜雨能無恙，試問春風竟不知。斜日游蜂應有夢，野亭立馬已多時。殷勤却是江南客，曾擘冰霜寄一枝。

北山歸路呈古心師兼簡方外諸友

尋幽偶向靈源宿，却過雲關望翠微。初日映空千樹立，驚風繞澗百泉飛。舊題歲月人頻異，乍别煙霞路易非。幸有潘郎遺事在，何時一鉢去如歸。

陳山晚泊

一柱孤撑杳靄間，人言此是客星山。風流百世今誰嗣，應詔諸生故未還。荒冢草深迂石路，高齋月滿閟松關。窮年漫跡滄江上，及此維舟獨厚顔。

湖心寺夜坐

蕭蕭涼月滿池臺，水檻風櫺四面開。一炷殘燈何熠熠，半檐衰柳故崔嵬。謬持微禄知無補，未謝餘緣得重來。塵土馬蹄何日事，可容良夜廢銜杯。

題金明宴遊圖

危樓縹緲碧波中，曲檻方櫺面面通。雲氣傍花如欲雨，柳絲垂地不驚風。千年華表人非是，九奏鈞天樂未終。更有殘山并賸水，煩君回首六橋東。

上巖寺訪一公

曉色微茫尚帶星，修蹊犖确斷人行。獨支瘦竹身猶健，高入重雲地忽平。落月正當山缺處，細泉頻作雨來聲。上方燈火青林曲，隱隱疏鐘一再鳴。

題雪竇妙高臺

偶爲清游宿梵宫，凌晨試上最高峰。水翻雪色寒猶落，雲掩丹光遠更重。舊有一僧能跨虎，近聞三洞盡藏龍。下方車馬應難到，煙際惟聽日暮鐘。

題觀海圖

昔年解纜岑江上，初日團圞水底紅。鼉吼忽摇千尺浪，鷁飛仍挾半帆風。遥看島嶼如星散，祇謂神仙有路通。及此棲身萬人海，舊游却在畫圖中。

送葉仲輿巡檢

重著儒冠望帝鄉，翩然一舸犯晨霜。秋來鬢髮依前黑，日射河流徹底黄。此去乘槎須有路，可容執戟更爲郎。絲綸閣下多知己，握手應分滿袖香。

送趙繼清潮州推官

相國南遷有故居，理官高選出新除。承恩特與金魚袋，訪舊争迎駟馬車。春入園扉庭草暗，天低驛路嶺梅疏。鳳池不隔同年面，歸及梅花雁影初。

送龍南歐陽縣尹

絲綸閣下半同袍，獨上南船去莫招。出宰不嫌官俸薄，過家未覺驛程遥。長溪白石晴雷轉，深洞黄茅毒霧消。想見行春有佳句，坐令遠俗變風謡。

贈黄資深

涼風蕭蕭吹敝裘，三年小作周南留。相逢傾蓋盡青眼，肯抱遺經空白頭。捧檄定知毛義喜，著書非有虞卿愁。春秋決事待公等，莫戀寒氈成久游。

送陳季和

高齋燈火正蕭條，忽溯天風上泬寥。共喜彈冠如貢禹，豈期投筆學班超。時清桴鼓元無用，歲晚弓旌儻見招。雪後江南春水活，重來莫厭驛程遥。

送張良卿學士之淮南

坐厭流塵拂面紅，行攜涼月下青空。三千里外揚州鶴，四十年前御史驄。先廟鐵衣猶挂壁，兒郎玉帳已生風。貞元朝士今無幾，歸及花時一笑同。

題莫氏山莊圖

施移小隱傍南峰，遠有咸平處士風。山態近人猶偃蹇，湖光無雨亦空濛。行春杖屨時時到，臨水軒窗面面通。别作新亭供戲劇，青簾遥曳杏花中。

予與江陰何鼎叔鉉别三十六年乃相見於錢唐感舊述情謾成四韻

月寒霜樹久相依，春去風花各自飛。遠信已隨潮水斷，故交渾若曉星稀。綈袍可戀知誰在，青鏡頻看歎昨非。正欲從君共傾倒，莫言興盡便須歸。

送内史府孫知事還京

春風朱邸雪初消，野宿貔貅静不驕。緑水芙蓉分上幕，青雲騕褭度輕軺。龍庭會祭包茅貢，豹尾宸居佩玉朝。下士微臣今老矣，淹留敢望小山招。

感舊

華屋山丘不可期，峴峰依舊緑參差。空懷下榻延徐孺，無復乘舟訪戴逵。日暮更聞鄰舍笛，歲寒賴有角弓詩。舊遊寂寞成今古，冷石秋花處處悲。

答友人

芝掌峰前一杯酒，别離歲晚遞相望。野梅如雪遥入眼，曉雁連天寒叫霜。閉門窮巷燈火冷，回首蒼山雲樹長。幾時抱被却同宿，愧爾詩筒遠送將。

山中偶題

古苔隱石色，寒花明藥叢。有時白澗雨，終日青松風。

夜坐

涼風動千里，孤坐思滄洲。白露洗明月，青天此夜秋。

金陵客中送友人歸里

青陽河畔杜鵑啼，歸路如煙一作弦。定不迷。應到故山叢桂裏，笑人騎馬聽朝雞。

有感二首

橘柚青黄照眼垂，秋風籬落自紛披。頗聞玉食登鑾果，不獨涪州有荔枝。

漢室需材拔隱淪，販繒屠狗各求伸。可憐風雪南山下，别有當年射虎人。

葉審言張子長同游北山智者寺既歸復與子長至赤松由小桃源登煉子山謁二皇君祠回宿寶積觀賦絶句十首

天風吹我度峥嶸，春著千巒蓊蓊青。紫陌紅塵寧有此，十年空負北山靈。

芙蓉峰下南朝寺，水秀山明兩絶奇。更向水窮山盡處，一菴高貯碧雲師。

却問仙山去幾程，白雲如簇近相迎。直須不脱登山屐，行盡松聲與水聲。

山中今是太平民，尚與人間隔幾塵。流水桃花三百曲，莫教重悮武陵人。

偶看飛花逐水紅，不知身過亂雲東。回頭旋覺峰巒别，惟有青天面面同。

雙鶴冲天歲月多，至今香火壓嵯峨。劉郎不是無兄弟，奈此丹雞白犬何。

坐愛春泉響翠微，玉花吹溼薜蘿衣。何人爲擘冰壺破，共看青天白練飛。

削立城心雙白塔，幾疑日月費撑支。一朝頓在闌干底，始悟從來見處卑。
遥憶仙華鶴髪翁，清泉白石滿奇胸。若爲此日千峰頂，更試平生九節笻。
一宿山中竟莫留，可能長伴赤松游。殷勤好去張公子，休愛人間萬户侯。

次韻章兄雨中

春盡餘寒去却回，江天五月未聞雷。南風祗在浮雲外，彈折朱絃唤不來。

松江舟中偶書

移舟夜泊華亭縣，却聽吴歌思眇然。最憶澱山湖北寺，白雲堆裏看青天。

青山白雲圖

十年失脚走紅一作京。塵，忘却山中有一作「青山與」。白雲。忽見畫圖疑是夢，冷一作落。花凉葉思紛紛。

桃竹畫眉圖

説盡春愁貌不成，翠深紅遠若爲情。江南有客頭空白，腸斷東風百囀聲。

追和景傳新店客舍壁間韻

我夢方酣子遽醒，絶絃可復要人聽。梨花寒食東風惡，淚盡重山宿草青。

灤陽邢君隱於藥製芍藥芽代茗飲號曰瓊芽先朝嘗以進御云　録二。

芳苗簇簇徧山阿，玉蕾珠芽未足多。千載《茶經》有遺恨，吴儂元不過灤河。

春風北苑闕時新，萬里函封效貢珍。羡爾託根天尺五，不勞飛騎走紅塵。

次韻虞學士上京道中

欲去仍爲一日留，玉堂中夜有詞頭。歸鞍曉逐南飛雁，猶及西山半夜秋。

水仙圖

翛翛翠羽映鳴璫，誰遣乘風過我傍？歲晏高堂空四壁，一簾煙雨夢瀟湘。

山水圖

老樹無陰石有棱，亂山高下白雲層。夢中猶識江南路，惟恨舟人唤不譍。

海月圖

憶曾夜叩潮音洞，海闊天高月正中。坐對畫圖如夢寐，六街塵土晝濛濛。

瑶池春宴圖

西飛青雀幾時還，貝闕琳宫縹緲間。筆底春風殊未老，蟠桃積核已如山。

東陽縣西道中

柿葉成陰緑滿村，桐花覆地草連雲。百年舊事無人記，猶指前朝御史墳。

寒食舟中

東風溪水碧漣漣，溪上青蘿獨繫船。正是落花寒食夜，水煙沙月又鳴鶻。

哭御史王公二首

掉頭東下苦悤悤，徑挾羣仙入貝宫。眼底珊瑚高百尺，釣竿吹折一絲風。

膠液中流事可歎，海雲飛雨失青天。陸郎地下驚相見，應訝來遲二十年。

陶學士驛舍圖

一笑相逢亦偶然，浪將恩怨向人傳。無端更被丹青汙，狼藉春風數百年。

宣和畫木石

石邊古木尚青枝，地老天荒石不知。故國小臣誰在者？蒼梧落照不成悲。

題高公畫竹石

木葉蕭蕭半欲空，竹竿裊裊不成叢。絶憐意匠經營處，都在風煙慘淡中。

題金德原所藏元暉小景

牀頭書畫正縱横，忽値今朝醉眼醒。起向米家船上看，雲山元是舊時青。

四皓圍棋圖

當局沈吟只謾勞，區區勝敗直秋毫。顛嬴蹶項非君事，賴有安劉未著高。

集淵明句題李中甫員外稼亭

東方有一士，客養千金軀。束帶聽鳴雞，出則陪文輿。代耕本非望，暫與田園疏。田園日夢想，投冠旋舊墟。興言在兹春，新疇復應畬。田父有好懷，過門更相呼。披草共來往，履歷周故居。悠悠待秋稼，時還讀我書。雖未量歲功，棲遲固多娱。此事真復樂，此語真不虚。餞送傾皇朝，歸子念前塗。前塗當幾許，直至東海隅。古時功名士，事事在中都。遥遥沮溺心，君情定何如。

集淵明句題胡主簿嘉樹軒

孟夏草木長，霜露憔悴之。藹藹堂前林，冬夏常如兹。嚴霜九月中，卓然見高枝。如何舍此去，白日掩荆扉。深谷久應蕪，此蔭獨不衰。黽勉六九年，懷此貞秀姿。常恐負此懷，未足爲高棲。及時當勉勵，慷慨思南歸。親戚共一處，日夕歡相持。披榛步荒墟。登高賦新詩。坐止高蔭下，一觴聊可揮。從今至歲寒，縱心復何疑。

永嘉王君自製挽歌詞蓋能安死生而未忘情乎死生者也集淵明句以釋之

自古皆有没，我今始知之。居常待其盡，逝將不復疑。人生無根蒂，去來何依依。既來孰不去，奄去靡歸期。復得返自然，人間良可辭。何事空立言，念此懷悲悽。日醉或能忘，一觴聊可揮。且極今朝樂，千載非所知。

鍾山 以下從《風雅》補入。

平陸漫千里，兹山乃穹然。猶憐布金地，未卽辭喧闐。巖液散珠琲，春岡走蜿蜒。稍欣陟幽邃，登頓衣屢褰。路細石嵓嵓，崖深竹娟娟。洞扉劃開敞，峻峰指中天。冥探歷嶔崟，垂蘿弱容牽。碧潭隱光怪，華雨漂崇筵。下睨飛鳥輩，茫茫但蒼煙。眇然玄圃期，淒涼雲嶠篇。休駕將未能，惆悵春風前。

敬亭山

昔窺敬亭作，今陟裴公寺。徽素非始遊，賞勝資深詣。倚倚緣水木，宛宛交蹊術。綠縟潤草豐，幽飀松飈駛。微鍾響沓嶂，高閣浮花氣。聿薰栴檀妙，豈愛岑鋻媚。憑生實內傷，卽事多冥契。息陰睠枌檟，搴芳懷芝桂。海嶽翊屢遷，石林路深閟。經營乖道要，迫窄餘物累。稽首調御尊，尚飲無生惠。

贈別葉審言

昔人稱好士，乃有黃金臺。黃金亦何物，顧用驕賢材。葉生被短褐，志力何雄哉。北走叫閶闔，紅雲指崔嵬。終焉無苟售，自保同嬰孩。車服非吾榮，黄金直浮埃。十年今何官，茅屋歌蒼苔。豈無琅玕樹，鳳飛故低佪。一朝脱身去，欻觀雲路開。葉君善自愛，往矣無嫌猜。迷邦古所誚，豈弟貴不回。顧言吐奇胸，落落排風雷。尚念窮賤者，衡門守蒿萊。

晉卞將軍墓

江左失其御，强臣布中區。歡娱一以乖，狂猘無趑趄。黄屋播草野，彤庭交劍殳。事樞始誰秉？捧首如奔狐。偉此百世士，死與二子俱。孤衷耿未沫，足以孚豚魚。義旗果東指，白日開天衢。孰最撥亂功，之人或其徒。伊昔大雅廢，清言鄙文儒。禾黍已横委，衣冠尚舒徐。屹然見砥柱，獨障狂瀾趨。大節固如此，捐生乃其餘。青簡焕遺烈，蒼榛閟幽墟。日夕悲吹多，天高年運徂。世方用骫骳，猶將愧玄虚。江濤渺在望，雪涕空漣如。

贈俞觀光

寒窗讀書吻正悲，坐聞剥啄走啓扉。衝風踏凍至者誰，俞子訪我由剡谿。相逢把臂話移時，婦人驚笑羣兒癡。俗物病我不可醫，眼明求此珊瑚枝。朝來贈我《天馬》詩，忽然掉頭去莫羈。鼻頭氣息干虹霓，詎能折腰向小兒。文章技癢聊娱嬉，策勳聖處今毋遲。繄我愛子莫助之，臨岐躑躅徒嗟咨。

五月廿日

不擬芙蓉佩，終焉挂寂寥。百年多事始，千里一身遥。巢燕驚華屋，鞲鷹望碧霄。蒼蒼叢桂樹，愁絶小山招。

含香道中

殘日亭猶遠，輕風帽易斜。稻畦低没鶴，草徑曲行蛇。經世知無策，謀生會有涯。殷勤理黄菊，留眼待秋花。

客夜偶書

歷歷疏螢度眼明，獨揩高枕數殘更。薄遊已倦新彈鋏，舊業猶餘未棄棨。一雨送晴初月色，百蟲專夜故秋聲。情知三十非年少，已覺人間有後生。

柳待制貫

貫字道傳，浦江人。大德間，用察舉爲江山教諭，遷昌國州學正，歷國子助教、太常博士，出爲江西儒學提舉。至正初，起翰林待制，兼國史院編修官。卒年七十有三，私謚曰文肅。道傳甫弱冠，受經於仁山金履祥。既而從鄉先生方鳳、粤謝翶、括吳思齊諸前輩游，歷考秦漢以來文章之變化。是時海内爲一，故國遺老，尚有存者。師友講究，淵源不絶。乃復裹糧出，與紫陽方回、南陽仇遠、淮陰龔開、句章戴表元、永康胡之純、長孺兄弟，益咨叩其所未至。及至京師，爲吳文正公澄所器賞。程文憲公鉅夫以墨一丸授之曰：文章正印，今屬子矣。卒爲一代名宿。自號烏蜀山人，扁其齋曰「静儉」。門人宋濂與戴良類輯其詩文爲四十卷，謂如老將統百萬之兵，旗幟鮮明，戈甲焜煌，而不見有喑嗚叱咤之聲。臨川危素謂其文雄渾嚴整，長於議論，而無一語襲陳道故。《元史》亦曰「沈鬱春容，涵肆演迤，人多傳誦之」。與同郡黄溍、吳萊聲名一時相埒。浙東之文，争奇競爽，涵育甄陶，人材輩出，迨於明初而極盛焉。

奉皇姑魯國長公主教題所藏巨然江山行舟圖

善畫如攻詩，意到即奇警。蓋其疏儁姿，筆墨無容騁。斂之縑楮間，咫尺萬里景。巨然作江山，所得盡幽夐。冥深風雨重，曠朗雲霞屏。秋光滿帆腹，上下天一影。白鳥不盡飛，楓林有維艇。稍前牛渚磯，却後瞿塘頂。豈無乘航戒，尚想然犀炳。巨靈制坤軸，割截爾何猛。至今氣淋漓，幅背出光耿。人言此非畫，與幻本同境。然師豈幻者，貞勝以其靜。我來覽遺迹，皦若天機秉。巫閭東北長，岷蜀西南永。朱邸雪消初，春暉浮藻井。開圖望神州，時節躬朝請。慨思禹功成，重喜殷邦靖。將鑄嶽牧金，明堂安九鼎。

袁伯長侍講伯生伯庸二待制同赴北都却還夜宿聯句歸以示予次韻效體發三賢一笑

杜詩詫蜀險，高有石櫃閣。安知居庸口，可掠太白脚。馬行已崇巔，鳥度尚層壑。林蹊曠迷轍，崖井荒留幕。俯疑日沈車，闃若風鼓橐。玄雲倏揚旗，朱霞粲塗鞹。數驛程匪賒，襲裘寒更薄。客魂逢酒銷，鬼膽因詩愕。蟠木將爲容，胡繩未宜索。嚴召戒晨趨，澄旻際秋廓。紫微晶煥爛，瀚海氣冥漠。腰無兩鞬屬，道有五丁鑿。弭轡誰所援，還衡猶屢錯。小息樹吟旌，争先厲詞鍔。非開石首筵，似聽鄜城柝。巨敵無前勍，偏師當後却。

送郭子昭經歷赴淮東

巖巖御史府，犖犖聚英彦。計今玉笋班，顯者半郎掾。居中密告猷，治外詳論讞。我遊朝士間，聞談輙心羨。胡爲三十年，負此一破硯。子昭每相過，開口奇自見。弘璧本不貲，況復加藻薦。安能辭富貴，尚欲志貧賤。平明借馬出，向夕擁書倦。去年參元火，可賀亦可唁。端公坐南牀，愛士誠睠睠。屈君廉訪幕，首路走淮甸。生平書檄手，妙在巧裁剸。誰無擾獄市，勿使滋蔓延。平反奉慈母，歡喜潔羞膳。君子既得輿，小人將革面。想當治曹暇，稍稍事遊宴。試茗蜀井岡，看花竹西院。古思浩無邊，新語時一轉。定懷京遊舊，寄贈比黄絹。交情二紀餘，此别良繾綣。往時媢學侶，散若風蓬旋。今我亦老醜，尚復把經卷。分襟各回首，絮點雜花片。重來都門道，迎子十乘傳。

文子方寓直翰林數日卽以使往雲南典選詩用識别

聖人御世具，黜陟用明幽。恒持萬里見，若與一室謀。滇池徼西南，疆理亦中州。皇明所照燭，獷強悉恬柔。緬懷國利器，爵禄乃戈矛。稍乖銓鑒宗，將貽繭絲憂。况提天官書，往卽外府籌。考擇命詞臣，得無愼其由。翰林文夫子，見謂能言流。受詞别知友，大斗釂不酬。襆被辭夜直，出門戒晨騶。選林古所難，此事若冥搜。豈無甲乙簿，珠礫同一收。施施處士議，勞勞城者謳。太史制褒貶，在子用春秋。將令周道正，皇卹楚人咻。循吏果再見，斯民庶其瘳。得結數十輩，參錯置邊陬。上以昭王度，下以振儒猷。吾徒分院遠，被服在林丘。

謝無疑將歸延平留詩爲别次韻二首

裘葛亦何事，爲人司暑寒。微哉一封垤，欲等嵩華看。如將射變率，未免噎廢餐。我貧不自遂，早知行路難。邂逅與君別，好懷詎能安。爲語南飛鴻，雪迹何時漫？

龜山載道南，伊闕無全書。遯翁受李氏，一軌行衆塗。如人執蓍蔡，於物察鳶魚。至今表鄉學，粹美不近迂。得君羈旅中，滯念盡刊除。譏評世亦有，鑒裁我豈虚。唯應雙劍光，賁子幽貞廬。

發通州至小直沽

十年鞍馬中，釋去理歸檝。江光來娱人，似與我意愜。疲勞省前痛，歡喜獲新接。念當有行初，苟志在懷牒。何期腰問組，爵等遂凌躐。外雖被寵榮，内實懼顛跲。以兹戀闕情，益欲務修業。清霜弄晚信，老樹見留葉。沽河漳潞交，冰水尚可涉。急槳追南鴻，直不數旬浹。梅花定迎笑，粲粲光生頰。遠遊忘賤貧，吾寧負吾鋏。

貫草草南歸伯生秘監方晨赴經筵馳詩見別舟中次韻俟便答寄兼簡伯庸贊善

講經《白虎論》，載筆承明入。此事豈在予，鵷鷺正高集。乞身去江湖，幸矣歸期及。於何君子心，縫縫念朋習。新詩比繡段，重贈當珍襲。因憐菅蒯材，分寸強紉緝。賴承廷鳳輝，庶遂谷駒縶。皇猷待潤色，在治時所急。服惟絺會明，基藉臺萊立。斯文仗公等，別袂不須執。

過大野澤

大野自爲澤，濟流安得通。渟涵就深廣，蟠際渺西東。揭帆入洪瀾，盡此一日風。青山若浮髻，隱見雲煙中。不知何鄉聚，欲辨已冥蒙。兹惟開闢來，豈固疏鑿功。捐小以成大，地利乃豐崇。至今徐兗郊，桑麻歲芃芃。賄遷擅工賈，組麗連僕僮。矧時漕事興，舟航密如蓬。寶藏在山海，其益無終窮。一令民生遂，坐致國本充。非吾黄帽郎，孰訊白鳧翁。

雪霽得風徑過高郵

乘舟得順風，如鳥新插羽。甓湖五十里，浪破雪花舞。不知岸勢回，欻覺帆力舉。却望煙中竿，參差數家聚。高沙舊遊處，酒賤魚可煮。伸眉一笑粲，對面九疑阻。得非龍愛珠，遑儁挾雙櫓。意令明月胎，光燄閟不吐。我詩初未工，聊用相媚嫵。後朝妙高臺，呼雲作吴語。

晚渡揚子江未至甘露寺城下潮退閣舟風雨竟夕

鼓枻淩濤江，江光晚來薄。相望鐵瓮城，正值沙水落。灘長洲渚出，月黑風雨作。攲眠聽春浪，夢枕生新愕。起吟不成魘，但怯體中惡。金焦兩浮萍，天塹何限著。意令制溟渤，帖帖就疏瀹。奈何潮汐舟，咫尺恨前却。方冬百泉縮，潦淨海爲壑。乘流俟滿魄，明夕異今昨。快呼北府酒，煖客慰離索。庶因行路難，幸識還山樂。

贈王玄翰

元貞元二祀，我頤未垂髯。吴遊一長鋏，欲以鈍爲銛。躋攀羣公間，蹞步限堂廉。在我履藉正，從渠藩級嚴。維時許與分，金繒不徒兼。坐中清觀氏，頎身高帽簷。傾懷指道要，恐此後益殲。我戇但耳受，語味詎能饜。謂方偶升運，豈遂歎中淹。寒暑三紀餘，往來如痎痁。清觀已下地，白髮我日添。徵言駭今見，信若龜兆占。斯文大圓鏡，有目人得覘。奈何復反剥，不遺洪入纖。埸來豫章城，束口類遭拑。聽談雖亹亹，閉息但厭厭。道逢美少年，進止一無嫌。揭子爲我言，其人詳視瞻。家徽百金産，架有羣書籤。煌煌定武宗，緬彼世澤漸。清觀我故友，有子在窮閻。技富愈思蓄，時來當發潛。我爲想顔色，覆鑑并收奩。那令毁龜玉，不卒畢魚鹽。促坐席屢改，風回雨飄簾。寒廳惡草具，觴至時一拈。旋看養花法，賴人加蓋苫。雖承天澤滋，更畏夏光炎。又聞日月華，西淪則東暹。藏景閟陽曜，出幽懸素蟾。木功能拯涣，地道有流謙。育材我豈敢，贈子以安恬。我歌實激烈，誰爲晳與黔？遲歸絜我酒，宿草爾其霑。

危太樸自金溪來訪留館兼旬因歸有贈

數日出恆早，旋歸已疲劇。思睡方未瞑，強起臨几席。席間有佳友，來來千里屐。所來非健羨，亦不畏名迹。謂吾昔求學，頗嘗窺竅郤。欲要一夕談，以慰百年役。痞疑則豈敢，辨義能亡益。斯文千載後，泮涣抵離析。不有高朗姿，誰完超距力。夫道非遠人，何嘗繫徵索。譬如山出泉，其初論涓滴。渟涵就深廣，千流同一脈。掀掀鼓雲濤，帖帖輸溟渤。是氣中乘陵，無吹亦無息。文章道之英，各亦隨所覩。草木紛以滋，何嘗須粉澤。生機一發越，形色自不隔。吾聞古作者，嚴嚴垂典式。履正有夷途，胡行猶擿埴。韓公起扶衰，文字欲適職。取新非厭常，通變由知易。衰遲豈復進，傒子堅吾壁。東風迫歸期，未了千日客。少留慰將遠，芳草萋以碧。諒哉君子心，永言若金錫。縣知筐筥贏，不廢秉穧積。勉勉他日思，爲寄東飛翼。

歲暮雜言二首

中年鞍馬間，所歷萬里途。髀肉亦既消，夢驚還一呼。讀史窺古人，恨時不能俱。寧知遠遊躅，足躡雙飛鳧。漠北松亭塞，燕南督亢圖。居今采奇迹，未覺吾行迂。歲晚重思之，天高明月孤。

里中三四友，論交嘗莫逆。自我遠行邁，廿載成乖隔。今歸僅有存，生理各崩迫。經時不一晤，寤想猶如昔。閉門風霰中，何以永今夕。不見萬松根，瀰瀰養靈魄。吾寧獨多壽，持遺同懷客。

尊經堂詩　并序。

昔趙人安先生以布衣教授里中，裒輯羣書，大備經訓。使子若孫採擷芳華，厭滿膏澤，有餘則推之以及其鄉之人焉。去今五十年，尊其書猶尊先生，即名其堂「尊經堂」。曰：此先生之志也。太史屬蘇君伯脩嘗受經於先生之孫，最爲得安氏之學者，乃來請詩刻寘堂上。噫！書在安氏，而其淑人之功，獨安氏哉！詩曰：

聖人言純如，載道行萬世。貞明配日月，廣大侔天地。簡牘之所資，包絡無巨細。上而建皇極，重覩人
文麗。下以開民彝，性初均秉畀。訓行宣光熙，道否隔氛曀。千人萬人心，揭揭皆經誼。此息則彼消，
剛柔乃殊位。進乘休復機，迪哲蹈仁智。自絶其本根，奈何取天劓。燔滅滋秦獷，網羅興漢利。存亡
書豈知，論者常不置。濟南耄言出，孔壁發神秘。百篇始昭垂，五代著成乂。魯齊韓毛《詩》，其傳迭興
廢。審音以知樂，亦各徵四至。樂崩名僅存，緬想歌鍾肆。禮失野可求，誰明射鄉義。制氏記鏗鏘，后
蒼詳數制。區區象聲容，詎得作者意。賴夫《春秋》家，尚識王道貴。載事或稱誣，推凡疑翼僞。田何
受孔易，其全緣卜筮。楊施孟梁徒，别出踵焦費。挾書律始除，六籍豈俱逝。傷哉居下流，衆惡所奔
萃。駕言拾灰殘，我道猶未墜。乘之以顓門，中復縻讖緯。黨同護朽竹，攻弱擊枯骴。文字日荄滋，編
策亦鱗比。孟荀與楊韓，先後參輿衛。擇精語益詳，炳炳詔來裔。一籥節衆音，八風無濫吹。方張乃
遂翕，已矣更五季。大明升殿郊，熒奎屬炎彗。春陵南標正，陝洛黄離繼。經世偶潛虚，象圖合而異。
舉隅豈無反，僅若小星暳。肫肫紫陽翁，敷賁了羣視。在時張吕間，建學特超詣。一鼓行無旁，八區同教
肄。矧茲龍德中，美化純漸被。家書動盈屋，人事各康濟。恭惟罔極恩，聖哲布嘉惠。經尊道則尊，有
合嚴庋寘。覆之以堂庭，牖户亦崇邃。古史洎今詮，珠駢而玉綴。高名以經揭，酌原知水味。譬如登
喬嶽，岡阜左右睇。草木流華滋，煙雲撤纖翳。觀生老其間，面背俱盎睟。豈惟一身謀，直作數世計。
是家離石宗，遭亂藁城寄。劬書自玉峰，菑播實深穊。子孫刈其熟，穰穰收秉穗。後來及門士，妙合若
龜契。尊聞行所知，況復躬自致。過逢詑師資，忍負築場志。我願安氏堂，廣作天下治。矜式表國都，

弦歌行黨術。蓄誠以端蒙，達生以知類。惇典敘彝倫，三郊而五禘。與世開隆平，吾經固無累。自微可之顯，道豈不在器。世間有形物，展轉資弊弊。遊談亦何根，閣束祇自棄。是將比鎮寶，前人所數遺。手澤尚鮮新，一展一流涕。晝誦夕思之，上帝儼臨涖。作詩諗蘇子，孫曾戒無替。

旦發漁浦夕宿大浪灘上

張帆得順風，飛鴻與争疾。後浪蹙亦舒，前山過如失。桐江轉數灣，上瀨未入日。篙工享安便，坐穩頭屢櫛。人生倚造物，理微難究詰。處順安可常，離憂詎能必。白鷗知此情，故向波間没。

龍門

一溪瓜蔓流，渡者云可亂。屢涉途已窮，前臨波始漫。巖巖龍門峽，石破兩崖半。沙浪深尺餘，灣洄觸垠岸。他山或澍雨，湍漲輒廉悍。頃刻漂車輪，羈絡不能絆。其源想非遠，衆水自兹濫。濟淺抑何艱，慮盈疑及患。峰陰轉亭午，出險馬蹄散。草路且勿驅，煙開望前館。

望李陵臺

平沙北流水，青山在其上。李陵思鄉臺，駐馬一西向。草根含餘凄，峰尖入寒望。俚言雖莫稽，陳迹尚可訪。想其深入初，步卒亦材壯。手張天子威，氣奪名王帳。覆車陷囚虜，此志乃大妄。一爲情愛牽，皇恤身名喪。縷縷中郎書，挽使同趺踼。安知臣節恭，之死不易諒。河梁執别處，出語謾惆悵。家聲故燀赫，三世漢飛將。兵法有死生，人運迭休旺。忠囘在信史，豈没功罪狀。馬遷當腐刑，强欲雪其謗。士思豈能無，層雲塞亭障。千年麒麟圖，吾將執玄鬯。

晚泊貴溪遊象山昭真觀

舟行弋陽道，山石多異狀。嵌空露鍾竅，屹立儼珪鬯。沿洄百數里，瓈鐵森相向。最奇象巖下，仙館占丹嶂。舍櫂遵微行，松篁插雲上。開門看青壁，左右挾高閌。飛雨灑面來，輕飈入簷颺。道人出迎客，牖户坐南嚮。延登昇仙臺，境肅神滋王。不知日車側，但覺天宇曠。我生名山遊，正費屐幾兩。采真喜初遇，戀勝期屢訪。布帆催夕舉，未敢恨飄蕩。水深彭蠡湖，兩眸更東望。

送劉叔讜赴潮州韓山山長

揭陽海陬郡，谿谷藏霧毒。賈區乃在城，積居跨南服。凡今仕者往，喜氣溢僮僕。非輕萬里途，蓋善千金蓄。子行攜束書，言就韓山讀。韓山祀昌黎，有酒有肴蔌。騎驎想來過，盻盻攬遺躅。汛除蠻風清，沾溉時雨足。以兹爲教首，如日升若木。何必鰐避溪，已看雞應卜。今人慕古人，未免傷抑促。儒官實閒散，歲廩七十斛。飽飯取詩哦，雲月與追逐。寧無趙子徒，彈琴和予筑。是將實裝橐，果勝美粱肉。毋羞宦轍卑，所志三年穀。子其厚韓山，聽我歌《獨漉》。我歌儻無證，併訊兩黄鵠。

渡河宿麻子港口

青山彭蠡尾，湖水始生岸。一舸破微瀾，風帆用其半。亂流二百里，午發至未旰。蒼茫洲景中，明滅津煙畔。數家小聚落，漁竈倚灘爨。舊聞萑苻間，弱肉飽強悍。時平道路清，跋涉得無患。豈非年穀豐，禮義能服叛。嚴嚴主湖神，牲酒滿杯案。乞靈我豈敢，雲黑檣烏散。櫓師促轉柁，軋軋鳴鶩鸛。前瞻麻子洲，波面明星爛。新別重有懷，縣情如此粲。

題蘇長公書曹侍中與王省副論趙元昊事

古人善覘人，其孚如眂龜。後是數十年，理事可逆推。何嘗爽分寸，自足制盈虧。夏童昔跳踉，勢將撼邊垂。生子實不令，貌求惟有幾。虎欲既逐逐，狐行亦綏綏。於時曹侍中，中山擁旌麾。相逢輶軒使，王殿貳三司。讜言國若鼎，寘安毋易危。人才出試可，邊患稔愆違。消釁必思豫，恃吾有足支。西樞本兵地，舉綱振其維。暹當屬之子，在子究所施。殿雖踐樞筦，夏強適斯時。謀弱遂弗振，斥去乃其宜。億言不幸中，國豈終莫醫。坡翁忠義人，聞之爲愕眙。寫寘尺紙中，示作垂世規。流傳百年後，引貫珠纍纍。清夜一發楮，光晶射南箕。我覯與衆異，慨今誰致之。自古泰治世，守道在四夷。濫觴起毫芒，流末誠渺瀰。猗那久不作，國釁祚已移。展卷懷所欽，淒風振庭枝。

十六夜望月蝕陰雨不見

三五秋正中，既望月當蝕。公庭修救事，擬金控鳴鏑。喧拏走兒稺，發召徧巫覡。我時適未寢，披衣步簷隙。飛雨灑面來，空雲稍如羃。天應愛厥妃，恐懼遭掩抑。仗此豐隆威，角彼妖蟆力。譬諸藪藏疾，含穢惟汝德。兩曜駕兩輪，安行各適職。奈何啖食凶，須臾成毁璧。見過雖有懲，匿瑕乃無迹。雨非黨蟆者，爲天護精魄。常情惜良夜，良夜安足惜。德刑與陰陽，配對初不逆。星辰繫天步，磨蟻沿歷歷。圓顥示無爲，蒼蒼垂正色。稽首父母光，千人萬人覿。

宗忠簡公畫像爲公外曾孫葉深道作

近古社稷臣，生世常不數。不能半五百，繼見已超卓。炎運昔中否，兵氛纏大角。掩旆薄日黄，張弧北風惡。起公滏陽節，仗以障河朔。懇懇存趙忠，憤極涕横落。扶義亟西征，敵愾爲小却。佐興靈武功，受任留官鑰。主辱臣則何，國勢滋以削。回鑾累十疏，言諄聽殊藐。一死不貸公，百壬吁可怍。企公如列星，宵光仰昭灼。幾葉外曾孫，傳世《春秋》學。手圖起予觀，言自崇勳閣。士雅雖則休，隨會尚堪作。蹙國今更非，雲飛天一握。誰能挽江漢？爲公洗河洛。

望會稽山

城東鑑湖道，水光翻夕鷗。雲破青靃靡，稽峰芝掌浮。悠然動予矚，玉女開明眸。固知穴可探，却恐書難求。蒲蓮浩如海，微風挾輕舟。前山與後嶺，導從森幢旒。誰張北斗旗，漸進東瀛洲。桂枝儻堪折，衰白愧重游。

送馬伯庸御史出使河隴

河湟隴坻天西壁，御史嚴行八十驛。風驚大鹵幕初乾，雪重穹廬寒未釋。入關先見父老喜，出節始通氓隸逆。鯨鯢既戮海爲清，蜂蠆雖微尾含螫。急宣聖德慰荒遐，盡洗民痍轉疲劇。當今至尊御疆宇，坐朝法宫受圖籍。暉暉陽曜燭天垠，殷殷春雷行地脈。周公方宏治外規，汲黯豈負居中責。固謂真儒識邊瑣，徑煩拂士迂朝蹟。可能高戴觸邪冠，不使横飛征蜀檄。君行萬里從此始，人生百年俱有役。副藏待子馬遷書，重贈慚余繞朝策。歸與空腹貯崐崘，從此南風談禹畫。

六月十五日大雨雹行　是日月食。

日月相鬬鶉火中，晡時欲息雲埋空。雨脚初來雜鳴雹，雷驅電挾聲渢渢。排簷倒檻揮霍入，犀兵快馬難爲雄。中休頗意絶崩迸，轉横更覺加銛鋒。亂抛荆玉抵飛鵲，恣擲桃核隨飄風。坐移向壁防碎首，急卷巾席何忽忽。上天號令豈輕出，摧殘長養皆元功。陰凝陽爍鬼神著，氣有至反誠則同。想兹試手鼓萬物，特欲振槁昭羣蒙。齋心變貌謹天戒，嗚呼生意無終窮。

寒食日出訪客始見杏花歸而有賦

京華塵土春如夢，寒食清明花事動。偶睽佔畢數日閒，似釋頳肩百金重。今晨訪客出城東，馬上風來亂吹埲。穠桃靚李杳然空，山杏一梢紅聳聳。浮暉滿樹豈饒春，麗色迎人太矜寵。后皇賦命幾何偏，早秀遲榮徒倥傯。嬌姿不並歲寒看，殘香祇作籬根擁。物情如此乃自嗤，一官坐得三年冗。烏騰兔走苦相催，老矣鬢絲今種種。紫鳳憐渠短褐穿，白鷗負我歸心勇。故園梨雪想繽紛，月下有樽誰獨捧。涓滴長令酹顆蓬，何用百家營守冢。寄聲爲謝歌泥中，補兀吾猶完趾踵。

出北城獨上秋屏閣望西山煙靄中漠無所見

北江負城沙似磧，帖岸微行誰所闢。折旋殆類蟻沿封，漫漶猶如龍印迹。風鬟披披鞍兀兀，去馬浮曦正相逆。入門平步得高層，身與危闌爭幾尺。緇袍年少不嗔來，拂掠胡牀趣敷席。鈎簾意擬見西山，雲亦何心故蒙冪。我疑玉女畏迎將，且懼詞鋒恣彈射。豹藏惜此管中斑，黛點羞渠眉上碧。不然洪崖仙者過，霧幦煙軿羅什百。詎容左右覩昌丰，祇許依微攬芳澤。我時坐定深得之，大小往來成一易。青天白日豈嘗無，好懷轉眼難尋繹。祝融開面索新詩，五老破顔愁惡劇。我持一影行萬里，負舟而來山有力。搴華寧俟九春期，繫匏未了三年客。正須慰藉管城公，重此提攜煩脱幘。

爲蔣英仲作顔輝畫青山夜行圖歌

前山溼霧方濡濡，後山蒸雲如鬼驅。松蹊行盡迫曛黑，璧月正挂寒蟾蜍。問翁蒼茫何所途，投館莫有林間廬。枯梢尚鳴風勢急，隈岸欲渡溪流粗。沃州天姥雖峭絶，無此原壑深盤紆。固應豐城牛斗墟，龍劍夜出乘飛符。神人仗氣裓以俱，虎豹旁躑雄牙鬚。世間何物珊瑚株，不可褻翫矧可誣。青峰之巔野水砠，獨往似是仙者徒。心融意定不少假，收攬奇怪一筆模。蔣君閒朝攜過予，墨色照几晴光鋪。

老顏未老爲此圖，柳子歌罷三嗚呼。南州雙璧范與虞，君當請賦傾明珠。

三月十日觀南安趙使君所藏書畫古器物

三月浹旬新雨餘，市河一舸如浮苴。言尋佳客趙横浦，步入城隅門巷紆。褰簾迎揖坐便坐，深炷爐熏呼茗盂。硯屏方截紫綺段，楚瑶秀列珊瑚株。是家素號虹月舫，載書盈篋書盈車。客逢好事要審鑒，便肯解褚傾囊儲。相看貴德亦貴物，古玉錯落排筵敷。鹿盧帶鉤環珮玦，鞞琫昔將承屬鏤。佩章六紐四官印，篆畫刻深銅質粗。配之衡牙奉君子，貫以繫璲聯金魚。連錢驄馬琢文玉，圉人立側垂裙裾。神工定復煩剞劂，赤刀故想來錕鋙。次陳鼎器論製作，商周秦漢焉可誣。玄武實水卣實醴，腹背翠錯提梁朱。最奇劍槊尺有咫，緑玉龜鱗純體膚。精銅歲久剛性在，間閱燥溼其無渝。銓量畫品差甲乙，錦褾玉軸隨伸舒。庭光古佛出梵相，滿月在水蓮生趺。盧前吴後筆鋒勁，履豨承蜩玄化俱。瑶池仙會上中卷，細巧自是吴元瑜。雲霞樓觀遞隱見，花竹羽毛工染濡。絳旌飄轉紫簫發，步輦導從千瓊姝。終篇八駿惜既闕，詩亡可補此置諸。意夫鬼物撝疵吝，免彼耄荒留歎吁。徐熙葩葉妙設色，塵昏蠹蝕猶鮮腴。古綃一段寫秋意，芙蓉鸂鶒連茭蘆。夢載鴟夷浮浩渺，此興初不緣蓴鱸。七客張萱爲誰作，濃墨大筆色不枯。五人人跨一善馬，一跨烏犍一蹇驢。印窠慘澹悦生字，豈曾籍入官中帑。穠穠畫苑姑撥棄，伸眉更請評法書。二王真迹胡可得，硬黄數幅真唐摹。蘭亭五字損不損，肥本瘦本斑斑殊。如人身口耳目具，神采乃在頰上鬚。虎賁舉樽雖甚似，優孟抵掌何其疏。世間楮墨日弊弊，欲駕跛鼈行天衢。南唐常侍六書學，凌轢斯邈開榛蕪。雜詩流麗滿一卷，銅甬篆法無能踰。金繩鐵紐莽回互，山虯海蜃争騰軀。嗟予欲讀屢拑口，形求意索且須臾。泰山繼起石鼓後，李監捷出張先弧。向微二徐爲啓籥，此道湮滅誰昭蘇。真書生行行生草，飛白籀隸同一樞。張顛草聖入三昧，小楷妙合褚與虞。《郎官石記》毁已久，百金可有墨本無。世之珍物豈待贊，題記況復經鮮于。綺園用夏四神坐，刻字寸許無葩荂。永平元舅紀功頌，燕然何在搨墨烏。匡鐫野刻百數種，傳觀一二日已晡。餘歡未盡謀再至，榜人催發吾歸歟。暮投蕭寺微雨作，昏燈照影溜鳴渠。冥懷且復領其要，回向灼觀心地初。百年蓬累大宇宙，蕩摇不啻風中旟。寓意於物形勿著，尤物亦能爲我娱。滯形小足致偷奪，大或控頤傷口珠。牛李相傾坐石裼，王涯複壁嘻其愚。吾徒適目取一快，彼豪巧者方睢盱。唏予嗜古與君並，見獵時然思負嵎。作詩紀載實覼縷，若遇匠手當刊除。同觀六士梁越産，王楊三子廿陳佘。交游聚散等萍絮，春風眇眇吹江湖。徵詩如見所見者，後有畫者傳之圖。

與用章戴生同度淡竹嶺夜宿山家

一溪屢涉溪流淺，廿里窮源臨絶巘。雲間仄徑細如縈，霜後枯蔆齊若翦。沙崩石爛阻危攀，磴斷崖懸還斗轉。已驚汗裌泫餘滋，更擬班荆息微喘。未昏斜照白波淪，直下遥空青霧卷。粵初川嶽各流形，自是陰陽始昭辨。誰開鑿谷通片雲，重爲封圻制鉤鍵。神工使解鏟崔嵬，世路何庸增連蹇。舍車未免役孱軀，揞策聊將收勝踐。枌榆連蔭壯且衰，媚友關情行孰遣。吾生已付一浮漚，此足寧堪幾重趼。

莫投山館睡齁齁，雨撼窗扉燈晛晛。寒雞呼夢報詩成，曠懷直爲朋知展。

載酒堂詩 并序。

蘭溪州同知州事彭侯震卿爲南寧軍判官日，嘗訪得蘇文忠公載酒堂遺址。築室肖像，卽修祠事。朝野名勝，往往形之賦詠。予知侯有懷賢尚德之心，則夫宜人之政，是不一書而已。作載酒堂詩。詞曰：

東坡先生如龍鸞，世人疑其欲飛蟠。九州四海不容足，攝身徑去窺髦蠻。南荒萬里儋耳國，帝遣海若開奇觀。潛淵抉得睡驪目，思山夢見峨眉巒。颶風惡浪吁可駭，土芋脱粟纔供餐。黎家兄弟好事者，小酒初熟生微瀾。丱童迎路吹葱葉，門東刺竹西牛闌。扶攜歸去常半醉，流落生存重一歡。四黎善善君子類，若比張蔡猶蕭蘭。天乎木鐸何望爾，蠅之附驥渠非難。誰尋雪迹到鴻爪，正用載酒標堂顔。百年文獻隨草莽，庭階蕪没井且眢。風流别駕彭夫子，未負進賢頭上冠。是心尚德甚飢渴，搴取舊物還祠官。書銘小摘桃榔緑，薦俎時羞荔子丹。海邦夷俗雜黿鼉，兹事信爲風化端。音聲固有合琴瑟，嗜好果豈殊鹹酸。揭來蘭陰語吾故，緇衣三詠三長歎。咄哉愷悌神所勞，雲路矯首看扶摶。

題高尚書藤紙畫雲林煙嶂圖

髯翁昔飲西湖淥，滿意看山看不足。醉拈官紙寫秋光，割截五州雲一幅。吾聞妙畫能通仙，此紙度可支千年。祇愁蓬萊失左股，六鼇戴之飛上天。

過閘行

二漳合下如奔矢，絶出爲河容匯水。南檣北柁越埭來，後挽前抽争一跬。懋遷物品實王畿，嶽貢方輪千百纍。商功已覺十分贏，趨利真成三倍市。聖人乘運智者謀，尚憶當年河事始。向非廟算屈羣策，安得舟航若平履。天開地闢幾何年？禹迹芒芒大疆理。毋將本榦貳强弱，所務有無通遠邇。日高楗閘放三版，津人絶器舟銜尾。河渠使者水衡丞，走馬西來呼起起。

松雪老人臨王晉卿煙江疊嶂圖歌

君不見帝壻王家寶繪堂，山川發墨開洪荒。重江疊嶂詩作畫，東坡留題雲錦光。又不見後身松雪齋中叟，伸紙臨摹筆鋒走。樓臺縹緲出林坳，蘆葦蕭騷藏澤藪。白雲飛不盡青冥，百丈牽江入樊口。墨花照几射我眸，我爲搴芳歌遠游。胸中是物有元氣，世上何所無滄洲。我疑此叟猶未化，瞬息御氣行九州。五山四溟一觴豆，瑣細弗遺囊楮收。故能援毫發天藻，不與俗工争醜好。楚山雲歸楚水流，萬里秋光如電掃。拈來闒蕫散花褌，别出曹劉斲輪巧。披圖我作如是觀，毛穎陶泓共聞道。嗚呼相馬亦相人，駑駘豈得同翔麟。舍夫毛骨論形似，如此鑒賞焉能真。後來有問延祐脚，意索畢似吾方歌。

題瀛州仙會圖

巨鼇驤首戴三山，海波不驚坤軸安。方壺員嶠彼何境，靈氣布濩非人間。金銀觀闕勢如翥，攢林珠樹垂珊珊。榱題竦擢明河畔，閣道横截浮雲端。仙人來往羽衞備，或駕紫鳳驂青鸞。《霓裳》法曲舞初破，執樂瓊姬神采閒。時容下界攬蘋澤，却對連峰愁髻鬟。茅龍飛去杳無迹，烏踆兔走雙跳丸。蓬萊舟近風引却，却歎靈蹤難重攀。是誰模寫枕前夢，欲用鐫鑿區中頑。神仙固多狡獪事，世儒論著存不删。賈生賦鵩語夫道，後有達者當大觀。仇池洞穴通小有，神清玉宇標孱顔。彼皆因境示生悟，直啓真源湔垢瘢。嗟余質薄迫世隘，輕舉便擬凌飛翰。披圖惝怳縱玄覽，託乘浮游窺九關。無窮八極冀一遇，返道遂與松喬班。登年閲世要自致，何必辛苦成金丹。

題王宰所藏墨龍

飛廉爲御豐隆車，憑陵九淵傾尾閭。誰與發墨啓玄奥，神光躡斗旋其樞。湖邊竹屋清夜徂，防有没人來摘珠。

商學士畫雲壑招提歌　并序。

諸生淵魯不花嘗從其父宦洛下，强學好修，得於山水之助者也。集賢侍讀學士商公見而器之，爲畫雲壑招提以贈，乞予作歌。公此圖意韻閒遠，生能求之筆墨之外，將不由是而有發乎。

高爲巔峰下爲壑，羣木慘慘風欲作。浮紅動翠何許似，別崦殘雲明佛閣。眼中疑此洛南山，咫尺便到龍門灣。暗潮已落州渚出，新月未上漁樵還。商侯胸有羣玉府，借酒時時一軒露。延春閣下墨淋漓，餘情亦及滄洲趣。好山好水如高人，豈直貌敬將心親。平生幾夢奉先寺，不知猿鳥猶相嗔。君不見飲酒吟詩狂太白，曾是匡山讀書客。泥塗失脚走憧憧，歲晚看雲情脉脉。生今益壯業益修，未可造次思巖幽。披圖漬墨歌遠遊，我無桓玄寒具油。

僧傳古踴霧出波龍圖歌

葉公好龍致真龍，精氣所感無不通。僧中劉累有傳古，夜夢捷入驪龍宮。陽暉焰焰陰魄動，左右給侍皆魚蟲。探珠不得逢彼怒，轟然鼓鬣興雷風。潛窺竊識領其妙，寫之萬楮將無同。目睛數月纔一點，波浪咫尺如層空。乘雲執鏡麾電母，跨海獻寶招河宗。劉嘗善豢古善畫，得意忘象象乃工。爲龍爲畫了不識，有頃噀水投長虹。龍乎龍乎德正中，超忽變化天爲功。絳〔宮〕（官）帝子秉節從，九淵喚起赤鯶公，永莫鼇極開鴻濛。

同楊仲禮和袁集賢上都詩十首

出塞行瞻日，趨朝喜近天。離宫開苑囿，馳道絶風煙。瑶水巡非遠，峒山曆更縣。《甘泉》多法從，獻賦憶當年。

雨水漸衣黑，雲砂際目黄。煙開纔黯慘，日出已蒼涼。徇俗高簷帽，清心小篆香。端居萬里念，蕙草惜微芳。

昔建寰中業，初開徼外山。雉城平兀兀，沙水淨灣灣。朱夏宸游正，清秋武衛閒。叨陪文學乘，空愧鬢毛斑。

謡俗隨方異，溝塗隔舍迷。醺人惟馬湩，勸客有駝蹄。殿角孤花靚，城隅雜樹低。天涯中夜舞，如意昔曾擕。

天潢猶白白，雲幕故青青。積潦摧車軸，高風墮箭翎。宫塗丹赭堊，殿户紫金釘。女樂蓬萊祕，哀簫動杳冥。

幄殿層雲障，轅門積雪峰。奇鷹皆戴角，御馬盡飛龍。瀚海將臨幸，云亭望陟封。青丘大羽獵，有事待玄冬。

曹務唯章句，官規自法程。齋扉侵雨潤，宴几得風清。歷歷三刀夢，行行萬里城。明年遂耕隱，深仗酒爲名。

經游還絶塞，際遇復清朝。大暑無蒙綌，輕寒已御貂。盤空齋屢薦，觴至酒頻澆。貧病諳爲客，何慚帶減腰。

公子青絲轡，王孫緑幰車。宴酣風小定，舞破日西斜。手擲宫中果，神行海上查。築郿毋自厚，儉德不期奢。

水草方方善，弓弧户户便。合圍連婦女，從戍到曾玄。雪毳千家帳，冰瓢百眼泉。浚稽山更北，長望斗光懸。

送李文晦僉事易節燕南二首

北候催乘傳，東人挽去轅。不覲滄海小，安識太行尊。好爵隨年進，初心與道存。老儒當劇部，煩護國西門。

鵰鶚三秋擊，騏驎萬里行。官聯漢直指，經術魯諸生。世或深求法，公惟不近名。天心與民監，上下一昭明。

送朱本初法師赴豫章玉隆宮

鎖蛟惟有柱，墮鼠已無家。想到真仙宅，能回俗士車。露壇春薊柏，雲臼夜敲茶。人境今雙絶，長吟採物華。

初夏齋中雜題三首

壤隔溪流斷，門依野次成。初非慵應接，自是寡將迎。筍蕨搜山得，鹽醯入市營。貧居薄滋味，盤膾敢求精。

經月始一出，移時還小勞。生涯依馬磨，力作問蠶繅。藤刺青陰密，楸花紫豔高。雨晴看爛漫，草徑莫令薅。

池岸方如截，池波深可泅。出門歌小海，見客思滄洲。魚沫吹還息，蛛絲斷忽抽。萬生同一馬，敢望絶轅輈。

聞臨江范德機以母喪哀毁而卒

服斬誰非子，摧形不有身。使能穿壙入，果勝闕泉親。突兀留文冢，淒涼卷釣緡。夜臺開幕府，還借筆如神。

二月七日與陳新甫甘允從飲范使君亭

心賞他年屢，湖光此處全。春生鷗鳥外，人醉杏花前。細竹侵除道，殘陽滿繫船。毋將比西子，吾實愧華顛。

睡餘偶題二首

此世何多幸，予生厚自憐。簡書方厲禁，裘葛屢催年。正是稊能熟，其如橘不遷。摧藏南郭隱，放浪北窗眠。

惜此珊瑚玦，棲之薜荔牀。青山圍坐密，白日放歌長。客久違朝籍，人誰問夕郎。駕車容一駟，何必更留良。

題離騷九歌圖

紫貝東皇席，青霓北斗旗。究觀神保意，追恤放臣悲。有客傳芭舞，何人執籥吹。楚巫千載恨，憑向畫中窺。

贈別宋季任赴甘肅提舉二十韻

寧塞洮河外，甘州瀚海隅。氓俗風丕變，王靈德誕敷。粤初聯吏治，近亦好文儒。左學將興蜀，西庠昉自虞。懷章煩遠役，鞭馬戒前驅。驛路争迎傳，關門不用繻。水經張掖弱，山對賀蘭孤。禹鑿班班迹，豳詩往往圖。發時梅未萼，上日草應芻。元宰親加豆，諸生肅詠雩。職司雖翰墨，佩服已銀朱。會覩天荒破，端令士氣粗。槎明星是客，鄉大酒爲徒。請播言斯在，居夷聖豈誣。高才每流蕩，平世匪崎嶇。只作三年夢，須輕萬里途。旃廬春褭褭，笳管曉嗚嗚。漿灩葡萄椀，酐寒翡翠鑪。新篇多慰意，許可寄《潛夫》。

故相東平忠獻王挽歌詞

龍尾乘參會，麒麟踵畫圖。記功宜顯顯，論世匪區區。肇敏公維似，明徵聖有謨。陟庸纔秉軸，運化亟旋樞。物已歸坯冶，人將就楷模。開誠登衆正，獻可破羣諛。夫里同耕鑿，民儀異唯俞。景鐘陳備樂，浮鼓節投壺。尹德湯能協，堯勳益載都。方期扶日轂，必使麗天衢。大角兵端起，清宫禍變殊。霜篔飄荏菽，風幹落椅梧。影射無鮫鰐，磨牙甚豹貙。淒涼朱鷺曲，狼藉玉麟符。立事思常武，成書恨亳姑。攀髯應共載，升屋竟誰呼。厚地難藏烈，凝陰爲蓄痡。血留衣上碧，含失口中珠。遘閔遺多難，摧凶激萬夫。羲娥還麗景，彗孛埽夷途。狂孽憑三窟，神威覆五湖。不煩公府牘，終見藁街誅。濁散陽明勝，精垂晦魄蘇。君門重肅穆，賢路豈荒蕪。殉死身寧贖，覯兵眼未枯。春秋如有作，盜賊敢稱孤。

灞上仍堅壁，驪山罷論徒。董狐千載後，丹筆詎應無。東平王拜住，丞相安童孫也，輔英宗爲賢相。至治三年，奸黨鐵失等有南坡之變，拜住死之。

送南竺澄講主校經後却還杭州

鹿苑開鴻妙，龍宮閟象玄。間關來幾譯，披發露雙詮。梵學傳皆正，華文潤乃全。義深含窈眇，道廣極淵泉。論自諸師造，言因半偈宣。何曾離性相，間亦示機權。述鈔心同悟，分科緒各牽。函盛方秩秩，栞剥益緜緜。剞劂寧無舛，研磨或更偏。遂令迷亥豕，不復辨夔蚿。佛耀昌齡啓，皇明正晝懸。五城銀色界，三殿寶花筵。重見弘經日，如逢出震年。詔徵皆宿德，御講盡真筌。此士孤山隱，前身華頂眠。野雲生靜慧，江月湛空圓。天上青猊座，人間白馬韉。微君能引重，於世孰昭先。晦魄風簾燭，頑陰雪屋氊。聲將爲律呂，眼豈混朱鉛。疑句多多證，蕪辭一一鐫。法珠終照乘，宗鏡已當銓。煥爛金泥字，牽聯玉簡編。指河符聖歷，穿石畢僧緣。竣事纔敷奏，疏榮亟勞還。萬回袍錦麗，大覺鉢盂鮮。尚食來珍供，司農輟禁錢。寵恩流瀸瀸，鷁影去翩翩。昨夢寧非蝶，遲歸誤信鵑。望京猶緑樹，入寺始紅蓮。雨外排千耦，煙中聽兩舷。屨盈南竺户，櫂集北湖船。巖觀應增聳，川容若載蠲。應求隨燥溼，鑽仰喻高堅。夏儀朝朝禮，秋燈夜夜然。固知融至理，直可寄單傳。客袂難爲別，朝簪未放捐。愛閒思結社，食力待治田。苦笑昌黎戇，深懷惠遠賢。獻花憑一詠，安有筆如椽。

次韻答鄉友吴立夫見寄之作感别懷歸情在其中矣

宇宙方來事，江湖獨往人。扶摇遺短翮，濡沫到窮鱗。誤作軒裳夢，終慚稻錦身。迹雖侔燥溼，學豈混疵醇。跼步逢多躓，虛懷待一振。屈伸乘卦氣，消息候天均。喜際三雍啓，還依六籍親。馬轍從幸口，螢案潔餐辰。滕口虞官謗，稽謀信卜陳。踐更非顯陟，遷秩遂爲真。清廟方惇禮，容臺忝末塵。皁皁論燕雀，憲憲望麒麟。緬想《閒居賦》，猶存弟子紳。國鄉誰尚友？輿皂或稱臣。飛翰因來客，分光肯照鄰。之人芻有束，何物稼盈囷。矍圃初登射，驪山適罷巡。玉全遭刖足，淵静得藏珍。接席連芳晝，看花惜好春。言筌開窈窈，理窟至馴馴。蓄思文俱鋭，修名實與賓。逝將熙孔業，由此樂顔仁。淹泊思同社，羈孤若異倫。宂休寧俟斥，漸老最憂貧。夙願惟耕釣，浮榮謝鼎茵。滅行無聽漏，觀涉即知津。狐首求吾正，《螽斯》詠爾詵。枌榆應不改，蘿蔦重相因。惜遠挼青菊，期歸睇緑蘋。題詩緘恨去，離緒極紛綸。

大雪戲詠

霰集先驚密，雲垂陡覺低。穿帷纔巧入，擁砌已深迷。蟾影宵翻鵲，犀光晝駭雞。投虛知井幕，蒙險失巖梯。九地藏膏澤，千門委璧圭。黄輿增厚載，玄武蟄幽栖。忽灑聲尤急，中休氣轉淒。辨方惟有服，封谷不須泥。稍喜夷塗闢，多憂陷穽擠。世將還樸素，壤盡徹青黎。固欲殊廉角，於何畫町畦。溟池涵上下，瀼岸渺東西。縞舉仙人袂，窗明玉女閨。混淪收日脚，軒豁露坤倪。剪毳巾成氈，吹灰室覆緹。妖氛隨蕩析，闒茸謝擿提。勁竹猶遭挫，疏梅恰吐齊。若爲散鱗甲，無已戮鯨鯢。晛日消遲見，豐年卜可稽。漁歸裝襏襫，兒戲象狻猊。正苦貧衣綻，那禁凍面黧。曉罌初撥醴，午椀更吹齏。幾夢斟羔唱，徒聞索飯啼。掩關誰掃軌，返棹却尋溪。踐迹嗔鴻爪，全生愧馬蹄。莫抽梁苑思，爭効漢衿題。

今體詩六十韻贈錢正傳之官池陽述學言懷見乎辭矣

昔有推鄉學，今誰侮聖言。尚辭淪曲藝，執業謝專門。製錦何妨美，更刀實太煩。爰從王氏作，重喜魯經存。集註初刊定，傳疑并討論。七篇賢所訓，一貫道攸根。翼傳兹猶準，希蹤孰可捫。仁巖頃頽剥，建木泮瀹沄。或者傷麟趾，嘻其狀虎賁。走雖名惡子，君豈負諸孫。直想披吾與，毋徒闖彼藩。律元求秒忽，車用飾輪轅。堂陛尊卑分，淵泉左右源。緩行惟視履，妙契必亨屯。固謂炊將熟，終期溺是援。蟾梯縈峻陟，鵬路藹孤騫。正取能充拓，何嘗志飽温。銀章凌霧雨，朱紱賁丘園。負弩方前導，乘車且載奔。威行秋濾曲，象動歲星垣。入署梅花曉，開筵草色暄。琴聲春寂寂，簾影晝掀掀。建德當時國，清溪何處村？再畬宜黍稌，庶植問蘭蓀。明府今爲政，窮閻自不寃。使民安蜡臘，戒吏絶壺飧。可得防毚兔，常須苙放豚。馬驚連軸折，魚淰尺波渾。警静山無盜，年登社有膰。雞窠對翁稺，肉譜繫仍昆。拊己心惟小，趨風禮更繁。加籩薦庭實，斂板候戎軒。勿枉中懷璧，寧甘右屬鞬。因游問花柳，須暇采蘋蘩。客夢西堂句，賓筵北海尊。神應歆豈弟，世豈混昭昏。穩躡飛鳧舄，徐升畫鹿轓。胸中五色線，天上九重閽。補袞功誠著，觀書眼未眢。葆光非匿景，絶利不離源。有客愚溪柳，其人太學蓄。方時征彙吉，自信括囊坤。化瑟遲當改，樵枰看屢翻。先機輕絳灌，未患稔晁爰。此豈猶堪出，子將矢勿諼。采芳留晚節，曝背負朝暾。獨幸聯衣袂，頻容漬酒痕。親仁情正切，惜遠思如燔。薄贈將吴紵，佳占獻楚焞。瞻雲渺江漢，掬月在瓶盆。生色滋融盎，清光與吐吞。各持脩省事，永慰別離魂。列辟無前績，先師罔極恩。名山嚴泰華，大器屬璵璠。法古承三統，書年表一元。榮枯徵斷簡，消息候微萓。避弋齊鏢鳳，懲羹忌染黿。讒夫行似蜮，君子化爲猿。計熟非稊稗，維豐俟芑薕。短篇牆及仞，企望倚崑崙。

次韻伯庸無題四首

貝葉東來不隔江，青瑶刻作寶華幢。龍翰別致三千匹，翠羽生輸四十雙。天上神閑雷下斧，人間客醉月縈窗。崧南半截雲虹色，宜著韓家小石淙。

珠斗闌干動夜光，霏霏神雨酒痕香。故時徒服多爲赭，今日祠衣獨尚黄。梁苑且延能賦客，漢廷安用戲車郎。琴中莫置拘幽恨，聖德宣昭到越裳。

欲見麻姑看海潮，徑從織女問河橋。蓍莖宿露龜方息，竹實垂雲鳳已遥。白璧何資三寸舌，黄金偏戀十圍腰。新來代地聞歌曲，盡撅秦聲入管簫。

黄鵠將騫兩翅垂，跂行幾許似蛇醫。栖遲社首修封日，太息甘泉獻賦時。風籟蕭蕭聽漸起，星弧歷歷看初移。塵埃渴肺今年甚，絶想仙盤露一巵。

送李士弘侍讀攝祠王屋

河山胏腑樹靈峰，泰乙高居象帝容。蒼玉登壇親藻籍，黄金塗檢盛函封。林光忽與升煙合，雲氣初乘委珮重。歸格神休奉明主，恩流偏覺侍臣濃。

觀失剌斡耳朶御宴回

毳幕承空柱繡楣，綵繩亙地掣文霓。辰旂忽動祠光下，甲帳徐開殿影齊。芍藥名花圍簇坐，蒲萄法酒拆封泥。御前賜酺千官醉，恩覺中天雨露低。車駕駐蹕，卽賜近臣灑馬奶子御筵，設氈殿失剌斡耳朶，深廣可容數千人。上京五月，芍藥始花。

還次桓州

塞雨初乾草未霜，穹廬秋色滿沙場。割鮮俎上薦黄鼠，獻獲腰間懸白狼。別部烏桓知幾族，他山稽落是何方。長雲西北天如水，想見旌旗瀚海光。

次伯長待制韻送王繼學修撰馬伯庸應奉扈從上京二首

仗前掏酒進瓊脂，翠絡金鉤向馬垂。少宰氈廬初張事，從官魚笏正書思。三辰上應旂斿象，六樂中陳鼓吹詞。供奉逍遥承御宿，故應燕許擅同時。

山圍黑谷翠漫漫，獨許詞臣息馬看。蹕道雲開朝采正，蹕林風定雪華乾。賦成特賜麒麟罽，宴出初擎碼碯盤。歲歲八州人望幸，鉤陳旗尾認朱竿。

太子受册禮成赴西内朝賀退歸書事

樂舞充庭見象箾，重瞳日月麗璇霄。雙龍承檢纔升册，九虎開關恰御朝。内廄皆陳朱鬣馬，左璫新換紫金貂。青袍最困微班忝，親向前星挹斗杓。

午日雪後行失八兒禿道中有懷同館諸公

尖峰猶是漠南山，駝褐蕭蕭午日寒。艾葉漫將頭上插，榴花應許夢中看。馬前砂雪行初隱，鵰背荒雲落更盤。王事獨賢吾敢憚，重煩同館勸加餐。

漫題齋壁

牧馬新來秣地椒，街頭抝酒玉傾瓢。羲和白日經天近，敕勒陰山度幕遥。雨過忽然思御袂，風清聊復快凌歊。他年續作灤陽夢，萬里排雲遡沆寥。

送王正臣經歷赴浙東

仙掌浮空紫翠重，金華秀出浙河東。繡衣幕府雲霄上，丹筆刑書雨露中。溪釀獨稱雙醖美，津船纔許一帆通。送君因寄思鄉夢，爲問青山舊桂叢。

送楊君祥赴定海稅官因思舊遊

麾手黄塵一解頤，翩翩行色有光輝。豚魚稅足初成算，鷗鳥心閒已息機。山翠入簾消宿酒，海氛吹雨落秋衣。舊游更在雲濤外，獨倚西風送雁飛。

送葉道士歸天台

北斗光中曳翠旗，五城樓觀極巍巍。采山不鑄黄金鼎，佩印空垂白羽衣。石井劍花飛夜氣，玉田芝草豔春暉。天台仙子應招隱，萬壑梯飈看鶴歸。

次韻伯庸待制上京寓直書事四首因以爲寄

舉頭涼影動明河，問信仙人八月槎。斗下孤光懸太白，雲間長御挾纖阿。《霓裳》催按新聲遍，鳳藻需承曲宴多。一代詞華歸篆刻，龍文還欲映琱戈。

松翣新裁似鶴翎，手中雲影落深青。宫花忽動紅千帳，禁柳齊分緑半櫺。金掌擎秋調玉屑，銅渾窺夜約銀釘。不知太史朝來奏，東壁光聯第幾星。

烏桓落日稍沈西，南極青山女堞低。馬谷夏泉經雨漲，龍堆秋草拂雲齊。一函祠檢將升玉，萬里丸封不用泥。儤直夜涼談往事，乘車猶欲避雞棲。

杯面春風灩灩波，醉來難覓百東坡。寧無天上支機石，信有人間采玉河。霜驛舊圖開党項，雪毫新興寫伽陀。聚星更比荀陳盛，月照金鑾夜若何。

送鄉僧偉師南還

析木光中佛耀開，丹樓碧閣映崔嵬。空聞白馬馱經去，幾見黄龍聽法來。笠影翩翻雲作蓋，錫痕依約浪生苔。歸山説似京華夢，親到幽州禮塔回。

舟中睡起

影入船窗隙日升，霜衾驚夢却青綾。一官朝右寧非客，十月漳濱幸未冰。江驛比來無雁帛，水鄉隨處有魚罾。食貧黽勉縈微禄，消得山靈笑負丞。

登徐州城上黄樓北望河流作

高樓背水壓奔衝，影動雲虹落水中。土色從黄宜制勝，河聲觸險聽分洪。却思沈璧千年日，欲問乘槎八月風。汴泗交流平似席，南行北播本同功。

雪中渡淮

水入長淮浦溆分，櫓前坼岸覺奔澐。灑篷雨歇纔聞雪，吹帽風來不見雲。何處能忘丹鳳闕，此身將混白鷗羣。有人問我蠙珠顆，直遡寒光到海濆。

鎮江逢袁子方明府

京國同遊兩毳袍，歲闌歸路各維艘。凄風催合南河凍，寒色看成朔野高。紫蟹著糟新點茈，黃魚剥酢滿流膏。丹陽物品渾宜酒，試遣霜威敵醉豪。

閱進士卷賦呈同院諸公

五緯明明一鑑昏，斯文吾已愧專門。直教漢法稱無害，猶恐秦人議少恩。審樂豈能遺律〔呂〕（品），采芳終擬得蘭蓀。胸中故有青藜焰，夢裏從渠墨水渾。

過鐵峰書臺觀其所得宋咸淳中大宗正訓名牒上有福園署押感而爲賦

姬姜顦顇況同盟，屬籍凄涼舊訓名。寶玦懸腰非少日，金環探樹是前生。分無藜杖過天禄，尚有花書記家卿。未必後來能識此，祇教人説漢西京。

立春日陪左平章飲散懷舊偶題

江上迎春春日稀，跨鞍真似早朝歸。飲鼇夢惜紅螺小，霑賜心驚綵燕飛。沐罷爲誰噺鏡鑷，宴回容我從旌旗。東風若也勤披拂，莫遣寒梅一點飛。

初夏憶京城鄰舍

石家院裏葡萄酒，荆媪池邊芍藥廳。倦劇擁書終日坐，醉來支枕片時醒。主人並直飛龍衛，鄰客誰開放鶴亭？萬里滄江雲一去，欲將孤影寄伶仃。

送張明德使君赴南恩州

幾許炎州畫裏山，西風驅向馬前看。詩人舊志三刀喜，邊候新乘一障安。時取椰漿斟玉液，饒將桂蠹薦雕盤。雪花定比常年大，燕寢香凝夜氣寒。

追餞常大參至樵舍鎮飲别後夜宿舟中聽雨

七十里江沙水黄，沿流送客舉離觴。同舟并載别愁重，殘雨微生半夜涼。欲與仙人騎竹杖，時從老子據胡牀。懸情獨有南樓月，白兔河邊正擣霜。

端午日泊舟信州城下陳行之推官袁仲野知事攜酒饌勞予于挹翠亭上

信州城南江水流，故人惜别暫維舟。節中偶病不成飲，客裏逢歡却是愁。地迮那容《胡旋》舞，波回更作楚聲謳。三年三見戎葵色，多事紅花照白頭。

浦陽十詠

仙華巖雪 縣北有仙華巖，翠掌浮空。雪景尤奇。

冰柱浮空曉色蒙，海波摇動玉玲瓏。九清内景游紛外，五嶽真形太素中。微月升壇初映鶴，長雲連野不驚鴻。仙姬宴坐瑤池上，催捧蟠桃獻木公。

白石湫雲

白石龍湫在縣東南，能出雲爲雨。

白石靈山望贊皇，湫潭此復見蒼蒼。飄揚直欲陵三際，膚寸猶能雨八荒。空外金精懸太白，泉中虬彩化長黄。傳芭奏罷《神絃曲》，松蓋成陰澤氣凉。恆州贊皇縣有白石靈山，漢碑在焉。

龍峰孤塔

縣東龍峰古塔，實爲蒼龍左角。

兩環日月似飛梭，鼇背稜稜窣堵〔波〕（坡）。朱鳥前頭森贔屭，蒼龍左角見嵯峨。玉函舍利朝光現，珠斗闌干午影過。浩劫浮雲開萬象，寶華雜遝散芬陁。

寶掌冷泉

寶掌山，唐千歲和尚道場，有「看經得道洞」。巖竇出泉極甘寒。

一勺曹谿未是甘，刺山容易出飛泉。消融太古岷峨雪，澄映中秋沆瀣天。挂樹青猿窺洗鉢，眠沙白鹿伴安禪。巖龕無縫身如石，逆數高僧入定年。

月泉春誦

縣西有泉，隨月盈虧。泉上精舍，祠文公成公。

有盈有泚即寒泉，猶隔蘆峰道里千。嶽麓雲深藏策處，匡山人老讀書年。松楠疊影青浮几，華樹生香晚入筵。稽首堂中兩夫子，六經言遠視如天。

潮溪夜漁

去縣五十里，溪流始大，有魚蟹之産。

溪水添流到石矼，小家殘户占漁商。蛟龍未解乘雲氣，魚鼈安能避澤梁。兩岸櫟林藏曲折，一篝松火照微茫。淮夷固有蠙珠顆，往往鈎深得夜光。

南江夕照 南江橋西望，原麓返照如畫圖中。

千峰不盡夕陽孤，斂翠浮丹入畫圖。塔廟傍連山影直，石梁中亙水痕枯。白魚在汕將踰尺，紅稻登場稍似珠。玉露金風秋最爽。跳身何用市間壺。

東嶺秋陰 縣東東山嶺，平林廣野，秋常多陰。

半里官橋出市闤，一團秋色破孱顔。雲開浩蕩初疑曙，日出蒼涼不見山。斷雁殘鴻飛杳杳，緑蕪紅葉映斑斑。去年菊蘂今年發，拾得籬邊句子還。

深禡江源 浦陽江，原出深禡山，在縣西三十里。

濫觴初不滿瓶盆，百谷渾渾一壑吞。自此安流輸渤澥，放渠高浪蹴崑崙。出山未適帆檣便，竭澤毋庸罔罟繁。謝客題詩曾宿處，孤雲落日是何村。

昭靈仙迹 昔黄帝少女于仙華巖上升，山下有昭靈廟。水旱禱之輒應。

芝掌中開顥氣青，雲軿雙駕鳳皇翎。因山不啓軒轅鼎，化石猶聯婺女星。磴道芳春琪樹長，巖扉清晝碧華零。真仙帝遣司風雨，唤起淵龍聽指令。

垂虹亭晚眺

山光自獻一螺青，人立垂虹酒乍醒。兩界星河涵倒景，千家樓閣載浮萍。敧檣側柁銜風勁，密網疏罾刮浪腥。正爲鱸魚忘世味，隨方吾亦具笭箵。

次韻魯參政觀潮

怒濤卷雪過樟亭，人立西風酒旆青。日轂行天淪左界，地機激水出東溟。倒排山嶽窮千變，鬭鬨雲雷竦百靈。望海樓頭追勝賞，坐中賓客弁如星。

夜行溪谷間梅花迎路香影離離可愛

暝投村徑繞羊腸，離立江梅似雁行。冷蘂微開初的皪，繁枝亂插更淒涼。蒼煙挂樹多疑夢，淡月窺林稍覺香。正爲先生行役苦，故留皴玉薦奚囊。

中秋待月不見却懷魯子翬學士時留城

婺女城頭柝亂鳴，一更起坐聽江聲。爲渠滿月當圓景，奈此浮雲點太清。蓬鬢羞明寒燼落，桂花養魄嫩寒生。去年官燭風簾夜，對酒人今在玉京。

寒食山居

歲月無情日變遷，惜春留得酒家錢。梨花小雨驚寒食，楊柳東風似去年。志士屬當躬井臼，善人誰爲表原田。老來撫節偏多感，何必雲安有杜鵑。

遊五洩山四首

神斧誰〔初〕（開）鑿澗磻，拓開地險出天慳。湫潭隱奥龍非畜，木石陰森鬼所寰。劫火塵空遺井臼，枯禪骨冷墮榛菅。如何大法臨標季，不放摩尼照此山。

中巖不與亂峰羣，翠氣横飄截瘴氛。龍象凄涼如欲泣，馬駒蹴踏竟無聞。濃嵐散落崖間雨，洩水流來石上雲。人説早年呼蜥蜴，投符起蟄有靈文。

青天吹墮玉芙蓉，日出煙開彩翠重。婺女名山今入越，溈潭弟子别爲宗。於何勝境偏多阻，如此衰年始一逢。照影龍泓余種種，欲從老衲借枝筇。

横彴纔通一徑修，方山湧翠似騰虬。五湫地壓三州勝，八十僧從七客游。赤日行空垂倒景，青天圻罅拔飛流。大烹慚負詩人腹，賴有梅花肯障羞。山界杭、婺、越三州境。本隸婺，割入越，暨馬祖弟子靈默棲禪之地，故爲應乾禪院。今榜三學院、叢林法社，銷落盡矣。五湫，神龍所居。歲旱，迎湫水乞靈，多應者。

初霽望金華山雪

沍陰巖谷變晶熒，凍裂仙家月石屏。雲影渾淪涵太素，天光摇曳到空青。波心雙捧金人劍，霞際横驅玉女軿。皓鶴不來詩夢破，鮮飈吹袂酒初醒。

會稽懷古

湖波皎鏡浸青蘋，朝落西陵渡口春。地下珠襦誰拾塊？人間玉椀久成塵。夾舟蛟劍神先化，掊鼎龍文字既泯。留得冬青啼杜宇，并分淚血染湘筠。

過賈相故第　賈再貶循州團練副使，死漳南。

恨滿龍驤江上舟，可容副使老循州。高冠誰上麒麟閣，斷礎猶名燕子樓。洛下啼鵑慚相業，遼東歸鶴詫仙遊。異時不藉公田策，安得吴秔駕海流。

晨度居庸至南關門

雲梯忽斷山嵲平，霽霧初褰林嶺明。兩都扼喉南北鎮，九州通道東西行。矗崖巨石擘佛屋，壁門遺築開軍城。當時苦詫天下險，一卒前臨强萬兵。

八月十七夜半後看月

錢塘城東潮海西，四更月上寒凄凄。太陰垂精金氣感，列宿藏景珠繩低。鐘鼓沈沈尚傳警，羽毛謖謖屢驚栖。蟾蜍初不隔風雨，誰其翼我凌丹梯。

自宗正府西移居尚食局後雜書二首

都城一住十年餘，挈挈今朝更徙居。奴輩莫嫌家具少，篋中猶是借來書。
未明車馬省門開，面面風霜一寸埃。借得小窗容我懶，五更高枕聽春雷。

灤水秋風詞三首

朔方覊憲留屯處，上郡蒙恬統治年。今日隨龍看雲氣，八荒同宇正熙然。
朶樓清曉常祠罷，吾殿新秋曲宴回。御帛功由寒女出，分頒恩自九天來。
西風初吹白海水，落日正見黑山雲。旃廬小泊成部署，沙馬野駝連數羣。

後灤水秋風詞三首

界牆窪尾砂如雪，灤河嘴頭風捲空。泰和未必全盛日，幾驛雲州避暑宫。
旋卷木皮斟醴酪，半籠羔帽敵風砂。丈夫射獵婦當御，水旱肥甘行處家。
山郵納客供次舍，土屋迎寒催墐藏。砂頭蘼姑一寸厚，雨過牛童提滿筐。

題立仗馬圖

玉立彤墀氣尚粗，食殘芻豆更何須。太平未必閑無用，一幅君王納諫圖。

題宋徽宗扇面

瑶池池上萬芙蕖，孔雀聽經水殿虚。扇影已隨鸞影去，輕紈留得瘦金書。

題宋徽宗獻壽桃圖

青鳥銜書昨夜來，蟠桃如斗核如杯。蓬萊殿上三千壽，不及春風夢已回。

題金顯宗墨竹

海潤星輝大定年，生綃筆筆寫蒼煙。若爲夢裏篔簹谷，直到洋州雪筏邊。

題睡貓圖

花陰閒卧小於菟，堂上氍毹錦繡鋪。放下珠簾春不管，隔籠鸚鵡喚貍奴。

題折枝海棠圖

東風庭院紫綿香，翠碧飛來午影長。啼溼紅妝看不厭，祇疑春色在昭陽。

荆門

河塘底裏通涵管，宣泄隄防計未迂。大抵成功搖末議，却將失得較錙銖。張子仁爲都水監丞，日作涵管，疏泄積潦，一時以爲便。而今或有非之者。

洪州歌六首

豫章城西江上舟，船翁夾柁起紅樓。官鹽法名有饒乏，市利商功無算籌。

舊坊馬齕誤驚眠，新水魚來聽賣鮮。詑説閒曹無一事，閤前小吏送餐錢。
東湖水滿葑雲開，掠取煙光雨色來。未放官繇輿畚鍤，且從魚樂占池臺。
蔞蒿鮮滑勝雞蘇，滿尺河豚玉作膚。漫説江鄉美庖傳，幾曾風味似蓴鱸。
女兒頭戴角冠攲，匌葉垂垂彈鬢齊。十里來城肩擔重，新晴菜把賤如泥。
舊聞雙井團茶美，近愛麻姑乳酒香。不到洪都領佳絶，吟詩真負九回腸。

次韻奉答德機冬日見寄

雪滿千山雲滿溪，半竿寒日稍平西。東風不爲年芳地，錯莫江梅吐未齊。

題壽皇御題淳熙宫畫牡丹扇面二首

劍南樵客寫花容，院畫流傳號國工。春壓玉闌江雨歇，綵鸞驚夢又成空。
天香國豔豈堪描，生色誰將上尺綃。留得當時宫墨在，杜鵑啼處雨蕭蕭。

行界牌源道次小憩民舍

小谷疏林受敷家，年芳猶有刺桐花。白雲不爲青山地，截斷前峰兩髻丫。

送文郎中赴交趾

天子龍飛統萬邦，玉符封檢下殊方。遠人盡是雕題□，奉使惟應粉署郎。翡翠飛時銅柱逕，鷓鴣啼處石門荒。炎風苦雨煩珍重，蔞葉檳榔取次嘗。此詩見《體要》中，《風雅》、《元音》俱作薛玄卿。

送臨川謝有源赴閩醫提領

一路青山荔子叢，華山西望粤臺東。家風蘭玉庭階上，官事參苓藥籠中。鷁首去乘潮浪白，蠣房催出酒波紅。福州自是炎蒸少，臘雪飛花落半空。

過長城

道德藩墉億萬年，長城謾與朔雲連。秦人骨肉皆爲土，漢地封疆已罷邊。飲馬窟深泉動脈，牧羝沙煖草生煙。神京近在玄溟北，九域開荒際幅員。

李老谷聞子規

老杜聞子規，近在東西川。猶云感時物，收淚寫幽悁。今我行塞徼，子規相後先。時夏雲景晦，鳥呼摇空煙。響入樹窅窅，啼垂血濺濺。想知岐路難，不惜軀命全。千聲復萬聲，唤我歸言遄。苟非木石心，豈免腸内煎。江南叢薄間，有花名杜鵑。開時是鳥至，相戒治春田。不歸如江水，負此今五年。風土孰云異，物情要有遷。寄巢勿浪出，祝爾還自憐。巖程趣行邁，且復揮吾鞭。

歐陽承旨玄

玄字原功，宋執政文忠公同族，遷于潭州之瀏陽。生十歲，有黄冠者見之曰：「是兒神氣凝遠，目光射人，當以文章冠世。」延祐乙卯，以鄉貢首薦登進士第。除同知平江州事，調蕪湖、武岡二縣尹。召爲國子博士，遷翰林待制。天曆初，授藝文少監，纂修《經世大典》。至正初，以學士告歸。詔修宋、遼、金三史，起爲總裁官，拜翰林學士承旨。屢乞休不允，竟以中原道梗，卒于大都寓舍，年八十五，時至正十七年也。贈大司徒、柱國、楚國公，謚曰文。初，虞文靖公爲國子助教，其父井齋先生教授于潭，見原功文，大驚，手封一帙寄文靖曰：「他日當與汝並駕齊驅。」由是文靖薦之于朝，聲譽赫赫然相埒，卒如井齋言。原功歷官四十餘年，三任成均，而兩爲祭酒。六入翰林，而三拜承旨。屢主文衡，兩知貢舉及讀卷官。當四海混一，文物方盛，凡宗廟朝廷雄文大册，播告萬方制誥，多出其手。金繒上尊之賜，殆無虚歲。海内名山大川釋老之宫，王公貴人墓隧之石，得其文辭以爲榮。片言隻字，流傳人間，皆知寶重。宋景濂序《圭齋集》云：「公之文自擢第以來，多至一百餘册。藏瀏陽里第，盡燬于兵，此則在燕所録。自辛卯至丁酉，七年間所作耳。然則當元季之亂，名公鉅卿之文，其厄于兵燹而不得傳者，又可勝道哉！

舟次諸牐寄詩奉謝都水分監瑞卿監丞

抱痾辭承明，買舟泝官牐。泮襟正無悰，篷底可容納。舳艫尾相銜，密次若鱗甲。憶初離神京，餘暑尚揮箑。淹留近秋杪，朝爽欲添袷。紆傳進元策，走介奉一札。使君適分監，贏縮制有法。得書卽欣然，愛我踰素狎。遣騶護輕舟，快若歷三峽。鄉心鷹脱韝，野性兕出柙。昔憂阻殽澠，今喜泛苕霅。黃蘆間蒲稗，綠藻唼鳧鴨。舒懷對幽景，寓目成畫夾。公堂爲展席，觴客禮意洽。病予難却酒，亦復飲盈呷。吁嗟逆旅途，知己元不乏。相期遠大器，留詩當盟歃。感篆辭則長，欲賦慚韻狹。

送振先宗丈歸祖庭

歐公孫子多，擘派以爲四。暮年歸潁陰，非無首丘志。乞洪不得請，由是懈歸計。考公生平言，亦頗憾先世。先世多才賢，生適逢五季。幅員政分裂，盡瘁于所事。竟乏垂世名，蓋亦限地勢。況復公少孤，坎壈蜀漢裔。身當混一秋，代逢承平際。擇里審所安，實邇輦轂地。子孫託畿內，宦轍亦云易。人情曷免爾，公豈溺聲利。詎知汴籙移，南北尋暌異。一枝先南邁，司造有深意。沙溪標德里，瀧岡重塋祭。至今青原家，十世祀不替。振先吾宗英，守正恥骫骳。閭閻保家法，處約不少懟。嘉樹無由枝，嘉穀無滯穗。原本既不凡，時需諒無棄。矧今掄俊髦，往往論根器。老夫辭册府，多病久憔悴。徒懷薦士心，言莫士軒輊。賦詩當推轂，自愧辭已費。憧憧青雲友，誰如古人誼！歐陽公晚年乞守洪州，累表不得請。於是歸江右之志遂不果。余詩所謂其居偏方，熟於歐文者能知之，蓋公之不歸廬陵，其志深有可諒者矣！南渡以後，宋人多譏公此事。洪景盧、楊廷秀之賢，亦未免有此意。甚者謂公子孫居潁，爲金人所戕而遂絶，是大不然。近年奉詔修三史，一日於翰林故府中，擔金人遺書，得元遺山裕之手寫《壬辰雜編》一帙，中言安平都尉完顔斜烈，漢名鼎，字國器，嘗鎮商州，偶搜伏於竹林中，得歐公子孫甚多，以歐公之故，并其族屬鄉里三千餘人悉縱遣之，則知未嘗殲于金兵也，此好事者爲之辭明矣。元遺山，金士領袖，生平極重歐公，嘗有詩云：「九原如可作，吾願從歐陽。」北人至今佩服其言。振先歸以似鄉先生桂隱劉公一觀。

爲所性姪題小景三首

林廬澹疏煙，歸帆泊沙渚。披圖得空闊，總是經行處。

寒屋茅簷古，疏煙野樹春。遥遥濟川者，應是此中人。

浦口歸帆落，沙頭行客回。林間酒旗出，快著一篙來。

試院唱和二首

仁皇下詔急求賢，糠粃當時偶在前。兩榜復科新大比，三人聯事舊同年。關山道路尋常夢，臺閣風雲尺五天。但使得材今勝昔，吾儕寧復歎華顛。

進講金華集衆賢，禮闈御命拜君前。花擢蠟炬同清夜，餅餤紅綾憶昔年。龍尾步隨黄閣老，鵲頭書下紫微天。南宫羣彦時相問，何似官銜有米顛。仁宗皇慶甲寅始詔開科。順帝元統三年議罷。至正辛巳復行，時停科已七年矣。圭齋詩又云：「至正羣與郡國賢，威儀重見甲寅前。杏園花發當三月，桂苑香銷又七年。」其歲月俱可考也。

至正壬午十一月十三日祭初祖墓早仰更秘書適有佳句見勞怱怱奉酬嚴押二首

白髮甘泉忝從官，歸來曳履上吟壇。故山虎豹多文采，白水蛟螭有屈蟠。謁客及門容屨滿，贄文盈篋借燈看。百年省墓償初志，心憶先親痛若剜。

青春萬木一根荄，一一春工妙翦裁。願我乞歸懷潁水，羨君訪隱到天台。題橋肯學相如志，誓墓慚無逸少才。但喜陽剛時彙進，明朝緹室動葭灰。圭齋于宗族之誼，往往三致意焉。又有《和春洲古律》云：「儒家冬至祭初祖，客子異鄉來遠支。」末句云：「無由作吏守墳墓，願訪故山耘紫芝。」可與前二詩參看。

早秋聽秋居士園池

碧池流水綠潺潺，高下樓臺紫翠間。阮籍才華勝南族，謝安清致滿東山。標名花塢鶯争道，集句桃符鹿守關。灑掃園丁今白髮，秋翁化鶴幾時還。

竹澗圖

青林翠巘俯江郊，谷口湍流巨石坳。戛玉萬竿鳴水樂，垂紳雙瀑盪雲旓。風漪静浸蒼龍影，月瀨光摇紫鳳巢。歌罷商巖《採芝曲》，兩翁翰墨定神交。

壺清

朝飲層冰瀹性靈，夕餐秋露引修齡。江湖大瓠中無物，海嶠方壺外有情。貌示神巫機闔闢，醉邀市掾酒芳馨。何人欲作先生傳？長憶寒葅月滿庭。

過洞庭

白沙隱隱見金鼇，殿閣憑虛結構牢。天水渾融浮太極，神人幽顯隔秋毫。龍堂深閟靈棲冷，象緯低垂客枕高。欲作廟堂迎送曲，杜紅蘅碧盡離騷。

夜宿寺前農家

漢南旅店已星稀，倦宿田家帶落暉。蕭寺依山聊復爾，鄰侯送酒是邪非？風餐并覺涼生飯，露坐俄驚月在衣。老子漫遊吾漫送，登山臨水澹忘歸。

昌山

昌山峽口日西斜，蘭渚維舟近酒家。水漱樹根龍露爪，石排江岸虎交牙。路回佛寺藏深塢，風動漁舟掃落花。再拜靈均獻蘋藻，月明環珮下汀沙。

賜經筵官酒次蘇伯修韻

鼇極天初補，娥池月已修。鮮飇生廣厦，清旭映垂旒。玉漏聽無壅，重瞳視不流。凝神思燕翼，虛己納鴻猷。章撤金鑪灺，筵收玉斝浮。甘泉歸步遠，太液便程優。鸚鵡棲宮樹，鴛鴦避客舟。商耆戔漢幣，瀛儁膳唐羞。名輩應相語，明時豈易酬。徘徊西掖晚，雁影度延秋。

泰定丁卯八月十二日崇天門傳臚賜進士右榜第一人阿察赤左榜第一人李黼皆肄業國學日新齋余西廳授業生也是日京尹備鼓樂旗幟麾蓋甚都導二狀元入學謝師拜余明倫堂榜眼劉思誠探花郎徐容嘗因同年黄晉卿彭幼元從予遊亦拜其側其餘進士以門生禮來拜謝雜遝不記姓名圜橋門而觀者萬計都人以爲斯文盛事昔未有也同寅舉酒相屬偶成四絶以紀其事　録二。

禁院層層桃李開，天街繡轂轉晴雷。銀袍飛蓋人争看，兩兩龍頭入學來。

淡墨題名二十年，一官獨自擁寒氈。居然國子先生館，三五魁蹝拜座前。

天曆庚午會試院中馬伯庸尚書楊廷鎮司業及玄皆乙卯榜進士偶成絶句紀其事出院明日有敕督修經世大典又成小詩寄諸弟　録六。

省垣東畔至公堂，十五年前戰藝場。飽食大官無補報，兩科來此校文章。

御史承差鎖院門，侍臣傳詔出天閽。試官被命聯鑣至，同榜三人出謝恩。

聖主宫中遊幸疏，日臨祕閣玩芸儲。昨朝蘭省纔開試，清曉玉音催著書。

別駕祠前雪水渾，弟兄沙上舉離尊。三年不洗來時褐，要看淋漓別酒痕。
香山山頭新月彎，一似家里看西山。去家五十度弦望，圓壁何時照我還。
仁廟初科射策郎，如今斑白玷朝行。東風昨夜聞歸雁，夢繞江南煙水長。

題所貴姪梅

老樹縱橫出幾條，一枝還又亞牆腰。西湖湖上掀篷看，一夜吹香滿六橋。

所性姪家藏東坡看竹圖

銀燭高燒照豔妝，繁華過眼已相忘。敲門自愛看修竹，未必殷勤爲海棠。

漫題二絶

鈴索無聲玉漏稀，青綾夜直月侵扉。五更一覺梅花夢，催得江南學士歸。
屬官分住省郎曹，省樹年深過屋高。輪長晝閒來啜茗，下簾危坐聽松濤。

爲浪溪題折枝海棠

點綴春風只一枝，此花猶是半開時。更令老杜如今見，便是無情也賦詩。

墨竹

兩枝淡淡與濃濃，垂葉應無雷雨容。玉立滿身都是雨，何人能識葛陂龍？

高宗御書

君王不受辟寒釵，永巷泥金進損齋。欲上太清樓下石，啼鴉落日滿宫槐。

陳摶睡圖

陳橋一夜柘袍黄，天下都無鼾睡牀。贏得墜驢閒老子，爲君眠斷白雲鄉。

雪夜訪戴圖

雪夜操舟童僕勞，偶然歸去便稱豪。若爲返棹成佳趣，轉憶當時不出高。

墨荔枝

向來千里騎塵紅，生色羅襦溼翠濃。顏色似嫌妃子涴，蕭然猶有墨君風。

山閒山水手卷

十年京國看圖畫，半幅雲煙亦惱儂。今日身行屏障裏，却思移住最高峰。

武三思雙陸

上陽無子局方闌，又到乘龍第一盤。餅餤未來聊樂耳，郎君好好點籌看。

京城雜詠七首

玉堂集日列金羈，學士新兼祭酒時。五百書生簽講遍，八磚花影最來遲。

麗正門當千步街，九重深處五雲開。雞人三唱萬官集，應制須迎學士來。

白玉堂前夜合花，高高緑樹散朱霞。朝來如見唐人畫，繫著誰家白鼻騧。

龍笙鳳管舞輕盈，步障遊看花滿城。行到瓊林春更好，新來進士唱名聲。

鼇山宴罷月溶溶，太液池邊湛露濃。不用金蓮送歸院，水晶宫出玉芙蓉。

京城走馬聽晨鐘，我亦宵征僕輿慵。却憶江南春睡美，小樓攲枕聽村舂。

奉詔修書白玉堂，朝朝騎馬傍宫牆。牐河東畔垂楊柳，時有鶯聲似故鄉。

逢江易藝芳于賦芳洲

楊柳垂垂拂釣磯，平沙雨過緑生衣。王孫鬬草歸來晚，撲漉鴛鴦帶水飛。

東山春景

春光淡淡日遲遲，正是名園撲蝶時。却憶小橋流水過，東山春色在桃枝。

蒲萄

宛馬西來貢帝鄉，驪珠顆顆露凝光。只今移植江南地，蔓引龍鬚百尺長。

題山莊所藏東坡畫古木圖

眉山昔日生三蘇，一山草木爲之枯。後來筆端挾春腴，却令生意回枯株。樹經公筆無老醜，天以春工付公手。誰云輩行龍眠翁？奚必法嗣洋州守。山莊劉氏富清玩，家有蘇公舊揮翰。恍驚溼蘚粘怪石，慣見倒根生斷岸。涪翁對此煮春茶，爲公梢上挂長蛇。燈窗細讀假山記，秀氣終屬眉山家。

詠春閨怨

東風園林花草香，芳閨寂寞春晝長。佳人獨守情默默，銀牀錦被閒鴛鴦。終朝倦繡拈針指，怕向花前聽鶯語。喚回舊事千萬端，杏臉蛾眉淚如雨。玉郎去年辭家時，緑楊紅杏嬌春暉。緑楊紅杏色如舊，悵望玉郎猶未歸。一春魚雁音書絶，雪膚消瘦千腸結。斷腸獨立幾黃昏，那更青山苦啼鴂。

和李溉之舞姬脱鞋吟

宮袍繡蹙金花綺，紅綃緊襯雙鸞尾。盈盈慢服舞腰輕，綵雲飛處香風起。藕絲掣斷春雲鬆，瑞蓮雙結竝頭紅。夭夭曲曲玉彎卷，翠鳧飛去天欲軟。玉階秀茁蘭笴長，瓊沙迸出蘆牙淺。徘徊困倚東風力，溼砌香雲墜無跡。無限嬌羞不自持，君王喚起扶花立。

贈畫工黎仲瑾 號碧山。

吾聞萇弘之忠裂金石，精氣千年化爲碧。人生賴有方寸妙，萬變神奇從此出。又聞西方梵僧名法能，能令兩眼碧色晶熒熒。有時肘後灑墨汁，纖穠疏秀皆成形。碧山畫欲入神品，表裏神光碧瞳炯。浮嵐暖翠山不受，盡付晴窗落泓影。碧山學士今爲誰？玉堂茆舍各有時。煩君添我山下屋，更看白雲相陸離。

題紫微老人大字歌

紫微老人射生手，挽强竟取黄金斗。驃騎營中拜驍勇，鳳凰池上稱耆舊。時平腕力無所施，筋力猶能學顔柳。縱横戎略結構體，殺活兵機屈伸肘。山莊劉氏得最多，當日襜褕駐應久。高樓大扁曰明遠，况有愛山并尚友。我來後公五十年，主人酌我樓中酒。平田野水鳧雁集，重岡複嶺蛟龍走。登高欲賦乏佳興，忽覩台臚照窗牖。家藏有此希世珍，取酒當爲主人壽。想當洗研弢筆時，羽箑生風劍龍吼。焉知今人正傳玩，名與麒麟同不朽。嶠南魮鱷十五秋，老將如今安得有。鄂公九原如可作，養壽清商爲公奏。

示姪

吾宗孫子多好學，争持卷軸求余詩。嗟余耆馥有幾許，况復老懶惟其時。子年弱冠氣方鋭，立志要與青雲期。冀馬生駒汗血器，越女墮地瓊瑶姿。固知美質故應爾，所貴論道隆師資。牧之涉世晚自誤，冬至作詩鐫阿宜。初陽萌動慎培養，萬木一本含春滋。

道吴山

道吴山頭目龍卧，疊嶂重岡深紫邏。靈湫瀑布千丈長，古寺神杉十圍大。崇祠坎坎風雨來，樵徑丁丁鴻雁過。郡人夜望北斗魁，下有突兀青蓮座。

大圍山

大圍山高高幾許，絶頂嵯峨戴林塢。石隙花開自春夏，地鑪僧擁無寒暑。清流白鵰滌毛距，緑樹黄熊引筋膂。山腰日午嬰兒啼，知有雷公出行雨。

題捕魚圖

太湖三萬六千頃，靈槎倒壓青天影。大魚吹浪高如山，小魚卷鬣爲龍盤。羣魚聯腴伐桴鼓，勢同三軍戰强虜。長綱大罟三百尺，攔截中流若環堵。吴王宫中宴未闌，銀絲斫膾飛龍鸞。太官八珍奉公子，猩猩䫜脣鯉魚尾。洞庭木落天南秋，黄蘆滿天飛白鷗。江頭吹笛喚漁舟，與君大醉岳陽樓。

大明殿早朝

扶摇萬里上青霄，鳳闕龍池步步瑶。駝背負琛金絡索，象身備駕玉逍遥。衣冠俯伏傳呼嶽，干羽低回看舞《韶》。湖海布衣瞻盛事，他時田野夢天朝。

郊天禮成應制

紫壇黄幄夜無風，牲璧初陳月正中。瑞靄霏微成五色，神光烜赫映重瞳。千官屏息瞻天表，萬國關心在聖躬。清曉慶雲高捧日，簫韶前導駕還宫。

敗筆

秋拈禿筆似愚慵，曾爲雲煙掃墨松。脱穎荒凉空憶兔，舊腰消瘦久如蜂。小臣奏事冠初免，敗將降〔胡〕甲不重。老矣此心無可用，少年豪氣爲誰雄。

歐陽公牡丹詩

盛游西洛方年少，晚樂漁樵號醉翁。白首歸來玉堂署，君王殿後見鞓紅。

元詩選戊集目録

元詩選戊集

薩經歷都剌

薩都剌，字天錫，別號直齋。本答失蠻氏，祖父以勳留鎮雲代，遂爲雁門人。「薩都剌」者，猶漢言「濟善」也。弱冠登泰定丁卯進士第，應奉翰林文字。出爲燕南經歷，擢御史於南臺。以彈劾權貴，左遷鎮江録事，歷閩海廉訪司知事，進河北廉訪經歷。尚書干文傳序其詩曰：「天錫陟官閩憲幕，往還吴中，出所作《雁門集》見示。其豪放若天風海濤，魚龍出没。險勁如泰、華、雲門，蒼翠孤聳。其剛健清麗，則如淮陰出師，百戰不折，而洛神凌波，春花霽月之嬋娟也。」明成化間，吴人張習企翱書其刻集後曰：「元詩之盛，倡自遺山，而趙子昂、袁伯長輩附和之。繼而虞、楊、范、揭者出，號爲大家。間有奇才天授，開闔變怪，莫可測度，以駭人之視聽者。初則貫雲石、馮子振、陳剛中，後則楊廉夫，而薩天錫亦其人也。觀天錫《燕姬曲》、《過嘉興》、《織錦圖》等篇，婉而麗，切而暢，雖雲石、廉夫莫能道。他如《贈劉雲江》、《越臺懷古》、《題爛柯山》、《石橋》諸律，又和雅典重，置諸松雪、道園之間，孰可疑異。」要而論之，有元之興，西北子弟，盡爲横經。涵養既深，異才並出。雲石海涯、馬伯庸以綺麗清新之派振起于前，而天錫繼之，清而不佻，麗而不縟，真能于袁、趙、虞、楊之外，別開生面者也。于是雅正卿、達兼善、迺易之、余廷心諸人，各逞才華，標奇競秀。亦可謂極一時之盛者歟！

徐興公曰：《薩天錫集》，成化乙巳兗州守關中趙蘭刻于郡齋。得之仁和沈文進家藏舊本。弘治癸亥，東昌守雁門李舉又刻之。今二本互有異同，並傳于世。一題曰《雁門集》，一題曰《薩天錫集》云。然《雁門集》所載如《車簇簇行》一首，《元文類》作馬祖常，今見祖常《石田集》中。《凌波曲》一首，《元音》作無名氏。《乾坤清氣》作李溉之。《舞姬脫鞋吟》，歐陽元功有和李溉之韻，當不誤也。又如《明日城東看杏花》一首，見虞伯生《在朝稿》。《歲云暮矣》三章，二本並載。而偶武孟《乾坤清氣》作張仲舉，武孟，元末人，必有所見。今悉爲改正。他如《次韻送虞先生入蜀》一首，亦見《石田集》，而諸選本俱作天錫。《山中懷友》及《和吳贊府齋中十咏》見黃晉卿集。而胡元瑞《詩藪》所稱天錫詩有：「故廬南雪下，短褐北風前」之句。徐興公序亦引及此語，似各有所據，未可盡以爲誤也。至如盧希韓之半攙薩集，出于後人掇拾之餘，所當亟爲改正。《凌波曲》、《鶴骨笛》之誤入龍子高，此在《元音》本屬無名氏。而潘曹選本失于考較，牽連而誤及之耳。按錢牧齋《列朝詩集》稱慶元方氏盛時，招延天下文士。天錫與林彬、朱右輩，皆往依焉。今其集中並無浙東往還之作，又干壽道《雁門集序》謂有七言律《巧題》百首，今亦不存。乃知昔人卷帙散逸已多，補綴蒐羅，更有混淆錯出之弊，故略因所見而釐正之。

鼎湖哀

荆門一日雷電飛，平地豎起天王旗。翠華搖搖照江漢，八表響應風雲隨。千乘萬騎到闕下，京師亦覩龍鳳姿。三軍卯破虎北口，一矢血洗潼關屍。五年晏然草不動，百穀穲稏風雨時。修文偃武法古道，天閣萬丈奎光垂。年年北狩循典禮，所有雨露天恩施。宮官留守掃禁闕，日望照夜隨金羈。西風忽湧鼎湖浪，天下草木生號悲。吾皇騎龍上天去，地下赤子將安依。吾皇想亦有遺詔，國有社稷燕太師。太師既受生死託，始終肝膽天地知。漢家一線繫九鼎，安肯半路生狐疑。孤兒寡婦前日事，況復將軍親見之，況復將軍親見之。

此詩爲文宗晏駕時作也，文宗之立也，燕鐵木兒有力焉。文宗崩，燕鐵木兒請立皇子，燕帖古思皇后不可，乃立明宗幼子鄜王，一月殂，后命迎明宗長子妥懽貼睦爾于静江，至京師，久不得立，燕鐵木兒死，后乃與大臣定議立之，是爲順帝。天錫有《威武曲》一首云：「桓桓燕將軍，威武天下一。赤面注丹砂，虬髯如插戟。當年意氣何鷹揚，手扶天子登龍牀。五年垂拱如堯湯，白日騎龍昇上蒼。桓桓燕將軍，威武何可量。熹微日色出東方，早令一出照八荒。毋使三月人皇皇，毋使三月人皇皇。」觀此及《紀事》一詩，得古人詩史之意矣。

白翎雀

凄凄幽雀雙白翎，飛飛只傍烏桓城。平沙無樹巢弗營，雌雄爲樂相和鳴。君不見舊日輕盈舞紫燕，鴛鴦鎖老昭陽殿。風暄芍藥春可憐，露冷芙蓉秋莫怨。

燕姬曲 一作《楊花曲》。

燕京女兒十六七，顔如花紅眼如漆。蘭香滿路馬塵飛，翠袖籠鞭嬌欲滴。春風淡蕩摇春心，錦一作銀。箏銀一作華。燭高堂深。繡衾不暖錦鴛夢，紫簾垂霧一作「紫煙紅霧」。天沈沈。芳年誰惜去如水，春困著人倦梳洗。夜來小雨潤天街，滿院楊花飛不起。

吴姬曲

皎皎紅羅幕，高高碧雲樓。娟娟一美人，炯炯露雙眸。郎居柳浦頭，妾住鶴沙尾。好風吹花來，同泛春江水。

洞房曲和劉致中員外作

峭寒暗襲雲藍綺，鮫帳愔愔夜如水。美人骨醉紅玉軟，滿眼春酣不忺起。幽禽關關喚霜曙，金璧屠蘇溢香霧。有生只合老温柔，璧月長教挂瑶樹。鴛鴦同心暗中結，滿意芳蘭暖紅雪。癡雲騃雨自年年，不管人間有離别。

江南樂

江南樂，春水紅橋滿城郭。出門不用金馬絡，門前畫一作花。船如畫閣。緑紗虚窗春霧薄，一作「鎖春霧」。隔窗蛾眉秋水活，翡翠冠高羅袖闊。楚舞吴歌勸郎酌，紫竹瑶絲相間作。船頭柳花如雪落，船尾彩旗風綽綽。秉燭夜遊隨處泊，一作「意足」。人生無如江南樂。

江南怨

江南怨，生男遠遊生女賤。十三畫得蛾眉成，十五新妝識郎面。識郎一面思猶淺，千金買官遊不轉。儂一作郎。家水田跨州縣，大船小船過淮甸。買官未得不肯歸，不惜韶華去如箭。楊花撲簷一作「簾幕」。飛語一作乳。燕，疏雨梧桐閉深院，人生無如江南怨。

漢宫早春曲

女夷鼓吹招摇東，羲和馭日騎蒼龍。金環寶勝曉翠濃，梅花飛入壽陽宫。壽陽宫中鎖香霧，滿面春風吹不去。鞭却靈鼉駕五山，芙蓉夜暖光闌干。雞人一唱曉星起，四野天開春萬里。

王孫曲 一作《海棠曲》。

内家楚楚諸王孫，白馬金鞍耀晴日。尊前細樂耳厭聞，世上閑愁生不識。宫袍一作錦。裁成五色雲，珍珠簇就雙龍紋。衣裳光彩照暮春，紅靴著地輕無塵。翠樓珠箔玉鉤挂，腸斷宫一作纖。腰無一把。海棠花下一作底。晝聞鶯，太液池邊春洗馬。千枝萬枝桃杏紅，花枝飄香薰酒中。歸來月落酒未醒，有詔早入明光宫。

蘭臯曲

溪水長涵幽草芳，春溪露滴蘭葉光。美人日暮采蘭去，風吹露溼芙蓉裳。芙蓉爲裳蘭結珮，玉立亭亭臨水際。天寒袖薄人不知，一作識。疏雨蘭苕鳴翡翠。幽蘭日日吹古香，美人不來溪水長。

新夏曲

紅泣香枯怨流水，夜放籞龍千尺尾。風生宫樹曉層層，涼緑一簾收不起。煙乾寶鴨白晝清，祝融緩轡行且停。薔薇花深霧冥冥，碧窗睡起香滿眩。

芙蓉曲

秋江渺渺芙蓉芳，一作香。秋江女兒將斷腸。絳袍春淺護雲暖，翠袖日暮迎風涼。鯉一作鯨。魚吹浪一作「風起」。江波白，霜落洞庭飛木葉。盪舟何處采蓮一作花。人，愛惜芙蓉好顏色。楊鐵崖《竹枝詞序》稱天錫詩：風流俊爽，修本朝家範。宮詞及《芙蓉曲》，雖王建、張籍無以過矣。

蕊珠曲

芙蓉城裏白玉樓，冰簾倒挂珊瑚鉤。玉一作美。人晏坐太清室，蛾眉不鎖人間愁。彩橋東畔楊花轉，飛入一作到。三天紫清殿。仙裳日暖藕絲香，燕語鶯啼動幽怨。天風泠泠吹珮環，霞冠不整偏雲鬟。蕭郎風骨何可得，紫簫赤鳳遊雲間。瑶臺一作壇。午夜霜華瑩，羅襪生寒冰一寸。錦屏甲帳蕊珠新，雲房火鼎丹芽嫩。天台仙子淡淡妝，桃花洞口逢劉郎。巫山神女弄雲雨，人去楚臺空斷腸。步虛聲斷闌干外，春去秋來顏色改。東風吹老碧桃花，一作枝。深院無人夜如海。

相逢行贈别舊友治將軍 並序。

予還官出閩，舟行抵興田驛二十里許，俄聞擊鳴金鼓，應響山谷間。隨見旌旗導前，兵卒衛後，中有乘馬者，毳袍帕首，徐行按轡，屢目吾舟。吾病久氣餒，不能無懼心也。頃之，興田驛吏以行輿見迓。

遂舍舟乘輿，嚮之旌旗兵卒，移導輿前，馬從輿後，輿行馬鳴，途中未敢交一語。迫暮至邸舍，燭光之下，毳袍者進曰：「某乃建之五夫巡檢官，聞使君至，候此將一月矣。某嘗三識使君面，自都門一別，今已五載，使君豈遺忘之耶！」僕驚謝曰：「將軍何人也？」答曰：「某卽使君舊友雲中也。」熟視久之，恍如夢寐。雲中復能紀余闕下丰采時否耶？歷歷關河，舊遊如隔世 乃對燭光，夜道故舊，明日復同遊武夷九曲，煮茶酌酒，臨流賦詩，出入丹崖碧嶂間，心與境會，天趣妙發，長歌劇飲，相與爲樂。酒闌興盡，秋風凄凄，落木雨下，閩關在望，復作遠行。予始見君而懼，次得君而喜，終會君而樂。又得名山水以發揮久別抑鬱之懷，樂甚而復別，別而復悲，悲復繼之以思也。嗟夫！人生聚散，信如浮雲。地北天南，會有相見。因賦詩復爲《相逢行》以送之。此序《雁門》刻本不載，今從別本補入。

一年相逢在京口，笑解吴鈎換新酒。城南桃杏花正開，白面青衫鞭馬走。一年相逢白下門，短衣窄袖呼郎君。朝馳燕趙暮吴楚，逸氣自覺凌青雲。一年相逢在闕下，東家蹇驢日相假。有如臣甫去朝天，泥滑沙堤不敢打。都門一別今五年，今年相逢滄海邊。千山木葉下如雨，鴈聲墮地秋連天。將軍毳袍腰羽箭，擁馬旌旗照溪面。小官不識將軍誰，卧病孤舟强相見。豈知此地逢故人，摩挲老一作病。眼開層雲。舊遊歷歷似隔世，夜雨豈不一作知。思同羣。郎君別後瘦如許，無乃從前作詩苦。溪頭月落山館深，翦燭猶疑夢中語。人生聚散亦有時，且與將軍遊武夷。弓刀挂在洞前樹，洞裏仙童來覓詩。稽首武夷君，借我幔峰頂。分我紫霞漿，一作杯。與子連夜飲。左手招子喬，右手招飛瓊。舉觴星月下，聽吹雙鳳笙。我酌一杯酒，持勸天上月。勸爾長照人相逢，莫向關山照離別。鳳笙換曲曲未終，天風木杪吹一作翾。晨鐘。拂衣罷宴下山一作峰。去，又隔雲山千萬重。

鸚鵡曲 並序。

有以繡枕見貺，上繡楊妃看鸚鵡，高力士二宮女侍立，皆寸許。其布置得體，想像可愛。故作《鸚鵡曲》以答云。

水晶簾垂宮晝長，猩色一作「大曲」。屏風圍繡牀。美人春睡苦不足，夢隨飛燕遊昭陽。覺來粉汗溼香臉，一線柔一作新。紅枕痕淺。三十六宮在眼前，五色香雲隨指轉。牙牀端坐楊太真，雲冠霞珮絳色裙。雙成小玉各一作盡。宮樣，繡衣烏帽高將軍。雕籠七寶挂高一作宮。樹，玉案金一作銀。盤看鸚鵡。可憐鸚鵡解人言，一作語。不說漁陽動鼙鼓。乃知禽語能戲人，不知人語能殺身。亡家敗國污天地，天生尤物天亦嗔。一朝豔質化塵土，可恨可憐千萬古。香魂不逐馬塵飛，猶託一作記。深閨繡房女。想當盤礴欲繡時，停針想像心如絲。繡成特自比容貌，伏枕自喜還自悲。郎君有此從何得，怪底梅花心鐵石。偶然持贈百拙人，眉眶眼精生醜色。一本無上八句。少年閱此惱斷腸，一作「重簾紫霧垂洞房」。錦屏繡褥蘭麝香。夜深酒醒換銀燭，時見楊妃在耳傍。君不聞張麗華墮宮井，銅雀章臺烟燼冷。繁華一夢人不知，萬事邯鄲呂公枕。

北風行一作歌。送王君實 一本有「並寄憲副順子昌」七字。

北風日日吹浮雲，西南一星光射門。出門見客箝口坐，打馬送君收淚痕。一作吞。箝口祇自知，吞淚竟動，奈爾狐狸燕雀何。

何益。木葉下玄霜，日日北風急。北風吹淺淮水一作南。波，坐見白日愁一作浮。雲多。九關虎豹卧不

鬻女謡

揚州婀婀紅樓女，玉筍銀箏響風雨。繡衣貂帽白面郎，七寶雕籠呼翠羽。冷官傲兀蘇與黄，提筆鼓吻趨文場。平生睥睨紈袴習，不入歌舞春風鄉。道逢鬻女棄如土。慘澹悲風起天宇。荒村白日逢野狐，破屋黄昏聞嘯鬼。閉門愛惜冰雪膚，春風繡出花六銖。人誇顔色重金璧，今日飢餓啼長途。悲啼淚盡黄河乾，縣官縣官何爾顔。金帶紫衣郡太守，醉飽不問民食艱。傳聞關陝尤可憂，旱荒不獨東南州。枯魚吐沫澤雁叫，嗷嗷待食何時休。漢宫有女出天然，青鳥飛下神書傳。芙蓉帳暖春雲曉，玉樓梳洗銀魚懸。承恩又上紫雲車，那知鬻女長欷歔。願逢昭代民富腴，兒童拍手歌《康衢》。

練湖曲

練湖七月涼雨通，白水蕩蕩芙蓉紅。芙蓉紅盡早霜下，鴛鴦飛去何忽忽。茜塘女兒弄輕碧，嗚榔聲斷無消息。清波小藻出銀魚，落日吴山秋欲滴。望湖樓上雲茫茫，鳥飛不盡青天長。丹陽使者坐白日，小吏開罌宫酒香。倚闌半醉風吹醒，萬頃湖光落天影。挂冠何日老江南，短褐綸巾上漁艇。

終南進士行和李五峰題馬麟畫鍾馗圖

老日無光霹靂死，玉殿咻咻叫陰鬼。赤脚行天踏龍尾，偷得紅蓮出秋水。終南進士髮指冠，緑袍束帶烏靴寛。赤口淋漓呑鬼肝，銅聲剥剥秋風酸。大鬼跳梁小鬼哭，豬龍飢嚼黄金屋。至今怒氣猶未消，髯戟參差努雙目。

桃源行題趙仲穆畫

長城遠築阿房起，黔首驅除若螻蟻。誰知别有小乾坤，藏在桃花白雲裏。桃花重重間白雲，洞門鎖住千年春。男耕女織作生業，版籍不是秦家民。桑麻雞犬村村屋，流水門牆映花竹。無端漁父緑蓑衣，帶得黄塵入幽谷。主人迎客坐茅堂，共話山中日月長。但見花開又花落，豈知世上誰興亡。明朝漁父歸城市，回首雲山若千里。再來何處覓仙蹤？恨滿桃花一溪水。

鞦韆謡

寒梅零落春雪灑，蕭娘腰瘦無一把。淡黄楊柳未成陰，何人已繫青驄馬。畫樓深處迎春歸，鞦韆影裏紅杏肥。濛濛花氣溼人面，東風吹冷輕羅衣。衣上粉珠流不歇，暗解翠裙花下摺。殷勤莫遣燕子知，會向人間報風月。

早發黃河卽事

晨發一作牽。大河上，曙色滿船頭。依依樹林出，慘慘煙霧收。村墟雜雞犬，門巷出羊牛。炊煙遶一作動。茅屋，秋稻上隴丘。嘗新未及試，官租急徵收。一作求。兩河水平堤，夜有盜賊憂。長安里中兒，生長不識愁。朝馳五花馬，暮脱千金裘。鬬雞五坊市，酣歌醉一作最。高樓。繡被夜中酒，玉人坐更籌。豈知農家子，力穡望有秋。短褐常不完，糲食常不周。醜婦有子女，鳴機事耕疇。上以充國稅，下以祀松楸。去年築河防，驅夫如驅囚。人家廢耕織，嗷嗷齊東州。飢餓半欲死，驅之長河流。河源天上來，趨下性所由。古人有善備，鄙夫無良謀。我歌兩河一作岸。曲，庶達公與侯。淒風振枯槁，短髮涼颼颼。

過池陽一有「有」字。懷一有「唐」字。李翰林

我思李太白，有如雲中龍。垂光紫皇案，御筆生青紅。羣臣不敢視，射目目盡盲。脱靴手污衊，蹴踏將軍雄。沈香走白兎，玉環失顏容。春風不成雨，殿閣懸妖虹。長嘯拂紫髯，手撚青芙蓉。挂席天一作千。萬里，遨遊江之東。濯足五湖水，脱一作挂。巾九華峰。放舟玉鏡潭，弄月秋浦中。羈懷正浩蕩，行樂未及終。白石爛齒齒，貂裘淚濛濛。神光走霹靂，水底鞭雷公。采石波浪急，一作惡。青山雲霧重。我有一杯一作斗。酒，和淚灑天風。

宿臺城山一作「臺山寺」。絶頂

江白潮已來，山黑月未出。樹杪一燈明，雲間一作房。人獨宿。近水星動摇，河漢下垂屋。四月夜深寒，繁露在修竹。

送吴寅可一作甫。之揚州

青楊吹白花，銀魚跳碧藻。落日江船上，一作「上江船」。三一作二。月淮南道。渺渺春水涯，悠悠雲樹杪。安得快剪刀，江頭剪芳草。

題焦山方丈一有壁字。

江風入霜林，寒葉下疏雨。蕭蕭復蕭蕭，可聽不可數。山僧亦好奇，呼童掃行路。何處覓秋聲，肩輿入山去。

寄朱舜咨王伯循了即休五首並序。

元統二年秋八月，僕與淮東憲副朱舜咨、廣東僉憲王伯循會于瓜洲江風山月亭上。過金山，登妙高峰。一作臺。飲酒賦詩。京口鶴林寺僧了即休風雨渡江，贈别《少年游》詞。既而即休辭去。舜咨、伯循留廣陵，僕獨涉淮過河北。人生聚散，信如雲萍。屈指歲餘，舊遊如夢。向日舜咨有「雨過江色淨」五字，天趣妙發，未克竟篇。兹以一字爲一韻，賦詩寄上舜咨、伯循二前輩、鶴林主者了上人。

木落淮南秋，蘭橈泊瓜一作江。渚。把酒三人同，江亭看飛雨。雨過江色淨，妙景發天趣。歷歷江南山，一一青可數。

大江湧金山，穩若青蓮座。山下有龍宫，見水不敢唾。江山萬古同，日月片帆過。把酒妙高臺，狂歌醉相和。

飄飄鶴林僧，布襪青鞋雙。長江飛錫一作鉢。渡，海磬一作碧海。魚龍撞。一作幢。遠來作偈别，楚雨鳴秋窗。振錫獨歸去，天花飛滿江。

微茫揚子橋，細雨溼秋色。小艇載吴姬，摇摇語相接。風起布帆高，一往不再一作可。得。夜宿廣陵城，吹簫怨一作照。明月。

霜高木葉空，江清水花淨。離懷江水深，楚女晚妝靚。按拍聽歌聲，點筋行酒令。白露滿衣裳，迥野垂斗柄。

度閩關二首

曉度分水嶺，身在雲霧中。手扣一作如。天上關，一作門。聲落山下風。雷霆走澗壑，神人過虚空。既訝奔豐隆，亦可招祝融。頃刻開萬象，赤烏飛嶺東。

白雲下千峰，盡入一作日。懷袖裏。振衣度閩關，灑作山下水。仰登天無一作有。梯，俯視井無底。古來守關人，豪傑存有幾。一云「盡作山下鬼」。寒食百草青，春風吹不起。

過嶺一作「度嶺輿」。至崇安方一無方字。命棹之一無之字。建溪

人生天地間，馳馬歷大塊。行樂須及時，流光逝難再。役役功名羈，一作徒。歷歷山水邁。偉哉東南區，奇險閩粤最。車書四海同，風氣一嶺界。肩輿度層霄，一作雲。手棹下急瀨。四山抱回流，環合如束帶。玉井蓮葉飄，仰高一作面。天作蓋。倏馳丹峰前，却在紫嶺背。微雲間煙霞，一作「激陰間雲霧」。疏雨灑松一作杉。檜。深林樵牧歸，落日山鬼會。雪瀑挂冰一作水。簾，林風響一作奏。天籟。石梯駕仙巖，往往遺骨在。瑶草石上生，丹藥市中一作曹。賣。巍巍考亭祠，過客下祠拜。溪水自成文，上接洙泗派。喚渡雲門僧，貌古清可愛。手把青松枝，趺坐溪石罅。一作待。懸崖虹棧危，插竹漁網曬。山高人蟻旋，下視舟一芥。輕舫一作狂。類飛鰍，宛轉亂石隘。崢嶸龍角尖，磊砢一作磈碕。黿首癩。槎牙一作嗟呀。激頹波，出没如水怪。萬古一作鼓。槌地雷，三峽瀉泙湃。峰巒争送迎，奔走萬馬快。箭過耳生風，開口不暇欬。峭壁起衝流，恍若巨鼇戴。山一作上。有舊題名，歲久字刻壞。豈無姓名存，彷彿年月載。覽此前人蹤，徒爲後人慨。天氣易寒暄，光陰一作景。倏明晦。浩蕩三日程，應接千萬態。會登天柱峰，一覽宇宙大。少吐胸中豪，神遊八方一作荒。外。題詩贈山靈，清氣留勝概。

秋日一有「病起」二字。池上

顧茲林塘幽，消此閒日永。飄風亂萍蹤，落葉散魚影。天清一作地。曉一作風。露涼，秋深藕花冷。有懷

無與言，獨立心自省。

過居庸關 至順癸酉歲。

居庸關，山蒼蒼，關南暑多關北涼。天門曉開虎豹卧，石鼓晝擊雲雷張。關門鑄鐵半空倚，古來幾多一作度。壯士死。草根白骨棄不收，冷雨陰風哭一作泣。山鬼。道傍老翁八十餘，短衣白髮扶犁鋤。路人立馬問前事，猶能歷歷言丘墟。夜來芟一作鋤。豆得戈鐵，雨蝕風吹半稜折。一作「失顏色」。色消一作「鐵腥」。唯帶土花腥，一作青。猶是將軍戰時血。前年又一作人。復鐵作門，貔貅萬竈如雲屯。生者一作存。有功挂六一作玉。印，死者誰復招孤魂？居庸關，何峥嶸。上天胡不呼六丁，驅之海外消一作休。甲兵。男耕女織天下平，千古萬古無戰争。

吴真人京館畫壁 一作《和題吴閒閒京館王本中醉作竹石壁上》。

硯池一作屏。花落丹水香，步虚白日聲琅琅。江南道士愛瀟灑，新粉素壁如秋霜。王郎酒酣一作後。衫袖溼，醉眼朦朧電光急。玄一作黑。龍雲重雨脚斜，白兎秋高月中泣。倦遊借榻日觀東，恍忽夜一作舊。夢三湘中。鷓鴣聲斷江路遠，青林一作松。雨暗春濛濛。

寒夜與王記室宴集 一作《寒夜獨酌》。

欲雪無一作不。雪風力强，欲睡不睡寒夜長。玉奴剪燭落燕尾，一作「剪落燕尾燭」。銀屏煮酒浮鵝黄。二君豪飲一作「三軍豪氣」。不可敵，醉倒緑髮一作鬓。參軍郎。夜深大吟且就枕，明朝萬瓦看晴霜。

就用韻贈鐵將軍

鄴中一作「去年」。健兒筋力强，豪氣不減關雲長。揮戈叱咤陣雲黑，酣一作邊。風白晝吹日黄。將軍威武不可近，鐵一作錦。袍赤面黄鬚郎。今年收功入將府，烏靴曉踏天街霜。

馬翰林寒江釣雪圖

天寒日短一作莫。烏鴉啼，江空野闊黄雲低。村南村北人跡斷，山後山前玉樹迷。歌樓酒香金帳暖，豈知篷底魚羹飯。一絲天地柳花春，萬頃一作里。煙波蓮葉晚。一作遠。風流不數王子猷，清興不減山陰舟。人間富貴草頭露，桐江何處尋一作覓。羊裘。還君此畫三歎息，如此江湖歸未得。洗魚煮酒一作飯。卷孤篷，江上雲山好晴一作顔。色。

楊妃病齒圖 一作《華清曲題楊妃病齒》。

沈香亭北春晝長，海棠睡起扶殘妝。清歌妙舞一時静，燕語鶯啼愁一作空。斷腸。朱脣半啓榴房破，臙脂紅注珍珠顆。一點春寒一作酸。入瓠犀，雪色鮫綃溼香唾。九華帳裏薰蘭煙，玉肱曲枕珊瑚偏。金一作玉。釵半脱翠蛾斂，龍髯天子空垂涎。妾身日一作雖。侍君王側，別有閒愁許誰測。一作「閒情向誰説」。斷腸塞上錦棚兒，萬恨千愁言不得。成都遥進新荔枝，金盤紫鳳一作露。甘如飴。紅塵一騎不成笑，病中風味心自知。君不聞延秋門，一作華清宮。一齒作楚藏病根。又不聞馬嵬坡，一身濺血未足多。漁陽指一作一。日鼙鼓動，始覺開元天下痛。雲臺不見漢功臣，三十六牙何足用。明眸皓齒今已矣，風流何處三郎李。

織女圖 一作《題壽監司所藏美人織錦圖》。

蘭閨一作卷中。織錦秦川女，大姬啞啞弄機杼。小姬織倦何所思，簾幕無人燕雙語。成都花發江水春，門前馬嘶車轔轔。髻鬟一作雲。兩珥看欲墮，蛾眉八字畫不伸。良一作行。人一去無消息，冰蠶吐絲成五色。柔腸九曲細於絲，萬縷春愁正如織。綺窗睡起聞早鶯，西樓月落金盤一作盆。傾。暖霞拂地海棠曉，香雪潑户梨花晴。日長深一作春。院機聲動，梭影穿花飛小鳳。水心驚起鴛鴦飛，一作棲。花底不成胡蝶夢。纖纖玉指柔且和，香鉤小韈裁春羅。滿懷心事付流水，盪日一作目。雲錦生層波。一作「回青波」。佳人自古多命薄，風裏楊花隨處落。豈知醜婦嫁田家，生則同衾死同槨。君不聞長安市上一作「城中」。花滿枝，東家胡蝶西家飛。籠中鸚鵡喚新主，門外一作裏。侍兒更故衣。又不聞田家婦，日掃春蠶育織布。催租縣吏夜打門，荆釵布裙夫短袴。我題此畫一作卷。三嗟一作歎。吁，百年醜好皆一作俱。虚無。排雲便欲叫閶闔，爲我獻上《豳風圖》。

題陳所翁一有壘字。龍

畫龍天下稱所翁，秃筆光照一作射。驪珠宮。長廊白日走雲氣，大厦六月生寒風。興來一飲酒一石，手提玄兔追一作槌。霹靂。漲天煙霧晴不收，頭角峥嵘出牆壁。全形具體得者稀，今日海邊親見之。滿堂火一作光。餤動鱗甲，倒挾一作披。海水空中飛。凌風直上九天去，天下蒼生望甘一作霖。雨。太平天子居九重，黍稷穰穰千萬古。

登樂陵臺倚梧桐望月有懷南臺李御史藝七夕後一日也

涼風吹墮一作動。梧桐葉，瀉下泠泠露華白。樂陵臺上悄無人，獨倚梧桐看明一作秋。月。月高當午桐陰一作影。直，不覺衣沾露華溼。此時却憶在金陵，一作「金陵人」。酒醒江樓聽吹笛。

送陳衡之之金陵　一作《送友人之金陵》。

買舟上遡金陵道，一作「陳郎買舟上金陵」。寒江水落波一作風。浪小。片帆遥挂蔣山青，空城漸覺一作「畫角」。秦淮曉。白門美酒滿城春，一作「酒美香滿城」。吴姬唤客客不行。樓中子弟皆一作盡。年少，玉奴送一作行。酒吹鸞笙。陳郎不聽黄金縷，朝之一作走。東吴暮西一作走。楚。半生落魄一布袍，感慨長歌弔千古。六朝遺蹟生暮煙，故宫衰草埋花磚。一作「故家荒塚迷花鈿」。鳳凰臺上醉李白，何人知子囊無錢。

送王伯循御史一作《送君卿伯循二御史》。赴廣東僉憲時僕將回燕京一作「僕在燕南」。

沙頭酒盡一作熱。惜别離，江波日色浮繡衣。清溪柳花一作「鷗鷺」。白蕩蕩，白下柳樹一作「楊柳」。青依依。秋雲雙驄嶺表去，明月一雁燕南飛。曲江水發一作「有酒」。願相憶，莫遣鯉魚音信稀。一本編入律詩。

江上聞笛

江上何人吹竹一作玉。笛，水淺一作冷。沙寒龍夜泣，鮫人水底織冰綃。灑淚成珠露華溼。一作「灑淚行珠明月高」。銀河耿耿波一作「淡淡月」。茫茫，雁奴打更沙溆傍。更深繡被夜寒重，明月梅花滿地霜。

登歌風臺

歌風臺前一作下。河水黄，歌風臺前一作上。春草碧。黄河之水日夜流，碧草年年自春色。當時漢祖爲帝王，龍泉三尺飛秋霜。五年馬上得天下，富貴樂在歸故鄉。里中父一作故。老争拜跪，拄杖一作「布襪」。麻鞵見天子。龍顔自喜還自傷，一半隨龍半爲鬼。翻思向日亭長時，一身捧一作傳。檄日夜馳。只今宇宙極四海，一榻之外難撐持。却思猛士衛神宇，安得長年在鄉土。可憐創業垂統君，却使乾機付諸吕。淮陰年少韓將軍，金戈鐵馬立戰勳。藏弓烹犬一作狗。太急迫，解衣推食何殷勤。倒使英雄一作「致令英傑」。遭婦手，血濺紅裙當斬一作「急迫」。首。蕭何下獄子房歸，左右功臣皆掣肘。還鄉却賦《大風歌》，向來老將今無多。咸陽宫殿一作闕。眼親一作親眼。見，今日一作見。荆棘埋銅駝。臺前老人淚如雨，爲言不特一作獨。漢高祖 古來此事無不然，稍稍昇平忘險阻。荒涼古廟依高臺，一本此句止作「歌風臺」三字。前人已矣今人哀。悲歌感慨下臺去，斷碑春雨生莓苔。

過魯港驛和貫酸齋題壁

吴姬水調新腔改，馬上郎君好風采。玉郎一作「王孫」。一去春草深，謾有狂名滿江海。歌詩呼酒江上亭，墨花飛雨江不晴。江風吹破蛾眉月，我亦東南西北征。一作「東西南北客」。

過淮河有感

淮水清，河水黄，出山一作門。偶爾同異鄉。排空卷雪勢莫當，一作「卷雲若飛電」。隨風逐浪庸何傷。東流入海殊不惡，萬里同行有清濁。

高郵阻風

離家十日得順水，不卸蒲帆一千里。忽然今日風打頭，寸波寸水逆上流。小兒造物不可測，昨日南風今日北。黄郎束手篷下眠，盡日閒看順水船。順船得勢如馬走，相望招呼不回首。長風破浪我亦曾，順逆偶爾非人能。

清明遊鶴林寺

青青楊柳啼乳鴉，滿山爛開紅白花。小橋流水過古寺，竹籬茅舍通人家。潮聲卷浪落松頂，騎鶴少年酒初醒。若將何物賞清明，且伴山僧煮新茗。

揚帆松江甚駛西望吴諸山快而有作

秋風秋水清浮波，片帆送舟如擲梭。篙師絶叫鳧雁起，但見流沫翔盤渦。汀蘆雪舞花婆娑，緑淨已消菱與荷。青山蹀躞奔青騾，倏忽過眼千羣多。放情盍買鱸鄉鱸，侑以滿酌金叵羅。醉拍銅斗踏浪歌，江行之樂其如何？

中秋前二夜步至吴江垂虹橋盥漱湖渚而歸倚篷望月清興翛然因成數語

萬頃太湖風浪静，玻瓈倒浸虹蜺影。瀼瀼露滴金波流，一笻獨立秋雲冷。步回長嘯倚篷窗，月華正在青霄頂。

過嘉興

三山雲海幾千里，十幅蒲帆挂煙一作秋。水。吴中過客莫一作不。思家，江南畫船如屋裏。蘆芽短短穿碧沙，船頭鯉魚吹浪花。吴姬盪槳入城去，細雨小寒生緑紗。我歌《水調》無人續，江上月涼吹紫竹。春風一曲《鷓鴣吟》，一作詞。花落鶯啼滿城緑。

皂林道中

春溪野鴨肥可射，幽樹陰深一作「深陰」。叫山鷓。遠人三月酒船歸，一作過。柳絮飛時杏花謝。行行水竹與一作上。雲林，往往人家或僧舍。小官便欲賦《歸來》，何處買山錢可借。

遊吳山紫陽菴　一作《偕卞敬之遊吳山駝峰紫陽洞》。

天風吹我登鼇一作駝。峰，大山小山石玲瓏。赤霞日烘一作射。紫瑪瑙，白露夜滴青芙蓉。飄綃一作飆。雲起一作氣。穿石屋，石上涼風吹紫竹。挂冠何日賦《歸來》，煮茗篝燈洞中宿。

和韻三茆山呈張伯雨外史

碧桃花落蓬萊宮，銀屏甲帳圍春風。冰簾卷水玉堂静，白露滴月銀牀空。仙人夜酌九霞酒，手握北斗傾尊中。梧枝落影鳳凰語，幽韻仿佛臨蒼穹。伐毛洗髓天地老，火鼎夜出芙蓉紅。呼龍洞口種瑶草，採藥忽遇松間童。茆君自騎一虎去，猶聞珂珮聲丁東。武華山人三載别，緑袍赤杖蒼髯翁。淮南江上復相見，落日淡淡天無窮。明朝稽首渡江去，楚水清淺銀河通。

走筆贈燕會一作孟。初

别君金陵城，遇君錢塘驛。落魄江湖懶折腰，笑傲公卿但長揖。柳花吹香撲酒缸，酒波灩灩如春江。西湖天鏡碧墮地，吳山蛾眉春入窗。一此下有「平生豪氣如虹吐，餘子紛紛何足數。」驛樓一作亭。把酒歌别離，醉聽林間鶯送啼。一作「醉聽江潮鳴萬鼓」。

夜泊釣臺

雙崖屹立幾千仞，下有一葉之孤舟。繁星亂垂光曄曄，長藤古木風飀飀。荒祠幽黑山鬼集，怪石如人水邊立。錦峰繡嶺雲氣深，萬壑千巖露華滴。山僧對話一作語。夜未央，不知風露滿衣裳。喚船振錫渡江去，林黑無由歸上方。高寒宇宙無人語，亂石灘聲濺一作灑。飛雨。欲從嚴子借羊裘，坐待船頭山月吐。

寒夜聞角

野人臥病不得眠，嗚嗚畫角聲淒然。黃雲隔斷塞北月，白雁叫破江南煙。山城地冷迫歲暮，野梅雪落溪風顛。長門美人怨春老，新豐逆旅惜年少。一作「新豐還惜少年好」。夜深悲壯聲摇天，萬瓦月白霜華鮮。野人一夜夢入塞，走馬手提鐵節鞭。髑髏飲酒雪一丈，壯士起舞氈帳前。五更夢醒氣如虎，將軍何人知在邊。

喜壽里一作「題喜里」。客廳雪山壁圖

一年在京口，雪片冬深一作「深冬」。大如手。獨騎瘦馬入誰家，四面雲山如户一作甕。牖。大江東去流無聲，金焦二山如水晶。瓜洲江口人不渡，時有蓑笠漁舟横。一年在建業，臘月梅一作楊。花滿城雪。一作白。五更凍合石頭城，霜風鼓寒冰柱裂。秦淮酒樓高十層，鍾山對面如銀屏。鷺洲不見二水白，天外失却三山青。一年在鎮陽，燕山積雪飛太行。滹沱冰合斷人跡，井陘路失迷羊腸。長空萬里絶飛鳥，卷地朔風吹馬倒。狐裘公子獵城南，茅店酒旗摇一作「帘懸」。樹杪。今年入閩關，馬蹄出没千萬山。瘴煙一作雲。朝暮氣靄靄，石泉日夜聲潺潺。雪花半落不到地，但見晴空湧流翠。海頭鼓角動邊城，木

末樓臺出僧寺。何人蹇驢踏軟沙，出門無處不梅花。江潮入市海船集，水暖遊魚不用叉。良工畫一作寫。出雪色一作山。壁，過眼令人憶南北。玉京銀闕五雲端，待漏何年鳳池側。

畫馬　一作《題畫馬圖》。

漢水揚波洗龍骨，房星墮地天馬出。四蹄蹀躞若流星，兩耳尖修如削筆。一作竹。天閑十二連青雲，生長出入黄金門。鼓鬛振尾恣偃仰，食粟何以酬主恩。豈堪碌碌同凡馬，長鳴噴沫奚官怕。入爲君王駕鼓車，出爲將軍静邊野。將軍與爾同死生，要令四海無戰争，千古萬古歌太平。

快雪軒

吴剛粉月成瓊屑，灑向人間沃春熱。門外青山不得青，刮地東風翻撻末。梨花雲溼飛難起，曉來化作湘江水。娟娟美人耐高寒，對此心開幾千里。山陰夜冷沙棠小，歸來狂興猶孤悄。古春吹到矮茅茨，香浮茗椀滋詩脾。

明皇擊梧圖

華清池頭凉思動，緑桐擊去朝陽鳳。阿環起學飛燕輕，笑唤三郎作供奉。羯腔打徹《西涼州》，錦茵蹴踏雙鴛鈎。彩鸞吟細朱櫻破，一葉忽飄天下秋。愁聲换出鐸鈴語，三十六宫散秋雨。曲江宫曉清露寒，零亂瑶階逐風舞。

宿因勝莊

竹院亦幽雅，參禪愧未能。夢回僧枕雨，花落佛龕燈。風響過牆竹，窗摇挂樹藤。裁詩題素壁，聊爾記吾曾。

過高唐 一有「感事」二字。

殘雪復殘一作「覆碧」。草，淒風吹未消。王孫去不返，魂魄有一作又。誰招？往事皆如夢，一作「如春夢」。無人問早朝。荒陵斜照裏，松柏一作樹。晚蕭蕭。

宿龍潭寺 一作《投宿龍潭道林寺》。

倦遊借禪榻，客意稍從容。落日江船鼓，孤燈野寺鐘。竹雞啼雨過，山臼帶雲舂。半夜波濤作，長潭起卧龍。

江館寫事

晚市人煙合，歸帆帶夕陽。青山到江盡，白鳥去天長。越女能淮語，吴姬學楚妝。棲遲未歸客，猶著錦衣裳。

訪石城白巖上人　一作《秋日雨中登石頭城訪長老珪白巖不遇》。

石頭城上暝，一作去。紅葉雨紛紛。半日不見路，四山都是雲。魚龍隨水上，鐘磬隔林一作江。聞。遥想一作憶。南峰一作莊。叟，天寒補衲裙。

謝龍江虚白上人雨中見過

山僧入城市，歸路晚沈沈。雨溼緇衣重，燈明黑樹深。泥途信行脚，粥鼓急歸心。應到松窗下，新詩剪燭吟。

用韻寄龍江

之子金山去，梅天霧氣沈。海風吹浪急，江雨入樓深。火盡無茶味，更長過燭心。明朝好晴色，應是寄新吟。

次王伯循御史韻

江城連日雪，騎馬欲何之。老樹昏鴉集，寒塘落雁遲。松窗燈下火，一作酒。竹屋夜深棋。寄語王公子，幽棲或可期。

和權上人　一作《題焦山方丈壁和僧韻》。

故人久不見，一作「不忍别」。悵望思遲留。一作「野景亦相留」。白雁寒沙月，黄雲老樹秋。風霜侵客鬢，鼓角入邊愁。滿目關河興，登臨倦倚樓。

次韻郭侍御

江左風流在，長懷晉謝安。傳家須教子，一作「愛山那厭世」。畏事卽一作却。嫌官。雲霧天風險，一作「門遠」。煙波世路難。雄心端有望，白髮添紗冠。

秋日鍾山曉行

樓閣籠雲氣，蒼茫第幾峰。長林一作風。萬松雨，落日一作月。半山鐘。石磴盤空險，僧廊落葉重。先王一作「吾皇」。曾駐蹕，千古説蟠龍。

四美亭餞别時雪大作戲贈趙公子 一作《龍潭送侍中田美中攜酒十里雪作》。

公子青驄馬，追遊一作隨。十里遥。風頭雲葉凍，酒面雪花消。惜别遲一作頻。回首，何一作無。因見舞腰。君歸金帳暖，無限可憐宵。

送人之浙東

我還京口去，君入浙東遊。風雨一作物。孤舟夜，關河一作山。兩鬢秋。出江吴水盡，接一作絶。岸楚山稠。明日相思處，惟登北固樓。

病中書懷

欲向江湖一作邊。去，何年一作時。理釣蓑。城山入樓近，鄰竹過牆多。春甕浮紅酒，晴天一作池。戲白鵝。閉門且消病，俗吏莫相過。

登山亭

山上新亭好，紅塵不可侵。雨階幽草合，風徑落花深。野水浮晴色，平田下夕陰。城中公子少，日日就登臨。

野潛堂

高隱有深意，情閒直萬金。溪魚鮮作鱠，竹筍長成林。鶴有還巢夢，雲無出岫心。讀書風雨夜，燈火野堂深。

途次吴江别高照菴 一作《送人》。

適意無南北，相逢江海邊。鄉關一作「關山」。千里外，風雨一燈前。呼酒吾一作友。同醉，論文子獨賢。分襟在今日，握手又何年。

閩中苦雨 一作《苦雨水溢呈憲司諸公》。

病客如僧懶，多寒擁毳裘。三山一夜雨，四月滿城秋。海瘴連雲起，江潮入市流。鈞竿如在手，便可上漁舟。

都門元日

元日都一作端。門瑞氣新，層層冠蓋一作帶。羽林軍。雲邊鵠立千官曉，天上龍飛萬國春。宮殿日高騰紫靄，一作氣。簫韶風細入青雲。太平天子恩如海，亦遣椒觴到小臣。

丁卯一有年字。及第謝恩奉一作崇。天門

禁柳青青白玉橋，無端春色上宮袍。卿雲五彩中天見，聖澤千年此日遭。虎榜姓名書綵一作勑。紙，羽林冠蓋一作帶。豎旌旄，朝回龍尾一作「承恩朝罷」。頻回首，玉一作午。漏花深紫殿高。

賜恩榮宴

內侍傳宣下玉京，四方多士被一作預。恩榮。宮花壓帽金牌重，舞妓當筵翠袖輕。銀甕春分官寺酒，玉杯香賜御廚羹。小臣涓滴皆君賜，一作澤。惟有丹心答聖明。

西宮春日與吴錦衣賦

九重春色一作「五采」。金銀闕，冠帶將軍盡羽林。上苑春鶯隨柳囀，西宮午漏隔花深。天開閶闔收金鎖，簾卷奎光一作章。聽玉音。白髮儒臣賡詞賦，《長門》應費萬黃金。

京城春暮 一作日。

三月京城飛柳花，燕姬白馬小紅車。旌旗日暖將軍府，絃管春深宰相家。小海銀魚吹白浪，層樓珠酒出紅霞。蹇驢破帽杜陵客，獻賦歸來日未斜。

丞相出獵 一作《燕將軍出獵》。

將軍一戰山河定，雲漢昭回玉樹一作帳。高。柳外解鞍春洗馬，月中飛箭夜鳴鵰。呼鷹走狗清時樂，斬將搴旗舊日勞。白面內一作宦。官催賜酒，漢庭不數霍嫖姚。

次韻送虞伯生一作「先生」。入蜀代祀

芙蓉仙掌座中低，后土宵光手可齊。閣一作澗。道蹴雲衣有瓣，一作澗。蜀天漏雨石無泥。岐山過馬應聞鳳，陳寶停輈莫信雞。揚我一作「揚馬」。大邦文物盛，題詩應近草堂西。

贈劉雲江宗師 一作《贈劉尊師》。

羽人推轉阿香車，童子穿松拾一作入。翠華。天上賜衣霑雨露，山中詩錦織雲霞。瑶臺一作壇。紫氣秋横劍，石室一作屋。丹光夜走砂。擬借茅君三白鶴，乘風騎到玉皇家。

寓昇龍觀時吴宗師持旨先駕至大都度灤川遂次韻賦此以寄并簡順咨先生

扈蹕千官取次行，道人先踏雪泥晴。闕南日暖龍顔近，嶺北風高鶴背輕。丞相早行霜滑馬，將軍夜宿火連營。一年兩度經過處，惟有青山管送迎。

京城訪揭曼碩秘書

城中車馬多如雲，載酒問字無一人。碧桃花開光艷艷，硯池水暖波粼粼。先生楷書白晝静，家童畫紙烏絲勻。落花一作紅。滿地送客去，十年不見江南春。

寄參政許可用

紫髯參政黑頭公，日日鳴珂近九重。花底聽鶯黄閣散，御前剖竹一作「批鳳」。紫泥封。都一作却。將筆下文章潤，散作人間雨露濃。未信吟詩趨幕府，霜寒一作「寒霜」。翠袖倚芙蓉。

寄一有賀字。進士野仙一作「也先」。不花仲實除侍儀通事舍人

舍人楚楚好容儀，玉立一作「立在」。清朝白玉墀。紫袖窄衫花蕚遠，黄金小帶荔枝垂。綵旗拂柳春班卷，宫漏穿花午仗移。朝罷太平無事日，芙蓉葉上好題詩。

送南安鎮撫趙南山捧表西省

平生尺劍衆中師，臣子肝腸天地知。少壯金戈探虎穴，太平鎧甲網蛛絲。青衫白髮尊前酒，紫塞黄雲馬上詩。今日又隨天表去，梅花香裏立沙墀。

和馬伯庸除南臺中丞時僕馳驛遠迓至京復改徽政以詩贈別

江南驛使路遥遥，遠赴龍門望一作看。海潮。桂殿且留修月斧，銀河未許度星軺。隔花立馬聽更漏，帶月鳴珂趁早朝。祇恐淮南春色動，萬竿煙雨緑相招。伯庸家有《萬竿煙雨圖》。

元統乙亥一有歲字。余除閩憲知事未行立春十日參政許可用惠茶賦此一作「寄詩」。以謝

春到人間纔十日，東風先過玉川家。紫薇書寄斜封印，黄閣香分上賜茶。秋露有聲浮薤葉，夜窗無夢到梅花。清風兩腋歸何處？直上三山看海霞。

黄河夜雨懷兀顔子方

風流俊逸四公子，輕帽短衣過魯城。紫陌東風閒戲馬，緑窗明月醉聞鶯。櫻桃花下春中酒，沈水香回夜按箏。獨有黄河千里客，短篷聽雨到天明。

馬上偶成

秋水芙蓉淡淡妝，平湖昨夜有新霜。人間女子空自好，馬上郎君不暇狂。十二玉樓空薄命，三千客路儘他鄉。上林白雁無消息，欲向何人寄斷腸。

過孫虎臣園

洛陽花木昔如霞，冷雨酸風盡委沙。金谷東風只芳草，緑窗晴日自楊花。鶯兒老去空臺樹，一作「歌榭」。燕子歸來無主家。回首繁華歌舞地，景陽宫沼夜聞蛙。首聯一作「將軍一去繁華盡，池館長年鎖暮霞。」末聯一作「王氣東南已消歇，景陽宫沼夕鳴蛙。」

高郵城一有樓字。曉望

城上高樓城下湖，城頭畫角曉嗚嗚。望中燈火明還滅，天際星河淡欲無。隔水人家暗一作種。楊柳，帶霜鳬雁起菰蒲。短衣匹馬非吾事，擬向煙波覓釣徒。

秋夜京口 一作《京口夜坐》。

鐵甕城頭刻漏遲，涼霜如雪撲簾飛。雁聲到一作墮。地夢回枕，月色滿船一作城。人擣衣。塞北將軍猶索戰，江南遊子苦思歸。呼鷹腰箭縱圍獵，苜蓿秋深馬正肥。

遊竹林寺

野人一過竹林寺，無數竹枝一作林。生白煙。江近一作左。玉龍埋碧草，月明黄鶴下芝一作青。田。樹銜宿雨啼一作藏。山鵲，花落春風老杜鵑。何日來分雲半榻，故人不用買山錢。

送外舅慎翁之燕京

揚子江頭柳色濃，小船春雨去怱怱。青袍鐵甕龍門壻，紫錦蒲帆鶴髮翁。晉府舊臣還塞北，星門嬌客卧牀東。明年亦是燕山客，騎馬天街踏軟紅。

同曹克明一作「克明曹生」。清明日登北固山次韻

三月二日風日暖，千家萬家桃杏一作李。開。白日少年一作「少年白日」。騎馬過，紅雨滿城排一作「滿城紅雨拂」。面來。共君且須飲一作「飲酒」。一斗，處世不必歌《七哀》。孫劉事業今一作果。何在，百年狠一作斷。石生莓苔。

春日登北固多景樓録奉卽休長老二首

醉拍闌干起白鷗，登臨不盡一作忍。古今愁。六朝人一作文。物空一作隨。流水，三國江山獨倚樓。禿髮涼風吹木葉，孤城落日下簾鉤。海門不管興亡一作前朝。事，猶送春潮打石頭。

東風吹樹散晴嵐，獨上層樓酒半酣。拍岸潮聲來海外，滿江山色入淮南。當時霸主分三國，此日吴禪老一龕。惟有樓前舊時柳，年年三月色如藍。

還京口

黃鶴山頭雪未消，行人歸計在今朝。城高鐵甕江山壯，地接金陵草木彫。北府市樓開舊酒，南朝官柳

識歸橈。吏人莫見參軍面，水宿風餐鬢髮焦。

寄京口鶴林主人了卽休

白頭不出城南寺，枯坐蒲團笑客忙。過暑葛衣渾一作從。破碎，逢秋竹院愈荒凉。空山雲溼龍歸鉢，古屋松低鶴在一作到。牀。遥憶題詩舊遊處，夜深東壁月蒼蒼。

臘盡過練湖

獨倚牙檣數客程，殘年風景足鄉情。寒天半夜無人語，明月滿船聞雁聲。雲外好山如有約，煙中野樹不知名。明朝烏鵲橋頭鬧，應是人家出户迎。

送友之金陵

江城曉一作積。雨開新霽，行李蕭蕭去遠坰。千古風流一作光。鬢毛一作邊。白，六朝山色馬頭青。秦淮月出潮初上，蕭寺鐘鳴一作聲。酒半醒。莫唱當時《後庭》曲，殿臺芳一作衰。草夜一作自。飛螢。

宿曲陽仙館 一作《宿茅山崇禧觀南塢樓》。

天際三峰横紫煙，山前山後盡芝田。樓臺木末疑無路，雞犬雲中半是仙。白石經年皆化玉，青松盡一作鎮。日只聞泉。曲林三館幽深處，一作「樓地」。一夜重一作鐘。樓聽雨眠。

姑蘇臺奉別侍御王繼學

驄馬霜臺好使君，碧羅衫色透一作繡。春雲。簾垂綬帶蝦鬚細，一作纖。燭翦金釵燕尾分。四海名高瞻北斗，五絃調古和《南薰》。姑蘇臺下人無數，争看門生一作「文星」。拜主文。

吴山女道士 并序

吴山一作「武林吴山」。紫陽庵浙民丁氏，一作「有丁姓者」。棄族爲全真。一日召妻入山，一作「忽召其妻」。書付一作詩。四句云：「懶散六十三，妙用無人識。順逆兩俱忘，虚空鎮長寂。」一有坐字。抱一有一字。膝而逝。一有「俗謂之騎鶴化」六字。尸堂尚存，其妻束髮簪冠爲一有女字。道士，奉一有其字。夫尸不下山二十年。一有「幾於得道，神仙渺茫，姑不暇論其婦」十四字。一節一有乃字。可尚也。一有「婦年七十」四字。姓王名守真，因賦此以贈之。一作「王其姓，諱守素，亦浙人云。登覽之餘，因爲賦詩」。

不見遼東丁令威，舊遊城郭昔人非。鏡中春去青鸞老，華表山空白鶴歸。石竹淚乾斑雨在，玉簫聲斷綵雲飛。洞門花落無人掃，一作迹。獨坐蒼苔補道衣。丁號「野鶴」。

崔鎮阻風有感

逆風吹河河倒行，阻風時節近清明。南人北人俱上冢，桃花杏花開滿城。雖云少年一作「年少」。慣作客，便覺此日難爲情。河魚春一作村。酒不一作亦。足醉，賴有同舟一作船。好弟兄。

三衢馬太守昂夫索題爛柯山石橋

洞口龍眠紫氣多，登臨聊和《采芝歌》。爛柯仙子何年去，鞭石神人此地過。烏鵲橫空一作橋。秋有影，銀河垂地水一作夜。無波。遥知題柱淩雲客，天近應聞織女梭。

和參政王繼學海南初還韻

飄零南北與東西，倦鳥投林未許棲。燈下冷風山鬼到，一作嘯。嶺南春雨竹雞啼。炎天海國瘴煙一作雲。合，深夜蠻鄉客語低。昔日持書烏府上，五花驄馬蹙霜蹄。

題劉涣中司空一有山字。隱居圖

放光山一作峰。下結茅廬，光照山人夜讀書。童子抱琴隨白鶴，鄰翁看竹借籃輿。門前秋葉一作景。從風掃，屋後春田帶雨鋤。自笑一作歎。天涯倦遊客，十年未有一廛居。

九華山一有題字。石墨一作潭。驛

馬上行人思一作看。九華，飄飄高興滿一作旆倚。天涯。排空峭石生玄筍，落日奇峰掛赤霞。仙掌九秋傾一作擎。露屑，天河半夜礙星槎。雲中五老應招手，呼我一作喚客。來遊太乙家。

至龍潭驛

野草山花知姓字，人生蹤跡似浮萍。帆銜細雨空江白，鳥没長淮遠樹青。今夜故人離水驛，明朝别酒盡沙瓶。怱怱又入丹陽去，暮鼓晨雞已候聽。

鳳凰臺爲御史大夫易釋董公同賦

六朝歌舞豪華歇，商女猶能唱《後庭》。千載一作古。江山圍故國，幾番風雨入空城。鳳凰飛去梧桐老，燕子歸來楊柳青。白面書生空弔古，日陪驄馬繡衣行。

鳳凰臺懷古

鳳凰一去不復返，竹實桐花空滿庭。暮雨樓臺連野寺，秋風鼓角動邊城。水邊萬井吴煙白，天外三山楚樹青。不見騎鯨李公子，幾回惆悵此中行。

遊鍾山感興

驄馬穿松一作雲。到上方，南巡輦路碧苔荒。禪僧白首一作晝。看行殿，山鬼黄昏避御牀。雲冷夜無龍在鉢，日長時有虎巡廊。小桃十月開如錦，猶帶前朝雨露香。

遊鍾山遇雨

虎踞龍蟠翠作堆，竹輿高下路縈回。潮聲萬壑松風過，雲氣滿樓山雨來。梁武廟前芳草合，荆公墓下野花開。百年感慨成何事？且盡生前酒一杯。

李清菴見過 一作《清菴攜酒訪》。

采石仙人攜酒來，病懷一作顔。今日一作始。爲君開。何人更有八十歲，與子須一作恣。傾三百杯。《金縷》歌殘銀燭短，錦袍醉倒玉山頽。明朝酒醒重相見，杖屨江村看臘一作早。梅。

和馬昂夫登樓有感 一作《層樓感舊》。

倚遍闌干憶往年，南朝民一作文。物已蕭然。空遺故國山如畫，依舊長江浪拍天。市井笙歌今漸少，御街燈火夜相連。青青門一作樓。外秦淮柳，幾度飛花送客船。

和馬昂夫一有「雜詠」二字。賞心亭懷古

景陽宫井緑蕪深，空有楊花暗御林。一自朝雲歸寺裏，幾回明月到樓心。陳臺露冷蛩聲苦，楚水波寒雁影沈。白髮詞臣多感慨，長歌對酒向誰斟。

次王本中燈夕觀梅

翠禽偷夢出南園，綽約冰姿傍緑尊。冰鏡玉釵浮翠影，風簾銀燭照妝痕。粉香微潤無人見，素質多寒藉酒温。不似海棠春睡去，西樓月落已黄昏。

遊崇禧寺有感 一作《再過鍾山大崇禧萬壽寺有感》。

紫翠雲中出雨堂，一作「煙霞出上方」。老僧揮淚一作「遊人登覽」。憶先皇。赤闌相映苔花落，一作「石闌空見巖花亂」。翠輦不來山路荒。此日山河一作「風雲。」消王氣，舊時草木識一作染。天香。夜深行殿無人到，應有山雲一作靈。護御牀。

秋日登石頭城

登臨未惜馬蹄遥，古寺秋高萬木一作葉。彫。廢館尚傳陳後主，斷一作新。碑猶載晉南朝。年深輦路埋花徑，雨壞山牆出翠翹。六代興亡在何許，一作處。石頭依舊打寒潮。

三益堂芙蓉

斑簾十二卷輕碧，秋水芙蓉隔畫闌。繡一作綵。扇摇一作迎。風霞透影，錦袍弄月夜一作酒。生寒。湘魂翠袖留江浦，仙掌紅雲溼露盤。只恐淮南霜信早，絳紗籠燭夜深看。

再遊崇禧寺

野人再到城南寺，臨水芙蓉次第開。新酒瓦盆青映竹，舊題石壁緑封苔。夕陽半嶺牛羊下，秋色滿天鴻雁來。獨有一作上。新亭天地闊，不須揮淚灑蒿萊。

遊清溪道院

舊遊淮水東邊月，一作「晚涼喜見城東月」。高照昇龍一作「西鄰」。道士家，丹竈火光穿樹木，石壇幡影走龍蛇。蝦鬚卷夜收雲氣，仙掌擎秋瀉露華。天外松風吹鶴夢，一作「倚杖扣門驚鶴睡」。珊珊珂珮隔青霞。

和張仲舉淯溪夜行

溪上人家溪樹青，溪行野客思冥冥。月光蕩水遊魚出，展齒穿沙一作花。宿雁一作鳥。醒。蔓草古陵神道沒，楓林夜火鬼祠靈。《後庭》遺曲依然在，商女能歌不忍聽。

送訢上人笑隱住龍翔寺　一作《寄賀天竺長老訢笑隱召住大龍翔集慶寺》。

江一作東。南隱者人不識，一日聲一作才。名動九重。地溼厭看天竺雨，月明來聽景陽鐘。衲衣香暖留春麝，石鉢雲寒卧夜龍。何日相從陪杖屨，秋風江上採芙蓉。是詩頷聯原作「地溼厭聞天竺雨，月明來聽景陽鐘。」他日虞文靖公見之曰：「詩信佳矣，但有一字不穩，何邪？聞與聽字義相同，盍改聞作看？唐人『林下老僧來看雨』。又有出處矣。」天錫歎服。

九日登石頭城

九日吟鞭聚石頭，翠微高處倚晴秋。西風不定雁初度，落木無邊江自流。兩眼欲窮天地觀，一杯深護古今愁。烏臺賓主黄華宴，未必龍山是勝遊。

偕廉公亮遊鍾山

十里松風吹酒醒，馬頭雲氣碧崚嶒。空山落葉時一作疑。聞雨，古塔疏林夜一作不。見燈。勝地難逢今日會，舊遊却記向年曾。使君五老峰前去，應有新詩寄病僧。

金陵道中題沈氏壁

煙樹雲林半有無，野人行李更蕭疏。堠長堠短逢官馬，山北山南聞一作聽。鷓鴣。萬里關河成傳一作客。舍，五更風雨憶呼盧。一作「吾廬」。寂寥一點寒燈底，一作在。酒熟鄰家許夜酤。

送王真人北上代劉宗師　一作《送王習靈新授宗師朝京》。

玉珮丁東一作「珊珊」。下界聞，天風吹動碧霞一作榴。裙。劉郎跨鶴遊三島，王子吹笙一作簫。到五雲。洞府一作花洞。夜光一作深。傳玉印，石壇月黑禮茅君。若逢天上吴夫子，應問一作有。丹砂煉幾一作肯我。分。

昇龍觀夜燒香印上有吕洞賓老樹精

蘭風吹動吕仙影，老樹槎牙吐暮秋。夜静藥鑪丹火現，月明神劍夜光浮。已知浩氣無窮盡，不到心灰未肯休。鐵笛一聲吹雪散，碧雲飛過岳陽樓。

寄中臺王本中

王郎楚楚金閨彦，五鳳樓前看鬬雞。花外漏傳銀箭午，日邊班退紫宫西。吟詩月白傾瑶一作盤。露，歸馬春紅踏錦泥。應念棲遲江海一作左。客，破窗燈火雨淒淒。

送僉事王君實之淮東

使君臘月揚州去，東閣梅開雪亞枝。淮上有官皆避馬，竹西無處不題詩。春風楊柳平山路，夜月瓊花后土祠。從此公餘多勝覽，好傳佳句遠人知。

送劉一有「子謙」二字。照磨之桂林一作「廣西」。

一官未厭馬蹄遥，要使南荒識鳳毛。幕府紅蓮開白晝，轅門碧草映青袍。牙旗曉溼蠻煙重，羽箭宵鳴嶺月高。努力平猺當第一，剖符懸印賜勳勞。

層樓晚眺

廣寒世界夜迢迢，醉拍闌干酒易消。河漢入樓天不夜，一作雨。江風吹月海初潮。光一作影。摇翠幕金蓮炬，夢斷涼雲碧玉簫。休唱當時《後庭曲》，六朝宫殿草蕭蕭。

同吴郎飲道院

三月江南飛柳花，松間童子臉如霞。旋酤采石仙人酒，來訪一作醉。山陰道士家。落一作西。日下城人影散，東風吹馬帽簷斜。吴郎今夜孤舟一作「瓜洲」。渡，回首江心一作頭。月半一作滿。沙。

送約上人歸宜興湖㳇寺

雲水上人歸興忙，椶鞋蒲扇葛衣涼。過湖就得鄉船便，入寺行穿茶樹香。曉趁鐘聲持木鉢，夜隨燈影認禪牀。定回却憶潛龍地，一作處。曾住西廊第幾房。

憶觀駕春蒐一作遊。二首并序。

天曆元年，京口録事參軍某以事留京，觀駕春蒐，盛事也。得詩一聯，聊委之。其年三月還京，歲暮卧病。寒食擁鑪，追思前聯，足成二律。時天曆二年三月也。

簫韶風細入清虚，日暖旌旗卷復舒。雙鳳曉開金羽箭，一作「翅扇」。六龍春駕紫雲車。將軍斜插黄金虎，丞相低垂錦一作「懸碧」。帶魚。遥想金一作宫。盤珠露滑，江南渴殺病相如。

日奏雲門紫鳳簫，一作韶。春隨天上赭黄袍。仗前虎將千斤斧，架一作馬。上鷹兒五色縧。獵士開弓黄犬疾，宫官擊鼓紫駝高。侍遊亦有中書令，七寶雕盤一作籠。看緑毛。

上京雜詠五首

白晝一作一派。簫韶起半空，水晶行殿玉屏風。諸王舞蹈千官賀，高一作齊。捧蒲萄壽兩宫。

沙一作上。苑椶毛百尺樓，天風摇曳錦絨鈎。内家宴罷無人到，面面珠簾夜不收。

涼一作行。殿參差翡翠光，朱衣華帽宴親王。紅一作繡。簾高一作齊。卷香一作薰。風起，《十六天魔》舞袖長。

中官隊仗等一作「作隊道」。宮車，小樣紅靴踏軟沙。昨日官家清宴罷，一作「昨夜內家清暑宴」。御羅輕一作涼。帽插珠花。

院院燒燈一作「翻經」。有咒僧，垂簾白日一作晝。點酥燈。上京六月涼如水，人一作酒。渴天瓢一作廚。更賜冰。

京城春日 一作《立春》。

燕姬白馬青絲韁，短鞭一作衣。窄袖銀鐙光。御溝飲馬重一作不。回首，貪看楊一作柳。花飛過牆。

寄奎章學士濟南李泂之

山東李白似劉伶，投老歸來酒半一作未。醒。天下三分秋月色，二分多在水中一作心。亭。

興聖寺卽事二首

宮階白日杏花落，深院朱簾燕子飛。回首人間春又老，將軍白馬幾時歸。

御廚香動晚分羹，七寶玻瓈栟栟承。白面內官呼小字，隔簾傳旨賜中丞。

遊會仙宮

霏霏涼露溼瑤臺，半夜吹簫月下來。山外春風將雨過，滿庭擦亂碧桃開。

燕山客舍

落日一作月。西山一作窗。聞禁鐘，夢回遠客在盧一作「立雲」。龍。江南飛盡千株雪，孤負梅花過一冬。

題范陽驛

長路風寒酒力醒，馬頭歲月短長亭。凍雲欲雪風吹散，望出西山一半青。

余與觀志能俱以公事赴北舟至梁山泊時荷花盛開風雨大至舟不相接遂泊蘆葦中余折蘆一葉題詩其上寄志能

題詩蘆葉雨斑斑，底事詩人不奈閒。滿浦一作濼。荷花開欲遍，客程五月過梁山。

彭城雜詠 一有「呈廉公亮僉事」六字。四首

城下黄河去不回，四山依舊翠屏開。無人會一作念。得登臨意，獨上將軍戲馬臺。

雪白楊花拍馬頭，行人春盡過徐州。夜涼一作深。一片城頭月，曾照張家燕子樓。

黄河三面遶孤城，獨倚危闌眼倍明。柳絮飛飛三月暮，樓頭猶有賣花聲。

歌扇春一作摇。風嘆酒香，舞裙落一作今。日動鵝黄。柳邊今夜孤舟發，水遠山遥空斷腸。

題淮安壁間 一作《初夏淮安道中》。

魚鰕潑潑一作「鱗鱗」。初出網，梅杏青青已著枝。滿樹嫩晴春雨歇，一作「幾樹棠花初暑雨」。行人四月過淮時。

夜過白馬湖

春水滿湖蘆葦青，鯉魚吹浪水風腥。舟行未見初更月，一點漁燈落遠汀。

與弟別渡淮一作《九日渡淮遇東南順風》。二首

青旗紅字映河濱，九日人家物色新。渡口客船争貰酒，斫魚裂紙賽江神。

東南風送渡淮船，過雁聲哀一作寒。水拍川。一作「接天」。落日淡一作紅。霞收未盡，又隨明月蕩秋天。一作「澹雲微月出東邊」。

清涼亭衰柳

清涼亭上幾株霜，一作柳。脱葉難遮夕照光。一作「霜葉涼風漏夕陽」。依舊明年二三月，小童一作金。山下一作上。看鵝黄。

宣化江一作「瓜洲」。阻風

渡口無人上野航，白頭巨一作危。浪自衝撞。東風三日不肯住，吹送楊一作柳。花飛度江。

夜發龍潭二首

孤舟一夜發龍湫，水逆風回上石頭。暫泊沙洲過夜半，卧聽鐘鼓是昇州。
船頭夜静天如水，渡口潮平月在江。燈影摇波風不定，老龍吹浪溼篷窗。

江浦夜泊

千里長江浦月明，星河半入石頭城。棹歌未斷西風起，兩岸菰蒲雜雨聲。

金陵道中遇雨寄功父光國

夾道長松風聒聒，滿溝亂石水泠泠。斷雲銜雨溪南去，失却長山一半青。

贈彈箏者

銀甲彈冰五十絃，海門風急雁行偏。故人情怨知多少，揚子江頭月滿船。

次程宗賜二首

一冬雨雪天涯客，千里雲山馬上詩。記得小紅樓畔夢，杏花春雨早寒時。
揚州正月雨如絲，江上梅花已盡時。誰識能詩老何遜，曉寒明鏡撚吟髭。

贈答來復上人

手持一鉢走京華，乞食王侯宰相家。今日歸來如作夢，自鋤明月種梅花。

冶城三月晦日

雨前雨後鶯亂啼，城南城北花交飛。江南兒女裁苧衣，燕京遊子何時歸。

句容道中遇雪

何處吴姬壓酒家，短衣匹馬路盤斜。東風不識陳宫恨，一路吹開玉樹花。

春日偶成

踏馬一作雪。歸來過早春，空階已見草如茵。一作「沈沈臺府隔紅塵」。東風吹緑青溪柳，馬上輕寒不著人。

鎮江寄王本中臺掾

梅花落盡空吹笛，正月半頭思遠人。兩岸好山青不斷，一江微雨鷓鴣春。

偶成

買魚酤酒消長日，高樹清風燕子閒。却倚天南望天北，隔江青處是誰山。

層樓即事

浴罷焚香掃閣眠，過牆新竹翠娟娟。半空雲氣層樓暗，四月江東欲雨天。

秋夜聞笛

何人吹笛秋風外，北固山前月色寒。亦有江南未歸客，徘徊終夜倚闌干。

紫陽一有觀字。道士馮友直與余同宿菌閣次日予過元符宮友直同僧安上人入一作過。五雲觀因以寄之 一作《寫詩贈友直》。

道人採藥出山遲，菌閣秋高一作寒。襲羽衣。半夜忽聞孤鶴唳，一作語。五雲相伴一僧歸。

題呂城葛觀

呂公城下葛仙家，洞府春深鎖暮霞。過客不知天畔月，小風吹落鳳仙花。

和全子仁 一作《戲友人》。

毗陵公子醉昏昏，一作「醺醺」。白面迎風散一作向。酒痕。幾度小紅樓畔一作上。月，有人吟倚一作「銀燭」。掩重門。

去吴留别干壽道陳子平諸友

一尊判袂闔閭城，莫指青山管送行。芳草緑波千萬里，不聞杜宇也傷情。

入閩過松陵一作「過平望驛」。和一有「御史」二字。王伯循所題一作「題壁」。

廣陵城裏别忽忽，一去三山隔萬重。日暮江東寄相憶，欲從一作臨。秋水剪芙蓉。

同張伯雨過一作遊。凝神菴因觀宋高宗所賜蒲衣道士張逵道白羽扇

晴日赤山湖水明，湖中山影一眉青。蒲衣道士無人識，羽扇年年一作多。落鳳翎。

釣臺夜興

仙茶旋煮桐江水，客火一作「坐客」。遥分石壁燈。風露滿船山月上，夜涼一作深。獨對釣臺僧。

題竹院壁

門外好山青入户，階前芳草緑侵簾。山僧應笑遊人醉，頭上花枝壓帽簷。

道過贊善菴

夕陽欲下少行人，緑遍苔茵一作「落葉蕭蕭」。路不分。修竹萬竿松一作秋。影亂，山風吹作滿窗雲。

過浦城

人家雞犬隔癡嵐，城郭微茫見塔尖。一片輕雲籠馬首，熟梅時節雨纖纖。

畫

樹色濃堪掬，癡嵐撲雨秋。道人巖下住，屋角挂奔流。

題畫　已上《雁門集》。

緑樹陰藏野寺，白雲影落溪船。遮却青山一半，只疑僧舍茶煙。

題茶陽驛飛亭

白雲飛出山，怒擘蒼峽裂。幽谷溼晴雲，絶壁灑飛雪。萬折入滄海，龍宫水晶闕。簸揚弄珠人，冰簾挂寒月。

將至大横驛舍舟乘輿暮行

山行日已暮，肩輿度林薄。涼颸凄以清，松子當面落。千山月崔嵬，萬葉雨蕭索。昨夕櫂歌行，頗憶溪上樂。

題四時宫人圖四首

紫宫風暖百花香，玉人端坐七寶牀。鳳凰小架懸夜月，一女侍鏡覩濃妝。背後一女冠烏帽，茶色宫袍靴色皁。手持團扇不動塵，一掬香彎立清曉。一女淺步腰半駝，小扇輕撲花間蛾。淡陰桐樹一女立，手抱胡牀眼轉波。牀頭細鎖懸金鍾，白鶴雙飛花影重。詞人見此神恍惚，巫山夢裏曾相逢。金猊吐煙清晝長，美人坐倚白玉牀。藍衫一女髻垂耳，手持方扇立坐傍。一女最小不會妝，高眉短髮耀漆光。玉纖緑筍握金剪，柳下輕挽宫人裳。金盤玉甕左右列，紅桃碧藕冰雪涼。冰壺之傍立一女，背後隨以雙白羊。手拱金瓶瀉水忙，酒翅灑雪驚鴛鴦。鴛鴦得水自雙浴，美人抱膝空斷腸。盆池露冷荷半枯，碧波風細雙遊魚。美人坐此碧玉椅，屏山方案碧蟾蜍。椅後二女執纓立，案前二女嬌滴滴。大女手扶小女腰，小女嬌倚大女膝。涼風入樹落翠槐，秋深不見羊車來。金鈴響處吠黄犬，美人笑托芙蓉腮。

錦屏三面圍繡牀，沈香椅上鳳褥光。美人端坐袖雙手，臨眉半蹙愁夜長。椅後一女摇白羽，一女執一作挑。纓更回顧。一女烏帽金縷衣，玉指纖纖攜小女。小女手挽大女腰，笑看孔雀雙翠翹。一作「金翠毛」。可憐美人獨自坐，翠竹雪響風前梢。《雁門集》止載此首，題作《仕女圖》。

補闕歌

錢塘三日風雨急，古銅夜光飛霹靂。是知神物出人間，猶帶吴宫土花碧。玉橋素練懸銀河，支機女兒飛鳳梭。蝦鬚風軟亂纖影，春水日晴生潮波。破窗冷硯留不得，零落江南酒家客。狂歌索酒仰面歇，誤擊紅籌唾壺裂。何人進入蓬萊宫，銀屏碧幕珠簾重。此生補闕亦何用，玉龍瀉水流芙蓉。

送馬伯庸子之京

欲晴不晴天氣慳，欲別不別人語難。丈夫意氣自磊落，握手一笑心與肝。南宫子弟吐金縷，何必尊前花解語。樹摇晚翠下風涼，燭落春紅剪秋雨。高歌痛飲如有神，醉吐不惜車中茵。明朝送子上船去，回首江南江北人。

曉起

烏鴉啞啞霜樹晴，紙窗潑眼春雪明。野人卧病睡方起，官街踏踏聞馬行。矮窗小户坐終日，煮茶繞坐松風生。明朝呼兒刷駿馬，出門一笑青天横。

賡覆字韻

朔風吹帳滅前燭，將軍夜擁貂裘宿。玉關飛雪入紫宫，白髮孤臣守金屋。近思往事良可悲，世事樗蒲多反覆。古來宫殿説咸陽，落日猿啼挂枯木。

爲九江方七高賦

匡廬山中有佳士，讀書結屋青雲松。碧窗夜影紫翠動，落日照見香鑪峰。窺燈夜壁山鬼過，采蘭東徑仙人逢。危簷墮雪聽風竹，古寺隔嶺聞煙鐘。每思幽絶動歸興，歲晚落葉迷行蹤。扁舟何日過湖口，分我半壁青芙蓉。

曉上石壁灘

龍溪三月人上船，十里五里灘聲喧。浪花飛雪灑石壁，船尾落月傾金盤。越兒卧篙頭刺水，露重布帆風不起。近山鐘動石樓中，隔水雞鳴煙樹裏。過江日日水與山，詩人得趣如得官。白雲遥在太行北，何日歸舟下石灘。

越溪曲

越溪春水清見底，石罅銀魚摇短尾。船頭紫翠動清波，俯看雲山溪水裏。誰家越女木蘭橈，髻雲墮耳溪風高。采蓮日暮露華重，手滴溪水成蒲萄。盈盈隔水共誰語，家在越溪溪上住。蛾眉新月破黄昏，雙櫓如飛剪波去。

溪行中秋玩月 并序。

余乃薩氏子，家無田，囊無儲。始以進士入官，爲京口録事長，南行臺辟爲掾。繼而御史臺奏爲燕南架閣官，歲餘遷閩海廉訪知事。又歲餘，詔進河北廉訪經歷。皆奉其母而行，以禄養也。後至元三年八月望，舟泊延平津。是夕星河燦然，天無翳雲，月如白日，溪聲潺湲若奏樂，四山環抱，如拱如立，如侍左右奔走執事者。薩氏子奉母坐船上，與其婦具酒餚盤饌，奉觴上壽。繼而若妹、若壻、若婢、若僕，以次而進。和而不褻，藹而怡怡，月色蕩酒而溪韻雜笑談，母懽甚。至舟人醉飲，亦相與鼓柮作南歌而樂。今夕何夕，不知奉親之在異鄉也。嗟夫！昔人所謂宦遊之樂不如奉親之樂，實天樂也。薩氏子於是命婦盥爵滿以酒，再拜爲母壽，而作歌曰：按干尚書《雁門集》序，稱天錫自御史臺先遷京口，擢閩憲幕。與此自序前後稍殊，尚書與天錫同時，不應有誤。豈天錫自京口録事再官燕南，然後遷閩海耶！

龍津秋水涵太虛，今夕何夕光景殊。皓月當鏡星貫珠，河漢倒影垂平蕪。微波漾漾風徐徐，新涼拂拂飄裙裾。阿母今年八十餘，清晨理髮雲滿梳，起居儼重天人如。有子在官名在儒，奉母禄養南北區，晨昏不忍離斯須，荆楚燕趙閩粤吴。今年去官南海隅，北上咫尺天子都。官船軋軋如安車，阿母坐卧襟懷舒，清晨夜泊不知孥。母在船上重褥鋪，芙蓉映水摇氍毹。開甕酒熟浮新蛆，秋園摘果雨剪蔬。船尾曲突通行廚，家雞水鴨美且腴，鯉鯽鮮大如江鱸。奉觴酌酒前拜趨，月波蕩酒如浮酥。子爲母壽婦壽姑，阿妹次進偕壻夫。酌獻亦及婢與奴，熙熙春盎無親疏。行禮有節俱歡娱，阿母笑語情愉愉，有婦右策兒左扶。舟人醉飽從歡呼，鼓柮節歌聲嗚嗚。四山疊翠開畫圖，溪瀨漱石如笙竽。雙壺酒盡村可酤，盤饌狼藉溪可漁。人生此樂更有無，異鄉到處同里閭。惟期母壽莊椿踰，有子願效返哺烏。作詩記實無浮譽，至元丁丑仲秋書。

黯淡灘歌

長灘亂石如疊齒，前後行船如附蟻。逆湍衝激若登天，性命斯須薄如紙。篙者倒挂牽者勞，攀崖仆石如猿猱。十步欲進九步落，後灘未上前灘遭。上灘之難難於上絶壁，雖有孟賁難致力。灘名況復呼黯淡，過客攢眉增歎息。下灘之舟如箭飛，左旋右折若破圍。歡呼踏浪櫂歌去，晴雪灑面風吹衣。飛流宛轉亂石隘，奔走千峰如馬快。賈客思家一夕還，傳語灘神明日賽。下灘之易易如盤走珠，瞬目何可停斯須。長風破浪快人意，朝可走越暮可吴。乃知逆順有如此，逆者悲愁順者喜。請君聽我《黯淡歌》，順則流行逆須止。順者不必喜，逆者不必愁。人間逆順俱偶爾，且得山水從遨遊。

雲際感興

昨日登芝峰，兹晨陟雲嶺。俯視城中居，萬瓦落深井。風露灑灑生秋寒，飛泉落澗聲潺湲。筍輿軋軋度修竹，石闌曲曲躋層巒。層巒絶頂天尺五，我欲排雲擊天鼓。九關虎豹不須驚，吐膽開心見天語。天鼓不可擊，天門何日開。請君聽我《紫芝曲》，手招白雲歸去來。

繡鞋

羅裙習習春風輕，蓮花帖帖秋水擎。雙尖不露行復顧，猶恐人窺針綫情。繅雲隱映籠新月，花影依稀襯香頰。彩鳳將翔相顧飛，鴛鴦謾語愁丹裂。落紅溼透臙脂膩，半幅凌波剪秋水。莫教踏破《浣溪沙》，溼重東風撞不起。

枯荷

紅雲一夢何茫茫，緑縈瘦骨擎欲僵。愁多有魂弔秋水，故池日夜凄新霜。鴛鴦相顧魂已泣，白魚起身銀尺立。堂中書客感秋風，一片青衫和淚溼。

春别

花氣壓簾愁不掃，細雨濛濛長芳草。玉釵燕尾剪春寒，坐惜流年鏡中老。東風吹柳人不知，春嬌滿眼顰雙眉。吴松錦字夢中得，曉來月落聞烏啼。南園日暖蝴蝶醉，香霧熏人海棠睡。朱門小立蹴金蓮，落紅起作離人淚。

征婦怨

有柳切勿栽長亭，有女切勿歸征人。長亭楊柳自春色，歲歲年年送行客。一朝羽檄風吹煙，征人遠戍居塞邊。轔轔車馬去如箭，錦衾繡枕難留戀。黄昏寂寞守長門，花落無心理鍼綫。新愁暗恨人不知，欲語不語顰雙眉。妾身非無淚，有淚空自垂。雲山煙水隔吴越，望君不見心愁絶。夢魂暗逐蝴蝶飛，覺來羞對窗前月。窗前月色照人寒，遲遲鐘鼓夜未闌。燈闌有恨花不結，妝臺塵慘恨斑斑。半生偶得一錦字，道是前年戰時苦。一朝血杵煙藪除，腰間斜掛三珠虎。妾心自喜還自驚，門前忽聞凱歌聲。錦衣繡服歸故里，不思昔日别離情。别離之情幾青草，鏡裏容顔爲君老。黄金白璧買嬌娥，洞房只道新人好。

題二宫人琴壺圖

行雲留影雪弄香，藕絲織翠芙蓉裳。春風拂拂蘭蕙芳，金殿不鎖雙鴛鴦。冰絃素手彈鳳凰，玉壺投矢聲玎璫。花落無人春寂寂，侍女空抱琵琶泣。誰知絶代有佳人，不解傾城與傾國。笙歌別院留春住，嬋娟千古蛾眉妒。却笑長門閉阿嬌，黄金好買相如賦。

送景南彦上人歸江西

登高傷遠別，鴻雁幾行飛。萬木江頭落，一僧船上歸。故山秋嶂遠，殘日晚鐘微。亦有同袍者，多應候竹扉。

偕趙逢吉避暑石頭城日暮余歸逢吉留宿山中次日寄逢吉并長老珪白巘

竹下一僧坐，城頭獨客還。星河下平地，風露滿空山。犬吠松林外，燈明石壁間。故人借禪榻，心共白雲閒。

九月七日舟次寶應縣雨中與天與弟别

解纜不忍發，船頭雨溼衣。汝兄猶是客，吾弟獨先歸。行役關河遠，虚名骨肉稀。如何淮上雁，不作一行飛。

送南臺從事劉子謙之遼東

往復一萬里，嗟君已兩行。朔風吹野草，寒日下邊城。策馬犯霜雪，逢人問路程。歸期在何日？應是近新正。

登烏石山仁王寺横山閣

千尺青蓮座，煙霞擁地靈。山川幾緉屐，日月兩浮萍。鳥没天垂海，龍歸水在瓶。深堂説法夜，應有石頭聽。

寄石民瞻

京口石彭澤，詩懷似鶴形。蒼天容老健，白髮照江清。夜鼎薰雞舌，秋袍織鳳翎。醉扶緑玉杖，應望石頭城。

題舊縣驛

高樹日停午，斜飛燕子風。一身千里外，孤館萬山中。作客辭家久，聞人問歲豐。村村桑柘柳，羸馬猒西東。

寄王御史

御史傳天語，飛霜到海垠。浙江潮似雪，閩土臘如春。孤客見明月，亂山愁遠人。何時動歸興，家有白頭親。

山中懷友二首　此詩又見《黄晉卿集》。

自是麒麟種，卑棲又幾年。故廬南雪下，短褐北風前。歲暮山林瘦，天高雨露偏。惟應丈夫志，未受故人憐。

卓犖恒山秀，相逢幾抱琴。五年風雨别，四海弟兄心。嶺外梅花遠，山中桂葉深。定知嵇叔夜，高興滿雲林。

溪行中秋望月

去歲南閩客，今年此日還。中秋八月半，一水萬山間。皓月飛圓鏡，回流轉曲環。攜家共清賞，何異在鄉關。

遊梅仙山和唐人韻二首

絶頂尋仙跡，寒泉照病容。棲鸞多種竹，愛鶴莫移松。丹藥人來乞，山粳手自舂。秋深霜葉滿，麋鹿日相逢。

仙人不可見，借鶴過仙家。夜卧千峰月，朝餐五色霞。祠空風掃葉，人去鹿銜花。歸隱知何日？分鑪學鍊砂。　胡元瑞《詩藪》云：天錫詩法青遠，如「海嶂連雲起，江潮入市流」。「故廬南雪下，短褐北風前」。「夜卧千峰月，朝餐五色霞」。「朔風吹野草，寒日下邊城」。句格宏整，在大曆、元和間，殊不多得也。

舊劍 以下三題係和吴贊甫《齋中十詠》，亦見《黄晉卿集》。

憶昔蛟龍劍，提攜竟出門。紅塵走馬處，白日報人恩。歲月銅花澀，雲煙牛斗昏。凄然中夜舞，回首暗銷魂。

塵鏡

古鏡色如墨，千年獨此留。玉臺塵網暗，珠匣土花浮。莫笑塵埃滿，曾令鬼魅愁。蟠龍今已化，雲雨夢悠悠。

卧鐘

龍簴久摧折，深埋奈爾何。耕民誰睥睨，野衲自摩挲。雅奏多年歇，銘文幾字訛。斜陽荆棘裏，長伴舊銅駝。

登鎮陽龍興寺閣觀銅鑄觀音像

眼中樓觀一作閣。見應稀，鐵鳳棲簷勢欲飛。天半一作外。寶花飄一作開。閣道，月中桂子落僧衣。高擎玉露仙人掌，上礙銀河織女機。全趙堂堂遺物在，山川良是昔人非。

臺山懷古 一作《越臺懷古》。

越王故國四圍山，雲氣猶屯虎豹關。銅一作鐵。獸暗隨秋露泣，海鴉多背夕陽還。一時人物風塵外，千古英雄草莽間。日暮鷓鴣啼更急，荒臺叢一作「莒野」。竹雨斑斑。

題揚州驛

銀燭高燒照不眠，呼兒飲馬吸清泉。寒砧萬户月如水，塞雁一聲霜滿天。《金縷》歇歌來枕上，銀瓶索酒到亭前。明朝走馬燕山道，赢得紅樓説少年。《鴈門集》《過廣陵驛》一首云：「秋風江上芙蓉老，階下數株黄菊鮮。落葉正飛揚子渡，行人又上廣陵船。寒砧萬户月如水，老雁一聲霜滿天。自笑棲遲淮海客，十年心事一燈前。」

四時宫詞四首

御溝漲暖緑潺潺，風細時聞響珮環。芳草宫門金鎖閉，柳花簾幕玉鉤閒。夢回繡枕聽黄鳥，困倚雕闌看白鷴。落盡海棠天不管，修眉慚一作凝。恨鎖春山。

日長縫就縷一作鬱。金衣，高柳風輕一作清。拂翠眉。一作絲。閒倚小樓題畫扇，但聞别院笑彈棋。主家恩愛有時盡，賤妾心情無限思。又向晚涼新浴罷，琵琶自撥斷腸詞。

宫溝水淺不通潮，涼露瑶街溼翠翹。天晚一作遠。不聞青玉珮，月明偷弄紫雲簫。正宫夜半羊車過。一作近。别院秋深鶴駕遥。却把閒情望牛女，銀河烏鵲早成橋。

悄悄深宫不見人，倚門一作闌。惟有一作覩。石麒麟。芙蓉帳冷愁長夜，翡翠簾垂隔小春。天遠難通青鳥信，瓦一作風。寒欲一作似。動白龍鱗。夜一作更。深怕有羊車到，自起籠燈照雪塵。

酌桂芳庭

桂枝秋露洗銀瓶，醉裏題詩記答曾。接竹池通丹井水，隔松人誦蕊珠經。茶香石鼎燒紅葉，酒渴冰盤破紫菱。一帶鍾山青未了，碧窗雲氣護龍亭。

次韻

江南三月踏殘芳，白苧衣輕樹影涼。曲巷銀燈先馬去，誰家翠袖隔簾香。細歌《金縷》鳴牙板，新酒檀槽出玉漿。卧病日長思往事，買舟乘興過滄浪。

章貢道中

多情明月落船傍，萬里孤城望帝鄉。客裏已無金馬詔，篋中猶有賜衣香。嶺南地遷家山暮。天上風微殿閣涼，憶得當年曾夜直，玉龍銀箭漏聲長。

吉安道中

西風吹雁不成行，萬里孤舟下夕陽。度峽冷風欹客帽，卷簾涼月落琴牀。江湖水滿鷗偏樂，花柳春深馬正忙。又看青原山色好，故鄉歸計喜相將。

采石謾興

《雁門集》誤作《章貢道中》。

誰記將軍亡國時，江東父老鬢如絲。古今天塹幾千里，南北樓船百萬師。中國一飛傳檄箭，一作「篇檄」。南朝謾有渡江碑。太平到處山如畫，暖日晴風一作嵐。颺酒旗。

次韻登凌歊臺

山勢如龍去復回，閒雲野望護崇臺。離宮夜有月高下，輦路日無人往來。春色不隨亡國盡，野花只作舊時開。斷碑衰草荒煙裏，風雨年年上緑苔。

宿青陽雲松臺

縣門遥接九華山，日日天開圖畫看。雲氣曉連銅篆溼，翠光晴鎖硯池寒。人間官府紅塵馬，天上神仙白玉盤。高卧雲松定何日，仰攀北斗夜闌干。

過五溪

萬壑泉聲下五溪，小凉天氣下溪時。相逢橋上無非客，行盡江南都是詩。苦雨最嫌鳩唤急，愛山不厭馬行遲。幾時宿向華峰頂，露月蕭蕭生桂枝。

夢登高山得詩

杖藜踏破碧崔嵬，夢裏清遊樂未回。萬壑泉聲松外去，數行秋色雁邊來。文章小杜人何在？風雨重陽菊自開。山路雲深行客倦，竹雞飛上獨春臺。

復題平望驛

秋雨黄華下九天，又隨歸雁過吴川。荒村有火夜投宿，野渡無人秋放船。中酒不堪連夜飲，思家無奈五更前。歸來却被青山笑，萬丈黄塵兩鬢煙。

過高郵射陽湖雜詠九首

飄蕭樹梢風，淅瀝湖上雨。不見打魚人，菰蒲雁相語。
秋風吹白波，秋雨鳴敗荷。平湖三十里，過客感秋多。
野鶴如人長，迎風理毛羽。獨立秋雨涼，人來忽飛去。
雨溼鼓聲重，風匀湖面平。官船南北去，帆影挂新晴。
白鷺愛秋水，獨立仍自行。得魚固偶爾，驚飛亦常情。
秋水落紅衣，秋波日瀟灑。不見采蓮人，惟逢捕魚者。
霜落大湖淺，漁家懸破罾。此時生計别，小艇賣秋菱。
捕魚湖中水，賣魚城市裏。夫婦一葉舟，白頭共生死。
大罾一丈闊，小舟一葉輕。相傳子與孫，終古無人争。

盧琦《圭齋集》載《過高郵》五言古詩一首，稍有異同，附記于此：「飄蕭樹梢風，淅瀝湖上雨。不見打魚人，菰蒲雁相語。秋風吹白浪，秋雨鳴敗荷。平湖三十里，過客感秋多。白鷺愛秋水，獨立仍自行。得魚故偶爾，驚起亦常情。沙邊見漁家，捕魚湖心裏。夫婦同操舟，白頭共生死。破罟一丈闊，小舟一葉輕。相傳與子孫，終古無戰争。」

病中雜詠二首

爲客家千里，思歸月滿樓。木犀開欲盡，病裏過中秋。

病形如瘦鶴，照影向清池。自有冲霄志，游魚莫見疑。

憩奉真道院

落花風颺步虚聲，翠草玄芝爛熳生。過客不知春早晚，午窗晴日睡聞鶯。

渡淮卽事

楊花點點銜帆過，燕子雙雙掠水飛。淮上漁人閒不得，船頭對結緑蓑衣。

春詞

深宫盡日垂珠箔，别殿何人度玉箏。白面内官無一事，隔花時聽打毬聲。

秋詞 《雁門集》作《宫詞》。

清夜宫車出建章，紫衣小隊兩三行。石一作曲。闌干畔一作外。銀燈過，照見芙蓉葉上霜。

上京即事五首

大野連山沙作堆，白沙平處見樓臺。行人禁地避芳草，盡向曲闌斜路來。

祭天馬酒灑平野，沙際風來草亦香。白馬如雲向西北，紫駝銀甕賜諸王。

牛羊散漫落日下，野草生香乳酪甜。卷地朔風沙似雪，家家行帳下氈簾。

紫塞風高弓力强，王孫走馬獵沙場。呼鷹腰箭歸來晚，馬上倒懸雙白狼。

五更寒襲紫毛衫，睡起東窗酒尚酣。門外日高晴不得，滿城溼露似江南。

將遊茅山先寄道士張伯雨

借騎白鶴訪茅君，琪樹秋聲隔夜聞。料得山中張道士，開門先掃鶴巢雲。

春日鎮陽柳溪道院

城外青溪出洞門，道人歸去日長曛。柳花滿地無人掃，隔水遥看是白雲。

將入閩趙郡崔好德求題輿地圖

月輪西轉日生東，四海車書總會同。騎馬出門天萬里，山川長在别離中。

阻風南露筋過羅漢寺登樓看山茶

野寺尋春酒未醒，不知幾日過清明。小闌干外東風急，一樹山茶落晚晴。

登姑蘇臺

閶門楊柳自春風，水殿幽花泣露紅。飛絮年年滿城郭，行人不見館娃宫。

蘭溪舟中

水底霞天魚尾赤，春波緑占白鷗汀。越船一葉蘭溪上，載得金華一半青。

黄亭驛曉起

積雨莓苔上壁青，曉寒山館夢初醒。鷓鴣聲裏流年度，自是行人不忍聽。

和經歷楊子承曉發山館

夢回山館月西斜，曙色千峰動紫霞。杜宇一聲山竹裂，鷓鴣飛上野一作海。棠花。

經歷司暮春卽事

霞飛海燕拂簾過，風卷魚鱗剪緑波。閒倚石闌數春事，滿池紅雨落花多。

題淮安王氏小樓

拂曉樓窗一半開，樓前昨夜浪如雷。滿江梅雨風吹散，無數青山渡水來。

醉起 《雁門集》作《宫詞》。

楊柳樓心月滿牀，錦屏繡褥夜生香。不知門外春多少，自起一作半醉。移燈照一作看。海棠。

宫詞

駿馬驕嘶懶著鞭，晚涼騎過御樓前。宫娥不識中書令，借問誰家美少年。

題進士索士巖詩卷士巖與余同榜又同爲燕南官由翰林編修爲御史臺掾兼經筵檢討除爲燕南廉訪經歷

憶昔登天府，文華萃帝鄉。俊才魚貫列，多士雁成行。寶劍懸秋水，驪珠耿夜光。三場如拾芥，一箭已穿楊。上策師周孔，飛聲陋漢唐。鳳池開御宴，虎榜出宫牆。賜笏丘山重，恩袍雨露香。天花皆剪翠，法酒盡封黄。冠蓋遊三日，聲名滿四方。歷階超宰輔，捧表謝君王。第甲分三館，鐫碑立上庠。曲江嘉宴會，合席盡才良。契誼同昆弟，比和鼓瑟簧。誓辭猶在耳，離思各驚腸。臺閣需材器，儒林作棟梁。超遷烏府掾，輝映繡衣郎。迫晏封幾事，平明出奏章。日披墳典舊，時念簿書忙。檢討超經幄，論思近御牀。聖朝稽古道，日暮下回廊。羈旅然薪桂，長吟出錦坊。弱妻貧且病，羸馬瘦仍僵。窮巷回車轍，空廚泛酒漿。故人傳奏目，請便趣行裝。皇極三臺重，燕南各道昌。承恩辭魏闕，攬轡去恆陽。曉幕芙蓉露，秋空栢樹霜。諸司循直矢，羣吏肅宏綱。漢水浮神馬，岐山出鳳凰。行須冠獬豸，已見走豺狼。慚愧蓬蒿翼，乘風亦下翔。

石夫人

危危獨立向江濆，四伴無人水作鄰。綠鬢懶梳千載髻，朱顔不改萬年春。雪爲膩粉憑風傅，霞作臙脂仗日勻。莫道臉前無寶鏡，一輪明月照夫人。

竹枝詞

湖上美人彈玉箏，小鶯飛度綠窗楞。沈郎雖病多情在，倦倚屏山不厭聽。

題北固山無傳上人小樓

甕城春寂寂，石磴草斑斑。倚杖高低月，登樓遠近山。百年詩句裏，三國酒杯間。自歎黄塵客，來消半日閒。

正覺寺晚歸贈益山長老

粥魚聲已罷，日暮掩柴扉。送客月在地，出山雲滿衣。燈明聞犬吠，松暗見螢飛。深夜長廊静，多應獨自歸。

送管十班監憲除廣西宣慰使

持節曾臨江漢上，分符又入瘴雲間。花驄一日行千里，金虎三珠照百蠻。露帳旌旗天接水，星營鼓角月連山。九重應有平猺詔，日聽將軍奏凱還。

述懷

客程去住與身違，誤擲漁竿下釣磯。好客不來門户俗，遠親相棄信音稀。青春背我堂堂去，黄葉無情片片飛。遥望家山搔短鬢，故園酒熟蟹螯肥。

飛鳴宿食雁

年去年來年復年，帛書曾達茂陵前。影連薊北月横塞，聲斷江南霜滿天。雨暗蘆花愁夜渚，露香菰米下秋田。平生千里與萬里，塵世網羅空自懸。

題半山寺

今日偶成林壑趣，清幽恨未得從容。龍歸石洞半山雨，潮卷天風十里松。春路泥深多滑馬，晚樓霧重只聞鐘。荆公舊隱知何處，回首蒼茫第幾重。

游金山

約客同游買渡船，閒覩古剎禮金仙。山中好景無多地，天下知名第一泉。佛閣齊雲浮海嶼，客帆過寺帶風煙。當年郭璞因何事，來葬江心作浪傳。

西湖絶句六首

見田汝成《西湖志餘》。

湧金門外上湖船，狂客風流憶往年。十八女兒摇艇子，隔船笑擲買花錢。
少年豪飲醉忘歸，不覺湖船旋旋移。水面夜凉銀燭小，越娘低唱月生眉。
紫騮驕蹋落花泥，二月江城雨過時。拂曉市河春水滿，小船多半載吴姬。
惜春曾向吴船宿，酒渴吴姬夜破橙。驀聽郎君呼小字，轉頭含笑背銀燈。
待得郎君半醉時，笑將紈扇索題詩。小紅簾卷春波緑，度水楊花落硯池。
垂柳陰陰蘇小家，滿湖飛燕趁楊花。繁華一去風流減，今日横隄幾樹鴉。

次韻王侍郎遊湖

綺席新凉舞袖偏，賞心輸與使君專。螺杯注酒摇紅浪，綵扇題詩染緑煙。一鏡湖光開曉日，萬家花氣漲晴天。湧金門外春如海，畫舫笙歌步步仙。

紀事

見瞿宗吉《歸田詩話》。

當年鐵馬遊沙漠，萬里歸來會二龍。周氏君臣空守信，漢家兄弟不相容。祇知奉璽傳三讓，豈料遊魂隔九重。天上武皇亦灑淚，世間骨肉可相逢。

宗吉云：「薩天錫以宮詞得名，其詩清新綺麗，自成一家，大率相類。惟《紀事》一首，直言時事不諱，蓋泰定帝崩于上都，文宗自江陵入據大都，而兄周王遠在沙漠，乃權攝位，而遣使迎之。下詔四方云：『謹俟大兄之至，以遂固讓之心。』及周王至，迎見于上都，歡宴，一夕暴卒。復下詔曰：『夫何相見之頃，宮車弗駕。』加謚明宗，文宗遂即真，皆武宗子也。故天錫末句云然。

宋逸士无 亦作無。

无字子虚，舊以晞顔字行，名名世，家于晉陵。以兵亂遷吴，冒朱姓。至元辛巳，其父國珍領征東萬户案牘，適病瘵，无丐以身代，許之。入海抵竹島，風雹交作，隨驚濤上下。經高麗諸山，罹沉痾，瘦骨柴立，未嘗廢吟詠。歲丁亥，中丞王西溪舉茂才，以奉親辭。子虚初侍親西江，從歐陽巽齋學。壯歲負氣，視富貴若不經目。性畏酒，處衆多漠然。遇故人，輒抵掌劇談，絶倒而後已。自爲《吴逸士銘》曰：「无生宋景定庚申，髫年斡流東西，時雖搶攘而學不怠。乙亥世變，舊業俱廢。遊方遐覽，寸陰靡留；谷隱巖棲，暮景將迫。泱漭隨時，以微吟自怡。得瘞骨先人冢傍，見高曾于地下，幸已。」時子虚年八十有一，至正庚辰歲也。趙子昂稱其詩風流蘊藉，皆不經人道語。鄧中父云：其大篇如天孫織綃，雲經霧緯，自出機軸。小律則日光虹彩，渾然金璧。穠麗縝密而不艷，含鬱静婉而不怨。其深于唐之變也。馮海粟與知最晚，一見其《翠寒集》，亟序而鋟之。謂如「承恩金馬詔，失意玉環詞」，「落月今誰弔？長庚夜自明。」雖使太白復生，亦當爲子虚擊節。子虚詩雅秀絶倫，宜爲當時名輩所推重也。他如《啽囈集》一卷，雜詠古人軼事，于文山、疊山、陸君實、韓氏諸作，尤有餘悲焉。鄧中父所謂議論諷刺，探賾闡幽，又不當徒以詩論之矣。

烏夜啼

露華洗天天墮水，燭光燒雲半空紫。西施夜醉芙蓉洲，金絲玉簧咽清秋。鼙鼓鞭月行春雷，洞房花夢酣不回。宮中夜夜啼棲烏，美人日日歌吳歈。吳王國破歌聲絶，鬼火青熒生碧血。千年壞塚耕狐兔，烏銜紙錢挂枯樹。髑髏無語滿眼泥，曾見吳王歌舞時。烏夜啼，啼爲誰？身前懽樂身後悲。空留瑟怨傳相思。烏夜啼，啼別離。

公無渡河

九龍争珠戰淵底，洪濤萬丈涌山起。鱷魚張口奮靈齒，含沙射人毒如矢。寧登高山莫涉水，公無渡河，公不可止。河伯娶婦蛟龍宅，公無白璧獻河伯，恐公身爲泣珠客。公無渡河公不然，憂公老命沈黄泉。公沈黄泉，公勿怨天。

戰城南

漢兵鏖戰城南窟，雪深馬僵漢城没。凍指控絃指斷折，寒膚著鐵膚皸裂。軍中七日不火食，手殺降人吞熱血。漢懸千金購首級，將士銜枚夜深入。天愁地黑聲啾啾，鞍下髑髏相對泣。偏裨背負八十創，破旗裹尸横道旁。殘卒忍死哭空城，露布獨有都護名。

公莫舞

公莫舞，公莫舞，鴻門王氣歸真主。何人睚眦赤龍子？手循玉玦目相語。令公莫舞公楚舞，劍光射日白虹吐。人發殺機天不與，撞斗帳中唉亞父，霸業明朝棄如土。

長門怨

金壺咽淚蓮花澀，銀箭浮遲渴烏泣。知更阿監羅襪冰，暝對星河玉階立。內官唱漏催曉籌，芙蓉夢破燕支愁。起來妝罷窺繡户，三十六院殘燭幽。建章風傳鳳吹遠，翠華晨幸昭儀館。箜篌不語心自語，愁長如天恨天短。紅裍暖踏楊花雪，絳縷閒封守宫血。鶗鴂空猜警蹕聲，春寒緊護流蘇結。

枯魚過河泣

北溟有鯤，噴薄崑崙，氣吞積石摧禹門。過河河水枯，蹤跡困泥塗。垂涎向海若，能濟涓滴無。中流有魴鯉，不貸斗升水。巨口走噞喁，逆遊莫若鮪。鯤兮鯤兮，爾泣何由龍伯知。決雨津，倒天池。洚水横行，隨鯤所之。揚鰭爲謝魴與鯉，還有桃花春漲時。

玉津園棄景鐘歌

炎精不靈火不德，赤熛怒帝喪英魄。羿弓射日日無光，黄金大鏞破釜已。天崩七廟移神虚，鬼哭長陵一抔土。十二盤傾夜月寒，漢銅仙人淚如雨。六龍屈曲眠秋草，草根蟪蛄語昏曉。紫苔滿地愁古春，東風吹得乾坤老。蝸涎鳥篆銀泥剥，烏啄蒲牢戲左角。更殘漏斷聲莫聞，凡雞司晨尊鐵鏵。

妾薄命

雲母屏，琢春冰，鮫女織綃蟬翼輕。比妾妾薄命，比君君薄情。紅綿拭鏡照膽明，還疑妾貌非傾城。傾城從來有人妒，況復君心不如故。故人心尚峰九疑，新妾那能無故時。補天天高，填海海深。不食蓮葯，不知妾心。

天馬歌

天馬天上龍，駒生天漢間。兩目夾明月，蹄削崑崙山。元氣飲沆瀣，躍步超人寰。天上玉帝老不騎，饑食虎豹曉出關。滅没流彗姿，欻忽紫電顔。黄道三十六萬里，日馳週天去復還。時乎降精渥洼中，龍性變化終難攀。天馬來，瑞何朝。化爲龍，應童謡。騶虞仁獸恥在坰，龍亦絶跡歸赤霄。風沙豈無大宛種，雖有八極安能超。天馬來，雲霧開。天廄驃褭鳴龍媒，龍媒不鳴鳴駑駘。

古硯歌

神媧踏雲補天去，遺下一團蒼黑天。千年萬年乾不得，長帶盤古青紫煙。玉工剖天天化石，石内星精有餘魄。珂光發烱成禹璧，海王川后輸玄液。帝青呵霧坤倪溼，匣月不開太陰泣。破天殘缺無人補，一穴絲絲漏春雨。空藏老石磨今古，補天何時與天語。馮海粟云：「子虚《烏夜啼》、《公無渡河》、《戰城南》、《公莫舞》、至《妾薄命》、《古硯歌》諸詩，皆古錦、神林、鬼塚，外帶三分鳳麟、洲上飛仙，羽翮格力。

湖上意

晚過鴛鴦浦，無心唱《採蓮》。莫嗔蘭槳急，爲要趁前船。

甘露寺放舶至瓜洲風作

天造西來險，山回北固形。斷崖纏赤日，孤柱擘蒼溟。此地何能限，長江或有靈。然犀夜照浪，飲馬曉呑星。鐵鎖沈寥廓，樓船没杳冥。乾坤一衣帶，吴楚兩郵亭。擊楫人人倦，吹笳處處聽。海門沙自白，瓜步草猶青。夢墮浮家樂，魂遭捩柁醒。計程秋獵地，問舍暮漁汀。倏忽波濤變，忽忙網罟停。疾颸移蚌室，暗雨卷龍庭。贔屭黿鼉壯，谽谺樹石腥。危檣連偪仄，高岸失岭崊。世事無深測，生涯獨未寧。愁煩復消釋，題詠紀曾經。

送鄧侍郎歸江西 光薦。

中國衣冠盡，孤臣蹈海回。秦思魯連操，漢憶賈生才。天遠文星隱，江平畫鷁催。人尋芳草去，雁到故鄉來。山色催行櫂，波聲送客杯。身還蘇武節，夢泣李陵臺。水落蛟龍縮，城空鼓角哀。蒼梧雲浩蕩，黄屋浪崔嵬。夜雨江蘺溼，春風杜若開。祇令少微動，愼莫應三台。

李翰林墓二首

嗜酒傲明時，何因賀監知。承恩金馬詔，失意玉環詞。名與三閭並，身將四皓期。匡山有書讀，應亦歎歸遲。

一騎紫鯨去，空掩謝山塋。落月今誰弔？長庚夜自明。乾坤沉秀氣，江水帶哀聲。天上多官府，文章不可輕。

長相思

昨夜相逢處，朦朧春夢中。遼西書不到，莫是戍遼東。

次友人春別

波流雲散碧天空，魚雁沈沈信不通。楊柳昏黄晚西月，梨花明白夜東風。秋千庭院人初下，春半園林酒正中。背倚闌干思往事，畫樓魂夢可曾同。子虚律詩工絶，海粟盛稱此詩中聯。高季迪評其詩謂「澹蕩道逸，于虞、楊、范、揭外，别樹一宗」。亦篤論也。

答王子長

病後得書頻，情知未立身。孤燈風雨夜，兩處别離人。乙鳥歸來社，辛夷開過春。如逢元白問，莫説爲詩貧。

廢宅

金谷花開得幾春，東風吹逐路傍塵。蛙鳴私地爲官地，燕認新人是故人。珠履賣錢豪客散，玉釵乘傳舞娥顰。獸環一鎖歌鐘斷，時有鴞聲恐四鄰。

春愁

金雁塵香暗鳳絃，紅繩風緊閣秋千。園林寂寞無鶯燕，一段春愁是杜鵑。

南峰宴坐僧

空巖槁木形，入定掩松扃。鵲供銜來果，猿看誦罷經。雲霞埋衲重，苔蘚上鞋青。只有樵人識，曾因採茯苓。

銅陵五松山中

樵聲聞遠林，流水隔雲深。茅屋在何處？桃花無路尋。身黄松上鼠，頭白竹間禽。應有仙家住，避秦來至今。

山中書事

學道志雲霄，自然塵念抛。雨寬琴上綫，風響樹間瓢。果熟供猿食，松高任鶴巢。看他陳處士，終被華山招。

金陵送倪水西之江陵

楚江江上暮雲東，萬里春波去意濃。桃葉歌殘秣陵酒，梨花夢斷景陽鐘。沅湘水落瓊瑶合，巴蜀山來錦繡重。回雁峰前見歸雁，相思何處再相逢。

華蓋峰逸人

十步九巖壑，結茅無四鄰。山中春雨過，水上落花新。採藥逢毛女，焚香對羽人。時攜一瓢酒，醉著去朝真。

寄王子長

薄宦仍依楚，長聞傍酒壚。客愁三月盡，春夢五更初。吟卷看花掩，行牀並竹鋪。江湖有佳句，知我每相於。

春閨

聞畫金釵記遠人，杜鵑啼血又殘春。琵琶絃上無多字，近日相思彈不真。

送僧還天目

瓶錫亂峰西，藤蘿晝掩扉。山藏翠微寺，僧向白雲歸。梵寂風沈磬，禪深雪到衣。想曾行道處，猿鳥共忘機。

寄郴陽廖有大

遠宦身安不？題書淚幾行。千山萬水路，一日九回腸。鷓鴣懷春語，蘼蕪入夢香。王孫歸未得，歸得早還鄉。

沙門島

孤嶼壓滄海，風濤直下危。鮫人依蜃市，魚女祭龍祠。月黑犀牛鬬，波紅蟒蝀垂。登臨有奇觀，感慨但言詩。

牆頭杏花

紅杏西鄰樹，過牆無數花。相煩問春色，端的屬誰家？

墨梅寄因上人

夢覺霜林墮月，眼明野水浮枝。橫玉不吹春去，斷縑閒寫相思。

萍

風波長不定，浪跡在天涯。莫怨身輕薄，前生是柳花。

山中僧

雪頂霜眉齒半稀，蹣跌苔石看雲歸。山童掃葉鶴飛起，狼藉松花滿衲衣。

唐人四馬卷四首

金銜初脱齒新齊，蹄玉無聲赤汗微。昨日杏園春宴罷，滿身紅雨帶花歸。

簇仗同來玉勒閒，黄門牽向落花間。君王不愛長楊獵，嘶入春風十二閑。

霜蹄踏月早朝回，尾弄紅絲拂紫苔。日暖龍池初洗罷，尚方聞進御鞍來。

太僕新調試錦韉，九重日色照連錢。春來興慶池邊路，偏稱宫中軟玉鞭。

宫人斜

步摇明月冷無光，骨掩春泥草亦芳。魑魄不隨紅粉盡，化爲蝴蝶舞昭陽。

猿

巴峽聞聲愁斷腸，冷泉照影緑陰涼。藤摇亂雨領兒過，樹曬斜陽拾蝨忙。獻果去尋幽洞遠，攀蘿來撼落花香。空山月暗無人見，啼入白雲深處藏。

鶴

毛骨珊珊白雪清，千年世上頂丹成。晴飛碧落秋空闊，露立瑶臺夜月明。仙島雲深歸有信，天壇花落步無聲。時來華表何人識，依舊翻身上玉京。

寄題無照西園

近地棲禪室，祇園草木薰。鞋香花洞雨，衣潤石闌雲。松吹和琴雜，茶煙到樹分。遥知道林輩，來此論玄文。

揚州即事

玉壘開方面，金湯控上游。連營驃騎宅，重柝雁行樓。彊弩虚空發，飛橋日夜浮。煙生烽燧地，草死虎狼秋。此處兵威震，當時國步憂。六年襄郡守，三策藎臣謀。大將深圍陷，長江萬里休。兩淮先按堵，孤注獨横籌。破竹纔乘勢，鬧風已置郵。乾坤機軸轉，海嶽版圖收。春變山堂柳，波通汴水鷗。平坡南下馬，遠渡北來舟。無復瓊花夢，猶餘芍藥愁。塵埃何豎子，還擁黑貂裘。

玉環病齒圖

一點春寒入瓠犀，海棠花下獨顰眉。内廚幾日無宣唤，不問君王索荔枝。

杜工部祠

老病思明主，乾坤入苦吟。秋風茅屋句，春日杜鵑心。詩史孤忠在，文星萬古沈。祇應憶李白，到海去相尋。

山中

半嶺松聲樵客分，一溪春草鹿成羣。採芝人入翠微去，丹竈石壇空白雲。

湘竹杖寄無住

采向舜妃江廟前，得來賈客木蘭船。老宜泉石攜慵態，吟稱煙霞倚瘦肩。宴坐夜和金錫憩，經行春卓紫苔穿。知師道價神龍護，莫謾騰空去九天。

老將

殺氣消磨暗鐵衣，夜看太白劍無輝。舊時麾下誰相問？半去封侯半不歸。

老馬

瘦蹄生入玉門關，病放沙場戰骨間。歸齕殘芻應有淚，將軍頭白戍天山。

老農

倩搔背痒坐深村，愛説前朝賜帛恩。縣帖不來尋社長，自攤牛契教玄孫。

老牛

草繩穿鼻繫柴扉，殘喘無人問是非。春雨一犂鞭不動，夕陽空送牧兒歸。

如鏡伐竹架過牆蒲萄斷竹插地復生枝葉無住序曰瑞竹余以詩贈之

爲引寒藤延晚翠，試栽碧玉動秋根。鳳梢依舊生虚籟，龍籜相將添遠孫。林月過庭窺斷影，茶煙潤色到啼痕。湯休麗藻題還徧，貝葉應多此處繙。

無題

花影玲瓏滿繡牀，自調緑綺背紅窗。惆悵佳期學絃綫，七條哀怨不成雙。

寄衣曲

征衣須早寄，遥憶藁砧寒。莫訝啼痕少，相思淚已乾。

贈竺鍊師

姓疑乾竺古先生，霞外幽棲近四明。履斗星移冠劍影，步虚風引珮環聲。蘂宫夜唤青鸞降，花洞朝騎白鹿行。長使芝童看藥竈，爲耽瓊液過蓬瀛。鶴傳仙語歸華表，魚寄丹書上赤城。怪石醉中拈筆畫，險棋静裏按圖争。玉桃竊慣慵留種，瑶草尋多盡識名。縮地日攜龍作杖，卧雲時約鳳吹笙。海邊定與安期遇，關上當逢尹喜迎。我本翠寒山道士，相隨便欲採黄精。

贈日東僧

肄業重溟外，隨緣大夏中。錫飛鯨海静，杯渡蜃樓空。音信千峰隔，華夷一水通。秋深故國夢，應與逝川東。

江南曲

遥天碧蕩蕩，遠草緑愔愔。并作相思海，春來一樣深。

蕃釐觀感瓊花

后土祠南裔，坤維媲室家。國封嚴典禮，宫祀尚褒嘉。不是神靈異，焉能眷邇遐。應須有玉女，到此賞瓊葩。麗服從空降，明妝倚日斜。同揮五雲扇，共駐七香車。月姊羞調粉，風姨罷散花。青童回絳節，金母屏彤霞。故事唐時盛，佳名數代誇。塵根雖下界，天意在中華。雪讓瓏璁巧，冰銷刻鏤瑕。人間惟獨爾，地上更何加。萬蘤殊寥落，羣芳避艷邪。玫瑰誠執御，芍藥等泥沙。聖運俄驚輟，兵强忽肆拏。舛訛難核實，真贋遂聱牙。雷雨還驚蟄，涵藏重發芽。旁枝微舊蝸，新葉祲榮荂。尤品終蕪没，珍蕤逐水涯。兩朝成草莽，九廟雜龍蛇。古殿蘭旗暗，殘爐桂燎賒。蕣顔愁想像，珠樹絶驕奢。寂寞無雙譽，徘徊但白嗟。八仙聊免俗，消得寶闌遮。

送毌丘秀才自黔中歸益州

黔南萬里地，劍外去寧親。蜀魄花成血，山魈樹隱身。《竹枝》歌峽夜，椰子醉蠻春。歸訪王孫宅，彈琴有故人。

寄山中僧

名山舊隱巖巒秀，精舍蕭閒殿閣虛。像禮旃檀千古佛，經翻貝葉五天書。獸依草座跏趺後，禽下花臺施食餘。空翠溼衣橫卽栗，紺泉澄盋涌芙蕖。鷲峰夢遶雲中寺，鹿苑身棲物外居。清梵夜回松月冷，孤禪晝起栢煙疏。曙鐘寒韻侵虛籟，午供春香入野蕪。道念有時憐老病，塵緣無計問真如。遠公若許來同社，陶令何妨去結廬。便向東林傍尊宿，菩提從此發心初。

遊三茅華陽諸洞四首

冠帶寒星帔剪霞，步虛去宴玉宸家。醉歸却跨青鸞下，銜落碧桃無數花。

玉案清香徹夜焚，紫煙成蓋覆茅君。數聲金磬秋壇霽，敲碎遥天一縷雲。

書滿琅函祕不開，雲窗霧閣鎖青苔。門前白鹿將麑過，定是避秦人引來。

淡染雲霞五色衣，杏壇朝罷對花披。洞中養隻千年鶴，長被仙人來借騎。

杭州

錦繡波翻太液空，一池寒雨落芙蓉。内前尚有中官住，却聽西蕃寺裏鐘。

羅嗊曲

玉井荷花碧，中藏〔藕〕（偶）意深。緑房千萬菂，多少可憐心。

淵明

心寄羲皇上，生逢晉宋時。風流千古意，只有杜鵑知。

馬塍

桃李宮城近，偏承雨露恩。至今耕種地，一半作花園。

蘇堤

漢苑花何處？唐陵栢已空。相逢大堤柳，令我憶蘇公。

玉津園

御愛花無主，長生樹幾時。青青輦路草，盡屬牧羊兒。

景靈宮

孟月祠原廟，都人憶故宮。當年駕幸處，喬木鳥呼風。

杭州

山勢猶龍鳳，行宮已劫灰。北人偏悵望，曾見汴京來。

建業懷古

離居迫馳道，晨往內西門。屏營無顧問，偶逢路人言。昔有六代宮，今爲百姓園。阿閣餘故基，層城但頹垣。金鋪失嚴邃，玉座變荒原。陳昏早墮滅，隋奢亟崩奔。樂極終復悲，替興相覆翻。結綺徒構恨，臨春工鎖冤。貴嬪豔亦無，麗華皆不存。高塚烏鳥集，沃壤蓬麻繁。鴞如拜月魄，蝶化尋芳魂。草遺舊裙色，花泫新啼痕。空餘龍津水，流入魚藻渾。猶涵睿澤在，尚感陽和恩。孰知涓滴微，曾悅萬乘尊。坐令芻蕘賤，褉飲汙其源。念彼禾黍地，淒然難具論。寵深乃見辱，涕下還成吞。

海上自之罘至成山覽秦皇漢武遺蹟

霧氣沈坤極，濤聲撼北溟。雲霞五色水，丹碧萬重屏。脈絡華夷秀，并吞宇宙青。石梁横地户，洞構壓風霆。砰磕紛鳴鼓，漰渹疾建瓴。提封思霸主，巡狩陟遐坰。黔首何多難？皇居不少寧。山驅麟避藪，海　蜃遷庭。鹵簿周荒服，鱗蟲畏典刑。天吴驚象駕，精衛泣鑾鈴。浪激秦嬴怒，崖崩漢武靈。空悲祖龍死，但覺鮑魚腥。采藥終驕妄，求仙竟杳冥。惟聞傳二世，無復享千齡。古昔飛騰客，能存變化形。解交烏兔髓，定翳鳳凰翎。玉檢微藏旨，金丹別有經。東華司笇曆，南岳考功銘。億劫開玄闕，三宮護紫扃。睿仁斯可冀，淫暴詎堪聽。謾致安期舄，虛邀阿母軿。昆池波鼎沸，阿閣土花零。夜雨蛇升樹，春潮蛤上汀。茂陵迷亂草，禁苑暗流螢。奢侈如飄電，危亡若炳星。明君當至治，方士或來停。火宅休生棘，情河易轉萍。願逢清静化，昌運幾時丁。

憶舊寄金陵馮壽之

憶昔江東日，離居託孟鄰。儒家見君好，談席偶情親。南斗文昌近，西山爽氣新。驪珠驚俗眼，瓊樹倚芳晨。《大雅》今重覩，奇才豈易倫。珊瑚生海網，汗血出天津。句滿雞林賈，名齊雁塔人。傳經心入聖，用筆意凝神。射策應先手，藏環定後身。巨流思待濟，吾道詘當伸。落魄傷遲邁，依棲笑隱淪。三年爲倦翼，萬里作窮鱗。伏枕思霜橘，歸溪戀紫蓴。鴻稀石城信，魚隔太湖濱。故宅閒多草，空船獨採蘋。夜吟酬蟋蟀，暮景歎麒麟。老恐襟期斷，悲懷轍跡陳。舊峰還似洛，淮水想猶秦。勝地登臨數，殊鄉夢寐頻。潮吞李白月，花動謝安春。有興須相見，無聊謾自呻。休疑交契闊，尚覺膽輪囷。遠物那堪贈，佳音欲細詢。勞歌因奉寄，題罷更沾巾。

詠石得天字

肢脈崑崙析，胚渾混沌先。甃分玄島峙，秀聚景雲鮮。覆壓風雷窟，枝撑宇宙穿。峻嶒攲篠霧，歷棘聳巒煙。業業棱危墜，礴礴過瘦涓。雨攻繩眼斷，浪擊彈窩圓。筆架珊瑚豎，屏圍瑪瑙偏。骨攢獰鬼竦，脊凸老蛟蜷。劍卓空蒼色，矛森紫翠顛。醜宜鐫鳥篆，剛可利龍泉。怪漬潮紋涇，頑和地軸連。篔簹梢映帶，薜荔葉縈纏。磊磈蛇身縮，崩崢鳳勢偏。蘚侵題字處，藤絡倚笻邊。碎礫鋪文貝，尖峰斫黛蓮。竇深膏乳滴，甃潤土花沿。儼若峨冠者，昂如峻士焉。磴危欺木屐，磯滑怯苔氈。移恐嵐光動，捫嗔野蔓牽。衝湍擊類磬，謝瀑韻成絃。硬性辭斤鑿，嵌形欠畫傳。鼓歌傷莫續，鼎句歎難聯。砥礪誠由著，磨礱學及遷。畜奇希抱璞，鍊餌詫飛仙。寸勢垂千仞，胚胎結幾年。巖暉知産玉，峽束見奔川。織女支機穩，山人作枕便。隕星沈戰域，敲火出漁船。異或稱羊化，疑應訝虎眠。龜埋遺碣下，麟仆古塋前。屹立中流壯，平施大礎堅。《懷沙》嗟放逐，凝魄惜嬋娟。德必穹碑絶，詞當巨硯研。險思經灩澦，功擬勒燕然。嵩岱歸諸掌，蓬瀛寄一拳。不須填碧海，直欲補青天。

答無住和太初韻見寄

寶地人來少，禪陰自晚晴。片雲依石潤，孤磬出花清。竹筧分泉細，檀煙上甑輕。勒銘留水寺，應供宿汀城。適楚濤喧定，歸吳雪滯行。雨苔粘凍屐，廊葉覆閒枰。琴爲蛇紋買，書因鳥跡評。眼高無佛祖，詩癖有山兄。句妙唐風在，心空漢月明。晝禪休樹影，夜梵雜松聲。夏減遊方興，秋添住岳情。何時修白業？去結懶殘盟。

上馮集賢

忠言如海膽如山，趣入金門虎豹間。玉筍曉班聯鷺序，紫檀春殿對龍顔。氣凌百辟星辰動，賦就《三都》造化閒。豈向長沙淹賈傅，淳風會見筆追還。大都有紫檀殿。

送陳行之之信州推官

漢守曾懸榻，家聲復世綸。贊廉推雅士，列郡重嘉賓。昭代詳刑讞，賢僚體聖仁。袴襦憐故老，狴犴念冤人。英幹登時望，文華異等倫。固宜膺寵渥，豈但活罷民。江左名藩舊，風流佐幕新。平反須有頌，剛决看如神。郗鑒初榮養，黄香早締姻。錦還鄉已晝，綵戲室俄春。自補尋山屐，誰親墊雨巾。拊循恩易洽，煦嫗俗當淳。曲動《陽關》疊，尊移祖帳陳。未能忘手握，何得更情親。羨爾丹霄貴，悲余白髮貧。尚期金鼎藥，猶客素衣塵。巖壑將幽賞，煙霞欲隱淪。交游千古事，離别百年身。楚澤寒多雁，吴波暖見鱗。相思不相見，音問莫辭頻。

寄翰苑所知

多士當文治，明良際盛時。騷壇先佩印，策陣已搴旗。西極蹄千里，南溟翼四垂。疾雷天地破，崩嶽鬼神移。學過《三都賦》，神超七步詩。噲何須大賞，鮑謝只平欺。尺璧光難掩，華鐘響發遲。人遊丹桂窟，鳳噦碧梧枝。漢室方虚席，枚皋復擅詞。數承恩詔見，趨赴重官儀。黄閣登清要，蒼生息舊疲。星辰侵履舄，桃李傍階墀。珂里豪家逐，銅駝樂部隨。行歌金騕褭，醉舞玉參差。杜曲花偏滿，蓬壺酒不辭。弓開射熊館，劍倚化龍陂。秀彥居同采，軒車出共馳。侯門相雜遝，寒素獨吁嘻。塵榻應容下，仙舟可待追。亦慚才莫逮，終負志難衰。攀附羞蘿蔦，傍徨向路岐。未酬題柱興，徒抱練絲悲。幽谷音猶澀，鹽車力尚卑。泥塗淹騄駬，荆棘困黄鸝。睍睆還求友，騰驤却避羈。愁吟長鋏伴，閒夢矮牀知。縫掖今誰貴，乘桴任所之。短章非善頌，聊以展吾私。

尋貞白先生舊居

百折歷雲嶠，千花通水源。寒藤垂到地，怪石立當門。白壤鍊丹赤，清池磨劍渾。曾來誦經處，片雨滴苔痕。

己亥秋淮南饑客中懷故里朋遊寄之

行李依吴榜，飄蓬更楚鄉。山川歲云暮，風雨夜何長。此地從兵革，斯民復旱蝗。薦飢懷賑粟，久渴望攜漿。船婦争遺穗，樵童拾棄芒。哭喪多藁葬，征旅少羸糧。豈有災重并，而無户損傷。一年租幸免，衆口飯誰將。生晚羞干禄，憂時念彼蒼。悲歌思請劍，頹墮輒椎牀。宵枕當寒溜，晨梳候曙光。牧羊人戢戢，放馬草荒荒。木落明秋野，江空月照霜。城烏頭并白，水樹葉先黄。羈客情難遣，朋儕興不忘。投瓊花院内，博塞竹林傍。尚恐詩盟淺，猶嗔吏鞅妨。偏提隨款段，笭箵下滄浪。稍遂田園計，終須蘿薜藏。松筠親戚輩，麋鹿弟兄行。春寺尋暄暖，晴波泛渺茫。清泉濯足冷，紫菊染巾香。醉任王侯貴，閒辭禮數忙。龐公厭州府，陶令樂柴桑。酬答幽期愜，交遊素願償。短章應得附，真賞莫能量。頗似岑參句，多因杜甫揚。流傳千載後，直欲繼前唐。

南峰歸雲菴

雲伴老僧居翠微，老僧應共白雲飛。杖藜西去雲東去，日暮僧歸雲亦歸。

建業閒居春思

杜曲芳菲早，江城店舍煙。雨青榆莢地，風白柳花天。愁結丁香上，醒餘禁酒前。病多遊冶少，春事亦留連。

寄眠雲處士

聞說華陽洞，人間第八天。茅君旌屢降，弘景駕常延。地吐黄金氣，潭流碧玉泉。神丹光夜發，朱草葉春妍。羽客家相接，麟洲脉共連。山遺秦女藥，鋤得漢朝錢。處士懷貞遯，長生契宿緣。童顔曾辟穀，鶴相合成仙。嘯傲三峰上，披研萬象先。囊攢五行物，劍握七星權。石銚青精飯，風鑪紫朮煙。赤松齊遠躅，玄俗並遐肩。九轉功將就，雙親念復虔。却擕瓊笈轉，歸枕白雲眠。蓟子家嘗歷，壺公訣盡傳。路罔蓬島下，杖化葛陂邊。經案苔侵徧，閒枰雨滴穿。池留洗瓢水，壁挂斷琴絃。蕙帳猿空怨。蘿窗月自懸。品存客悵望，澗去鳶潺湲。局久棋多變，囊清鼎又遷。衲衣期異日，築室定他年。季世嗟予晚，幽棲志獨堅。欲隨蒲坐具，已辦布行纏。學道無如此，遊方恐未然。尚遲甘旨奉，更被苦恩牽。腦慮精難滿，心憂影或偏。薜壇情願掃，茶竈手能煎。根究嬰兒後，參同混沌前。求真不易遇，師匠早哀憐。

靈巖寺上方

霸業銷沈煙樹濃，吳王臺殿梵王宮。屧廊人去土花碧，香逕僧歸秋葉紅。颶母射喦風動地，蛟精徙穴霧迷空。明朝江郭重回首，寺在翠微蒼靄中。

大滌山道士

童顏幾寒暑，編葉當衣裳。琴古面無漆，柏枯身有香。樹精爲老僕，石髓作乾糧。不語坐松下，天風吹鬓涼。

西湖酒家壁畫枯木

衡岳喬松道途遠，成都古柏山川隔。忽驚老樹刺眼來，疑是頹崖壓東壁。拗怒風雷龍虎氣，盤摺造化乾坤力。陰連滄海一片秋，秀奪西湖兩峰色。寒雲苒惹靈畫影，凍薜緣沿借春碧。醉翁睥睨欲挂衣，禪伯經營思憩錫。烏鳶冥下踏枝空，猿猱夜過嗔藤仄。鐵幹銅柯嗅不香，蒼雪玄煙溜將滴。便擬攀蘿解糾纏，何煩平地生荆棘。直須掃去曲彔姿，揮作昂霄數千尺。

客夜思親

老妻病女去淮西，慈母居吳鶴髮衰。我獨天涯聽夜雨，寒燈三處照相思。

梁隆吉遺馮筆并詩答以長句

吳剛夜入廣寒闕，生擒老兔出秋月。嫦娥泣雨蟾影孤，靈藥不舂玉杵歇。桂花凝毫拔蒼緑，蜀絲纏金縷湘竹。紫蘭蕊笑春風愁，蓮花仙冠墜簪玉。松腴點漆光照眸，藤肪搗雪滑欲流。樂毅小帖排銀鉤，天馬歷塊無九州。夢中忘筆那有花，占錐畫地飛龍蛇。覺來尋錐亦無處，但見鳥跡留平沙。

二喬卷

國色雙花相並栽，周郎分得小枝來。漢宫早有君王見，金屋須教一處開。

南岳李道士畫雙松圖

道士醉卧天柱峰，睥睨石上千年之老松。松精相感入夢寐，化作蒼髯雙老龍。酒腸空洞生鱗角，飛出兩龍醉不覺。須臾霹靂撼五岳，豐隆縮手不敢捉。神靈頃刻歸虛無，壁上但見《雙松圖》。松耶龍耶莫能詰，棟梁霖雨藏秃筆。

僧日觀畫蒲萄

玉山道人蒼璧立，胸瀦萬斛松煤汁。吐作千年古怪藤，猶帶西湖烟雨溼。元氣淋漓草木活，太陰菌蠹蟲蛇蟄。須縈翠霧瘦蛟走，睛抉玄珠黑龍泣。神剜鬼刻字崛奇，水精火齊光陸離。天魔擘來帝青寶，鯨波涌出珊瑚枝。墨花酣春馬乳漲，醉夢渴想西涼姿。風窗秋疑螽葉語，露架夜憶虬柯垂。須臾掩卷何所見，月落庭空無影時。

喜虛碧自龍虎歸

雨巾風帽别真師，雲滿天壇駕鶴遲。囊佩山圖行幾日，棋逢仙客看多時。丹房芝朮春英長，玉洞烟霞夜夢離。定有壺公遠相送，瓢中添著幾篇詩。

雨篷爲吟友題

家分半席並鷗眠，輿墮吳頭楚尾天。機杼曉聲柔櫓月，簾帷暝色片帆烟。魚龍窟宅同春夢，雞犬圖書當夜船。咫尺五湖晴景好，釣竿閒在草堂前。

送金華黄晉卿之諸暨州判官 溍。

夫子今衡鑑，斯文屬在兹。擅場年鼎盛，抱業器瓌奇。鶚薦嶄頭角，鶯遷奮羽儀。詞源傾渤澥，筆陣偃蛟螭。太極鉤深賦，先儒射策辭。秋闈前決勝，春榜後名馳。激切波瀾立，鏗鏘物象危。光芒牛斗宿，標格鳳凰池。袍色宫花稱，才華制草宜。馬驕曾杏苑，臚唱果丹墀。王事勤州佐，官聯逼郡麾。談經猶寶地，視篆必瓜期。漸覺要章寵，徐看利澤施。治應黄霸最，民定邵棠思。《郢雪》聆高調，郇雲喜近拔。晚陪靈運屐，早訪董生帷。梓匠寧辭斲，樗材忝辱知。塵凡勞點化，傳玩指瑕疵。我自哀王粲，伊誰説項斯。碧山招未隱，白髮病相欺。歲晏空江急，風回落木悲。雨來孤枕夜，夢别故人時。留滯飄蓬梗，攀援折桂枝。願言多善政，尚得播聲詩。

觀沈氏盆開雙頭蓮花戲作

一枝傾國又傾城，笑並香腮百媚生。湘浦二妃窺寶鏡，星宫雙六下銀泓。金波影儷嬋娟巧，玉露心分沆瀣清，曾向鴛鴦屏上看，野花空得合歡名。

題玉環聯轡圖

赭袍紅映縷金衣，笑並花驄酒力微。試問六龍西幸日，有人曾侍翠華歸。

答馬懷秀兄弟見訪

移家連晚歲，屏跡值春寒。舊業遺松逕，幽棲遠杏壇。數椽容膝易，五斗折腰難。有客來排闥，無人爲整冠。諷詩稱鮑照，卧雪念袁安。《下里》余誰和，《高山》爾自彈。迎門屐齒折，扶病帶圍寬。乍喜交時彦，相尋到冷官。鄰驚都騎盛，僕出草堂看。光價連城璧，風流藝苑蘭。老嗟傾蓋晚，貧覺布衣單。午竈添茶具，煙蓑罷釣竿。傳呼聞杜曲，榮耀滿江干。文雅多歆艷，殷勤少接歡。長鯨鉤上掣，巨闕匣中蟠。筆力千鈞弩，襟懷百丈瀾。籍通金馬選，詔待紫泥乾。樂毅曾强趙，夷吾遂霸桓。貴應聯萬石，功定服三韓。留取刊彝鼎，勳名未汝闌。

雨夜懷虚碧

共有煙霞疾，襟期江海分。故人年老别，寒雨夜深聞。地脉潛通嶽，袈眉秀拂雲。何時負笈去？稽首五千文。

春歸

釀蜜筒香蜂報衙，杏梁泥歇燕成家。浮萍斷送春歸去，盡向東流載落花。

雪夜有懷

雪壓狐裘醉玉京，夜聞歌吹到天明。寒窗病起今頭白，始聽春蠶食葉聲。

唐宫詞補遺四首

海内昇平服四夷，遠邦貢物盡珍奇。近頒手詔俱停罷，獨許南方進荔枝。

罷朝輕輦駐花邊，催唤黄門住静鞭。三十六宫人笑語，上前争索洗兒錢。

昭陽仙仗五雲中，遥聽笙簫起碧空。夜半月明人望幸，君王自在廣寒宫。

宫娥隨駕蜀山回，春日還從内苑來。聞道上皇憂寢食，御前休報海棠開。

髮白解嘲

吳霜兩鬢早先秋，聞道愁多會白頭。溪上鷺絲渾似雪，想應無那一身愁。

西湖所見

綠闌干護水鱗鱗，蘇小門前柳弄春。聽得語聲嬌不見，隔簾伴喚賣花人。

題許山人居

葺茅棲碧巘，梯路上雲危。樹影池搖曲，泉聲石礙遲。鳥銜丸罷藥，猿拾著殘棋。見説仙家伴，時來覓紫芝。

秣陵晚眺

天塹鴻流擁積沙，石城虎踞謾雄誇。山陵青草六朝地，巷陌烏衣百姓家。紫蓋黃旗消王氣，瓊枝璧月弔庭花。孤雲更作降旛勢，目斷樓船日又斜。

公子家

朱門當道擁高槐，拂曉鳴騶散乳鴉。紅叱撥驕矜匼匝，黑昆崙黠解琵琶。姬將銀蠟燒明月，犬帶金鈴臥落花。不信銅駝荊棘裏，百年前是五侯家。

宫詞二首

月照芙蓉水殿秋，仙韶一曲奏《涼州》。高皇尚愛梨園舞，宣索當年菊部頭。宋思陵時，有菊夫人善歌舞，爲仙韶院第一，既而稱疾告歸。一日，宫中曲舞不稱旨，提舉官奏曰：「此非菊部頭不可。」于是宣唤再入。條脱金寒翠袖冰，羊車夢裏轆轤聲。薰鑪宿得沈香火，暖却春纖暖玉笙。

姑蘇臺

妖艷分明搆禍胎，黄金瓌麗更危臺。笙歌夜倚東風醉，粉黛春從南國來。原草翠迷行輦跡，野花紅發舞衣灰。豪華肯信今爲沼，煙水翻令後世哀。

席上贈歌者

十疋吴綾賞水新，一聲歌歇杏梁塵。家徒四壁門如水，那得明珠换美人。

垂虹亭秋日遣興

滿袖玉皇香案煙，綵霓背上俯晴川。紅黄霜樹珊瑚海，黑白雲花玳瑁天。玄圃空離樓十二，丹墀罷對字三千。吟毫醉蘸吴江水，寫與騎鯨李謫仙。

初夏别業

别墅清深無俗人，蛛絲窗户網遊塵。緑陰鏤日新歡夏，紅雨鏖花故惱春。病去情懷逢酒惡，困來天氣與茶親。壁間烏帽長閒却，肯學陶家戴漉巾。

燕

銜得香泥去，花間日午時。玉人方睡起，莫訝卷簾遲。

謝僧遺石鎗

遠寄奇鎗紫玉形，寒翁歡喜欲鐫銘。茅峰道士傳茶訣，林屋山人送水經。崖瀑松風添瑟縮，地鑪槐火共青熒。矮瓶未罄長鑱健，且傍雲根飽茯苓。

春日野步書田家

翳日樸陰翠幄遮，葑園高下弈枰斜。陂塘幾曲深淺水，桃李一溪紅白花。艄尾自跳魚放子，緑頭相並鴨眠沙。春郊景物堪圖寫，輸與煙樵雨牧家。

客燕雨懷

郟門飛雨布袍泥，遊子魂消幾夢歸。賦有聲華羞狗監，淚無氣概笑牛衣。客愁萬斛添杯量，春瘦三分減帶圍。不似江南煙艇小，柳花如雪荻魚肥。

寒食

十日花時九雨風，年年百五病愁中。春寒不禁香篝火，紅蠟青煙憶漢宫。

舊内臣家老馬

罷直奚官雪滿腮，少年曾廄上之回。金砧成削蹄多裂，玉秣辛酸齒半摧。苜蓿地閒春草遍，葡萄宫廢野花開。病嘶破櫪秋風夜，猶憶先朝較獵來。

端石硯

千年嵓璞斬新硎，一片琳腴截紫青。雲漢帶星來玉匣，墨池蒸雨出滄溟。煙開霧斂天晶彩，海静江澄地典刑。要與陶泓作佳傳，老磨松液寫《黄庭》。

東風

東風吹緑上汀洲，染出江南一片愁。長到春來問芳草，不知何地可忘憂。

無題效李商隱

妝淺蟹深憑綺疏，小郎新拜執金吾。絃中言語分明怨，裀上腰肢準擬扶。翠履鴛寒慵鬬草，紅牙馬暖罷樗蒲。無人商略心頭事，潛向花間卜紫姑。

旱鄉田父言

疲牛病喘餓桑間，碌碡閒眠麥地乾。殘稅驅將兒子去，豆畦却倩草人看。

雙陸

金縷紋桑斲局堅，紅雲倒浸一池蓮。星環紫極無多點，月印銀潢有兩弦。行采砧聲鳴素練，計籌花片落牙錢。箇人慣受卑棲苦，長爲歸遲罰綺筵。

春病起即事

壯懷玉具劍空攜，老去金門獻賦遲。服藥身軀多病日，養花天氣半陰時。愁鄉塵積瑶琴嶽，夢境寒生翠被池。春事幾何公事急，可憐蝴蝶挂蛛絲。

許山人家

桐君種藥隱蘅皋，竹祖生孫共養高。茶脚碧雲凝午椀，酒聲紅雨滴春槽。休糧貌古添清瘦，餌朮身輕長緑毛。仙詔未頒遲拔宅，家資猶戀一溪桃。

書趙集賢詩翰後

九天宫闕鬱嵯峩，公昔騎龍上大羅。文在玉堂多焕爛，淚經銅狄一滂沱。原陵禾黍悲酆鎬，人物風流繼永和。今日吴牋拜遺墨，只堪哀怨不堪歌。

漢宫

武帝昇霞玉殿空，金人夜泣月明中。三千嬪御無行幸，猶費丹砂飼守宫。

答無功歲暮見寄

豆稭灰動擁鑪天，品字煨殘骨柮煙。詩草病多删枕上，眼花書久廢燈前。老依蕭寺僧留宿，相對蒲團夜不眠。筋力漸衰餘習在，夢中去趁暗門船。《翠寒集》馮海粟序作于延祐庚申，時子虚年已六十餘矣。此詩頷聯云云，當是其暮年手自編定者。其《唫囈集》小引稱至元丙子中載葉李、趙孟頫事，當是後至元所作。而《鯨背吟序》曰至元辛卯，則前至元也。爲附記于此。

唫囈集詩

王蠋

全齊拱手受燕兵，義士誰爲國重輕？七十二城皆北面，一時發憤獨書生。

甘羅

函谷關中宮列侯，黄童亦僭上卿謀。此時園綺猶年少，甘隱商山到白頭。

曹瞞

姦雄睥睨鼎終移，築舍譙東志竟齎。若使人生盡如意，墓門應表漢征西。《魏武故事》載操令，有不能如意，徵爲都尉之語。

緑珠

紅粉捐軀爲主家，明珠一斛委泥沙。年年金谷園中燕，銜取香泥葬落花。

李三郎

獨跨青騾棧閣間，華清休憶夜鳴鑾。空教萬馬盤旋舞，不濟崎嶇蜀道難。

徐佐卿

化作遼東羽翼回，適逢沙苑獵弦開。寧知萬里青城客，直待他年箭主來。明皇獵于沙苑，見孤鶴回翔，一發而中。有青城道士徐佐卿者，謂院中人曰：吾行山中，爲飛矢所及，尋已無恙。此箭非人間所有，他年箭主當來，可宜付之。後明皇幸蜀，遊明月觀，見箭驚異。佐卿蓋中箭孤鶴耳！

張建封妾盼盼

妾未成灰鬢已霜，啼紅十載唾茸窗。香魂若作樓中燕，一世孤飛不肯雙。

李國主

春花秋月滿雕闌，便到江南亦夢閒。近日何嘗事湯沐，只將清淚洗朱顔。後主歸朝後，與金陵舊宫人書云：「此中日夕只以眼淚洗面。」

王介甫

投老歸耕白下田，青苗猶未罷民錢。半山春色多桃李，無奈花飛怨杜鵑。

西湖

故都日日望回鑾，錦繡湖山醉裏看。戀著銷金鍋子暖，龍沙忘了兩宫寒。孫何帥錢塘，柳永作《望海潮》詞贈之。流播金國，金主亮聞「三秋桂子，十里荷花」，遂起投鞭渡江之心。時人詩云：「誰把杭州曲子謳，荷香十里桂三秋。那知卉木無情物，牽動長江萬里愁。」南渡駐蹕，留連爲歌舞之場，遂忘中原。悲夫！

秦少游女

郎罷藤陰老淚潸，黄金誰贖蔡姬還。看來山抹微雲恨，直送蛾眉出漢關。靖康間，有女子爲金軍所掠，自稱秦學士女。道中題詩云：「眼前雖有還鄉路，馬上曾無放我情。」讀者悽然。

岳武穆王

尅復神州指掌間，永昌陵側詔師還。丹心一片棲霞月，猶照中原萬里山。

陸君實

六鼇海上失乘輿，天柱臣難隻手扶。應有二妃魂尚在，至今何處望蒼梧。君實，名秀夫，淮安人。

賈瓊妻韓氏

國破家亡泣血吟，千年不與妾同沈。中流定有當時淚，滴作江聲哭到今。巴陵女子韓氏希孟，魏公五世孫，嫁爲賈尚書子瓊婦。岳州破，被虜之明日，以衣帛書詩，自投于江而死。詩傳人間，哀國亡身虜也。末曰：「借此清江水，葬我全首領。皇天如有知，定作血面請。願魂化精衛，填海使成嶺。」長興州判官沈某，託親戚劉光履求吳興趙子昂書此詩傳世。光履諾而未言，一夕夢一婦人云：「趣爲我求書，庶因大人君子之筆，發揚幽憤。」趙聞而異之，乃爲寫一通歸之。子昂所序如此。

寶劍謠 以下《翠寒集補遺》。

鐵精蒼玉龍，景濳萬丈虹。孤電走白日，老冰立秋空。提出天地愁，八極來清風。未逢隆準帝，古匣塵土蒙。大蛇當道兮，苦斷秋蓬。嗚呼寶劍兮，亦將遇乎英雄！

題龔翠巖中山出游圖

酆都山黑陰雨秋，羣鬼聚哭寒啾啾。老馗豐髯古幞頭，耳聞鬼聲饞涎流。鬼奴輿馗夜出游，兩魑劍笠逐輿後。槁形蓬首枯骸瘦，妹也黔面被裳繡。老馗回覩四目鬭，料亦不嫌馗醜陋。後驅鬼雌荷衾枕，想馗倦行欲安寢。挑壺抱甕寒凜凜，毋乃榨鬼作酒飲。令我能言口爲噤，執縛魍魎血洒骻。毋乃剁鬼□鬼鮓，令我有手不能把。神閒意定元是假，始信吟翁筆揮洒。翠巖道人心事平，胡爲識此鬼物情。看來下筆衆鬼驚，詩成應聞鬼泣聲。至今卷上陰風生，老馗氏族何處人？託言唐宮曾見身，當時身色相沈淪。阿瞞夢寐何曾真，宮妖已殘馬嵬塵。倏忽青天飛霹靂，千妖萬怪遭誅擊，酆都山摧見白日。老馗忍飢無鬼喫，冷落人間守門壁。

題鄭所南推篷竹卷

要寫秋光寫不成，愁凝苦竹淡煙橫。葉間尚有湘妃淚，滴作江南夜雨聲。

月上人還西湖

南峯歸度夏，舊業在煙霏。半夜聞清磬，一燈明翠微。雲蘿尋寺遠，猿狖見人稀。想到經行處，天花繞錫飛。

商人婦

日日湖頭望，望夫夫未回。無情春水恨，祇送別船來。

琵琶

一片相思木，聲含古塞秋。琵琶是誰製，長撥别離愁。

鯨背吟 并序。

僕粗涉詩書，薄遊山水。偶託迹于胄科，未忘情于筆硯。緣木求魚，乘桴浮海。覩千艘之漕餉，勢若龍驤；受半載之奔波，名如蝸角。碧漢迢遥，一似桴槎于天上；銀濤洶湧，幾番戰慄于船中。今將所歷海洋山島，與夫風物所聞，舟航所見，各成詩一首。詩尾聯以古句，蓋滑稽也，非敢稱于格律。然而風檣之下，柁樓之上，舉酒酌月，亦可與梢人黄帽郎同發一笑云爾！至元辛卯中秋，蘇臺吟人朱晞顔名世序。按《翠寒集》趙魏公序，謂子虚舊以晞顔字行，世居晉陵，家值兵難，遷吴，冒朱姓云。則知晞顔卽子虚無疑也。曹石倉《十二代詩選》，别載朱晞顔《鯨背吟》，正子虚從事征東幕府時所作。石倉蓋未知晞顔、子虚之爲一人耳。

梢水

拔矴張篷豈暫停，爲貪薄利故輕生。幾宵風雨船頭坐，不脱蓑衣卧月明。

鶯遊山

崖倚波濤頂接空，黄鶯遊處樹成叢。莫言山上人希住，多少樓臺煙雨中。

日出

金烏摇上浪如堆，萬象分明海色開。遥望扶桑岸頭近，小舟撑出柳陰來。

東洋

東溟雲氣接蓬萊，徐福樓船此際開。應是秦皇望消息，采芝何處未歸來？

捼沙

萬乘龍驤一葉輕，逆風寸步不能行。如今閣在沙灘上，野渡無人舟自横。

海鷗

羣飛獨宿水中央，逐浪隨波羽半傷。莫去西湖花裏睡，芰荷翻雨打鴛鴦。

乳島

遠望渾如兩乳同，近前方信兩高峰。端相不似雞頭肉，莫遣三郎解抹胸。

沙門島

積沙成島浸蒼空，古祀龍妃石巘東。亦有遊人記曾到，去年今日此門中。

萊州洋

萊州洋内浪頻高，矴鐵千尋繫不牢。傳與海神休恣意，二三升水作波濤。

水程

九日灘頭不可移，九灘一日尚嫌遲。何須頻問程多少，路上行人口是碑。

尋䑸

萬艦同䑸在海心，一時相離不知音。夜來欲問平安信，明月蘆花何處尋。

抛矴

千斤鐵矴繫船頭，萬丈灘中得挽留。想見夜深抛擲處，驚魚錯認月沈鈎。

出火

前船去速後䑸忙，暗裏尋䑸認火光。何處笙歌歸棹晚，高燒銀燭照紅妝。

落篷

潮信篷留颩力慳，落篷少歇浪中間。殷勤爲向梢人道，又得浮生半日閒。

走風

夜颶顛狂浪卷天，深淵多少走風船。一宵行盡波濤險，只在蘆花淺水邊。

櫓歌

浪静船遲共一艅，櫓聲齊起響連空。要將檀板輕輕和，又被風吹別調中。

大浪

吞天高浪雪成堆，摇蕩驚心眼怕開。深謝波神費工力，幾囘風雨送將來。

探淺

探水行船逐步尋，忽逢沙淺便驚心。蓬萊近處更難徧，揚子江頭浪最深。

討水

海波鹹苦帶流沙，島上清泉味最佳。莫笑行人不風韻，一瓶春水自煎茶。

討柴

海樹年深成大材，一時斧伐作薪來。山人指點長松説，盡是劉郎去後栽。

直沽

直沽風月可消愁，標格燕山第一樓。細問花名何處出，揚州十里小紅樓。

自題

乘輿風波萬里遊，清如王子泛扁舟。
早知鯨背推敲險，悔不來時只跨牛。

陳監丞旅

旅字衆仲，興化莆田人。幼孤，篤志於學，以薦爲閩海儒學官。御史中丞馬祖常一見奇之，謂曰：「子館閣器也，胡留滯於此？」因勉遊京師。侍講學士虞集見所爲文，慨然歎曰：「此所謂我老將休，付子斯文者矣。」即延至館中，朝夕相講習，與祖常交口延譽於諸公間。平章趙世延力薦之，除國子助教，三年考滿，諸生不忍其去，請再任焉。出爲江浙儒學提舉，召應奉翰林文字。至正元年，遷國子監丞，又二年卒。年五十六。有《安雅堂集》十四卷。史稱其文典雅峻潔，必求合於古作者，不徒以徇世好而已。河東張翥序其集曰：「天曆、至順間，學士虞公以文章擅四方，學者仰之。其許與君特厚，君亦得與相薰濡而法度加密。虞之奬成後進，陳之識所依歸，才名接踵，相得益彰。昔人風致，真不可及也。」

謝徵君松巢

昔聞徵君在天目，松間結巢成久留。南榮北郭井里近，西枝東柯村谷幽。蕙帳眠深翠露落，石泉釀熟緗花浮。擬借丹梯到高處，枳勾桐乳非吾求。

友人記余少作因録之

溪村積水生寒煙，書廬睡起清明天。隔溪莫哭人飯鬼，塍間燒錢野風起。酒旗山前雨疏疏，來禽花低飛鶬鴰。荒墳纍纍出新草，草長如人人又老。東門大道青楊間，可憐車馬無時閒。

次韻毘陵吴寅夫見寄

季子江海居，勝友園池賞。臨水詠新詩，輕颸送流響。丹花陽林吐，綺翼幽竹上。雲瀾阻塵躅，離思徒浩莽。杪秋辭京邑，寒郭艤吴榜。宗兄念行役，旨酒勞鞅掌。承子共清悰，論文發豪爽。我貧久僑棲，所至類樂廣。願得陽羨田，寧慚五湖長。夙昔詒約言，遲暮嬰世網。衆仙諒超遥，樓觀滿方丈。餘霞散文席，斜月生翠幌。芳夕令人思，思之不能往。晨興卽高岡，引睇寫孤想。

次韻陳景忠見寄

用世已無伎，高人方據梧。詞林忝供奉，客舍候徵呼。拓落需微禄，騫騰失壯圖。爲文下枚孺，力穡後孫愉。春草生湖曲，暮雲飛屋隅。論交尊有蟻，憶别履非鳧。擬汎鴟夷舸，重遊泰伯都。山泉剩雪乳，石荈瀹瓊酥。作鱠溪庖近，聽猿野磴紆。松風吹緑鬢，花雨落紅毹。佳什勤相贈，幽期愧獨踰。煩君語宗長，爲我謝寅夫。

爲蕭元泰題龍虎山巖圖

龍虎之山仙所寰，我昔夢寐遊其間。乾坤風氣結沖秀，中有正一玄都壇。羽人授我九節杖，林磴窈窕窮幽攀。金宫藥殿起寥廓，翠崖丹巘深回環。峰頭時飄白菡萏，石上盡種青琅玕。諸巖一覽二十四，總似瀛渚蓬萊山。清溪浮空引雪練，遠岫隔水來煙鬟。就中仙巖更奇絶，上有玉樹皆檀欒。虹光半夜出林杪，云是石室韜神丹。欲求刀圭已衰疾，羽人去我如飛翰。褰裳磵曲采芳草，斷猿疏雨春山寒。覺來俗事日滿眼，歲月冉冉隨驚湍。會稽蕭氏忽相訪，笑以此圖令我看。夢中羽人貌真似，而我别後鬢毛斑。題詩聊復紀疇昔，願拂塵服齊驂鸞。

湖上分韻得春字

君子佩明信，相期湖水濱。時欣宿雨霽，畫舸送遊人。輕鷗集蘭渚，佳樹變鶯晨。山遠煙容淡，日出水光新。美人含麗思，艷曲歌陽春。睽攜會彌歡，酣適趣益真。兹遊敦德誼，況乃及芳辰。

題秋山圖

之子託沖隱，秋山樓觀深。矧兹及霜晨，遐矚沈氛陰。翠巘含白雲，丹楓映青林。靈谿鳴石溜，野屋負層岑。趨喧事多違，即曠恆愜心。何哉芳月宴，而我阻幽尋。

次韻許左丞從車駕遊承天護聖寺是日由參政陞左丞

銀甕呈山麓。地名甕山。鑾輿際水鄉。離宫疑馺娑，行殿仿飛翔。細浪魚鱗襞，輕颸鷁首驤。扶桑明遠岸，析木度高檣。屏翳時清蹕，豐隆夙啓行。衛兵環越棘，舞女蹋吴航。漸覺仙樓近，微聞梵鐸揚。石壇登案衍，瓊佩雜璆鏘。夕渚休蘭櫂，春壺瀉桂槳。伊蒲頒内供，薝蔔散林香。罷宴蜺旌動，開帆獸錦張。弄田低碧樹，馳道出金塘。畿甸嚴車輔，臣鄰重室廂。方欣麟在棷，復喜鳳鳴陽。聖主需賢急，嘉猷賴弼良。從容承顧問，舄奕拜恩光。文采堪華國，芳菲正滿堂。協忠成泰治，流澤遍遐荒。援古言應切，匡時慮更長。誰哉疲土木，况乃象爲廊。

安福李氏臨溪亭

結屋負南郭，清溪流屋前。端居塵事少，水木自幽妍。滌硯弄寒沚，鳴琴寫潺湲。沙鳥時近人，汀雲相往還。烹鮮芼溪毛，留客坐前軒。逝川道體著，觀物悟微言。

題米元暉溧陽溪山圖

宿雨散層巘，林麓翳煙霏。遥山斷復連，川上初昕微。我昔困行役，溧陽秋未歸。幽子畜松流，邂逅啓郊扉。撫景正若此，别離嗟願違。覽卷遂終日，溪雲欲生衣。

題天台桃源圖

天台一溪緑周遭，溪南溪北都種桃。東風吹花開復落，遊人不來春水高。錢塘道士張彦輔，畫圖送得劉郎去。昨夜神鵲海上來，洞裏胡麻欲成樹。

蘇伯修往上京王君實以高麗笠贈之且有詩伯修徵和章因述往歲追從之悰與今兹睽攜之歎云耳

往年飲馬灤河秋，灤水斜抱石城流。青城丈人來水上，揭謝蘇王曼碩、敬德、伯修、君實，皆與遊。顧予盃倚橋門席，日斜去坐鼇峰石。夜涼共飲明月尊，醉眠更聽高樓笛。灤河九曲流濺濺，自我不見今三年。蘇郎又扈屬車去，佇望弗及心茫然。龍門峽中雲氣溼，山雨定灑高麗笠。別意遥憐柳色深，歸心莫爲鵑聲急。龍門道中，夏月多杜鵑。不才未許收詞垣，賦成何日奏《甘泉》。人言凡骨難變化，爲我致意青城仙。旅時已注爲史官，復勅留助教。

題胡氏殺虎圖

沙河野黑秋風粗，棗陽戍卒車載孥。道旁老虎夕未餔，車中健婦不見夫。倉皇下車持虎足，呼兒授刀剚其腹。夫骨已斷不可續，泣與孤兒餐虎肉。

小混沌 魚復浦中石，方氏得之，加今名。

大圜縣鶉含清滓，倏忽多事中央死。玄精散作萬星纍，天椽不堪參墮趾。日化七十皇有虺，蜀雷難苴絢材委。殺妖壺豕驚弗燬，剡剡靈光照寒汜。老龍乘磧用師紀，俾作魚麗陣中士。風雲往來江落水，虎臂灘回玉生子。緗文素肌温栗理，方叔得之驚且喜。羃蒙錯綺鐍鬆篚，閉門乍觀戒貪褫。嗚呼混沌乃若此，吾終乞之還汝始。

謝氏祖孫創灃陽橋

涔陽極目雲氣昏，衝風揚波鼉窟翻。湘妃抱琴望虞舜，日暮江竹多啼痕。木蘭爲舟不可渡，誰幻層淵作平路。天横夜静牛渚長，海市朝晴蜃樓吐。祖孫移山山可移，昔人不信今見之。千年猶有召伯埭，白面聚斂嗟何爲。

海谷

歸墟谷在渤海東，八紘之水注其中。不盈不縮浩無際，吞吐日月含空濛。靈鼇於此負山出，上有縹緲金銀宫。人間相去幾萬里，弱水滿眼多回風。琴高來時踏赤鯉，少君歸去乘白鴻。秦皇到老不得渡，嗟我欲往將焉從。子房有孫海谷子，告我有路非難通。只隨雲氣相上下，與子共謁扶桑公。

分題得車摇摇送方叔高之官

車摇摇，薊門路。高麗驕馬不受鞭，方郎得官上車去。薊門南頭盧水流，燕姬十五居酒樓。彈筝唱歌《折楊柳》，落日車前勸郎酒。南陌行人往復來，幾人似郎得官回。郎車莫驅傷馬足，車中本載連城玉。車摇摇，鄖子洲。賣車買船載旗鼓，晴湖風輕聞櫂謳。

題蒙泉吏隱圖

世皇昔日收雲南，鯨鯢伾伾手所戡。烏蒙烏撒腹心地，不有軍府誰其監。漢廷遣將非充國，累歲屯田無善績。兵驕民獷土不畲，國帑空曾糜萬億。大名劉侯文武才，承詔萬里誅蒿萊。豪蠻盡戮戎壘立，竄卒復還農畝開。有泉遠出蒙山下，日夜清冰鳴石罅。渠分滄決來縱横，土脈浮膏作秋稼。府中倂積多如山，陂池種魚無嘆乾。已聞春碓響林際，仍爲菰蔬流闤閬。劉侯暇日遊泉上，賓吏追從意冲暢。步隨涼影傍高松，坐看晴雲起孤嶂。朱轓奕奕來甌閩，喪車遄返黄河津。雲南戰骨横四野，布穀聲中荒草春。劉侯雖死應愁絶，吟魂空咽泉頭月。祇今寧謐重謀帥，九原人去無歸轍。荔支臺館開樽時，劇談每及西南陲。淒涼遺像畫圖裏，對此流涕將奚爲？

哭陳元麒

阿麒能讀書，八歲貢京國。翱翔公卿間，聲譽頗籍籍。我家越山南，汝家越山北。及我官橋門，見汝長五尺。翩翩丹穴雛，五采作毛翮。崑崙上瑶樹，上有實可食。汝胡不此留，而去不可即。乃翁攜汝來，爲汝頭盡白。辛苦攜骨歸，江蘺黯愁夕。可憐東門吴，任達乃彊釋。

陳新甫生日出紅玉杯飲爲賦

崑崙東阿含海日，石中玉子如日赤。神工夜發昆吾刀，剜作金杯盛酒喫。蟠桃初開緱母家，丹露滴如芙蓉花。廣陵公子酒如海，年年顔色襯朝霞。

題陳氏瀟湘八景圖

軒后不張樂，白月照野水。泠泠水影中，瑶瑟泣湘鬼。洞庭秋月。

西崦生夕霏，歸僧度林巘。但覺山路長，不覺鐘聲遠。煙寺晚鐘。

百貨集亥市，莫猺偏買鹽。山日出未高，翠雨溼酒帘。山市晴嵐。

倦翮久欲下，涼風起湖北。官客多挾弓，暮近白沙驛。平沙落雁。

落日楚江深，倒景在高樹。曬網茅屋頭，分魚石梁步。漁村夕照。

南浦草仍碧，高樓日易斜。歸帆傍水廟，簫鼓下神鴉。遠浦帆歸。

江氣行雲暮，忽失巴陵樹。一夕洞庭波，都向篷上注。瀟湘夜雨。

寒雲不成雨，暝色凝江楓。巫峽梨花夢，飄浮過郢中。江天暮雪。

題虞先生詞後

憶昔奎章學士家，夜吹瓊琯泛春霞。先生歸臥江南雨，誰爲掀簾看杏花。

題班婕妤題扇圖

層城柘館重徘徊，坐見瑶階長緑苔。紈扇秋來定無用，君王方築避風臺。

題畫梅

處士橋邊古岸隈，梅花偏向小園開。衝寒有客尋春去，移得晴窗雪影來。

題雨竹

江上鷓鴣留客住，黄陵廟下泊船時。一林春雨垂垂緑，消得晴風爛熳吹。

爲張壺洲賦壺洲

握日臺高雨氣收，扶桑涼影動瀛洲。珠林錯落三華露，寶稼離羅五色秋。鄰曲夜機鮫有室，空中煙市蜃爲樓。頗聞雲錦張高士，曾與壺公汗漫遊。

送張真人代祠武當龍虎兩山追賦

桂館祠官持羽節，名山兩地躡丹梯。共誇曼倩來金馬，大勝王褒祀碧雞。杵澗暝痕消雨石，杼巖秋影動星溪。蕙肴椒醑登瑶席，定有神光起畤畦。

題畫圖二首

青紅樓觀護煙霞，湖曲高亭竹逕斜。日出炎埃生九野，松陰水石養苔花。

雨餘空翠轉霏霏，杜若洲邊小艇歸。又爲故人臨野閣，江雲日暮溼秋衣。

題泛舟圖

江雲生白石，水木澹幽姿。雙松出叢薄，翠色集遥枝。落日明極浦，楚岫正參差。美人鼓蘭枻，歲晏將何之。

開玄堂下有兩雁互浴盆池王真人命工繪爲圖

玉壘山前紫雁飛，真人燕坐久忘機。餘不溪水連天碧，只借盆池浣羽衣。

次韻本元上人相别

君向雷峰塔邊住，詩成總在倚闌時。蘇堤殘柳凝煙小，葛隝閒雲度水遲。衲子定回花遶屋，故人别後草生墀。相知不似相忘好，誰説莊周與惠施。

次韻韓伯清訪句曲外史

苕霅歸來俗事稀，偶然攜客款郊扉。渚霞落梡松花熟，溪雨登梓石菌肥。薄宦不閒慚折簡，高人相見定披衣。平生願究中黄祕，安得茅君指化機。

題扇面　剪紙爲梅花殘月，夾以素紈。

娟娟翠袖倚清空，解把并刀翦雪風。一段寒香吹不盡，西泠殘月角聲中。

題段氏扇子 上有一枝著色竹子。

江上《竹枝歌》，爲君顰兩蛾。秋風團扇底，零落黛痕多。

題馬道士畫

江上羣山翠作堆，人家門檻對江開。小樓應有憑闌者，天遠歸帆似不來。

題水仙花圖

莫信陳王賦《洛神》，凌波那得更生塵。水香露影空清處，留得當年解珮人。

題遼人射獵圖

美人貂帽玉驄馬，誰其從之臂鷹者。沙寒草白天雨霜，落日馳獵遼城下。塞南健婦方把鋤，丈夫邊戍官索租。

用吴彦暉韻送揚州張教授還汴梁二首

花邊細馬蹋輕塵，柳外移舟水滿津。莫向春風動歸興，杭人半是汴東人。

忽忽歸去緣何事，要看揚州芍藥花。定有金盤承絳露，送他梁苑故人家。

題竹石圖

藍田水曲青玉立，雨過秋光滿林溼。故人結屋傍幽崖，静愛石窗晴翠入。

題高氏所藏畫圖

誰家林麓近溪灣？高樹扶疏出石間。落葉盡隨溪雨去，只留秋色滿空山。

題畫蘭

九畹光風轉，重巖墜露香。紫宫祠太乙，瑶席薦瓊芳。

艾氏心遠樓

聞子臨川上，高樓萬里并。興來時獨立，心與目俱行。野夕歸鴻小，溪晴落木明。登臨何日共，作賦寫平生。

送李盤中真人代祀江南三名山

弱水回風不受帆，三山只在大江南。使槎真帶秋星溼，仙掌遥分夕露甘。琮玉禮神通景氣，寶香隨地結晴嵐。泰壇建論昭靈貺，老我猶能效史談。

方壺道士作荒山白雲圖寄豫章楊顯民

之子讀書處，亂山生白雲。林花晴冉冉，巖瀑暝紛紛。畫此何爲者，持之以贈君。謂宜作春雨，舒卷只成文。

次薩天錫韻

燕南幕府文章客，澤國相逢讌集齊。酒後鱸魚霜作鱠，花邊驄馬月爲題。千篇傑句諧金奏，一曲離歌聽玉啼。別後寒雲滿江海，雁書何處落青泥？

題韓伯清所藏郭天錫畫

往年京口郭天錫，學得房山高使君。畫省歸來人事少，煙岑間向客樓分。林扃暝落青楓雨，水郭寒生白蜃雲。歲晚懷人增感慨，晴窗展玩到斜曛。

南山詩

山在龍虎山南，張宗師藏劍舄之地曰丹丘，有小有洞、門玉津、澗月橋、天鑑池、金砂井、躍泉、漱雲亭、山雲閣、丹桂隖、桃花源云。

江左羣山囿，仙丘倚太霞。上清分亢爽，南谷抱谽谺。臺觀黄瓊宅，林巒赤虎家。天池開寶鑑，日井射金砂。桂實秋巖粟，桃烘曉岸葩。泉香通美竹，雲液嫩靈芽。俯澗松偏潤，緣崖逕自斜。幽亭宜水繞，晴閣受嵐遮。神舄丹扃祕，玄關紫氣賒。石橋留月色，銀浦渺皇華。願解延陵劍，終乘博望槎。臨風一邂逅，食我棗如瓜。

題羅節婦傳後 羅氏之夫貶海上，有強之爲妻者，遂自經死。

歲晚良人去未歸，堂前有客著新衣。此身只爲韓馮死，化作鴛鴦海上飛。

送潘澤民還江南詩 并序。

檇李潘澤民，往歲來京師。貴人有好事者，延致材館且太尉薦之，而澤民悵焉，有庭闈之思。遂薦爲行中書從事，欲有以悦其親耳。夫懷才抱藝之士，莫不欲自見於宰物之地。而徘徊淹遲，無所遇合，至於窮不能歸，羞見其親戚鄉黨者，豈少也哉。若澤民之歸，亦可以飲酒而歌舞矣。雖然，明時將廣碣石之宫，拓康莊之第，以徠天下之賢雋而登用之。澤民宜無久留於外也。乃爲之賦詩曰：

之子來京國，侯門卽曳裾。只求毛義檄，未獻賈生書。野樹山前合，江帆雨外疏。故人正相望，且莫賦《閒居》。

林外詩爲夏生作

幽人遯世入林間，林外高風況可攀。仲御偶然遊洛水，黄公豈必在商山。春深溪雨流花出，日暮松雲載鶴還。拓落塵中嗟我老，歸歟無地可投閒。仲御、黄公，皆夏氏也。

題城市山林圖

城市山林路不分，畫橋騎馬是徵君。樹頭粉堞連青嶂，陌上紅塵亂白雲。水巷柳深鶯喚友，陽坡草暖鹿爲羣。滑稽誰似東方朔，更向金門避世氛。

題耿氏所藏艷畫

五月風生水殿涼，緑楊深處奏鶯簧。佳人偏愛臨池坐，欲與荷花鬬晚妝。

送朱蓮峰著書得官南歸

城東有客過吾廬，揮麈高談逸氣舒。金馬豈無方朔伎，石渠今取夏侯書。沙隄老屋秋楓合，海浦歸帆暮雨疏。我亦草玄官拓落，江南無地可耕鋤。

題黄鸝海棠圖

二月園池蜀錦殷，多情宫鳥喜來看。上林春色濃於酒，莫把黄金鑄彈丸。

題春宫倦繡兩圖二首

上陽宫樹奏鶯簧，蛺蝶羅衣逗暖香。睡思已隨巫峽雨，綵絲偏與日争長。

緑樹垂垂護寶闌，牀頭翠帕羃雙鸞。阿鬟可是無情思，又見春風到牡丹。

梅石

浦江趙用章，宋故家也。集賢完號之爲「梅石處士」。

還家不復羨浮榮，處士頭銜字字清。愧我獨無歸隱地，上林春晚更聽鶯。

吴王納凉圖

吴王臺榭滿汀洲，湖上風來暑雨收。坐擁紅妝可娱老，市無赤米不教愁。采蓮舟載煙岑晚，響屧廊通水殿幽。歲暮甬東寧有此，夜凉歌舞莫令休。

和維揚友人

揚子江頭水拍天，人家種柳住江邊。吴娃蕩槳潮生浦，楚客吹簫月滿船。錦纜憶曾遊此地，瓊花開不似當年。竹西池館多紅藥，日夜題詩舞袖前。此詩一作馬祖常。

題黄筌竹鸞圖　竹有實。

一窗晴色緑猗猗，翠雀飛來占好枝。此竹幾年方結實，空山秋晚鳳雛飢。

次韻友人京華卽事二首

阿閣棱層羃曉陰，扶桑涼影映疏林。燕山北擁天都大，瀛海中涵月殿深。仙女乘鸞吹紫玉，才人騎馬勒黄金。壯游偶結高陽客，無復臨風動越吟。

落拓練衣閬苑間，江南遊子醉長安。禁溝春過留香雨，宮樹風來響翠瀾。五衛旌旗秋甸裏，千官劍珮曉雲端。何人只獻河清頌，宜向明時瀝寸丹。

題趙叔隆倦繡圖

龍綃碧幧挂秋水，藕風吹香團扇底。琵琶彈歇宮晝長，釵落雲邊九雛紫。二妹誰是薛靈芸，繡得金塘兩鴛似。一作「人去繡窗春共倚」。宮奴夕殿喚更衣，一作「夢回涼館催功裘」。露溼銀牀響桐子。

爲趙敬叔賦漢海獸蒲桃鏡蓋鄭夾漈家故物也

尚方老冶收精銅，金膏玉水開朣朧。未央曉月低青桐，六宮秋井生芙蓉。當塗妖鬼負神器，銅人登車數行淚。寶奩偶落長安市，永與人間照珠翠。凝陰空祭江心龍，海雨夜入閩王宮。一朝愁殺漈上翁，破屋日夜穿晴虹。西苑野露堪作酒，中有騊駼活欲走。趙侯得之莫失手，龍女鮫童俟之久。此鏡得于夾漈之孫鄭子經。

郭孝子詩

金臺有孝子，郭氏名壽瑛。壽瑛執親喪，晝夜聞哭聲。負土起崇塚，栽松翳玄扃。瘦骨寒岳立，苦淚春河傾。視容日梅梅，一朝廢雙睛。復扶大母柩，冥行出燕城。願言畢序葬，身瘵心則寧。里人問孝子，過毁聖所懲。孝子哭且答：我非敢傷生。有淚不哭親，惡乎用吾情？親死我目在，徒能視無形。黄泉相見日，無用此目明。吾聞壽瑛語，悲劇不自勝。昔人曾有言，五色令目盲。長年悦紛華，眉斧戕心精。視彼郭孝子，愧色能無頳。而我嗜讀書，昏花散秋燈。思親不能哭，涕泗空填膺。

題趙氏人馬圖

蒲桃宫前白面馬，春日賜與近臣歸。主人愛馬不换妾，更與小奴裁緑衣。

次韻阿容參政省中夜坐　上都。

上國羣公集，秋深晝省開。虚簷河影近，涼苑樹聲來。獨坐多幽趣，高吟有逸才。平明當獻納，騎馬踏輕埃。

院中聞大駕先還再和伯修韻

甘泉宴罷雁聲寒，桂樹吹香出寶闌。翠輦遥臨秋海白，霓旌高拂曙星殘。氈城家拜銀璫賜，棘院人争繡虎看。堪笑子雲能作賦，獨騎羸馬後奚官。

三馬圖

豹股龍膺百戰餘，凌煙長㬥載璠璵。時平不出横門道，願爲君王駕鼓車。

送海豐劉巡檢

隨牒遊丹徼，春風騎氣舒。蜑丁鳴鼓吹，魚吏掌文書。浦嶼煙霞遠，村墟瘴癘除。石華肥可茹，無用膾蝑蟠。

贈萊州石工

落星猶帶天河溼，絶勝丹丘鬼血腥。琢作大樽休載酒，萊山柏露照人青。

汾州北席里石氏節婦

北里高樓晝掩扉，水銅光冷上苔衣。寸心誓比南山石，汾水秋風雁不飛。

賦凝春小隱 康里公宅花檐也。

一窗花氣襲人衣，窗底芳塵煖不飛。坐久硯池生石雨，海棠枝上雪都晞。

送王致道代祠北岳北海濟瀆南鎮

皇帝齋明守鎮圭，祠官奉節出金閨。北尋海瀆瞻恆岳，南涉江淮上會稽。山下靈風吹桂櫂，雲邊仙樹拂丹梯。王褒空有《甘泉》頌，投老還鄉祀碧雞。

送項鍊師還天台 鍊師能醫。

不學東方朔，歸尋馬子微。人間無藥賣，海上有雲飛。谷煖金鵝大，溪深土鴨肥。當年種桃種，高過石樓扉。

送毛真人南還

真人不似壺丘子，老去都忘杜德機。左乙象文令虎守，尚方鳧舄背人飛。巖扉煖翠侵緗帙，江渚晴霞上羽衣。游子故園春似海，客窗長日聽催歸。

春日思遠遊

春日思遠遊，遠遊欲何止。角哀見楚王，伯桃樹中死。出門逢路人，天下無二子。春山一萬重，春江一萬里。上有無心雲，下有無情水。

次韻答都下友人二首

百金買駿馬，千金買紅妝。長安畫樓上，飲酒吹笙簧。夭夭園中桃，鬱鬱陌上桑。美人越山下，白髮生雕房。

涼風振高梧，繁露集幽菊。攬衣起徘徊，殘月照我屋。層襟鬱孤清，日日塵眯目。銀河在天上，手短不可掬。

元宵懷錢塘

武帝親祠太乙神，流光洶旭動星辰。行宮典禮猶存漢，軹道山河已易秦。香逕至今啼木客，露盤無復泣金人。紅燈幾點東風裏，猶是元宵一度春。此詩誤入《僑吴集》。

和康庸田魯瞻公言懷韻

震澤三江入堰瀦，今年春雨又生魚。漢廷數月寬租詔，魯史元無告糴書。溝洫已非神禹迹，東西空引白公渠。袖中夙有匡衡疏，也擬金門候屬車。

江城即事

江城十日九風雨，騎馬出門行紫苔。春草緑時猶作客，雲山多處忽登臺。青青野竹題詩去，小小吴姬唤酒來。漠漠候車乘早發，城東昨夜杏花開。

題木齋卷

昔年種樹不勝巢，老幹今如屋脊高。屢許狙公分橡栗，時呼木客醉松醪。衣巾白日霑蒼雪，枕簟西風夢海濤。歲晚淹留吾倦矣，借君叢桂續《離騷》。

桃花幽禽圖

金塘花竹灩春紅，枝上幽禽弄暖風。莫把殘英都蹴盡，無情流水畫橋東。

題熊雲巢竹石圖

道人種竹三千个，定有新巢宿鳳凰。石上幽香飄露粉，簷間新緑裊風篁。天壇月白瑶笙近，水國春寒翠袖長。見説故人東海上，釣竿日暮倚扶桑。

送李彦方副使入閩 在奎章閣纂修《經世大典》方畢。

海邦赤子窮無告，詔遣儒臣著繡衣。天禄閣中書灝灝，越王山下馬騑騑。魚風滿港榕陰合，燕雨侵簾荔子肥。一道澄清俄頃事，使星還向紫垣飛。

建昌胡氏小有樓

窈窕麻姑宅，登臨憶謝公。近聞好山色，都在小樓中。屋曙丹霞吐，城深翠雨通。石池正當户，人立藕花風。

題子昂江天釣艇圖

雨餘秋水滿山前，正是江南落雁天。何處故人魚艇小，亂蟬疏樹夕陽邊。

中屠子迪爲山南憲掾白部使者毁夷陵曹操廟

黄牛峽口灘聲急，楚女傳芭水廟秋。此地殷勤祠魏武，何人辛苦得荆州。莫令故國無遺祀，不見中郎盡發丘。千載有人伸大義，高風全似故安侯。

送趙子期使交趾

曉日承恩紫殿深，都門祖道馬駸駸。上書不奏唐蒙策，歸橐寧將陸賈金。露入珠盤鮫室白，苔生銅柱象崖陰。爲君臨水歌《黄鵠》，天北天南萬里心。

爲彭道士賦鶴峰 在信州城南。

跨鶴臺高倚翠微，昔人城郭是邪非。蕊珠宫觀秋如水，有客吹笙月下歸。

題張氏風竹圖

湘江風捲白頭波，北渚雲深帝子過。欲采瓊芳渡江去，翠衫輕薄曉寒多。

清漳黄氏北墅

聞説黄家墅，開門入翠嵐。細岑依舍北，流水出城南。雨暖蘭抽筍，霜晴樹落柑。千年讀書地，更莫乞羊曇。

壽吴宗師 晚號「看雲道人」。

九朝冠珮泰階平，國有儒仙作上卿。碧海宵晴迎日出，黄庭春暖看雲生。竹間自洗金鵝蕊，花外長留翠鳳旌。莫學華陽貞白老，乞身神武聽吹笙。

送余嘉賓赴常寧州判官

家在洞庭左，舟行湘水間。湍流多度竹，石聳不依山。野郭看花出，州田載稻還。舊聞官事少，幽輿轉相關。

送楊田甫巡檢之官潮陽

與君相識三十載，邂逅都門白髮生。南海珠明飛別鶴，上林花煖囀新鶯。蜑丁浦口迎官艦，瘴母雲頭避使旌。自是昇平游宦樂，不教瀧吏惱吟情。

程氏竹雨山房

江南春盡雨涔涔，繞舍篔簹含積陰。園曲疏泉石苔滑，籬根繫船溪漲深。山寒翡翠巢密葉，日暮鷓鴣啼遠林。此時世慮淡於水，聯牀燈火百年心。

西山詩 并序。

至順三年六月之吉，西山新寺之穹碑樹焉。是日百僚無敢不至碑所。余與趙博士繼清早作，出平則門，沿大隄並駐蹕亭下，轉入湖曲。逢趙宗吉、成漢卿二編修與劉敬先典籍騎驢，從蒼頭，挈匏樽，邀余與繼清就隄側藉草坐。灌木延陰，風泠然生澗底，幽鳥鳴其上。命蒼頭隄傍取荷爲盤，以實腊肉，倒尊中濁醪，飲數行。甕山流黛，與湖影相盪潏於杯盤巾袂之上。余在京師七年，蓋未有一適如此時也。酒盡，三君子起曰：子於此能無詩乎？余言歸卽賦之。及歸，以職事縻繞少清趣。明年三月，宗吉持紙來索詩。户外雪深二尺，無他客，乃賦詩曰：

蓐食出西郭，初日明遠川。聯鑣走山麓，山樹盡含煙。紫石擁馳道，緑水侵弄田。高人湖上來，邂逅野澗邊。茂柳垂密幄，層莎布柔氈。回風颭幽爽，有鳥聲清圓。采荷薦珍胏，洗琖行芳泉。芙蓉濯新雨，迴立方嬋娟。晤言攄素抱，逸思慕退騫。窈窕紺園夕，珠林映璇淵。黄金作臺殿，縹緲集諸天。顧慚凡躅汙，亟去不敢遭。適意無先期，重尋有中悁。華月忽易改，賞心與時遷。晨興望雲物，皓雪滿層巔。

題雲林晚晴圖

故人别後江波緑，神女歸來峽雨乾。海上日花春冉冉，天邊雲樹曉團團。滿汀芳草留孤艇，度石幽泉咽下灘。最愛東頭小亭子，聽鶯何日一憑闌。

陪趙公子遊蔣山卽席次李五峰韻 甲戌十月一日也。

弭櫂丹陽郭，鳴鞭白下山。晴原煙翳翳，幽樹鳥關關。石液玻瓈碧，雲根瑪瑙殷。佛巖開細菊，僧逕入叢菅。雨洗川容淨，潮隨野色還。六朝有遺事，盡在夕陽間。

陸氏菊逸

望仙橋下市廛間，汩汩紅塵没馬鞍。誰種禽花滿幽徑，故收野色入晴闌。籬根荷鍤培深雨，鄰曲移杯對早寒。玩此芳叢足怡老，南山當户不曾看。

送鄧文質

薊門風雪貂裘敝，寒橐能多季子金。萬里壯遊孤硯在，十年歸夢亂山深。春來草色生南浦，日煖鶯聲滿上林。空闊庭前看流水，浮榮何足累初心。

白晝眉圖

隋家宫妓掃長蛾，銷盡波斯百斛螺。化作雪禽春樹頂，遠山無數奈愁何。

送葉天根南還

我識天根子，于今二十年。吹簫來翠嶺，鼓枻入丹淵。日出扶桑底，雲生建木巔。人間方夜半，海上得春先。老我江湖迥，微官歲月遷。荒泉流竹里，冷雨浸芝田。髮短何爲者，君歸重惘然。飛霞浮夕景，定在石林邊。

郊居

郊居息塵事，日夕望青山。青山秋氣多，白雲出其間。露渚野芳集，楓林江色寒。夷猶感流序，況乃曠幽攀。

吴宗師赤城阻雨次甘泉韻

三十六盤啼杜鵑，杜鵑啼盡到平川。千山白雨作秋氣，六月赤城堪晝眠。銀渚星槎留使客，竹宫風帳候神仙。衰予病起橋門下，目送晴雲度楚天。

送宜黄劉縣尹

寶劍妝成即遠遊，郎心何似妾心憂。茜裙香溼芙蓉雨，翠袖涼生薜荔秋。江北長愁寧滯酒，周南多病莫登樓。海門潮落江瑶美，能把千金買越舟。

與陳敬初同舟北遊題餞行卷後

我愛天台陳敬初，少日辭家即遠圖。上書擬獻賈生策，入關便棄終軍繻。八月官河秋水大，三江親舍暮雲孤。名成歸去歲未晚，卜鄰有約依東吴。

秋山行客圖

雨餘空翠曉濛濛，有客騎驢落木中。滿目好山行不盡，溪猿啼斷石楠風。

題楊氏所藏畫圖

山光濃淡雨初晴，曲曲江清樹色明。若買草堂江上住，盡開窗户看雲生。

縉溪道士

縉雲溪上縉雲山，春水流出桃花灣。白頭道士鶴爲馬，月明騎過居庸關。

送鄭子經遊霞城

子經與我真弟兄，海風十二吹青苹。桐花影裏忽相見，美人爲奏青樓笙。酒酣氣盛欲飛起，謂可戾契圖功名。樓前雪惡雁欲墮，寶鞭笑指丹霞城。人生聚散亦何有，歲月與子相崢嶸。金臺有約不可爽，春船擬破滹沱冰。

和蕭秀才歌風臺

歌風臺前野水長，王媼賣酒茅屋涼。酒邊父老説劉季，頭戴竹冠歸故鄉。山河霸氣已消歇，颯颯老柳吹斜陽。臺前小兒更擊筑，筑聲更似三侯章。

東歸歌送鄭子經

北風吹山蕉葉黄，長亭野日寒荒荒。驅車送子歸故鄉，人生此處堪斷腸。舊遊回首秋山下，醉帽簪花同走馬。歡娛如此離別何，華月芳年不堪把。子今去矣來何時？翠壺雲深那可知。向來亦有燕山期，子今去矣來何時！

三筍吟 并序。

子經家藏三筍圖，予作三筍吟以志之。

蜀妓椎髻如截肪，鮫工夜織青犀裳。翰林待詔擅花竹，硯屏春透宮雲香。饞根薦鮮玉生汗，南風入林翠胎綻。牙根冤血點點紅，三鳳聲沉九秋晏、太官金錡陳淳熬，看圖未必菹爾曹。饞夫煮簣政未熟，見此豪奪君其弢。

張書巢畫圖

萬里青城叟，歸尋江上山。瀑喧春雨過，汀暗暮雲還。駐馬白沙曲，懷人緑樹間。薊門有巢父，幽興最相關。

秋荷圖

持衣寄所思，欲寄不得遠。水國風露涼，徘徊九秋晚。

明妃出塞圖

昭君北嫁呼韓國，巫山更有昭君村。黄金鏤鞍玉驄馬，分明載得巫山雲。涼風吹動釵頭燕，一曲琵琶寫幽怨。沙草遥連雜鹿塞，野花不種鴛鴦殿。内家日日選娉婷，淚痕滿袖空多情。漢廷自此恩信重，美人身比鴻毛輕。

崇碧軒詩 并序。

江西張繼明歸進賢，山中屋前後皆高嶺。前嶺曰瀑坌，蓋謂飛瀑若塵坌然。門臨清溪，溪受飛瀑。張氏有田如千畝，溪行田間。後嶺旁有深谷，多古木。屋東爲軒四楹，豫章松竹雜樹，與山俱青，因名軒曰崇碧。奎章學士虞公爲大書之。繼明又來錢唐求詩于予，詩曰：

豫章山中多豫章，長松大竹相扶將。屋東微見紅日動，簷曲細含翠雨涼。洗空絲瀑落溪艇，暖客錦苔鋪石牀。何時到子軒下坐，太朴顯民同瓦觴。危太朴、楊顯民，皆繼明之所厚。而其居又相近也。

先天觀 山中有田百畝，有石泉曰丹鼎。澗中有石如船。

龍虎山南古澗阿，幽人住處白雲多。千林總種三珠樹，百畝曾收五色禾。丹鼎夜光迎海日，石船秋影接天河。環中異趣知誰會，我欲窮源過碧蘿。

送王君實御史西臺

除書朝下五雲間，闍吏新移玉筍班。恰恰黄鶯鳴苑樹，遲遲驄馬過鄉關。濯纓長樂宫前水，拄笏終南雨後山。不羨相如文似錦，到官三日詠詩還。

張將軍廟堂詩 將軍燕人，大德五年，征西南夷陣亡，時年七十。

將軍頭白更征蠻，平宋吴鉤血尚殷。萬斛樓船上江去，半空鐵馬哨雲還。淒涼部曲清笳畔，窈窕祠堂緑樹間。堪笑班超真老矣，乞身生入玉門關。

張承旨翥

翥字仲舉。晉寧人。少負才不羈，好蹴踘，喜音樂，不以家業屑意，其父以爲憂。翥一旦翻然曰：「大人勿憂，今請易業矣。」乃謝客閉門讀書，晝夜不暫輟。其父爲安仁典史，遂受業于李存之門。及調杭州，又學于仇山村遠。由是以詩文知名，薄遊揚州者久之，以隱逸薦。至正初，召爲國子助教，分教上都。尋退居淮東，會修宋、遼、金三史，起翰林國史院編修官。累遷太常博士、國子祭酒、集賢學士。以翰林學士承旨致仕。孛羅帖木兒擁兵入都，强翥草詔，不可。孛羅誅，詔以翥爲河南行省平章政事。仍翰林承旨致仕，給全俸終其身。二十八年三月卒，年八十二。仲舉長于詩，其近體長短句尤工。初在揚州，衆素聞其名，争延致之。仲舉肢體昂藏，行則偏竦一肩，韓介玉以詩嘲之云：「垂柳陰陰翠拂簷，倚闌紅袖玉纖纖。先生掉臂長街上，十里朱樓盡下簾。」坐中皆失笑。或曰：「仲舉病鶴形也。」時有相士在坐曰：「不然，此雨淋鶴耳，雨霽則沖霄矣！」後入大都，致位通顯。晚年嘗集兵興以來死節死事之人爲一編，曰《忠義録》，識者韙之。所著有《蜕菴集》。

堂堂

朝爲堂堂吟，暮爲堂堂謳。堂堂徒爾奇，堂堂徒爾憂。不見膏與蘭，煎燔祇自休。勿以不遇故，棄捐經與史。勿以勢利故，棄捐廉與恥。勿以行役故，棄捐山與水。謂夜未遽央，已復明星明。仰視何煌煌，白露忽沾裳。懷人攪予心，何以弗永傷。江北亦爲客，江南亦爲客。爲客多佀兀，何以安所適。上有君與親，下有妻與息。在山則種榆，在隰則種蒲，馬牛必維婁，舟航必需袽。富貴富貴友，貧賤貧賤徒。歲月來者多，江湖逝者遠。所願不可迎，所期不可返。幸此世累輕，歸去衡門偃。

雜詩二首

隴坂何崎嶇，行人且復止。直上望晴川，遥遥憶鄉里。流離肝腸斷，悲歌不能已。一身已遐征，永念同室子。何殊轉蓬科，隨風四散起。雖得同根生，不得同根死。吾恐古今淚，多於隴頭水。

河淮厭兵禍，城邑多荒榛。百里無幾家，但見風起塵。燕雀歸果樹，豺虎饑食人。鄉來脂膏地，死骨今如銀。流亡使復業，牛種當及春。安得百龔召，錯落爲拊循。征討尚未息，奈何爾遺民。

前出軍五首

前軍紅衲袍，朱絲繫彭排。後軍細鎧甲，白羽攢韝鞁。輜車左右馳，萬馬擁長街。送行動城郭，斗酒飲同儕。壯士當報國，毋爲鄉故懷。

鍛鐵作佩刀，磨石爲箭鏃。中軍把轅門，前豎十丈纛。朝上盧溝橋，夕次泃河曲。超乘既誇勇，騁馬復齊足。男兒不封侯，百年同視肉。

昨日發萬軍，今日發萬軍。明日發萬軍，梟騎來羣羣。馬蹄所經過，黄埃蕩成雲。堆糧與作飯，倒樹與作薪。道途行者絶，那得有居人。野次羣駝卧，弓箭挂車轅。幽幽笛聲起，日暮傷人魂。大軍北庭來，部伍各有屯。放馬原隰枯，磨刀河水渾。行行且射獵，雉兔不復存。京師少年子，膽氣乃粗豪。傾金售寶劍，厚價買名刀。白氈作行帳，紅綾製戰袍。結束往從軍，談笑取功勞。當時霍驃姚，豈在學戎韜。

後出軍五首

步卒傖楚健，長刀短甲衣。大叫前搏敵，跳蕩如鳥飛。左提血髑髏，右奪賊馬歸。黄金得重賞，顧盼生光輝。爾輩疾歸命，將軍足天威。

我軍城東門，呼聲震屋瓦。百萬山壓來，此賊何足打。狂鋒尚力拒，轉鬬血噴灑。城中有暗溝，多陷人與馬。將令毋輕入，明當一鼓下。

先鋒才攻門，後軍已登陴。拔都不怕死，直上搴賊旗。馬前獻逆首，脚下踏死屍。長河走敗船，疾遣飛將追。幕中作露板，應有傅修期。

行行鐵兜牟，隊隊金駱駝。嗚嗚吹銅角，來來齊唱歌。總戎面如虎，指顧揮琱戈。馬蹄無賊壘，手箠可填河。王師本無敵，安用戰圖多。

魔賊生汝毫，獠賊起于海。嬰鋒天狗觸，墮網奔鯨駭。徐方一戰收，振旅已奏凱。江浙塵既清，豫章圍亦解。諸將如竭力，削平行可待。

中秋望月

當年見明月，不飲亦清歡。詎意有今夕，照此長恨端。近聞錢塘破，流血城市丹。官軍雖殺賊，斯民已多殘。不知親與故，零落幾家完。徘徊庭中影，對酒起長歎。死生兩莫測，欲往書問難。仰視雲中雁，安得托羽翰。淒其哀謝蹤，有淚徒闌干。山中松筠地，棄置誰與看？河漢變夜色，西風生早寒。累觴不能醉，百念摧肺肝。

漷農歎

漷南有農者，家僅一兩車。王師征淮蔡，官遣給軍儲。翁無應門兒，一身老當夫。勞勞千里役，泥雨半道途。到軍遭焚烹，翁脱走故閭。車牛力既盡，户籍名不除。府帖星火下，爾乘仍往輸。破産不重置，笞箠無完膚。翁復徒手歸，涕洟滿敝襦。問家牆屋在，榆柳餘殘株。野雉雊梁間，狐狸穴階隅。老妻出傭食，四顧筐篋無。有司更著役，我實骨髓枯。仰天哭欲死，醉吏方歌呼。

送黄中玉之慶元市舶

昔我遊四明，壯觀真海波。褰裳寶山頂，曙色寒嵯峨。日輪鎔生金，涌出萬丈渦。雲氣忽破碎，朱光相盪摩。決眥蓬萊宫，攜手扶桑柯。羣仙迎我笑，佩羽紛傞傞。颶風歘驚潮，騰擲鱷與鼉。浮槎徑可攀，從此超天河。精神動百靈，上下煩撝訶。歸來已十載，遠夢時一過。君家賢父兄，儒術傳世科。薄言捧省檄，舶署聊婆娑。是邦控島夷，走集聚商舸。珠香雜犀象，税入何其多。權衡較低昂，心計寧有訛。資閲須歷試，壯圖詎蹉跎。維君官事隙，爲訪巖之阿。懸應仙者徒，往往嘯且歌。遐征渺不見，空響遥相和。因聲兩黄鵠，持我紫玉珂。豈無滄洲興，奈此塵劫何。

古促促辭

促促何促促，丈夫生兒美如玉。長城遊蕩不思歸，令我隻身守空屋。不願汝學班定遠，不願汝學馬相如。定遠生不入玉關，相如死不還成都。但如塞翁父子長相保，得馬失馬何足道。又如龐公攜家隱鹿門，遺安遺危俱不論。貴而衣貂，不如貧而緼枲。離而食肉，不如聚而飲水。身雖促促心得寬，爲汝白頭屋中死。

北風行

長河風急波浪惡，青天晝黄塵漠漠。瓠瓞渡中舟盡泊，官船捲帆與水争。牽馬毛寒蹶不行，秃樹挂戛枯蓬驚。夜深風定浪聲死，窗光倒摇天在水。前伴相呼隨雁起，帽絮不煖衣生棱。老賈獨語愁河冰，上閘下閘應蹬淩。篙師指直失增減，明星欲明霜似糝，館陶城南鼓紞紞。

螢苑曲

楊花吹春一千里，獸艦如雲錦帆起。咸洛山河真帝都，君王自愛揚州死。軍裝小隊皆美人，畫龍轣汗金麒麟。香風摇蕩夜遊處，二十四橋珠翠塵。騎行不用燒紅燭，萬點飛螢炫川谷。金釵歌度苑中來，寶帳香迷樓上宿。醉魂貪作花月荒，肯信戟劍生宫牆。斕斑六合洗秋露，尚疑怨血凝晶光。至今落日行人路，鬼火狐鳴隔煙樹。腐草無情亦有情，年年爲照雷塘墓。

城西路

城西路多少，人從此中去。昨日紅顏美少年，今朝白骨委黄泉。縱令藏金比山積，鬼伯不受人間錢。少年何用誇豪富，來看城西送人處。

發古城鋪

黄蒿古城風卷沙，凋頭衰樹啼寒鴉。歲云暮矣霜露積，夜如何其星漢斜。滿衣落月行人起，馬上夢魂猶在家。

王貞婦

青楓嶺頭石色赤，嶺下嵊江千丈黑。數行血字尚斕斑，雨蕩霜磨消不得。當時一死真勇烈，身入波濤魂入石。至今苔蘚不敢生，上與日月争光晶。千秋萬古化爲碧，海風吹斷山雲腥。可憐薄命良家女，千金之軀棄如土。姦臣誤國合萬死，天獨胡爲妾遭虜。古來喪亂何代無，誰肯將身事他主。兵塵澒洞君看嶿江之畔石上血，當與湘江之竹淚痕俱不滅。堂堂大節有如此，正當廟食依崔嵬。迷天台，骨肉散盡隨飛埃。楓林景黑寒燐墮，精靈日暮空歸來。

題牧牛圖

去年苦旱蹄敲塊，今年水多深没鼻。爾牛觳觫耕得田，水旱無情力皆廢。畫中見此東皋春，牧兒超摇犢子馴。手持鶺鴒坐牛背，風柳煙蕪愁殺人。兒長犢壯須盡力，豈惜辛勤供稼穡。縱然喘死死即休，不顧徵求到筋骨。

題李白觀泉圖

玻瓈杯中春酒緑，醉墨淋漓牡丹曲。平生合置七寶牀，白紵烏紗美如玉。阿瞞荒宴百不理，寧計宫花銜野鹿。何物老嫗生此兒，偷向金雞帳中宿。高將軍纔奴隸耳，誤使脱靴吾所辱。要留汗襪踢鯨魚，鼠子何堪煩一蹴。尋常溝瀆不可濯，何處容伸遭汙足。翩然却下匡廬雲，五老峰前看飛瀑。

題郝内翰書所作夢觀瓊花賦後

釣魚山前龍上天，武昌城外走蜀船。老姦欺國馳露布，使者坐囚吞雪氈。潰兵一夜甲填水，血汙木棉花下鬼。豈知老仙方卧遊，鶴背天風扶夢起。頹雲抉月光西流，玉簫聲斷江聲愁。露華泣盡瓊樹死，廣陵春色寒於秋。百年遺賦人争重，勁墨遒毫精爽動。節旄零落喜生還，回首江南已如夢。花神换根春更芳，想像月色扃餘香。楚招無人青鳥去，公不少留涕泗滂。

題長孫皇后諫獵圖

黄門曉出西清仗，秋色滿天鷹犬王。虎落遥連渭水南，鸞旗直渡河橋上。日邊雲氣五色文，虬鬚天子真天人。羽林猛士森成列，六氣不驚清路塵。太平無征帝神武，豈爲禽荒將按旅。已知哲后佐興王，不數樊姬能霸楚。從容數語即罷田，六宫迎笑花如煙。蹕回那待外庭疏，聽諫由來同轉圜。天寶神孫隳大業，錦繡五家争蹀躞。可憐風雪驪山宫，正與真妃同射獵。

題華山圖

華嶽連天向西起，澒洞秦川三百里。巨靈高掌削芙蓉，影落黄河一絲水。雲臺霧谷巢神仙，羽衣金節時周旋。大笑失脚白贏背，歸來石上長鼾眠。千載悠悠寄玄賞，耳孫風骨猶蕭爽。遠從丹丘渡滄海，追挹神蹤欲長往。何人想像圖真形，叠厓陰洞高林青。上摩金天之帝京，下攬玉女之明星。峰耶巃耶兩莫極，虎豹叫絶煙霏冥。仙家樓觀超然住，遥認微茫是征路。丹梯鐵鎖不可攀，直唤茅龍上天去。

金宣孝太子墨竹

沙海神光射天起，中有蟠龍龍有子。混同江聲何處來，卷作淋浪墨池水。蜿蜒欻起鱗鬣張，蜕骨立化千篔簹。一朝侍臣抱髯泣，鶴駕不歸雲路長。百年梁苑陵谷變，流落人間能幾見。明昌内府應秘藏，小字親題保成殿。吁嗟帝子真天人，此君亦作天人真。君不見洋州老太守，揮灑雖工無此神。

并州歌送張彥洪使畢還河東

吾鄉故人零落盡，見子老成殊慰心。祥金百鍊乃利器，桐尾方焦逢賞音。河東臬府幕下士，飛傳來作朝正使。太和嶺上盜已空，旌旗盡是官軍紅。殺人如麻道路絶，朝狐暮梟競巢穴。嚴風欻起霜倒飛，塞日黯淡寒無輝。子來未幾遽言歸，使我東望淚沾衣。豈不聞并州少年遊俠子，手攜玉龍最輕死。并州將軍劉越石，夜半登臨長嘯起。汾河直來繞郡城，雁門離石寒峥嶸。老旻四葉彈丸地，大梁全師勞再征。一朝征賊輒破碎，大將不誅天失刑。爲子作歌歌憤激，眼中太行如動色。安得壯士射烏弓，爲落欃槍連太白。

城南

城南北風朝卷沙，將軍開宴樹大牙。黄鬚健兒飽酒肉，十十五五來將車。盡驅丁男作生口，鬼妾鬼馬充其家。嗚呼上天不可問，道傍觀者徒咨嗟。

范寛山水

憶昔往尋剡中山，南明天姥相縈盤。客路上頭穿鳥道，行人脚底躡風湍。旦寒露重多成雨，洩霧濛雲互吞吐。僕夫相呼巖壑間，空響麏人作人語。溪窮岸斷地忽平，石門壁立如削成。隔水無數山花明，中有人家雞犬聲。向來老眼曾到處，此境俱作桃源行。百年留在范寬筆，水墨精神且蕭瑟。上有翰林學士之院章，恐是宣和舊時物。林猿野鶴應自在，令我相見猶前日。時平會乞閒身歸，一壑得專吾事畢。

題趙文敏公木石有先師題于上

吴興筆法妙天下，人藏片楮無遺者。南陽詩律動江湖，一篇才出人争寫。二老風流傾一時，只今傳畫仍傳詩。清涵月露秋見影，黑入雷雨寒無姿。仇山黄鶴去不返，苕溪鷗保歲俱晚。好呼鐵爪夜錚錚，刻向青珉照人眼。

題李早女真三馬扇頭

金源六葉全盛年，明昌正似宣和前。寶書玉軸充内府，時以李早當龍眠。想當畫院供奉日，飽閱天閑萬奇骨。等閒游墨落宫扇，駿氣凌風欲超忽。霧鬣風鬉剪剔新，郎君□□玉爲人。四帶紗巾繡衣領，醉鞭蹋盡燕臺春。一聲白雁黄河暮，豈料征蹄竟南渡。回首西風障戰塵，女仙空抱琵琶去。

題陳所翁九龍戲珠圖

兩龍頡頏出重淵，白日移海空中懸。一龍回矯一倒起，側磔胡髯怒噴水。大珠炎炎如彈丸，爪底雲頭争控搏。一龍仰首逆鱗露，兩龍旁睨蒼崖蟠。怪風狂電浩呼洶，天吴倅立八山動。一龍後出尤崛奇，半尾戲繞蜿蜒兒。兒生未角已神猛，一顧却走千蛟螭。陳翁硯池藏霹靂，往往醉時翻水滴。便覺天瓢入手來，雨氣模糊渾是墨。我嘗見畫多巨幅，簸蕩驚濤駭人目。何如此筆窮變化，三尺微綃形勢足。是翁前身定龍精，故能吸欻弄精靈。卷圖還君慎封鐍，但恐破壁飛空冥。

畫馬　後有宋思陵押封以御寶。

睿思殿中萬幾暇，縹帶犀籤閲名畫。君王愛此神駿姿，筆勢不在韋韓下。五雲御押手自封，玉寀蟠屈宸篆紅。百年重遭赤馬劫，散落不逐兵塵空。誰歟傳之能愛惜，尺楮蕭蕭開古色。驪驄玉面蹄腕白，青絲絡腦黃金勒。風鬉半散頭怒側，一團渥洼雲氣墨。緋衫圉郎緊控持，直恐驕騰收不得。向來南渡小朝廷，虎視欲與金源争。蜀襄馬埸能幾匹，尚想按圖心膽傾。只今萬里龍沙道，游牝千羣飽豐草。天閑上駟皆乘黄，鶩蹇紛紛世空老。

題泰東山藏主十八開士圖

環瀛茫茫去不窮，大鯨吹浪鼓颶風。樓船如山不敢過，況在泛葦浮蕉中。西方十八大尊者，徑渡萬里猶乘空。犀行水開蛟蜃露，直下蹋入天吴宫。龜魚背高盂錫穩，中流正與靈槎同。怪頭逹拚四罔象，一單舁出龐眉公。鼻端噓氣作飛塔，舌上彈呪招降龍。兩僧促膝披貝葉，一衲裹足須山童。雪毛白鹿岐角健，斑尾黑虎雙睛紅。最後坐禪如古佛，從渠搏控何神通。吾聞浮屠多善幻，作詩自賞畫者工。君不見海波横潰鬼神惡，我無其術安能東。

息齋竹石古木爲會稽韓季博士題 上有歐陽原功承旨題。

老竹葉稀多禿枝，新竹碧潤含幽姿。籜中龍子振春蟄，突出雷雨頭參差。傍蹲怪石石罅裂，裂處恍惚疑龍穴。山中有樹皆十圍，活幹撐青死槎折。霜皮食盡乾蘚文，半頂斬立雙椏分。最後一枝身出羣，垂枝倒走陰崖雲。李侯標致不可得，小字親題別塗黑。縱横不在摩詰下，蕭爽直與洋州敵。玉堂學士欣見之，濃墨大書真崛奇。森然一片鐵石筆，妙甚七字瓊瑰詞。此詩此畫今兩絶，把玩微風動毛髮。只應真宰泣琱鎪，一夜山窗冷秋月。

休洗紅二首

休洗紅，洗紅紅在水。新紅換作裳，舊紅翻作裏。回黄倒緑無定期，世情翻覆君所知。

休洗紅，洗紅紅減色。雖好不如新，著時須愛惜。阿母嫁女不擇人，雞飛狗走長苦辛。

悲寒風

夜漫漫，風凜凜。嚴霜下，寒更甚。狐鳴鬼嘯有今夕，倉卒劍戟生高枕。神光墮地摧白虹，嗚呃英雄淚空飲。

周昉按樂圖

美人按樂春晝長，緑鬟翠袖雙鳴璫。玉簫高吹銀管笛，二十三絃啼鳳凰。後來知是調箏手，窈窕傍聽曾誤否？《梁州》徧徹《六么》翻，此曲惟應天上有。行雲不動暮雨生，流鶯瞥目飛鴻驚。宮馳羽疾争新聲，花月六宮無限情。君不見《後庭》《玉樹》梨園譜，日日君王醉歌舞。一朝鞞鼓動地來，禄兒危似韓擒虎。丹青縱復王何益。由來嗜音必亡國。田家機杼人不知，好寫《豳風》勸蠶織。

杏葉黄

杏葉黄，杏葉黄。胡蝶雙飛來，飛來東家牆。東家女兒繡衣裳，可憐胡蝶惜流芳，妝鬟無心蘇合香。起彈牀上箏，自歌杏葉黄。杏葉青時君去鄉，坐見黄落思斷腸，安得致之在我傍。君不來，天繁霜。

寒漏明次韻王子常

寒漏明，時一聆。夜長不能寐，月色明階庭。西風落葉争秋聲，雞啼未啼霜滿城。城中有思婦，正促征衣成。東家西家砧杵急，使我起坐時時驚。歸心如廢弓，屢折不可檠。寒漏明，時一聆。

黄河

櫓後風才順，桅頭日未斜。舊河通瓠子，新浪漲桃花。得鱠因沽酒，聞鵾更憶家。迢迢雲氣外，北望是京華。

泊淮口

灔灔潮初上，移舟出浦中。岸分清濁水，帆掉合離風。傖楚方言雜，徐揚地利通。何殊入畬口，懷古思無窮。

早發魯橋

路滑雨初歇，山昏雲不開。看燈野店近，聞鐸賈車來。馬飽力方健，蛩寒聲易哀。偶逢南去使，早早附書回。

泊隆興章江門

把酒西風裏，挂帆南斗傍。夕陽城角盡，人影水中長。問俗勞羈旅，千時擬俊良。平生查上意，漂轉益難忘。

衡山福嚴寺二十三題爲梓上人賦　錄十。

般若寺

般若南朝寺，思公第一傳。拓開方丈地，坐斷再生禪。貝葉收經夾，曇花散法筵。山神應夜夜，來禮佛燈前。

一生巖

初地靈峰下，重來爲講經。神應合掌受，石亦點頭聽。雲鶴隨飛盋，湖龍入淨瓶。至今花雨處，長照一燈青。

二生塔

塔寺前朝舊，山林宿業空。法身無幻壞，藏骨自神通。寶供珊瑚碧，珠光舍利紅。無緣香一瓣，回向佛堂中。

三生藏

神僧涅槃處，那有去來今。尚記三生石，難磨萬古心。地埋禪刹在，山掩嶽祠深。長日聞鐘梵，蕭蕭楓桂林。

天柱峰

一柱標南紀，神功自斷鼇。寒通岣嶁遠，勢敵祝融高。異鳥流清響，神燈見白毫。危巔可觀日，夜湧海東濤。

隱身巖

塵世苦熱惱，山林長夏幽。嶽神來護法，尊者坐經秋。呼粥魚頻響，銜花鹿自遊。法雲長散滿，七十二峰頭。

嶽心亭

何許新亭好，軒窗窈窕深。天開雲四面，地據嶽中心。雨緑蘼蕪道，風香薝蔔林。曉嵐收不盡，猶作半山陰。

目雲亭

兩公俱古佛，遺跡在新亭。塔寺疑神造，山川本地靈。峰秋陽雁斷，潭暮雨龍腥。老宿忘言久，閒抛案上經。

兜率橋

傳是竺僧説，幽如兜率宫。驅龍劈地險，架石補天空。星土熊湘合，雲沙鷲嶺通。闌干倚來久，時度吉祥風。

藏雪寮

雪山一片雪，何日落中華？皎潔無藏處，虚空自作花。石厓穿乳竇，海岸疊潮沙。底用分荆越，諸方總是家。

次杜德常僉院韻

鼇禁欣同直，高閒勝俗忙。露花迎夕斂，風樹借秋涼。太史蘭臺筆，郎官粉署香。時時鈴索静，有喜到巖廊。

馮秀才伯學以丹青小景山水求題

沙禽毛羽新，來往采桑津。野水碧於草，桃花紅照人。徘徊遠山暮，窈窕江南春。芳思不可極，悠然懷釣綸。

送觀性空上人歸省

白髮高堂在，青山舊業貧。載經隨客舫，留偈别禪鄰。行路半春雨，近鄉多故人。一龕還可老，莫污衲衣塵。

話舊送胡士恭之京師

話舊共蟬聯，河橋且繫船。春歸花滿地，江闊雨連天。處士題鸚鵡，詩人拜杜鵑。此生雖老去，未敢愧前賢。

送鄭喧宣伯赴赤那思山大斡爾朵儒學教授二首

絶漠同文軌，提封振古稀。大牙開武帳，元老秉天威。白馬紫駝酒，青貂銀鼠衣。那思山下水，曾覩六龍飛。

野散千軍帳，雲横萬里川。寒多雨是雪，日近海爲天。黑黍供甘釀，黄羊飽割鮮。廣文但少客，寧慮坐無氈。

宫中舞隊歌詞二首

十六天魔女，分行錦繡圍。千花織步障，百寶貼仙衣。回雪紛難定，行雲不肯歸。舞心挑轉急，一一欲空飛。

白玉琱釵燕，黄金鑿步蓮。簫吹鳳臺女，花獻蕊宫仙。香霧團銀燭，歌雲撲錦筵。請將供奉曲，同賀太平年。

雁聲

嘹嘹數雁度，流響一凄然。半落淮南雨，遥沈海上天。疏砧欲斷處，哀角未吹前。我亦離羣者，聞之夜不眠。

偕鄒元止善東門視田

白骨如亂石，荒村殊慘神。惡風生殺氣，斜照逼歸人。應俗悲多故，全生幸此身。青青原上麥，亦復可憐春。

大駕時巡千官導送至大口

萬乘巡行遠，三靈佑護多。旌旄隨大纛，鼓鐸雜鳴駝。雙日浮黄繖，微風送玉珂。臣心如草色，不斷到灤河。

松巢爲灊川謝堯章作

林棲有隱君，結構出塵氛。就樹遮青雨，牽蘿補白雲。雙鳩從此拙，獨鶴與平分。華屋非無數，山中了不聞。

蜕菴歲晏百憂熏心排遣以詩乃作五首

開歲七十五，故園猶未歸。看從今以後，知復是耶非。星斗天垂象，龍蛇地發機。邊聲近稍息，一醉典春衣。

小小新齋閣，温温舊㲪毼。精神全藉酒，筋力半支藤。蟄豸深坏户，冥鴻巧避矰。蒙頭衲被底，何異在家僧。

世路正如棘，吾生猶繫匏。詩人歌蟋蟀，軍士歎蠨蛸。無地營家食，何心解客嘲。山林徒在眼，難覓一枝巢。

書舍如僧舍，心閒與静宜。寫多髡兔穎，藏久蚰貂皮。宦蹟年勞見，生涯日曆知。未應同與俊，肯負沃洲期。

久悟無生法，從容與化遷。機忘槔俯仰，道悟蜜中邊。宇縣猶多壘，干戈已十年。吾惟待其定，歸種故山田。

七月廿九日

此醜今方殛，京城蹀血新。也知天悔禍，誰謂國無人。勝氣騰龍虎，沈機動鬼神。大庭親命詔，終夜在延春。

此詩爲孛羅帖木兒作。孛羅之入京師，使仲舉草詔，不從，嘗作自誓詩曰：「此醜行當殛，吾身敢顧危。要看奪笏處，正是結纓時。萬古千秋在，皇天后土知。寸心三尺簡，肯愧史臣詞。」與此詩是一時作也。

歲晚苦寒偶成四章録似北山 録二。

清眠夢屢覺，霜氣轉凄凄。春近雁北向，月明烏夜啼。鑪香留墨篆，燭淚聚銀泥。少釋幽憂疾，尋君一杖藜。

鼠劣翻書册，猫馴伴坐氈。吟懷忻雪夜，疾目畏風天。惟酒能消日，無方可引年。我詩猶偈子，一問北山禪。

四月十三日

白丁軀上城，徒手不能兵。鬭將無人色，行塗多哭聲。惟將孔達解，竟遣夙沙烹。滿眼黄塵暮，悲風慘淡生。

城東廢寺

一徑入荒寂，松風長夏寒。夜叉棲敗屋，魔女去空壇。古佛金全剥，遺碑字半刓。時逢好事者，來剔蘚文看。

西内應制卽事

烽火連齊魯，干戈接隴秦。四郊多壁壘，萬里半煙塵。將帥屯兵久，君王遣使頻。老臣叨視草，進罷益沾巾。

行次獨石驛大雨駎行廿里喜晴

段段青天出，浮雲四散歸。燕忙撓馬過，蠅亂撲人飛。遠道倦行李，故山思采薇。北風朝已冷，未敢御絺衣。

有旨纛領宋史刊于江浙次東阿站

南來十五驛，幽絶獨斯亭。下榻月初上，卷簾山更青。干時嗟暮齒，從事厭勞形。寂寞江雲外，誰知有使星。

發漳州

萬里漳南道，遥連嶺嶠東。山寒冬息瘴，海近晝多風。廢圃攢筋竹，疏林落刺桐。檳榔新善啖，一解宿酲空。

至通州 去歲南歸，以九月十二日發通州。今年召入，亦以是月日至通州云。

驛卒争鳴鼓，舟人喜下桅。依然今日到，恰似去年回。岸黑秋濤縮，川紅夕照開。君恩忘險阻，不覺畏塗來。

清明遊包家山二首 乙丑。

遠近紅千樹，繁開奪艷霞。月明寒食雨，春老上陽花。輦路迷遊躅，宫詞入夢華。東風葵麥浪，回首野人家。

太液曾來鵠，高臺舊影娥。美人黄土盡，故國白雲多。野草荒神籍，宫蓮怨櫂歌。羌兒洗馬處，斜日滿寒波。

秋試後胡益士恭歸番陽與遊吴山聖水寺

高處見滄溟，西風吹酒醒。潮來一片白，山擁萬重青。草木如浮動，煙塵忽杳冥。登臨不可極，吟思滿秋汀。

南園宴集雨歸有作

驟落菰蒲雨，遥生菡萏風。歸雲龍井黑，倒照鳳山紅。簾暮舟頻引，衣涼酒屢空。歌聲未可放，花底有驚鴻。

遊石頭城清涼寺用天錫題壁詩韻

捫蘿上絶頂，嵐氣溼繽紛。日色不到地，樹陰渾似雲。僧歸過嶺見，樵唱逆風聞。更待詩人醉，狂書白練裙。

大風

徹晝風何急，避行陵樹旁。驚沙撲面黑，野日映人黄。科斗旱未出，栗留寒尚藏。窮途淚易下，不是阮生狂。

悼太平公

晨起灑杯酒，北風吹淚痕。豈徒歌楚些，端欲叫天閽。碧化萇弘血，春歸杜宇魂。千秋一史筆，誰辨逐臣冤。太平之再相也，搠思監等益嫉之。尋搆之于太子，逼令自裁。

清溪濯足圖

黄塵滿雙足，宜賦故山歸。解屨就清泚，舉頭看翠微。林猿下窺膝，石蘚欲粘衣。更覓漁竿伴，閒來就釣磯。

聞董孟起副樞乃弟鄂霄院判凶訃哭之

羣盜猶銅馬，將軍真虎牙。死當爲厲鬼，生不負皇家。野色含沈日，河聲怒卷沙。征東失名將，朝野共驚嗟。

陪東泉學士泛湖

山靄忽空無，春暉正滿湖。船頭載家樂，花裏駐行厨。樂任喧呼動，歸從酩酊扶。使君留客意，更爲倒金壺。

題汪會語村隱居

聞道荆村僻，幽居趣自成。桑中豚穽晚，芹外燕泥晴。苔石留僧坐，山尊遲客傾。憑軒久不到，望得白雲生。

伍牧　宋將尹玉援常州，戰死于此。

苦戰勤王事，精魂泣鬼雄。壞城兵氣黑，遺鏃血花紅。故老談亡國，明時録死忠。長吟一搔首，落日烏呼風。

禖臺

嬪御親弓韣，祠禖有古臺。瑶池今寂寞，玄鳥自歸來。鼎再移支子，星俄坼上台。興亡關曆數，祇遣後人哀。

無題

見時略略望遥遥。有月闌干待袖招。得巧蜘蛛絲縷細，傳聲鸚鵡舌關嬌。仙家絃管寧無譜？天上星河亦有橋。雲雨或時消息斷，不如朝暮石城潮。

聞笛

何人吹笛傍江干，木落淮南夜色寒。三弄水邊人檥櫂，一聲雲杪客憑闌。梅花簌簌吹應落，楊柳依依折欲殘。惆悵緑珠何處在？綺窗深鎖月漫漫。

臺城　一作題金陵。

運盡黄旗晉祚開，天星俄復坼三台。方驚掘地雙鵝起，已見浮江五馬來。草暗離宫碑卧土，雨殘戰地骨生苔。當時一掬新亭淚，猶帶寒潮日暮回。一作「誰信清談自有才」。

冶城

此地先皇駐六龍，鼎成龍去杳無蹤。御牀羅帕塵空暗，輦道朱門草已空。題榜侍臣留帝勅，築亭真士記天容。自憐不及窺弓劍，愁絶寒城響暮鐘。

鹿苑寺

千古南朝幾劫灰，蕭梁寺額獨崔嵬。化蛇妒婦餘空井，刺虎將軍有舊臺。江口山紅寒照没，石頭樹白瞑煙來。滿衣落葉西風急，更爲憑高送一杯。

七憶

憶錢塘

平湖十里碧漪風，歌舫漁舟遠近同。天竺雨餘山撲翠，海門潮上日蒸紅。傷心花月隨年换，回首闔閭委地空。白髮故人零落盡，浮生悵望夢魂中。

憶姑蘇

讓王城外暮雲黃，忍使行人哭戰場。臺上麋遊香逕冷，陵頭虎去劍池荒。《竹枝》夜月歌仍怨，蓴菜秋風興漫長。不是不歸歸未得，五湖煙水正茫茫。

憶會稽

千巖秋色徹層霄，憶昔來乘使者軺。翠袖屢扶蓬閣醉，籃輿時赴寶林招。山陰客已無春會，溪上風猶送暮樵。此恨古今消不盡，西陵寂莫又回潮。

憶維揚

蜀岡東畔竹西樓，十五年前爛熳遊。豈意繁華今劫火，空懷歌吹古揚州。親朋未報何人在，戰伐寧知幾日休。惟有滿襟狼藉淚，何時歸灑大江流。

憶金陵

昔年曾上鳳凰臺，二水三山眼界開。六代繁華春草歇，千年興廢暮潮哀。燈窗禪坐時聯句，山館仙遊幾引杯。最是令人愁絶處，夕陽雙燕自歸來。

憶吴興

憶汎苕華溪上船，故人爲我重留連。半山塔寺藏雲樹，繞郭樓臺住水天。白榜載歌明月裏，青帘沽酒畫橋邊。計籌山下先塋在，欲往澆松定幾年。

憶閩中 一作《懷清源洞游》。原注云：時方兵後。

漫漫際海漲天涯，萬里曾乘使者槎。梓澤重尋仙客洞，草堂頻醉故侯家。人多熟酒燒藤葉，市有生蠻賣象牙。安得夢中真化蝶，翩然飛上刺桐花。

秦淮晚眺 一作《武定橋晚望》。

赤闌橋下暮潮空，遠火疏春晻靄中。新月半天分落照，斷雲千里附歸風。嚴城鼓角秋聲早，故國山川王氣終。莫訝時來一長望，越吟荆賦思無窮。

中秋廣陵對月

散盡浮雲月在東，白蕉衫冷小庭空。星河夜影尊罍裏，城郭秋聲鼓角中。落葉有光時墜露，鳴蛩無響不含風。此生五十三回見，只遣嫦娥笑禿翁。

上元宿通州楊原誠寓宅

禁城東下一川平，杳杳煙蕪淡淡晴。風滚暗塵羊角轉，水披殘凍鴨頭生。離居有酒春堪醉，小市無燈月當明。還憶故園今夕賞，玉人花底共吹笙。

丁亥元日

梅花院落雨聲中，窗外春寒淰淰風。臘酒撥醅浮玉蟻，夜燈挑燼落金蟲。星環甲紀驚身老，雪解寅朝驗歲豐。還喜驛書催上路，寸心長在日華東。

喜雨　久旱苦蝗。

日氣如焚土氣腥，黑雲當午忽冥冥。雨工分下旗千隊，神姥攜來酒一瓶。牛馬長河迷渚涘，龍蛇平陸起雷霆。快看一洗飛蝗盡，猶及秋田晚稼青。

清明日到陳莊

出郭東門古道斜，獨騎款段穩於車。春纔三月已兩月，村舊百家無十家。山逕低飛鬼蛺蝶，野塘競噪官蝦蟆。東風不奈晚愈惡，吹散滿身楊白花。

春日偕監中士友遊南城　一作《游南城暮歸和伯器典籍正傳博士諸君韻》。

樓閣參差紫翠間，微風不動彩雲閒。柳垂禁籞絲千尺，水繞宫溝玉一環。春樹鳥鳴圓似管，夕陽駝影兀如山。醉鞭緩緩吟歸去，燈火城東未掩關。

上京秋日三首

山前孤戍水邊營，落日無人已斷行。甌脱數家門早閉，轒温千帳火宵明。白摧野草狼同色，秋入榆關雁有聲。最是不禁橫笛怨，海天秋月不勝情。

水遠雲回萬里川，鳥飛不下草連天。歌殘《敕勒》風生帳，獵罷閼氏雪没韉。紅頰女兒花作隊，紫髯都護酒如泉。時巡歲歲《還京樂》，别换新聲被管絃。

遠山平野浩茫茫，曾是當年古戰場。飲馬水乾沙窟白，射鵰塵起磧雲黄。中郎節在仍歸漢，校尉城空罷護羌。今日車書逢混一，不辭垂老看氈鄉。

三月二日賞杏花光岳堂分韻

柳色初青草漸茸，春寒猶勒杏花風。新煙院落清明後，過雨園林罨畫中。洛社衣冠今日再，蘭亭觴詠此情同。吾年最老身仍健，更向尊前借酒紅。

臘日飲趙氏亭

城上高亭一再過，每看風物費吟哦。近詩頗效寒山子，往事徒成春夢婆。賸買十千燕市酒，閒聽二八越娘歌。梅花枉報春消息，祇遣今年别恨多。

秋日陪吴興諸府公宴魯公池上

芙蓉池上會羣公，滿意華筵笑語中。虹影連蜷山外雨，荷香澹蕩晚來風。歌催銀甲箏逾急，涼入金尊露易空。我亦玉堂揮翰手，題詩合在水精宫。

中秋張外史招賞月失約賦以謝之

明月中天霧氣消，酒醒涼思正飄飄。星河不動秋空闊，鐘鼓無聲夜寂寥。露下遠山皆落木，風來滄海欲生潮。仙家玩事無緣到，虚負瓊樓聽玉簫。

辛巳二月朔登憫忠閣

百級危梯遡碧空，憑闌浩浩納長風。金銀宫闕諸天上，錦繡山川一氣中。事往前朝僧自老，魂來滄海鬼猶雄。只憐春色城南苑，寂寞餘花落舊紅。

雁自代過晉嶺客中感興

雁行初自雁門來，遠度平沙陣勢開。光禄塞空霜氣冽，受降城廢水聲哀。烏孫公主歌難和，猿臂將軍射未回。今日客中腸易斷，不須更上最高臺。

茌平道中

風起征塵滿鬢鬚，頻呼驛卒緩前驅。已悲白骨多新鬼，尚説黄巾半畏途。麥老大田鳴乳雉，草深荒徑竄妖狐。停驂欲飲瓜園井，擬倩鄰翁放轆轤。

宴四明江中醉卧及醒舟已次車廄站

使節重來省昔年，舊遊零落一淒然。山川在眼空陳迹，歌舞催人又別筵。風卷潮聲全海起，雨分虹影半空懸。酒醒惟有斜窗月，偏照姚江獨夜船。

湄洲嶼

飛舸鯨濤渡渺冥，祠光壇上夜如星。蛟龍筍簴縣金石，雲霧衣裳集殿庭。萬里使軺遊冠絶，千秋海甸仰英靈。乘槎欲借天風便，彷彿神山一髮青。

浮山道中

處處人煙有酒旗，楝花開後絮飛時。一溪春水浮黄犢，滿樹暄風叫畫眉。入境漸聞人語好，看山不厭馬行遲。江蘺緑徧汀洲外，擬折芳馨寄所思。

扈從之上京過龍門

兩崖高立色冥冥，仰視空光一罅青。石兀馬蹄危不度，水漂龍氣暗聞腥。山川壯自開天險，風雨陰疑來鬼靈。我欲重尋舊題處，溼雲寒蘚滿巖扃。

聽松軒爲丹丘杜高士作

長松千樹擁前榮，虚籟還從樹底鳴。一片海濤雲杪墮，幾番山雨月中生。茶香夜煮苓泉活，琴思秋翻鶴帳清。安得南華老仙伯，相隨軒上説風聲。

次韻劉伯貞與金山郎休了長老唱和

老禪居處水雲重，此地纖塵不可容。潮色平鋪無際海，日光先上最高峰。蹋花佛馭紅牙象，獻寶神騎白耳龍。第一江山第一座，幾時來聽講時鐘。

送絶宗繼講師住大雄寺

大展三衣古道場，真人高拱殿中央。曼陀雨散天花落，薫陸煙生石乳香。纚纚風雷飛講舌，眈眈龍象繞禪牀。師行不廢宗雷社，會見籃輿到上方。

聞雲海寬寶林同二師寂音悼之

久别吴寬與越同，近傳歸寂故禪宫。葛川有日尋圓澤，蓮社無人寄遠公。亭外松焚雲海静，井間鰻化寶林空。只留一點詩燈在，長照殘山剩水中。

壺洲爲上清張道士題

錦水西頭觀闕青，仙家原不隔滄溟。鳳麟洲渚寒凝碧，雲霧衣裳夜降靈。金醴浸花留客醉，玉笙吹月使龍聽。看君福地容蕭爽，長與曾孫宴幔亭。

送上清道士李自賓歸山

歸去青溪點易窗，仙林如子世難雙。丹藏虎豹千山雪，劍度魚龍萬里江。别洞苔花分石路，古壇松子落巖淙。道人不用尋煙火，朮煎經冬正滿缸。

仙娥玩月圖爲野雲陳氏題

仙娥微步下高寒，獨立長松月滿山。妝影透明金背鏡，佩聲飛動玉連環。洗空碧海銀蟾冷，舞罷瑶階白鳳閒。不是丹青寄顔色，行雲無夢到人間。

周漢長公府臨安故城二圖 今開元宫。

主家樓觀鬱參差，想見當年全盛時。宫草細侵行輦路，苑花深覆泛舟池。瑶臺仙去塵生海，甲帳神來風滿旗。好在畫圖留勝蹟，五雲長護鶴笙祠。

南渡君臣建業偏，不堪喬木黯風煙。豈知白馬興王後，又到紅羊换劫年。《三輔黄圖》空郡國，六朝王氣眇山川。白頭開府歸來日，應覽遺蹤一愴然。

半村爲傅處士賦

半距城闉半距村，煙霞咫尺少塵喧。小車出市僕先路，斜日下山人到門。兩岸花陰連第宅，一川草色散雞豚。田家數里將迎慣，時復相留醉酒尊。

霍丘孫遊武林湖山之勝詔之

千頃平湖繞郡城，畫船小槳盪春聲。紅酣花港風荷密，玉照梅岡雪樹明。煙月長留歌舞地，山川不改古今情。君行須到峰南北，爲覓蒼苔石上名。

元夜獨坐

九衢花月萬家燈，憶在錢塘與廣陵。過去豪華春似夢，老來心賞冷於冰。蘇眈仙後還爲鶴，房琯生前本是僧。唤取家人多置酒，只將寂寞付瞢騰。

世事

世事紛紛在目前，故園無復可歸年。吴東城陷仍爲沼，滄海塵生欲變田。鼠穴詎容銜窶藪，豨膏聊解運方穿。臣心有血才盈掬，擬向天公罄一箋。

翰林三朝御容戊戌仲冬朔把香前宫

嘉禧殿前初日高，瑞光先映赭黄袍。雲間瑞露收金掌，仗外微風颺彩旄。黄鶴仙人周子晉，碧雞使者漢王褒。禁園尚覺餘寒在，未放春紅上小桃。

直延春閣

蓬萊海上第三山，仙掌雲間十二欒。雜樹煙深殊窈窕，鳳樓天近自高寒。銅壺傳箭聲相應，紫詔封泥墨未乾。願祝君王千萬壽，坐施雄斷濟艱難。

感興

從來豪傑願風塵，奮臂干戈肯顧身。司馬諸王祇亂晉，祖龍二世竟亡秦。祠傍鬼火狐鳴惡，橋下天寒鶴語神。千古汗青留感慨，山中輪與種桃人。

憶廣陵舊事 乙未。

君王昔在鎮南年，賓客風流日滿筵。上國旌旗分一半，層臺歌舞宿三千。豪華遽盡悲《離黍》，形勝空存慘暮煙。多少楚魂歸未得，江流無際海連天。

授鉞

天子臨軒授鉞頻，東南何處不紅巾。鐵衣遠道三軍老，白骨中原萬鬼新。烈士精靈虹貫日，仙家談笑海揚塵。只將滿眼淒涼淚，哭盡平生幾故人。中原紅軍初起時，旗上一聯云："虎賁三千，直抵幽燕之地；龍飛九五，重開大宋之天。」其後毛貴等横行山東，侵犯畿甸，駕幸灤京。賊勢猖獗，無異唐末。仲舉在都下，作此詩寄浙省周玉坡參政伯琦云。

送西江胡允中之桃温萬户府學正

遼水窮邊牟蓋東，鎮人今始識儒宫。詩書直化三韓遠，文軌須令萬國同。隼度塞雲秋有雪，鼉翻海浪晝多風。知君回首神州路，一髮青山落照中。

余伯疇歸浙東簡郡守王居敬

四明遊客住京都，旅舍青燈照影孤。家信十年黄耳犬，鄉心一夜白頭烏。却攜長鋏辭金水，直挂輕帆到鑑湖。爲問蠡吾王太守，别來安穩有書無？

送涂茂才北遊

黄河十月已流冰，暫解行裝駐廣陵。逆旅壯懷銷北斗，故山歸夢入孤燈。千金燕市方求馬，萬里天池欲徙鵬。曾是公卿有知己，孝廉船上見張憑。

越僧無涯號棲雲乞賦

上方何處但聞鐘，深護林扉翠幾重。卧冷衲衣侵片石，行隨錫杖度千峰。松晴每下安巢鶴，潭暮時留聽法龍。更欲移禪沃洲去，微茫巖洞不曾封。

高沙失守哭知府李齊公平

高郵自昔號銅城，一旦東平委賊兵。殺氣倉皇迷野色，怨魂嗚咽泣江聲。廣陵瓊樹春仍在，甓社珠光夜不明。白首故人悲趙李，臨風惟有淚縱橫。參政趙伯器死泰州。

寄答翟彬文中時避慈溪

靜對孤燈思往事，偶聞疏雨落寒窗。愁邊白髮三千丈，夢裏青山十四雙。蜀魄有聲疑訴國，楚招無些憶沈江。只因詩思緣君苦，吟斷遥鐘已曉撞。

聞歸集賢遠引奉簡一章 時吕左丞、歐承旨、司尚書繼亡。

故舊相看逐逝波，思歸無路欲如何。將軍每歎擅公策，朝士徒悲穆氏歌。南海明珠來貢少，中原健馬出征多。先生自說將高舉，不遣冥鴻到尉羅。

望江 是歲合越飢。

寒潮已退大江空，不見來鷗與去鴻。半嶺綵霞纏落日，一川紅樹照西風。魯連蹈海英靈遠，王粲登樓感慨同。徑欲投竿會稽石，得魚爲飽浙河東。

答馬易之編修病中作

喜君近疾已平安，楮帳縣衾且避寒。飯顆任嘲詩骨瘦，糟丘能遣客懷寬。天街鐘動朝初罷，海國書同歲又殘。忽訝衰翁不相問，北風吹雪正漫漫。

歙汪希仲罕代自雄新二州警曹話其風土爲賦

越鳥巢南漲海東，地兼夷夏氣惟雄。洞深屋壘層厓上，瀧險船行亂石中。春樹溼雲生桂蠹，瘴茆經雨落沙蟲。宦遊最數蠻荒惡，羨子歸來面更紅。

東坡淮口墨蹟卷後有黄策詩 策號「隨緣子」。

潮落潮生沙岸頭，布帆來往幾經秋。山川如故人何在，天地無情水自流。敗壘荒墟非昔畫，野煙寒照總新愁。只應千古清淮月，曾照東坡此唤舟。

九日燕允孚森玉軒醉中感懷

不見江南信使來，菊花應傍戰場開。風塵眇眇家難問，節忽忽老轉催。把酒多無今日醉，坐中客此語有足動心者。登高只益寸心哀。白頭一覺湖山夢，誰料繁華有劫灰。

故御史王楚鼇元戴爲臨川王伯達三畫求題三首 王館賓也。

雙鳳山人茅作屋，五雲閣吏繡爲衣。寫將瀟灑滄洲趣，留待風流二老歸。歲月無情遺墨在，江湖多事宿心違。寒藤古木江西道，惟有當年白雁飛。右《雙鳳山居圖》。山在臨川五里，王自奎章典籤爲膚史，故云閣吏。

罨畫溪頭春水波，美人蘭櫂遠來過。杯如賀老稽山酒，曲有吴兒小海歌。樓館雲晴空翠溼，汀洲花暗夕陽多。只今粉墨餘高致，愁絶樵風泠薜蘿。右《山陰春霽圖》。時憲巡行越中。

小史堞前煙水空，淮山無數直叢叢。使君援筆寫秋色，舟子唱橈乘晚風。幾處漁家依落木，半汀殘照下飛鴻。白雲望斷仙遊遠，應在蓬萊碧海中。右《萬港秋汎圖》。時爲淮西僉憲。

春日有懷柯敬仲博士

建章鶯囀曙光初，上直開門漏點疏。花擁西清森仗衛，星臨東壁焕圖書。漢庭長者多推轂，楚國騷人久卜居。爲問五雲仙閣吏，綵毫春詠近何如？

悼亡日 是早題畫梅一幅，夜夢梅花盛開有感。

剪水裁雲聚作花，直教顔色冠芳華。一雙仙子玉條脱，三尺天家香辟邪。南國好音將過雁，西窗殘夢已啼鴉。年年此日傷春思，忍把歸心賦落霞。

中秋望亭驛對月代祀北還

月色滄波共渺茫，驛亭雜坐看湖光。仙家刻玉青蟾兔，帝子吹笙白鳳凰。蘆葉好風生晚思，桂花清露溼空涼。回槎使者秋懷闊，倒瀉銀河入酒觴。

正月九日夜雪甚寒

雪後西山照眼青，早寒微霰又飄零。昨非未必今皆是，衆醉何由我獨醒。學篆每朝臨《碧落》，存神長夜養《黄庭》。若爲唤得瀛臺侣，相與吹簫上杳冥。

雪中早朝

北風吹雪浩漫漫，曉出津橋立馬看。春入上林花樹早，水連平地海波乾。金城萬雉微茫溼，月闕雙龍贔屓寒。今日天顔知有喜，紫宸朝下散千官。

送春答何高士

湖山不見暮雲渾，楊柳風寒早閉門。情在舊遊花歷歷，酒淹殘睡雨昏昏。種桃道士今何處？采若騷人不返魂。欲識傷春無限意，杜鵑枝上有啼痕。

清明雨晴遊包山龍華寺過慈雲嶺

當年玉輦此經行，古寺猶題扈從名。龍鳳識空山氣歇，馬羊刼换海波平。野桃著雨春紅落，嶺路埋雲溼翠生。日暮人歸煙樹黑，飢鼯啼雨上宫城。

七月廿七日書所見

杏花樹底血猶紅，一宿星痕雨洗空。鳳闕追班聽帝詔，羽林坐甲衛皇宫。天官占候徵玄象，國士精誠貫白虹。引領雲間望笙鶴，朝來佳氣已葱葱。

存道元帥師宗感時及陡遡山旋刀寨入貢次韻二詩送歸關戍

徼外頻傳羽檄飛，將軍三起著戎衣。空山狐兔無藏窟，平陸龍蛇有殺機。已見趙佗知漢德，更令孟獲識天威。此行整頓蠻荒了，箐雨瀘煙好賦歸。

羣蠻連歲閧滇中，陡遡山前喜挂弓。萬里籌邊頻却虜，半生憂國早成翁。塞垣烽火方無警，幕府文書已上功。奏賦歸來五雲閣，漢廷不獨數嚴終。

送謨侍者還江陰

禪衲無塵錫杖青，一龕天竺更南屏。楊枝偏灑瓶中水，貝葉時繙笈内經。舊業池菱秋漠漠，歸舟江樹曉冥冥。今朝又作蕪城别，何處鐘聲入夜聽。

寄陳敬初鄒九成

憶昨閶門綰柳條，遠煩相送過楓橋。夕陽陌上東西路，春水江頭早晚潮。老境此心惟白社，英年何處不青霄。詩林别後應俱進，時遣郵筒慰寂寥。

遊天竺寺

石梁濺水溼蒼苔，陰洞傍穿澗底回。殿閣金銀從地湧，山林圖畫自天開。龍隨僧到分雲住，猿聽人呼下樹來。遊興未闌斜日盡，馬頭呼酒尚徘徊。

題張外史馬塍新居

窈窕丹房古澗阿，長松修竹繞層坡。桃園隱者時相遇，茅洞仙人夜或過。沆瀣杯寒供曉食，青冥笙響答空歌。白雲浮出池痕滿，知是龍泓宿雨多。

登六和塔

江上浮圖快一登，望中煙岸是西興。日生滄海横流外，人立青冥最上層。潮落遠沙羣下雁，樹攲高壁獨巢鷹。百年等是豪華盡，怕聽興亡懶問僧。

登金山吞海亭了公請賦

危亭突兀戴鼇頭，俯視滄溟一勺浮。龍伯衣冠藏下府，梵王臺殿起中流。扶桑夜色三山日，灩澦江聲萬里秋。老我惜無吞海句，但磨崖石記曾遊。

賦中書左曹小瀛洲

東曹地迥集名郎，宛是仙家紫翠房。閶闔上通天咫尺，蓬萊移出海中央。金波日煖浮鳷鵲，玉樹春濃下鳳凰。幾度夢回清夜直，此身如在五雲鄉。

三月望日遊虎丘寺題小吴軒

海湧峰前雲樹盤，佛宫飛閣出巑岏。虎來古塚金精白，龍卧秋池劍影寒。禪老説空留壞石，鬼仙題雨下虚壇。憑高不盡登臨興，更借西山晚翠看。

吴江

坐倚風檣看太湖，波濤澒洞半三吴。寒通上界咸池氣，黑入中流水伯都。雲暗蛟龍應起立，雪深鴻雁自驚呼。望亭有酒宵堪醉，買得漁家一尺鱸。

二月望日湖上值風

疾風吹浪滿重湖，雲掩西山一半無。黄帽牽船依岸過，蒼頭按鶻繞林呼。鶯花世界如春夢，煙雨樓臺似畫圖。童稚兹遊今白髮，斷橋斜日重踟躕。

寄觀志能照磨

鼇背三山最上峰，美人手把玉芙蓉。仗團泰時傳宵燎，漏下層城蹋曉鐘。錦瑟無塵飛刻雁，金壺有墨灑雕龍。老懷已託王郎道，早晚歸營北澗松。

送成禮部誼叔察訪守令河南山東

曆數開千載，明良會一時。朝廷嚴守令，宵旰爲黔黎。南服方多故，東州復阻饑。郎官膺簡拔，使者出詢諮。此命於今重，如君衆論推。直承廉察往，肯作畏難辭。靈雨隨華轂，流風度綵旗。草兼驄一色，柳與轡同絲。梁宋分淮甸，青齊並海涯。政苛嗟虎猛，民散念鴻離。罷耎寧勝任，婪貪只自私。中牟因雉見，單父得魚知。或有瘝其職，誰能慎所司。張弦從急緩，朗鑒各妍媸。治道誠先務，皇心實在茲。俱爲良吏選，足慰遠人思。空闊青雲步，孤高玉樹姿。暫傾冠蓋餞，行赴簡書期。事業懸鐘鼎，光華映羽儀。歸來前席問，請入史臣詞。

寄題顧仲瑛玉山詩一百韻 并序。

至正九年秋，海道糧舶畢達京師，皇上嘉天妃之靈，封香命祀。中書以燾載直省舍人彰實徧禮祠所。卒事於漳，還次泉南，卧疾度歲。乃仲春至杭，遂以驛符馳上官，而往卜山於武康，克襄先藏。秋過吳門，顧君仲瑛留讌草堂之墅。一作窩。宴一作嘉。賓十又二人，分題玉山一作「崑墅」。諸景詩，皆十韻，盡歡而别。舟中筆硯少暇，因敍事述懷，累成百韻。語繁則易疵，聊以記行役耳，録寄仲瑛洎席上諸君子。他日或遊崑墅，當爲一亭一館賦之也。

治理逢熙運，欽明仰聖皇。至仁侔覆載，上德配軒唐。大業勤弘濟，元臣協贊襄。賢科收俊造，庭實粲珪璋。入貢徠符紱，儀韶下鳳凰。普天均雨露，絕域總梯航。每念京師食，遥需漕府糧。神妃所芘護，颸母敢飛揚。前隊貔貅發，先驅罔象藏。冷颷鼓萬柁，朱火耀連檣。帝敕申嘉惠，祠官按典常。賞勞兼湛瀸，時賜省臣漕臣酒幣甚厚。旌烈特巍煌。僕本中林士，久陪東觀郎。遂叨乘驛傳，徧與禮靈場。蕩節雕龍飾，華旗畫隼翔。衝流度鄞越，陟險過泉漳。緬彼湄洲嶼，嶄然鉅海洋。蛟穿崖破碎，鯨蹴浪撞搪。震鼓轟空闊，奔帆截渺茫。島夷迎使舸，瘴霧避天香。嘉薦歆芬苾，陰功助翕張。精誠致工祝，昮貺答禎祥。賈舶傾諸國，輿圖奄八荒。身雖距閩嶠，志已略扶桑。裴洞三生夢、温陵十月涼。茲遊平昔冠，夙願一朝償。女髻皆殊製，蠻音各異鄉。地偏宜荔子，人最貴檳榔。釀鹿肥漂酒，澆蠔液滿房。招賢簇車騎，揮掃積縑緗。窮臘纔竣事，暄春始趣裝。劍津傳警急，汀賊起狓猖。獠砦一作穴。旋戡定，藩垣慎扞防。思親彌切切，行役更遑遑。狐死嗟奚首，龜占喜允臧。封崇宴隖内，木拱計峰旁。仲春，卜山武康，克襄先藏。隖在計籌山下，即予新阡。薄宦祇牽率，孤蹤易感傷。暫爲江左客，誰灑墓頭漿。逝矣川塗阻，凄其涕淚滂。南園恰啼鴂，北路復鳴螿。粤若婁東邑，由來漢太倉。機雲存故宅，吴會晝雄疆。遯迹睎高士，謂有梁鴻山。遺風挹讓王。厥田尤沃衍，比歲適豐穰。老我一作契。張承吉，新知顧辟疆。聞君占形勝，築室恣徜徉。鐵笛留嚴客，青錢乞泰娘。杏韉紅叱撥，蘭柱繡鴛鴦。闢徑通佳處，栽桃帶柳塘。修梧羽葆蓋，美竹碧琳琅。列岫濃螺色，澄湖淨鏡光。烏邊嵐漠漠，魚外水泱泱。鶴駐遊仙館，鸞鳴種玉岡。投竿釣月檻，隱几讀書牀。雲結芝英秀，花團桂樹蒼。舫齋青篠箬，漁舍緑苔牆。棟宇環相屬，園池鬱在望。直疑金谷墅，還似輞川莊。未獲窺詩境，相邀到草堂。開尊羅綺饌，侑席出紅妝。婉態隨歌板，齊容綴舞行。新聲緑水曲，穠艷大隄倡。宛轉纏頭錦，淋漓藴甲觴。弦鬆調寶柱，笙咽炙銀簧。倚策驂聯轡，鉤簾燭邊廊。㸑僮供紫蟹，庖吏進黄麞。卜晝寧辭醉，留歡正未央。分司莫驚坐，刺史欲無一作銷。腸。是集俱一作咸。才彦，虚懷共頡頏。珠璣散一作飛。欬唾，律呂應宫商。鄭老經術富，于仙詞翰長。琦初燈並照，郟華驥同驤。璧也彪毫健，吟篇綵繪彰。拈題争點筆，得句倏盈箱。勁敵千鈞彀，精逾百鍊鋼。語奇凌鮑謝，體變失盧楊。瑛甫早有譽，亨衢那可量。摶扶看一作「扶摇摶」。怒翼，騰踔待飛黄。既篤朋情重，仍持雅道昌。披襟視一作露。肝膽，刻琰播文章。永契欣依託，衰蹤頓激昂。盍簪承偉餞，授簡藉餘芳。自鄙冥搜拙，徒令屬對忙。端如享敝帚，何異貯奚囊。談笑聊堪接，賡酬曷足當。吾猶鄶以下，公等楚之良。瓠落渾無用，艱難實備嘗。擬爲耍駕馬，竟作觸藩羊。筋力頻馳騖，功名幾慨慷。不嫌成晚合，深幸際時康。邂逅因斯會，睽違又一方。怱怱把別袂，眷眷賦河梁。鴻雁清秋日，蒹葭昨夜霜。關山凝朔氣，星斗麗寒芒。疾病一作疢。家多難，歸休歲亦陽。苦心甘寂寞，短髮任蒼浪。漏屋愁荷蓋，塵衣惜蕙纕。杜陵非固懶，賀監豈真狂。回首長追憶，緘詩遠寄將。乾坤浩今古，此意詎能忘。

分題送京兆趙耕師尹之臨安路帥府照磨得通海湖

萬頃平湖碧，浮光映泬寥。秀山純浸影，滄海暗通潮。瘴黑雲相蕩，春澄雪未消。潤沾蒙部闊，川合洱河遥。秔稻收田利，蒲魚入市饒。雨歸龍氣溼，晴浴鶴媒驕。夾樹迷深箐，流花落野椒。氈來蠻婦漂，船放㸑僮橈。帥閫開荒甸，英才屈下僚。此心同逝水，日夜向東朝。

送劉貞廷總管之嘉禾 御史宣徽院判。

牧守膺民寄，循良不數公。使君新建隼，御史近乘驄。内府聲華著，專城控制雄。老成歸物望，清切簡宸衷。紫綬盤銅虎，朱旛擁畫熊。焚香迎父老，騎竹走兒童。檇李名藩古，勾吴地利通。粤從帥次後，俱在震鄰中。水暗臺隍月，雲寒鼓角風。鑾氛猶漲黑，戰血未消紅。聖主方圖治，台司亦卽戎。頻煩綸綍下，次第甲兵空。公等宜宣力，王臣固匪躬。閫防先武備，國計務農功。黄霸徵當最，陽城考欲同。蒼旻飄勁氣，白日照精忠。萬象天樞北，三山海市東。旱龍俄作雨，時喜得雨，故及。陽鳳已鳴桐。善政風須變，虚襟理自融。平生經世志，要似節軒翁。

成居竹有書報甥傅君亮至揚州言其家與外表舅吴仲益及婦家二叔學生韓與玉全家無恙喜甚有懷

始得平安信，渾紓悵望心。争看尺素字，絶勝萬黄金。危甚初秋警，幾於平陸沈。蜂屯昱嶺上，豨突浙江潯。縱爾驅鋒鏑，寧逃礫斧碪。官軍俄克復，亂首卽成擒。城市半焦土，親朋多好音。已知生有路，暫免淚沾襟。老子歡殊劇，家人酒快斟。狂歌敲手板，醉倒脱頭簪。黎庶思甦息，皇天顧照臨。國威雖震疊，兵氣尚蕭森。自顧形骸累，仍嗟歲月侵。懷歸畏吏議，承乏念官箴。虎豹關非遠，龍蛇水更深。豈無黄石略，虚遣《白頭吟》。落日瞅殘雪，浮雲生夕陰。枯萁聞齕馬，疏樹見棲禽。松竹荒須理，茅茨破可尋。前身本道士，不是戀山林。

予京居廿稔始置屋靈椿坊衰老畏寒始製青鼠袍且久乏馬始作一車出入皆賦詩自志三首

五槐濃緑蔭門前，東宇西房數十椽。不是衰翁買屋住，歸時留作顧船錢。

青鼠毛衣可禦寒，禿衿空袖放身寬。遮頭更著狐皮帽，好箇儂家老契丹。

淺淺輕車穩便休，何須高蓋與華輈。短轅不作王丞相，下澤聊爲馬少游。

讀瀛海喜其絶句清遠因口號數詩示九成皆實意也十首

一日糧船到直沽，吴罌越布滿街衢。新詩將作如千首，爲問鄉郎有買無。

接糧御史性情真，斷事官來苦怒嗔。索酒索錢横生事，遭風遭浪肯知人。

客窗昨夜北風高，猶似乘船海上濤。明發先宜覓貂鼠，唤人來作禦寒袍。

虎賁坐甲夜傳更，千步廊街鼓柝聲。未許離人眠得熟，馬蹄車鐸又天明。

拂郎之馬走千里，獨立長嘶凡馬空。昔在江南看圖畫，今來天廄識真龍。

賽娘十五解新聲，楊柳腰肢怯囀鶯。好寫潘郎胡十八，教伊傳唱滿京城。

長川妓子早晨來，戴笠騎驢帕擁腮。總在狹斜坊裏住，教坊日日聽差迴。

杖屨尋花虎丘寺，壺觴按曲館娃宫。阿成殺受吴中樂，請入風沙海浪中。
結束黄騮粉畫韉，更投西市買長鞭。知儂已有南歸日，户部來催助燕錢。
大風塵土漲天飛，遮眼烏紗拍馬歸。還是洞庭湖水好，待郎來浣舊征衣。

廉子祐歸省金陵且就秋試作絶句贈别

故園歸思浩無涯，更聽啼鵑惱客懷。後夜月明應有夢，先隨潮水過秦淮。

小游仙詞八首

清華公子並騎龍，直過蓬萊第一峰。親見海中城闕好，半栽玉樹半芙蓉。
五色煙中玉女窗，鳳歌鸞舞一雙雙。除是飛瓊方教得，紫簫吹徹不成腔。
來不分明去不言，紅椒花露溼妝痕。巫娥已隨夢魂斷，十二碧峰愁暮猿。
月圃羣芬次第開，步前紅露下瑶階。樗蒲偶共真妃博，賭得雙頭白燕釵。
道人寄我紫邐山，時復賣藥來人間。石潭薄晚有龍闕，滿谷溼雲無路還。
五嶽真官立帳前，露蕪香靄落瓊筵。夜深醮罷各歸去，一一馬聲嘶上天。
美人臨水笑相邀，自解羅巾擲作橋。同覓雲間仙伴侣，杏花壇上聽吹簫。
月帳新開蕊輦過，桂花涼露灑天河。雙星一夜敘離别，狼藉碧蓮秋露多。

皇舅墓

青州刺史河上墳，墳不可識碑仍存。維舟上讀半磨滅，使君乃緣戚里恩。當時賜葬宜過厚，冢闕樹立須雄尊。豈知陵谷有遷變，石馬盡没龜趺蹲。驛夫指我元傍岸，縣官恐墜移高原。岸濱往往多古冢，零落空餘秋草根。至今父老傳讖記，野人之語那足論。我疑其藏必深錮，或謂已被湍流吞。安得壯士塞河水，萬古莫令開墓門。陶南村云：河間路景州蓨縣河滸一土阜，相傳爲皇舅墓。自國家奄混區夏，即有謡云：「皇舅墓門閉，運糧向北去。水渰墓門開，運糧却回來。」至正辛卯，中原大水，舟行木杪間。及水退，土阜崩圮，墓門顯露。繼後天下多事，海道不通。讀公之詩，傷今之世，則讖緯之説，誠不可誣矣。

石頭城次薩天錫韻

逶迤一作「坡陀」。石路帶城遥。古寺殘碑蘚半彫。一自降王歸上國，空餘故老説前朝。壞陵鬼剽傳金椀，畫壁仙妝剥鳳翹。更欲留連盡奇觀，夕陽江上又生潮。

述慈溪景

往年使過慈湖上，風景依稀可畫傳。紅葉樹藏秋水寺，白頭僧渡夕陽船。竹林雨過山多筍，漁浦潮來海有鮮。藉爾遠公能愛客，不妨酬倡酒尊前。

東西馬塍春行簡平浞伯容

清明時節每多陰，楊柳人家花滿林。侵曉乍收連日雨，賞春長負百年心。鳧翁一一蒲塘暖，雉子斑斑麥隴深。爲報能詩平處士，剩攜芳酒共幽尋。

遊鳳凰山故宫至高禖臺鴻雁池

衰草寒煙老木風，南朝佳氣落秋空。璧來山鬼遮秦使，盤泣仙人一作銅仙。別漢宫。壞埒尚傳祠乙鳥，荒池曾見射飛鴻。騷人自古多離一作荆。思，長在登臨感慨中。

鐵笛爲孟天暐賦

愛此輕圓鐵鑄成，何須楚竹選孤生。年多化作青蛇色，夜静吹如彩鳳聲。繡出碧花凝錯落，冷涵金氣發鏗清。最宜攜向君山去，一聽仙翁奏月明。

夜起

月落未落霜滿城，雞鳴不鳴山四更。起看北斗寒挂地，俯聽長河流有聲。今夕何夕耿無寐，千古萬古難爲情。欲持心事出門去，哀歌坐待東方明。

寄見心上人次韻二首

自入赤墀青瑣間，舊遊禪侶亦闌珊。青山只憶招提境，白首初辭供奉班。馬爲空羣猶蹻蹻，鳥能求友自關關。終期一舸相尋去，知在姚溪第幾灣。

見説錢塘别築城，淒涼風景若爲情。湖隄柳盡曾遊路，石壁苔荒舊刻名。老我無能如燭武，何人可飲勝公榮。沃洲勝會還容續，即擬山中隱計成。

寄成居竹隱居

青袍朝士困京華，此老蕭閒竹滿家。山壓窮愁詩强項，海枯渴肝一作肺。酒槎牙。商巖未採芝如草，彭澤將歸菊有花。孤負江頭理漁事，短篷春雨夢漚沙。

題唐子華畫王師魯尚書石田山房

秋水橋邊紅葉林，數家茅屋傍青岑。岡頭種玉朝煙煖，隴上鉏雲宿雨深。摩詰輞川宜入畫，少陵韋曲自成吟。束薪歲晚來同煮，應許山中道士尋。

題述律存道元帥平師宗三州卷後

不用牙璋遠出師，將軍憑軾下一作定。邊陲。㸑酋争歃金盤血，漢使高懸玉帳旗。司馬文章傳太史，武侯威略震南夷。只今父老蘭滄上，擬刻寧蠻第一碑。

寄題杜原父懷友軒

尺五城南近世紛，移家來並武夷君。他年功業誰青史，此客山林自白雲。石氣曉侵書幌溼，溪聲時雜櫂歌聞。故人已有同棲約，杖策行穿虎豹羣。

瓜州與成居竹王克純登江風山月亭

風起西津斷客艘，熊家亭上得憑高。雲移烏影沈江樹，雨帶龍腥出海濤。開闢自天留壯觀，登臨如我老英豪。放舟擬就金山宿，一夜清寒襲錦袍。

奉答新仲銘禪師

吴楓初冷雁連天，夢在江南野水邊。詞客欲歸嗟老大，美人不嫁惜嬋娟。豺狼正爾當官道，龍象于今護法筵。我識新公老禪衲，一燈蒲室是真傳。

冰蟾爲金齊賢賦

老蟾素魄稟金精，千歲玻瓈幻結成。明水夜零陰隧凍，丹書秋滿肉芝生。腹凝寒露藏虚白，影入銀河浴太清。擬問姮娥乞靈藥，與君騎向廣寒一作廷。行。

送式無外歸高麗

三韓山水有靈暉，秀出斯人了佛機。嶽寺禪餘留偈别，王城齋罷戴經歸。瓶收滄海降龍入，錫度秋空近鶴飛。只恐故林雲卧後，一燈秋老木棉衣。

春日汎湖陪李旻德融席上作

春來渾不到湖邊，偶逐東風上畫船。花氣暖流一作熏。黄鳥岸，水光晴展白鷗天。緑尊興極一作劇。頻呼酒，銀管聲高正輥絃。我比放翁應更放，看花不獨海棠顛。仲舉善諧謔，出談吐語，輒令一坐盡傾。嘗爲集慶路學訓導，御史下學，點視廩膳。鄰齋出對云：「豸冠點饌，是日適用驢肉。」仲舉戲續云：「驢肉作羹。御史蓋河南人也。」聞之大怒，欲逮捕之。仲舉乘夜逃奔揚州。觀此亦可以見其疏放之一班矣。

送劉侯赴大理

萬里南雲入馬蹄，蠻酋迎拜過阿黎。將軍拔劍歌玄武，使者乘軺祀碧雞。六莫星文開井絡，兩關鳥道插天梯。聖朝謀帥先詩禮，努力籌邊息鼓鼙。

挽忠襄王

聖主中興大業難，元戎報國寸心丹。軍中諸將驚韓信，天下蒼生望謝安。羽檄北來兵氣肅，樓船南下海波寒。老臣擬直詞林筆，細傳成功後代看。忠襄王謂察罕帖木兒也。察罕起兵沈丘，悉平河南山東諸處紅巾。至正壬寅，爲田豐、王士誠所刺。先是有白氣如索，起危宿，貫太微垣。太史奏山東當大水，順帝曰：不然，山東必失一良將。即馳詔戒察罕勿輕舉，未至而已及難矣。

招韓伯清泛湖二首

南園攜手賞芳紅，喚取能歌盛小叢。傳與春風留杏萼，明朝開向曲聲中。

段橋春水緑初柔，更有羣凫來上遊。好借鴟夷盛酒去，玉簫吹上畫船頭。

《元史》稱仲舉遺稿不傳，其傳者有律詩、樂府，僅三卷。四明周屺公所録嘉興朱竹垞藏本，乃是明初僧大杼手抄，有洪武四年題識。其外《元音》、《清氣》諸家選本所收，頗有未經見者。至《玉山雅集》所載古體尤多，并附于後。

清河水漲答復中吉監縣水字詩

漭泱清河漲，湍流滋浸淫。滄溟渾灌注，濁浪浩浮沈。洲渚津涯闊，泥沙沮洳深。沿淮澤鴻滿，漂蕩渡江潯。

辱井石闌

好事能收斷石存，摩挲堪惜古雲根。樓空野寺鐘何在，宫浸寒蕪井已眢。古篆半餘闌上字，妖姬猶有夢中魂。試捫窪處紅猶溼，不是臙脂是血痕。

上元夜雨

門外東風驚落塵，夜寒街鼓斷無人。江山長抱千年恨，雨雪虚銷一月春。紅蠟光深行酒罷，玉龍聲急落梅頻。鄰翁閒説兒時事，何異繁華夢裏身。

壬申元日大雪二日立春晴景豁然春讌有作

白雪青天映日紅，僂臺高下玉山中。盤蔬曉送冰絲脆，釵杏春生蠟蔕融。北斗龍杓回後夜，東皇鸞輅駕靈風。何如得接雲霄上，一看煙花繞禁宮。

癸亥歲八月十六夜月

蟋蟀梧桐秋滿庭，浮雲散處見疏星。仙人修月渾無跡，使客乘槎自有靈。一道銀河通碧海，三更白露下青冥。西風忽起吹黄鵠，夢斷瑶池醉未醒。

郡城晚望覽臨武堂故基

全晉山川氣象開，滿城煙樹擁樓臺。土風舊有堯時俗，人物今無楚國材。千嶂晚雲原上合，兩河秋色雁邊來。昔賢勝賞空陳迹，落日登臨畫角哀。

自悼詩二首

十二樓空月自明，一圓一闕總關情。每從畫裏瞻瓊在，復向詩中記受生。魂不歸來歌楚些，夢還驚覺厭秋聲。遥知别鶴離鸞思，只在芙蓉海上城。

夢中常苦不分明，天上人間各有情。桃葉柳枝無限思，靈芝瑞露可憐生。蕙蘭謾織回文錦，鸚鵡猶傳響板聲。欲得近音何處問？風煙遮斷武林城。

九日行湖上

是節最關情，隨山得散行。西風片雨過，落日半湖明。野菊黄堪把，官醅緑可傾。坐來無限思，散入遠鴻聲。

露坐

宫街人静鼓鼕鼕，獨坐中庭滿扇風。墮地一絲和露溼，青蟲懸在月明中。

宋徽宗畫梔禽

龍沙魂斷夢華空，遺墨凄涼扇面中。三十六宫恩怨盡，更無花鳥訴秋風。

馬上望江南諸峯

浮雲散盡暮天空，遥見江南數十峯。安得夸娥兩神力，爲分蒼翠過淮東。

朱翁子負薪卷

富貴危機解殺身，是非千古付樵人。當時長史魂應悔，不向山中只負薪。

題蘭

鶗鴂聲中花片飛，楚蘭遺思獨依依。春風先自悲芳草，惆悵王孫又不歸。

題王蕺隱畫山水

額黄銷盡玉嬋娟，翠袖凝愁倚暮煙。舊日漢宫三十六，更無秋露泣銅仙。

題趙仲穆江圃歸帆圖 漁浦八十五里爲苧蘿，浦口有西施廟存。

西施浦頭鴻雁聲，苧蘿山下於菟行。前村路暗愁未到，回首海天秋月生。

今我不樂三章章五句

今我不樂思故山，虎豹盤踞愁難攀。豈無壯士藏□間，誰能西鄉發一矢？畏途如此何由還。

鵂鶹夜鳴兮天似漆，煙際争頭小星出。破窗無燈望白日，東方未明起攬衣，風雨何來忽蕭瑟。

月白西南星宿稀，巷無行人蝙蝠飛。步簷蕭蕭露沾衣，目斷天涯徧芳草，王孫不歸春自歸。

人雁吟憫饑也二章

雁飛渡江謀稻粱，江人趁熟亦渡江。雁下江中啖蘋藻，人饑盡屬江中央。天長水闊羅網多，無衣無食可奈何？人聲未斷雁聲起，棄兒呱呱道傍死。不見雁春還北飛，人今去此將何之？歎息人窮不如鳥，何日相隨如雁歸。

雁啄啄，飛搏搏。江邊虞人縛蜡𦀗，人飢處處規爾肉。豈知雁飢肉更薄，城中賣雁不直錢，市頭糴米斗五千。妻兒黄糜不敢飽，朝朝射雁出江邊。不聞關中易子食，空里無人骨生棘。縣官賑濟文字來，汝尚可生當自力。

紫檀篳篥曲贈善吹者任子中

君不見龜茲樂工能新聲，截竹插蘆吹月明。黄沙磧裏橐駝斷，花門山上浮雲生。夜深促節轉悲壯，只愁崩倒赤連城。石崖劃裂水泉湧，海鶻怒戛風力竦。賈胡驚起怨思長，都護罷飲精魂動。傳之中國久更新，任郎妙解尤絶倫。鏤檀作管如紫玉，連蟬錦囊金作束。等閒未肯出向人，爲我酒邊吹一曲。落花撩亂游絲起，流鶯無言蛺蜨死。當頭獨發調最高，響來直在青雲裏。頓令陽春變秋色，估栗吴霜飛繞指。教坊絃索慘不驕，歌舞堂中静如水。古誰得名今莫比，詎數陽陶與關李。南音北譜此正繁，含嚼紛紜徒聒耳。我心感慨未易降，已覺滿坐寒摐摐。安得酒船百斛乘月去，數聲吹黑魚龍江。

六月廿六日泛湖遇雨

忽雷矆睒奔雨急，山靈晝藏水仙泣。蝃蝀下飲湖水立，恍惚疑有蛟龍入。疾風吹裂南天青，芙蓉放香薰水腥。吴歌楚舞方爛熳，更盡花間雙玉瓶。

蟠松引

何年風雨拔老湫，乾卧千歲長黄虯。垂胡磥硍髯怒磔，雷火不敢燒其瘤。卒然一見勢欲攫，況可手捫雙角觩。懸知根受元氣大，跁跒力争崖石礙。樛枝互錯横鐵□，弓紐□張敧羽蓋。低無玄鶴寄巢居，幽有蒼夔出光怪。故人語似靈嵒山，卧雲之樹同屈蟠。身横百圍容客踞，聲入半空生晝寒。畢宏韋偃世無有，畫史掉首應嗟難。彼當爲甲此爲乙，造化偏鍾兩奇崛。愛之欲□重摩挲，圖讚還須怪魁筆。君不見龍門寺千丈。齊聳巄嵸蔭白日。

題林若拙畫孤山圖

孤山處士孤吟處，水影月香餘妙句。鶴聲叫絶陵谷秋，修竹祠空幾愁暮。白雲生根著湖水，力盡西風飛不去。何人鞭石下崔嵬，中流截斷魚龍路。丹青樓觀花如霧，葵麥無情僅前度。何似槎牙半死枝，百年猶是咸平樹。荒煙壞柳斷橋冰，宿葑田深散鷗鷺。畫船歌舞不須臾，落落詩名自如故。野人亦有滄洲趣，安得數椽相近住。長待天寒欲雪時，杖藜來訪梅邊墓。

題吴性存所藏趙仲穆竹枝雙蝶圖與玉山同賦

滿叢鮮碧露團香，院落春紅過野芳。蛺蝶一生花裏活，飛來還戀竹風涼。

玉連環歌爲邢從周典簿作

于闐河頭夜光發，赤髯賈胡采明月。中有美璞凝寒晶，惟有鬼工能琢成。伊誰得此邢公子，示我緑玉雙連理。恍如空碧虹氣垂，半隱青瑶蟾一規。展之兩環不盈尺，疊作團團小蒼璧。穀文錯落映雷文，宛是昆吾寶刀刻。廬陵學士癖好奇，辨古重以瓊琚詞。珊瑚佩鉤詎可數，我疑制自金源時。集賢仙人丈人行，鳳閣舍人文有樣。請君留束錦宮袍，待看揮毫玉堂上。

貢尚書師泰

師泰，字泰甫，仲章之子也。以國子生中江浙鄉試，釋褐太和州判官，薦應奉翰林文字。出爲紹興路推官，稱治行第一。復入翰林，遷宣文閣授經郎，累拜監察御史。至正十四年，擢吏部侍郎。時江淮兵起，奉命和糴於浙西，改兵部侍郎，除浙西都水庸田使。尋拜禮部尚書，調平江路總管。張士誠據吴，避之海上，江浙行省丞相達識帖睦邇承制授行省參知政事。二十年，朝命改户部尚書。俾以閩鹽易糧，由海道轉運京師。二十二年，召爲秘書卿。行至海寧卒，年六十五。泰甫狀貌偉然，既以文字知名，而於政事尤長。所至績效暴著。詩文甚多，有《友迂》、《玩齋》、《㚖㝠》、《東軒》、《閩南》諸稿。門人劉中、朱鐩輩類爲一編，總題曰《玩齋集》。會稽楊廉夫序之曰：「本朝古文，殊遜前代，而詩則過之。郝、元初變，未拔於宋；范、楊再變，未幾於唐。至延祐、泰定之際，虞、揭、馬、宋諸公者作，然後極其所摯，下顧大曆與元祐，上踰六朝而薄風雅，吁！亦盛矣。繼馬、宋而起者，世惟稱陳、李、二張。而宛陵貢公，則又馳騁虞、揭、馬、宋諸公之間，未知孰軒而孰輊也。蓋仲章雍容館閣，翺翔於延祐諸公之間；而泰甫當師旅倥偬，獨擅文名於元統、至元之後。有元之文，其季彌盛，於宛陵父子間見之矣。」

古意二首

功名果何爲，輕重天下士。得之入雲霄，不得墮泥滓。朝列三公行，莫與匹夫比。榮辱既由人，富貴非在己。胡爲竟迷途，白首憂不止。縱有蓋世勳，僅遺一紙史。往者尚如斯，後來亦徒爾。乃知巢許流，高蹈良有以。

黄金本何物，舉世相紛争。賤者可以貴，死者可以生。既解平城圍，亦散六國衡。神用信莫測，萬寶孰敢嬰。亦有高世士，唾視瓦礫輕。寧爲凍餓殍，不受污辱名。斯人儻可見，吾將與同盟。嗟哉首陽薇，千載有餘清。

擬古二首

東南有佳人，遠在水一方。綺疏粲飛樓，曲闌圍洞房。意態閒且靚，氣若蘭蕙芳。纖阿揚姣服，雜佩懸明璫。流風回皓雪，明月舒其光。白面誰家子，錦鞍青絲韁。翩然一見之，下馬立中堂。可望不可即，五采盛文章。

嶰溪有美竹，挺挺霜雪中。何人斷兩節，製爲十二筩。宫商自相應，鳳鳥鳴雌雄。一鳴垂衣裳，再鳴致時雍。從此去不返，治道竟少隆。鄙哉叔孫氏，綿蕝變王風。寥寥數千載，伊誰啓冥矇。后皇如有作，聲教垂無窮。

遣懷

日入柳風息，月上花露多。東軒頗幽敞，夜静時一過。鳥散庭中樹，蟲鳴階下莎。北斗何低昂，疏星没横河。獨賞誰晤語，感慨成悲歌。懷哉巖桂臺，邈在姑山阿。

感興三首

芙蓉生緑水，水緑花更好。採花當及時，莫待顔色老。美人久不見，華髮忽已皓。因之遺芳馨，聊以慰懷抱。失意且勿嗟，令名當共保。

悲風從西來，海樹何蕭瑟。薄寒中人肌，毛髮爲慘慄。疏林動鵁鶄，壞壁鳴蟋蟀。出門忽四顧，愴怳若有失。仰面對青天，青天行白日。

客有雙寶劍，紫氣射牛斗。年少乍得之，日夜不去手。豈知靈異物，佩服終難久。一朝騰波去，化作蒼龍吼。何時復歸來，爲國殄羣醜。

赴京别親友

崇堤衞芳塘，塘上種楊柳。楊柳年年青，慈親未白首。送我不忍别，出門復攜手。親友陟高岡，立馬望良久。離懷急欲醉，盡此樽中酒。

姑孰道中

朝發慈姥山，暮宿吴公橋。日入氣猶溽，清懷厭煩囂。隔江風雨至，緑樹涼蕭蕭。鄰舟頗相好，有酒忽見招。明發波浪闊，相望一何遥。

湖上納涼有懷吴子彦

天風吹海樹，瑟瑟秋氣涼。河漢西北流，衆星耿微光。昔我同袍友，遠在水一方。相思不得見，展轉清夜長。遥聞嗚笳發，攬衣月蒼蒼。

題王維輞川圖

開圖縱奇觀，江山鬱相繆。兩垞矗岧岧，重湖渺滮滮。邃宇抗疏嶺，危亭俯圓流。春塢辛夷發，夏陌高槐稠。竹館翠陰晚，萸沜紅實秋。遠墅漆未割，近園椒欲收。驚鳥避溪泉，野鹿逐巖幽。日暮川上歸，涼飈蕩孤舟。靄靄雲氣合，漠漠煙光浮。顧思天寶初，綱紀壞不修。《霓裳》按妖拍，鼙鼓起奸謀。豈無匡濟術，乃爲間曠留。菱歌自來往，葩辭更倡酬。遂令摹寫間，意度猶可求。乾坤多變態，江海生暮愁。白鷗飛不去，千載空悠悠。

河決

去年黄河決，高陸爲平川。今年黄河決，長堤没深淵。濁浪近翻雪，洪濤遠舂天。滔滔渾疆界，浩浩襄市廛。初疑滄海變，久若銀漢連。怒聲恣砰磕，悍氣仍洄漩。毒霧飽魚腹，腥風噴龍涎。黿鼉出滚滚，雁鳧下翩翩。人哭菰蒲裏，舟行桑柘顛。豈惟屋廬毁，所傷墳墓穿。丁男望北走，老稚向南遷。縣官出巡防，小吏争弄權。社長夜打門，里正朝率錢。鳩工具畚鍤，排户加笞鞭。分程杵登登，會聚鼓闐闐。

雖云免覆溺，誰復解倒懸。瀰漫勢稍降，膏血日已朘。流離望安集，荒原走疲癲。孤還尚零丁，旅至纔屬聯。園池非故態，鄰里多可憐。貧家租舊地，富室買新田。頹垣吠黄犬，破屋鳴烏犍。秋耕且未得，夏麥何由全。窗泥冷窺風，竈土溼生煙。頃筐摘餘穗，小艇收枯蓮。賣嫌雞鴨瘦，食厭魚蝦鮮。榆膏緑皮滑，蕈菹紫芽圓。乍見情多感，久任心少便。金堤塞已潰，淇園竹爲楗。玉璧沈白馬，冠蓋相後先。舜禹事疏鑿，漢唐勞委填。瓠子空作歌，寶鼎徒紀年。昨聞山東饑，斗米直十千。即今江南旱，骨肉皆棄捐。倉廩豈不實，賑貸猶迍邅。恐是廊廟遠，不聞道路傳。恐是天聽高，致使雨露偏。小臣思覆載，百念倍憂煎。躊躕慘莫發，憤結何由宣。作詩備采擇，孰敢希陶甄。平成諒有在，更獻河清篇。

採菱女

落日照淮甸，中流蕩回光。窈窕誰家女，採菱在横塘。風吹荷葉低，忽見紅粉妝。紅妝背人去，驚起雙鴛鴦。鴛鴦去復來，煙水空茫茫。

題張子英閒止齋

薄宦非夙志，況復多艱難。力辭乃得去，羈紲庶少寬。僦屋西溪上，聊以挂余冠。住久鄰里狎，杯酒亦盡歡。開軒望遠岫，時見孤雲還。人生徒擾擾，意適心自安。君亦何爲者，而能早休官。

彈琴

明月照中堂，光彩爛華席。美人援素琴，聊以永終夕。商聲起天末，四坐慘無色。鸍雌動疏林，候蟲在空壁。攜來京國彈，一彈三太息。豈傷時序遷，知音難再得。

遊西山次周伯温韻

嚴鐘啓城鑰，百辟聯佩紳。斜漢在昴畢，摇光正當寅。華車出廣陌，光彩生熙春。陰崖凍猶結，陽谷景已新。雲林白洶湧，石磴青嶙峋。先皇昔遊幸，顧瞻愴兹辰。恍若鐵馬起，空留玉衣陳。鼎湖去雖遠，元化同其神。憑危俯高樹。，歷覽窮荒榛。梵宇抗疏嶺，飛閣騰遐津。虚庭潛飇起，白日無纖塵。長楊十二衢，甲第連居民。清時治兹久，天地涵深仁。矧兹風氣完，且復俗習淳。耦耕雜畎畝，獨釣當漪淪。高仙去窈邈，瑞氣留氤氲。於焉契嘉晤，頓覺煩抱伸。蹇予敬亭下，清池翳修筠。時時一瓢酒，獨酌不計巡。對此重歸思，江海愁畸人。

題滕王閣圖

雄城控華甸，傑閣臨芳洲。飛甍起千仞，曲闌圍四周。丹碧何輝煌，文采射斗牛。帝子去不返，俯仰經幾秋。江黑簾雨捲，山青棟雲收。孤舟天際來，揚帆在中流。狂飇薄暮起，坐覺增煩憂。何當掃重翳，白日耀神州。開圖發長歎，天地一浮漚。

涇縣石壁道中

萬山從西來，中斷忽如劈。攢峯阻重關，兩崖立堅壁。絶壑噴飛流，觸石勢逾激。神龍宅其下，白晝飛霹靂。涉險恐羸驂，淩高快健翮。須臾得仙館，頗覺契幽寂。入竹敞涼軒，掃花吹鐵笛。坐久竟忘疲，塵襟忽如滌。翻思崎嶇間，使我心戚戚。

過仙霞嶺

連山界甌閩，兹嶺亦峻極。傑觀莫方陲，高標麗圜則。淋漓割元氣，黯澹帶古色。綿亘姑蔑墟，蒼翠欲四塞。仙霞高燭天，五采絢赫艴。萬仞聳崢嶸，百里見孤特。棱角露毫芒，縷脉界縫緎。我行任綱紀，逾月來自北。道途多艱虞，況乃事登陟。初緣複磴危，漸轉重關側。攢峯與疊巘，盡日走崱屴。連岡躡衙衙，絶壑瞰冒冒。遠岫忽已違，近巃復相逼。躋攀苦分寸，跬步輒止疑。砉然造層巔，軒豁始有得。或列若屏幃，或限若户閾。或偃若覆釜，或俯若鼎鉽。或恭若執圭，或竦若憑軾。或尊若受朝，或卑若就職。或若孤鶴駕，或若萬馬勒。或若華蓋張，或若芙蓉植。或淨若新沐，或靚若初飾。或争先若馳，或嚴整若飭。或若進而拱，或若退而劾。或傴若將趍，或顛若將踣。或堅若長城，或錯若列國。或聯若串珠，或牽若徽纆。或搏若熊羆，或射若虺蜮。或冕若華旒，或屨若赤舄。或顒顒若昂，或踽踽若抑。或軒軒若舉，或悄悄若默。或欣欣若喜，或慊慊若慼。或駿若惷愚，或穎若岐嶷。或窮若龜曝，或直若隼革。或差若頡䀏，或比若楅稜。或倚若弓劍，或羅若罟罭。或鋭若戈矛，或卓若橜杙。或渥焉若丹，或齾焉若壘。或離焉若愁，或俛焉若晝。或儼焉若思，或慘焉若憶。或谽谺若噬，或鑱削若剋。崎嶇歷萬狀，意態轉惶惑。嬌首勞脛脰，舉膝撐胸臆。僕夫盡劬瘁，負擔屢蒲伏。健駭猿猱勢，快羨飛鳥翼。長風度林薄，草樹紛偃仄。雲歸凝窨昏，潤滴嵌巖泐。涓流乍逶迤，懸溜竟溜汲。豫章間梗楠，榛莽翳柞棫。野草結山果，瑣碎多不識。爛熳錦機翻，離披翠羽織。竹籟笙鳳鳴，藤雨淵珠滴。濃淡各異態，不豐亦不嗇。根露獸鬬皵，株朽人立直。幽谷嘷怪禽，坳塘落鸂鶒。古柴蔓草荒，廢井苔蘚蝕。茅屋列二三，亂石羅萬億。水耕雜秔稌，火種饒黍稷。寒泉浸蹲鴟，飢食同稼穡。憑高謾徘徊，得廕暫休息。掬水滌煩襟，坐愛清湜湜。仰看高空青，俯視深潭黑。其上浩無際，其下深莫測。豈惟龍蛇都，實乃虎豹域。前瞻已出險，後顧猶未即。我行既已遠，我志敢不力。倉皇問前途，日挂半岩昃。峻坂注迢迢，憂心動惻惻。自從黃巢亂，近復多盜賊。敗屋雖僅存，居者間逃匿。窗牖旋遮護，几案忙拂拭。頹然就床枕，强起具蔬食。新醅薦茅柴，晚飯飣蘆菔。豈不念馳驅，王事亦孔棘。江東戰未已，閩南病尤亟。所當效微忠，孰敢怠晷刻。吾道豈無補，憲度亦有式。民風轉移間，要在盡悃愊。豈徒慰凋疲，庶將別淑慝。追踪古聞人，上以報皇德。

天台林氏山齋瀑布泉

飛龍上青天，忽聽山石裂。怒驅萬壑雷，散作半空雪。脱巾弄潺湲，展席映澄澈。毛髮爲森立，盡洗人間熱。浩歌下山去，日暮風烈烈。

送劉子還江右

晨飈起庭柯，落葉當階積。流光倏云變，感此送行客。遠行歸無期，況與親友隔。潛魚無縱鱗，倦鳥思斂翼。物理且如此，人事徒役役。徘徊激中腸，衣上霜露白。

秋夜和韓與玉

齋居在城西，庭户頗幽敞。涼風起高樹，落葉時時響。境静人少來，理悟心自賞。方忻結同盟，慎勿成獨往。

蘭皋雅集

弭節蘭江渚，散策嘉樹林。良儔亦以集，式慰離索心。列坐引疏酌，暫歡契沖襟。風清暑氣薄，日落潭水深。高蔭多鳴蜩，時時曳餘音。豈無繾綣意，淹留畏官箴。煙塵庶可息，吾將遂投簪。

題伊尹耕莘圖

碧海晝沸白日淪，禹鼎欲徙湯網仁。長繩短箠行躄躠，驅牛獨耕莘野雪。有時仰面一長吁，青天漫漫風烈烈。身居畎畝堯舜心，忍看民生墮昏沈。乾坤闔闢係出處，幡然起作商家霖。先農有詩亦有譜，後世南陽詠《梁父》。

段節婦吟

河可塞，山可移，志不可奪，義不可虧。妾爲段家婦，年紀方及笄。上堂奉翁姑，入室攜兩兒。兒死夫亦死，此生將何爲？昔如雙鴛鴦，今日爲孤雌。昔如三春花，今日成枯枝。寒風吹短髮，明月照空帷。百年在世能幾時，父兮母兮不我知，青天在上將誰欺？

金谿縣葛烈女廟

金谿廟前草離離，金谿廟中兩女兒。青山猶似舊時色，流水不盡行人悲。翠翹珠珥垂孔雀，廟門深鎖藤華落。靈風蕭颯半空來，髣髴音容啓珠箔。憶昔里中初賦銀，銀賦日急家日貧。父身搒掠痛欲絶，女心憤結何由伸。鬼狐夜號天漆黑，大冶騰騰火光烈。可憐踴躍雙蛾眉，變作兼金白如雪。君不見緹縈上書更肉刑，木蘭遠赴可汗兵。固知才略過男子，不如孝女英烈能捐生。又不見湘妃江邊淚斑竹，韓憑冢上連理木。固知精誠可相召，不如孝女感化獨神速。赤龍並駕參嬋娟，萬古日月懸中天。人生雖死名不死，吁嗟丈夫應愧爾。

送國字張教授

九烏彈羽鰲斷足，六龍飛光晝相逐。何人造書泄機巧，夜夜天陰聞鬼哭。岐山鳳遠科斗空，弋鳥殳蟲漸湮伏。太史方垂鼎足金，丞相已變釵頭玉。下邽拘囚死復生，三千晚奏雲陽獄。自從毛錐擅楷法，今古紛紛踵遺躅。天生真人起北方，更遣浮圖出身毒。六書垂世盡諧聲，八體彌文貴句曲。黄鐘大吕徒協和，鐵畫銀鉤謾摹録。大音直與造化同，陰翕陽舒驗疏數。先生典教元非輕，直使昌言被殊俗。歸來繫馬在堂階，莫厭微官就羈束。人生得志亦有時，萬里晴天盱黄鵠。

黄河行

黄河水，水闊無邊深無底，其來不知幾萬里。或云崑崙之山出西紀，元氣融結自兹始。地維崩兮天柱折，於是横奔逆激日夜流不已。九功歌成四載止，黄熊化作蒼龍尾。雙谼鑿斷海門開，兩鄂嶄嶄尚中峙。盤渦盪激，回湍衝射。懸崖飛沙，斷岸決石。瞬息而争靡，洪濤巨浪相喧豗，怒聲不住從天來。初如兩軍戰方合，飛礮忽下堅壁摧。又如豐隆起行雨，鞭笞鐵騎驅奔雷。半空澎湃落銀屋，勢連渤澥吞淮瀆，天吴九首兮魍魎獨足。潛潭雨過老蛟吟，明月夜照鮫人哭。扁舟側挂帆一幅。滿耳蕭蕭鳥飛速。徐邳千里半日程，轉眄青山小如粟。吁嗟雄哉！其水一石，其泥數斗。滔滔汩汩兮，同宇宙之悠久。汎中流以擊楫兮，招羣仙而揮手。好風兮東來，酹河伯兮杯酒。

爲郭宗道祭酒題韓滉移居圖

田夫生長田間住，辛苦移家向何處？老牛帶犢驢引駒，婦姑騎過前村去。牽衣裹兒囊在肩，瓠壺瓦缶懸蒲韉。一童髫髻隨左右，兩髯傴僂相後先。新來茅屋徒四壁，東鄰西鄰不相識。種田未了主家租，又恐官司著差役。唐朝宰相韓晉公，念爾流離多困窮。當時落筆豈無意，正欲廊廟知民風。願得轉徙安居室，周公亦曾作無逸。

分題得姑蘇臺送吴元振赴江浙省左丞

姑蘇城外江水緑，姑蘇臺是吴王築。吴王燕罷越王來，館娃夜冷宫門開。落花飛去春無迹，江邊却起姑蘇驛。馬頭旌節何皇皇，候吏傳呼謁道傍。孤山梅白堤柳黄，相君入坐中書堂。

題山水圖

前山後山雲亂起，山脚入溪清見底。溪南更有山外山，散如浮塵聚如米。老楓枯櫟葉紛紛，下有人家深閉門。釣絲欲收風浪急，却回雙艇來籬根。老翁曳杖行傴僂，一童負樵一童斧。筆端意度盡神妙，卷裹衣冠自淳古。商周寂寞經幾秦，後來莘渭寧無人。茫茫耕釣去不已，武陵竟隔桃花春。

題江陰丘文中山水圖

老龍渴飲池中墨，飛上半天成崱屴。雲煙著地凝不開，白晝神驅太陰黑。筆端巧奪造化功，咫尺峯巒千萬重。長林似洒楓葉雨，虚亭不動松花風。隔江更有山無數，江上扁舟纔半渡。他年白髮許重來，爲君别寫《容城賦》。

書河上成安驛

扁舟落日成安驛，驛前危檣密如簀。岸高浪急不得前，争先進寸復退尺。須臾纜定心稍安，獨據胡牀坐深夕。水邊燈影正晶熒，陌上鈴聲還絡繹。纔聽打鼓按官船，又見驅車送行客。攬衣近前試問誰？往來一日多數百。中原征需苦繁劇，江南轉輸嚴督責。況今使者類狼貪，水陸鮮肥隨口索。致令編户疲差役，生計蕭條徒四壁。已將弱女納官錢，更遣中男補丁額。曩時河上幾人家，今日飄零竟無迹。請君置此勿復言，言罷空令愁思積。幾點殘星散空碧，船頭别我東窗白。

次赤城驛

老夫辭家今一月，馬上行行過冬節。山空野曠風栗烈，木皮三尺吹欲裂。貂帽狐裘冷如鐵。癡雲作雪還未雪，自是天公念駑劣。上高下高隨小轍，褭轡哦詩亦清絶。人生何苦事羈紲，候吏來迎稍羅列。入門登堂火微爇，須臾凍解通身熱。

楊白花

楊白花，無定止。昨日宫中飛，今朝渡江水。江水茫茫千萬里，綿輕雪薄春旖旎。把臂踏歌歌未已，石頭城邊風亂起。楊白花，無定止。

學圃吟

江邊乞地學種蔬，周遭步量弓百餘。十日去耕十日鋤，耕鋤未畢僕已痡。東家倩人不受呼，西家倩人納官租。菜苗蟲食且半枯，昨朝許有今朝無。出門抱甕空躊躇，南鄰老圃笑我迂。共倚大樹立須臾，手把一卷神農書。口稱此事焉可誣，治土貴熟壅貴腴。三犂兩耝工力俱，燥溼得所避亢淤。田不犖确堅已粗，深畦淺壟晝成區。四分井字旁通渠，瀏瀏野水翻潟烏。然後種藝皆榮敷，寒暑按節順弗踰。風和日媚雨露濡，水菘山芥菠薐菰。韭黄薤白葱蒜蘇，緑葵青藿華靚姝。藻荇芹茆蘋蘩蕪，瓜瓞茭藕苔筍蒲。蔓菁蘆菔連根株，牡丹芍藥葶重跌。茄房豆莢懸瓠壺，紫薑紅蓼鬱雕胡。玉延蹲鴟巧相扶，皮毛脱迸明月珠。長頸短脰膩理膚，冰漿雪液如凝酥。翠鱗銀甲虬髯鬚，魁首肥顔施丹朱。琅玕琥珀鉤珊瑚，饞劘摘掇視密疏。多盈筐箱少盈裾，削剥淹漬役膳奴。甘脆蠡微薌味殊，主奠翼翼賓于于。熟可羹芼生可咀，適口絶勝羞仙厨。子欲學圃不早圖，只今後時將何如。列鼎肉食稱鄙夫，炰膾日厭葷與魚。請子置之勿次且，褒衣博帶歸爾儒。吾計子食當晨晡，家園自足供所需。予嗤翁言亦何愚，翁實勤苦少暇娱。白鬚黑面形瘠癯，暵卽胼胝汗皸皾。澇卽腰脛没垢汙，矧兹惡苣與苦荼。加以臭蒜雜穢荽，邪蒿濁莧兼滑榆。多食嘔泄神志瘉，得失往往如瑕瑜。西伯愛歠垂聖謨，大官專膳國以墟。曾晳嗜棗宣尼徒，亦有請學譏樊須。孤竹採薇終餓殂，屈到好芰竟離居。元亮隱菊多令譽，諸葛元修名豈虚。陶家虀甕庾家菹，黄金不聘蘇東湖。是非榮辱理不渝，世間萬物皆乘除。翁言固辨亦過諛，鄰家有酒且共沽。醉酣仰面一長吁，忽見黄鵠翔天衢。

秦郵露筋廟

飛蚊撇天連白草，落日荒原泣姑嫂。嫂留旁舍姑獨行，花顔夜委長淮道。亂聲鼓翅腹正飢，利觜嚌膚血方飽。妾行豈不念辛苦，死重如山生似羽。欲識當年一寸心，廟前老樹啼春雨。

吴中曲送楊伯幾南遊

鯉魚風起波紋緑，枯葭折蘦啼寒玉。榜聲催曉渡江心，驀聽吴娃舊時曲。楊郎年少輕别離，三尺光芒練帶垂。虎丘山頭候月出，靈巖洞口看雲飛。梅花雪點身上衣，慈母倚門聽馬歸。

送張介臣伴讀歸省濟南

□天迷濛日脚消，雪花散亂風飄蕭。重裘著體如壓鐵，呼酒不來寒正驕。東風匹馬去千里，仰視王屋當雲霄。到家方慰母心喜，入門更聽兒啼嬌。華燈夜照舞衣熱，髣髴鳴鳳和笙簫。暗黄著柳垂長條。虎闈春信趣還鑣，一杯遲子城南橋。

友人赴陝西作縣

角聲吹起滿城雪，北風蕭蕭嘶小騣。銀瓶細溜蒲萄熱，三疊歌殘人欲别。長安西去山嵯峨，野曠春濃詩思多。縣深花拂琴絲和，小吏呼籌衙又過。莫忘都門送時節，楊柳枝寒不堪折。

輓陳堯

草廬吴先生門人也，有俊才，卒年十八。其妻亦痛哭而絶。

乘舟沃酒魚口熱，小袖萊衣雙鳳結。春歸白玉不禁寒，雪兔西沈半山闕。望夫化去孤石裂，死與韓憑誓同穴。鬼狐寒食上新丘，陰風自掃梨花雪。

鐵崖曰：玩齋爲予通家，每令評其所著，如《東南有佳人》、《嶰谷有美竹》，深得比興。《田人柳風息》、《芙蓉生緑水》，遠詣選體。厚倫理，如《鳳樹》、《春暉》；樹風操，如《葛烈女》、《段節婦》、《李貞母》、《陳堯妻》；感古，如《蒼梧》、《滕閣》；紀變如《河決》、《蘇臺》；論人物如《耕莘》、《蹈海》。遊方之外，如《子虛道人》、《楊白花》、《吴中曲》。有古樂府遺音《國字》、《黄河》，可補本朝闕製。其他所作，固未可一二數也。

關山月送殷文學還浙西

白波洶湧風初起，緑煙漸墮冰壺裏。林鳥沙鷗寒不棲，萬頃玻璃淨如水。攬衣推户仰視天，一寸鄉心幾千里。僕夫在門嚴戒程，霄人呼籌催罷更。街頭蕭蕭馬初過，城中角角鷄亂鳴。嗟哉我亦天涯客，握手欲別難爲情。遥憐後夜相思處，楓葉滄江一船住。一作輕。

太平三山值風

天塹東南地，長江日夜流。大風吹水立，驟雨挾山浮。浩蕩掀黄鵠，攲傾舞《白鷗》。莫憐舟似葉，此亦壯哉遊。

遊麻姑萬松菴

積雨變秋思，清遊愜道心。過橋分屨迹，問寺逐鍾音。紅墮鳥争果，緑深魚占陰。何當脱塵鞅，重此契幽尋。

遊江陰君山

孤嶂臨滄海，千山湧大江。遠帆歸市獨，高塔倒波雙。鷗鷺争洲潋，蛟龍怒石矼。壯遊心未已，飛雨灑樓窗。

聽雨堂爲周叔量賦

聽雨高堂上，君家好弟兄。樹深催暮色，竹密助秋聲。列坐情方適，連牀夢屢驚。却憐江海闊，鴻雁每孤征。

台州寄楊子秀

路轉千峯合，溪通一帶斜。飯炊黄渡雪，酒染赤城霞。未訪仙人宅，先尋博士家。近聞歸隱處，盡種碧桃花。

興化湄州島祠天妃還

夜宿吴山上，朝行莆海東。地偏元少雪，天闊自多風。不見波濤險，寧知造化功。百年神女廟，長護海霞紅。

送李盤野

秋水芙蓉岸，孤帆天上歸。青山四面起，白雁數行飛。里父供新釀，家人澣舊衣。封侯定何事？且理釣魚磯。

送蒙古彭教授往高州

萬里高州路，憐君此日行。藤陰頻駐馬，榕葉亂啼鶯。人到烏蠻異，官同博士清。定知江海上，殊俗盡諧聲。

赤城

山近雲連驛，沙虚雪擁村。瓠壺懸穀種，土銼爨柴根。凍雀來依幔，晨鷄立傍門。客中甘澹泊，不必問盤飧。

題黄觀瀾卷

碧天看不盡，滄海去無邊。氣涌風雷動，光涵日月懸。奇文方浩瀚，餘景尚瀰漣。好種珊瑚樹，他年繫釣船。

春晚書懷二首

東吴喪亂後，消息竟何如？日望平安信，空傳報捷書。壯心徒感激，老淚獨欷歔。坐對垂楊晚，行人江上疏。

江黑雨將至，水高潮正來。花隨兩岸別，鷗逐片帆開。世治逢多難，吾生愧不才。飄零添白髮，見者莫驚猜。

寄靜菴上人

細雨桐花晚，微風麥氣秋。王符偏好學，宋玉不勝愁。世事同蕉鹿，人心類棘猴。何時虎溪上，還共遠師遊。

憶姪景

自汝南臺去，棲遲兩見春。鼓鼙江上月，烽火海邊塵。衰病全非昔，傳聞總不真。近知更大將，旗幟一時新。

和馬仲皋立秋韻

酒盡青山暮，書從白雁過。長風斷疏雨，闕月挂明河。故國逢人少，新秋到客多。不知滄海上，何日罷干戈。

題朱質夫東野草堂

幽人海昌住，草屋向村墟。□竹頻呼鶴，分泉謾種魚。梨花春巷冷，榆葉夜窗虛。細雨籌燈火，匡牀正讀書。

洪棧驛

萬壑從東下，羣峯向北圍。牛車緪水去，驢馱負薪歸。隙日斜窺户，尖風直透衣。羈懷正無賴，一鶚向南飛。

和石田馬學士殿試後韻 并序。

丁卯歲，學士與先君同爲讀卷官，在院倡和甚多，此則放榜後所作韻也。

春風馳道入宫牆，青瑣深沈引夕郎。草染緑波生太液，花扶紅日上披香。聲名已重千金璧，恩寵方隆七寶牀。治世斯文今極盛，九天星斗自成章。

送陳太祝使江浙收禮器樂書二首

天子齊明奉宗廟，容臺衹飭備儀章。雲雷出地雕彝鼎，日月懸天畫衮裳。驛騎晝停山木蔭，船窗風度水花涼。過家莫醉紅樓月，上國回鸞欲禘嘗。

六月樓船泛御河，太平樂譜自編摩。鳳鳴嶰谷曾吹律，馬出蒲梢更作歌。古尺要將諸部定，新聲還用四清和。器成早入神庭奏，人頌明時瑞應多。

崇真宫醮罷勅畫吴宗師像

海日曈曨照九衢，霓旌霞旆擁高居。尚方勅畫仙官像，中使傳宣學士書。劍氣朝寒垂白練，丹光夜暖出紅蕖。石壇醮罷清如水，猶聽松陰起步虛。

畫馬

漢家旌節度流沙，奪得戎王鐵喙騧。天上白魚秋弄影，月中玄兔夜生花。九圖妙入將軍筆，八駿神空阿母家。獨控奚官更超絶，長楸錦隊謾如霞。

送黎兵胡萬户南還

將軍仗策去安邊，詔下東南萬里天。雲海旌麾趨玉帳，春江鼓角載樓船。黎人滿溜檳榔水，蜑户齊分牡蠣田。遥想軍中無一事，坐驅千騎獵平川。

送陶翁歸豫章

秋雨初晴穲稏香，蟹紅魚白憶江鄉。十年客枕鷄聲月，千里歸帆雁背霜。入室親朋羅酒饌，上堂兒女挽衣裳。逢人莫説京華事，漢署今無白髮郎。

送壽弘毅應奉赴興國路經歷

院門深鎖落松花，東接蓬萊小海斜。絳蠟夜深催視草，紫泥春早聽宣麻。鳳凰池上人辭直，鴻雁江南客過家。幕府秋來清似水，吟詩應對白鷗沙。

天壽節日大明宫朝罷口占簡張約中博士

金門珠箔轉回廊，文武分班有舊章。花露重沾腰珮溼，松風輕度鬢絲凉。仗隨騏驥通朝貢，杯進夔龍祝壽康。最喜太常張博士，清標如雪照鵷行。

送林希元應奉赴上虞縣尹

居庸雪消河水深，南行賴有買舟金。相如多病因能賦，東野長貧爲苦吟。已許姓名辭鳳闕，更傳聲價到鷄林。白頭作縣臨東海，誰識先生去住心。

送佘廷季赴海東僉憲

緑髮相從白髮生，都門握手倍多情。論交豈少新朋友，對酒何如老弟兄。玉節繡衣江上騎，苑花宫柳日邊鶯。使星一夜移東海，定遣文章到兩京。

送蘇伯修侍郎赴淮東廉使

黄金臺上受新恩，還向長楊謁至尊。行殿曉寒須玉節，驛亭春暖簇朱幡。青蒲葉短煙波闊，黄柳枝長雪水渾。别後新詩好相寄，廣陵冠蓋接都門。

題四川張萬户夫人貞節卷

白帝樓前巷陌深，將軍旌旆正沈沈。玉簫聲斷孤鸞曲，緑綺絃空别鶴吟。豈是人生輕一羽，要知身死重千金。春風冢上連枝樹，只有韓憑會此心。

贈仙居散人

青山四面玉嵳峩，中有山人隱薜蘿。細雨閉門芳草滿，微風深澗落花多。童窺丹竈時驚鶴，客寫《黄庭》欲换鵝。我亦平生愛疏散，春來應許謝朝珂。

送東流葉縣尹

江流東下縣南遷，一簇人煙野岸邊。荻筍洲青鷗鳥狎，楊花浪白鱭魚鮮。印來聚吏排衙鼓，社到隨民出俸錢。應是繡衣行部處，攔街齊頌長官賢。

廣微天師祈雪有應詩以美之

九枝燈照碧壇空，龍虎旗高滿殿風。緑簡夜深朝玉陛，素幢春淺拂珠宫。一天凍色星河合，萬里冰華陸海同。明日内家應錫宴，綵符争取綴釵蟲。

送連子奇歸隱贛州

薊門風冷白鵝來，萬里孤舟一日開。去路定過彭澤縣，到家重上鬱孤臺。煮茶林下收黄葉，理釣磯邊掃緑苔。太史明朝占處士，少微依舊傍三台。

上都詐馬大燕五首

紫雲扶日上旋題，萬騎來朝隊仗齊。織翠轡長攢孔雀，鏤金鞍重嵌文犀。行迎御輦争先避，立近天墀不敢嘶。十二街頭人聚看，傳言丞相過沙堤。

椶櫚别殿擁仙曹，寶蓋沈沈御坐高。丹鳳銜珠裝騕褭，玉龍蟠甕注葡萄。百年典禮威儀盛，一代衣冠意氣豪。中使傳宣捲珠箔，日華偏照鬱金袍。

卿雲弄彩日重暉，一色金沙接翠微。野韮露肥黄鼠出，地椒風軟白翎飛。水精殿上開珠扇，雲母屏中見衮衣。走馬何人偏醉甚，錦韝賜得海青歸。

簫韶九奏南風起，沙燕高低撲繡簾。醽醁酒多杯迭進，鷓鴣香少火重添。舊分宫錦緣衣襵，新賜奩珠簇帽簷。日午大官供異味，金盤更换水晶鹽。

清涼上國勝瑶池，四海梯航燕一時。豈謂朝廷誇盛大，要同民物樂雍熙。當筵受几存周禮，拔劍論功陋漢儀。此日從官多獻賦，何人爲誦武公詩。

過柳河

野曠山寒露易霜，短榆疏柳路茫茫。雨來黄潦聚成海，風過白沙堆作岡。驛館到時逢數騎，駝車宿處錯羣羊。客懷政爾無聊賴，忽見南飛雁一行。

送上都吴學録歸河東就試

驅車直渡灤河水，千里青山半月程。自信文章當世用，人言書劍到家榮。上林久已稱司馬，宣室終須召賈生。料得鳳池春色滿，柳陰立馬共聽鶯。

寄王魯川推官

公庭草緑訟聲稀，時見雙雙蛺蝶飛。曹史盡隨衙鼓散，理官獨抱獄書歸。曾同太守行紅旆，更與高僧别翠微。近報南臺多辟薦，殿前早晚賜朝衣。

送宋仁甫赴池州陰陽教授

北風吹雪路漫漫，萬里荆門客正寒。自愛青衫同博士，也勝白髮老長安。城南款段此時别，江上芙蓉到日看。我亦春來買舟去，九華絶頂望揚瀾。

贈寫神鏡塘上人歸京口

鶴翎風動碧天涼，寶月新凝百鍊霜。水面散成千種影，波心元只一輪光。玉響道士來空室，金粟維摩現十方。此去要觀真法相，却收畫本過維揚。

新蝶

杏樹生香蠹化成，向人飛下不勝情。寒辭薄翅猶粘粉，暖溢柔鬚始弄晴。燕舞盤中嫌露重，鶯歌扇底避風輕。春閨未解南華夢，乞與滕王爲寫生。

送明原道赴南豐判官

日華西轉萬年枝，記得甘泉奏賦歸。佩馬新迎州倅節，緋魚舊賜從臣衣。詩成江驛梅花瘦，酒醒山城蕨菜肥。爲謝南豐舊詩友，白鷗春夢繞苔磯。

送江西傅與礪赴廣州教授

買得吴船便欲東，更騎羸馬别諸公。文聲久許江西盛，詩律因歸海外工。人羨羲陽封介子，客從泰時薦揚雄。五羊城下南風起，茉莉花香荔子紅。

冠州

萬里關山鬢易華，冠州橋下御河斜。千門煙冷分榆火，三月春寒見杏花。新水聚船人趁市，順風吹旆客還家。莫憐書劍頻漂泊，擬學東陵老種瓜。

朱仲文編修還江西諸公分題賦詩爲餞予適同載南歸約至揚子橋分别因爲賦此

瓜州渡口山如浪，揚子橋頭水似雲。夾岸芙蕖紅旖旎，滿汀楊柳緑紛紜。一杯酒向今朝別，萬里船從此處分。他日重來須艤櫂，莫教驚散白鷗羣。

晚泊邳州

一帶黄河百折灣，下邳城外更潺湲。煙迷兩岸疑無地，日落中原喜有山。法重鹽租嚴犯界，官多魚税倍征關。白頭父老相逢處，猶似圮橋授履還。

彭城懷古

戲馬臺前擁旆旌，三齊纔破到彭城。項王帳底猶虞舞，漢祖軍中盡楚聲。百二山河功自棄，八千弟子勢都傾。月明間却烏江渡，長使英雄恨不平。

揚州别斡克莊僉憲

紅日東生緑霧收，海風吹客到揚州。露分仙掌金盤冷，香動瓊花玉樹秋。使者乘驄開大府，仙人騎鶴醉高樓。朝來别我垂楊岸，珂佩如雲簇水頭。

峨眉亭

霧作衣裳雲作屏，玻璃萬頃著娉婷。望夫石上偏多雨，織女河邊欲隕星。蝃蝀夏涼收淺絳，蟾蜍秋冷抹長青。可憐天際微顰處，六代興亡一夢醒。

題丁元善鍊師陽明樓

賀老家西百尺樓，好山多處稱仙遊。丹光散作霞千縷，劍氣吹成月一鉤。窗外鶴歸遼海暮，袖中龍起鑑湖秋。道人久直黄金殿，可使歸來雪滿頭。

劉山驛

開窗坐看千峯頂，對酒還思萬里程。飛雨遠隨松子落，溼雲近向樹頭生。正愁絶壁烏鳶背，忽聽半空鷄犬聲。安得身騎遼海鶴，徧遊八極醉吹笙。

贈漳南巡檢許以衷

將軍早獻安邊策，手挽强弓起七閩。正爲功名輕萬里，已知勇略冠千人。風鳴鼓角山村曉，日射旌旗海戍春。匹馬何時渡江水，笑談爲國掃妖氛。

建德城西寺

山門東轉步廊深，長日禪房占緑陰。松徑雨晴添虎跡，竹潭風冷聽龍吟。上林久説相如賦，故里徒誇季子金。獨坐胡牀看明月，不知涼露溼衣襟。

贈天台李鍊師

翠蛟青鳳下晴空，家住天台第幾重。歲久松肪成琥珀，夜深丹氣出芙蓉。仙童奏簡騎文虎，太乙懸旗起絳龍。昨夜從師到天上，故山還著白雲封。

泉州驛别太守偰世玉

老夫欲起猶便睡，候吏頻催却治行。萬里煙雲隨驥足，五更風雨雜鷄聲。乾坤笑我應無補，江海逢君倍有情。且解金魚沽别酒，洛陽橋下正潮平。

風涇舟中

白髮飄蕭寄短篷，春深杯酒憶曾同。落花洲渚鷗迎雨，芳草池塘燕避風。烽火此時連海上，音書何日到山中？故人别後遥相望。夜夜空隨斗柄東。

吴景文居庭牡丹盛開飲後有感

韶光天遺屬君家，猶是東京第一花。金鼎夜寒圍絳雪，錦機春暖簇紅霞。倚風忽作纏頭舞，避日還將便面遮。薄暮闌干同醉倚，却憐孤客鬢先華。

送有亨姪還錢唐

嗣宗諸姪仲容賢，客路飄零雪滿顛。曾爲頌椒留子美，却思戲蠟愛僧虔。十年江海三杯酒，百里溪山一釣船。何日兵戈得休息，敬亭春雨共歸田。

次韻李清叔元夕

絳燭燒煙散滿城，九衢車馬似潮聲。山河影轉琉璃薄，陸海光浮菡萏平。蝶睡誤翻歌扇暖，鵲驚疑報畫檐晴。夜闌人静天如水，依舊殘星數點明。

蘇子瞻畫像

老龍起深夜，來聽洞簫聲。酒盡客亦醉，滿江空月明。

龍虎山十詠 録四。

金鷄山

巨靈劈山石，飛出黄金鷄。至今山下人，猶聽雲中啼。

象山

載寶出西域，獻琛自南溟。仙人一叱之，化作青峻嶒。

龍井

寶劍落深潭，時時見光怪。鱗甲飛上天，白晝風雨快。

雲臺山

天星二十八，下作漢廷將。功成歸帝傍，精彩射石上。

明仁殿進講五首

春日君王出殿遲，千官簾外立多時。觚棱雪轉寒無奈，先許儒臣到講帷。
黄綾寫本奏經筵，正是虞書第二篇。聖主從容聽講罷，許教留在御牀邊。
殿前冠佩儼成行，玉椀金瓶進早湯。自愧平生飯藜藿，朝來得食太官羊。
黄金爲帶玉爲檐，劍戟如林衞紫髯。也愛儒臣勤講讀，向前輕揭虎皮簾。
奏對歸來日已西，獨騎瘦馬踏春泥。行從海子橋邊過，猶望宮城柳色齊。

送人歸廬州

淮水春深緑似苔，故人天上恰歸來。扁舟繫在門前樹，猶記行時手自栽。

題淵明小像

烏帽青鞋白鹿裘，山中甲子自春秋。呼童檢點門前柳，莫放飛花過石頭。

和馬伯庸學士擬古宫詞七首

城上鴉啼曙色催，五門三殿一時開。玉皇不許羣仙見，隱隱車聲天上來。

緑池香水出芙蓉，十二釵寒妬玉蟲。只恐禁園今夜雨，華清明日又西風。

寶扇微開萬樂從，紫衣扶輦出行宫。近臣侍罷櫻桃宴，更遣黄門送兩籠。

紫雲扶日上盤盤，花氣薰衣露始乾。行處不禁春色惱，回身却倚玉闌干。

睡思厭厭易入眉，繡簾低下燕歸遲。黛鬟不整釵梁嚲，滿院楊花夢覺時。

殿頭昨夜報春殘，盡放宫人賞牡丹。獨有沈香亭北畔，一枝偏許八姨看。

雲影微開日脚垂，杏花深院落遊絲。不知誰動秋千索，驚起黄鸝過别枝。

和胡士恭灤陽納鉢即事韻五首

紫駝峯挂葡萄酒，白馬鬉懸芍藥花。繡帽宫人傳旨出，黄門伴送内臣家。

野闊天垂風露多，白翎飛處草如波。髯奴醉起傾渾脱，馬湩香甜奈樂何。

蕎麥花深野韭肥，烏桓城下客行稀。健兒掘地得黄鼠，日暮騎羊齊唱歸。
新教生駒不受騎，小紅車裏簇歸時。鉤簾醉卧氈氍月，不省人間有别離。
野館吹燈夜未央，薄寒偏透越羅裳。出門不記人行路，馬首惟占北斗光。

至正十一年秋七月巡按松州虎賁分司時山谷寒甚公事絶少明日卽還爲賦此

秋風摵摵衣綿薄，夜雨蕭蕭燭焰低。萬里江南才夢覺，此身元自客遼西。
雲葉繽紛雪弄花，小營近午却排衙。分司御史渾無事，又鞚青驄踏白沙。

詠塵

春城花露欲生泥，十二街頭漫漫飛。落絮遊絲共無賴，半粘香汗半羅衣。

發通州

日日思歸未有期，及歸翻恨數年遲。開船聽得吴歌起，絶似閶門送别時。

送王元伯遊金陵并簡樊時中都事王德常管勾

閉門十日九風雨，熟睡不知春水生。樹上啼烏忽驚覺，故人只在石頭城。

題畫

樓閣參差煙水村，涼風槲葉下紛紛。何人理鈞秋江上，驚起新來白雁羣。

灤河曲二首

椎髻使來交趾國，橐駝車宿李陵臺。遥聞徹夜鈴聲過，知進六宫瓜果回。

白沙岡頭齊下馬，爲拾闕支八寶鞭。忽見草間長十八，衆人分插帽檐前。

水仙二首

太液池邊雪始乾，曉妝初試佩珊珊。簾鉤欲下東風細，猶夢珠宫扇影寒。

十二瑶臺風露寒，銀河澹澹月團團。龍宫自與塵凡隔，别有銖衣白玉冠。

重過丹陽寄錢成夫

青山西去水東流，兩岸飛花送客舟。何事閶門行一月，不能三日到宣州。

姑蘇臺

當時何事太情多，不悟危機出苧蘿。一夜月明天似水，吴王臺上越王歌。

予過吴中得畫一幅孤峯拔起有類雁蕩仙都者因題贈宋居仁

雁蕩秋深玉柱寒，老夫曾此駐征鞍。開圖一見青山色，猶似當時馬上看。

西湖竹枝詞二首

葛嶺東家是相門，當年甲第入青雲。樓船撐入裏湖去，可曾望見岳王墳。此詩依《鐵崖竹枝倡和》本録入，其本集所載稍不同云：「葛嶺西邊師相宅，潭潭府第欲連雲。别買樓船過湖去，可曾看見岳王墳。」

芙蓉葉底雙鴛鴦，飛來飛去在横塘。人生多少不如意，水遠山長難見郎。

贈錢唐琴士

畫船載酒西湖上，一日笙歌幾萬錢。獨抱孤桐向何處，夜深彈月上青天。

釣臺 并序。

嚴陵釣臺詩，古今作者甚多。或高其隱，或譏其果，二者皆不爲無見，余故並存焉。觀者應爲一莞也。

百戰關河血未乾，漢家宗社要重安。當時盡著羊裘去，誰向雲臺畫裏看。

青山如馬復如龍，滄海東來第幾重。不是狂奴輕萬乘，世間誰不受牢籠。

題楊德章監憲賀蘭山圖

太陰爲峯雪爲瀑，萬里西來一方玉。使君坐對賀蘭圖，不數江南衆山緑。

吴淞江上謾興二首

白月滿天江水平，銀河垂地寂無聲。披衣獨坐過夜半，撥剌跳魚時一鳴。

露冷草根鳴蟋蟀，雨晴花影轉蛸蠨。一家四散知何在，獨對林間喜鵲巢。

嘉靖間，建安李尚書默書《玩齋集》後云：「予在宣州，諸生貢安國者，爲言其先世禮部公寓海寧時，自名其里爲小桃源。元命既革，宋學士景濂嘗邀之，公爲置酒飲，夜分乃起就卧，仰藥而斃。按《元史》載公文章行蹟甚備，門人朱鐩作《紀年録》，但稱病篤。豈史氏與其賓客皆諱之耶！」《紀年録》云：至正十六年正月，張士誠陷平江，公抱印隱居吴淞江上，主釣臺山長吴景文家。易姓名端木氏，號戾契子、冊冊翁，作《幽懷賦》以自見。二十二年，卒於海寧寓舍。秘書少監揭汯墓誌所載亦然。未可以傳聞爲據也。

上京大宴和樊時中侍御

一元開大統，四海會時髦。畿甸包幽薊，天門啓應皋。羣黎皆屬望，百辟盡勤勞。蕃國來琛獻，邊陲絶繹騷。劍韜龍尾匣，弓屬虎皮櫜。列聖尊皇極，元臣異節旄。宗盟存帶礪，世胄出英豪。歲駕嚴先蹕，居人望左纛。平沙班詐馬，別殿燕櫻毛。鳳簇珍珠帽，龍盤錦繡袍。扇分雲母薄，屏晃水晶高。馬湩浮犀椀，駝峯落寶刀。暖茵攢芍藥，涼甕酌葡萄。舞轉星河影，歌騰陸海濤。齊聲纔起和，頓足復分曹。急管催瑶席，繁絃壓紫槽。明良真曠遇，熙洽喜重遭。化類工成冶，聲同士赴醪。隆恩雖款洽，醉舞敢呼號。拜命榮三錫，論功恥二桃。重華躋舜禹，盛業繼夔皋。燕饗存寅畏，遊畋戒逸遨。乾坤春拍拍，宇宙樂陶陶。争獻公車頌，光榮勝衮褒。

輓馬伯庸中丞

世祖投戈日，先公出守初。邦人懷禮樂，家學贍詩書。一舉登金榜，頻年步玉除。星移供奉燭，風動使臣車。忠諫陳無逸，雄文賦《子虚》。羣公推雅量，多士服清譽。太史仍兼制，春宫總傅儲。槐雲衣繡纚，華日佩舒舒。長樂方調膳，中臺旋賜輿。尊嚴深翠柏，清潤照紅蕖。德業真無比，恩光孰可如。休官唐殿李，知止漢廷疏。野曠秋呼雁，江清晚釣魚。石田霜後稻，沙圃雨中蔬。正爾安民望，胡爲夢帝居。大星離次舍，白璧翳丘墟。惟有新詩在，千年起欷歔。

寄贈圓修鍾道人 以下拾遺。

寶塔今成第幾層，浮雲不隔石崚嶒。誰知庾嶺傳衣後，元是當年有髮僧。

偶成

司馬年來多病渴，小樓涼雨趁高眠。無端一樹櫻桃熟，勾引鶯聲到枕邊。

海歌八首

黑面小郎棹三板，載取官人來大船。日正中時先轉柁，一時擧手拜神天。

出得鮫門才是海，虎蹲山下待平潮。敲帆轉艙齊著力，不見前船正過焦。

大星煌煌天欲明，黃旗上寫總漕名。願得順風三四日，早催春運到燕京。

雙嶼山前放大洋，霧氣昏昏海上黃。聽得柁樓人笑道，半天紅日挂帆檣。

四山合處一門開，雪浪掀天不盡來。船過此間都賀喜，明朝便可到南臺。

千户火長好家主，事事辛苦不辭難。明年載糧直沽去，便著綠袍歸作官。

大工駕柁如駕馬，數人左右拽長牽。萬鈞氣力在我手，任渠雪浪來滔天。

碇手在船功最多，一人唱聲百人和。何事淺深偏記得，慣曾海上看風波。

寄顔經略羊酥

三山五月尚清寒，新滴羊酥凍玉柈。何物風流可相稱，兔豪花瀹水龍團。

將干嶺

絶頂低南斗，重關壯北門。隴雲浮地白，谷水帶泥渾。宇宙神功大，山河帝業尊。小臣叨載筆，華髮感深恩。

即事次李景儀治書韻

楊僕船歸百越平，捷書今喜出甌寧。秋高劍氣衝南斗，天近綸音動北溟。萬里聲名雙鬢白，百年文物一氈青。珠璣忽向三山落，誰復歌詩繼魯坰。

題子固所藏鮮于墨蹟

一自昭陵藏墨本，書名誰復更超羣。忽傳河朔專行草，不讓吴興變隸分。黄鵠夜深隨落月，白鵝秋冷化孤雲。風流賴有張公子，雪繭封題比右軍。

遊玄沙馬上偶成

十里青山馬上看，東風拂面尚微寒。偶隨芳草來僧寺，却笑飛花點客鞍。東野先生方載酒，西都博士亦彈冠。莫憐白髮江湖遠，且爲諸公一盡歡。

泉州道中

千山落日丹霞北，萬里孤城白水南。玉椀霜寒凝紫蔗，金丸露暖熟黄柑。海商到岸纔封舶，蕃國朝天亦賜驂。滿市珠璣醉歌舞，幾人爲爾竟沈酣。

題仲穆山水

翡翠爲崖金作坡，白雲重疊護層阿。背琴童子松間坐，束帶仙人馬上過。高閣半天開寶月，飛流千尺寫銀河。王孫已老丹青在，轉覺風流意氣多。

風雨送別張道亨僉憲

空山自寥闃，況此連日雨。清晨起開門，隨意立東廡。風吹橄欖樹，青子落當户。溼薪就齋厨，早飯已及午。飢來美蠶盤，初非厭雕俎。相知屬歲晚，□落還可數。君去不可留，雲帆在南浦。

題二馬圖

鐵喙騧，連錢驄。何年墜影江水中？蒲梢西來八尺龍。天閑十二爲爾空，五花雲錦吹東風。

送涇王府蒲司馬西還

重弓滿引鳴鏑和，翻身躍馬渡長河。日高射獵王半醉，軍中司馬功最多。白狼西來獻天子，腰間玉龍鱗甲紫。寶書緘奏動宸京，黄封御酒貺邊庭。弦蒲汭鞠幾千里，芳草萋萋春似水。鳥聲山色不勝情，枚生作賦才難比。

和李治書遊玄沙寺

連山北起青巃嵸，晴天直下雙蛟龍。玉刻肺腑煙重重，自是身毒飛來峯，黄金布地貝闕崇。萬年之枝千歲松，亦有野客如茅容。寶劍出匣光芙蓉，上方笙磬下方鐘。桃花流水春溶溶，日高驄馬來相從。

星斗錯落錦繡胸，愧余江海萍梗蹤。

題牧牛渡水圖

兒騎牛，兒騎牛。兩牛渡水當中流，一牛帶犢臨沙洲。沙洲泥深没牛足，中流浪高拍牛腹。長繩墜手衣裹身，前者起顧後俯伏。牛背攲傾不自由，誰云穩比萬斛舟。待兒出險走平地，畫圖忽落東海頭。東海頭，飯牛之子曾封侯。

題顏輝山水

蒼龍渡海成疊嶂，岃崱西來勢何壯。盪摩日月噓雲煙，回薄風霆起波浪。懸流晝夜相舂撞，恍惚銀河落天上。橋横霞嶺類天台，谷隱龍湫疑雁蕩。若非華蓋及武夷，無乃仙都與秦望。參差飛觀倚半空，錯落長松高百丈。煙□絶磴畏崎嶇，路出平川喜夷曠。野老朝耕屋角雲，漁翁晚釣籬根漲。偶隨鶴舞抱瑶琴，猶恐猿啼驚蕙帳。畫師盤薄精天機，元氣淋漓歸意匠。毫芒點染遠近間，咫尺卷舒千萬狀。三年老我東海隅，立馬看山每惆悵。麻姑敬亭曾見招，何日相從脱塵鞅。

送顧仲莊之海北

釣龍臺下與君别，萬里東南何日還？星斗動摇天在水，海門空闊浪如山。珊瑚寶樹來三島，鸚鵡金籠出八蠻。簫鼓船回應北上，鳳池春早珮珊珊。

送劉彥明從經略使還

經略江南開幕府，曾因三語辟劉郎。千金海上求騏驥，五色雲間識鳳凰。思入金莖秋滴露，行隨玉節晝飛霜。還朝定上平南策，應從夔龍到建章。

送洪元成赴静江治中

海上東風吹鬢毛，杏花開處雨蕭騷。薦書舊最司征考，宫錦新裁别駕袍。落日山城旌旆遠，拍天春水柁樓高。莫憐投老多辛苦，萬里行囊有豹韜。

題李則平憲副所藏息齋竹

滿川風雨長篔簹。吹作參差三鳳凰。籜粉已翻鱗甲紫，墨花還染羽毛蒼。春寒弱幹當軒潤，日暮清陰入酒涼。便欲截筒鳴嶰谷，却愁彈瑟望瀟湘。

謾興

客懷寥落鬢藍鬖，對鏡空慚雪一簪。蒲葉野塘方緑漲，杏花春雨正紅酣。心隨斗柄長瞻北，身逐飈車復指南。夢覺午窗人寂寂，一雙巢燕自呢喃。

剪燈聯句 并序。

元夕，同吴子彦、劉子清、侯敬文會飲水陽陳善甫家。用《剪燈聯句》云：

夜暖拈香繭，春寒落剪刀。勞心連鬱結，貢綺思出長繰。點綴輕蟬翼，吴裝粘細鳳毛。風花凝瑣碎，貢雲葉護周遭。影爍金垂燼，侯光融玉作膏。舞裀圍落絮，劉歌扇逐飛桃。帶轉銀幡小，貢輪廻寶蓋高。蜘蛛圍露網，吴顧兔墮秋毫。鶯擲翻紅雪，侯魚跳起碧濤。春陽噓蛺蝶，劉秋冷蜕蛁蟧。翠薄荷分鈿，絲柔柳散條。青童來絳節，玉女翳纖翿。碎訝珠胎迸，尖愁燕尾翱。微茫縈錯落，斜隙漏葡萄。飴釜空燒蠟，棚山謾結鰲。浮塵籠漠漠，流水眩滔滔。纂綺難爲密，裁綃衹自勞。嬋娟妬清夜，蝃蝀落晴皐。製異宫人綬，榮懷學士綯。未曾分寶炬，先許照襴袍。劇賞尊頻倒，窮搜筆屢操。盍簪嘶騕褭，奮袖舞豪曹。酒促華筵散，詩慚白戰鏖。時平無夜禁，繁弱且歸弢。貢

編修迺賢

迺賢，字易之，本葛邏禄氏。譯言馬也，世居金山之西。元興西北，諸部仕中朝者，多散處内地，故易之稱南陽人。隨其兄宦遊江浙，卜居于鄞，再至京師，以能文名。尤長歌詩，每一篇出，士大夫輒傳誦之。時浙人韓與玉能書，王子充善古文，易之與二人偕來，人目爲「江南三絶」。久之歸浙東，辟爲東湖書院山長。以薦授翰林編修官，出參桑哥失里軍事卒。所著《金臺集》，歐陽元功序之，謂其清新俊逸，而有温潤縝栗之容。宣城貢師泰稱其詞清潤纖華，五言類謝脁、柳惲、江淹，七言類張籍、王建、劉禹錫。而樂府尤流麗可喜，有謝康樂、鮑明遠之遺風。魏郡李好文曰：易之西北方人，而粹然獨有中和之氣。不喜禄仕，惟以詩文自娱。其來京師，特廣其聞見，以助其詩也。其兄塔海仲良以進士起家，而易之晚乃得一官，未竟其用。虞文靖題其集云：「因君懷郭隗，千古意如何。」張〔承〕（丞）旨起巖云：「愛君談辨似懸河，最喜交情古意多。長使馬周貧作客，令人千古愧常何。」其所期望者深矣。

登崆峒山

緣蘿陟層巘，曠望浮雲馳。飄風西北來，颷颷吹裳衣。氣候倏遷變，中懷鬱歔欷。路逢一道士，高結冠巍巍。恐是廣成子，載拜欲問之？長歌入深林，棄我忽若遺。哀湍瀉石磴，日落松風悲。靈一作雲。蹤邈難及，千載生遐思。

賦環波亭送楊校勘歸豫章　季子。

積水敞華構，參差帶幽壑。微風動輕蘋，緑雲泛珠箔。天空夕陰斂，川回游鱗躍。徘徊滄洲夢，露下翠衾薄。公子屬鳴珮，逍遥陟延閣。微吟省樹移，緩步庭花落。放舟返春渚，言恣林泉樂。揮觴靡可留，悵望青山郭。

三峰山歌　并序。

鈞州陽翟縣南有山曰三峰，昔我睿宗在邸，嘗統兵伐金，與其三將完顏合達、移剌蒲兀、完顏斜烈等鏖戰山下。敗其軍三十萬，而金亡矣。今百餘年，樵牧往往于沙礫中，得斷矟遺鏃印章之類。至正五年嘉平第二日，予自鄴城將上京師，道出陽翟，夜宿中書郎郭君彦通私館。感父老之言而作歌曰：

落日慘淡黄雲低，懸崖古樹攢幽溪。三峰山頭獨長嘯，立馬四顧風淒淒。溝邊老翁行傴僂，勸我停驂爲君語。山前今日耕種場，誰識當年戰爭苦。金原昔在貞祐間，邊塵四起民彫殘。燕京既失汴京破，區區恃此爲河山。大元太子神且武，萬里長驅若風雨。鏖兵大雪三將死，流血成河骨成堵。朱鸞應瑞黄河清，金將亡，新鄉河清，鼓山鳳出，應國朝開基之兆。聖人啓運乾坤寧。當時流離别鄉井，歸來白髮歌承平。曠野天寒霜簌簌，夜静愁聞山鬼哭。至今隴上牧羊兒，猶向草根尋斷鏃。論功衛霍名先收，黄金鑄印身封侯。英雄半死鋒鏑下，何人酹酒澆荒丘。

余比修國史，睹三峰之役，金師三十五萬來拒戰，我師不敵，軍于山之金溝。其軍數重圍三峰，而中夜大雪，金人戈戟弓矢，凍纏莫能施。我師一鼓殲之，自是金人膽落，不復戰矣。易之作歌辭，豪健激昂，而奕奕有思致，殆與三峰長雄。置之《樂府鐃歌》間，揚厲無前之盛績，良無愧也。晉寧張翥題。

京城燕

京城燕子，三月盡方至。甫立秋卽去，有感而作。

三月京城寒悄悄，燕子初來怯清曉。河隄柳弱冰未消，牆角杏花紅蕚小。主家簾幕重重垂，銜芹却向一作傍。檐間飛。托巢未穩井桐一作梧。墜，翩翩又向天南歸。君不見舊時王謝多樓閣，青瑣無塵卷珠箔。海棠花外春雨晴，芙蓉葉上秋霜薄。

題羅小川青山白雲圖爲四明倪仲權賦

山上晴雲似白衣，溪頭竹樹緑陰圍。野橋日落行人倦，茅屋春深燕子飛。漉酒屢招鄰舍飲，放歌還趁釣船歸。客窗看畫空愁絶，便欲移家入翠微。

京城春日二首

三日諸郎儤直閒，繞城騎馬借花看。晚來金水河邊路，柳絮紛紛撲繡鞍。

黄鶴樓東賣酒家，王孫清曉駐遊車。寶釵換得葡萄去，今日城東看杏花。

送王季境還淮東幕

兩京驕馬越羅衣，公子風流世絶稀。冠蓋一門誇萬石，江山千古憶玄暉。新茶夜試中泠水，美酒春分采石磯。幕府羣公多勝賞，一枝芍藥待君歸。

益清堂 并序。

閩海憲使合魯桓穆公歸休嵩山之下，鑿池引流，列植卉木，扁其燕處之堂曰「愛蓮」。公没，堂池逮廢。其孫國子生張閭伯高，謙恭好學，思繼先志。乃復增葺而新之，國子先生陳伯敷易其名曰「益清」。伯高謂余曰：與君世寓南陽，且支裔聯屬，不可無作。且賦律詩十有四韻，以復其命云。

嵩嶽雲峰近，高居水竹幽。築堂依别墅，甃石帶芳溝。翠荇含風弱，紅蕖著雨柔。菱歌花外發，蘭槳月中遊。卷幔紅雲亂，開尊碧露浮。使君曾弭節，持斧照南州。緑野池臺□，平泉草樹秋。吾宗多秀發，公子獨清修。屢接何蕃武，長懷賈誼憂。拾螢供夜讀，走馬散春愁。朋友頻相過，琴觴每唱酬。籍通青瑣貴，文擅省闈優。歸思勞清夢，高情憶故丘。卜鄰端有約，歲晚共綢繆。

玄圃爲上清周道士賦

玄圃雲深路渺茫，神仙飛珮隔扶桑。碧桃開盡春溪漲，白鶴歸來海月涼。巖溜涓涓鳴石竇，松花細細落琴牀。明年我亦山中去，賸采瑶芝滿藥囊。

送王公子歸揚州

玉雪王公子，歸驀向竹西。水清淮白上，天闊海青低。瓊樹春前發，烏絲醉後題。何須問勳業，名與爾翁齊。

題張萱美人織錦圖爲慈谿蔡元起賦

織錦秦川窈窕娘，新翻花樣學宮坊。窗虚轉軸鶯聲滑，腕倦停梭粉汗香。雙鳳回翔金縷細，五雲飛動綵絲長。明年夫壻封侯日，裁作宮袍遠寄將。

春日次王元章韻

翠幰金車錦駱駝，芙蓉繡褥載雙娥。雨晴輦路塵沙少，風起春城柳絮多。秉燭且留清夜飲，倚闌猶聽隔牆歌。山翁此日心如水，夢斷江南雨一蓑。

桃花山水圖爲桃源屠啟明題

天台山下雲無數，山南山北多桃樹。石洞春寒風雨深，落花半逐溪流去。人間從此識仙家，短櫂尋源到水涯。翠袖乘鸞下明月，玉盤留客進胡麻。我昔捫蘿探幽谷，青精煮飯松邊宿。至今瞳子有神光，細字猶能夜深讀。高人築屋石溪東，溪山却與天台同。粉黛含情記幽趣，碧桃流水春溶溶。六月黄塵汗如洗，獨騎瘦馬京城裏。忽見新圖雙眼明，拏舟欲泛滄浪水。我家只在蒼崖顛，白雲繞屋清溪連。他日君能遠相見，看花酌酒春風前。

送道士袁九霄歸金坡道院

朔風吹黄沙，客子夢千里。青山久不歸，白日去如水。昨朝灤水上，仙人偶來過。自言遠紛壒，結廬在金坡。玉峽棲層雲，翠閣縈危棧。鐘聲繞碧壇，桃花出深澗。雙童掃白石，展布彈瑶琴。青松挂落月，海色浮空林。竟謝區中緣，騎龍忽歸去。祇恐人民非，那愁歲年暮。君還鍊石髓，九轉成玄霜。他時肯分贈，碧落同翱翔。

送葛子熙之湖廣校書二首

高槐疏雨作新涼，猶記讎書白玉堂。銀燭夜分供細字，宫壺曉賜出明光。盤堆苜蓿青氈冷，衣染檀花束帶長。宣室若蒙天子問，定知賈誼在沅湘。

南山木落氣蕭蕭，千里歸心折大刀。雙櫓鵜鳴秋水闊，三關虎踞朔雲高。客窗久念衣裘一作衾。薄，史館頻煩筆札勞。有約相逢明月夜，扁舟載酒楚江臯。

送太尉掾潘奉先之和林

御河冰消春欲暮，官船繫著河邊樹。河邊日日送行人，撾鼓開帆盡南去。潘郎作掾獨未還，腰弓却度居庸關。馬上長歌一回首，關南樹色青雲間。七月金山已飛雪，牛羊散漫行人絶。夜深陡覺氈帳寒，酒醒只聞笳鼓咽。丈夫莫恨不封侯，食肉須當萬里遊。腰間拂拭黄金印，他日相逢尚黑頭。

賦甘露門送李御史之西臺 惟中。

雉觀銀河近，天清鼓角空。女牆秋色外，仙掌月華中。雙闕當關樹，高城繞漢宫。使君驄馬□，按轡立西風。

送按攤不華萬户湖廣赴鎮

三品新除萬户侯，紅旗照海出皇州。腰間寶帶懸金虎，馬上春衫繡玉虬。水落張帆遊夢澤，月明撾鼓過南樓。書生最善從軍樂，何日轅門借箸籌。

雪霽晚歸偶成二首

公子腰弓下直歸，紅門晚出馬如飛。東街積雪無人掃，却恨春泥濺繡衣。

東風悄悄著羅衫，秉燭歸時酒半酣。聽得隔簾人笑語，夜來春氣似江南。

月湖竹枝詞四首題四明俞及之竹嶼卷

絲絲楊柳染鵝黄，桃花亂開臨水傍。隔岸誰家好樓閣，燕子一雙飛過牆。

五月荷花紅滿湖，團團荷葉緑雲扶。女郎把釣水邊立，折得柳條穿白魚。

水仙廟前秋水清，芙蓉洲上新雨晴。畫船撑著莫近岸，一夜唱歌看月明。

梅花一樹大橋邊，白髮老翁來繫船。明朝捕魚愁雪落，半夜推篷起看天。

送吴月舟之湖州教授

天涯作客少清歡，剪燭裁詩强自寬。江樹暮雲離思遠，杏花春雨客窗寒。烏程美酒臨池酌，罨畫青山拄笏看。博士從來官獨冷，團團朝日照空盤。

賦鸂鶒送偰世南廉使之海南

朱崖擅珍鳥。鸂鶒獨專名。滿庭榕葉春晝晴，飛來却向花間鳴。三月蠻江春水緑，日斜還傍江頭浴。弱羽翻風溼翠流，爪痕蹴浪珊瑚束。間關更作斷腸聲，水流花落難爲情。烏臺使君午夢醒，隔簾細雨春冥冥。

江東魏元德所製齊峰墨于上都慈仁殿賜文錦一作緋。馬湩以寵之既南歸作詩以贈云

錦襲玄圭瑩，龍香秘閣浮。漬毫春黛溼，拂楮翠雲流。繡綺頒宫掖，瓊漿出殿頭。小臣沾雨露，千載荷恩休。

送楊復吉之遼陽學正

八月松亭萬木空，著鞭又向黑河東。穹廬宿頓供羊胛，部落晨炊爨馬通。行看築臺招郭隗，豈教執戟老揚雄。門生衣袂多狐貉，來聽談經絳帳中。

徐伯敬哀詩 並序。

伯敬姓徐氏，諱仁則，世爲明之奉化大族。早孤，奉母鞠弟，至行有聞於時。家貧益自勵，嗜字學，有能名，王公碩儒皆慕重之。君與余同生年月，日先於余，爲莫逆者幾二十年。歲庚辰，君年三十有二，得疾卧於家，余歸自京師，聞之，馳往省焉。君伏枕已逾月，既暮而别，君曰：「明日不復握手。」越宿訃至，君果死矣。嗚呼！君之孝弟温慎，益自治問學，天假以年，惡知其不少概見哉！而卒以死。如余之愚而求知之深，又惡得不深悲耶！余再至京師，徵銘于太史危先生。以志其行實，於是復作詩以哀之，詩曰：

蕭蕭城南路，白楊蔽江麓。下有長夜臺，陽景無由燭。笳鼓日夜悲，往者不可復。嗚呼徐徵君，儀表冠梧竹。十三父早喪，孑孑影煢獨。我時已識君，青燈照書屋。十五學篆籀，鐘鼎飽撑腹。鐫模布詞林，論議動羣玉。生計日蕭條，名聲愈清淑。母也老而病，伯兮苦盲目。君能謹温凊，膝下供水菽。鬻衣聚詩書，呼弟對牀讀。亹亹藥石言，朋類素欽服。嗟余苦參商，不得時相屬。昨從燕山歸，君已卧帷褥。握手情既多，剪韭薦醽醁。出門不忍舍，扶杖意淒蹙。凌晨訃書來，捐館已踰宿。哀君多艱虞，胡忍逝之速。日落旦復升，月虧望還足。君往不復返，使我淚盈掬。既無中饋嬪，又乏南山粟。何人爲脱驂，慰此倚門哭。雲浮白日陰，慘慘風號木。九原多黄壤，宿草長新緑。平生布衣情，褁雞酹寒淥。

送朱景明從王廉使之山東

繡衣玉節鎮青沂，佳士聯鑣出帝畿。天禄最憐劉向苦，會稽深望買臣歸。御溝水落魴魚上，官柳春回燕子飛。鈴閣日長文字簡，定將玉麈對君揮。

秋日有懷徐仲裕二首

疊嶂青林雨氣昏，側身南望幾銷魂。何時得似村東叟，日晏牽牛繫樹根。

佛桑一樹隔一作在。河西，壓架蒲萄日影低。記得長髯洪處士，醉眠木榻唱《銅鞮》。

送劉將軍姑蘇之官

桃花駿馬緑羅襦，意氣如雲出帝都。暫解弓刀辭細柳，又懷印綬入姑蘇。當筵翠杓春醅蟻，列饌銀盤曉膾鱸。五月垂虹橋下路，畫船吹笛卧冰壺。

新月行

江南小兒不識愁，新月指作白銀一作玉。鈎。家人見月更歡喜，卷簾唤我登高樓。三年留滯京華裏，滚滚黄塵馬頭起。一番見月一番愁，歸心夜逐東流水。在家不厭賤與貧，出門滿眼多故人。誰念天涯遠遊客，只有新月能相親。

宮詞八首次偰公遠正字韻

廣寒宮殿近瑶池，千樹長楊緑影齊。報道夜來新雨過，御溝春水已平隄。

千官鵠立五雲間，玉斧參差擁畫闌。今日君王西内去，安排天仗趣儀鸞。

水晶簾内日遲遲，綺一作殿。閣春深笑語稀。繡幕無端風卷起，一雙燕子傍人飛。

上苑含桃熟暮春，金盤滿貯進楓宸。醍醐漬透冰漿滑，分賜階前儤直人。

瓊島岧嶤内苑西，闌斑綺石甃清漪。御牀不許紅塵到，黄幔長教窣地垂。

花影頻移玉砌平，美人攲枕聽流鶯。一春多病慵梳洗，怕説鸞輿幸五京。

繡牀倦倚怯深春，窗外飛花落錦茵。抱得琵琶階下立，試彈一曲闘清新。

太液池頭新月生，瑶階最喜晚來晴。貴人忽被西宮召，騎得驊騮款款行。

送李中父典簿高麗頒曆

候儀太史立金鑾，寶曆新成錦作槃。天子垂衣朝萬國，中郎仗節使三韓。鮫人夜織機聲近，龍女晨遊珮影寒。獨捧絲綸渡遥海，遠人逾覺聖恩寬。

送劉碧溪之遼陽國王府文學

松亭嶺上雪霏霏，五月行人尚裌衣。日暮草根黄鼠出，雨晴沙際白翎飛。名王禮幣來青海，弟子絃歌近絳幃。太乙終憐劉向苦，高車駟馬遲君歸。

三月十日得小兒安童書

辭家海上忽三年，念汝令人思惘然。萬里書來春欲暮，一庭花落夜無眠。賈生空抱憂時策，季子難求負郭田。但得南歸茅屋底，儘將書册教燈前。

題舜江樓爲葉敬常州判賦

岧嶢宫閣帶城皋，雲霧軒窗擁六鼇。隔岸雨來山氣合，五更風起角聲高。春江把釣漁歌近，秋日開筵客思豪。獨凴闌干望滄海，百年難忘使君勞。葉君常于餘姚築石隄四十餘里，以障海潮。

送胥有儀南歸

立馬望華蓋，君家碧嶂東。樹圍茅屋外，花落雨聲中。卷幔香雲入，開編燭燼紅。林梢新月上，留客醉絲桐。

次段吉甫助教春日懷江南韻

花底開尊待月圓，羅衫半浥酒痕鮮。一年湖上春如夢，二月江南水似天。修禊每懷王逸少，聽歌却憶李龜年。卜鄰擬住吴山下，楊柳橋邊檥畫船。

聞偰尚書除浙省參政因寄樂仲本

一春多病思紛紛，隔屋幽禽夢裏聞。夜雨來時愁作客，落花多處正思君。尚書曳履登黃閣，處士彈冠卧白雲。賓主東南高會日，西湖風月定平分。

秋夜有懷姪元童

八月絲一作練。衣已怯涼，伶俜絶似沈東陽。薄帷風動流螢入，斷甃霜零一作寒。促織忙。病裏思家憐稚子，燈前聽雨憶江鄉。墓田丙舍知何所，一夜令人白髮長。

送道士張宗嶽奉賀正旦表朝京竣事還龍虎山

大明初啓日蒼涼，天子垂衣御萬方。花織錦茵雙鳳翥，雲浮玉座九龍翔。珠懸殿幄晨光動，燈轉紗籠刻漏長。大明殿幄懸大寶珠于上，中設郭太史所製燈漏。銀漢星槎來萬里，緑章雲篆一作管。賀三陽。烏趨青瑣煙霏繞，酒出黃封雨露香。芝草繡衣金纂纂，芙蓉紉佩玉瑲瑲。重瞳屢顧真希幸，寵渥頻承特異常。辭陛更瞻天日表，賜環應在水雲鄉。留侯印綬將歸璧，時議復天師印綬。使者旌旄已趣裝。河朔游塵隨騎氣，江南清夢入詩囊。仙源路近桃花發，鬼谷山深槲葉芳。後夜相思京洛士，黃精還許寄來嘗。

京城雜言六首

神京極高峻，風露恆泠然。幢幢十二門，車馬如雲煙。紫霞擁宮闕，王氣浮山川。峩峩龍虎臺，日月開中天。聖祖肇洪業，永保萬億年。世皇事開拓，攬策羣霧清。完顔據中原，一鼓削蔡城。趙氏守南壤，再鼓宗祚傾。車書既混一，田野安農耕。嚮非聖人出，何能遂吾生。丘公神仙流，學道青海東。維時儒教師，矯矯真天龍。乾坤始開廓，魚水欣相從。扣馬諫不殺，嘉辭動天容。保此一言善，元祚垂無窮。世祖常因金儒元好問之請爲儒教大宗師，復納全真丘處機之一言，國家始終好生不殺。

居庸土高厚，民物何雄强。老稚閒弓獵，不復知耕桑。射鵰陰山北，飲馬長城旁。駝羊足甘旨，貂鼠充衣裳。酒酣拔劍舞，四顧天茫茫。高槐拱朱垣，樓閣倚空起。劍佩何陸離，車馬若流水。昔有社稷臣，艱難闢荆杞。歃血飲黑河，剖券著青史。國家感勳勞，報施及孫子。千金築高臺，遠致天下士。郭生去千載，聞者尚興起。我亦慷慨人，投筆棄田里。平生十萬言，抱之獻天子。九關虎豹嚴，撫卷發長喟。

送慈上人歸雪竇追輓浙東完者都元帥二首

日本狂奴擾浙東，將軍聞變氣如虹。沙頭列陣烽煙黑，夜半鏖兵海水紅。觱栗按歌吹落月，髑髏盛酒醉西風。何時盡伐南山竹，細寫當年殺賊功。公常漆倭人首爲飲器。

野狐嶺上雪紛紛，馬鬣新封大將墳。千古交情見今日，一時豪傑盡慚君。擕瓶滿貯灤河水，飛錫還穿雪竇雲。歸坐山窗須有約，半龕燈火夜論文。公薨于四明，上人送公柩至野狐嶺安葬。

題中丞張文忠公希孟諫罷燈山奏稿後 並序。

至治間，御史觀音保諫五華山事棄市。公時爲中書參議，翊日上諫燈山疏。大蒙嘉紀，賜予甚厚云。

纔聞御史戮中臺，又見燈山奏疏來。自信茅焦無死罪，獨知蘇軾是英材。九門争看捐軀諫，百辟驚傳拜賜回。千古救荒遺愛在，祠門猶向曲江開。公因救荒陝西而薨，今賜廟于長安。

新鄉媪

蓬頭赤脚新鄉媪，青裙百結村中老。日間炊黍餉夫耕，夜紡棉花到天曉。棉花織布供軍錢，借人輾轂輸公田。縣裏公人要供給，布衫剥去遭笞鞭。兩兒不歸又三月，衹愁凍餓衣裳裂。大兒運木起官府，小兒擔土塡河決。茅欄雨雪燈半昏，豪家索債頻敲門。囊中無錢甕無粟，眼前只有扶牀孫。明朝領孫入城賣，可憐索價旁人怪。骨肉分離豈足論，且圖償却門前債。數來三日當大年，阿婆墳上無紙錢。涼漿澆溼墳前草，低頭痛哭聲連天。恨身不作三韓女，車載金珠争奪取。銀鐺燒酒玉杯飲，絲竹高堂夜歌舞。黄金絡臂珠滿頭，翠雲繡出鴛鴦裯。醉呼閹奴解羅幔，牀前爇火添香篝。

右《新鄉媪》一首，余同年塔海仲良宣慰君之仲氏廼賢易之之所作也。其詞質而婉，豐而不浮，其旨蓋將歸於諷諫云爾！昔唐白居易爲樂府百餘篇以規諷時政，流聞禁中，卽日擢爲翰林學士。易之他詩若《西曹郎》、《潁川老翁》等篇，其關於政治，視居易可以無愧。而藻繪之工，殆過之矣。況今天子聖明，求言之詔，播在天下。當此之時，易之之詩，或經乙夜之覽，則其眷遇，又豈下於居易哉！故余三復之餘，謹識其後以俟。南臺中執法濮陽蓋苗耘夫書於京師寓舍。

巢湖述懷寄四明張子益

憶昔移家東海上，萬斛龍驤跨鯨浪。三神宮闕渺何許，弱水茫茫空悵望。前年去作燕山遊，羸驂短褐風颼颼。昭王臺前月似水，荆卿驛畔天如秋。病骨苦寒情苦倦，南下濟河疾於箭。清晨雙櫓發吕梁，黄昏已泊桃源縣。生來每歎蜀道難，去年我亦登蒼山。馮公嶺頭日不到，肩輿履雪梯孱顔。僕夫緣崖如凍蟻，下俯鐔山深澗底。人家半出松樹頂，白雲却向山腰起。今年四月江西歸，小姑正對彭郎磯。三更挂帆海門過，一川草樹浮晴暉。我生胡爲自役役，孟浪江湖竟何益。清霜鏡底紫鬢絲，坐對籌燈空歎息。愁來鬱鬱不可當，結交賴有張家郎。臨風同歌《紫芝曲》，掃石大醉黄金觴。我家南陽天萬里，十年不歸似江水。秋來忽作故鄉思，裹劍囊衣渡揚子。玩鞭亭下江縈紆，淮山楚樹青扶疏。一帆西風出巢縣，眼明墮此清冰壺。湖水漫漫接天杪，天低更覺青山小。倦飛沙鳥戛漁艇，倒影芙蓉涵碧藻。涼波不動舟如飛，櫂歌窅窅聲相隨。江東雲樹轉頭失，淮西山水尤清奇。故人江南不可見，千里相思情眷戀。門外梅花知未發，屋頭柿葉題應徧。期君不來爭奈何，青天落日摇滄波。明年歸來賀山下，與君共讀巢湖歌。易之詩中所歷之景，予皆嘗過之。所未至者巢湖耳。易之有此清雄俊拔之句，予無一語者，人各有能有不能也。太常博士危素書。

梨花白頭翁圖爲四明應成立題

澹月溶溶隔畫樓，一枝香雪近簾鉤。山禽似怨春歸早，獨立花間自白頭。

汝水

天兵與宋合攻蔡州，城既破，金右丞完顏仲德率將士六百人突圍，遁至汝水。回顧城中，煙焰漲天，仲德下馬謂將士曰：國已亡，余居宗室，且備位宰相，義固當死，諸公宜早降。諸將大譟曰：相公能死，吾輩獨不能死耶！六百人皆奮然赴汝水以死。

騎馬涉秋水，泠泠戰骨聲。寒沙沈斷戟，殺氣暗殘營。自欲全忠義，誰能顧死生？千年董狐筆，端不愧田横。

羅稚川山水十韻爲甬東應可立題

平生丘壑趣，偶向畫中傳。雨氣千峰外，江流落日邊。蘼蕪青滿渚，芳樹緑參天。眇眇溪雲淨，涓涓石溜懸。崖巔何處閣，谷口小家煙。漁唱來秋浦，僧鐘落夜船。瞥驚飛鳥過，疑有蟄龍眠。竹逕能留客，桃源竟得仙。丹青誇絶代，賦詠藉名賢。千古滄洲意，含情憶稚川。

潁州老翁歌

潁州老翁病且羸，蕭蕭短髮秋霜垂。手扶枯笻行復却，探瓢乞食河之湄。我哀其貧爲顧問，欲語哽咽吞聲悲。自言城東昔大户，腴田十頃桑陰圍。閨門老稚三百指，衣食儘足常懸錐。一作「熙熙」。河南年來數亢旱，赤地千里黄塵飛。麥禾槁死粟不熟，長鑱挂壁犁生衣。黄堂太守足宴寢，鞭扑百姓窮膏脂。聒天絲竹夜酣飲，陽陽不問民啼飢。市中斗粟償十千，飢人煮蕨供晨炊。木皮剥盡草根死，妻子相對愁雙眉。鵠形累累口生餤，臠割餓莩無完肌。姦民乘隙作大盗，腰弓跨馬紛驅馳。嘯呼深林聚兇惡，狎弄劍槊搖旌旗。去年三月入州治，踞坐堂上如熊羆。長官邀迎吏再拜，餽送牛酒羅階墀。城中豪家盡剽掠，況在村落人煙稀。裂囊剖篋取金帛，煮雞殺狗施鞭笞。今年災虐及陳潁，疫毒四起民流離。連村比屋相枕藉，縱有藥石難扶治。一家十口不三日，藁束席卷埋荒陂。死生誰復顧骨肉，性命喘息懸毫釐。大孫十歲賣五千，小孫三歲投清漪。至今平政橋下水，髑髏白骨如山崖。繡衣使者肅風紀，下車訪察民瘡痍。綠章陳辭達九陛，徹樂減膳心憂危。朝堂雜議會元老，恤荒討賊勞深機。山東建節開大府，便宜斬磔揚天威。親軍四出賊奔潰，渠魁梟首乾坤夷。拜官納粟循舊典，戰士踴躍皆歡怡。淮南私廩久紅腐，轉輸豈惜千金資。遣官巡行勸撫慰，賑粟給幣蘇民疲。獲存衰朽見今日，病骨尚爾難撑持。嚮非聖人念赤子，塡委溝壑應無疑。老翁仰天淚如雨，我亦感激愁歔欷。安得四海康且阜，五風十雨斯應期。長官廉平縣令好，生民擊壤歌清時。願言觀風采詩者，愼勿廢我潁州老翁哀苦辭。

狀物寫景之工，固詩家之極致。而繫於風化，補於政治，尤作者之至言。易之此詩，兼得之矣。禮部侍郎汝陰李黼子威書。　易之此詩，格調則宗韓吏部，性情則同元道州，世必有能知之者。監察御史太樸危素書。　至正四年，河南北大飢，明年又疫，民之死者過半。朝廷嘗議鬻爵以賑之，江淮富人應命者甚衆，凡得鈔十餘萬，定粟稱是。會夏小稔，賑事遂已。然民罹大困，田萊盡荒，蒿蓬没人，狐兔之跡滿道。時余爲御史，行河之南。請以富人所入錢粟貸民，具牛種以耕，豐年則收其本。不報。覽易之之詩，追憶往事，爲之惻然！八年三月，翰林待制武威余闕志。

發大都　上京紀行。

南陽有布衣，杖策遊帝鄉。憂時氣激烈，撫事歌慨慷。天高多霜落，歲晏單衣裳。執手謝親友，驅車出塞疆。雲低長城下，木落古道旁。憑高眺飛鴻，離離盡南翔。顧我遠遊子，沈思鬱中腸。更涉桑乾河，照影空彷徨。

劉蕡祠　唐劉蕡，幽州昌平人。謫死柳州。歷遼金無能發潛德。至本朝天曆間，昌平驛官宫棋始奏建劉諫議書院。

入郭日已暝，慘淡楓葉赤。鞠躬荒祠下，低回想遺直。劉君素忠憤，伏闕論邦國。痛陳腹心禍，竟罹考功斥。餘子盡騫騰，鬱鬱負慚色。鄉人仰高誼，千載崇廟食。悲歌風蕭蕭，感慨情惻惻。出門無行人，涼月照東壁。

龍虎臺　大駕巡幸，往返皆駐蹕臺上。

晨登龍虎臺，停驂望居庸。絶壑閟雲氣，長林振悲風。翠華有時幸，北狩甘泉宫。千官候鳴蹕，萬騎如飛龍。帳殿駐山麓，羽葆羅雲中。我行避馳道，弗得窮幽蹤。衣裳倏涼冷，積霧浮空濛。前山風雨來，驅鞭復忽忽。

居庸關　關北五里，今敕建永明寶相寺。宫殿甚壯麗，有三塔跨于通衢，車騎皆過其下。

疊嶂緣青冥，峭絶兩崖束。盤盤龍虎踞，岑巇互囘伏。重關設天險，王氣輿坤軸。皇靈廣覆被，四海同軌躅。至今豪俠人，危眺屢驚縮。崎嶇棧閣峻，縈紆岡澗曲。環村列墟市，甃翠構廬屋。溪春激巖溜，山田雜稌菽。絶頂得幽勝，人煙稍聯屬。浮圖壓廣路，臺殿出層麓。白雲隱疏鐘，落日帶高木。豈須歎蜀道，政可夸函谷。居人遠念我，叩馬苦留宿。恐辜殷勤情，解鞍看山瀑。

榆林

出關喜平曠，前林樹扶疏。微茫候煙火，參差見廛廬。美人秋水上，娟娟映芙蕖。巷隘車騎塞，山寒日將晡。行人問旅舍，投鞭息馳驅。張燈秣駑馬，斷檗餘青芻。夜涼衾裯薄，悒悒愁前途。雞鳴山窗曙，去矣毋躊躇。

槍竿嶺　山腰長城遺跡尚存。

飲馬長城下，水寒風蕭蕭。遊子在絶漠，仰望浮雲飄。前登槍竿嶺，岡岑鬱岧嶤。崩崖斷車轍，層梯入雲霄。幽龕構絶壁，微徑紆山腰。一作椒。人行在木末，日落聞鳴蜩。履險力疲薾，憑高思飄飖。何當脱羈鞅，歸種南山苗。

李老谷 谷中多杜鵑。

高秋遠行邁，入谷雲氣暝。稍稍微雨來，漸怯衣裳冷。縈紆青崦窄，杳篠煙林迥。峰回稍開豁，夕陽散微影。霜葉落秋澗，寒花媚秋嶺。途窮見土屋，人煙雜墟井。平生愛山癖，愒此愜幽静。月落聞子規，懷歸心耿耿。

赤城 金閣山在赤城西郊，洞明真人修鍊之所。山中盛産青李、來禽諸果。

休駕赤城館，憑軒望前山。飛雨西北來，亂灑石壁間。風寒樹槭槭，水落沙斑斑。牛羊盡歸栅，微燈掩松關。野老頗留客，及此農事閒。頃筐出山果，濁酒聊慰顔。移尊對金閣，靈宫鬱孱顔。安得吹簫人，乘鸞月中還。

龍門 元統間，知樞密院事都剌帖木兒過峽中，見二羊鬭山椒樹間。頃刻大雨水溢，姬妾輜重，皆爲漂溺。

峥嶸龍門峽，曠古稱險絶。疏鑿非禹功，開闢自天設。聯岡疑路斷，峭壁忽中裂。雲蒸雨氣暝，石觸水聲咽。羸驂涉溝澗，執轡屢愁一作隘。蹶。憶昔兩羝羊，忿鬭蛟龍穴。暴雨忽傾注，淫潦怒奔決。人馬多漂流，車軸盡摧折。我行愁陰霾，慘慘情不悦。日落樵唱來，三歎腸内熱。

獨石　國朝諸后、太子陵，皆在獨石北氈帽山。

停驂眺青林，獨石當廣路。峩峩龍君祠，殿屋隱朝霧。前山過微雨，暝色起高樹。溪灣夕溜清，巖竇寒雲聚。東園有陵寢，龍虎蔚盤據。行人下馬過，斂衽夙驚懼。涼風吹華髮，感激歲年暮。悵望南天雲，徘徊不能去。

檜子窪　昔多盜賊，今置巡檢司于山椒，其山無林木，皆蔓草。

朝發牛羣頭，夕憩檜子窪。高秋得清曠，野蔓多幽花。黄雲翳日脚，草色浮天涯。山荒樹寂寞，寒陂落昏鴉。頗喜盜賊清，塞田盡禾麻。至今將軍壘，日落聞清笳。我生久羇旅，崎嶇涉風沙。天寒道路遠，曛黑投山家。

李陵臺

落日關塞黑，蒼茫路多岐。荒煙淡暮色，高臺獨巍巍。嗚呼李將軍，力戰陷敵圍。豈不念鄉國，奮身或來歸。漢家少恩信，竟使臣節虧。所愧在一死，永爲來者悲。千載撫遺跡，憑高起遐思。褰裳覽八極，茫茫白雲飛。

次上都崇真宫呈同遊諸君子

雞鳴涉灤水，慘淡望沙漠。穹廬在中野，草際大星落。風高班馬一作「馬驚」嘶，露下貂裘薄。晨霞發海嶠，旭日照城郭。嵯峨五色雲，下覆丹鳳閣。琳宫多良彦，休駕得棲泊。清樽置美酒，展席共歡酌。彈琴發幽懷，擊筑詠新作。主時屬承平，幸此帝鄉樂。願言崇令德，相期保天爵。

失剌斡耳朵觀詐馬宴奉次貢泰甫授經先生韻五首

詔下天門御墨題，龍岡開宴百官齊。路通禁籞聯文石，幔隔香塵鎮水犀。象輦時從黄道出，龍駒牽向赤墀嘶。繡衣珠帽佳公子，千騎揚鑣過柳隄。

珊瑚小帶佩豪曹，壓轡鈴鐺雉尾高。宫女侍筵歌芍藥，内官當殿出蒲萄。栢梁競喜詩先捷，羽獵争傳賦最豪。一曲《霓裳》纔舞罷，天香浮動翠雲袍。

繡綺新裁雲母帳，玉鉤齊上水晶簾。鳳笙屢聽伶官奏，馬湩頻煩太僕添。風動香煙飄合殿，日扶花影上雕檐。金盤禁臠纔供膳，階下傳呼索井鹽。

上林宫闕淨朝暉，宿雨清塵暑氣微。玉斧照廊紅日近，霓旌夾仗彩霞飛。錦翎山雉攢遊騎，金翅雲鵬織賜衣。宴罷天階呼秉燭，千官争送翠華歸。

灤河源似九龍池，清暑年年六月時。孔雀御屏金篆篆，椶櫚別殿日熙熙。青藜獨喜頒劉向，黄閣重開拜子儀。千載風雲新際會，願將金石播聲詩。時太傅脱公再入相。

雨夜同天台道士鄭蒙泉話舊并懷劉子彝

蒙泉時奉祠上京崇真宮。子彝嘗于四明東湖築天壇道院，以待蒙泉東歸。

履雪台州老鄭虔，相逢灤水話當年。草堂聽雨秋將半，石鼎聯詩夜不眠。遥憶東湖來夢裏，起看北斗落窗前。劉郎獨愛長生訣，日日天壇望鶴還。

行路難

至正己丑夏，右相朶兒只公拜國王，就國遼東。是日左相賀公亦左遷，因感而作。

行路難，難行路，黃榆蕭蕭白楊暮。槍竿嶺上積雪高，龍門峽裏秋濤怒。嵯峩虎豹當大關，蒼崖壁立登天難。千車朝從赤日發，萬馬夜向西風還。鑑湖酒船苦不早，遼東白鶴歸華表。夜雨空階碧草深，落花滿院行人少。世情翻覆如秋雲，誓天歃血徒紛紛。洛陽争迎蘇季子，淮陰誰識韓將軍。行路難，難行路，白頭總被功名誤。高樓昨夜歌舞人，丹旐曉出東門去。子午谷，終南山，青松草屋相對閒。拂衣高歌上絶頂，請看人間行路難。

塞上曲五首

秋高沙磧地椒稀，貂帽狐裘晚出圍。射得白狼懸馬上，吹笳夜半月中歸。

雜沓氈車百輛多，五更衝雪渡灤河。當轅老嫗行程慣，倚岸敲冰飲橐駝。

雙鬟小女玉娟娟，自卷氈簾出帳前。忽見一枝長十八，折來簪在帽簷邊。長十八，草花名。

馬乳新挏玉滿瓶，沙羊黃鼠割來腥。蹋歌盡醉營盤晚，鞭鼓聲中按海青。
烏桓城下雨初晴，紫菊金蓮漫地生。最愛多情白翎雀，一雙飛近馬邊鳴。

歸途至金閣山懷虞侍講

羸驂八月過雲州，殿閣嵯峩疊嶂稠。空谷無人黃葉落，白雲如雪滿溪流。獨登金閣尋仙跡，還憶青城覓舊遊。日落長歌下山去，西風十里異香浮。虞公過山下，常聞異香十餘里。

還京道中

客遊倦緇塵，夢寐想山水。停驂眺遠岑，悠然心自喜。晨霞發暝林，夕溜洄清沚。出峽涼風馳，入谷塞雲起。霜清卉木疏，日落峰巒紫。迢遞越關河，參差望宮雉。家童指歸路，居人念遊子。各嗟行路難，深垂攝生理。終期返南山，高揖謝城市。

「海上幽人錦繡腸，獨臨灤水惜年芳。千金不賣《長門賦》，閒寫新詩寄玉堂。」臨川危素敬題。「憶陪仙仗度關時，玉帳星聯紫翠圍。今日讀君天上曲，依然環珮月中歸。」括蒼胡深敬題。

贈張直言南歸

天子開明堂，股肱任夔契。四方多章奏，俯伏陳陛闕。臣聞黃河流，洶洶怒衝齧。鉅野及青徐，千金盡魚鼈。載憂山東盜，馮陵據巢穴。腰弓入城市，白晝肆攘奪。嶺南失控御，猺獞恣猖獗。運饟山溪阻，野戰瘴雲熱。爨僰寇雲南，兵禍久聯結。誰憐酈生辨，竟墮韓侯譎。參政木律存道事，與酈食其同。邊將多貪殘，駝羊盡膏血。南兵久孱懦，海上縱狂孽。租庸斃吴楚，鎈征困閩浙。文牘日冗繁，民力愈疲竭。詔下閶闔門，求言補遺缺。張君素忠憤，意氣古豪傑。裹糧涉江淮，徒步犯霜雪。伏謁中書堂，揚眉吐奇説。愚策十有六，歷歷甚詳切。倘蒙録一二，亦足解鉗掣。鯫生匪狂謬，閣下幸裁決。丞相屬春官，分曹校優劣。翩然不俟報，長揖與予别。言歸南山廬，白雲可怡悦。長溪釣魴鱮，春山採薇蕨。飯疏飲清泉，終焉養高潔。賤子託深誼，持觴候車轍。既攄平生藴，尚復鑒前哲。劉蕡竟下第，賈誼空嗚咽。讀君囊中書，捫君口中舌。歌君《白馬篇》，贈君蒼玉玦。相期爛柯山，笑濯澄潭月。

南城詠古十六首　並序。

至正十一年八月既望，太史宇文公、太常危公，偕燕人梁處士九思、臨川黄君殷士、四明道士王虚齋、新進士朱夢炎與余，凡七人，聯轡出遊燕城。覽故宫之遺跡，凡其城中塔廟樓觀臺榭園亭，莫不徘徊瞻眺，拭其殘碑斷柱，爲之一讀。指廢興而論之，余七人者，以爲人生出處聚散，不可常也。邂逅一日之樂，有足惜者，豈獨感慨陳迹而已哉。各賦詩十有六首以紀其事，庶來者有所徵焉。河朔外史迺賢序。

黄金臺　大悲閣東南，隗臺坊内。

落日燕城下，高臺草樹秋。千金何足惜，一士固難求。滄海誰青眼？空山盡白頭。還憐易河水，今古只東流。

憫忠閣　唐太宗憫征遼士卒陣亡而建。

高閣秋天迥，金仙寶珞齊。青山排闥見，紫氣隔城迷。朱栱浮雲溼，瑚簷落照低。因懷百戰士，惆悵立層梯。

壽安殿　殿基今爲酒家壽安樓。

夢斷朝元閣，來尋賣酒樓。野花迷輦路，落葉滿宮溝。風雨青城暮，河山紫塞愁。老人頭雪白，扶杖話幽州。

聖安寺　寺有金世宗、章宗二朝篆。

蘭若城幽處，聯鑣八月來。寶華幢蓋合，衮冕畫圖開。斷碣蒼苔暗，空庭落葉堆。飢鳶不避客，攫食下生臺。

大悲閣　閣榜虞世南書。

閣道連天起，丹青飾井幹。如何千手眼，只著一衣冠。金榜交龍挾，瑚甍吻獸攢。憑高天萬里，白紵不勝寒。

鐵牛廟

燕人重東作，鎔鐵象牛形。角斷苔花碧，蹄穿土鏽腥。遺蹤傳野老，古廟託山靈。一酹壺中酒，穰穰黍麥青。

雲仙臺 今之望月臺。

臺殿青冥外，團團海月涼。隔簾聞鳳管，秉燭奏一作按。霓裳。銅雀晨霞眩，金盤夕露瀼。仙人不復返，愁殺海生桑。

長春宮 全真丘神仙處幾之居。太祖常召至西域之雪山論道，屢勸上以不殺。

羸驂蹋秋日，一作水。迢遞謁琳宫。松子花甎落，溪流板閣通。樓臺非下土，環珮憶高風。草昧艱難日，神仙第一功。

竹林寺 金熙宗駙馬宮也。寺僧云：一塔無影。

城南天尺五，祇樹給孤園。甲第王侯去，精藍帝釋尊。老僧誇塔影，稚子斲松根。何日天台路，相從一問源。

龍頭觀 龍頭懸三牙籤，刻曰「建隆元年」。

仙館紅塵外，龍頭得借看。開函雲氣溼，近席雨聲寒。碧血凝螺黛，香涎逼麝檀。牙籤認題字，猶是建隆刓。

妝臺　李妃所築，今在昭明觀後。妃常與章宗露坐。上曰：「二人臺上坐」，妃應聲曰：「一月日邊明。」上大悦。

廢苑鶯花盡，荒臺燕麥生。韶華如逝水，粉黛憶傾城。野菊金鈿小，秋潭石鏡清。誰憐舊時月，曾向日邊明。

雙塔　安禄山、史思明所建，在憫忠寺前。

安史開元日，千金構塔基。世尊寧安福，天道自無私。寶鐸游絲罥，銅輪碧蘚滋。停驂指遺跡，含憤立多時。

西華潭　金之太液池。

秋水清無底，涼風起緑波。錦帆非昨夢，玉樹憶清歌。帝子吹笙絶，漁郎把釣多。磯頭浣紗女，猶恐是宫娥。

白馬廟

祠宇當城角，霜蹄刻畫真。房星何日墜，駿骨自能神。曾蹴陰山雪，思清瀚海塵。長疑化龍去，騰踏上雲津。

萬壽寺　寺有許道寧畫屏。

皇唐開寶構，歷劫抵金時。絶妙青松障，清涼白玉池。長廊秋屧響，高閣夜鐘遲。獨有乘閒客，扶藜讀舊碑。

玉虛宮　太道教以供薪水之勞，爲其張本。宮主張真人，其貌甚清古。

樓觀回深巷，松枝夾路低。拾薪供早爨，抱甕灌春畦。經向琅函讀，詩從古鼎題。白鬢張道士，送客過桃溪。

古鏡篇寄韓與玉　時與玉將南歸，故賦此留別。

古鏡團團似秋水，美人當窗正梳洗。芙蓉涼月鬬嬋娟，默默自憐還自喜。朝來開匣忽淒然，一痕微雪映華鈿。却恨東風惜桃李，年年開傍鏡臺邊。粉縣拭鏡還清澈，佳人薄命空愁絶。不如化石在山頭，萬古千年照明月。

病起書事呈兼善尚書

閭閻積雨浸城臯，四望平疇白浪高。太息人材無董賈，可憐經濟屬蕭曹。山東璧馬祠河伯，海上旌旗擁賊壕。燮理自知廊廟貴，腐儒憂國謾心勞。尚書時奉白馬玉璧祭決河回，復命議平海寇。

孔林瑞槐歌 並序。

先聖墓林古槐一章，枝幹偃蹇，膚理若鐫刻篆籀龍鳳，細如絲髮，雖善畫者，莫能狀其奇巧。襲封衍聖公愈加培植，見者咸加敬愛。因以紀瑞云。

闕里陰陰槐樹古，百尺長柯挾風雨。密葉蟠空擁翠雲，深根貫石流瓊乳。蒼皮皴蝕紋異常，天成篆籀分毫芒。游絲縈錯科斗亂，雲氣飛動龍鸞翔。嬴秦書焚士坑僇，幾歎遺經藏壁屋。千年聖道復昭明，喜見文章出嘉木。神明元冑嗣上公，雨露滋沐深培封。清陰如水石壇靜，彈琴樹底歌薰風。

秋夜有懷明州張子淵

雲表銅盤挹露華，高城涼冷咽清笳。弓刀夜月三千騎，燈火秋風十萬家。夢斷佳人彈錦瑟，酒醒童子汲冰花。起看歸路銀河近，願借張騫八月槎。

題王虛齋所藏鎮南王墨竹

帝子乘鸞謁紫清，滿天風露翠衣輕。閒將十二參差玉，吹向雲間作鳳鳴。

投贈趙祭酒二十韻 字子期，宛丘人。

三朝元老國蓍龜，山立精神虎豹姿。高步瓊林開宦轍，早登華省被恩私。棟梁材器明堂用，臺閣文章聖主知。輦下懇辭郎署久，斗南争望使星移。諫垣屢賞朱雲節，宣室重陳賈誼辭。錦綬還鄉迎駟馬，繡衣行部去襜帷。談經祕閣重裀坐，扈蹕甘泉載橐隨。玉節引班朝謁早，金蓮擁騎夜歸遲。尚書曳履登鸞閣，給事含香近鳳池。冰檗操持心似鐵，廟廊贊畫鬢成絲。久聞陸贄頻憂國，盡許匡衡喜説詩。百世斯文開絶學，四門胄子得名師。絃歌濟濟承周禮，冠佩蹌蹌舉漢儀。掌故傳經編竹簡，諸生脱穎擅囊錐。鄙人自致慚無術，男子平生謾負奇。久望車塵空感激，欲趨門屏愧驅馳。王陽豈待彈冠慶，孺子還應下榻思。輒效詩人陳賦頌，敢從閽吏候旌麾。何蕃獨重陽司業，嚴武深憐杜拾遺。懷寶山林當一出，平津正在禮賢時。

答禄將軍射虎行 並序。

答禄將軍，世爲乃蠻部主。歸國朝拜隨潁萬户，平金有功，事載國史。其出守信陽，射虎之事尤偉。曾孫與權舉進士，爲祕書郎官，與余雅善，間言其事，因徵作歌。

將軍部曲瀚海東，三千鐵騎精且雄。久知天命屬真主，奮身來建非常功。世祖神謨涵宇宙，坐使英雄皆入彀。十年轉戰淮蔡平，帳下論功封太守。信陽郭外山嵯峩，長林大谷青松多。白額於菟踞當道，城邊日落無人過。將軍聞之毛髮竪，拔劍誓天期殺虎。彎弓走馬出東門，傾城來看誇豪武。猛虎磨牙當路嘷，目光睒睒斑尾摇。據鞍一叱雙眥裂，鳥飛木落風蕭蕭。金弰琱弓鐵絲箭，滿月弦開正當面。鵰翎射没錦毛摧，厓石崩騰腥血濺。萬人歡笑一作「讙譟」。聲震天，剖開一箭一作鏃。當心穿。父老持杯馬前拜，祝公眉壽三千年。將軍一作「丈夫」。立功期不朽，奇事相傳在人口。可憐李廣不封侯，却喜將軍今有後。承平公子祕書郎，文場百步曾穿楊。咫尺風雲看豹變，鳴珂曳履登朝堂。虎既剖，箭鏃正貫于心中。

京城春日二首

宮牆冰消綠漫隄，落花流水五門西。黃鸝不管春深淺，飛入南城樹上啼。

新樣雙鬟束御羅，疊騎驕馬粉牆過。回頭笑指銀瓶內，官酒誰家索較多。

新隄謠 並序。

近歲河決白茅東北，氾濫千餘里。始建行都水監于鄆城以專治之。少監蒲從善築隄建祠，病民可念，予聞而哀之。乃爲作歌。黃河決道時，有清水先流至，名曰漸水。曹濮之人見此水，皆遷居高丘預避。

老人家住黃河邊，黃茅縛屋三四椽。有牛一具田一頃，藝麻種穀終殘年。年來河流失故道，墊溺村墟決城堡。人家墳墓無處尋，千里放船行樹杪。朝廷憂民恐爲魚，詔蠲徭役除田租。大臣雜議拜都水，設官開府臨青徐。分監來時當十月，河冰塞川天雨雪。調夫十萬築新隄，手足血流肌肉裂。監官號令如雷風，天寒日短難爲功。南村家家賣兒女，要與河伯營祠宮。陌上逢人相向哭，漸水漫漫及曹濮。流離凍餓何足論，只恐新隄要重築。昨朝移家上高丘，水來不到丘上頭。但願皇天念赤子，河清海晏三千秋。

劉舍人桃花馬歌

青絲駿馬桃花色，翠鞍玉轡黄金勒。奚奴牽出不敢騎，道上行人争愛惜。往時曾遇李將軍，汗流赤血氣如雲。朝刷黄河暮南粤，沙場百戰成奇勳。歸來無心伏槽櫪，頓轡長鳴思奮力。東家白面繡衣郎，千金買去遊南陌。昨朝校獵向城隅，萬人争説天下無。夜歸不怕霸陵尉，玉鞭醉打蒼頭奴。畫燭銀屏歡徹曙，一朝金盡賓朋去。可憐驕馬屬誰家？斷繮猶繫階前樹。君不見西家款段三十年，青芻滿櫪菽滿田。老翁不識城下路，騎看射獵南山邊。

贈沈元方歸吴興兼簡韓與玉

春城飛絮曉紛紛，金水河邊更送君。闕下馬卿憐作客，江南沈約最能文。天圍斷岸歸帆遠，水落黄河野樹分。寄謝平生韓處士，别來應是賦停雲。

送林庭立歸四明兼簡張子端兄弟

徵君歸隱海東頭，三月開帆江水流。坐看浮雲知世態，長歌落日送離愁。平生不負楊臨賀，此去端如馬少游。若見山中陶宰相，白雲千里思悠悠。庭立客賀相府，相左遷，獨遠送之。其鄉多弘景故蹟。

次韻趙祭酒城東宴集四首　子期。

金河流水碧粼粼，御柳煙銷曙色新。黄鳥只愁春去遠，隔窗呼醒看花人。

童子將車候辟雍，先生載酒出城東。絲絲細雨春雲薄，却恨羅衫怯曉風。

上東門外杏花開，千樹紅雲繞石臺。最怪奎章虞閣老，白頭騎馬看花來。

十騎聯鑣入郭遲，從教斜日過棠梨。候門稚子牽衣笑，今日先生有好詩。國子監散學，候日影到堂後梨樹。

贈謝尚禮歸盱江

畫船緑樹映滄波，撾鼓開船發御河。作惡情懷唯仗酒，落花時節況聞歌。潮來別浦江聲急，雲起南山雨氣多。落日都門一分袂，相思千里奈君何。

北邙山歌

白樂天賜第履道坊，既葬北邙，敕命遊人至墳所者必酹酒。至今墓前隙地泥濘。

北邙山高雲嵯峩，山前日日聞輓歌。千金買穴望卿相，不道洛陽人葬多。長安歸來錦衣客，昨日城南起新宅。雕闌華礎滿前楹，盡是當年墓邊石。墓邊野老鬓如絲，自言曾見築墳時。轉頭石馬卧荆棘，白楊蕭瑟秋風悲。白日西流水東逝，眼見君家葬三世。舊時隧道盡爲田，新墳苦作千年計。寄語洛陽諸少年，對酒莫惜黄金錢。縱有穹碑勒勳業，文章誇靡誰能傳。君不見履道坊中白太傅，留客高堂醉歌舞。至今三月看花人，載酒去澆墳上土。

讀金太祖武元皇帝平遼碑

在南城豐宜門外。金史臣韓昉撰，宇文虚中書。

千丈豐碑勢倚空，風雲猶憶下遼東。百年功業秦皇帝，一代文章太史公。石斷龍鱗秋雨後，苔封鼇背夕陽中。行人立馬空惆悵，禾黍離離滿故宫。

讀汪水雲詩集二首 並序。

水雲汪元量，字大有，錢塘人。以善琴受知宋主，國亡，奉三宫留燕甚久。世祖皇帝嘗命奏琴，因賜爲黄冠師。南歸時，幼主瀛國公、福王平原郡公趙與芮、駙馬右丞楊鎮、故相吴堅、留夢炎、參政家鉉翁、文及翁、提刑陳杰（青）（貴）、陽夢炎、與宫人王昭儀清惠以下廿有九人，分韻賦詩，以餞其行。水雲之詩，多記其國亡時事，與文丞相獄中倡和之作。文丞相又與馬丞相廷鸞、章丞相鑑、鄧禮部光薦、謝國史枋得、劉太博辰翁序其詩集，劉公又爲批點。余間聞危太史言曰：水雲長身玉立，修髯廣額，而音若洪鐘。比歸，數往來匡廬彭蠡之間，若飄風行雲，世莫能測其去留之跡。江右之人，以爲神仙，多畫其像以祠之，像至今有存者。其諸公所賦墨蹟，嘗見于臨川僧舍云。及余至京師，因徐君敏道得《水雲集》，讀而哀之。偶成二律以識其後。

三日錢塘海不波，子嬰繫組納山河。兵臨魯國猶絃誦，客過殷墟獨嘯歌。鐵馬渡江功赫奕，銅人辭漢淚滂沱。知章喜得黄冠服，一作賜。野水一作服。閒雲一釣蓑。

一曲絲桐奏未休，蕭蕭笳鼓禁宫秋。湖山有意風雲變，江水無情日夜流。供奉自歌《南渡》曲，拾遺能賦《北征》愁。仙人一去無消息，滄海桑田空白頭。

七月十六夜海上看月二首

樓船留客宴良宵，坐看冰輪出海潮。却憶去年灤水上，夜深孤館雪蕭蕭。去年客上都，是日大雪。
征人七月度榆關，貂鼠裁衣尚怯寒。不信江南今夜月，有人揮扇著冰紈。

陵州

日落陵州路，沿流古岸傍。泊舟人自語，聽雨夜偏長。過客愁聞盜，荒村久絶糧。何人肯憂國，得似董賢良。董仲舒。陵州人。

寶林八詠爲別峰同禪師賦

飛來峰

千仞瑯琊石，飛來鎮越州。江波欲浮動，還被白雲留。

應天塔

獨上峰顛塔，秋清曙色開。憑闌望東北，潮向海門來。

大布衣

大布僧伽衲，流傳六百年。攜來香滿袖，猶是御鑪煙。

鐵鉢盂

鐵鉢溪頭洗，冰花六月寒。山僧偶彈舌，引得老龍蟠。

羅漢泉

錫杖虚空落，靈泉發地中。忽看流菜葉，始信石橋通。

靈鰻井

甃石漵山溜，蜿蜒竹色青。風來忽涼冷，雨氣隔林腥。

深竹堂

一笏清涼地，森森萬玉齊。月明時倚杖，閒看鳳來棲。

盤翠軒

石磴藤花落，山窗嵐氣浮。晚來高樹暝，一榻似新秋。

田家留客圖爲四明劉師向先生賦

客來田家當六月，主人相留樹邊歇。呼兒牽馬飲清泉，廚裏新漿解君熱。郎君出城幾日前，城中米價今幾錢。昨夜南村三尺雨，不知還到城濠邊。勿厭儂家茅屋小，棘門新編土牆繞。明朝早飯莫怱怱，雞鳴送君出官道。

送楊季子赴德慶知事

天祿揚雄久較書，忽聞章綬綰銀魚。一官遠赴諸侯幕，六轡先乘使者車。椰子剖漿霜落後，荔枝封蜜雨晴初。故人只守平生業，一硯相求不願餘。

馬德良下第

三月都門鶯亂飛，東風客館思依依。樂生空受昭王聘，蘇子深慚李膺歸。白璧人間須待價，青藜天上更分輝。瓊林花發重來日，五色春雲照錦衣。

羽林行

羽林將軍年十五，盤螭玉帶懸金虎。黃鷹白犬朝出遊，翠管銀箏夜歌舞。珠衣繡帽花滿身，鳴騶斧鉞驚路人。東園擊毬誇意氣，西街走馬揚飛塵。湖南昨夜羽書急，詔趣將軍遠迎敵。寶刀鏽澀金甲寒，上馬彷徨苦無力。美人牽衣哭向天，將軍執別淚如泉。安得天河洗兵甲，坐令瀚海無塵煙。君不見關西老將多戰謀，數奇白髮不封侯。據鞍矍鑠尚可用，誰憐射虎南山頭。

賣鹽婦

賣鹽婦，百結青裙走風雨。雨花灑鹽鹽作鹵，背負空筐淚如縷。三日破鐺無粟煮，老姑飢寒更愁苦。道傍行人因問之，拭淚吞聲爲君語。妾身家本住山東，夫家名在兵籍中。荷戈崎嶇戍吴越，妾亦萬里來相從。年來海上風塵起，樓船百萬秋濤裏。良人賈勇身先死，白骨誰知塡海水。前年大兒征饒州，饒州未復軍尚留。去年小兒攻高郵，可憐血作淮河流。中原封裝音信絶，官倉不開口糧缺。空營木落煙火稀，夜雨殘燈泣嗚咽。東鄰西舍夫不歸，今年嫁作商人妻。繡羅裁衣春日低，落花飛絮愁深閨。妾心如水甘貧賤，辛苦賣鹽終不怨。得錢糴米供老姑，泉下無慚見夫面。君不見繡衣使者浙河東，采詩正欲觀民風。莫棄吾儂賣鹽婦，歸朝先奏明光宫。

仙居縣杜氏二真廟詩 並序。

東陽杜氏二女子，早喪父母，鬻餠市中。廚人挑之，二女子憤殺廚人，走匿仙居之孟溪，夜雨水漲，皆溺死。其屍閣巨木上，蒼藤纏束，儼若棺椁，時隋大業間也。唐令令狐□取其遺骨塑像，建廟溪上。宋令古零陳襄禱雨屢應，刻石祠下。國朝至正壬寅，東陽陳君元祥以浙省員外督制兹邑，水旱之禱，顯有奇徵。明年君督漕入京，請諸中書。命太常議封貞惠、貞淑二真仙。元祥因徵賦詩廟壁云。

君不見瀟湘江上斑斑竹，雨灑疏林淚痕緑。又不見金谿縣裏兩嬋娟，身化白金金漸復。至今九疑山下大江西，窈窕祠堂依古木。仙居更有杜貞娥，千古清風凜相續。貞娥鬻餠東陽市，廚人相挑憤投鹵。捉刀夜斷賊奴頭，勇烈真同丈夫子。脱身竄匿來孟溪，木食澗飲幽巖棲。煢煢姊妹自相保，天寒愁聽哀猿啼。夜雨奔流溢山趾，月黑溪深黯無底。嗚呼雙娥同溺死，玉骨藤纏高樹裏。開元賢令銜餘哀，築祠却傍蒼崖開。悲風蕭蕭落山葉，精靈日暮猶歸來。陳侯自是古零後，來作仙居民父母。銜香赤脚禱龍湫，秋日甘霖起枯朽。去年飛章徹九閽，紫綾裁誥褒貞魂。鸞車孔蓋蔽白日，仿佛來謝朝家恩。男兒堂堂軀七尺，忍詬含羞汗簡册。何如貞惠貞淑兩真仙，萬古千秋長廟食。

使歸

白頭萬里喜來歸，小院深深過客稀。睡起無題開錦囊，春來多病怯羅衣。流鶯亂蹴殘紅溜，乳燕連穿散絮飛。莫道山房渾寂寞，卧聽小女學鳴機。

題吴照磨墨梅

天台吴架閣，京下憶尋梅。倚杖月中立，思君江上來。夜深憐雪落，香動覺春回。獨坐溪邊石，晴雲滿緑苔。

予有山水圖留倪仲愷大師齋中久未得題品一日危太樸應奉謂余曰昔人皆以酒解酲子能作歌求詩亦此意也遂成古詩一章以趣之

野人築屋青山底。緑篠娟娟蔭秋水。天涯作客想江南，乞君題詩畫圖裏。畫圖疊嶂雲鉤連，汀花岸草春依然。對此令人動歸興，却思把釣清溪邊。一束殘書挂牛角，大笑青天看日落。窗下孤燈夜雨深，人間萬事秋雲薄。明年我亦去山陰，君歸泛雪須相尋。草堂下榻看圖畫，與一作共。君酌酒聽君吟。

南城席上聞箏懷張子淵二首

春晴隨意出南城，尊酒花前得共傾。留客强陪今日醉，聽歌不似少年情。

海上張家玉雪郎，錦箏銀甲醉高堂。别來萬里風波外，燈下聞箏忽斷腸。

張員外光弼先生奉楊公之命函香浦陀洛伽山瑞相示現使節今還輒成長律四章少寓餞忱　録二。

江左長城有鐵星，赤心憂國禱滄溟。經翻海藏函猶溼，兵洗天河刃不腥。屢出賜金分將帥，終圖全璧奉朝廷。幕中司馬才無敵，執筆磨崖早勒銘。《北史》：楊津鎮定州，威望赫然。軍中謡曰：「不怕利槊堅城，但怕楊公鐵星。」

天上張公玉雪妍，競傳官府有神仙。功名早建平南策，詩句今隨過海船。夜汲澄潭瓶貯月，曉登磐石珮凌煙。知君喜得禎祥兆，一目高懸古樹邊。《宋史》：彌遠禱海上，見一目挂樹邊，後果拜相。

鹿皮子陳樵

樵字居采，婺州東陽人。負經濟才，介特自守，隱居圁谷間，衣鹿皮，自號「鹿皮子」。以當事者薦，徵之不起，專意著述。尤長於説經，與同郡黄晉卿輩友善。嘗貽書宋景濂，諄諄以文章相勉勵云。所著曰《鹿皮子集》。好爲古賦，組織縣麗，有魏晉人遺風。其詩于題詠爲多，屬對精巧，時有奇氣，如：「山遮春欲歸時路，鴈入鳧飛不盡天。」「僧褻屋頭猿挂樹，鳥銜窗外雨生魚。」「春在地中長不死，月行天盡又飛來。」「臺虚人在空中立，雲静天從水面浮。」「詩無獺髓痕猶在，夢有鸞膠斷若何。」「野鹿避人懸樹宿，溪魚乘水上山來。」「天出異香薰寶樹，日將五色染游絲。」「絮輕便欲排雲去，花好多應换骨來。」即此數語，可以步武西崑諸作。

出塞曲 爲戍潼關李總管賦。

屬鏤夜啼光屬地，將軍一出欃槍死。行塵不動人歸市，帶甲如雲自天至。取君甲兵爲君洗，分明袖有銀河水。手中遺下泥一丸，不封函谷封泰山。

夜闌曲

碧宇星回夜漫漫，靈蕪煙煖重薰薦。冷翠香銷青桂枝，冰荷蓋光光遶帷。花樓艷舞金蔞葳，吴虀蜀酒精瓊糜。酒闌半解龍綃衣，春朝曲渚聞鶡雞。

海人謡

海南蠻奴髮垂耳，朝朝采寶丹涯裏。夜光盈尺出飛魚，柏葉收珠寒蕊蕊。幽箔連錢生緑花，切玉蠻刀如切水。九譯來朝萬里天，北風不動琅玕死。

東飛伯勞西飛燕題飛花亭

東飛伯勞西飛燕，花光絮影從風轉。蜂黄蝶粉照靈葩，不散明珠祇散花。霑衣墮袂花如雨，羽人化蝶隨花去。與人下顧笑春紅，春閨一昔生秋容。一作「吴蕉未省生秋風」。骨齊熊耳君知否？花艷春暉不經久，羽衣一拂千萬春，春花墮蕊齊崑崙。

中秋月

銀漢西流烏接翼，回首人間化爲碧。瑶臺月裏可避胡，三郎錯路歸魚鳧。《霓裳》月裏親偷得，却怪李謩偷擪笛。

寒食詞

縣上火攻山鬼哭，霜華夜入桃花粥。重湖煙柳高插天，猶是咸淳賜火煙。

虞美人草詞

美人不願顔如花，願爲霜草逢春華。漢壁楚歌連夜起，騅不逝兮奈爾何。鴻門劍戟帳下舞，美人忍淚聽楚歌。楚歌入漢美人死，不見宫中有人彘。

七夕宫詞

内人拜月金鋪户，鳳宿梧枝秋葉下。露華入袂玉階寒，織署錦工催祭杼。月下金鈿照骨明，同心絲繪紅生縷。素瓜碧竇上華樓，夜闌飈馭下銀州。

清隱亭

白日照陽春，九陌揚遠塵。往來酣蟻戰，誰是投閒人？人生苟知足，政復貴隱淪。萬事等大夢，汩没徒艱辛。所以賢達士，不肯勞其神。結亭林泉間，歸來養清真。窗虚野鳥狎，樹密山猿馴。草色上階秀，花枝倚檻新。俯仰有佳趣，尊酒時相親。終然遠塵俗，不愧無懷民。

雨香亭

花香不因雨，雨過花更香。氛氲入几席，馥郁侵衣裳。恍疑爇沈水，輕煙逐風揚。此時鼻觀通，百慮都已忘。願擕白玉椀，掇英挹天漿。灌沐紫金丹，卯酉滋芬芳。服食養精魄，一息三千霜。絶勝仙掌露，灝氣凝秋涼。

悦心亭

清晨攬衣起，感物暢我情。春風從何來，草木忽已榮。深池躍游鯈，喬木遷鳴鶯。俯仰極萬類，氣機足生生。哲人貴冥會，悠然竟何營。此樂難具述，酒至且復傾。

送李仲積北上

圖名當入朝，圖利當入市。丘壑多賤貧，胡爲久留此。入市不圖利，入朝不圖名。不如丘壑間，逍遥抗高情。白日從東來，忽焉向西没。急景易蹉跎，紅顔坐消歇。鼎鼎百年内，已過四十春。借問百年老，能有幾何人。縱使創還丹，可以長不老。志士惜分陰，立身亦不早。回首望堂上，慈親雙鬢皤。得禄奉榮養，其如遲暮何。絶裾固無取，負米良足美。違離膝下去，豈比蕩遊子。峩峩黄金臺，鳳詔求賢材。君行會有遇，名成早歸來。

送吉夫北上

之子冰雪姿，冥心學仙真。官卑且勿念，況復憂其貧。邇來太白山，山勢凌秋旻。雲盡月照夜，花開鳥鳴晨。閒居少公事，猿鶴爲比鄰。採芝過林麓，釣魚遊水濱。七年不得調，幽興如逸民。通塞任物理，聊用安此身。憶昔始相識，交情日相親。問君鍊藥説，祕之不肯陳。金液且莫採，何以製水銀。豈伊蓬萊中，無分追後塵。君今别我去，九闕朝帝宸。功名信可就，慎勿煩精神。閬風青峩峩，海波白粼粼。他年重會面，笑盼桃花春。

雙柏 題畫。

亭亭山上柏，柯幹如青銅。蒼古拔俗姿，肯作兒女容。風霜日摇落，萬木爲之空。爾獨不見摧，屹立如老翁。乃知歸根妙，生意恆内融。願乘雷雨興，化作雙飛龍。

瓊林臺

上清瓊林臺，似有千仞崇。琪樹交柯生，瑶草亦成叢。幻境類玄圃，凝輝接琳宫。天花或時墮，縈紆飀回風。仙人薛玄卿，手持玉芙蓉。傲睨八極表，洞見萬象空。飛書約王子，弭節延赤松。步虚朗歌詠，流響入雲中。

宣和滕奉使茂實 縣人。

鴨緑少年驕不舞，大梁花石春無主。天與遼人十四州。四海九州非漢土，漢使相看墮節毛。烏烏黑頭羝不乳，舊時别贈楊柳枝，插向雲中今十圍。

和楊廉夫買妾歌

劉郎持玉笛，再入天台山。天台女兒不相見，採藥直入桃花源。劉郎吹笛花能言，雲離雨别三千年。青矑横波髮鮮碧，藍紅染作夭桃色。劉郎今姓楊，相逢便相識。金條脱，龍縞衣。飇車木鳳凰，飛下鐵山西。蒨桃拂面丹如雨，紅蝶黄鶯解歌舞。桃源無路入人間，一身金翠來何許？玉山子，莫將迎。方平會麻姑，參語無蔡經。飛仙不入風沙地，無端夜過崐山市。三滌腸，三洗髓，絳雪玄霜玉池水。

代玉山子答

建昌老父吹羌管，背花吹盡風花片。雪中花老花未知，我起開簾納江燕。夏姬出境春爭妍，房老不出金谷園。花奴鼓急人人顧，砑光帽滑花難住。

待月壇　爲胡伯玉賦。

憶昔待月錢唐秋，眼寒桂樹枝相樛。桂枝半蠹花不實，折之不得令人愁。帝鄉幽燕邈吴越，還向山中弄明月。聞道君家待月壇，壇空風露何漫漫。便欲因之遡寥廓，倒騎玉蟾飛廣寒。廣寒宮殿殊清絶，素娥嬋娟皎如雪。笑指桂樹對我言，留取高枝待君折。待君折，須幾時。明年八月會相見，付與天香第一枝。

題海棠

東風吹墮緗雲影，別院春遲宫漏永。繡帷寶帶綰流蘇，夢入瑶臺呼不醒。熒熒銀燭花蕊多，城頭烏啼奈曉何。

石溪歌　爲石溪和尚作。

石溪一滴水，本自明河來。明河倒瀉箕尾涇，千里萬里喧風雷。小龍挾向雲間過，水滑瓢攲誤傾墮。蒼崖一息裂清泉，似是巨靈新擘破。南州衲子天下奇，夜撑鐵笛欲渡之。珠船照耀明月冷，赤手拾得珊瑚枝。又復揚鈴向東去，直到衆流歸一處。東方火發海影紅，金烏飛上扶桑曙。

胡伯玉隱趣園君子池

五月菡萏發，紅妝明緑波。君看池上水，何似若邪多。若邪女兒歌艷歌，輕舟短櫂相經過。傾城顏色有人妒，日暮涼風知奈何。

蘆鴻四詠飛鳴宿食　録二。

肅羽遵寒渚，渡江蘆葉黄。誰云南去遠？不敢過衡陽。

沙汀棲處穩，夜漏有奴看。月暗蘆花白，一身秋夢寒。

送李仲積北上

北上京華去，名成幾日歸。春風折楊柳，離思兩依依。

送孫仲明尉再到東陽省墓歸太原二首

遊子思親日九回，首丘無計轉堪哀。故人相見休相問，不爲東陽酒好來。

西風老淚斷人腸，滴死墳前草樹荒。明日還家重回首，白雲何處是東陽。

石

拳石當軒玉色寒，雨苔蝕盡鷓鴣斑。也知好事無真見，不看真山看假山。

山水

青山如髻樹如麻，茅屋青帘認酒家。侵曉一番風雨過，滿川流出碧桃花。

送蒙古教授郭受益歸洛陽

匹馬金華道，西風過雁初。蕁羹十里地，菰米九秋餘。齊語傳聲澀，巴童問字疏。湯湯清洛水，舊學復何如。

白鸚鵡

開元白鸚鵡，一作雪衣女。長在玉墀邊。宮樹棲應熟，胡書讀未全。音餘西域語，夢入廣南天。莫把宮中事，偷歸外國傳。

銀谷澗山房

樓臺依水石，石樹帶疏篁。洞口有靈藥，水西無夕陽。天花空處没，春草定中長。芳桂已飛盡，有時聞妙香。

春日

細雨花陰重，輕煙草色勻。驚禽長避客，嬌燕却依人。絃管紅樓酒，跧蹄紫陌塵。東風競遊賞，因想杏園春。

雨二首

雲氣朝彌積，濤聲晚更雄。鼃生沈竈下，人入漏天中。稍覺傷生意，深愁誤化工。羲和司叱馭，爲擁日車紅。

楚澤連空闊，吴天極杳冥。水添今日白，山没向來青。鷗鷺乘原隰，藜蒿翳户庭。出門知未可，試學衞生經。

送張仲舉歸晉陽舉進士二首

藉甚張公子，詞華衆所推。門閭千里望，天地一編詩。花落山公宅，雲寒杵臼祠。看君歸晉日，翻作别家時。

挂帆謝公浦，把酒闔閭城。江柳不忍折，春風當别行。關雲連楚暗，隴月向吴生。葉落長安道，思君北問程。

黄晉卿見過却歸烏傷

江雨問行人，江干雨又新。今朝下垂榻，幾日望行塵。冰雪鶯遷樹，江湖雁得春。非君被軒冕，懷抱欲何伸。

送烏經歷歸二十韻

大府羅賓彦，修門得俊賢。明時優外任，密畫制中權。曉日卿雲麗，高秋白月懸。千尋看壁立，百鍊識金堅。殷浩名無忝，崔羣美可專。緋袍臨僻壤，華髮憶流年。山揖金華秀，城當婺女躔。民風仍皡皡，王道故平平。玄暢塵囂外，芙蓉爽氣邊。憲臺依翠柏，幕府擁紅蓮。法謹持三尺，書應受一編。公言歸可否，德意賴承宣。歙郡推夷直，河陽贊巨川。可能羞噲伍，豈復愧盧前。淵媚珠含彩，林輝玉吐煙。豫籌纔婉婉，歸思忽翩翩。趨拜麒麟殿，違離玳瑁筵。幾時嗟蠖屈，後日看鶯遷。空遺參軍紙，曾辭太守錢。雙溪清若許，明月送歸船。

題建炎遺詔

解下塗金膝上衣，一作「蛾眉金縷衣」。忽忽命將墨淋漓。圖中吴楚無端坼，月裏山河一半虧。銀漢經天都是淚，杜鵑入洛不如歸。黄衣傳詔三軍泣，不是班師詔岳飛。

龐皮子律詩多出韻者，卽吴才老通用之意。已爲宋景濂《洪武正韻》發其端矣。

蛺蝶圖

禁籞名園信所之，深紅膩紫共春暉。人疑落葉有生色，我道飛花上故枝。掌上艷姬垂袖舞，屋頭故吏竊香歸。花中只許秦宫活，未必莊生入夢思。

北山别業三十八咏 録十六首。

太霞洞 冬春居此洞。

石林深處飯胡麻，幾度登臨送日車。一作「山中穴處逞春和，洞下栽桃攬物華。」雪到峰頭猶是雨，雲生石上半成霞。相看露下朝華草，不放春歸冷艷花。地冷花遲。一作「樹臨陰壑元無影，日傍晴崖不度花。」魏紫姚黄風掃盡，人間蜂蝶到山家。一作「暮夜相過玩清月，山前鄰笛兩三家。」

飛雨洞 盛夏居此洞，流沫成雨，中有小泓。

蜀天萬里入東州，一作「天梯石棧落東州」。冷翠侵扉翠欲流。朱鯉有靈時出穴，白狐生火幾經秋。山中十暑寒猶在，潭上千年雨未收。昨日西林晞白髮，溼雲依舊滿貂裘。

碧落洞 秋初入居此洞。

灝氣翻衣露滿懷，人言天上我驚猜。近從月裏種花去，遥見鼎湖飛葉來。使我加餐有黄獨，爲人題榜是青苔。杖頭化作光明燭，願逐東皇下九垓。

巴雨洞

溼雲侵袂一作「衣洞」。細泧泧，自曬蓑衣石上楓。海月長來飛雨下，仙家半入漏天中。石棱近水依崖長，山柹著霜連葉紅。却笑當年補天手，鍊成五色竟無功。

梅暾石

篁竹蕭蕭暗一作隔。水鳴，朝暾奕奕耿殘星。繁花無處分南北，明月何時厭死生。石樹裹雲長自溼，日華映雨半邊晴。霜晨露夕長來往，幾度攜琴鼓再行。

越觀　在巖頂。

吴根越角兩茫茫，石傘峰頭俯大荒。鳥道北來通禹會，雁程南不盡衡陽。雲移暫覺天河没，月暗不知松影長。天姥若邪他日事，明朝采蕺下山梁。

陳氏山林春日雜興

臘水殘山瘴海濱，一丘一壑可全真。月華一作「夜光」。雖死猶隨我，春色爲塵亦污人。石護生香成石乳，花連別樹作花身。新接梅。他年終擬忘名氏，碣石桐江理釣綸。

少霞洞山居

太霞洞口一作裏。採金芝，千歲山南一作前。聽碧雞。煮石鼎中饒一作燒。綠蓮，封書函外有丹泥。度關僧寄娑羅樹，入市人傳木客詩。又一作却。抱瑶琴向陰洞，青禽啄碎碧梧枝。

閶谷澗 一作臺。

雲在闌干葉在庭，瓢一作囊。中無藥事一作自。飛騰。丹霄有路星辰近，一作「長河如帶東南坼」，又作「銀河屬地西南涇」。明月無根日夜生。滿袖天香和夢冷，半村雨色傍林青。仙人約我瓊樓上，一作「瓊樓玉宇丹霄裏」。只恐月中秋更清。

秦素壇

竹死煙寒樹不榮，石壇千仞與雲平。春來天上元無色，雨到人間方有聲。夢入松風吹不斷，詩如芳草剪還生。陶山北望飛霞散，夜半有時孤鶴鳴。一作「他年學製鄒生律，盡種山樊與杜衡」。

招隱巖 一作山。

何年積蓋與山齊，樹轉峰回草逕微。野火裂爲方解石，秋風不到寄生枝。誰來樹下看雲坐，半入人間作燕飛。箬笠巖一作柏葉山。前今淨社，不須更草《北山移》。

紫薇巖　在蘭池上。

手種巖花對北峰，花間無葉紫茸茸。人行鳧雁不到處，家在鶯花第幾重。綠水值陰還又碧，青春著樹却成紅。紫薇莫入絲綸閣，且伴山中白髮翁。

石甗峰

柏葉山前鶯亂啼，小樓西望石離離。北峰雲出何曾斷，一作「甑中雲起長如溼」。東郡一作門外。山凡不解飛。蘿蔦相扶根著樹，蟾蜍不死肉成芝。黄粱夢短風塵暗，不是山人好食薇。

飛花亭

昨日朝華照夕曛，又看夕秀比朝菌。松高猿見古時月，花晚鶯添幾日春。盛露囊中封臘藥，無塵袖裏褢吴雲。人間何用春長在，只愛飛紅日日新。

空翠堂

蕉葉莪葵照檻明，山光入室雨初晴。平分天上無邊色，送盡江南未了青。息石長年依砌活，茯苓無種入階生。亭西昨日林霏重，採藥歸來露滿庭。

鹿皮子墓

土蝕苔一作石上蘚。侵古瓦棺，一作斑。化臺深鎖萬松關。坐看天上樓成日，吟到人間詩盡年。勾漏無靈丹竈冷，孟郊未死白雲閒。江南春草年年緑，又向他生説鄭玄。

鹿皮子北山詩咏多秀健之句。如《五雲洞》云：「松花入釀傳香碧，貝葉分題寫硬黃。」《溪亭》云：「雲隨白鶴翔千仞，月與青猿共一枝。」《翻經臺》云：「枝重有時來白鳥，雨殘無處著晴虹。」《東白草堂》云：「卷簾帳下雲先去，步月庭前樹欲行。」《望月臺》云：「松高琥珀無苗出，蟾老丹書滿腹生。」《銀谷澗空碧亭》云：「水鳥臨池青入羽，仙人唾地碧如天。」《少霞室》云：「石壁水花泉湧出，海棠春色鳥銜來。」《少霞洞》云：「龍帶雨花臨硯滴，僧添榭葉上秋衣。」《北峰》云：「雲傍樓臺低地碧，天將草樹染春青。」《水亭》云：「曲水傍人流白羽，嬌花無語答黃鶯。」《清涼臺》云：「好風入夏傳芳信，片雨隨龍度月明。」《忘憂閣》云：「天外唾如雲樣碧，江南春與草俱青。」《南軒》云：「人來此地見山碧，月未冷時如日紅。」《雲山不礙樓》云：「庭虛只放溪雲度，水淺不妨松影長。」《蘭池》云：「猿窺澗底風枝動，鶯踏花間水影翻。」《壺天》云：「神遊八極皆吾土，天入三山不滿壺。」又有《蘿衣洞》、《醒酒石》、《圖谷澗》、《野芳園》、《山齋》、《山園》等題，共三十八詠。其棲隱之地，可以想見。後以鹿皮子墓終之，亦司空表聖王官谷生壙之意也。

臨花亭五首

惡雨愁風易結□，夜遊秉燭晝傳飧。香添荔子能消日，粥費桃花怕減春。緑暗有人來折柳，紅飛剪紙爲招魂。竹間午夢時驚覺，滿眼卿雲覆錦茵。

芳草生煙葯在房，桯紅衣紫共芬芳。丘園風雨三家市，草木文章萬丈光。花正欲言還寂默，春無自性不堅良。晚來只有鵝紅在，莫放香絲取次黃。

滿樹琉璃閒碧瑶，當歸葉長映芭蕉。樹頭生雨時時溼，春色如花日日銷。杜宇有言終不踐，緑魚新種已生苗。今朝百舌聞鶯語，飛上梧桐特地嬌。

松邊柳下日徘徊，鳥散飛紅墮酒杯。芍藥成叢當户出，茯苓分種傍松栽。雲高卷雨從風去，花晚將春入夏來。亭下肉紅如斗大，耐看不似玉玫瑰。

遠山過雨緑崔嵬，竹外青松竹下梅。滿樹丹青隨物换，平生富貴逐春來。歌珠一串鶯流出，花影數重風揭開。闌右牛酥賤如土，莫教紅紫落成堆。

蠟屐亭　晉阮孚避亂婺州。

七賢老死獨南奔，袖有江亭墮淚痕。函夏盡爲新土宇，醉鄉不失舊乾坤。金貂曾入丹陽市，蠟屐應歸白下門。惆悵黄門墓前柏，不禁三度見風塵。

上虞魏氏湖上精舍圖

湖上蘭舟水上亭，有時水漲與階平。亭前古柳經春弱，門外孤洲昨夜生。海氣遥連一作侵。育王塔，蜃樓半入會稽城。山陰道士攜琴至，寫盡風聲到水聲。

霜巖石室二首

洞天無暑亦無寒，淑氣芳風不出山。掃葉僧歸雲未溼，賣花人去蝶先還。滿庭修竹下黄葉，千歲古松生綠煙。蓋道雪中依裸壤，我疑夏室是冰天。

滿林翠霧溼麻衣，山影遥侵白板扉。竹石無心吾所畏，煙霞有疾不須醫。夢騎鶴處天逾闊，歌過雲時花不飛。燕子歸來背人去，吾廬無地可棲遲。

石樓草廬

一室寬於一畝宫，隔林竹樹影重重。青春著地十分綠，白日經天兩度紅。小草自憐無遠志，茯苓終不近孤松。未須西憶金華洞，只在周回百里中。

空碧亭

晴光潭影共澄鮮，雨外林陰色更妍。碧海如杯誰縮地，青冥著水誤憂天。河垂澗底遥相屬，斗入人間却右旋。病叟年來倦登陟，朝朝玩水夜聽泉。

山房

冷雲堆裏散人家，鹿幘羊裘不衣麻。門外樹身無歲月，山中人語帶煙霞。雲侵壞衲長生菌，風斷游絲半度花。采蕺林深人不見，連筒引水自煎茶。

飛觀

日高空翠拂簾旌，茅閣飛飛照日明。銀色榜題章草字，烏絲欄寫越花名。何須舉翮乘風去，曾入浮宫看月生。却笑羣仙餘習在，隨身宫殿逐人行。

寶掌泉

屋上無端雨亂飄，雨留石罅碧寥寥。浮光出穴藏丹淺，浣水爲花到地消。石髮年深長滿洞，玉魚春冷未生苗。泉中自是蛟龍窟，頃刻陰雲滿樹腰。

春日閨思

白玉堂前雙燕飛，堂中思婦怨殘暉。臂環寄遠青蕪合，瓊宇題乾白雁歸。醉倚合昏鶯葉暗，愁尋豆蔻妒花肥。窗間昨日同心錦，染罷香絲不上機。

跳銀溪

枕石聽泉伏草萊，跳銀溪上日徘徊。山間遠樹迎人出，日轉晴虹渡水來。雲氣長連西澗石，春寒猶在北枝梅。谷亭幾載秋無黍，沙上菰蒲暖更栽。

分題翠光亭送李仲常江陰知事

亭前練水細如縈，亭上君山玉作屏。林斷纔通吴月白，雁飛不盡楚天青。莓苔著雨長黏石，翡翠迎風欲墮翎。怪得步兵迷望眼，詩成正值酒初醒。

詩林亭

少日論文氣似霓，看花覓句到花飛。吟成思入月中去，語冷心從雨外歸。林下樹寒和石瘦，雲邊螢溼度花遲。眼中有句無人道，投老拋書衣鹿皮。

玉雪亭六首

梨雲柳絮共微茫，春入園林一色芳。枸杞通靈空吠月，芙蕖到死不禁霜。夢遊蓬島瑶臺曙，歌落吴雲玉樹長。亦擬廣寒親學舞，朝來新製白霓裳。

冰夷遊遍列仙家，片片臨風散六花。陰壑有光迷白月，亂山無處覓青霞。臺高漸見石棱長，枝重不禁梅影斜。聞説銀河都蕳碎，津頭幾欲問星槎。

凍雲巖壑曉曈曨，目極齊州望欲空。落月回光窺上界，嬌花無信誤東風。曲吹鐵笛驚雲散，槎向銀河與海通。野客燒丹深洞裏，自調火候似春融。

銀漢傾翻貫月查，驚鴻無處認江沙。水晶簾密秋光冷，華蓋峰高天影斜。飛瀑半凝蒼玉佩，薰風不度碧桃花。山前山後多鄰曲，盡作江南富貴家。

俗塵無路到巖扃，瓊作池臺玉作亭。海月寒通千頃白，楚山瘦減八分青。回屏紋細裁龜甲，野褐年深補鶴翎。應有才華奪天巧，天葩飛墮滿中庭。

羽仙飛步駕青鸞，仙袂臨風響佩環。琪樹移根來月裏，瓊花無夢落人間。春回龍首梅先覺，舟入山陰客未還。我亦玉堂揮翰手，他年鵷鷺簉朝班。

三泉

泉眼離離傍石棱，奔流脈脈到軒楹。詩成石面花無數，夢冷池頭草不生。江夏《茶經》有遺譜，南碏水樂變新聲。林居漸覺機心斷，渴鹿逢人自不驚。

少微巖

石醜松寒槲葉一作夏。乾，振衣又在碧霞邊。南州處士星猶近，今歲中秋月未圓。十六日望。雲葉長黏巖上石，雨苔不滿洞中天。麝香眠處休驚起，緑桂初紅果欲然。

長安有狹斜行

長安有狹斜，方駕秦中客。云是牛丞相，來自薄家宅。薄家萬户侯，朱門映椒壁。長楸車馬來，賓客御瑶席。金屋貯尹邢，阿嬌淚沾臆。燕燕慵來妝，繁華照春色。轉蕙光風翻趙帶，徘徊月到班姬牀。班姬輟芳翰，紈扇從風揚。明妃鬬百草，玉環御雲裝。向來温柔地，盡入白雲鄉。何以慰王孫，琵琶隨驌驦。何以□燕燕，罷舞歌慨慷。何以奉明主，緑珠奏清商。嫫母挾無鹽，搔頭愛宫妝。

送厲生之天台

劉郎洞前藥草肥，年年送春春不歸。劉郎採藥路不迷，路迷却是還家時。人間藥盡採者稀，醫師採藥歸未遲。終南捷徑莫西去，正在劉郎路迷處。

竹枝詞二首

望夫石上望夫時，杜宇朝朝勸妾歸。未必望夫身化石，且向征夫屋上啼。

僻亭女兒坐可憐，今年同上採蓮船。妾心恰是荷心苦，只食么荷不食蓮。

謝□□宗可

宗可字□□，金陵人。有詠物詩百篇傳於世。汪澤民題其卷，以爲綺靡而不傷於華，平淡而不流於俗。大抵元人詠物，頗尚纖巧，而宗可尤以見長。今擇其雅練者録之。其他句法，多可存者，如詠《紙衾》云：「松牀夜暖雲生席，蕙帳香融雪滿身。」《梅夢》云：「暖入羅浮春困早，香迷姑射曉醒遲。」《筆陣》云：「怒卷龍蛇雲霧泣，長驅風雨鬼神驚。」《鶯梭》云：「柳隄暗卷絲千尺，花隝横抛錦萬機。」《鷺羽扇》云：「暑退沙頭千點雪，涼生頂上幾絲風。」《蝗螂簪》云：「鬢雪冷侵霜斧落，髮雲寒壓翠裳空。」《螺殼酒杯》云：「尊中緑照珠光潤，掌上春擎海氣多。」《網巾》云：「篩影細分雲縷滑，棋文斜界雪絲乾。」《琉璃簾》云：「淨練懸風晴未落，明河接地曉難收。」《水燈》云：「珠浮赤水光猶溼，火浴丹池夜未乾。」《霜花》云：「有艷淡妝宫瓦曉，無香寒壓板橋秋。」《紙鳶》云：「半紙飛騰元在己，一絲高下豈隨人。」《蟠梅》云：「風霜氣勢從千折，鐵石心腸亦九回。」《硯冰》云：「一泓曉色玄霜重，半夜天風黑水乾。」《塵世》云：「微步緩隨羅襪起，清歌飛繞畫梁空。」《醒酒石》云：「蒼骨冷侵酣枕夢，苔痕清逼醉鄉春。」《梅杖》云：「江路策雲香在手，溪橋挑月影隨人。」《雪煎茶》云：「月團影落銀河水，雲脚香融玉樹春。」《問梅》云：「鐘殘角斷愁多少，月落參横夢有無。」《蕁線》云：「冰縠冷纏青縷滑，翠鈿細綴玉絲香。」類皆婉秀有思致也。

睡燕

補巢銜罷一作得。落花泥，困頓一作倚。東風倦翼一作翅。低。金屋晝長一作閒。隨蝶化，雕梁一作玉堂。春盡一作静。怕鶯啼。魂飛漢殿人應老，一作遠。夢入烏衣路轉一作欲。迷。却怪一作被。卷簾人唤醒，小橋深巷一作流水。夕陽西。

紙帳

清懸四壁剡溪霜，高卧梅花月半牀。蔺甏有天春不老，瑶臺無夜雪生香。覺來虚白神光發，睡去清閒好夢長。一枕總無塵土氣，何妨留我白雲鄉。

曉色

遠似煙霏近又空，非明非夜兩朦朧。一天清露洗難退，幾樹暗雲遮不窮。晝一作斷。角樓臺濃淡裏，殘燈院落有無中。蒼茫半逐雞聲散，又被朝陽染作紅。

茶筅

此君一節瑩無瑕，夜聽松聲漱玉華。萬縷引風歸蟹眼，半瓶飛雪起龍牙。香凝翠髮雲生脚，溼滿蒼髯浪卷花。到手纖毫皆盡力，多因不負玉川家。

賣花聲

春光叫遍費千金，紫韻紅腔細細吟。幾處又一作偶。驚遊冶夢，誰家不動惜芳心。暗一作響。穿紅霧樓臺曉，一作遠。清逐香風巷陌深。妝鏡美人聽未了，繡簾低揭畫簷陰。

詩瓢

雨蔓霜藤一作條。老翠壺，吟邊不是酒葫蘆。剖開架上輪囷玉，著盡胸中錯落珠。滿貯苦心留宇宙，深藏清氣付江湖。誰家半腹能千首，爲問山人果在無？

雁賓

地北天南萬里身，驚寒昨夜過邊城。暫隨沙漠秋來夢，留得湘江社後春。水宿雲飛同是客，風嚓月唳自相親。荒汀斷渚年年路，應認蘆花作主人。

紅梅

梨雲無夢倚黄昏，薄倩朱鉛蝕淚痕。宿酒破寒薰玉骨，仙丹偷暖返冰魂。茜裙影露羅衣卷，霞佩香封縞袂温。回首孤山斜照外，尋真一作春。誤入杏花村。

雁字

蘆花月底寄秋情，陣影南飛勢一作寫。不停。一畫寫一作「帶畫」。開湘水碧，半行草破楚天青。雲牋冷印蟲書迹，煙墨濃模鳥篆形。題盡子卿一作「故鄉」。心事苦，斷文無數落寒汀。

龍杖

鱗甲光搖玉一枝，幽宮躍出袖中持。多因掌握提攜晚，休恨飛騰變化遲。緩策不愁山雨滑，醉橫長有野雲隨。會看挂壁風雷起，莫待詩翁過葛陂。

螢燈

微熒閃閃拂晴波，幾度黄昏誤舞蛾。銀粟無煙棲碧蘚，玉蟲留影綴青莎。秋空雨歇寒光墮，晚逕風閒冷燼多。欲唤紗囊車武子，爲渠還賦《短檠歌》。

緑陰

萬樹東風湧翠瀾，遮藏芳恨料猶難。入簾蒼靄暮春晚，滿地碧雲清晝寒。柳暗池臺煙乍溼，槐深門巷雨初乾。階前花落無人到，又染苔痕上石闌。

雁陣

渡江秋影又南征，折葦銜枚夜不驚。冷聚圓沙盤地軸，曉浮寒水落天衡。風馳截破湘煙闊，雲擁斜衝塞月明。洲渚網羅應有伏，橫空千里不留行。

鼠鬚筆

夜逐虚星上月宫，奮髯奪得管城公。橐中不攪吟窗夢，指下先争翰苑功。莫笑硯池濡醉墨，絶勝倉廩飽陳紅。平生齧盡詩書字，散作龍蛇落紙中。

龍涎香

瀛島蟠龍玉吐涎，輕氛飛遶博山青。暖浮蛟窟潮聲怒，清徹驪宫蟄睡醒。碧腦盈箱收海氣，紅薇滴露洗雲腥。雨窗篝火濃薰被，夢駕蒼鱗上帝庭。

蘆花被

白似楊花煖似烘，纖塵難到黑甜中。軟鋪香絮清無比，醉壓晴霜夜不融。一枕和秋眠落月，五更飛夢逐西風。誰憐宿雁江汀冷，贏得相思舊恨空。

蓮葉舟

穩櫂紅衣泛渺茫，風帆浪檝水雲鄉。曉撑太華半峰月，晚載西湖十里香。藕放雪絲應作纜，荷攲翠柄若爲檣。不須更捧金仙足，太乙真人夢正涼。

漁蓑

翠結香莎付釣舟，一竿風雨不須愁。苔磯夜泊披寒去，葦岸昏歸帶溼收。月冷籠衣眠柁尾，天晴隨網曬船頭。羊裘莫笑狂奴錯，也著煙波萬頃秋。

走馬燈

飈輪擁騎駕炎精，飛遶人間不夜城。風鬣追星低弄影，霜蹄逐電去無聲。秦軍夜潰咸陽火，吴炬宵馳赤壁兵。更憶彫鞍年少夢，一作客。章臺踏碎月華明。

蓮燈

萬點芙蓉午夜芳，醉看疑是水雲鄉。蘭釭照破西湖夢，火樹燒殘太液香。焰暖應愁擎夜雨，燼寒不爲倒秋霜。元宵庭院東風曉，零落紅衣繞畫梁。

柳眼

媚嫇窺春淺碧浮，欲開還閉半顰羞。露垂煙縷秋波溜，雨歇風條曉淚收。上苑困酣輿廢夢，灞橋看盡古今愁。五株彭澤回青否，應是生花雪滿頭。

花霧

倦紫酣紅總未醒，暗薰芳淚滴無聲。羅幃隱繡迷春色，綺縠籠香護曉晴。薄暝枝頭留睡蝶，輕陰樹底咽啼鶯。東風卷到闌干曲，半溼游絲舞不成。

茶煙

玉川鑪畔影沈沈，淡碧縈空杳隔林。蚓竅聲微松火暗，鳳團香暖竹窗陰。詩成禪榻風初起，夢破僧房雪未深。老鶴歸遲無俗侶，白雲一縷在遥岑。

游絲

摇曳春光百尺輕，煙綃舞斷任縱横。暗縈芳恨應無力，亂綰花愁似有情。一縷緑楊風正軟，半痕紅杏雨初晴。莫教飛到天機上，恐一作空。誤龍梭織不成。

海蟄

層濤擁沫綴蝦行，水母含秋孕地靈。海氣凍凝紅玉脆，天風寒結紫雲腥。霞衣褪色冰涎滑，瑶縷烹香酒力醒。應是楚宫萍實老，誤隨潮信落滄溟。

醉鄉

曾笑三閭不解遊，移家欲向麯城頭。人酣方外鴻荒夢，誰識城中富貴愁。夜月放船浮酒海，春風扶杖到糟丘。相逢還似無何有，唤起東皋爲贈侯。

仙槎

曾作河源萬里舟，塵根已斷卧蛟虬。無心下土承煙雨，有路層霄犯斗牛。破浪遠衝銀漢曉，凌風徑渡碧天秋。歸來帶得支機石，誰識人間博望侯。

天燈

龍逐炎精下紫宫，夜深不肯落雲中。光分霄漢三更黑，影亂星辰萬點紅。玉柱倚天擎火齊，金繩繫日挂瑶空。照開仙闕光明路，絳節霓旌穩駕風。

無絃琴

獨繭長繅底用抽，蛇紋空鎖鳳枝秋。落星留一作有。暈絪光斷，凍瀑無聲練影收。别鶴那聞風外泣，孤鸞不向月中愁。多情只有柴桑老，寂寂高山一作「山高」。水自流。

松枝火

蘚骨誰教劫火侵，欲將春意破窮陰。鱗鬐光動紅雲起，膏液香融紫霧深。餘燼尚留霜後節，死灰難滅歲寒心。有時焰起隨風轉，猶是蒼龍澗底吟。

藕花風

舞落一作罷。紅衣起未休，水雲鄉裏正一作冷。颼颼。五更清逼銀塘露，一作曉。六月涼生玉井秋。颭浪低翻霞影亂，凌波輕弄一作漾。錦香浮。莫教吹醒鴛鴦夢，好送真人一葉舟。

水中梅影

澄澄寒碧映冰條，雲母屏開見阿嬌。春色一枝流不去，雪痕千點浸難消。臨風倚檻雲鬟溼，帶月凌波玉佩摇。最是黄昏堪畫處，横斜清淺傍溪橋。

半日閑

閒處光陰未有涯，偶然一晌到山家。坐看雲起晝停午，静聽流泉日未斜。槐影正圓初破睡，竹陰微轉罷分茶。也勝忙裏風波客，十二時中老鬢華。

雙陸

彩骰清響押盤飛，曾記唐宫爲賜緋。影入空梁殘月在，聲隨征馬落星稀。重門據險應輪擲，數點争雄莫露機。惟恨懷英誇敵手，御前奪取翠裘歸。

水中月

晴波浸月月波浮，玉兔凉生萬頃流。丹桂影沈江浦夜，白蓮光浴海天秋。鮫人泣罷珠猶溼，龍女妝殘鏡未收。應是廣寒眠不得，水晶宫裏夜深遊。

梅魂

枝南枝北路迢遥，飛入孤山夜寂寥。水月浮香應自返，溪風弄影爲誰招？縞衣夢裏和愁斷，玉笛聲中逐恨消。似欠靈均歌楚些，逋仙墳冷草蕭蕭。

龍形松

夭矯挐雲海上來，蜿蜒蛻骨老莓苔。紫髯夜溼千山雨，鐵甲春生萬壑雷。影動欲翻平陸起，聲號如卷怒潮回。蜷枝冷挂巖前月，猶似擎珠照九垓。

水紋

新绿粼粼漾淺漪，織成春色上苔衣。一池碧暈雨初落，千疊翠鱗風更微。淨縠光摇湘女鏡，輕羅影動水仙機。何如袖取并刀去，剪取吴淞半幅歸。

竹夫人

胸次玲瓏粉黛羞，宵征何必抱衾〔裯〕(稠)。應無雲雨三更夢，自有冰霜六月秋。盡節每曾陳諷刺，虚心那解老温柔。專房不怕蛾眉妒，只恐西風動别愁。

鴛鴦梅

兩兩魁春簇錦機，文衾夢覺月分輝。枝頭交頸棲香暖，花底同心結子肥。金殿鎖煙妝粉額，玉堂環水浴紅衣。有情一種隨流去，莫被風飄各自飛。

元詩選己集目録

元詩選己集

淵穎先生吴萊

萊字立夫，浦江人。集賢學士直方之子。延祐間，貢舉法行，有司以春秋薦，下第歸。出遊海東洲，歷蛟門峽，過小白華山，登盤陀石，著《觀日賦》以見志。還寓同縣陳士貞家。與龍湫五洩鄰，榛篁蒙密，似不類人世。日嘯詠其中，暢然自得。御史行部，以茂才薦，署饒州路長薌書院山長，未行而疾作，卒年四十四。門生學子金華宋濂等議曰：先生經義玄深，非淵而何？文辭貞敏，非穎而何？私謚曰淵穎先生。先生與黄侍講溍、柳待制貫，同出方韶父之門。身羸弱如不勝衣，雙瞳碧色，爛爛如巖下電。人或以古文試之，察其辭氣，即知爲某代某人所作。一日於故人家，見几上堆剡紙數十番，戲爲長歌，頃刻而盡，觀者驚以爲神。所著有《尚書標説》、《春秋世變圖》、《傳授譜》、《古職方録》、《孟子弟子列傳》、《樂府類編》、《楚漢正聲》等書。其子士謌，裒次其遺文爲十二卷，門人胡翰爲之序。東陽胡助謂其如千兵萬馬，銜枚疾馳，而不聞其聲。他人恆苦其淺陋，而立夫獨患其宏博。黄侍講嘗謂人曰：立夫文嶄絶雄深，類秦、漢間人所作。皆確論也。

觀孫太古周天二十八宿星君像圖

大圜杳何極，鼇柱屹不傾。日月光最耀，衆星莽縱横。周天二十八，錯粲各有名。荒哉審厥象，晃朗奪目睛。東垣青龍蜿，西圉白虎獰。翾飛鳥隼狀，偃伏龜蛇精。紫宫自然拱，銀漢無復聲。五行所經緯，甘石知性情。上界足官府，神人居穆清。韡曄諟幻怪，頫頫振鏗轟。䟙踉鬼脚捷，䶜䶗獸面頳。裳衣互躶襲，角鬣紛披鬇。豈其太白變，嬉戲類孩嬰。或者熒惑動，威怒流欃槍。照臨多芒角，躔次在縮贏。揣摩過人料，綵繪匪世程。伊誰駕一氣，得以導九坑。想像陵倒景，覩遊撫層城。虚空何宫宇，蒼莽執節旌。毋寧秉筆際，溘此埃風征。凡夫本狹見，四顧惟寰瀛。夜叉冰滋呀，羅刹炎徼瞠。鮫女買綃出，狗夫銜觔争。祇疑列宿質，却混殊方氓。山神對我愽，刻石華山陘。海神靳我畫，浪卷滄海鯨。天神詎可識，萬古欺聾盲。星占世有職，畫史吾奚評。

早秋偶然作寄宋景濂四首

西風吹梧桐，一葉兩葉積。故書翻有塵，雄劍挂在壁。時非合窮困，事到即輝赫。除却雙鹿行，門前少人跡。

故人兩三人，江北久羈旅。尋香古徑風，步屧修廊雨。蓴鱸最有味，稻蟹紛難數。我欲往從之，鑾潮正掀舞。

北山有古寺，修竹炎天涼。蛟龍踞兩澗，鸛鶴鳴層岡。心臺月照白，鼻觀煙通香。可思未可到，詠此招隱章。

往者東入海，飄然任所如。大風戕波浪，飛雪灑舳艫。壯志昔尚少，狂遊今併無。誓登盤陀石，重望扶桑墟。

泰山高寄陳彥正

泰山一何高，高哉極青天。世人欲上不可上，層巖峭壁徒攀緣。望中絕頂路已斷，石穴上出，鐵鎖下絙，歷趄相鈎連。誰歟愛奇者，步步喜若癲。一心不顧死，隻手捩長煙。毛羣驚回少虎豹，羽族跕墮多烏鳶。浩氣剛風摶結虛空作世界，飛龍捷鬼鑿開混沌巢神仙。道逢四五叟，含笑使來前。黃冠皓髮傲几榻，野菜素粥鋪盤筵。自非爾願力，何計此留連。當知仰扣曖昧雲霄有頂處，得不俯懾嶄巖箐棧無窮淵。嗟茲大凡夫，行尸走肉真膻羶。段碧思家最可惜，李紳戀俗終難鐫。舉頭告神人，苦乏風馬與電鞭。藤蘿束縛卽縋下，但見松柏樠槮數萬仞，石棱突兀橫戈鋋。古來秦漢東封不到此，惟問梁父并肅然。日觀崑峩恍在下，蓬萊浩渺空樓船。彼云鯨可射，此謂狗能牽。安期羨門一往不復返，文成五利受寵驟貴祈長年。仙人自有真，至道何由傳。迯焉龍漢延康紀，去授金璫玉珮篇。

嚴陵應仲章自杭寄書至賦此答之

故舊何懸絕，閒居欲反招。幽并風雪緊，楚越水雲遥。短褐緇塵破，長鑱寶氣銷。門垣成隱逸，筆櫝到耕樵。逆旅呼燈夕，修闌徹棘朝。囊書題蓄蕞，發論獻蒭蕘。舌焰真熏灼，胸兵劇鍛敵。乘軒南國鶴，解鏇朔庭鵰。斡運天垂斗，飛騰海作潮。荃蘭騷地變，橘柚貢年凋。色采黃金皺，音聲徵角韶。潛身甘蟄螻，賦命類若鷦。筮仕龜無兆，攻經教有條。秦灰完竹帛，漢粕味簞瓢。畫品翎毛貴，雞塲爪距驕。文章通政理，道義勝官僚。歲月嗟悠久，湖江耐寂寥。花濃攜酒榼，柳霧賣餳簫。制虎摇金錫，驅鼂駕赭橋。流連光景賞，播蕩別離謠。世笑烏非鵲，吾憐狗續貂。呼號三刖璞，忼慨五陵鑣。落落山中柱，叢叢澗底苗。依然百將略，付與霍嫖姚。

題錢舜舉張麗華侍女汲井圖

景陽宮中景陽井，手出銀盤牽素綆。鉛華不御面生光，寶帳垂綃花妒影。臨春結綺屹層空，璧月瓊枝狎客同。鴛鴦戲水池塘雨，蛺蝶尋香殿閣風。日高歡宴驕若訴，牀脚表章昏不寤。吴兒白袍戰鼓死，洛土青蓋降船渡。井泥無波井蘭缺，半點臙脂汙緋雪。蕙心蘭質吹作塵，目斷寒江鎖江鐵。

問五臟

我問昔生我，繫胎果何神。上顱下負趾，五臟交錯陳。胎經已不足，乳湩復不勻。黔雷不我職，粉飾強爲人。自宜多災害，無以保命真。元氣日呰敗，客邪作艱屯。彼何瓠而肥，言貌勇若震。此何黴而瘠，肢骨弱不伸。嗟夫賦命間，豈不汝由因。我誠不汝慊，羸嗇胡不均。五精被我惱，訴我蒼蒼旻。恍然欲我答，天道汝當遵。粤自汝有生，躔次逆星辰。剡從汝生後，戕賊逯汝身。心宁本中居，與汝相主賓。汝何不祇敬，狂役類風輪。坎離漸違行，龍虎起戰嗔。一元竟不守，散入萬微塵。惟脾制水穀，四體承華津。看戴噤汝口，酒漿絶沾脣。司禄不上計，畀汝藜藿貧。飢腸常九回，苦吻添荆榛。何天不汝錫，服用無箱囷。抑汝弗事天，寢食失鼎茵。天本不病汝，汝實使病臻。汝仍不耐病，虚躁復善顰。内齗但外養，衆藥聚毒芬。金石草木蟲，亂投劇斧斮。五精恒不寧，乖沴積相熏。寒增熱或壯，頃刻異冰薪。當知汝五臟，獨不與汝親。何庸汝反詰，䦧我似越秦。吁哉一臟損，五臟遽不醇。齒牙漸彫蠹，膚肉還削皺。汝徒職汝職，軀殼有君臣。天曾盡賦汝，造化匪不仁。我聞五精言，鑿鑿總有倫。曰人本之天，辟若泥在鈞。一時巧相值，萬物混無垠。聖愚且同羸，毛介與角鱗。我惟有心肝，是號横目民。心肝既屬我，榮衛盍絪緼。徧歷燥溼滑，備嘗酸鹹辛。虐汝重役汝，汝得我緇磷。蚯蚓尚無臟，静夜解唱呻。蝴蝶亦復然，翾飛媚陽春。彼寧心肝具，物性各有循。鏐納或土化，死生僅昏晨。自今我即安，無往不寵珍。忍令百歲後，銷變爲煙燐。曲肱便莞簟，就口取膮膴。五精速歸臟，大宅集靈氛。張翁喜奔走，熱中果如焚。單豹好容顔，餓虎特汝鄰。二者乃天道，我將何所云。作詩示同黨，聊以博笑忻。

黑海青歌

越山山有黑海青，長拳快眼健羽翎。三年籠養未得飽，萬里驍俊猶飛星。黄蘆老葦日摧折，白鷺文鵁看磔裂。腥沾石磧久遠風，髓擊寒岡散輕雪。伊人脱手本凡禽，歲晚連條到上林。鉗奴素賤多俠骨，騎士虚豪即俠心。晉宫邸廢身欲死，燕國雲銷草如砥。嗟非鸞鳳高杳冥，望盡狐狸衆披靡。當時奉使探遠集，兩徼馳兵聞勇麈。南土誰知此鷙猛，北州驟見争驚號。天鵝薄天垂爾翼，海青雖黑打可得。太平八極無不通，函谷何問關西東。

大食瓶

西南有大食，國自波斯傳。兹人最解寶，厥土善陶埏。素瓶一二尺，金碧燦相鮮。晶熒龍宫獻，錯落鬼斧鐫。粟紋起點綴，花毯蟠蜿蜒。定州讓巧薄，邛邑鬭清堅。脱指滑欲墮，凝瞳冷將穿。迷哉賈胡力，直致鮫鰐淵。常嗟古器物，頗爲世所捐。襆衫易冠衮，盤盂改豆籩。禮圖日以變，戎索豈其然。在時苟適用，重譯悉來前。大寰幸混一，四海際幅員。縣度縛繩絙，婆夷航革船。鑿空發使節，隨俗混民編。漢玉堆櫝笥，蕃羅塞鞍韉。城池信不隔，服食奈渠遷。輪囷卽上據，鼎釜嚌能肩。插葩奪艷冶，盛酪添馨羶。當筵特見異，博識無庸詮。藏之或論價，褁此猶吾氈。珊瑚尚可擊，磧路徒飛煙。彼還彼互市，我且我桮圈。角貓獨不出，記取征西年。

時儺

古人重儺疫，時俗事禬禳。歲陽欲改律，輿鬼寝耀鋩。厲神乃恣肆，魃蜮并猖狂。侲僮幸成列，巫覡陳禁方。虎頭眩金目，玄製炳赤裳。桃弧驅災沴，豆礫斃癉剛。八靈悉震慴，六合高褰張。清寧信不害，動静維吾常。世途顛險盤，人魅更跳梁。狐鼠戴介幘，夔魖竊香囊。煎熬到膏髓，擊剥成疕瘍。乘風作國蠹，抵隙爲民殃。自從九鼎没，誰使百怪藏。瘃寒服褅帛，飢窶食閒糧。蘆花敝汝體，橡栗饞吾腸。地膚竟卷去，天孽俱彫傷。神荼欲呀啖，蟠木蔓不長。蒙倛强顔貌，枯竹無耿光。聖言謂近戲，五祀徒驚惶。惜哉六典廢，述此時儺章。

北方巫者降神歌

天深洞房月漆黑，巫女擊鼓唱歌發。高粱鐵鐙懸半空，塞向墐户跡不通。酒肉滂沱静几席，筝琶朋揖淒霜風。暗中鏗然那敢觸，塞外祆神喚來速。隴坻水草肥馬羣，門巷光輝耀狼纛。舉家側耳聽語言，出無入有凌崑崙。妖狐聲音共叫嘯，健鶻影勢同飛翻。甌脱故王大獵處，燕支廢磧黄沙樹。休屠收像接秦宫，于闐請騆開漢路。古今世事一渺茫，楚禨越女幾災祥。是邪非邪降靈場？麒麟被髮跨大荒。

題袁子仁所藏巴船出峽圖

巴山一帶高崔嵬，巴江萬里從天來。前夫疾挽後夫推，黄牛白狗遽船開。曉風東回水西上，淫澦堆頭伏如象。盤旋鳥道怕張帆，汩没龍淵驚棹槳。世人性命重濤波，吴鹽蜀麻得利多。怪石急流須勇退，貪夫險魄謾悲歌。神禹釃江江更惡，五丁鑿路空巖崿。舟船可坐尚髮危，棧閣能行終淚落。嗟兹舉目無不然，直愁平地卽山川。至喜亭邊聊酹酒，長年三老好攤錢。

東夷倭人小摺疊畫扇子歌

東夷小扇來東溟，粉牋摺疊類鳳翎。微飈出入揮不停，素繪巧艷含光熒。銀泥蚌淚移杳冥，錦屏罨畫散紅青。皓月半割蟾蜍靈，紫雲暗惹鮫魚腥。徐市子孫附飛舲，裔然家世雜梵經。文身戴弁舊儀形，對馬絶景兩浮萍。殊方異物須陳廷，富賈巨舶窺天星。祝融噓火時所丁，島濱賣箑送清泠。白龍浸皮暑欲醒，玉階涵水夜撲螢。蓬萊仙人降輜軿，扶桑繭絲結綵綎。祖州芝草釀緑醽，穹龜巨黿動遭刑。海神惜寶轟雷霆，鄙夫卧病臨虚扃。蒲葵百柄稱使令，冰檗蔗液但滿瓶。石榻被髪氣自寧，新羅一念終飄零，塗脩雉尾吾何銘？

憶寄方子清時子清久留吴中

一別嗟何處，相思撫舊蹊。月明施瀨北，雲起蠡巖西。跋涉舟車動，過從笈篋攜。鄰光因借燭，道味肯吹虀。好學螢分照，論交雁擇棲。丘園心薜荔，海國氣鯨鯢。卷帙籤翻蠹，謳吟硯發鷖。經筌參《老》《易》，樂府録鐃鞞。治法推周稼，淳風仰漢綈。談玄知野馬，考字守家雞。土域標騠象，天圖辨熚鏅。遺文多廢墜，妙契極端倪。獨樹盤桓久。平蕪眺望低。霜林紅玳瑁，霧雨碧玻瓈。屏跡依狐兔，銷愁對鷺鷖。塵書投梵夾，美餉挈童觿。槲葉時遮峒，藤梢或罥谿。龍居睍雪瀑，虎路躡霞梯。出入恆聯袂；追隨幾杖藜。竹山香嶺嶠，花島繡湖隄。尚義開釁始，延儒振席齊。生徒脩棗脯，祭品授菹虀。錦石看還歎，蒼松倚却題。吾伊朝屢集，渾灝夜同稽。自謂菖爲歜，人疑穀似稊。中悁真抑鬱，外物總筌蹄。歲序空流邁，濤波益慘悽。故袍寒擘繭，雄劍滑膏鵜。緑映牽帆水，紅黏曳屧泥。娃宫釵鈿拾，甫里筆牀齎。鶴市歌喉引，鱸鄉鱠手提。吴趨誇粉黛，越產購珠犀。富業連橙圃，菑霖潰稻畦。占歸仍浩眇，結客重酸嘶。彼此身如寄，參商夢欲迷。蓬飛甘掃軌，桂落得通閨。俠眼收丹電，仙襟化素霓。貧期金埒騁，賤許玉階躋。病矣長憂癘，閒哉敢恨睽。撈除須爾鑷，磨刮更予篦。本欲睎王貢，茲猶慕阮嵇。猖狂疏奏櫝，軟弱謝耕犂。習静求神悟，超羣畏俗擠。清琴桑有鯉，鉅弩蹠非麛。教駕傳銜轡，觀隅識橑枅。糊芝蘼受謫，抱璞刖聞啼。性命緣窮鬼，功名屬孿奚。悠悠鸞與鳳，泯泯鹿將麑。白谷今安駟，青霄古執珪。毋寧枉隱逸，辛苦等黔黎。

椀珠伎

椀珠聞自宫掖來，長竿寶椀手中回。日光正高竿影直，風力旋空珠勢側。當時想像鼻生葱，宛轉向額栽芙蓉。筋頭交筋忽神駭，矛葉舞矛憂技窮。昔人因戲存戒懼，後人忘戒但戲豫。漢朝索撞險還愁，晉世梧柈危不痛。徘徘徊徊奪目睛，攲攲傾傾獻玉瓔。滑涎器從龍堂出，燀㸑命與鬼骨争。君不見王家大娘材藝絶，勤政樓前戴竿折。市人歡笑便喧城，驚動金吾白梃聲。

方景賢宋景濂夜坐觀吴中雜詩遂及宣和博古圖爲賦此

壯歲何心老一儒，東遊飽食有江鱸。詩宗鶴膝蜂腰體，禮象龍頭豕腹圖。三士操琴知爾達，八公遺藥忍吾臞。吴中勝處多朋故，話盡寒宵燎葉鑪。

客夜聞琵琶彈白翎鵲

白翎鵲，東海來，十里五里何摧頹。一飛飛上青霄際，再飛飛墮黃沙堆。少年臂名鷹，齊出跨駿馬。放鷹一馳躍，與鵲相上下。身佩木弓，射必命中。中疊雙蹀血，芟毛天欲雪，摩雲壓草地多風。衝突三邊有意氣，指揮八極無英雄。白翎鵲，西海去，千里萬里何軒翥。一飛飛上賀蘭山，再飛飛過鐵門關。少年領强兵，乘勝即轉戰。戟頭吹火光，旗幟舞秋練。手持生鐵刀，空城鳥雀盡死塵。麋鹿瘡痍無處避，角貙躑躅向人號。收拾廣輪奠郡邑，肅清星嶽静波濤。白翎鵲，東海西海都驅霁。太常召見日月山，治定禮行，功成樂作。大雅清商久寂寥，鵾雞遲娑多弦索。上林花開早浮艷，榆塞葉落終回薄。一聲高，一聲低。一聲懾懦百虎豹，一聲束縛千鯨鯢。白頭漢士聞先拍，青眼胡兒聽却啼。君不見康崑崙、羅黑黑，開元絶藝傾一國。若還睹我白翎辭，二十四絃彈不得。

小園見園丁縛花

我嗟衆草木，高出陵雲端。叢生或滿地，品彙可不完。山園我栽蒔，作此小屈蟠。龍頭何其蠢，鳳翼乃若干。胡然贊化育，任意騁雕剜。勾萌欲旁達，節目終液樠。縈回挾煙彩，刻剥獻雨瘢。立身既不直，生理寢彫殘。春陽彼一時，花發黄白丹。歌謳雜舞吹，酒炙飫栝栟。歲晚忽焉至，北風吹汝寒。皮膚早蝎蝕，骨髓懼枯乾。聖人治天下，萬國無不歡。視民本如傷，動植總相安。刑名威雪雹，劍戟血波瀾。廟堂苟失策，閭里轉窮殫。彼哉彼園子，此況儒爾冠。人生但心勦，若處得體胖。我方即移汝，前有蒼蘚壇。世非郭橐駝，何以垂鑒觀。

得大人書喜聞秋末自散不刺復回大都賦寄宣彦高

一紙江南到屋扉，高秋漠北奉宮闈。金微駐蹕踰唐塞，鐵勒鳴硝接漢畿。縣蕞行朝因贄玉，蹛林望祭類游衣。明年草賦呈親去，想像汾陰扈從歸。

次韻柳博士五洩山紀遊二首

日曉行呼野鶴羣，山溪五級洗巖氛。虹霓射壁從空現，霹靂搜潭到地聞。桑苧茶鐺遺凍雪，偓佺藥杵落晴雲。飄然早已同仙術，老我曾探嶽瀆文。

一點剛風削玉蓉，仙山肺腑閟重重。眼穿上界成官府，舌卷西江得祖宗。鷲嶺雞峰渾未到，龍湫雁蕩豈多逢。年來卧病吾環堵，負却詩家九節笻。

方景賢回聞吴中水澇甚戲效方子清儂言

客來自吴土，示我吴儂言。吴儂歲苦水，謂是太湖翻。太湖四萬頃，三江下流洩。疏淪久無人，垓汙與海絶。東風一鼓盪，暴雪如頹城。屋扉蚌蛤上，哇吠魚龍争。嘉種不得入，種亦悉爛死。民事何所成，食天俱在水。富豪僅藏蓄，官府更急糧。貧窶徒艱餒，妻子易徙鄉。散行向淮壖，隨處拾稆粟。雖然遠鄉土，恐可完骨肉。東吴本富盛，數歲偶彫殘。世非欲繭絲，官曷任虎冠？國家自充實，財賦有淵藪。

給復當我及，安寧到雞狗。何人講平準，何人議河渠。荒政固有典，水利復有書。龍蛇方未驅，鴻雁尚在澤。縱令可還定，何計免溝壑。何時水幸退，我得刈稻禾。水退泥盡出，草屩更撈蝦。我思告朝廷，來歲不可待。毋庸水争地，便放江達海。客今聽我言，我欲解儂憂。所争但一水，民氣庶今瘳。自從唐季來，吴越無兵械。至于宋南徙，淮蜀此都會。大田連阡陌，居第擬侯王。錦衣照車騎，玉食溢酒漿。居然甲東南，遂以侈濟侈。揞克自此多，彫瘵亦以起。天寧不汝恤，有此水潦淫。要令沃土瘠，民得生善心。豈惟生善心，且用戒揞克。采詩觀民風，願踵太史職。

題毗陵承氏家藏古錢

我觀《泉志》頗識錢，古今錢品不一傳。歷山鑄金史靡紀，泉府職幣開其前。五銖半兩日以變，榆莢鵝眼争相緣。重輕子母信有制，周郭肉好俱完全。吾知聖人利世用，要在百貨得懋遷。農夫紅女寘不易，尺布斗粟儲爲淵。嗟哉後王弊自此，竟使匹庶握利權。剪皮鑿鍱僞莫禁，埶籤障籠慳稱賢。國儲何當調度足，民食矧是鼇鱣先。潛交鬼神欲著論，臭衙富貴仍開鄽。冶卒銅工各鼓鞴，偏鑪盜鑄多煙煤。一朝變通别改幣，餘盡沉朽徒埋船。承君好古此收拾，寶玩有若編埒然。大貝南金特畜厚，元圭博璧同瑛鮮。漢官受一潔篚簋，晉士挂百酣栝棬。白水真人笑有讖，上清童子猜非仙。古錢勿用幸久聚，古貨難賣空精甄。時能撫摩却穢夢，坐與饕濁收饞涎。世間萬物裹可盡，牀脚一甕踏欲癲。試看營室鎖星處，何似揚州騎鶴年。

白鼻騧

白鼻騧，白鼻騧，當軒迴立噴風沙。名驥留良定北土，蹇騾索價猶東家。青松縛柳曉安阜，紅錦裁韉春映草。支遁心機愛神駿，伏波骨力輕衰老。去年禁馬無馬騎，天下括馬數馬皮。浮沉鄉閭萬里足，笑傲品秩千金羈。幸哉漢武重修政，往矣劉聰真覆鏡。立防戰備要馬稀，藏富民寰須馬盛。向來河隴色爲群，目極川原亂若雲。庶人徒行未足恤，世間醇駟何由得。

寄吴正傳

日晚天寒攬敝裘，西南目盡潡江流。養生有論空成懶，招隱無騷却好游。雁鵠吟風燈照机，蛟龍躍雪劍鳴韝。平生自笑飛騰莫，幸矣心猶與道謀。

樓彦珍北遊京師予病不及往餞歲晚有懷并寄彦昭浚常

日晚北風起，少年方遠遊。徘徊上谷塞，眺望黄河流。峥嶸十月冰，朔色壓九州。熒煌大明殿，御道接龍樓。時巡向灤水，臘雪擁薊丘。前驅鸞鳳旗，後乘貂鼠裘。尚食豊宴飫，教坊樂箜篌。百官散城邑，駝馬盡歸休。自今帝王都，想爾觀覽周。却疑書傳間，不謂秦漢優。何家非許史，無客不枚鄒。投輪卽雨集，揮袂遽雲浮。東航扶桑陰，西笮崑崙陬。變化指顧異，芻蕘立言收。文物彼洛禊，土音吾越謳。私將竊禄志，勇赴隨陽謀。隨陽卽澤雁，竊禄豈梁鶩。美玉獻劍璏，精金鏤帣韝。出門亟裝束，行路肯滯留。布韋謾老耋，鄉里惟田疇。功名幸一遇，螻蟻尚公侯。學問敢强飾，黍稷待耡耰。當令竹帛上，直與先達侔。毋使螢爝光，肅然寸草秋。嗟予久抱疢，餞酒弗及篘。念爾忽萬里，征夢或見求。宣生頗俊逸，鄭子復綢繆。趾高有捷步，胸正無昏眸。早看拜家慶，共許動宸旒。傳車定不礙，關鑰便若抽。杏花開如錦，楊柳滿陌頭。去時小兒女，來詫真驊騮。

送俞觀光學正赴調京師

崑崙東南禹九州，山高海闊峙以流。齊秦相襲一介丘，梁魏何有真浮漚。天邑當中控四陬，先生去矣不可留。二十起家今白頭，獨騎麒麟誦春秋。我無糧食無車舟，出門笑看雙吴鈎。神氣化作青金虬，大江有路通淮洲。汴河急下蛟鼉愁，吕梁奔湍壓黄樓。故墟荒草項與劉，澤蛇臺馬一戰收。東連鉅野荷花稠，泰山凫繹倚魯鄒。北泝衡漳冰凌浮，滹沱碣石帶白溝。田光荆軻尚夷猶，擲黿屠狗何煩求。天門蕩蕩開長楸，日暮道遠吾驊騮。誰歟遇者多公侯，眼中勞苦問所由。南土有客非常儔，百年文獻尚汝優。公車奏櫝幸早投，孔姬禮樂正傍搜。齊楚辨智虚前籌，祖朝肉藿豈異謀。庚信詩賦俱雕鎪，朔風吹塵織卉裘。炕牀煤炭手足柔，韭虀豆粥却滿甌。真珠滴槽酒或篘，伐狐燖兔進庶羞。妖歌慢舞陳箜篌，老當益壯在此遊。還曹已似執券酬，皁鵰一飛即掣韝。先生去矣聽我謳，悠然獨酌更馬周，長安索米毋庸憂。

同吴正傳詠龔巖叟小兒高馬圖

北平猿臂久不侯，伏波矍鑠空持矛。并州小兒十歲許，雙足捷走真驊騮。金鞍玉勒絲轡絡，肉鬣風鬟雪齗齶。郊衢一躍自矜驕，血氣未完先躪躒。漢皇神武駕英雄，西極飛來八尺龍。城東鬭雞爾尚可，磧外鳴劍吾無功。初陽却照長楸道，白髮奚官泣枯草。悠悠翠蓋與鸞旗，老矣驊騮那得知。

浦陽十景

仙華巖雪

手倚晨扃一渺漫，山神擁出玉巑岏。光侵道者祠星室，跡破樵家斲藥壇。石筍撐空穿宿瞑，天機織素挂餘寒。俄然喚醒西南夢，怕作松州徼外看。

白石湫雲

獨上南山最上頭，朝隮一點便成湫。巖腰動石風初起，海眼輪泉雨欲流。蜥蜴含珠光照夜，豐隆卷鐵黑沉秋。明當去挾騎箎叟，直到扶桑第幾洲。

龍峰孤塔

老眼前頭尺五天，真龍角上正攀緣。規橅白馬馱經過，想像玄鰻護塔眠。梵唄將同知磬絶，神珠欲隕晃燈懸。何妨宴坐初禪界，蠛蠓紛飛卽大千。

寶掌冷泉

乍撥山亭木葉堆，老僧千歲喝巖開。天從白石雲根出，地帶青泥雪髓來。竹影自深斜映月，魚腥不到半凝苔。世間夢渴知多少，可待金莖露一杯。

月泉春誦

古木叢中息世諠，老生力學掩溪門。危絃未絶人須聽，蠹簡多忘我欲温。白兔流光分石色，蒼龍擁沫驗沙痕。從今更浚源頭水，莫待投膠與救渾。

潮溪夜魚

昨夜寒潮與此通，荒溪尚趁百川東。行依柏樹林頭月，釣拂蘆花嶼畔風。插竹侵沙魚扈短，篝燈映草蟹碕空。太公遠矣吾將隱，赤鯉何書在腹中。

南江夕照

偶出官橋倚落曛，詩家觸景謾紛紛。彈琴在峽驚聞瀑，罷畫爲溪喜得雲。竹篠晚深樵弛擔，莎根秋短收歸犨。道旁更有枌榆社，欲脱蓑衣藉酒醺。

東嶺秋陰

幾點晴雲著樹梢，寒山蒼莽類城壕。雞豚日落聲相接，鸛鶴風涼勢自高。小徑殘榛分嶺脊，平疇淨緑帶溪毛。朝來雨足多秋意，井上無人事桔槔。

深裛江源

半逩山根但一窪，真源鑿破杳無涯。清澄灌或於陵圃，窈窕尋猶博望槎。積雨衝隄蝸自國，微煙羃渚鷺專沙。欲行復坐皆雲水，只屬騷人與釣家。

昭靈仙跡

一掌嵯峨是玉京，連峰欲向鼎湖傾。高張黼座龍隨下，静擁珠軿虎獨行。白雪松扉雙立影，清風藥井倒吹聲。長歌爲問西王母，却把荷花與送迎。

劉龍子歌

劉龍子，龍子出山龍母死。一雙赤鯉滕來多，玄黿獨戰翻天河。山頭種楓高不得，楓葉落波秋正黑。潛遊蟹斷島無人，飽啖蝦鬚汶作國。巢湖龜眼看欲紅，邛都魚頭闢爲宫。絶磴懸梁但一勺，雲綃霧縠餘長風。劉龍子，龍子爲龍猶念母，梧江沼海歸何所。研中墨水吾乞汝，昨夜蛇醫送飛雨。

五洩東源有地度可十數畝後負山前則石河如帶幽夐深窈蓋隱居學道者可築室偶賦一詩屬陳彦正

越中五洩古名山，東源峻嶺空雲間。老石崚嶒欲見骨，天河瀉破莓苔灣。蛟龍縮身似蜥蜴，魑魅出没司神姦。雷公一聲忽下擊，鳥跡不到猶重關。青華仙真舊治所，碧落侍從登清班。穴疑綵狻據一柱，户想銅獸銜雙鐶。鳳馭鸞鞭白羽𣏾，芝樓菌閣朱莖殷。梯梁未絶或可值，洞府寖遠多愁顔。嚮曾褰衣得揭涉，别擬鑿徑通茅菅。寬弘頗占十數畝，敻静粗覺非人寰。澗流帶繒玉繚繞，巒翠髻擁花斕斒。截斷塵埃與世隔，構成棟宇寧吾慳。陳君尋常有道力，況此跬步臨幽潺。虚室光明白不動，寶罏温養丹將還。丈夫出處我已定，馳字早寄孤飛鷴。休拘崑崙并漲海，遇有勝處同躋攀。

樓光遠家觀宋綏景德鹵簿圖

東朝盛文物，四海極豐富。粉飾郊祀間，馳驅漢唐舊。奉常夙有掌，鹵簿列前後。車軨麾飛黄，戟盾服錯繡。啓胠龍虎動，扈衛鴛鷺簉。嵯峨屹丘岳，灼爚羅星宿。陳兵吉利隊，擇馬駒駼廄。嚴須呵八神，喜欲抃百獸。祖宗所繼承，宇宙徧包覆。上公敬執籩，天子親獻酎。靈光旍旗林，縟典禮樂囿。威儀一以整，瑣碎無不究。時惟正垂拱，國幸息戰鬭。玉策恐人聞，帛書疑鬼授。紛紜務欺阿，制作窮刻鏤。老幼咸駿奔，穹示總歆臭。文華終耗財，武弱益招寇。中誠乃根本，外貌特膚腠。封寧重礮繩，饗或貴型餾。居安昧危機，致治啓亂竇。雖然喧一朝，孰得燕未胄。五輅忽已没，三京杳難救。惜其初討論，盍不返樸陋。臨風披此圖，歎息我以綏。

射的山龍瑞宫問陽明洞天洞蓋是禹穴

意行得古洞，忽到陽明天。人傳是禹穴，愧我匪史遷。上摩青冥出，湧作芙蓉巔。下開巨石窟，鬱以藤蘿纏。自昔乘四載，於茲理百川。岳瀆通脈絡，蛟螭被拘攣。真長或可待，宛委空風煙。衣冠竟一窆，簡札猶遺編。世間後百世，龍鬼巧相挺。安能洗滌盡，却見鴻荒前。惜哉不可及，恐此復偶然。黄庭或秘景，絳府尚靈仙。精英倚怪木，狡獪戲神泉。〔無〕論鳳文舄，肯降狐鳥筵。長嘯望天末，白雲年復年。

題趙大年林塘秋晚圖

老景青黄筆底收，晴鳧冷雁共汀洲。王孫畫學空花竹，不到銅駞陌上秋。

寄喻國輔張宜之

手挾殘編只蠹塵，山林著我最閒身。槁梧可據暝須熟，華黍雖亡補欲真。危坐但看燈作暈，遠遊還覺劍生鱗。相思正是多風雨，滄海無涯可問津。

檢故庋得故洪貴叔所書李鐵槍本末寄洪德器

天地昔未一，朔南遂分疆。中原久喪亂，白刃皎如霜。李全本崛强，手挾但鐵槍。山東數十城，叱作古戰場。茫然卽斷指，設誓如刲羊。一朝與旌節，正面將假王。云何引盜賊，遽爾升堂隍。豈其弱能立，當彼驕則亡。日落山海暗，羣龍血玄黄。陳安偶從晉，侯景徒禍梁。於人欲使詐，在國須謀長。大福豈無妄，佳兵終不祥。誰令送死處，竟以抱甲僵。漢盤忽已折，周鼎那能常。吁茲撫舊墨，我涕徒爲滂。俯仰千古意，悲風嘯枯桑。

浦陽舊有明月泉久而不應今乃疏道其源似頗與弦望晦朔之間相爲消長者遂作是詩

大區何渾淪，元氣乃潛洩。忽然爲山水，無往不融結。遥天偶一照，厚地空餘冽。盈將光共生，涸與魄同滅。玄機自消長，至理誰圓缺。發揮雖有在，窺測尚未決。枯柤曾幾棲，斷狀遽中裂。半倚嵐翠雲，微通海潮雪。昔人來推求，於此得表蕝。虚亭奚其敞，静甃獨不罊。歲年竟悠遠，沙石漸填咽。寧加疏瀹功，肯使見聞褻。恍疑合圖經，環坐到稚耋。儻非蟹投碕，幾類鮒處轍。纖纖浮晶彩，湛湛浸寥泬。舊觀方爾還，真源可吾絶。争言彼月行，豈爲兹泉設。蕭丘胡長寒，漢井或再熱。逝尋白兔公，直探神龍穴。狂歌水仙詞，擊碎如意鐵。

吉祥寺

一昔逢寒食，行吟採物華。風生敲檻竹，雨溼墮船花。曲塢青龍樹，長灘白鷺沙。回看江上水，直去到吾家。

王滹南太山石室

我將呼巨鼇，滄海欲掀播。於兹玉鼎淪，遽使金甌破。兵氛塞中原，卦氣協大過。誰封函谷關，便掃太微座。長矛左右盤，勁矢五十箇。歌鳳幾能來，跨騾吾得坐。當其一手麾，豈止千夫和。力須坼老拳，事且居奇貨。真儒雖有材，用武竟無佐。青雲飛遐心，白羽灑寶唾。撫時乃紛綸，結客仍轗軻。人生足窮通，世故更弔賀。煢然凍霧中，仰見明星大。宜哉泰階平，返汝雲壑臥。專門尚吾醇，致幣徒爾萎。既爲粱鴻逃，復庀龔勝餓。從知大耋嗟，肯以淫威挫。拉淚且泣歧，聞風猶起懦。滹河自波濤，石室今堀堁。寥寥紓我哀，苦語不成些。

西域種羊皮書褥歌寄李仲羽

波斯谷中神夜語，波斯牧羊俱雜虜。當道剸刀羊可食，土城留種羊脛骨。四圍築垣聞杵聲，羊子還從脛骨生。青草叢抽臍未斷，馬蹄踏鐵繞垣行。羊子跳踉却在草，鼠王如拳不同老。飫肉筵開塞饌肥，裁皮褥作書林寶。南州俠客遇西人，昔得手褥今無倫。君不見冰蠶之錦欲盈尺，康洽年來貧不貧。

次定海候濤山

悲歌忽無奈，天海何渺茫。放舟桃花渡，回首不可量。南條山斷脈，北界水畫疆。居然清泠淵，枕彼黃茅岡。朝滲日星黑，夜凄金碧光。蹲虎巖倚伏，鬭雞石乖張。磨礲越湛盧，盪泊吳餘皇。幽波視若畝，巨壑深扶桑。招徠或外域，貿易叢茲鄉。嘔咿燕國語，傎倒龍文裳。方物抽所寶，水犀警非常。驅鯔作旗幟，駕鼇爲橋梁。似予萬里眼，徒倚千尺檣。稍疑性命輕，終覺意氣强。寄言漆園叟，此去真望洋。便擬學仙子，被髮窮大荒。

夕泛海東尋梅岑山觀音大士洞遂登盤陀石望日出處及東霍山回過翁浦問徐偃王舊城八首

山月出天末，水風生晚寒。扁舟劃然往，萬頃相渺漫。星河白摇撼，島嶼青屈盤。遠應壺嶠接，深已雲夢呑。蟠木繫予纜，扶桑纓我冠。寸心役兩目，少試鯨魚竿。

起尋千步沙，穹石塞行路。怒濤所撥擊，徒以頑險故。卓哉梅子真，與世良不遇。上書空雪衣，燒藥乃煙樹。玄螭時側行，縞鶴一回顧。從之招羨門，滄海晝多霧。

茫茫瀛海間，海岸此孤絶。飛泉亂垂纓，險峒森削鐵。天香固遥聞，梵相俄一瞥。魚龍互圍繞，仙鬼驚變滅。舟航來旅游，鐘磬聚禪悦。笑撚小白花，秋潮落如雪。

長嘯山石裂，我今在東溟。遊目出重徼，搴衣窮絶陘。奇氛抱珥赤，遠影摩空青。想像暘谷水，徘徊燭龍形。晨昏相經絡，稚耋不得寧。豈若柯斧爛，看棋了千齡。

遥觀杳無極，宛與東霍鄰。悲夫童男女，去作魚鼈民。紵嶼尚餘聚，蓬山寧爾神。古樟苔駐跡，仙枰竹祛塵。短褐徒爲拂，飛槎邈難親。好攜支機石，去躍織女津。

笑揮百川流，東赴無底壑。青天分極邊，白浪屹爲郭。卉裳或時采，椎髻亦不惡。投珠鮫人泣，淬劍龍子愕。海宫眩鱗纕，商舶豐貝錯。盍不呼巨鵬，因風泝寥廓。

老篙回我舟，沙塽晚煙起。蒼茫魚鹽場，寂歷鼓吹里。人民悲舊王，歲月祀遺趾。終捐玉几研，不捄朱弓矢。東西八駿馬，今古萬螻蟻。此事如或然，須湔會稽水。我行半天下，始到東海隅。水落嶕石出，中飛兩鵜鶘。情知瓌奇産，勢與險阻俱。在夷豈必陋，雖聖猶乘桴。吭風丹穴鳳，尾雨青丘狐。幸隨任公子，不愧七尺軀。

還舍後人來問海上事詩以答之

去家纔五旬，恍若度一歲。豈不道路艱，周流東海澨。故人喜我返，來問海何如。所經何城邑，相去幾里餘。我言始戒塗，尚在越西鄙。隨波到句章，滿目但積水。人云古翁洲，遥隔水中央。一夜三百里，猛風吹倒檣。初從蛟門入，極是險與惡。白浪高於山，神龍留以躍。似雪復非雪，倚檣欲上看。舟子禁不可，使入舟中蟠。尋常重性命，今特類兒戲。信哉昌黎言，有海無天地。掀掀終達岸，鹽鹵間黄蘆。人煙寄島嶼，官府猶村墟。水族紛異嗜，魚蟹及蠊蜒。我寧不忍餐，抹藓相吐沫。荒塵棲予髮，旭日照我身。似聞六國港，東壓扶桑津。或稱列仙居，去此亦不遠。蟠木秋更花，蓬萊闢真館。我非不願往，此險何可當。天吴布牙爪，出没黑水洋。於奇豈易得，似足直一死。方去徒自驚，既歸亦云喜。珍重故人言，勿以險爲奇。兹行已僥倖，慎勿疾平夷。雖然此異鄉，固是難久客。聖出風且恬，時清海如席。我猶愛其然，恨不少淹留。爾毋爲我懼，遭此千丈虬。試看塵世間，甚彼大瀛海。衣裳日沉溺，篙艣相奔潰。奔潰孰能救，沉溺將奈何。口呿舌不下，聊爲故人歌。

去歲留杭德興傅子建夢得句云鼉鼉滄海賦龍馬赤文書間以語予及其鄉人董與幾山空歲晚恍然有懷爲續此詩却寄董

觸目懷招隱，興歌託遂初。俗塵多汩没，天籟幾吹嘘。晚景翻濛汜，秋潮洩尾閭。祥雲旗鳳鳥，瘴雨弩鯨魚。灑淚鮫人室，漂魂建木墟。鼉鼉滄海賦，龍馬赤文書。上谷空豪舉，西河久索居。鑾琛遺翡翠，魯價掩璠璵。遠矣鳴髇箭，悠哉薄笨車。影摇青薜荔，光璨白芙蕖。自昔攻佔畢，于今載耒耡。彈冠身有待，鑄研志非虛。蘇子縱横術，韓生内外儲。乾坤瞻魏闕，日月夢周廬。炫燿螭雕珮，蹁躚隼建旟。列衣騰朔漠，膠棹入黄淤。趙女絃鴻鵠，奚兒駕駏驉。詞林應聘汝，俠窟肯愁予。結騎幽并窄，掄交楚越疏。奇功生鼎鼐，猛氣死籧篨。藥物金鵝採，兵鈐赤鯉漁。中條分雍豫，四序出堪輿。小榻琴心展，長纓劍膽舒。按圖稽獬豸，醼酒笑鵜鶘。野屐偏求蠟，山巾尚著練。貧猶思禄士，老不廢耕畬。卓犖才終用，猖狂習未除。文章同一默，歲月或三餘。策竹登玄圃，然藜問石渠。定須追樂毅，端爲謝曹蜍。

山中人二首

貧賤素所有，豈辭辛與勤。清晨腰我斧，往伐西山薪。高巖屹巨壑，蛇虎氣逼人。衣裳既不完，出入在荆榛。日日一接淅，釜甑恒生塵。白石幾時爛，青煙空滿鄰。家徒四立壁，冬令方行春。亦有偓佺子，倏然爲世珍。

去經十數里，霜露淒枯田。蓑笠既挂壁，桔槔亦倚垣。相從盡鄰曲，言笑仍喧喧。惟此老瓦盆，酒漿稍羅前。奈何不解飲，而喜鯨吸川。有如善泅人，觀者乃在船。寸心久已醉，雙眼方醒然。世俗正馳騖，悲哉東西阡。

柳博士自太常出提舉江西儒學來訪宿山中二首

一掃空山鹿豕蹤，車如流水馬如龍。黄麾法仗知宸輦，青史勳名問景鍾。宣室受釐端有召，曲臺傳禮尚爲容。少年作賦將投獻，東北孤雲是岱宗。

尚有歐曾舊典刑，森然人物照青冥。身從北闕攀燕桂，夢壓西江食楚萍。萬里毳袍春值雪，千年龍劍夜占星。此身恨不輕簦笈，的的根源在一經。

鞦韆行寄趙季良時趙留京邑

京城寒食來沽酒，城北城南映楊柳。人家歡笑踏鞦韆，杏板絲繩相對懸。宫錦翻衣真富貴，俗軀走肉盡神仙。徘徊宛轉當風立，春晚多風吹汝急。鞦韆已墜蹴踘空，華鑣翠轂擁青驄。軒轅臺前日月近，無終國裏山川同。遠方羈旅紛馳逐，燕趙佳人美如玉。燕歌趙舞歡未足，去年芳草今年緑。

寄張子長

世豈無推挽，人誰有典刑。稍懷南國彦，恒愧北山靈。萬里麻衣敝，千年竹簡青。羲文先索象，魯頌或歌駉。杞梓儒林挺，魚龍俠窟鯹。塵埃完結緑，紛黛飾娉婷。脱略蘇張弃，漸摩管樂硎。道途餘雪屩，巖穴但雲扃。本擬陳三策，吁嗟守一經。跡卑淪燕雀，踪遠及猱鋌。種菊行荒椶，看松俯絶陘。仙棋閒度日，旅劍懶占星。故里青桐巷，雙溪白鷺汀。交遊多握手，歲月此忘形。志氣需來哲，才華壓妙齡。秦坑收末燼，漢粕浸奇馨。正器陳籩豆，專門識鼎鉶。奔騰鞭用駿，祖裼割分腥。卓立撐喬嶽，孤流混濁涇。鵲飛持或布，鯨吼扣非莛。別袂逢秋怯，鄰燈入夜熒。沉沉猶在野，憲憲欲揚廷。舜殿瞻儀鳳，堯階數曆蓂。螭坳文錦褥，獸闥紫金釘。列徼環霄漢，游車發震霆。紬書官命史，吹律樂求伶。迅奮君須競，棲遲我未寧。簷風歌警枕，井雨泣羸瓶。古陌垂楊柳，空山老茯苓。只今馳尺楮，何所問南溟。

二月六日雨書都城舊事

燕南趙北吹黃塵，九天宮闕生紫雲。十二門開衢路直，畫輪驄馬多行客。歲寒殿外柳纔青，金水河邊冰尚白。雞人傳漏放晚朝，文石分班押百僚。南陽近親最舞蹈，京兆耆舊争歌謡。教坊供奉飾玉女，鐘能鐘聲鼓能鼓。錦來西蜀被玄駝，肉出太官餐猛虎。初日扶桑稍照人，内筵錫燕杏花春。沐犢騂牲泰時祀，鸞旗翠蓋驪山巡。東風萬里飄寒雨，我昔所聞今不睹。怏然呼酒擊酒壺，茂陵徐生曾上書。

姑蘇臺歌寄方養心

姑蘇臺南閶闔開，姑蘇臺北鴻雁來。春花秋月幾時好，步屧尋香去如掃。冤胥憤血空海潮，老濞妖妝又煙草。少年爲客誰我令，千里汝猶談一經。黃龍挾舟夜有雨，白虎司劍天無星。山中昌蒲十二節，未肯落盡青頭髮。姑蘇臺上愁殺人，身在句吴望句越。

女殺虎行

山深日落猛虎行，長風振木威毶毶。父樵未歸女在室，心已與虎同死生。揚睛掉尾腥滿地，狹路殘榛苦遭噬。豈非一氣通呼吸，徒以柔軀扼强鷙。君不見馮婦來下車，衆中無人尚負嵎。又不見裴將軍出鳴鏑，一時鞍馬俱辟易。丈夫英雄却不武，臨事趦趄汗流雨。關東賢女不足數，孝女千年傳殺虎。

烈婦行

落日沉海雲壓城，官軍多載婦女行。大弓勁箭自山下，顏色如灰愁上馬。我生不慣生馬駒，存者吾子亡吾夫。毋寧完身吐玉雪，忍使餒肉當熊貙。青楓嶺頭望回浦，血指畫巖心獨苦。老螭扣地救未及，芳草迷天淚零雨。卓哉一死可百年，此事已過永泰前。黃沙野塞多降骨，忠義傳中收不得。

秋日雜詩二首和黃明遠

明月出東山，流光射窗牖。美人曼聲歌，翠袖拂南斗。别離終不常，歡樂詎能久。笑折青桂枝，涼風吹我手。

西風拔白蘋，楚客自枯槁。扳龍思上天，勳業苦不早。遐心隨落鴻，短髮等衰草。亦有芙蓉花，嫣然爲誰好？

瀦州二首

四月一日尚緜衣，知是故鄉花片飛。白頭慈母倚門久，目斷天南無雁歸。

數株楊柳弄輕煙，舟泊瀦州河水邊。牛羊散野春草短，敕勒老公方醉眠。

滄州

荒亭貰酒壯心違，目極東州霧雨微。百里齊封滄海接，千年禹跡濁河非。暗塵掉馬呈金轡，衰草看羊著錦衣。猶記上元鳴鼓夜，滿船燈火越歌歸。

夕乘月渡荆門閘

初更渡荆門，觸眼舟楫亂。堤吏時一呼，舉篙類魚貫。野雞悄無聲，行子空扼腕。緑樹煙靄沉，清波月光爛。分涼短衣披，習靜單幘岸。畸愁本難祛，美景聊此玩。荒荒東原平，泯泯魯濟斷。歲儉菅蒯繁，時康萑苻散。秋槎别星河，曉夢窺日觀。懸知平生奇，歷覽天下半。長衢紅塵腥，古調白石粲。徒聚幾州鐵，肯餐三斗炭。人生空自憐，歲序忽已换。出門更呼車，春淺冰未泮。

風雨渡揚子江

大江西來自巴蜀，直下萬里澆吴楚。我從揚子指蒜山，舊讀《水經》今始睹。平生壯志此最奇，一葉輕舟傲煙雨。怒風鼓浪屹於城，滄海輸潮開水府。淒迷灎澦恍如見，漭滉扶桑杳何所。須臾草樹皆動搖，稍稍鼂鼉欲掀舞。黑雲鯨漲頗心掉，明月貝宮終色侮。吟倚金山有暮鐘，望窮采石無朝艫。誰歟敲齒咒能神，或有傴身言莫吐。向來天塹如有限，日夜軍書費傳羽。三楚崎民類魚鼈，兩淮大將猶熊虎。錦帆十里徒映空，鐵鎖千尋竟然炬。桑麻夾岸收戰塵，蘆葦成林出漁户。寧知造物總兒戲，且攬長川入樽俎。悲哉險阻惟白波，往矣英雄幾黄土。獨思萬載疏鑿功，吾欲持觴酹神禹。

寄柳博士

試續《儒林傳》，南州定幾人。清標騰鳳翼，素手截鯨鱗。卓犖初觀國，軒騰早致身。燕秦争騁俠，鄒魯共稱醇。旅劍渾如淬，家氈在一振。於焉徵有道，自此教成均。學術諸生識，才名六館親。士林然燭夜，茸帳結餐晨。上下笙鏞間，縱横俎豆陳。岐原周鼓老，闕里魏碑真。白日需前席，青雲仰後塵。山林稽猛駮，文字到祥麟。豈獨呻佔畢，猶應逐縉紳。討論抽祕典，扈從得良臣。絶漠幽州暗，滄波碣石鄰。鸞旗飛旖旎，革輅壓輪囷。御苑材官集，離宫突騎巡。赤狐翻遠譯，黄鼠割時珍。法酒蒲萄熟，天花芍藥春。遡風沙鵠健，銜雪野駝馴。北海誰求隱，東都或對賓。三關寧設險，八極總歸仁。悵望懷今古，賡歌邁等倫。短衣曾見寵，長鋏每忘貧。共往仍聯駟，同吟更接茵。玉山森巨石，金水濯芳津。本擬追枚乘，終然愧郤詵。鹿鳴來已再，鵰擊去何因。色挺淮王桂，香生楚客蘋。聖朝初薦士，江漢有垂綸。

一笑

一笑長竿折，徒憐大海魚。文章猶𦗷瓿，塵土只鹽車。白日燕臺劍，清風禹穴書。上林誰獻賦，愁絶馬相如。

嶺南宜濛子解渴水歌

廣州園官進渴水，天風夏熟宜濛子。百花醞作甘露漿，南國烹成赤龍髓。棕櫚亭高内撤餐，梧桐井壓滄江乾。柏觀金莖擎未溼，藍橋玉臼擣空寒。小甖封出香覆錦，古鼎貢餘聲撼寢。酒客心情辟酒兵，茶僧手段侵茶品。阿瞞口酸那得梅，茂陵肺消誰賜杯。液奪胡酥有氣味，波凝海椹無塵埃。向來暑殿評湯物，沉木紫蘇聞第一。

觀隋王度古鏡記後題

王家有古鏡，軒氏昔鑄成。太一來護治，玄冥與儲精。日月鍾璀璨，龜蛇助威獰。萬靈吐真水，全體洞泰清。綵奩出未半，冰片弄光晶。寶匣收不動，玉鱗聞呴聲。有身尚變化，無翼欲飛行。恍然百世後，流落汾陰城。高士覩卽賞，胡僧識還驚。金鉛拭膏澤，絳碧穿屋楹。牆垣照可徹，臟腑燭能縈。涕泣念鸚鵡，悲酸逢豹生。一朝忽屏跡，六幕黯不明。狐狸遞隱現，魑魅莽縱横。皮膚峻刮削，骨髓窮敲榜。雷風儻有作，厲虐敢紛更。嗟吾幸居山，猿鹿與我争。嗟吾願渡海，鮫鰐恐並迎。楊氏雀環在，張公龍劍并。因兹訪洞穴，得不振冠纓。

雙林寺觀傅大士頂相舍利及耕具故物

古稠大山趨古原，古寺突兀倚山根。小溪前流未及渡，白塔岌起高蹲蹲。傅公故宅奉香火，厦屋萬間周四垣。梁朝到今數百載，兜率説法天中尊。世曾出世役妻子，家或漁扈隨犁犍。道冠儒履忽一變，胡膜梵唄争駿奔。蕭衍老公坐玉殿，捨身建刹開祇園。花幡亂飛欲滿席，拍板歌唱聞槌門。雲光靈異竟何有，仉胥怪神寧復言。藕絲袈裟上所賜，奇錦照耀扶桑暾。龍宫四萬八千卷，寶藏一轉百鬼掀。貝多遺文白氎像，經律論疏洪其源。黄羅繡褥裹頂骨，舍利五色摩尼燉。一牛眠雲已化石，雙鶴覆雨仍軒鶱。劫風吹地日漸壞，樓閣樹林無半存。青檮並聳碧宇上，落葉散到人家村。浮屠仁祠始自漢，文屬華蓋何翻翻。梁時佞佛特太甚，宗祀斷血徒饔飧。父兄子弟且學佛，絶滅恩愛生讎冤。臺城矗天或死守，虜騎乘釁真游魂。幸災樂禍却圜視，入室操戈恣齧吞。蠛蠓厭埋冢難遠，烏幔囚辱兵氛昏。人夭小果豈不有，宇宙缺醫疇能藩。一朝佛出救不得，滄海攪作黄河渾。傅公家居自天屬，時復耕耨不憚煩。朝廷聰明顧不及，塔廟湧出如雲屯。長干空迎佛爪髮，滿國欲飽民膏腱。羣僧無功并仰食，我佛獨不憂黎元。惜哉後王永不寤，前後喪亂同一轅。後民皈嚮復未已，拱手禮跪駢肩跟。咒口波瀾豈祝蟒，禪心寂默猶拘猿。終然百歎幾一遇，世俗瑣瑣吾何論。

登岸泊道隆觀觀有金人闖海時斫柱刀跡因聽客話蓬萊山紫霞洞二首

我舟半夜發，舉目流滔滔。倏然風萬里，誰謂水一篙？幽島不可辨，亂嶕出如鼇。侵晨始登岸，身靜心實勞。小徑連沮洳，玄扃閟蓬蒿。彈塗争走穴，傑步擁朱鼇。怪花絡璀璨，陰木森蕭騷。東都昔奔潰，南海紛戰艘。簷楹偶潛伏，部伍争遁逃。將施攻城火，尚見斫柱刀。黄屋袪曉祲，翠華溼秋濤。運往龍蛻久，人來鶴飛高。曲繼迷丹鼎，清沼濁鬢毛。毋煩踞龜殼，自此辭盧敖。

起行海東洲，重險忽已渡。由來産神奇，政爲孤絶故。幽芳岩嶜搜，修蟄高嶅赴。荒煙淒暗潮，旭日照晴樹。似聞蓬萊山，去此特跬步。蟠根迄中立，發乳森外護。紫氛蒸作霞，玄浪激爲霧。古穴通若輿，靈文讀不句。赤玉爲者誰，黄金闕何處。常疑方士説，未省仙子遇。芝草空漢廷，鯨魚壓秦路。彼猶莫能得，今我獨何據。馮夷開水宮，禦寇控風馭。從渠指虛無，此計恐遲暮。

秋夜效梁簡文宮體二首

無奈良夜永，起登樓上頭。鵲翻金殿宿，螢近玉階流。梧桐老葉恨，芙蓉新蕊愁。婕妤團扇上，那得不驚秋。

曾是昔年寵，如今誰與同。秋獵長楊苑，夜幸猗蘭宮。瓊杯香泫露，翠袖薄禁風。將心與明月，流入君帷中。

吴禮部師道

師道，字正傳，婺州蘭溪人。登至治元年進士第，授高郵丞。再調寧國路録事，遷建德縣尹，入爲國子助教，尋進博士。以禮部郎中致仕，終于家。所著有《易詩書雜説》、《春秋胡傳附辨》及文集二十卷。正傳自羈丱知學，善記覽，工詞章。發爲詩歌，才思涌溢，弱冠讀《西山真氏遺書》，幡然有志爲己之學，務在發揮義理而闢異端。其在成均，一遵許魯齋成法，六館諸生皆説之。嘗與同郡黄晉卿、柳道傳友善，數以詩篇相往來。吴立夫與爲同宗，尤所推重，嘗寄詩云："恢奇俊偉莫子若，便可上拂句陳垣。"正傳和云："丈夫窮達豈所論，要以不朽垂乾坤。"知其相契者，又不獨以詩也。

秋懷二首

江南木葉飛，江北百草黄。風煙澹莽蒼，悵望川途長。寒魚聚其羣，鴻雁忽成行。俯仰念時物，索居耿淒涼。昔我二三子，敦好攻文章。漂零時相失，尺素不得將。人生四方志，企爾揚聲光。登山豈無車，涉水亦有航。真誠諒不隔，離别庸何傷。

忽忽意不懌，獨步登高丘。羣山紛糾蟠，前當大河流。八月草木凋，萬里風雲愁。寒晶蕩白日，孤鴻去悠悠。鴻飛不可極，其下禹九州。古來英雄士，百戰横戈矛。念我當壯年，弗獲玆地游。豈無干時略，欲往誰見收。君看天馬駒，失足羞鶩牛。

李龍眠蓮社圖

遠公廬山下，手種玉色蓮。清修香火社，雜還山林賢。龍眠弄筆墨，貌出晉宋前。橫橋虎溪水，古木東林煙。鬢眉策遺老，瓶磬趺枯禪。石壇花雨落，稽首西方仙。休吟散梵帙，風鑪薦寒泉。矯矯靖節翁，歸心赴斜川。分手溪上笑，攢眉社中緣。淋浪漉酒巾，籃輿搖醉眠。止飲諒匪難，恥受異教牽。空山舊行跡，寂寞餘千年。竟令妄庸兒，懾誘紛相傳。陶翁我尚友，掩卷心茫然。

夢先大父有感

死別一紀餘，故迹隨流波。哀端在腸臆，慘若嬰沉痾。昨夢臨我前，儼服冠峩峩。手持一卷書，授我仍長哦。覺來驚且悲，庭樹酸風多。悻怳送歸魂，冉冉荒山阿。永懷鍾愛心，生死耿不磨。保躬蹈前訓，没世期無他。奈何人事乖，志願常蹉跎。平生素無淚，此夕如傾河！

送人貢秔米之京

后皇制任土，職貢來四方。珍異匪余求，服食乃其常。金華有嘉種，玉粲會芬香。土人昔肇端，每歲賦其鄉。頗聞播種初，行者避畎疆。斂收異徵納，老稚不敢嘗。擾擾府中集，數日何奔忙。珠璣歷萬指，錯落照九光。圓好中式度，緘封謹緗囊。矧今歲旱乾，彌望茅葦荒。野人懼不供，挈瓶越林岡。及茲幸充數，揚帆上天倉。惟民秉恆性，食芹猶不忘。勤動非所辭，有司貴循良。賢侯重承命，護視嚴周防。行行不可遲，去去凌風霜。玉食儻見登，仁恩沐汪洋。顧推及物心，共樂斯時康。陳風以爲贈，别意何悠長。

金華觀分得琴字

春晏踐宿期，雲間陟高岑。獲從勝友俱，遂此物外心。月窟探萬仞，臨淵測重陰。盤坐白石臺，長嘯青櫟林。莫探虛皇居，急雨含蕭森。松風飛淙合，終夜凄笙琴。何能發孤咏，千載同遺音。

合歡木

合歡愛嘉名，矧復知昏旦。淮土産特多，葱蘢蔭溝岸。離離青葉解，冉冉紅茸散。静和宿露捲，動與微風戀。物意豈悦人，和樂自堪玩。蹇予寡所諧，觸事多忿悁。亦儗學嵇生，植根向庭畔。

九日登響山奉呈同游者

響山臨響潭，曾識太白來。我欲游其間，却愧非仙才。況乃博微官，終年走塵埃。幸兹九日至，獲與羣彦陪。高秋慘雲物，薄日翳復開。駐馬青松陰，披衿上崔嵬。前睨孤城低，下瞰清溪回。諸峯送遠色，攬結何雄哉。野菊半含英，濁醪初發醅。且盡一笑歡，良會不易諧。溪山宛如昨，斯人化飛灰。想見登臨時，逸氣横九垓。寧知千載後，我輩兹徘徊。呼之儻可作，相共揮予杯。凄其暮色合，颯颯疾雨催。扶攜下登舟，水行沿灣隈。仰看千仞壁，浩歌散餘哀。

廬山紀游贈黃伯庸

昔聞匡廬名，今睹雄秀姿。我舟薄其趾，陰雨深蔽之。平生潔清念，諒受廬君知。寧辭三日淹，未恨一見遲。邂逅得佳士，欣然卽追隨。時雲散諸峯，攢青逗參差。五色太古色，相對心融怡。披衿尋鹿迹，扶洞徵賢祠。風雩杳餘韻，書臺抗層基。前瞻辨五乳，仰顧指狻猊。却招白鶴仙，下瞰神龍陂。飛橋度三峽，艤棹凌深危。噴濤電雪眩，轉石雷霆馳。薄暮不可留，淅淅山風悲。明發開先游，寒溪涉清漪。入門雙劍色，夾道萬虬枝。飛虹瀉青嶂，漱玉下深池。竹亭敻幽閴，四壁多殘碑。出林送落日，踏月仍遨嬉。移舟星子灣，回首煙霧時。歸來記所歷，一一天下奇。茲山信綿邈，覽勝猶多遺。簡書屬有程，逼仄嗟絆羈。悠悠此時路，依依後來期。巢棲雲松間，瓢飲澗水湄。昔賢有高躅，安用微官爲。

望九華山

輕舟下池口，遥望青陽郭。雲間見九華，争先出鋒鍔。參差敧背缺，峭鋭圭首削。竹箭拔春芽，芙蓉攢秋萼。奇姿信明麗，遠勢仍聯絡。下有巖谷幽，真靈諒茲宅。詭哉末世士，強以名號託。謂宋齊丘。丹崖不受滓，青峯鎮如昨。千載知屬誰？含情寄冥漠。

十一月二十二日宿七里寺書壁

微宦不適意，一身抱長憂。況此凶歉年，餓者擁道周。及物豈無念，越職非所尤。博濟古云難，勸分動成仇。荒村走風雪，破寺寒飀飀。中夜耿不眠，胡爲此淹留。

德興開化道中三首

春晨氣澄穆，雜卉香滿路。百舌鳴高林，墟煙淡如霧。農夫啓門出，在野各有務。行人獨何爲，憧憧自來去。

宿雲逗疏雨，睒睒吐晨旭。晴光動千花，霞雪眩川谷。白鷴戲深叢，黄鳥鳴灌木。俯仰竟忘疲，歷此溪百曲。

兩崖蒼石間，湍水激清瀉。山桃爛紅芳，光影連上下。春風忽怒起，意乃媚行者。飛花撲人來，攬之欲盈把。

過常山趙忠簡公墓

客行常山道，溪駛波沄沄。泝流睇崇岡，問是丞相墳。舍舟步榛翳，隧道不復分。石麟已零落，宰樹何披紛。其傍曾玄居，混迹隨耕耘。亦有顯仕者，遠去忘榆枌。長吏類俗流，但識期會勤。葺治禁樵採，此事今無聞。堂堂中興烈，忠正而德文。禍胎偃月姦，冤魄炎海氛。淒涼檻車還，倉卒書疏焚。誰知尉職卑，乃能杜使君。蒼天佑賢俊，微爾幾空羣。興懷慨前事，空山黯愁雲。咸陽骨安在，唾駡奚足云。騎箕儼天上，千載彌清芬。

信饒道中雪

五載樂閒曠，閉關每安眠。祖行復言邁，迫此將殘年。江湖多北風，臨流竟回船。連旬踏凍雪，驅馬不得前。錦溪何淪漪，芝山亦清妍。豈乏故人居，欲往無由緣。漫漫四野白，青是誰家煙？僕夫慰饑面，呼酒還忻然。我獨不解飲，自苦誰汝憐。前途幸云邇，努力勤揮鞭。職思在憂民，才薄志自堅。只應高人笑，胡不甘田園。

入建德界

纔登東陽橋，復涉蘭溪渡。千里名地同，依依鄉井故。六合豈不寬，遐瞻恣馳騖。嗟此窮山中，寧知擬寸步。三生有夙習，茲游亦奇遇。獨憐迂狷姿，諧俗匪心素。靦顏民社寄，抑志簿書務。煩爾父老迎，停車勞前路。

目疾謝柳道傳張子長惠藥

處世五十年，寡嗜仍少病。天與兩目光，炯炯素清淨。前年翳生左，赤脈紛交橫。審因察其源，五色非所競。學書信夙習，耽讀亦本性。雖于二事切，未必致茲證。從來不解飲，杯勺強酬應。積毒根胃腸，標表發昏瞢。鍼刺爭雜施，流血和淚迸。丹砂與空青，數市窘貲罄。梔檗動盈筐，日啖不論命。重氛幸全掃，餘眚時一盛。荏苒三載間，視眺猶未瑩。偏盲亦何害，忌者遂相慶。惟茲二三友，爲我憂怲怲。

許君屢貽書，力勸宜習靜。損讀復省思，默坐但微瞑。心腎上下居，火實以水勝。炎炎降不怒，行之久自定。殷勤柳與張，有便常致訊。爲言醫法難，俗師慎毋聽。一朝得奇藥，千里轉持贈。緘封謹視護，述語頗詳竟。開罌異香發，著筯金膏凝。試之累旬日，奇效他莫並。感之欲次骨，報爾無照乘。我生未見道，絶塵悦猶瞪。眊焉慚訓言，亦豈中未正。扶持謝諸公，磨刮完兩鏡。漸驚容衰老，謬忝小邑令。鄉山杳在望，歸船行可榜。把卷欣復適，看雲遠相映。揮絃送孤鴻，飄然動高興。從令没暮齒，不復憂倀倀。永懷何能忘，臨風寄孤詠。

送徐檢校之浙省并簡前政王正善

皇朝樹藩垣，江淛天下最。豈惟財賦強，政體亦宏大。羣僚極高選，吉士多藹藹。贊參每從容，句檢尤倚賴。徐卿世名家，踐歷振風裁。運籌佐漕輓，遺聲滿吴會。今兹綴班行，深意良有在。更張化弦新，洗目盛除拜。眷懷東南逼，明見萬里外。元宰回北轅，貪墨亦狼狽。終然公論白，少覺衆心快。誰當進良謨，清静撫彫瘵。諸公正虚左，顧言亟行邁。王公山陰裔，前政民所愛。一時欣接武，二妙實同載。我生一何幸，識君向燕代。與王邇鄉井，而不共傾蓋。相知十五年，未面已如對。因之道懷思，望望久相待。後日都城南，春朝及王會。

留昌平四詩

居庸關

神京望西北，連山鬱崔嵬。百里達關下，兩崖忽中開。林霏遞掩映，磴道隨縈回。豈知古燕塞，徑以越與台。夙聞彈琴峽，澗響逾清哀。行行未及遠，秋風漲黃埃。翠華屆榆林，丞相前驅來。疾還憚迫險，顧瞻復徘徊。惟天設限蔽，萬古何雄哉。撫迹思往代，鍵鑰每自摧。皇衢坦蕩蕩，來往無驚猜。氈車正聯絡，怒輒奔春雷。前趨見行殿，遥峙積雪堆。騰凌萬馬駒，暮繞龍虎臺。愚生一何幸，獲忝儒臣陪。憑高未成賦，瑣瑣嗟微才。

虎峪淙淙泉

居庸古塞口，諸峯並嵯峨。左轉萬栗林，黃葉墮殘柯。路出草棘間，石溝泫微波。黃塵歘騰起，知有飲馬駝。前趨俯絶壑，素礫没坡陀。窮秋水没竭，泓渟不盈科。無復聲淙淙，虚名誤來過。下馬小徘徊，土屋依巖阿。野老向我言，深入水木多。前年邑中人，來此乘干戈。委蛇數十里，隘險無誰何。桃源志樂土，商山有遺歌。誰知戰争場，咫尺隔網羅。欲游苦怱怱，斜陽下前坡。

劉諫議

李唐祚中微，刑臣執其柄。賢良褒然來，一策駭羣聽。事機戒不密，昌言毋乃病。吾職非近臣，陳義固當正。爲時吐忠憤，誓不顧軀命。同游雖厚顔，得失非所競。滔滔徇曲學，胡不愧元聖。□□闢祠宗，名教係邦政。居庸峭摩天，過者竦深敬。

朱懷珪碑

昌平官道傍，卧碑何壯偉。有唐營府督，懷珪姓朱氏。盧龍昔強藩，巨孽所根柢。爾胤泚與滔，逆氣學有始。眈眈元相國，肆筆方述紀。寧知兩月後，口襪不貸爾。千載託斯人，遺臭同一軌。荒墳莽蕪迹，石獸相攫倚。雙螭已插地，文字未殘毁。徒令行路者，啃啃嗟僭侈。聖賢樹功德，金石無溢美。末世乃濟奸，事定有公是。奈何極穹崇，來者紛未已。留此懲不忠，并以愧諂子。

分韻賦石鼓送逵兼善出守紹興

石刻三代遺，獨數岐陽蒐。剥落卧榛莾，奇寶誰見收。金源亦好事，駝載來薊丘。豈知橋門鎮，天爲興邦留。我老幸摩娑，考古思西周。使君精篆法，聲華振皇州。足追史籀製，惜值車攻休。騑驂五馬來，東向會稽游。會稽豈無碑，頌述徒誇浮。願言宣仁化，嗣續垂千秋。

十臺懷古 并序

友人自杭來，示及濟南王□《十臺懷古》詩，讀之感慨不已。夫江山故宮，歌舞遺跡，千載之上，英雄游焉。千載之下，狐兔行焉。俯仰廢興，孰能無情？而詩人尤甚。發爲詠歌，詞雖不同，而意總合。

若物之鳴，以類而應，余安得忘言哉，余生好游，嘗聞司馬子長、杜拾遺覽觀四方山川之勝，以壯其文，心竊慕之。異時浮江淮，泝湘沅，上巴峽，過秦、漢故都。歷燕、趙、齊、魯之陽，所見如十臺尚多。訪遺老，詢故實，足以發一時之興，快宿昔之願。歸而讀馬、杜之詩文，以證其所得焉耳。

姑蘇臺

百花洲上姑蘇臺，吴王宴時花正開。半空畫燭西子醉，三更鐵甲東門來。吴波渺渺吴山簇，不見嬌嚬倚闌曲。丹楓落月怨啼烏，碧草東風驚走鹿。闔閭丘墓相連處，應恨夫差迷不悟。斷指千年血未乾，游魂夜哭臺前路。

章華臺

靈王傾國崇臺宇，按劍章華睨中土。弁裳伏地走諸侯，鐘鼓凌空震三楚。聘驕不畏伍子謀，落成乞與吴兵游。孤舟竟走江上路，塊土獨枕山中愁。十年伯氣終蕭索，回首華容歸不得。飢魂漂泊啼秋煙，細腰却舞新王前。

朝陽臺

神娥縹緲高唐上，楚宫樓閣森相向。丹楓蒼桂湧孤闕，錦石清江簇連嶂。行雲漠漠一作「冥冥」。飛雨寒，孤猿咽咽秋一作千。花間。翠旂龍駕杳何處？斷魂殘夢愁空山。微臣宋玉誇能賦，當日襄王豈真遇。千古秋風恨未平，高泉飛落三巴怒。

黄金臺

昭王鋭志移青社，築土懸金奉賢者。四方劍佩集強燕，千里風塵馳一作空。駿馬。郭君自舉先羣豪，樂生獨步超凡曹。酬恩一雪伯國恥，建功並倚雲天高。君臣意氣千年少，落日荒墟没秋草。黄金買貴滿長安，惆悵英雄布衣老。

戲馬臺

項王戰馬從東來，意氣蹴踏全秦摧。入關不並沛公轡，還鄉却上彭城臺。重瞳按劍風雲靡，萬匹騰空煙霧起。淒凉垓下泣名騅，零落江邊一作濱。餘數騎。寄奴千載心争雄，登高把酒臨秋風。詐移晉鼎非男子，君看百戰東城死。

歌風臺

沛宫置酒君王歸，酒酣思慘風雲飛。兒童環臺和擊筑，父老滿坐同沾衣。一歌豐沛白日動，再歌淮楚長波湧。龍髯氣拂半空寒，虎士心馳四方勇。河山蕭瑟長陵荒，野中怒響猶飛揚。高臺未傾風未息，故鄉之恨那有極。

望思臺

桐人氣迫前星黯，思子宮成翠華晚。高臺有恨碧草新，大野無踪金犢遠。一朝弄兵兒罪輕，百年鍾愛天倫深。戾園魂魄夜寂寂，湖城風雨秋陰陰。漢宮樓觀連天起，方士熏香召仙鬼。望思望思終不歸，茂陵老淚如傾水。

銅雀臺

半空高棟翔金雀，玉扆繐帷塵漠漠。西陵老樹暝色寒，建安殘妓春情薄。曲終紅袖辭樽前，簷傾斷甓飛人間。分香老淚恨不滅，秋風吹入苔花斑。漢家一片當時土，肯爲奸雄載歌舞。銷盡曹瞞萬古魂，落日漳河咽寒雨。

鳳皇臺

金陵王氣飛祥雲，鳳皇臺上聲和鳴。鳳來春風花冥冥，鳳去秋風荒草生。嫦娥舞散高城暮，青山迴隔丹丘路。斜陽門巷語烏衣，細雨汀洲飛白鷺。江空天闊鳳影遥，謫仙吟罷誰能招。六朝宫闕煙蕭蕭，月明半夜人吹簫。

凌歊臺

大明一作宋家。天子游南國，紅粉三千臺百尺。歌鐘激浪楚日白，簾櫳凝樹湘雲碧。凌歊高宴金輿來，侍臣狎笑朱顏開。臺城宮扉鎖花柳，寄奴土障生塵埃。昏昏醉夢春風幾，不顧江東數千里。酒罷歌闌帝業銷，青山空映當塗水。

促織吟

高秋白露如零雨，促織驚寒近牀語。美人不寐空閨深，共向西風訴離苦。玉關征人去不歸，無書寄與來鴻飛。背壁孤燈照清淚，誰家急杵敲寒衣？寒衣八月當寄時，今年獨恨衣成遲。天吳顛倒舊繡裂，春蠶凍損新絲稀。夜長抱膝三太息，此懷促織那能知。微霜淒淒月欲没，四壁蕭蕭聲轉急。吟成錦字長相思，萬里秋空凝愁碧。

晚霜曲

空雲黯淡青鱗斜，月色慘慘黃鋪沙。九天青女曳裾帶，笑抛珠露成飛花。僵禽淅颯動庭竹，城上啼烏怨如哭。瑣窗疎簾點輕毳，古砌芳花凝碎玉。繡帳垂深□□處，兩兩金烏噴晴霧。春濃入骨不知寒，屏外淒風倒回去。燭龍破夢驚晴光，酒波煖灧酥花香。笑看碧瓦凍鴛鴦，豈知茅屋悲無裳。

殺虎行

蘭溪太守〔令〕（令）劉昆，癡虎有耳胡不聞。夜深妥尾古道上，日暮搏犬荒城根。風吹黃茅走白額，獵夫一〔見〕（貝）歡踴躍。亂刃交揮白雪翻，雙眸怒迸金丸落。後車傳送如獻俘，當軒裂肉空須臾。長河無蛟惡黨静，里中三害今何如？平生意氣多豪野，亦欲短衣馳匹馬。一掃腥魂險穴空，長歌慷慨南山下。

落花行

東風吹花花作團，美人脈脈凭闌干。倦投紅筵逐舞鳳，故尋翠袖縈釵鸞。去年送別城南道，城南飛花映一作委。芳草。關河萬里人未歸，風雨一番春又老。抱愁無語還空一作深。閨，拂釵攬袖香依依。緑陰鎖窗蝶影斷，空枝弔月鵑聲悲。青春不復回，游子不顧期。美人掩淚長相思，恨身不似花能飛。花飛終恨沾塵泥，安能與花飛去陽關西。

苦旱行三首

五月苦旱今未休，青空烈火燔新秋。雨師不仁龍失職，百鬼廟食茫無謀。我欲箋天訴時事，只恐天公亦昏睡。蒼生性命吁可哀，風雲何日從天來。

皇天不雨一百日，千丈空潭斷餘溼。連山出火槁葉黄，大野揚塵烈風赤。田家父子相對泣，枯禾一莖血一滴。中夜起坐增百憂，雲漢蒼蒼星歷歷。

吴鄉白波田作湖，越鄉赤日溪潭枯。衾裯不換一斗米，細民食貧衾已無。連艘積廩射厚利，烏乎此曹天不誅。聞道閩中米價賤，南望梗塞悲長途。

落葉行

山窗獨眠抱秋冷，四壁無聲中夜醒。天清急雨忽萬點，月出枯蛇紛衆影。開門颯颯非故林，滿空亂葉搏愁陰。石澗流紅□泉咽，蘚痕掩碧孤蛩吟。高秋共誰聽蕭瑟，却憶江南遠游客。楚天摇落白日高，萬里扁舟蕩秋色。江南客來歸，山中葉亦稀。相思繞徧寒樹下，有恨願隨秋風吹。山空夜寒風漸微，慘慘霜露沾人衣，哀鴻獨叫殘雲飛。

春雨晚潮圖

昔年曾看錢塘潮，龍山山下乘春濤。中流回首洲渚變，孤塔不動青崖高。雲昏水暗雨陣黑，雪噴電轉一作「雷卷」。潮頭白。浙江亭遠亂帆飛，西興渡暝千花溼。空江茫茫魂欲斷，歸來十年驚復見。浩蕩東風滿畫圖，淋漓海氣飛人面。春深故國芳草生，鴟夷遺恨何時平。重游弔古惜未得，掩卷歌罷空含情。

燕子行

清江朱樓相對開，去年燕子雙歸來。東風吹高社雨歇，一日倏忽飛千回。翻身初向煙中没，掠地復穿花底出。花飛煙散江冥冥，城郭參差滿斜日。無情游子去不還，短書寄汝秋風前。繡簾不卷春色斷，空梁泥墮琵琶絃。飛檣冉冉瀟湘浦，春盡天涯路修阻。一夜相思柳色深，獨上樓頭淚如雨。

桐廬夜泊

合江亭前秋水清，歸人罷市無餘聲。燈光隱見隔林薄，溼雲閃露青熒熒。樓臺漸稀燈漸遠，何處吹簫猶未斷。淒風涼葉下高桐，半夜仙人來絕巘。江霏山氣生白煙，忽如飛雨洒我船。倚篷獨立久未眠，静看水月摇清圓。

舟行得風

江豚卬鼻濆驚波，秋來江風西北多。掣帆鼓篷疾於電，銀屋怒擁高嵯峨。江南江北青山色，著意相看忽如失。我行小遲亦何害，人生取快寧多得。賈人舟子勿嘯呼，野有垂泣耕田夫，三月不雨田水枯。

仙壇秋月圖　宫扇，馬遠畫，宋寧宗后楊氏題詩，自稱楊妹子。

宫中美人秋思多，夜揖明月追仙娥。畫闌桂樹倚樓闕，碧落天壇飛□□。畫師不解西風夢，筆端便有華陽洞。更將妍畫寫清詞，輕扇君王心已動。炎精季葉堪歎嗟，矧爾妍麗傾其家。中生遺禍到濟瀆，府中丞相真奸邪。吴宫一掃荒煙冷，舊事淒涼復誰省。百年永鑒不可忘，留與人間看扇影。

五月一日即事

黑雲滃渤如頹山，白雨注地聲潺潺。須臾雲散雨亦歇，斜陽□著高林間。林間沈沈萬濃緑，影弄微風自相觸。新蟬忽作去年鳴，使我淒然感心曲。

七月十八日出郊外抵昭潭沿道觀蟲食松葉盡枯感而賦

縣南縣北幾百里，沿道蒼松半枯死。毳蟲無數枝上懸，食盡青青成繭子。雪霜不朽千年質，摧敗一朝天所使。殘髯磔磔怒猶張，流膏滴滴泣未止。頓令林壑少光色，政似鱸鯨困螻蟻。土人云此實旱兆，昔歲逢之旱無比。炎風烈日勢轉虐，更説飛蝗西北起。救災無策空自嗟，誰能爲挽天河洗。

池陽紀事

至元四年十月冬，池府承命兩馬驄，惟池學廩素贍豐。十奪七八歸豪雄，□爾按覈務盡公。校官遣偕俱謬庸，唯有姚璉心頗同。貴池屬邑最近鄉，拏舟此去宜先從。人言羣惡張其鋒，昔歲往者人馬傷，焚香再拜先聖宮，願依皇靈保微躬。沙夾一帶臨大江，上有牧地連元戎。悍卒夜伏蘆葦茸，按行不侵循舊封，伏者引去無留蹤。官湖周遭十里通，數家根據窟其中。良田美稼供螟螽，按圖詰實辭皆窮。歸途却繞山之東，小屋突出婦女翁。前遮行輿扼其杠，白挺四出相奔沖。忽擒一夫捽其胸，愬兹事者衆所攻。捶擊宛轉恣毒凶，止之不可徒忡忡。爲陳法理開其聰，稍復散去穿棘蓬。古來王官勢穹崇，尸取鼠輩須臾空。我今有志權不充，念之羞憤徒滿容。明朝港出新河旁，遡江未遠騰顛風。排磯怒響如撞舂，倉皇未及拄短篷。桅檣傾側浪濺窗，已分投骨歸魚龍。一卒力勝百柁工，正帆近岸離奔谼。同舟神色方怡融，此行不謂有此逢。善人每倚天爲宗，天亦惕我何蒙蒙。書生昧事真愚惷，猶欲區别見寸功。微官已及三年終，歸歟歸歟逐輕鴻。

李龍眠飛騎習射圖

龍眠手帖云：元豐初，點檢南宮試卷畢。預集英殿門應奉廷試，因得至衛士班見飛騎習射校毬揚技戲。時乘輿將幸寶津，今進圖大概云。

東都全盛稱元豐，天子慷慨思奇功。蒐兵閱馬振百度，坐欲折箠笞羌戎。羽林衛士天下選，內廐汗血皆飛龍。射毬穿柳雖戲劇，移置行陣寧非雄。從臣絶藝龍眠翁，曾侯喚仗明光宮。斫鬃飛硍親眼見，十年落筆逾精工。君不見開元天寶馬蕃庶，畫手亦有曹韓同。承平涵育賴休澤，人與物會真奇逢。好頭赤玉五花驄，轉首一笑浮雲空。盛衰反覆古今夢，寶津無樹吹秋風。紛更擾擾竟何益，禍啓大梁塵再蒙。披圖考古三歎息，我思聖人憂日中。

紅玉杯爲陳雲嶠太祝賦

夷人揀玉河源水，夜候霞光矗空起。將歸萬里售中州，琢刻爲杯世無比。截肪粟色非不奇，雞冠通赤希見之。筵間乍置争注目，誰復更顧黄金巵。小槽新壓真珠滴，擎向桃花花下吸。但餘落日争光輝，未許妖姬比顔色。主人今代陳孟公，閉門留客酒不空。千金之裘五花馬，不惜買醉酬春風。公侯家世多珍物，獨寶此杯爲故笏。華堂舞罷飲闌時，什襲深藏莫刓缺。

三月十八日張仲舉趙伯器吴伯尚王元肅同游西山玉泉遂至書山

肅清門外春草青，背城曼衍趨郊坰。西山曉晴出蒼翠，高下不斷如連屏。道傍巨冢烏鳥噪，寒食野祭遺羶腥。溝深路狹雪泥在，緩控瘦馬仍竛竮。行行山近寺始見，半空碧瓦浮晶熒。先朝營構天下冠，千門萬户伴宫庭。寺前對峙兩飛閣，金鋪射日開朱櫺。截流累石作平地，修梁雄跨相緯經。平臺當前白玉座，刻鏤精巧多殊形。常時御舟此游幸，清簫妙管魚龍聽。沿堤萬柳著新緑，未見蒲葦彌煙汀。鳧飛鷺起渺空闊，使我清思淩滄溟。游船兩兩棹歌起，亦有公子攜娉婷。主僧説法據高座，撞鐘擊鼓聲發霆。欣然肅客道周歷，顧瞻幻怪何神靈。後園小殿翳花木，繡幃香閣猶深扃。坐陪方丈談亹亹，伊蒲清供分餘馨。出門暄風掠人面，前趨復歷峴與陘。泉乾土勁草樹少，祇有廣塔高亭亭。香山蘭若金源舊，猶餘大定殘碑銘。長松老檜見未有，澗水繞屋鳴清泠。扳危涉險劇喘汗，却下迅走誰能停。班荆列坐杏花底，榛觴受此香雪零。日規漸隱半峯側，酒行不盡雙玉瓶。衆賓來醉有餘興，惟我却飲嗟獨醒。疾驅信馬路已熟，遥見樓堞塵冥冥。歸來門巷木深黑，春雲黯黮明疏星。廣文官況淡于水，矧復聚散如浮蓱。玉泉頗恨不少住，客意更擬同揚舲。明朝清游墮夢境，擁書却坐槐陰廳。

九月廿三日城外紀游

杪秋暇日休絃歌，五門城外觀新河。斗門決水已數日，淺沙漫漫無餘波。縱横疏鑿引别派，監官督役猶揮訶。循堤側足懼疏惡，驚見崩坼當盤渦。故橋舊市不復識，祇有積上高坡陀。城南靡靡度阡陌，疏柳掩映連枯荷。清臺突兀出天半，金光耀日如新磨。璣衡遺製此其的，衆環倚植森交柯。細書深刻皇祐字，觀者歎息争摩挲。司天貴重幸不毁，回首荆棘悲銅駝。長春宫苑最宏麗，飛樓湧殿淩層坡。喬松夭矯百歲物，復有偃蓋低婆娑。平生素聞百一帖，樂石壁置周詹阿。金源中華盛文物，玉堂學士鏘鳴珂。旁搜紙墨作藻飾，欲與唐晉爭嵯峨。至今摹搨傳好事，道士却換人間鵝。仙杯珍襲巨桃核，御畫雲鶴題宣和。不知何處有此木，偶爾結實良非他。瑶池漢殿語茫昧，遂使世俗猶傳訛。尋幽訪古意未已，起視落日歸禽多。却趨林亭憩清絶，盆菊采采黄金窠。蟹螯研雪新醞碧，對此不樂將如何。京華酒壚方歌舞，錦韉翠袖迎嫦娥。儒冠已受俗子笑，況復衰容雙鬢皤。下帷閉閣來跡少，骯髒不肯侯門過。清游良友幸追逐，未思返棹尋漁蓑。今朝不飲心已醉，笑看坐客朱顔酡。鳳城半掩歸路暝，爭道擊轂如飛梭。九衢冥濛漲塵霧，漸見燈火稀星羅。作詩寫實不可緩，馬上已復成微哦。

送友人

秋風吹古道，木葉墮征衣。明月今宵缺，孤雲何處飛。關山行路惡，文字賞音稀。莫待相思劇，天寒早賦歸。

春日雜詠二首

二月忽將半，一春能幾時。寒隨鴻雁別，雨赴杏花期。江水碧于酒，山雲白似炊。登樓思無限，孤客在天涯。

怒雹時聞落，驚雷夜轉多。摧花亦太甚，裂樹欲如何。幸不關調燮，猶應廢嘯歌。明朝好風日，一舸弄春波。

送人北歸

被褐南州客，依先北府居。起辭從事辟，歸讀古人書。暮雨江雲溼，春風汴柳疏。他年有來雁，毋惜問何如。

題官舍壁

官舍千峯裏，迎秋氣已清。池煙明鶴影，林雨斷蟬聲。紅惜芙蓉落，青憐薜荔生。今朝少公事，吟嘯且怡情。

中秋泊淮安望張仲舉助教不至

中秋淮浦夜，誰共好懷開。看月坐復坐，可人來不來。獨謡慚短思，多病負深杯。想見蕪城路，吹簫擁醉回。

江山秋色圖

江南何處景，一幅淡含暉。草木半黄落，樓臺深翠微。橋連秋水渡，船與暮雲歸。我亦漁樵客，悵然思拂衣。

爲葉敬甫賦母線石

密密綫縫裳，依依石在匡。石如心不轉，綫與恨俱長。尚想精神聚，寧容髮體傷。殷勤珍襲意，爾後永毋忘。

和黃晉卿北山紀游韻

三洞金華北，蒼蒼夾徑松。瀉空噴百澗，拔地立千峯。林石攲還整，巖梯絶復通。向田瑤草碧，隱樹晚花紅。嵌竇推舟入，椒庭載酒從。洗觥忙羽士，捧研喜山童。陟嶺驚逾峻，沿流竟莫窮。千年杳仙鹿，兩寺互僧鐘。擘裂森開峽，傳聞舊化龍。轉霆奔雪浪，礬皁却玲瓏。水際朱藤蔭，巖阿青桂叢。亭荒餘磊磊，舊有「磊磊亭」，今字鐫石。雲出正濛濛。蘭若知何許，芙蓉復在東。五盤隨屈曲，一路聽琤琮。山斷俄爲野，湍平不見空。暮房深榻靜，朝磬小樓重。傳玩遺髹鉢，興嗟對殯宮。拂衣登嶺去，穿棘少人逢。飛殿仍遥峙，重關故不封。歸尋草堂卷，坐戀水軒風。兩紀三人合，相看一笑中。孤蹤忻影逐，薄技愧才雄。別袂分殘雨，衡門翳野蓬。後游寧未卜，思劇謾憧憧。

次韻王繼學參政胡古魚編修翦燈詩

剡渚推冰紙，并州剪水刀。輕明新雅製，麗巧極纖毫。不讓琉璃貴，渾疑錦繡韜。皺紋縈細縠，疊縷引長繅。花草形相錯，鵷鸞勢欲翱。騰光宜秉炬，透色賤塗膏。愛著詩聯綴，嫌逢騎驛騷。香風翻玉帶，華月湧雲濤。良夕娱佳賞，元臣念小勞。都人應共樂，歌舞送春醪。

觀南陽高武宣王誥詞其子渾璞治書徵賦

曆數歸真主，英雄起壯年。挺身辭汝蔡，仗劍走幽燕。武略紛誰敵，神鋒奮獨先。攻城蒙矢石，拓地攬山川。淮甸威如掃，蠻方命已懸。長驅越東角，直擣海南邊。名冠三軍帥，功開半壁天。至仁惟不殺，偉勣更無前。鐵馬戈鋋息，貂蟬佩服鮮。曹公創尚在，鄂國志逾堅。星隕悲蒼漢，山崇想故阡。分祠徧南紀，遺像儼凌煙。疏傅曾開國，承家復象賢。繡衣躬入奏，丹陛詔仍宣。聖代昭恩數，王封衍土田。風雲攄壯氣，日月漏重泉。制闢奚斯廟，光增太史編。哀榮千載少，忠孝一家全。奕奕丹青繪，綿綿帶礪傳。桐鄉修秩祀，願薦侑神篇。

分題蕃宣樓送山僉憲之閩

大府開閩土，危樓鎮海涯。飛雲浮畫棟，麗日照高牙。昔駐蕃侯馬，今迎使者車。三山歸指顧，萬井仰光華。縹緲臨城處，逍遥散吏衙。榕陰千樹翠，荔子半空霞。嶺嶠俱清謐，賓僚亦静嘉。宣風問民俗，作屏扞皇家。去去青冥檝，依依紫禁花。登高應有賦，留待碧窗紗。

次韻許可用參政從幸承天護聖寺是日陞左丞

西北羣山迴，盤盤護帝鄉。玉泉流海闊，金刹倚雲翔。四月龍舟邁，千官馬首驤。落花縈劍佩，高柳拂帆檣。采女遥分隊，材官迸綴行。和聲宣鼓籥，珍獻集梯航。天雨清初霧，湖波静不揚。瓦光浮璀璀，鈴語振鏘鏘。梵唄雷音偈，醍醐雪色漿。玉林敷御坐，翠殿散天香。内宴肴初秩，仙韶樂更張。騶虞游近野，黄鵠下回塘。馳道風隨輦，行宫月轉廂。應同游上苑，何以幸雲陽。心共斯民樂，謨咨上相良。傳宣升列輔，稽首答休光。勳業期千載，精神萃一堂。序調堯曆象，澤浹舜要荒。盛事傳新句，迂儒乏寸長。願將歸美意，絃誦播修廊。

寄友

聚散悠悠水上萍，相思千里夢魂驚。門扃白日閑花落，愁入春風芳草生。天北雲遥回雁影，江南春盡老鵑聲。飄零王粲今何處？想見登樓此日情。

送林初心

溪上開樽洗客塵，千篇高詠句清新。春風冠蓋英雄夢，夜雨江湖老大身。萬里燕山馳壯氣，十年吴國起閒人。時來須得文章力，去看薇花紫禁春。

赤壁圖

沉沙戟折一作「草荒殘壘」。怒濤秋，殘壘蒼蒼戰鬭休。一作「遥憶英雄涕自流」。風火千年消伯氣，江山一幅挂清愁。丈夫不學曹孟德，生子當如孫仲謀。機會難逢一作「不來」。形勝在，狂歌弔古謾悠悠。

溪亭夜宿

閒亭來伴野雲栖，翦翦東風冷客衣。孤鶴有聲溪上啄，落花無影月中飛。愁銷緑鬢三春過，夢拂青山半夜歸。混迹漁樵莫惆悵，得時奴隸總輕肥。

野中暮歸有懷

野田蕭瑟草蟲吟，墟落人稀慘欲陰。白水西風羣雁急，青林暮雨一燈深。年豐稍變饑人色，秋老誰憐倦客心。酒禁未開詩侣散，菊花時節自登臨。

寄張子長

落落長遭俗子憎，別來懷抱向誰傾。有時錯莫呼張丈，無力吹噓薦賈生。叱石山中尋藥侣，玩雲林下讀書聲。知君亦有逍遥興，肯與卑栖歎不平。

和黄晉卿客杭見寄二首

一從君客江城去，詩思凄涼酒盞空。天末倚樓孤岫雨，春深閉户落花風。半生正坐才名悮，萬里誰憐意氣同。坐憶王孫詠《招隱》，萋萋草色向人濃。

書問蕭條已半年，知君近買過湖船。江花日暮吹紅雪，店樹春晴起緑煙。客裏光陰遽如許，人間歧路正茫然。離羣得似游從樂，紙貴錢塘日萬篇。

次方韶父韻

婺女城頭掩半扉，沈侯樓上鎖斜暉。聽鴻前度同游盡，化鶴重來萬事非。山水娱人真不惡，文章驚世故多違。何如有酒身長健，竟月登臨莫便歸。

送許益之之金陵赴趙侍御招二首

揚帆千里載書琴，一作「抱遺經」。此事光華喜見今。青眼憐才真有道，白雲出岫本無心。校書燈火西齋静，聽講衣冠北一作柏。府深。歲晚幽期良自保，孤根未恨遠穹林。

繡斧烏臺峻碧霄，金陵佳麗未蕭條。詩書正氣存諸彦，花月殘歌笑六朝。山倚石頭青入畫，江吞天際白吹潮。勝游健筆追雄渾，爲寄林間慰寂寥。

客杭九日别柳道傳黄晉卿出飲江頭陳氏樓客雜甚

黄菊開時酒價廉，晚聲沙市簇青帘。不堪衣袂猶爲客，偶上樓頭試卷簾。良友相逢還易别，老兵對飲且無嫌。西風放棹龍山去，何必疏狂脱帽簷。

京城寒食雨中呈柳道傳吴立夫

春深不見試輕衫，風土殊鄉客未諳。蠟燭青煙出天上，杏花疏雨似江南。松楸昨夜頻來夢，樽俎何人可與談。閉户不知佳節過，清泥滿道没征驂。

三月二日麗正門書事

萬騎遥聞發上林，内前車馬去駸駸。風回輦路香煙合，雨映龍樓柳色深。雜卒屢呼驚過客，冷官凝望促華音。修門此日逢佳客，咫尺清光儻照臨。

寄劉士明同知

前望譙樓帶古城，濯纓河畔水泠泠。共分草徑臨門入，最喜書聲隔屋聽。宦路馳驅足塵土，人生聚合等雲萍。琴清茗冷何時共，直待秋風月滿庭。

和芊希曾憲史韻二首

高步青霄計未差，征途祇暫走塵沙。煙波江上吟芳草，風雨城東看落花。攬轡欲追千載士，扣門肯向五侯家。遥知齋閣清無事，滿架殘書整復斜。

平生忤俗苦無朋，心事蕭然有髮僧。作吏祇師三尺法，讀書肯負十年燈。空持璞玉嗟誰賞，誤落樊籠去未能。夢憶金華三月暮，踏雲穿雨上崚嶒。

游三天洞

稽亭山下三天洞，憶我金華物色同。拔地飛崖雲洶湧，映空嵌穴樹葱蘢。不知混沌何年鑿，直恐神仙有路通。終擬赤松歸隱去，清游還墮夢魂中。

中秋次同院人韻

鳴騶雜遝款庭中，宴罷扶攜看醉翁。禁鑰鎖深秋院月，天香吹溼露華風。終宵倚樹憐吴質，何處登樓覓庾公。挹取清光照方寸，此時分散莫怱怱。

山行卽事

穿雲渡水百盤回，身在青紅錦繡堆。野老怪人衝雨過，牧兒疑我看花來。山林自足平生志，州縣元非健吏才。但得翳桑無餓者，不妨歸卧守蒿萊。

九月初旬臨清下陵州舟中

誰云北土異南方，九日晴暄未隕霜。河水渾黄千里疾，柳陰濃緑兩堤長。豐年有象占農畝，佳氣非煙望帝鄉。驛酒一升猶可飲，衹愁無客共重陽。

端午

今年重午住京華，一寸心情萬里家。楚些衹添當日恨，戎葵不似故園花。案頭新墨題紈扇，牆外高門響鈿車。朋侣蕭疏歡事少，誰令衰鬢受風沙。

次韻張仲舉助教上京卽事四首

海波填碧湧金鼇，當日經營得俊髦。周鼎卜年開帝業，漢都作鎮奠神皋。宮中雙鳳朝扶輦，帳下千牛夜捉刀。萬國會同時肆覲，衆星遥拱北辰高。

大駕時巡鎮北庭，皇風萬里暢威靈。有年太史仍書雨，卜日祠官已祭星。白草黄雲秋漫漫，朱樓翠樹晚冥冥。南歸却作灤陽夢，應是平生舊所經。

翼翼行都歲幸臨，名王諸部集如林。氈車滿載彤庭帛，寶馬高馱内府金。莫散歌呼灤水上，夜騰光氣黑山陰。世皇謨略真宏遠，共感湛恩到骨深。

孔鸞斂翅久盤回。延閣穹崇際復開。四海宣文千載仰，兩生接武一時來。紬書共啓緘金匱，持筆行登視草臺。努力深期報知己，明時肯負出羣才。

聞危太朴王叔善除宣文閣檢討三首

陰山分脈自崑崙，朔漠緜延迥北門。遥見馬駝知牧地，時逢水草似漁村。穹廬勅勒秋風曲，青塚嬋娟夜月魂。今日八荒同一宇，向來邊徼不須論。

兩都賦意入經營，今日奇逢有此行。弟子絃歌臨壁水，諸公篇翰出承明。眼中高闕祥雲色，夢裏空齋舊雨聲。千里相望勞問訊，追扳無路若爲情。

亭障連山入杳茫，氊車如雪謾沙場。鵰盤天際秋雲白，雁去關南木葉黄。獨客應憐冠戴楚，閒愁無奈管吹羌。歸來若度桑乾水，莫忘并州是故鄉。

至大庚戌黄君晉卿客杭與鄧善之翰林黄松瀑尊師儒魯山上人會集賦詩今至正辛巳晉卿提舉儒學與張伯雨尊師高麗式上人會再和前詩上人至京以卷示因寫往年所和重賦一章

後先人物一時雄，心迹寧須較異同。來此清談散花雨，依然舊夢聽松風。畫圖長共湖山在，煙火頻驚殿閣空。萬里忽逢東海客，前詩重寫思何窮。

城外見杏花

曲江二十年前會，回首芳菲似夢中。老去京華度寒食，閒來野水看東風。樹頭絳雪飛還白，花外青天映更紅。聞説琳宫更佳絶，明朝攜酒訪城東。

次韻柳待制直院晚歸

庭松吐燄引凌霄，露井銀牀凍不消。雲霧窗深隔風日，鳳皇聲集和簫韶。書成給札分曹寫，直罷攜香滿袖飄。自昔詞臣宜白髮，禮賢珍重此時招。

送陳生北游

萬里長風入馬蹄，江干舊隱掩閒扉。乾坤清氣隨時卷，關塞征塵上客衣。日落太行孤鳥没，天高燕闕五雲低。提攜喜有王維在，回首南山暮便歸。

簡王文學

有客空齋歎不歸，鄉心二月亂于絲。杏花深巷春風夢，茅屋荒田夜雨詩。天氣未佳宜小住，人生行樂竟何時。乞君安得千壺酒，爛飲狂歌慰別離。

東津暮泊

四山斂暝色，百蟲沸哀聲。夜久月未出，川光虛自明。

鷺

振振風生柳，沾沾雪點磯。白攢秋水立，青映暮天飛。

蓮藕花葉圖

玉雪竅玲瓏，紛披緑映紅。生生無限意，只在苦心中。

水西道中

鳴鳩林外桑密，眠犢沙頭草添。春水石橋紅杏，夕陽茅屋青帘。

題高彦敬越山圖

潮平風定日落，雲白山青雨乾。憶得晚秋天氣，浙江亭上凭闌。

病起

單衣小立怯西風，病骨詩愁冷淡中。一片清秋在何處？豆花籬落雨濛濛。

元夕

柳臺梅巷鎖春晴，酒思燈光負賞心。聽徹宣和太平曲，獨看明月到更深。

夏夜江上

繞屋清江竹萬竿，水風蕭瑟竹光寒。夜深月上門不掩，卧聽釣歸船過灘。

次韻黄晉卿清明游北山二首

行歌共訪採芝翁，絶壑層雲一盪胸。誰念愁吟溪上客，落花微雨獨揞筇。

一壑風煙自可留，十年湖海漫狂一作曾。游。短衣射虎真堪樂，莫恨將軍老不侯。

和陳景傳寄方韶父韻

風流遺老曙星殘，湖海知心夜夢間。欲訪玄英向何處，猿聲木葉滿秋山。

春日獨坐

茶煙淡淡風前少，庭葉沈沈雨後添。何處楊花念幽獨，殷勤入室更穿簾。

七夕

木槿籬邊絡緯哀，卧看河漢遠天回。西風不管扁舟客，吹下樓頭笑語來。

題山水圖送人歸仙居

仙居直接天台路，無數青山與雲樹。行人已在畫圖中，又復攜圖入山去。

禹柏圖 漢陽縣大别寺中。

柏貢荆州任土風，漢陽遺樹尚葱蘢。休誇此是親曾植，四海青青盡禹功。

子昂蘭竹圖

湘娥清淚未曾消，楚客芳魂不可招。公子離愁無處寫，露花風葉共蕭蕭。

十一月十二日崇文閣下私試二十三日出和張仲舉

官燭風簾徹夜明，屋高人醉易寒生。不知卧聽蕭蕭雪，何似山窗洒竹聲。

段節婦

南國征人去不歸，春妍懶著舊時衣。至今門外冬青樹，不與風花上下飛。

送夏學正赴奉聖州

書卷囊衣共一車，出關千里漫風沙。祥雲五色天西角，喜及高秋望翠華。

趙子固畫梅

千樹西湖浸碧漪，醉拈玉笛繞花吹。祇今無限淒涼意，留得春風雪一枝。

送人之宣城

昭亭山下宛溪頭，楊柳芙蓉岸岸秋。總是舊時迎送處，夢魂猶逐故人舟。

宋顯夫司業出乃兄誠夫尚書中秋五首并達兼善侍郎詩因次其韻 錄三。

曲江聯轡踏春雲，二十年前逐後塵。今日重來隔存没，相看祇有兩三人。

翠華南下拂秋天，龍虎臺高古塞邊。誰料江南白頭客，連宵清語對牀眠。

會稽太守出清朝，進逐揚鑣過灞橋。想見相思浙江夜，月明酒醒卧聞簫。

元旦朝回書事二首

朱衣高唱御樓東，清漏遲遲晝景中。黄繖寶幢微影動，一時吹面受東風。
朝散紛紛下紫微，揮鞭争道疾如飛。同來各向朱門去，祇有西山伴我歸。

閏二月朔日

病過春光兩月程，幾番風雨幾番晴。不知開到何花樹，今日才聞燕子聲。

桐江道中

東風緑水動微波，晚泊灘頭理釣蓑。唤起江湖昔年夢，一帆寒雨聽漁歌。

集句一首贈答潘季通

江上春風〔留〕客舟，鳥啼花落水空流。勸君更盡一杯酒，與爾同消萬古愁。

周徵士權

權字衡之，别號此山，處州人。磊落負儁才，不得志，一旦束書走京師，見袁伯長，伯長大異之，謂其詩意度簡遠，而議論雄深，可以選預館職，力薦諸朝，弗就。乃益肆力于詞章，歐陽原功亦盛稱之。陳衆仲復爲選其最佳者，題曰《周此山詩集》。原功見之，以爲益倍神采。原功嘗爲之序云：「宋金之季詩人，宋之習近骩骳，金之習尚號呼，南北混一之初，猶或守其故習，今則皆自刮劘而不爲矣。世道其日趨于盛矣乎！」有元之詩，每變而上，伯長、原功、衆仲，皆文章鉅公，善于持論，特借此山詩發之耳。揭曼碩謂詩之正，如日月、星辰、山川、草木、鳥獸。而其變，如風雲雷雹、龍騰虎躑。要在盡其常，通其變而已。惜不得與衡之共論之。衡之句法，實多可觀，如《荷亭》云：「風細晨氣潤，月澄夜香寒。」《村溪卽事》云：「鶴行松逕雨，僧倚石闌雲。」《倦遊》云：「斷猿明月曙，疏雨碧梧秋。」《村行》云：「橋斷春隄多積雨，溪深野碓自春雲。」《訪陳子高》云：「竹深四壁生虚籟，山近半村無夕陽。」又如：「芳朮旋收同茗煮，落花閒拾和香燒。」「鳩雨欲晴桑葉晚，燕泥新溼杏花餘。」卽衆仲所謂簡淡和平，而語多奇儁者也。

古樂府

妾有嫁時鏡，皎皎無纖滓。照妾芳華年，塗澤如花美。郎行向天涯，歲月忽踰紀。空閨生遠愁，妾容爲誰理。妾容匪金石，寧復昔時比。重拂故匣看，炯炯光不已。人情重顏色，反目如覆水。願郎待妾心，明與鏡相似。

古別離

天河限東西，經歲別女牛。社燕辭歸鴻，亦背春與秋。人生苦離別，別多白人頭。十年阻江漢，音問何沈浮。豈惟腸九回，輪轉日萬周。君看江頭水，東去無回流。君看山上雲，來往任悠悠。

牧童詞

我牧不俾遠，牧多良苦辛。所幸牧已狎，馴擾無敗羣。平原溼春煙，碧草何披紛。大牛隱重坡，小牛飲芳津。且出露未晞，及歸景常曛。時復扣角歌，歌俚全吾真。取樂田野間，世事非所聞。歌闋卧牛背，仰見天際雲。

古塞下曲

朔風號枯榆，厚地凍欲裂。大漠無人行，長雲欲飛雪。陰陰古長城，野燐明復滅。草死沙場空，飢烏啄殘骨。

桃柳詞

灼灼絳桃花，裊裊黄柳絲。風流少年場，妖冶不自持。春風一夜變，點拂飛故枝。飄紅惹飛絮，流水同天涯。美人麗南國，蘭蕙熏柔姿。青春妒娉婷，笑盼生光輝。素絲感青鏡，朱粉難爲施。奈何桃柳質，歲晏徒傷悲。

東林行

意行忘遠趣，所詣欲登仙。絶峽下蒼黑，半壁懸銀泉。峰回路不定，曳杖聊奩緣。延流忽舒曠，樠楠影翩聯。恬目霽孤墅，洗心玩芳荃。永晝無樵斤，芳洲愜鷗眠。幽迥人境異，似與隱者便。巖花映石瀨，漁舟起孤煙。

懷别

青桑蔽繁陰，玄鳥春將暮。東風老松花，長林翳黄霧。俯首事鉛槧，流光暗中度。淮水日夜流，美人邈難晤。賓鴻盡北歸，誰與達書素。長歌復徘徊，晴川渺煙樹。

遊山寺

空林淨如掃，石徑穿嶺細。紺廬出深樹，飛湍下雲際。偶逢赤髭侶，囑我聽真諦。菘肥齋鉢豐，樾古佛燈翳。遭簷棘籬短，野枳香入袂。夕磬兩三聲，半巖花雨霽。

溪之濱

小雨淨川緑，玩心鷗鳥羣。拂蘚憩幽磴，松花點衣巾。禪扃杳何處，疏磬時遠聞。青煙逕山道，牛羊下斜曛。

憫蔬

富人厭粱肉，貧士懷虀鹽。采芳得野薺，終朝不盈襜。矧茲春候和，學圃濱澗南。席地歷疏塊，壟畦理長鑱。孫芥紫芳茁，早韭緑且纖。亦復種晚菘，稚角俄已含。期此旦夕效，菜把日可添。時陽忽久亢，生意幾不堪。豈憚抱瓮勞，灌沃終難霑。馬齒一何茂，縱逸徒爾芟。所憂穀不登，饑饉今乃兼。矯首向昊旻，霖澤何日覃。

仙源

桃花悄無有，仙源渺何許。流水清於銅，松色與崖古。長林暮蕭颼，似與幽人語。翛然卧空庵，清猿夜深雨。

夏日偕友晚步飲聽泉軒

終日局環堵，散策窮深幽。嘉我二三子，落落誠罕儔。適意隨所詣，行行遂經丘。青松如高人，含風自蕭颼。夕雲度深翠，爽氣衣上浮。石根瀉幽泉，戛戛鏘琳球。樂彼泉上趣，幽構飛岑樓。新蘭秀而滋，舊竹清且修。欵我情頗厚，清尊頻獻酬。盤桓有餘樂，嘯傲成遲留。池深風露香，荷意澹欲秋。飲散衆喧息，微月生林陬。

山中雲

空山有白雲，雅與高人約。卷舒本何心，乃似悦遐矚。色幽淡山翠，意遠度溪緑。日暮久徘徊，前村雨應落。

玄上人

安禪箇清素，趣與外迹絶。玄談落松風，灑我一襟雪。逍遥雨花外，豈復念溷熱。夜久白河沈，挂簷耿疏月。

訪友

閒擕緑玉枝，遠詣詩老家。斷澗秋木落，寒沙炯泉花。高談意偶合，脱落偪仄歌。從容飯雕胡，屢淪粟粒茶。亦復事文翰，醉字縈秋蛇。慷慨振吟袂，歸途及棲鵶。

接竹引泉

蒼潤隱石脈，幽源迸山椒。連筒入雲竇，勢接河漢遥。引兹一綫秋，高下穿林梢。聯絡臬相拄，旋折不辭勞。挽之歸我廬，晴雨注屋茆。乍窒或細細，久續俄嘈嘈。空階落琴筑，虚甕鳴鈞韶。盥漱足自潔，心迹良已超。固無鼎釜珍，頗煮溪澗毛。未能學許由，厭喧解風瓢。

湘中

天寒楚雲淨，木落湘山幽。空江夜來雨，水滿蘆花洲。西風何渺渺，滄波日悠悠。有懷誰與言？注目孤鴻秋。

九日偕友登東巖定香寺

兹巖何穹窿，迴出塵壤隘。當時補天餘，偶墮靈鼇背。神丁挾奇功，塞此滄溟匯。翠濤化千峰，尚作掀舞態。色連空宇高，氣薄坤輿大。紺廬切層雲，粲然金銀界。猶封閑闢土，迂曠無斬薙。至今絕頂梟，下迸萬丈内。陰陽互轇轕，造化自根蔕。崖壁鑿靈境，洞壑棗寒籟。旁開一罅峽，天影落青黛。陰嵐灑晴雪，夏練結幽晦。石門聳峩峩，屹若劍門勢。在昔乾符間，綠林肆凶厲。託兹保遺黎，殘石猶紀載。憑高達遐覿，訪古起餘嘅。盪胸瀉河漢，散髮沐沆瀣。煩襟忽如遺，舉步寄一快。擕朋作重九，秋高崖菊細。濁醪豔華觴，浩唱發雄邁。反身下天磴，百盤經險怪。目眩神蕭森，冷風蕩歸袂。人生諒逍遥，歲月豈予貸。吁嗟謝公屐，去此遺勝概。回首山蒼蒼，夕鐘渺雲際。

明妃曲

逝水無回波，去箭無返筈。十載昭陽春，萬里龍荒月。風沙滿宫衣，慘淡餘香歇。哀絃溼絲淚，淚盡絃亦絶。寄語漢飛將，此計誠太拙。蛾眉豈長好，不久爲枯骨。

松下泉

長松蔭層巒，岱色入崖骨。鬱爲翠雪浮，蒸滃香不歇。融液作寒泉，飛迸出石窟。不濯軟紅塵，空山瀉明月。

相逢吟

客從郢中來，抗志青雲表。持螯共拍浮，江遠孤舟小。寒夜潮氣白，楚樹晴烏早。酒闌起推篷，落月在西島。

徐仲晦作書惠水墨梅圖有和靖題紀歲月絹素蠹敗餘字不存作詩歸之

溪藤擣霜寒奪目，硬黄瘦字疏相續。墨花出袖吐春妍，一片玲瓏水蒼玉。分明寄我孤山圖，上有歲月書林逋。古丹漫漫篆窠暗，敗素颭颭形神枯。西泠橋畔黄昏景，船頭鶴夢風吹醒。一從馬鬣鎖荒寒，萬古人間幾香影。苦吟老盡詩壇豪，窮愁到我心徒勞。還君此畫三太息，雪晴月映横窗梢。

羸驥行

高秋吹霜沙草衰，駉駉牧野無龍媒。伶俜羸驥空伏櫪，長稭短豆隨駑駘。筋聳脽高眼如井，月冷沙空徒顧影。颷辣長嘶萬里心，雄姿困頓無由騁。乃知天閑十二屯如雲，龍膺豹股八尺身。蹴翻青雲振緑髮，金羈照耀皇都春。朝辭天山暮碣石，飛電流雲邁無跡。風吹欲軋拳毛騧，意氣能傾照夜白。短衣奚官霜虬鬢，圉養芻粟多遺餘。絶憐羸驥不滿腹，剪刷猶可同馳驅。我欲進之嗟遠道，神全形枯難↘好。按圖舉世識驪黄，懷哉駿骨秋風老。

惠山寺九龍峰下酌泉

惠山鬱律九龍峰，磅礴大地包鴻濛。劃然一夕震風雨，欲啓靈境昭神功。六丁行空怒鞭斥，電火摇光飛霹靂。一聲槌破老雲根，嵌洞中開迸寒液。道人甃玉深護藏，鏡涵萬古凝秋光。陸翁甄品親試嘗，翠浪煮出松風香。我來山下討幽境，自挈瓶罌汲清冷。味如甘雪凍齒牙，紺碧光中敲鳳餅。昏塵滌盡清淨觀，心源點透詩中禪。亟呼陶泓挾玄玉，揮灑字字泉聲寒。投閒半日聊此駐，孤櫂明朝又東去。紅塵人世幾浮雲，鐘鼓空山自朝暮。

次韻徐景端席上

洞庭霜橘包黄銀，海邊丹荔輸閩珍。高堂開筵薦華俎，風味雋美懷芳新。蒸花厭玉飣鵝炙，雕盆犀筯行鮮鱗。紛紛歌管奏名妓，秩秩簪履羅佳賓。芳尊細酌緑琬琰，寶斝共擁紅麒麟。燒殘絳燭轉留客，疑有四角生車輪。書生商歌風雨室，此志鬱鬱何由伸。短衣穿肘不掩脛，五窮相與爲雷陳。青陽開動生意達，短翅亦擬凌空雲。豫章遠志各有適，黄鍾瓦缶俱陶鈞。且安粗糲槃澗濱，未厭紫豉羹吴蓴。

鴻門宴

項王高宴鴻門北，風雲奔走天爲黑。椎牛刺豹酒三行，談笑戈矛生頃刻。豈知天命非人謀，玉玦三提事何益。興亡漢楚兩干將，開闢乾坤雙白璧。暗嗚謾説萬人敵，隆準天人竟誰識。玉斗聲中霸業空，烏江江水還流東。

赤壁泛舟

赤壁之山何峻嶒，下有江水何清冷。天空月出夜寥泬，玻瓈萬頃涵秋冰。爲問黄州雪堂老，遷官何如謫官好。酒酣攜客夜挐舟，憂患都將談笑了。劃然長嘯來天風，神遊八極世慮空。但見横江秋露白，錯落低垂斗柄紅。一本有「舉袂欲挹浮丘公」句。洞簫聲斷潛蛟舞，月下清尊貯千古。老瞞當日困周郎，十萬樓船鬭貔虎。煙銷水冷沈戈矛，空餘野燐寒沙頭。江山牢落滿陳跡，追憶往事懷風流。勝遊到我知幾度，感昔視今猶旦暮。乾坤何事老英雄，滚滚長江自東去。

子陵釣圖

東都熱官手可炙，吴儂面似秋江色。平生落拓一羊裘，七葉貂蟬不堪易。功臣盡在雲臺中，丹青化作灰塵空。先生遺貌乃在此，釣竿尚裊桐江風。悠悠世事江雲白，過眼輕帆自朝夕。人間萬古仰孤風，天上有星猶是客。

次韻褚仲明苦熱行

燭龍銜火飛南陸，萬疊雲峰天地窄。鯨波沸海泣陽侯，涸盡泉源鑠金石。人間何處逃隆暑，細葛如袞汗如雨。蒼生墮此深甑中，救暍何時命如縷。我欲太華峰頭酌瓊液，醉卧青瑶嘯松月。明星邀我玉井旁，共折芙蓉弄香雪。扶摇直上九萬里，高揖盧敖太空裏。手攀斗柄睨塵寰，濯足銀河弄秋水。

錦雞

巴山靈鳥初離羣，葳蕤麗組雲錦文。羽翎新刷爪距利，采色勝似沙頭鴛。晴暾入户爛相射，嗉中有物垂紅碧。綬光若若花盤絛，出示山童有矜色。文章固足媒爾身，雕籠拘束還悲辛。區區啄飲豈不厚，情深野樹溪雲春。

焦山寺

赤霞夜出扶桑東，海雲卷浪凌虚空。剛風浩浩吹不去，崔嵬化作青蓮宫。萬衲月寒清梵寂，四面沈沈皆海色。鐘聲不許到人間，自送潮音落寒碧。

舟行阻潮

江流浩浩吞長天，打篷巨浪翻銀山。篙師維舟不敢發，東望微茫盡溟渤。荒村古渡生客愁，丹楓落葉秋颼颼。夜半西風卷江雨，咿軋數聲聞過櫓。風收雨霽晨氣清，金烏蕩漾波間明。舟人歡呼指歸路，十幅蒲帆順風去。

採蓮曲

越溪女郎十五六，翠綰香雲雙鳳鬟。嫣然一笑似花妍，艷試新妝照湖緑。羅衣露浥紅芳秋，少年陌上情綢繆。蘭橈容與隔花語，驚散鴛鴦生晚愁。蓮花莫折莖有刺，藕絲易斷針難度。清歌一曲入湖煙，空載香風滿船去。

夜泊吴江

瀰茫巨浸無坤軸，溶溶一鏡天東北。兩虹渴飲駕空來，千尋横截玻瓈碧。嚙堤駭浪飛晴雨，晦冥白晝蛟鼉舞。萬家燈火水晶宫，令肅貔貅夜撾鼓。斗柄衡城湖月白，清愁惱我江南客。安得風流張志和，共醉漁舟壓長笛。

雪軒高士以白紵製服作歌戲贈

經冰緯玉紛縱横，三盥寒露方織成。曉機裂下不敢玩，一道雪瀑來中庭。天然精潔不可涴，犀熏麝染慚吴綾。製成素服輕於雪，雅稱仙官鏘珮玦。星斗離離夜插椽，高興飄飄白銀闕。乘風便鞚紫鸞車，瓊簫吹落蓬萊月。

金山龍游寺

金山突兀摩青冥，六鼇駕海來蓬瀛。風濤卷雪撼不動，中流湧出毘耶城。山僧眼底乾坤闊，俯瞰朝暾乘落月。鐘聲薄暮來蜃樓，燈影晴霄入蛟窟。馬銜韜怪蒼龍蹲，聽法卧護孤雲根。參旗歷落倚闌楯，金碧照耀滄海門。天光萬頃涵虛碧，扁舟獨艤玻瓈國。六朝興廢幾英雄，往事雲浮江露白。窮高一覽雙眼明，天風灑我毛骨清。淮山數點不可寫，矯首九萬摶風鵬。

八里莊渡淮入黄河水渾不可飲過徐入清河水方澄潔信筆閒記

河流汩汩如涇水，濁浪崩騰疾馳駛。一石中膠數斗泥，舟客居民皆飲此。黄河不復行故道，下注清淮通海涘。十人度索上一洪，寸寸强弓挽難起。屹然趺坐如僧禪，日與篙師同温喜。青山一髮認邳州，蕭條暮上魚豚市。酒邊一笑我何爲，獨冒驚濤行萬里。争如林下混漁樵，俯仰嘯歌行復止。回頭寄語北山雲，征塵待向風泉洗。

徐州暮泊風雨驟至

清河緑漲琉璃堆，黄河濁浪排空來。兩流合一混涇渭，噴薄東注無時回。孤城迤邐枕其左，晝夜怒激聲喧豗。人煙蟻集一鬨市，夕陽孤塔空崔嵬。客舟簇簇鬧河滸，遥目但見煙中桅。黄壚呼酒足自慰，愁城頓破紅顔開。須臾笑電急驅雨，神物變幻令人猜。狂飇揚沙昏白晝，黑雲卷地翻風雷。

雞鳴臺

横空陣氣長雲黑，戈鋋照耀旌旗色。龍跳虎躍神鬼愁，漢楚存亡一絲隔。相持兩地皆雄據，楚力疑非漢能拒。瑞啓炎圖硡碭雲，悲歌霸業烏江路。空餘故壘傳遺迹，離合山河幾勍敵。戰塵吹盡水東流，落日沙場春草碧。

魯橋

泗河汩汩流青銅，魯橋突兀横長虹。驚波蕩潏石闘怒，石門空洞如弸弓。風霜剥蝕勢欲壓，亂石齒齒填深洪。南連淮楚九地厚，東導齊魯羣流通。征商貿遷百貨阜，來帆去櫂紛奔衝。車輪彭鉠鐸聲急，馬蹄蹴躍塵影紅。我遊天京偶經此，一見淳俗真堯封。扁舟膠涸守連日，欲去未去心忡忡。嗟予行役浪自苦，颯颯吟鬢將秋蓬。摩挲殘碣討遺迹，搔首躕躅斜陽中。銜杯一洗胸芥蔕，浩歌目送吴天鴻。

濟南原上

朔河春透冰未裂，黄蘆伐盡洲渚闊。荒祠老楝壓欲頽，古樹無枝枯復活。長斷飛騎抹流雲，草舍微茫聚疏樾。夕陽返景低黄埃，漠漠平沙浩如雪。

冠州

臨津衝要環墟市，横橋斷岸人如蟻。車聲軋軋風蓬蓬，道上黄塵半空起。御河柳色如藍緑，翻翻酒旆風高矗。歸馬聲喧煙火深，落日孤城催暮角。

蒲萄酒

翠虬夭矯飛不去，頷下明珠脱寒露。纍纍千斛晝夜春，列甕滿浸秋泉紅。數宵醖月清光轉，穠腴芳髓蒸霞暖。酒成快瀉宫壺香，春風吹凍玻瓈光。甘逾瑞露濃欺乳，麴生風味難通譜。縱教典却鷫鸘裘，不將一斗博涼州。

古琴漆有蛇蚹紋者材之良也道友攜一琴甚古謂是零陵湘石枯桐斲成索價三百緡無償之者戲作湘桐吟

黄鐘沈聲喧瓦缶，良材入爨知多少。誰裁鳴鳳千年枝，蛇蚹龍紋巧蟠糾。澤堅古漆光不磨，徽絃不具含雲和。已無伯牙之手子期耳，三歎如此湘桐何。

夏日訪黄府尹席上次黄德厚韻

畏途漫漫正煩熱，故人一見忙解榻。竹根凍綆汲寒泉，一室空明意清豁。夜涼華月流素光，忻然狎客飛瓊觴。千篇已羨奴島可，五詠未許餘山王。綺筵秩秩羅珍具，蔗漿椀冷芙蓉露。浩歌夜久興徘徊，殘蟾西没斜河曙。

長城

長城峩峩起洮水，盤踞蜿蜒九千里。朔雲浩浩天茫茫，悲笳落日腥風起。猶傳鬼神風雨夕，知是當時苦苛役。征人白骨掩寒沙，化作年年春草碧。祖龍爲謀真過計，自成限域非天意。力窮城杵怨聲沈，禍起蕭牆險難恃。豈知一朝貔虎來關東，咸陽宫殿三月紅。

次韻馮仲遠聽鄰舟孟監州琵琶

江州司馬真愁絶，潯陽夜醉黄蘆月。琵琶撥動兒女情，淚溼青衫寫凄切。漢東傑客老監州，雲夢胸中吐奇崛。春風斗酒忽邂逅，暮雨扁舟談激烈。酒酣古調手自傳，鵾絃撼動龍香撥。抑揚按節氣雄放，清度回飈激林樾。迢迢訴盡出關情，漢宫往事孤鴻滅。黄雲萬里絶音塵，馬上誰能記嗚咽。新聲洗盡《鬱輪袍》，清和扣舷歌閶發。曲終一笑兩茫然，江水泠泠滿襟雪。

客枕

寒更四點雞未號，行人道上聲嘈嘈。駿風慘慄寒𩙪飅，長河争渡冰堅牢。霜花著面膚欲裂，虬髯棱棱凍欲折。征車卷地聲如雷，槖駝吼落燕山月。

冷泉亭

昔人來自天竺國，縹緲孤雲伴飛錫。天風吹落凝不去，化作奇峰聳空碧。至今裂峽餘雲髓，桂冷松香流未已。翠光團住玉壺秋，不放晴雷度山趾。道人宴坐無生滅，炯炯層胸照冰雪。夜深出定汲清泠，寒猿啼斷西巖月。

淛江觀潮

錢塘江上風颷颷，誰驅逆水回西流。海門山色暗蛾緑，翕忽澒洞驚吴艘。飛廉賈勇咄神變，倒掀滄溟躍天半。闐闐霹靂駕羣龍，高擊瓊崖卷冰岸。初疑大鯨噓浪來瀛洲，銀山雪屋爛不收。又疑當時捍築射强弩，至今水戰酣貔貅。溪盈壑滿留不住，怒無洩處潛回去。乘除消長無停機，斷送人間幾朝暮。吴儂何事觀不休，落日滄波萬古愁。汀蘋沙雁年年秋，海雲一抹天盡頭。

次春日卽事韻

吴蠶欲老疇未秧，拍隄野水回横塘。淡煙疏樹緑陰薄，落花飛絮白日長。寒具油乾過冷節，忽忽芳事歸鶗鴂。枕書睡足午窗明，雪乳浮浮翻兔褐。

曙巖上人

巖扉人不到，竹色滿僧闌。林雨添經潤，窗雲入硯寒。夜龕猫占卧，晨鉢鶴分餐。客至無餘事，敲冰煮月團。

贈別

之子梁園彥，才華迥不羣。靑燈雙鬢雪，野飯一犁雲。久病憐爲客，多愁忍送君。鍾山吾舊隱，不用勒移文。

訪張山民

又攜詩卷出，幾度不逢君。枯沼肥添雨，寒松暖借雲。山窗多樹色，石逕老苔紋。後夜梅應發，清尊擬共分。

次韻古琴上人

曳杖雲中寺，嵐生古殿陰。泉冰冬澗澀，山雨夜鐘沈。酒熟村家近，梅開野岸深。松風千古意，留客聽清琴。

野趣

地偏居自穩，石路接平田。雲合茅簷樹，雨添花澗泉。空山晴滴翠，遠水綠生煙。喚酒青林渡，斜陽繫客船。

贈別

南雁歸應盡，攜書始問程。別離情易惡，貧賤意難明。樹色春城暗，鐘聲曉寺清。孤燈山驛酒，後夜共誰傾。

僧舍逢故人

空寂禪棲地，蹔然偶盍簪。關河千里道，風雨十年心。歸鶴投松暝，流螢度竹深。絕憐清夜興，話舊不成吟。

宵征

野路無郵傳，迢迢第幾程。天河山外落，江月水中行。客久衣偏冷，車單馬易驚。前津分曙色，依約有農耕。

郭外

郭外人家少，魚村颺酒旗。江雲低壓樹，沙竹細穿籬。地暖梅花早，天寒潮信遲。夕陽煙景外，倚杖立移時。

意行

略彴三家市，溪回野路分。輕暾晞竹露，宿雨落松雲。山寺依巖見，村舂隔隖聞。欣欣農事集，聊得狎鷗羣。

卜隱次韻

養鈍習成癖，居貧道已聞。蒲團延客話，芋火就僧分。林潤夜疑雨，窗寒曙拂雲。叢叢墻下菊，書暇亦鋤耘。

來雲僧舍

聯雲開佛屋，接竹引巖泉。路滑迷霜葉，鐘寒閣曙煙。有爲皆是幻，無想總成禪。夢覺僧簷雨，重來又十年。

次韻王可道

楚楚山陰彦，長遊楚水濱。尺書新寄雁，十載幾懷人。客夢蘆花雨，詩情柳絮春。何時歸話舊，酤酒薦吴蓴。

再次邵本初韻釣臺

羊裘人已遠，猶説漢江山。不爲三公貴，輕抛半日閒。遺臺蒼樹杪，清瀨白雲灣。千載惟鷗鳥，相看不厚顔。

秋霽

梧雨聲乾爽籟生，年華流水鬢星星。夜涵露氣漫漫白，秋入山光楚楚青。敧樹帶蟬侵竹座，斷雲和雁落蘆汀。酒醒誰鼓松風操，炷罷罏薰洗耳聽。

贈松崖道士

名山歷遍氣飄浮，面帶風霜雪滿頭。碧澗寒通丹井曙，青松影落石壇秋。布袍洗藥香猶溼，砂釜藏茶火自留。笑問閬風何處是，追遊還許借青牛。

春初宿湖山僧舍次雲崖道士韻

竹牀紙閣淨無塵，僧芋閑邊偶共分。罏火夜紅松節耐，渚波春緑荻芽新。林深瀑潤全疑雨，日落山寒半是雲。相對不知身是客，了然房琯悟前因。

西村

松聲翠氣薄吟衣，曲逕盤盤護槿籬。野碓春泉分澗急，山鐘送曙出雲遲。人家緑艾端陽節，天氣黄梅細雨時。刈麥稼秧農事足，西郊生意緑無涯。

暮春

緑樹亭亭午蔭遲，倦遊情思不成詩。落花春晚客中酒，啼鳥日長人正棊。盤篆香銷空院寂，鞦韆影閣畫闌敧。閑邊頗適觀魚興，飛絮風萍約半池。

病起

坐學跏趺念已輕，偶親藥裹識參苓。半年多病頭應白，萬事無心夢轉清。剩有農談來野老，已無官況忤山靈。不嫌革帶頻移眼，得似梅花太瘦生。

張氏新居

小雨東風拂袂寒，神仙華屋畫圖間。茶香入座午煙歇，花影壓簾春晝閒。翠竹白沙泉細細，朱闌緑樹鳥關關。客來一笑推棋局，坐占溪南十里山。

秋日

石脈泉花醮眼明，竹根沙路舊經行。雲歸天際山容澹，日落江頭雁影横。梧葉庭除秋漸老，豆花籬落晚初晴。客行迢遞歸心遠，煙火蒼茫起暮程。

次韻秋望

暮鴉歸處斷霞明，搔首風前萬里情。煙抹山光翠屏冷，水涵天影玉壺清。蟲鳴沙逕宵初永，雁落蘆汀月未生。何事數聲江上笛，吹將離恨滿孤城。

次韻孟韶卿

知道龐公不出山，客來訪鶴借山看。海棠開盡雨方歇，燕子來遲春尚寒。一陽煙霞隨步屧，千峰紫翠入憑闌。掉頭巢父成何事，謾向珊瑚拂釣竿。

送友東歸

東華厭逐軟紅塵，一見潘郎興味真。落落孤松霄壑志，昂昂野鶴水雲身。關山客夢三更月，驛路梅花十里春。誰唱渭城朝雨曲，坐中愁絶未歸人。

九日

座上風流憶孟嘉，憑高目斷楚天涯。百年歲月催蓬鬢，十載江湖負菊花。小雨釀寒侵白苧，西風憐醉避烏紗。閑攜柳栗吟歸路，流水殘雲帶晚鴉。

毗陵城東

數家煙火自成鄰，寂寞荒祠野水濱。壞屋有基餘瓦礫，古墳無主自荆榛。暄風綠樹鶯聲老，曉雨青郊虎跡新。四月三山山下路，野田猶殿菜花春。

晚春

輕車繫吹尚紛紜，袞袞香浮紫陌塵。杜宇青山三月暮，桃花流水一溪雲。東風旗旆亭中酒，小雨闌干柳外人。何許數聲牛背笛，天涯芳草正斜曛。

信題

虎頭食肉渾無分，閒隱白雲幽桂叢。歲月催人成老大，江山遺恨幾英雄。平生心事琴三疊，末路人情酒一中。拄頰西山成久坐，更無塵可污西風。

多景樓

北固峰高翠色浮，斷崖千尺障東流。誰言宇宙無多景，今見江山第一樓。雲氣曉含簷箔雨，濤聲夜落海門秋。客來莫問孫劉事，狠石苔深萬古愁。

有懷

鼎食難登苜蓿盤，虀鹽滋味笑儒酸。白雲望斷親闈遠，紅葉吟殘客路寒。心事蹉跎忙裏過，人情翻覆静中看。何如歸去蒼山下，閒聽松風煮月團。

晚春

花事悤悤彈指頃，人家寒食雨晴天。香浮夜月梨飄雪，緑染春風柳拂煙。涉世百年真逆旅，忘機萬事卽安禪。獨憐顦顇江湖客，猶記風流櫂酒船。

次韻令尹解官歸九江

滿眼山河落木秋，遠遊時復賦《登樓》。解官彭澤如元亮，呼酒新豐似馬周。歲月駸尋人易老，乾坤浩蕩水空流。輪君已了公家事，卧對廬山雪滿頭。

金焦兩山

海畽紅處謁仙山，不管剛風客權寒。一鑑寒光開玉匣，兩螺青黛落銀盤。天低塔影攙雲聳，地窄鐘聲度水寬。羡殺禪心如止水，任教四面自波瀾。

懶菴講主得九江餅茶鄧同知分餉其半汲泉試之因次韻

解組歸來萬事輕，日長門巷澹無營。團香小餅分僧供，折足寒鐺對客烹。色卷空雲春雪湧，影沈江月夜潮生。一甌洗却紅塵夢，坐愛風前晚笛橫。

雜興六首

流水數家村，青山白雲隝。春晚落紅深，夜寒溪上雨。
凉蟾淨如洗，酒醒夜初寂。山簷宿雨多，空階響餘滴。
枯藤墮晚花，竹外溪光滿。山僧出幾時，石上雲猶暖。
晨光爛烏几，博山穗煙碧。山童汲泉花，來作硯蟾滴。
寒童引羸驂，路入蒼巘去。深處有人家，雞鳴白雲樹。

西陽轉林腰，水木愈清麗。歸雲不肯棲，浩蕩弄山翠。

掃逕

剥啄無人晝掩門，庭花春晚雪紛紛。山童不解山翁意，掃破蒼苔一逕雲。

晚眺

閃閃歸鴉過別林，斜陽流水意沈沈。數聲樵笛人何處，一路寒山晚翠深。

漁翁

轉櫂收緡日未西，短篷斜閣斷沙低。賣魚買酒歸來晚，風颭蘆花雪滿溪。

次韻友竹弟南明山

秋深斛葉滿空山，飯罷僧袍挂石闌。洗盡十年塵土夢，天風吹瀑落雲寒。

晚渡

離離野樹緑生煙，灼灼山花爛欲然。酤酒人歸春渡寂，柳根閒繫夕陽船。

次韻晚眺

翠潤侵衣竹滿闌，雨餘爽氣挹西山。一聲孤鶴歸何晚，帶得閒雲作伴還。

村居

疏竹人家短短牆，綠陰深處水村涼。山風吹斷巖前雨，高樹蟬聲正夕陽。

白石庵

地幽山氣靄空嵐，落葉蕭蕭白石庵。歸鶴一聲無覓處，松梢擎月影毿毿。

晚櫂

白水青林蕩曉晴，野禽樹底向人鳴。東風十幅蒲帆飽，快試淮南第一程。

雨後

鳴鳩村暗曉寒天，白水交流亂野田。落盡殘紅春不管，一川風雨闇榆煙。

邳州

百戰殘城古下邳，白門樓下草萋萋。古來多少英雄恨，落月城頭烏夜啼。

客枕

落葉蕭蕭擁石闌，轆轤聲斷井花乾。夜深天闊風霜緊，雁落滄江月正寒。

李承旨士瞻

士瞻，字彦聞，先世南陽人，後徙漢上。至正初，以布衣遊公卿間。薦爲知印，非其志也。尋中大都路進士第，辟中書省掾。累遷户部尚書，出督福建海漕，就拜行省左丞。召參議中書省事，進參知政事，改樞密副使、翰林學士承旨。封楚國公，二十七年卒，年五十有五。彦聞襟度弘遠，立朝謇諤，有經濟之才。遺文五卷，曰《經濟文集》。子守成，後名延興，至正丁酉進士，官翰林檢討。明洪武間，嘗典邑校。有《一山文集》傳於世，兹不復録也。李彦聞以進士起家，占籍東安。四子皆知名。孫方曙，明行人司副。曾孫伸，國子監丞。侃，正統壬戌進士，山西巡撫僉都御史。玄孫德容，襄城訓導。〔德〕憲，松江通判。德恢，嚴州知府。德仁，刑部員外郎，乙未戊戌兩科進士也。《經濟集》、《一山集》，皆曾孫伸所編次，侃及德恢、德仁校定焉。吉安知府張廷璽又嘗合彦聞父子詩文爲《濟美集》云。

楚門述懷

我昔放船日，乃在孟冬初。此時風寒競，雨雪紛載塗。是行死生别，妻子不得俱。江南地偏下，況復在海隅。嚴冬如初秋，天氣恆多殊。草木未摇落，布褐被體膚。綱工此邦人，室家念居諸。繫舟楚門灣，一住十日餘。我心如鋒攢，從行念踟躕。雖沐主家顧，志願良未舒。情雖公私牽，輕重亦異趣。君家素忠義，所望同吾徒。王程已愆期，日夜畏簡書。苟重君父憂，内省還何如？願君竟兹意，早發勿趦趄。

贈貢泰甫先生牙笏詩 并序

牙笏一張，長勁且闊，古所謂記事之笏也。聊爲從者之贈，詩以志懷，不勝增感。

象簡霜凝重，蒼髯雪色新。轉輪勞算用，報答費經綸。扶病朝明主，臨軒問老臣。此時江海上，人已厭風塵。

壞舵歌

南溟之魚頭尾黑，身長竟船頭似鐵。浮遊偃蹇氣欲吞，斜日昏冥映旗鬣。煦沫成煙浪花起，逐我船頭趁船尾。恐是昔年未死之蟄龍，一經譴斥偕厲鬼。舟中健兒眼盡白，彎弓擬之三復止。明日疾颸驅長雲，巨飆高張萬馬奔。舟卒思家窮力使，瞬息千里若不聞。捩舵逆指衝怒濤，欻如生馬當春驕。又如驚□直上干雲霄，萬里一息非爲遥。須臾有聲如裂帛，三百餘人同失色。鐵梨之木世莫比，今作舵根爲水齧。是木之産非雷同，來自桂林日本東。當時不惜千金置，便欲雲仍傳勿替。箕裘相紹近百年，甑已墮矣奚容言。眼前生死尚未保，惟有號泣呼蒼天。蒼天高高若不聞，稽顙齊念天妃神。我知天命固有定，以誠感神豈無因。少時風馴浪亦止，以舵易舵得不死。我今幸爾同更生，開闢以來無此比。女媧氏，天妃神，補天護國相等倫。世代雖異功則均，我皇開國同乾坤。一年四百萬斛運，麾叱雷電役五丁。片艘粒米皆風汛，財成本是神之功，直與天地傳無窮。愧無如椽五色筆，磨崖刻頌驚愚蒙。

送泰甫貢先生還朝便先往浙東訪妻子

聖主中興憶舊臣，白頭自分老無聞。傷心轉在朝天日，經亂纔存報主身。去國十年渾似夢，到家一飯忍忘君。太平政爾煩經濟，宣室非干問鬼神。

始予發京師時已聞河南平章公克復濟南渠魁就擒計益都之寇可不煩餘力而下矣夫大將繫國家安危行當慎重爲宗社計舟中有懷援筆爲賦是又不能不留情也大將名察罕帖睦爾字廷瑞云

久聞大將下山東，一戰名成破竹中。調度敢煩廊廟計，嚋咨仍藉相臣功。宣光接武揚先烈，方虎聯勳振古風。宗社有靈須慎重，毋勞親手定雌雄。

紀事

風送輕帆浪送船，神遊萬里水中天。魚龍吹雨三更後，星月憐人午夜前。夢涉關山猶惴惴，起看煙水尚綿綿。賢勞詎敢言王事，虎穴頻探已數年。十月十八日夜睡間紀事，并懷尚書徹通理、張自南、侍郎吕伯益、韓汝舟，皆一時煙波羈旅之人也。明年相會，遂得抵掌一笑。

舟中聽雨

雁蕩山前船夜灣，雨聲篷外響潺潺。半生萍梗何時定，萬里冥鴻與夢還。南海有珠輪上國，自議必往，往泉州希輪上意，蓋阿述魯丁回紇冀在此處也。江東無警報杉關。近有人傳建寧官兵已復邵武，江西賊人已過杉關。衢、婺二路復奉正朔。五更賦看潮生後，親見祥風起舵間。

甲午歲題江漢王粲樓和答石巒彥修韻

大江西下思漫漫，憔悴王郎舊倚闌。貔虎晝嘷沙草白，轆轤夜轉井梧寒。帛書喜託雲中雁，錦字羞題夢裏鸞。魏國山河劉社稷，可憐無地望長安。

春日陪讌道山亭口占

二月春明花乍殘，道山亭上翠如鬟。天開圖畫峯攢戟，地接蓬萊雪滿闕。雙鳳巢雲朝貝闕，六鰲駕海出人寰。薇垣官從多時彥，聽取山人半日閒。

松林午憩

松林坐久午風清，溪水潺潺樹有聲。何處小舟撐柳外，來迎潮落去潮生。

紀見

榕樹根垂荔葉齊，繞簷宿霧緑初迷。鵓鴣啼徹山頭雨，午夢醒時日正西。

朱提學德潤

德潤，字澤民，九世祖貫，爲睢陽五老之一，其後世渡江爲吳人。德潤好詩文，善書札，尤工畫山水人物。趙孟頫薦之，駙馬瀋陽王以聞仁宗，召見玉德殿，命爲應奉翰林文字，兼國史院編修官。未幾，瀋陽王斥外，表授鎮東行省儒學提舉。又明年二月大雪，英宗獵于柳林，召見，獻《雪獵賦》，累萬餘言，留京師。英宗晏駕，遂歸。杜門屏處者三十年。汝潁兵起，江浙行省平章三旦八統師東征，起爲行中書省照磨官，參軍事，慨然應命。進安集之策，遂定杭湖二郡。攝守長興，一歲移疾免。以至正十五年卒，年七十三。有《存復齋集》十卷，合沙俞焯稱其理到而詞不凡，非詡詡以求售于人者。蜀郡虞伯生嘗曰：澤民文章典雅，惜以畫事掩其名，自兹以往，澤民其豐於文而嗇於畫可也。蓋諷之云。初，澤民之大母施病，卜壙於陽抱山之原。夢一衣冠偉丈夫來告曰：勿奪吾宅，吾將爲而孫。既而治地五尺許，得一石，刻曰太守陸君績之墓。别有刻在旁曰：此石爛，人來换。石果斷矣，亟掩之而更卜兆焉。復夢偉衣冠者來曰：今真得爲夫人孫矣。是夜遂生澤民。澤民卒，葬于欝林太守之墓旁。今其墓石尚在，可考也。

晚春即事三首

柳絮覺春歸，輕盈著處飛。東風好收拾，莫遣墜征衣。

誰道林鶯老，金衣薄更新。春來復春去，老却聽鶯人。
柳絲綠十丈，蘸水緑條鮮。何事江邊客，相過不繫船。

十四日泊安陵

廣川六百里，驛道上皇州。紫極星辰近，黄河日夜流。村明深夕火，灘泊過年舟。明發乘車去，逢人説浪遊。

對月

雲間一片月，照我被素襟。爲持一尊酒，聊成對月吟。月雖不解飲，我來意自深。喬松引長風，吹作絲篁音。瑶光映几席，六合清沈沈。情舒物理暢，萬古同兹心。

山川圖詩呈解之昂御史

山川結靈根，厚地秉陰竅。神功自模範，嵲屼起雙嶠。層巒倚天開，仰盼絶飛鳥。嵐光變氣候，草木通深窈。東山吾舊游，紈素記行稿。平生丘壑情，藉此寫懷抱。荆關竟已矣，呀吮豈真好。會當躡丹梯，共登天門道。

次方叔淵先生自趙屯歸城中韻

晨發趙屯路，郊務曷勝紀。扁舟轉重灘，棹激浪還汜。村深雞競鳴，時見出農耜。楓林宿靄收，茅屋炊煙起。依稀遠江湖，漸覺近城市。逢人問歸程，舟子行且喜。宿雨起新漲，蒹葭没秋水。思倦名利塗，醒心甘洗耳。先生棄儒冠，高蹈出鄉里。優游吴楚間，生事丹砂裏。壯年厭世紛，歲暮少知己。欲拂珊瑚竿，東溟釣青鯉。學仙終難期，世事那有已。得錢聊問道，垂老無妻子。故人懷千里，豈念固窮士。

送馮海粟待制入京

人生百年間，會面能幾何？昔年送公去，冰雪滿長河。今年送公去，隄柳青婆娑。春塘漾輕舸，曉日生微波。柔櫓數聲動，游子行不歌。夢隨征帆杳，思逐春流多。落花粘空尊，錯落金叵羅。聚散未足道，且使朱顏酡。

寓武林聞失火

九月五日夜，抱衾方熟眠。半夜聞傳呼，巡官敲玉鞭。連街報遺火，援救喧争先。老兵起驚訝，煙焰上逼天。小桶灌滴水，巨索相鉤連。健兒走掠奪，貧富分目前。孰云可撲滅，況非燎於原。錢塘輻輳地，居處層樓巔。版牆不隔尺，萬家手可傳。一遭回禄災，樂歲如凶年。明朝出閭巷，行聽老翁言。火患尚可延，輸官憂酒錢。

别後懷權贊善李仲思二章

采采凌冬花，夾道多荆菅。驅車蹈前轍，我僕衣裳單。良集既已定，敢辭行路難。懷人在東南，歲晏路漫漫。軒車來何晚，凝睇登巑岏。蒼天雖咫尺，安得生羽翰。幽居竟晨暮，旅食惟加餐。夜寒飄風寂，水涸零露漙。相思不得寐，起舞影蹣珊。天垂四野静，落月金團團。

和虞先生榆林中秋對月

月高星藏光，天静四山出。炊煙斂林墅，羣作向昏畢。物情初無干，浮生自啾唧。征途行復止，鏡髮玄又白。人生身抱器，志老劍在室。百年生誰存，一士死不没。兢兢凌霜幹，幽花當春發。

大長公府羣花屏詩 録三

芙蓉

夾城遺芳栽，摇落及千年。芙蓉發靚妝，絶艷秋江邊。臨風拂羅幃，紅裳擁三千。素抱拒霜質，亭亭赤城仙。曾攜一枝去，生綃記餘妍。

白茶

秋高銀河瀉，碧宇淨如洗。飛仙自天來，幻作白茶蕊。清香不自媚，迥出山谷底。盈盈雙玉環，婉立庭户裏。風霜非故林，雨露結新意。

石榴

雨餘鳴蜩歇，衆緑鬱陰翳。綃囊蹙紅巾，光焰當林麗。映日萼先皺，臨風葉如綴。秋深薦紅實，顆裂排皓齒。祇應乘槎客，天上得先味。

石民瞻山圖

女媧鍊五色，大魂補不牢。至今西天首，天近山常高。嵯峩蒼雲表，百鳥不敢巢。仙人十二樓，城闕金岧嶢。下連丹砂井，皓氣沖寂寥。似聞笙竽韻，有客醉仙桃。採芝者誰子？霞冠赤霜袍。手持長年書，邀我同遊遨。我今胡不樂，失志在蓬蒿。思仙不得去，作圖謝塵囂。終當訪王子，跨鳳騰九霄。

泛太湖訪友

扁舟去何所，渺渺太湖陰。依依桑梓村，拍拍枕寒潯。飛雲入遐睇，鳥道横青岑。篙師戒勿渡，柔櫓力不任。我身雖骨立，未肯折壯心。放船當中流，浩歌激清音。何當被宫錦，再作峨眉吟。

題拙作小圖二首

碧山高陰岑，老樹立突兀。嵐光凝曉候，隱現蒼林密。空谷有佳人，胡寧欲行役。

招提抱層巖，闌楯出虚迥。微微宿靄收，轉見蒼林静。客子更何之，扶筇躡雲磴。

黑谷東路山

高岡盤崔巍，白石落絶壑。鳴泉咽古竇，巖麓淨如削。緬想融化初，元氣下磅薄。山靈托奇範，株脈下連絡。大峰齊雲霄，羣嶠入雲脚。朱闌圍碧瓦，隱見仙人宅。良境不可負，行將理芒屩。

和楊廉夫縣尹游山詩韻

青山倚天高，崖谷入晦冥。虎豹踞九關，無由閉巖扃。企想賢哲士，寥落如晨星。寒風健鳥翮，暑雨吹魚腥。《竹枝》變《韶舞》，羯鼓如震霆。黄流渾淳源，浮塵滓滄溟。鳳去幾千載，蒼梧山更青。

贈牋紙吕生二首

玉肌匀膩粉初乾，淡淡空青印碧闌。曉日《長楊》新賦就，墨雲時度玉蝺寒。

羅文緝緝染湘流，中瑩晴空一段秋。莫問殺青千古事，漆書應讓管城侯。

出郭

步出東臯隔市塵，青山高下欲迎人。汀花有意開何晚，野草無名亦自春。

重過彭城

誰云河廣不容舠，急槳凌風渡晚潮。却望彭城舊游處，黄樓碑畔屋蕭蕭。

訪劉道士

雲林深處翠微多，石室春深長薜蘿。當代衣冠正高貴，不須問誦《采薇》歌。

題趙仲穆瀛海圖

玉觀仙臺紫霧高，昔騎丹鳳恣遊遨。雙成不念吹笙侶，閬苑春深醉碧桃。

遊梁溪暮歸

古樹呼風作雅音，石梁溪渡景沈沈。山横宿靄曉晴薄，人倚曲闌秋思深。潁水空遺黄鶴恨，茂陵多感白頭吟。棲遲莫厭歸來晚，明月驚烏繞故林。

送趙季文任湖州録判

百里奉親官署近，萱堂春早燕呢喃。桃花紅似郎君馬，楊柳青於從事衫。苕水漁舟烟浩渺，何山書舍石巉巖。莫思杜牧尋芳晚，剩有新詩寄一緘。

俞元明參軍雪中以詩招飲就和韻時學士東泉魯公大參叔能王公御史子昭郭公同行

上方山頭雪迷路，石湖橋上作行春。湖光萬頃送歸棹，山鳥一聲如唤人。静樂可忘軒冕貴，清遊端勝綺羅塵。人間今古誰能賞，詩思不如圖畫真。

送達兼善元帥赴浙東

伏波將士出鄞東，夜斬鯨鯢碧海中。虎帳護寒雲蔽日，龍旗催曉浪翻風。帆開鷁羽桅星白，箭拂髦頭血點紅。洗手便聽歌凱捷，大藩文帥作元功。

三月十八日卧病感懷

卧病兼旬忤物機，夢游蓬島欲心飛。無心縮地憂行役，有意談天畏是非。流水點紅桃雨霽，長林迸緑筍芽肥。便須再約坡仙去，爲覓還山舊羽衣。

和李仲節詠落花韻

谷鶯啼老穉桑新，粉褪紅消只數晨。輕逐曉風粘酒斝，半和塵土上車輪。香隨流水千年恨，影别殘陽幾度春。却憶當時研光帽，山香一曲淚沾巾。

大明殿口占

絲竹聲傳鼓似雷，寶裝駝象列三台。從官緋紫東華入，阿母旌幢與聖來。繡鳳鋪裀氍疊㲪，金龍纏柱扆屏開。大官獻納鹽梅味，獨有雙成捧玉杯。

次韻王繼學參政題美人圖　録二

紅葉題詩

金殿風微拾墜紅，題詩聊寄御溝東。芳情有意隨流水，細字無心學斷鴻。别館乍涼霜透幕，長門深夜月移宫。才情偶爾成佳配，不道《周南》有國風。

對鏡寫真

千金畫史託鉛華，難寫春心半縷霞。兩面秋波隨彩筆，一奩冰影對鈿花。情憐曉月秦川雁，思逐朝陽漢樹鴉。不信雲間望夫石，解傳顔色到君家。

漢銅虎符歌

建章前殿金鳳凰，兵符五出單于降。漢家明詔下雞鹿，將軍夜送呼韓王。棘門驃騎多猛士，酒酣擊劍願效死。征和丞相佐君王，從此合符兵不起。霜風千年换陵谷，銅秀土花青似玉。班班只憶漢彤庭，用夏那知變夷俗。當時銜命出關中，編鬢豈敢要奇功。平原豺獸不擇肉，印章千里空泥封。

偕張清夫登道場何山　用坡仙韻。

松楸夾道雲迷巃，細泉無聲走空谷。捫蘿倚磴行轉緩，百折峰巒看未足。鵩鵠泣雨山漫漫，懸崖老樹蒼虬蟠。登樓倚檻俯木末，漱泉汲澗分餘湍。老僧延坐話夙昔，夜半談空屢前席。自言久是兹山主，殿下長垣屢封植。山頭碧瓦如連環，曾聞仙客來雲間。猿驚鶴怨知幾許，伊吾聲斷愁空山。明朝煙雨開晴旦，折花臨水春將半。我亦歸山讀故書，何必懷仙生浩歎。

題張參政所藏驄馬滚塵圖

盛唐太僕王毛仲，八坊分隊三花動。當時畫馬稱曹韓，尺素幻出真龍種。玉花照夜争新妍，一馬滚塵鬉尾鮮。昂頭不受金絲絡，汗血輾沙生畫煙。翰林妙寫不減古，名駒染出青豪素。延祐君王賞駿材，金盤賜帛開當宁。時清處處生驪騧，何必漢朝稱渥洼。王良幸勿嗔踶嚙，一躍天衢千里沙。

仙山圖爲趙彦昭賦

空同之山戴斗極，疊嶂横陳開碣石。翠崖丹磴互低昂，複閣層闌轉空碧。碧桃花落笙聲幽，雙成吹玉彩鸞謳。跨鳳騰雲去無跡，清猿啼斷層崖秋。霞光隱映山長在，寰海茫茫隔煙靄。舊游仙侣謾招呼，誤落人間幾千載。吴争越戰何可數，束書欲問桃源路。畫圖空見避秦人，隔水漁郎不相顧。

和趙季文觱栗吟

高堂風露生凉秋，興來乘月登西樓。杜寬對客被短褐，獨吹觱栗驚羣優。移商换羽窮雕鎪，箜篌匏笙聲不侔。梨園宫人清淚收，昔聞此曲供王侯。金花玉管蒼鳳頭，當筵咿啞和《梁州》。緩急應節如解牛，清風席上寒颼颼。關山葉落清渭流，朝供暮奉何時休。歸來白屋書謾抽，走謁高貴多請求。撥刺驚魚度寒湫，山空鶴怨中夜愁。時作低韻同羌謳，趙公一聞能解憂。先生作歌君少留，昔曾天上聆璆球。翕如鸞鳳鳴丹丘，聽之不厭兩耳浮。便當攜君跨雙虬，拂衣和曲參天游。

陪于思庸訓導登道山亭觀梅　用坡仙韻。

道山亭下梅花村，坡仙作詩爲招魂。明姿照人隔寒水，瘦影帶月欺黄昏。先生頗厭郡齋冷，持書晚約窺山園。松風吹香清人骨，地鑪煙銷酒初温。孤標已出羣卉上，故遣雪意迷晴暾。和羹結子時較晚，先傳春色來衡門。天寒谷幽翠袖薄，豈知青鳥能傳言。明晨看花重有約，呼童掃石羅清尊。

陪楊仲弘先生觀董羽畫江叟吹笛天龍夜降圖

黑雲冥冥江叟出，暮泊孤舟夜吹笛。怪雨盲風動地來，奔濤只欲沈江國。一聲吹罷關河黑，亂石隨波山樹側。雲端夭矯見雙龍，水氣高寒星漸没。聞聲解意似相感，一曲未終人聽寂。吾聞應乾龍在天，潛鱗或躍藏深淵。仙翁幻術偶驚世，粉圖蕭瑟能相傳。宋初董生學畫龍，龍驚皇儲真枝窮。三百年來似轉瞬，空令丹臒留遺蹤。請君急緘卷還客，叟似欲言龍欲逸。淮南赤日土欲焦，祈汝飛騰作甘澤。

次韻林彦栗賦小塑雙睡嬰

碧紗籠高天氣清，枕肱睡熟誰家嬰。兩家提孩各一態，昂頭肥腮肌骨明。仰者欠伸睫欲醒，俯者肉壓絲裀平。胖脣脱乳睡涎落，殷紅淹眼春嬌生。自離襁褓惡泥土，況若塑就令人驚。長安美人好華侈，臂環金彩嬌顏頩。低呼王孫挾金彈，勿使窗外棲禽鳴。

觀内廄洗馬

黄雲灑雨沙場秋，灘高水平凝不流。曉霜襲透蒼駝裘，圉人浴馬津水頭。綠驃連錢雙驊騮，日光射波脂膩浮。青絲脱鞚黄金鉤，輕爬短刷溼未收。三花剪鬣平且柔，籋雲駿氣將無儔。束芻斗豆豈馬羞，茫茫豐草生林丘。霜蹄胡爲踏長楸，振鬣一躍期天游。

宿楊大使書齋晨起畫扇

關河月落星垂空，怒蚊如雷窺帳中。屋頭初日炎霧起，坐想冰雪撑心胸。人間能消幾炎熱，竹馬小兒成老翁。百年事過只如夢，癡蠅著人欺睡濃。素紈入手意蕭爽，揮斥暑酷無餘蹤。昔聞誤筆王大令，我亦寫作雙長松。他時愛畫不愛扇，梧桐葉落生秋風。

上元夜聞有司括勘田糧并禁金玉 甲寅歲作。

東風凝寒寒欲謝，鳳曆初臨三五夜。閒門寂寂暗塵生，聞道喧吟在官舍。吾聞終歲食在農，耕桑處處隨春風。東南疆界有程限，何須括勘勞農功。古來禮制緣人情，驕奢踰越有常刑。世間金玉衆所貴，謳歌樂土民懷生。普天之下皆王土，日中爲市通商賈。四民衣食在勤生，以法急之何所措。弘羊一來人意殊，愁者已多歡者疏。大人不問逃亡屋，世事悠悠争可圖。

爲鄧静春作幽谷圖

山深冥冥溪谷陰，怪石突出當重林。回壑奔流石磊磈，寒霧噴薄浮輕岑。猿猱飛攀山欲立，懸崖老樹蒼鱗溼。有客擔簦負長笈，欲行不行驢脚澀。風吹征衣天欲暮，旅館不逢前沮渡。此際遥知行路難，却向今朝畫中覩。

春暮感懷

辛夷花落芳林静，啼鴂聲乾雲欲暝。暖風吹雨緑陰生，梅子心酸猶未醒。書窗睡思將無憑，故山幽夢青峥嶸。平生自有泉石念，寸禄無干何用名。薰天富貴那足恃，厚禄未爲身後計。破垣發屋笑王涯，良棄勳名如脱屣。

題張樗寮楷書公孫大娘舞劍器行

飛仙墮翮堆成山，堂堂楷法留人間。宜官無徒梁鵠往，隱鋒藏角尤爲難。大書五寸徑方丈，字貴緊健力出掬。八訣具全真足高，不學謾草鸜哥嬌。黄華老人在金國，宋季獨數張樗寮。似聞高藝兩不下，各抱地勢夸雄豪。今觀張書勁且奇，筆力欲抵三軍師。吴鉤斫斷怒蛟尾，瘦竹折石回風枝。君不見庾征西，何須野鶩論家雞。

春堤游子行

燕子社前春雨歇，碧堤芳草連天末。柳囘青眼欲窺人，間關黄鳥初調舌。緑窗紅袖開嬋娟，誰家高樓入雲端。十二闌干憑欲偏，樓前蕩子馳金鞍。少年何必生遠圖，金張高貴無時無。郎君解作凌雲賦，妾效文君當酒壚。只今功名論月俸，彎弓射策俱無用。十年囘首别京華，莫遣春閨生遠夢。

讀隋書 煬帝平陳。

廣通渠邊渭水流，長安猛將懸兜牟。陳郎酣睡未知曉，采石夜渡江聲秋。韓擒不待賀若報，呼得蠻奴作鄉導。銅鉦一聲歌管闌，望仙閣下旌旗繞。兵家女兒髪照人，金井梧桐三墜身。血痕已汙青溪草，遺恨空憐高使君。當時只道明良會，三十年間轉頭事。江都未放錦帆囘，晉陽城内驚塵起。

德政碑

德政碑，路傍立石高巍巍。傳是郡中賢太守，三年秩滿人頌之。刻石道傍紀德政，傍人見者或歔欷。借問歔欷者誰子？云是西家鐫石兒。去年官差鐫此石，官司督工限十日。上户斂錢支半工，每年准備遭驅責。城中書生無學俸，但得錢多作好頌。豈知太守賢不賢，但喜豪民來饋送。德政碑，磨不去，勸君改作橋梁柱。乞與行人濟不通，免使後來觀者疑其故。

無禄員

無禄員，倉場庫務税課官。尊卑品級有常調，三年月日無俸錢。既無禄米充口食，家有妻兒徒四壁。冬來未免受飢寒，聊取於民資小力。寧將貪汙受贓私，不忍守廉家菜色。貪心一萌何所止，轉作機關生巧抵。臣聞古者設官職，俸禄養身衣食備。父母妻兒感厚恩，清白傳家勸子孫。良吏每書廉吏傳，邑民常奉長官尊。國家厚德際天地，禄養官曹有常例。更祈恤養無禄人，免教饕餮取於民。

外宅婦

外宅婦，十人見者九人慕。緑鬢輕盈珠翠妝，金釧紅裳肌體素。貧人偷眼不敢看，問是誰家好宅眷。聘來不識拜姑嫜，逐日綺筵歌宛轉。人云本是小家兒，前年嫁作僧人妻。僧人田多差役少，十年積畜多財資。寺傍買地作外宅，别有旁門通巷陌。朱樓四面管絃聲，黄金買斷娇姝色。鄰人借問小家主，緣何嫁女爲僧婦？小家主云聽我語：老子平生有三女。一女嫁與張家郎，自從嫁去減容光。産業既微差役重，官差日夕守空牀。一女嫁與縣小吏，小吏得錢供日費。上司前日有公差，事力單微無所恃。小女嫁僧今兩秋，金珠翠玉堆滿頭。又有肥膻充口腹，我家破屋改作樓。外宅婦，莫嗔妒，廉官兒女冬衣布。

官買田

官買田，買田憶從延祐年。官出緡錢輸里正，要買膏腴最上阡。不問凶荒歲水旱，歲納畝糧須石半。農家無收里正償，賣子賣妻俱足算。每歲徵糧差好官，米價官收仍助錢。不是軍儲與官俸，長寧寺内供齋筵。寺僧食飽毳帽紅，不知農耕水旱與荒凶。里正陪糧家破蕩，剥膚椎髓愁難窮。普天之下皆王土，賦税輸官作編户。春秋祭祀宗廟中，長寧僧飯真何補。官買田，臺不諫，省不言。不知堯湯水旱日，曾課民糧幾千石。

水深圍

水深圍，田疇蕩蕩如湖陂。圍低水深岸不立，雖有木石將何施。里正申官官不允，徵糧每歲歸倉廩。稻糧無種長菰蒲，民産陪償官始准。今春水澇忽無津，四分災作五分申。問渠何故作此弊，府州伏熟成三分。吏胥入鄉日旁午，二分徵作陪官賦。儻逢人訴熟爲荒，破盡家貲猶不補。因此年年怕官惱，水渰水深俱不報。東南民力日漸窮，不顧爲農願爲盗。人生盗賊豈願爲，天生衣食官迫之。水渰償米或時稔，陪糧無奈水深圍。

題張參政所藏太真上馬圖

開元朝野時清明，姚宋廟謀多輔成。紫宸前殿焚錦繡，花萼樓高延弟兄。那知暇豫生淫樂，慢舞霓裳羽衣薄。龍豬流禍入宮牆，野鹿銜花汙簾箔。春晴並轡曲江行，回顧阿環嬌態生。繡衣珠蹬如花旋，秦虢椒房恩寵新。宮中舁出錦棚兒，兵滿漁陽人未知。一朝犯順入宮闕，咸陽煙塵迷日月〔一〕。翠華雜沓驚塵蒙，劍閣西回渭水中〔二〕。王臣下微同列國，從此藩鎮爭豪雄。人生富貴真迷途，傾城褒姒無時無。漫道玄宗不知政〔三〕，試問當年無逸圖。

〔一〕「一朝」二句涵芬樓秘笈舊鈔本作「九齡忠諫漫不省，林甫養姦滋亂基。」

〔二〕「中」，舊鈔本作「東」。

〔三〕「漫道」句舊鈔本作「焉知寡欲成善治」。

題石崇錦障圖

浴陽金谷園中花，雕玉爲闌繡作遮。琉璃器多出珍饌，瑪瑙街長行鈿車。椒房塗香貯歌舞，曳珠珥翠籠輕紗。珊瑚扶疏三四尺，王羊貴戚爭豪奢。那知花淫風雨妬〔一〕，古來山澤生龍蛇。嬋娟墜樓寶珊碎，月明夜半啼驚鴉〔二〕。

〔一〕「淫」，舊鈔本作「被」。

〔二〕「月明半夜啼驚鴉」句起，舊鈔本作：「不惟亡身亦亡家。千年臺榭委陵谷，月明夜半啼驚鴉。晉代君臣好華靡，庶姓僭踰從此始。都城百雉古難堪，錦幛何緣五十里。君不見衣不曳地慎夫人，文帝戈綈風俗淳。」

游玉泉山呈袁伯長學士 以下續集。

宛平佳山水，歷歷蟠心胸。忽登羣峯頂，下瞰青蓮宮。長松騰翠蛟，古磴妥垂虹。雲開扶輿氣，翕忽如仙翁。我來方醉後，游覽徹九重。長嘯出林杪，振袂揚天風。願同安期生，攜手凌昊穹。

廿四日出京口河冰阻舟二日方抵吕城

舟行出京口，夜宿丹陽縣。嚴風吹港曲，河冰白如練，寒侵肌粟生，光耀目花眩。連艘若膠綴，兩宿冒霜霰。素歷行路難，辛勤敢辭怨。敲冰望吕城，日倒氣微轉。明旦春陽回，吾道復堪羨。小人散陰霾，君子履剛健。

雪中觀漁

同雲蔽天江茫茫，門前雪高一尺强。漁人並舟鼓雙棹，大罾入水瑶繩長。老翁哺兒姑曳網，甕頭酒熟炊粳香。醉中不脱一蓑玉，仰天叫笑鳴雙榔。自從水利算湖濼，漁鹽大載需官場。耕桑雖佳租税急，縣前胥吏如貪狼。江天四時各有象，人世反覆多炎凉。勸君更放雪中餌，飢鯨掛鬣江中央。

八月九日武林達宣差招宴時武良弼太守廉山御史同席

八月九日天氣凉，老仙會客登高堂。會稽太守廊廟器，黼黻政事多文章。烏臺御史守風節，州牧縣令皆循良。盍簪偶爾動清賞，開筵四座羅壺觴。太玄真人眉宇秀，辭辨析理推毫芒。舉杯問答興未已，歌舞落日增輝光。嬌鬟戲作猛將躍，大娘解演詞人狂。冰絃戛擊筝雁度，玉板拍裂鳴鼉轟。嬋娟鬟珥珠阿娜，細腰裙動金璫琅。霜糖炊粳薦膏脊，海錯飣盤傳蔗漿。蠟炬照席飛銀燼，桂花繞屋吹天香。人生得意須盡醉，酒漬啼痕秋夢長。東山謝傅等陳迹，洛陽金谷何茫茫。月明上馬清露下，無使樂極生悲傷。

題李唐村社醉歸圖

村南村北賽田祖，夾岸綠楊聞社鼓。醉翁晚跨牸牛歸，老婦倚門兒引路。信知擊壤自堯民，季世龔黄不如古。披圖昨日過水南，縣吏科徭日旁午。

羣峯秀色圖僕廿八年前所作也恭甫出以見示且徵題詩因成長短句書于卷後并奉叔方府博一笑

青天不補罅，山色秀可攬。紅樹醉秋風，碧峯開菡萏。崎嶇深谷有行人，攀磴捫蘿不知險。倚嵒樓閣高復低，時見隔溪雲冉冉。憶昔少壯日，征鞍度居庸。畫筆記行稿，點滴蒼翠誇全工。三十年來重看畫，星星兩鬢生秋蓬。今看古畫我何數，因畫思人今亦古。但願昇平日，魚釣山中泉。食耕山下土，歸乎歸乎盤之阻。

山水屏圖詩

丈夫無奇才，雖顯不足名。高山乏秀麗，兀立培塿形。況乃畫圖間，兩奪造化精。中堂素壁本虛静，誰令揮洒研丹青。女媧五色不補天，神功鞭石來蒼冥。驅山奔海入紈素，扶輿之氣青熒熒。赤城霞彩千峯明，洞庭湘浦雲英英。風帆畫捲瀟湘雨，黄葦堆灘插漁罟。獨木莊前野水流，夕陽川上皷橋渡。大峯倚天接天門，又如特立太華尊。羣山趨俯不敢動，山前星辰手可捫。我欲託身上山巔，丹梯百尺何由緣。畫與欲來別有趣，顛毫醉墨飄如仙。山成却服九還丹，兩腋清風飛上天。

題陳直卿一碧萬頃

浩蕩具區尾，蒼茫不斷流。水光浮四際，雲氣接三州。日月雙丸吐，江山萬古愁。吟軒未能敞，鄉思獨登樓。

翠雨亭詩

翠樹元無雨，空濛暗溼衣。林深迷遠嶂，風捲雜晴暉。嵐潤侵書几，陰涼拂釣磯。蒼雲何處密，清曉傍簷飛。

題周仲傑古泉

聞說東園好，漸江暗發源。鑿池疏地脈，疊石種雲根。滌研魚鱗動，烹茶蟹眼温。欲知隱者樂，何日扣柴門。

暮登德清譙樓

萬馬擁貔貅，暮登城上樓。哀笳風送客，長劍月臨幬。閫外分邊計，燈前借箸籌。二城如可復，江面更何憂。

簡趙宗吉僉憲

石磴紅泉翠影揺，仙人歸隱倩誰招。千年管樂尊周社，七葉金張珥漢貂。麟閣故人銀印大，豸冠分使玉驄驕。獨憐補報應無所，論畫哦詩點素綃。

題常州玄妙觀陳□□飛霞樓

綺結飛霞散滿空，闌干高倚夕陽中。沖融畫景横窗碧，絢爛晴光入座紅。宛有霓旌來漢表，直疑蜃氣出城東。樓居自是神仙宅，不待乘橋躡彩虹。

十一月二十七日冬至 泰定二年。

捲地顛風響怒雷，一宵天上報陽回。日光繡户初添綫，雪意屏山欲放梅。雙闕倚天瞻象魏，五雲書彩望靈臺。江南水暖不成凍，溪叟穿魚换酒來。

又和顧仁甫觀潮

候潮翻雪響瀧瀧，砥柱中流勢激撞。豈有明璫遺洛浦，欲投圓璧誓長江。雪濤雜沓蜃樓起，海嶠微茫雁字雙。莫訝伍胥遺恨在，越山南去未成降。

題子明雪泉

萬壑輕澌渡薄寒，碧雲深處互漫漫。六花濺沫成天巧，一脈潛流激暮湍。石鼎茶温風味冽，玉壺冰皎露華乾。荆溪白石天寒夜，悮作山陰道上看。

秋江

堤邊古木風，江上飛鴻影。秋江待渡人，立到前山暝。

過西山

黄塵飛白日，黑雨洗青山。水静漁舟渡，林深倦鳥還。

曉晴

天寒欲晴猶雨，曉色將明未明。萬里碧雲平野，一林落葉無聲。

訪劉道士

春入山坳長蕨芽，青童邀我飯胡麻。野桃開處仙家近，閒向溪頭數落花。

題趙仲穆指癢馬圖

渥洼天馬骨如龍，散步春郊苜蓿中。指徧玉鬉塵未落，日斜宫樹影摇風。

送王信仲過淮陽

春江拍拍去帆孤，樹底人家燕引雛。曾向秦淮登暮閣，碧雲低處認三吴。

沙湖晚歸

山野低回落雁斜，炊煙茅屋起平沙。櫓聲歸去浪痕淺，揺動一灘紅蓼花。

題李□古御史柏山

緱山無侶共吹笙，金碧樓臺拂曉行。帝子不來春又暮，野棠開盡緑陰生。

雪竹雙雉圖

雪壓林梢竹倒垂，石邊雙雉欲驚飛。天寒野静尋餘粟，猶勝樊籠刺錦衣。

牡丹鵓鴿圖

深院朱闌覆錦裀，百花開盡牡丹春。粉毛雙鴿多馴狎，對浴金盆不避人。

題淮陰梅鼎畫蜀山圖

西望巴江隔錦官，青泥黄棧細盤盤。人間到處羊腸險，何必長歌《蜀道難》。

題甘泉宫圖

漢郊五畤答鴻禧，草木甘泉夜色移。昨日長安道傍過，故宫無奈黍離離。

題梨花折枝

玉壓帽簷花底春，惜無花下洗妝人。阿嬌一掬東風淚，聊仗丹青爲寫真。

三月二十日送姜侍郎南游

京城花雨曉霏霏，陌上紅娘已浴蠶。無奈金鞍少年客，攜將春色過江南。

西興

八月海門天氣涼，潮頭如雪上錢塘。斜陽更比歸人急，又引輕帆入富陽。

宜興山行值雨

溪行六月不知暑，竹雞飛度鳴鉤輈。黑雲行天捲雨去，老樹忽作千山秋。

至元二年二月八日陳子善范昭甫同游虎丘四首

東望吴山紫翠纏，憑闌忽坐小吴軒。石橋楊柳半塘寺，修竹梨花金氏園。

蔓木叢篁古梵寒，鑿開崖竇見波瀾。莫邪久化蒼龍去，猶作東吴劍氣看。

碧鷄銀甃鎖吳娃，臺閣千年屬梵家。不見金精化爲虎，日斜荒冢亂啼鴉

野色空濛錦鳩啼，東風吹雨溼羅衣。一堤芳草花開徧，落日馬嘶人醉歸。

拜郊臺晚渡

風颸松花落澗濱，荻芽洲渚水鱗鱗。莫教行到崇臺上，忘却山前唤渡人。

無題

索索西風白露零，隔林砧杵助秋聲。欲尋隱者門前路，落葉漫山礙屐行。

送郝道□

長江日夜向東流，送子西津晚渡頭。却憶望京樓下路，一宵風雨釀新秋。

《存復齋集》，其孫勉齋所刻。家乘載有正續二集，藏宗姓家。裔孫□□購得勉齋手録本，多未刻者，共録爲若干卷。澤民爲崑山舊族，弘治丙辰狀元希周，其後人也。

陳龍泉泰

泰字志同，長沙茶陵人。延祐初，與歐陽玄同舉於鄉，以《天馬賦》得薦。考官評曰：「氣骨蒼古，音節悠然。天門洞開，天馬可以自見矣！」官龍泉簿，以吟詠自怡。別號所安，有《所安遺集》一卷。其曾孫明鄉貢進士朴所編。後華亭教諭章刻之以行世。成化中，内江令銓重刻，而蠹損過半，所存者歌行爲多。亦清婉有致也。

題趙子昂畫馬歌

九原駿骨埋地中，一夕盡化霜皮松。畫史刳松作神墨，掃出騏驎帶松骨。煙沙漠漠披風鬉，精氣炯炯房星同。天山無人草木白，西極日没黄河東。時平使汝困轅軛，不得變化騰爲龍。黄金擲送燕臺下，當日君王惜高價。自從汗血去人間，老死英雄空見畫。千年祇説曹將軍，弟子韓幹終無聞。今之畫者趙翰林，嗚呼三晉賢子孫！

秋江釣月圖歌 並序。

秋谷李平章所善客鄱陽葉天文，隱居不仕。其行卷曰《秋江釣月圖》。同年魯伯昭闞里吉思贈之以詩，屬余次韻。

青蘿斷岸苔如髮，天清水落魚龍窟。中有江南漫浪翁，獨棹秋江釣明月。秋江月白芙蕖深，扣舷夜和江神吟。不須槎上泛牛斗，瓊樓玉宇空人心。千年白石今可煮，一掬泉香擣雲母。富貴知君已厭看，翠黛紅妝夢中舞。人間月色儘風波，聞道君家月最多。我亦扁舟下彭蠡，到門相訪定如何。

將離京師別李朝端陳伯奎二同年

陳生射策未三十，筆箭如鋒不破的。自古英雄感慨多，直比梟盧懸一擲。文章有命不論巧，得喪窮通兩何惜。吾州二妙真豪放，白璧明珠炯相望。飛英已邁時輩先，通籍還兼伯兄行。霜蹄歷塊千里空，風采承恩九天上。我辭君歸春正晚，天風吹帆落花滿。青冥浩蕩南極深，白日波濤洞庭遠。感君惜別重徘徊，令我長歌激肝膽。雲山之東佳氣濃，磔裂華蓋晶熒通。紛紛鸞鵠好羽翼，莫笑垂翅南飛鴻。

朔方歌

朔方大野何寥哉，悲風慘淡從天來。初如巨鼇吼陰浪，忽似暗空行怒雷。嚴風吹霜石爲裂，淅瀝飛沙砭人骨。萬里書生二十餘，匹馬來爲朔方客。朔方之人膽如斗，不關才華關身手。無復悲歌慷慨聲，猶能使氣屠雞狗。憑高仰視太行山，山氣空濛紫翠間。東西日月自吞吐，今古煙雲相往還。太行勢盡西山起，鳳舞龍蟠聳神偉。昨夜燕山雪作團，散落飛花漢宮裏。朔方猛士氣凌雲，白首防邊未策勳。馬上相逢淚如瀉，嗟我何爲朔方野。

邯鄲道上書所見

馬瓏瓏，車碌碌，古道茫茫沙撲撲。帽翩翩，袖速速。丁丁零零西番經，軋軋刺刺單于曲。西番經，無人聽。單于馬上琵琶聲，烏紗辮髮雙娉婷。不知是河西，不知是女真。有時喚驢兒，玉色微生嗔。東風日暮邯鄲塵，去去共踏長安春。往來只在都門下，可笑相逢不識君。

梅花五友歌

古人一水畫十日，今我此畫凡幾筆。生綃數幅畫水石，獨立寒梅妙難識。當其痛飲三百觴，胸蟠勁氣不肯降。龍牙弄泉噀白雪，鶴翅掠漢飛玄霜。瀟湘之濱渺平楚，望美人兮在南浦。夢回殘月照寒衾，忽見瑶臺淡妝舞。此時見畫心悵然，吟蛩落木秋無邊。化工知我惜花意，墨香到骨花能言。長松飛來蹙成卷，竹色蘭芳静相見。吾廬雖小物色多，不待更買鵞溪絹。

松障圖歌

何人獨立身堂堂，十八公子鬚髯蒼。凝冰不遺勢摧折，清籟時與髯低昂。蘭爲兄兮雪爲友，燕坐松間自呼酒。眼花耳熱鱗鬣生，千尺龍蛇入揮手。手中松月自離筆，已見雲煙生蓊鬱。儻非白晝堂宇空，真恐幽陰鬼神出。平生始識顔平原，堅苦絶勝甜中邊。世間畫史千金價，惜哉此松不多畫。

紙帳歌和全初上人韻并簡劉光朝時朝納寵故戲之耳

道人於事百不聞，歲晚鶴骨誰相温。禪牀繭光薄如霧，宜月宜霜復宜露。夢回蘄竹生清寒，五月幻得梅花看。初疑脆膜輕無力，一片凝秋剡中色。道人巧手天機深，兩杵獨伴階蛩吟。卷舒似聽梧葉音，珍重莫遺煙煤侵。百年富貴誰能免，錦幄彤廬語恩怨。可憐老楮歲寒心，用舍在吾難自薦。君不見燕山穹廬氈百幅，狎坐圍春醉紅玉。道人不學製戎衣，空煮南山卧茅屋。安知幕天席地一希夷，長共青山白雲宿。

奉和趙秋巘閏七夕樂章

翠鳳毵毵刷新羽，一雲香車洗塵宇。秋瓜老盡畫屏空，小扇無人拜星渚。武丁去作宫門仙，昨暮重開青瑣煙。長河十日一到海，三疊回波金碧鮮。剛風洶湧太古裂，天上至尊寧晏眠。六龍西行鼓聲急，芙蓉捲露旌旗濕。今年烏鵲最辛勤，秃尾爬沙向龍泣。祇憂帝怒星爲石，八極長懸曙光赤。鵲飛入海海未回，化石相望見何日。

題蒼龍戲海圖

天孫織雲春錦紅，玉梭悮落乘剛風。一夕變化雲冥濛，海水起立爲珠宫。坐令年年機杼空，誰與黼黻上帝躬。求梭不得愁鬼工，安知入君懷袖中。

送錢塘琴士汪水雲

三十年來喪耆舊，天下彈琴水雲叟。猶疑膽氣世間無，自説蹉跎晚何有。漢宮麗華陰貴人，臣忝近歲居宮門。東觀初令習書史，寶詔再直行絲綸。熙明殿中早朝罷，仗内玉輦扶皇君。昭容傳詔促侍燕，屏棄舊樂嫌繽紛。調絃始學鳳凰語，度曲便覺聲有神。銀山千片潮捲雪，天馬萬匹風驅雲。龍顔正色動一笑，錦幄勸醉葡萄春。今時富貴眼看盡，異域飄零心尚存。流傳弟子竟誰在，散落江湖嗟獨聞。人生底用誇長健，白首青衫淚如綫。尊前指法鬬呼韓，玉腕香餘夢中見。

丁都護 並序。

城西夜歸，戍婦孀哭甚哀。爲述其情。

丁都護，妾夫已死長辛苦。結髮相從畏別離，身不行軍名在府。去年爲君製袍衣，期君報國封侯歸。紅顔白面葬鄉土，反愧老大征遼西。遼西縱不返，馬革垂千年。君今葬妾手，空受行伍憐。相思墳頭種雙樹，慟哭青山望歸處。妾命如花死卽休，兒女呻吟恐無據。當窗玉龍鏡，照影弄春妍。團圓不忍見，結束隨君還。願持鏡入泉下土，照見妾心千萬古。

醉書王玄德德聚亭

前日相逢一尊酒，卽欲寫向君家亭。別來十日不會面，胸次硉兀愁難醒。憶我曾爲帝城客，客裏論交話疇昔。玉樓絃管天下春，醉舞楊花日西夕。此時聚首情皆真，雲萍轉盼難重陳。高官坐揖小官拜，九州四海知何人。長安少年更翾薄，一餉飛蚊聚歡樂。殘杯冷炙心已悲，此士平生慣藜藿。君不聞漢時豪傑稱東方，列卿太史尚書郎。就中亦有貧賤者，威動星宿回清光。爲君痛飲亭邊月，懷古傷今重離別。丈夫有志江海深，匣中雄劍知君心。

貧女行

貧家養女纔十五，手足如綿獨當户。阿爺前月去行商，小弟伶仃未離母。筠籃日暮挑菜葵，倩人遠糴防朝炊。簪花枝重黄垂額，汲澗泉深緑照眉。生時不得嫁時力，却喜夫家慣耕織。堂前供養老姑存，姑爲艱難少顔色。夜來小弟報平安，見説新年百計寬。此身豈願獨温飽，父母養我良辛酸。

三月望日攸輿楚昭王廟觀樂舞以落花游絲白日静分韻得静字 祠稱楚昭王聖帝。

吁嗟人暴今方定，同姓秦徐異衰盛。君看芊屈復何存，猶有遺民奉昭聖。晶熒丹碧飛甍間，彷彿章華渚宫静。四時歌舞尚巫覡，三月鶯花滿城徑。騂弓寶校争曉出，錦帶宫袍與春映。卷髮盤龍劍士高，細腰勒馬宫娥瑩。熊君珥貂當警蹕，鷺序稱觴儼朝覲。麾幢影散緑雲飛，絃索聲遲玉簫並。我聞神靈本正直，恐有憑依駭觀聽。春秋未許僭王章，尸祝寧應竊天柄。

李陵懸軍遇敵圖爲秦孝先題

壯哉射虎將軍孫，惜哉扼虎邊軍魂。旌旗半捲日光薄，風吹野水秋無言。生降孰與死戰樂，天子未負將軍恩。陣前八駿血爲淚，仰面不見咸陽門。〔祁〕（祈）連山頭堆苜蓿，將軍多馬今何贖。

漁父詞

蟬聲欲斷蟲聲悲，江天月上初弦時。漁翁身老醉無力，矯首坐看雲離離。癡兒不識老翁意，苦道平生貧作祟。賣舟買得溪上田，昨暮催租人已至。君不見長安康莊九復九，雨笠煙蓑難入手。人間萬事誰得知，滄江夜變爲春酒。

萬里行

恨身不及生北方，出門萬里無贏糧。飢鷹志豈在狐兔，日暮啄雪猶徬徨。早年結束恥游俠，絶處季孟並李陽。摴蒱又不學劉毅，百萬一擲生輝光。縱鱗暫脱騎鯨勢，弱羽徒干薦鶚章。門下雖通齊相國，馬前難拜北平王。歸來把鏡但搔首，科斗蟲魚負君久。金章一笑雷電奔，我豈終身合箝口。錦嫣鴨緑芙蓉秋，舭船卷月秦姬樓。蛾眉爲我歌，世事何必愁。東邊日出西邊没，南北生人俱白頭。

贄呈平山王萬户

將軍壯年不可羈，走馬直上長安西。腰間白羽淨如雪，數肋笑射雙狻猊。省中大舅汾陽子，文采風流重當世。兩家勳業冠麒麟，晚學王郎更相似。去年引見蓬萊宫，雲衣跪捧瞻天容。歸來三軍盡呼舞，葛巾羽扇生清風。將軍談兵用儒術，幕下書生劍三尺。槐陰滿地緑如山，醉撫桓筝着空碧。

集民謡二首

苗青青，東阡西陌苗如雲。經年不雨過秋半，苗穗不實空輪囷。田家留苗見霜雪，免使羸歲勞耕耘。縣官催租吏胥急，糴粟輸官莫論直。勸農使，不汝恤。

蕨澄澄，新春食蕨留蕨根。凌晨斸根暮舂杵，瀲瀲大甕流黄渾。常年春寒粉始凍，誰信秋暑霜翻盆。窮通有數今已識，爲死爲生尚難測，獨立蒼茫面如雪。

和陸放翁白苧詞

美人獨宿青樓空，素煙不斷楊柳風。含情脈脈翦刀裏，一片湘江明月中。去年秋機織雙杵，裁寄征夫送寒暑。望斷遼陽信不歸，長夜停梭聽鸚鵡。

失列門故宅

北園之東隅，數株桃與李。上有黄落實，下有羅生綺。金窗繡户緑珠樓，萬草千花矗晴綺。秀眉窈窕，揚袖中起。手彈箜篌，不見纖指。一彈壽主君，再彈壽帝子。願君日醉千石醴，玉骨童顔鬓垂耳。楊花雪盡草連空，高樓月轉啼鴉起。

詠雙芙蕖

雙芙蕖，連理發。不恨狂風頃刻吹，只恐遊人輕易折。君莫折，花有情。不是同心眼前久，還他同死復同生。

賦桃實

狂風吹春墮紅雨，碧蒂團香上芳樹。東方小兒偷不得，暗灑齊州三士血。仙山日冷一萬歲，黄土清埃遮海水。海中無地種千年，王母重來漢皇死。

秋陰野坐

秋陰何漫漫，原野終日晦。形羸起徬徨，悄愴若有待。山高蒼蔚尊，谷狹漁樵對。驚風西北吹，祥雲偃飛蓋。古來形勝場，蟠屈自千載。其間豪俊人，生死迭相代。幽光浩無窮，感發有時會。若人世所乖，邂逅不可再。天運豈吾能，沈吟寄慷慨。

偕猶溪諸公同游青原山謁七祖塔步韻 並序。

青原山七祖塔悟真寂禪師，乃六祖法嗣也。其塔中舊有錫杖貝葉，出塔之東爲井泉者三，一曰雷湧，二曰飛錫，三曰虎跑，清冽可愛，皆七祖所開者。其初參曹溪六祖數契合，石碑上具述，張公無盡、信國公文山皆有詩刻於後。今並録之。

夢裏青原四十年，六朝來覲塔中仙。傳燈有記貝書在，飛錫無聲霜井圓。石壁倚雲僧入室，飯鐘繁樹鵲通禪。看碑忽悟曹溪旨，擬向人間息萬緣。附録無盡詩云：「一派青原出少林，信衣到此只傳心。尋常示衆無人會，盡向廬陵米價尋。」信國公詩云：「空亭横螮蝀，斷碣偃龍蛇。活水參禪句，真泉透佛茶。晚鐘何處雨，春水滿城花。夜飲燈前客，江西七祖家。」

遊定林寺和韻

一燈何處起，千載續黄梅。世與身俱幻，吾攜影獨來。山空鐘自響，日淡鶴將回。寄語沙頭鷺，相逢慎勿猜。

馬頭館居

入夏樓偏迥，推窗揖遠山。柳煙籠岸碧，梅雨著衣斑。喬木年年異，幽齋日日閑。風流無復見，坐待暮鴉還。

僧房

僧房吟坐久，孤枕已中宵。燈盡寒侵幌，梅香夢過橋。江湖殘歲逼，風雪故山遥。明日又行役，天涯影寂寥。

次尹立大韻二首

有力聊供世，無家却累親。獨憐爲客意，每向故人真。枕簟風光入，林塘晚色新。一尊誰與共，愁極好生春。

鄉關無百里，歸夢祇漫漫。月色苦無奈，秋聲已似寒。悟緣更事入，窮爲讀書寬。尚有東園酒，煩君破恨端。

天嶽圖歌 並序。

雲間康鍊師來自岳陽，稱其友蔡素蟾好道之篤，乃作《天嶽圖》以寄，徵余題卷末。岳陽，予舊游也。爰集杜陵句以贈之。

知君重毫素，好手不可遇。壯哉崑崙方壺圖，對此興與精靈聚。雲來氣接巫峽長，影動倒景摇瀟湘。湘妃漢女出歌舞，矯如羣帝參龍翔。大江東流去，忽在天一方。初月出不高，照我征衣裳。憶昔北尋小有洞，青楓葉赤天雨霜。先生有道出羲皇，晚有弟子傳芬芳。神仙中人不易得，今我不樂思岳陽。蔡侯静者意有餘，戚聯豪貴耽文儒。致身福地何蕭爽，幾歲寄我空中書。

杜徵君本

本字伯原，臨江清江人。博學善屬文，江浙行省丞相忽剌木得其所上救荒策，大奇之，力薦之上，召至京師。適武宗晏駕，去隱武夷山中。文宗在江南，聞其名，及即位，以幣徵之，不赴，書《周書·無逸篇》以進。至正三年春，丞相脱脱以隱士薦，授翰林待制，兼國史編修官。使者趣之行，至杭州，以疾篤辭歸。伯原爲人湛静，無疾言遽色，篤于行義。所著有《四經表義》、《六書通編》、《十原》等書。學者稱爲清碧先生，年七十有五，卒于武夷。門人程嗣祖録其遺詩爲《清江碧嶂集》。伯原自謂得浦城楊仲弘詩法，嘗集宋末遺民二十九人詩百篇，題曰《谷音》。平日所作詩，未嘗存稿，或問之，笑曰：亦嘗念之。然觀《藝文志》所載古人文集，何翅千百，今其存者，百無一二，又有幸不幸焉。故不必存也。今集中所載，應酬俚率，殊不稱其名。又安知伯原之不欲存稿者，非自爲藏拙地耶！

題薛玄卿瓊林臺

上清山靈都，凡山無與儔。况兹瓊林臺，雲氣接神州。嶽祇扶地軸，鬼神動天球。珠樹粲瑶城，玉衡懸清秋。層冰積高寒，梯構靡其由。外史洞玄化，於焉采真遊。珊珊紫霞佩，皎皎明月鉤。手攜千歲藤，足弄萬里流。仰觀玄圃運，俯視八極周。緬彼大瀛海，變滅多浮漚。悠然發舒嘯，永矣此夷猶。

武當山張真人奉詔禱雨有應

祈禳致風雨，傳説自古先。京師大旱連二年，地蒸熱氣如雲煙。林林嘉木盡槁死，毋論黍稷生秋田。武當真人張洞淵，爲道有心如鐵堅。粗衣惡食夜不眠，兩眼奕奕光射天。天子有勑丞相宣，詔君禱雨紓憂煎。君坐默不語，奏達虚皇前。將吏驅蛟龍，雷電相後先。童童雨脚晝夜懸，平地涌水如通川。穉禾出土芃芃然，小草大木争芳妍。都人士女喜欲顛，謂君直是真神仙。我今爲作喜雨篇，勒諸厓石千年傳。

天冠山同諸學士爲祝丹陽賦 録五。

鍊丹井

鑿石通泉脈，鑄鼎鍊丹砂。丹成騎鶴去，滿地生雲霞。

逍遥巖

鵬摶九萬里，籬鷃飛咫尺。所以達觀人，亦各適其適。

玉簾泉

燦爛金爲屋，玲瓏玉作簾。飛泉來百道，定有老龍潛。

石人峰

臨風衣自整，對月影偏長。獨立經寒暑，真成石作腸。

小隱巖

山深人寂寂，澗曲水沄沄。顧予非忘世，遺身在白雲。

題吉學士墨梅

冰雪肌膚鐵石腸，翩翩和月按《霓裳》。臨窗喜見橫斜影，却有王孫翰墨香。

題江村圖

樹林蓊蔚水縈環，知是江南何處山。幾載幽并倦行役，按圖欲借屋三間。

題小景

秋雲滿地夕陽微，黄葉蕭蕭雁正飛。最是江南好天氣，村醪初熟蟹螯肥。

題道士許冰壺遊維揚詩卷

淮南秋月漾清波，照徹冰壺秋氣多。二十四橋春似海，羨君騎鶴數經過。

和何得之歲暮見寄

籬下菊斑斑，猶能傲歲寒。春風誰主宰，客夢自清安。此老憐才乏，何人惜夜闌。管寧如可友，浮海竟誰歎。

寄題竹軒

緑竹猗猗處，華軒楚楚深。莫留雛鳳宿，曉聽蟄龍吟。月進窗櫺影，雲移几席陰。居然淇澳趣，莫使俗塵侵。

和潘明之

欲試淮南術，難期海上翁。自爲吴地客，不記楚人風。蒲黍隨時白，葵榴過眼紅。獨醒還獨醉，至竟與誰同。

暮春遣懷

東風吹盡滿林花，底用無涯始有涯。飲量素慳難止酒，客懷雖惡少思家。已諳世味茶如薺，未信仙人棗似瓜。爲愛緑陰春晝永，出門轉覺换年華。

中秋寄高混樸

去年見月轉添愁，滿地干戈未肯休。動有萬人塗草莽，豈論斗米換衾裯。今宵相對還青眼，後夜相逢又白頭。尤恨故人難會合，若爲把酒獨登樓。

秋興

兩峰高聳並秋霄，雙澗分流送晚潮。月冷誰家頻擣練，風清何處細吹簫。七閩荔子丹砂顆，五嶺梅花玉雪標。黄鵠不來空悵望，自歌雅曲和漁樵。

送李伯循

已聞盤谷最深幽，便欲從君遂此遊。春氣和柔朝採藥，秋風清徹夜行舟。巖花冉冉難留客，汀草纖纖獨倚樓。楊柳新條不堪折，只須買酒換離愁。

送趙伯常歸揚州

往年初記抵京師，正類機雲入洛時。未説鼇頭分赤管，先傳馬首控青絲。瓊樓舊醉家家酒，金刹新題處處詩。此日揚州歸去路，錦衣光采照城池。

寄楊仲弘

老來自愛黄叔度，少日真期魯仲連。高卧獨無田二頃，曳裾誰有客三千。蒼波渺渺浮鷗鷺，白日翩翩換歲年。却憶江東楊少尹，劇談終夜不成眠。

酬虞伯生

滿窗風雨夜沈沈，獨對青燈萬古心。徒有故人憐白髮，自無奇骨换黄金。茅簷暖日須看獻，竹簡遺經正用尋。豈愧執鞭非所好，甘隨麋鹿放山林。

題周南翁悠然閣

大江之東彭蠡南，周家高閣與雲參。秋風猿狖啼青嶂，暮雨蛟龍起碧潭。遶屋千叢生杞菊，過簷百尺長楩楠。何時共此登臨樂，指點山川與縱談。

廉州阻風

自因三宿致綢繆，豈爲狂風殢客舟。鄉國十年思舊雨，河山千里記前遊。黄雲釀雪禾將刈，緑霧籠霞橘漸收。離别不堪成悵望，雁孤飛起白蘋洲。

漁隱圖詩爲程子純賦

山下白雲縹緲，水邊紅樹依稀。信有桃源深處，漁人今亦忘歸。

題柯敬仲梅

點點苔枝綴玉，疏疏檀蘂凝香。還記當年月色，簫聲暗度宮牆。

方布衣瀾

瀾字叔淵，莆陽人。隱居吴中，自少時不娶。閉門讀書，訓徒以自給。後至元己卯卒，年七十有七。平生喜吟詠，然不苟作。友人樊士寬子厚録其五言詩若干首，其詩句如《詠樂天》云：「以詩爲佛事，隨地學山居。」《臨平道中》云：「煖容時借酒，寒力曉欺綿。」《梅花》云：「香能占夜月，春不棄茅檐。」《夜雨》云：「萬緒集雙鬢，百年堪幾愁。」皆從苦吟得之。朱澤民曰：「壯年厭世紛，歲暮少知己。」即其人亦可知也。

淵明

鄭聲與雅樂，今我并無絃。尚不歸蓮社，誰能愛秫田。青山栗里宅，白髮義熙年。嵇阮能逃世，終非出自然。

荆軻

計出不可測，襟期相激昂。悲風寒易水，俠氣小咸陽。六國羣謀失，三軍一匕當。英雄幸不幸，愁入代雲長。

金山寺

江心勝絶處，人飲不知源。楚浪夜喧寺，浙山晴到門。清寒入僧夢，太古結雲根。欲問前朝事，松風若有言。

早秋夜坐

萬星都讓月，勢不並光芒。塵陌聞鐘静，風庭灑頂涼。明河西落野，飛露下霓裳。但息人間累，仙鄉不離房。

秋日錢塘紀事二首

吴越南去遠，萬峰青照杭。江流拍岸闊，海氣入城涼。落日菰蒲暗，行人禾黍香。天開地闢後，知歷幾興亡。

阜物家家市，瀕湖處處園。童時今父老，夢裏古乾坤。佛石千像在，風潮萬馬奔。誰予指新路，梧落故宫垣。

秋夕有感

摇落秋漸晚，露香籬下花。疏鐘出煙寺，新月入人家。蛩語日夜急，雁飛天漢斜。蹇余不能去，塵世事如麻。

初冬作

泬寥蕭瑟後，霽色却怡人。霜已千林曙，天猶十月春。黄花蝶過晚，白葦雁銜新。野性自夷曠，非關絶世塵。

海陵道中

漠漠平楚遠，扣舷歌昔遊。風顛碧海岸，春老緑蘋洲。自古利名急，更東天地浮。客心不自得，落日傍漁舟。

石門夜泊

積雨暮天豁，炊煙隔林起。人喧落帆處，野語新月裏。桑逕緑如沃，麥風寒不已。一夕舟相銜，擾擾利名子。

春日遣懷

陸續畫船去，曉風料理人。泥香燕嘴草，路煖馬蹄塵。海色曈曨日，花光撩亂春。浮生孰無事，惜取自由身。

幻住菴聽松軒

不與俗同調，風生高樹林。老僧無法説，滿院但潮音。人静野禽下，雨涼山葉深。悠然悦天籟，宛自是閒人。

過吴江

離離遠村落，晴不見炊煙。秋水漲無岸，野舟撐入田。天留新稼穡，人戀舊山川。不待鴻飛定，西風已肅然。

石門曉行

風高木葉脱，從此曉寒新。積雨見初日，遠山如故人。煙村一葦渡，野寺數家鄰。獨念行藏異，沙鷗未我馴。

玄妙觀訪劉澹然

仙扉曉更寂，香靄石狻猊。日出松杉外，風來殿角西。篔簹沐霧溼，薜荔壓牆低。林下非無趣，浮生萬不齊。

白雲先生許謙

謙字益之，金華人。受業于仁山金履祥，盡得所傳之奥。浙東憲府聞其名而辟之，弗就。廉訪使劉廷直、副使趙宏偉先後舉茂才異等，復以遺逸薦，皆固辭。延祐初，居東陽八華山，學者不憚百舍重趼而至。著録者千餘人，隨其材分，皆有所得，獨不以科舉之文授人。曰：「此義利所由分也。」不出里閭者四十年，四方之士以不及門爲恥。至元三年卒，年六十有八。世稱白雲先生，賜謚文懿。所著有《讀四書叢説》、《讀書傳叢説》、《詩名物鈔》、《觀史治忽幾微》若干卷行世。先是北山何基，得朱子之傳于黄勉齋，而魯齋王栢又師友于北山，仁山金氏，則學于魯齋而及登何氏之門者也。學者推原統緒，以三先生爲朱子之世適，而文懿實任其傳。江浙行省爲請于朝，建「四賢書院」以奉祠事。其所傳《白雲集》四卷，亦多扶翼經義，張維世教之言。徒以詞章論之，淺矣。

遣興四首

秋日常苦短，秋夜不可闌。葉鳴迅風晚，蟲怨零露寒。月白天炯炯，振衣起盤桓。山川出浮滓，翳彼明不完。幽輿中道絶，百感來無端。何當誅豐隆，致身無羽翰。清光亦何私，不照方寸丹。

猗猗澧有蘭，馥馥沅有芷。獵獵石上蒲，泛泛水中芰。鮮鮮三逕菊，旎旎百畮蕙。采掇集衆芳，粲爛成雜佩。佩服何所從，將以待君子。

春風榮衆芳，秋露悴百草。羲和策日月，疾急兩飛鳥。枯桑號天風，俯仰波浩渺。氣流物隨化，金石不自保。人生寄蜉蝣，時邁胡不老。天地有終窮，微眇何足道。乾坤無停運，清氣日夜生。人居覆載閒，所息能不萌。握機養天和，持守如捧盈。得喪固有命，寵辱何足驚。一身磐石重，萬鍾浮雲輕。丈夫有志願，誰爲吾無成。

華蓋山

羣山如斗形，華蓋氣獨壯。奮身地勢高，目極天宇曠。周回萬象澄，一一來獻狀。中江漾孤嶼，瀕海横疊嶂。樓臺市中居，棋列相背向。烈風攪滄林，落日鳴白浪。蜃氣薄浮雲，溟濛杳東望。長濠浸寒水，短楫起漁唱。同遊豈特達，竟爾忘得喪。山下出蒙泉，夷坐待清漲。一掬襟懷空，自謂羲皇上。

中川龍翔興慶寺

孤嶼浮中川，晝夜汩潮汐。何年地維裂，中斷洲渚失。兩峰峙東西，蔽影互朝夕。浮屠據棱層，梵宇絢金碧。飛龍迫風雷，曾此一憩息。昔時楼栢居，今作大士室。了師擇靈地，爲假蛟鼉窟。聚沙合舊港，連亙如片石。山扉夜無關，神物便入出。亂流攜故老，一一訪陳迹。軒亭倚葭葦，濤浪傍几席。豫章號淒風，篠蕩翳寒日。憑高慨今古，天海相蕩激。景在人易非，悠悠意何極。

暮過東津館

薄暮下東津，灘急舟劇箭。漁燈互明滅，隴月時隱見。清飔從東來，涼氣襲我面。目送兩山青，天長淨如練。

遊鍾山至八功德水

悠悠鍾山雲，朝夕礙我目。褰衣試一往，行與雲相逐。驅馬出東門，十里至山麓。幽人昔已亡，誰能繼芳躅。猿鶴乘古林，鼪鼯嘯深木。彼哉西方人，胡爲擅斯谷。豈云事幽棲，政爾眩華屋。泓泉抱何德，濁熱供一沃。巖囘屐欲倦，小憩倚修竹。涼飔自披襟，佳興亦云足。

舟中雜興三首

冉冉江上蘆，離離路傍草。霜露侵衣裳，何用涉遠道。鴻雁方有序，孤飛任林表。豈不顧其羣，長風翮難矯。

亭亭嶺上雲，玄鶴相與飛。俯啄戀故巢，不得從雲歸。秋風颺黃葉，飄飄各何之。羸糧事遠遊，在昔聞斷機。棲鳥辭茂林，徘徊更依違。悠悠兩江水，共此明月輝。

嵐煙紫崔嵬，波月光混漾。星宿懸虛篷，雲雨暗逸槳。震澤商氣深，雄風駕濤浪。白鷗與蒼雁，來往同簸蕩。吴潮海門闊，飛雪噴秋響。重重越山迎，汩汩溪流上。舟行歷旬日，佳景閲萬狀。孤征抱結思，所感重悽愴。安得同心人，詠歌共清賞。

採藥

亭亭北山松，宿藹蔭深碧。蒼根走虬龍，巨幹蟠鐵石。平生棟梁具，不受霜雪厄。兔絲得所附，裊裊挂千尺。流脂入九地，千歲化琥珀。我欲掇其英，俯仰費搜摘。紅鑪轉丹砂，石髓變金液。但恐茫昧間，圖驥不可索。意長時苦促，雙鬢日夜白。刀圭或可試，習習在兩腋。蓬萊三萬里，詎謂弱水隔。他時來山中，故老應不識。

用潘明之韻遣興

秋山撼虛林，秋水揚素波。緩衣踞蟠石，怡眄庭樹柯。芳景良可惜，去日亦已多。天寒道路遠，奈此兩鬢何。興來勿引酒。醉飲空悲歌。丈夫志有適，慷慨捫太阿。

蕭兄臨行索詩卽席賦贈

相逢嗟久别，歸路復忽忽。我愧今原憲，君非舊阿蒙。山風驚落木，江日數飛鴻。舟飈西流水，明朝定向東。

次韻丘以道

汲汲時能幾，蘧蘧夢未醒。自憐頭染白，誰解眼垂青。心事沾泥絮，生涯逐浪萍。何人可私淑，諸老漸彫零。

秋夜二首

月落窗仍暗，燈殘卷未收。家人催杼柚，稚子問更籌。冷露蟲〔專〕（傳）夜，悽風樹怯秋。百年一瞬目，萬慮幾搔頭。

志大空懷璧，交疏少斷金。半生成白首，十載對青衿。朝市灰心久，山林託興深。紅塵多汩没，清夜幾沈吟。

題延月樓

崦嵫税駕紅塵息，玉鏡飛空天地白。嬋娟先得何處多，齊雲暈翥高百尺。清光無私照寰海，舉頭千里明長在。主人欲擅四時秋，夜夜掀簾爲延待。人生見月幾圓缺，今昔人殊同此月。人迷夢覺月晦明，終古相摩寧暫歇。倚闌清嘯酒莫遲，銅壺催曉輪易攲。

遊龍回寺碧雲堂有何無適草書

蒼鱗作霖回壑裏，竟化長岡飛不起。何年老僧飛錫來，强架檐楹萬山底。碧雲石梯如登天，俯視竹樹行其巔。巖巒起伏呈怪狀，壯若羣馬奔吾前。何仙仙去不復返〔一〕，滿壁龍蛇驚醉眼。可憐一半委塗泥，況復阽危混苔蘚。山翁模搨妙入神，永和繭紙且逼真。勸君勿辭一日力，爲我留爲百世珍。君不見二王舊帖皆殘編，至今不惜千金傳。

〔一〕「何仙」，明正統本作「絅仙」。

馮公嶺

層巒疊嶂危相倚，亂若飄風湧秋水。寒松荒草閒蒼黃，照眼崢嶸三十里。初如井底觀天門〔一〕，一峰巍然中獨尊。縈回百折至絶頂，俯視衆嶺來兒孫。人言此山插霄漢，馬不容鞭僕夫歎。攀援何異蜀道難，氣竭神疲背流汗。熟視徐行路覺平，心寬意適步更輕。志須預定自遠到，世事豈得終無成。我來正值窮冬月，倚秋巖前嚼松雪。午店煙生野飯香，陽坡日近梅花發。寄語悠悠行路人，乾坤設險君勿嗔。胸中芥蔕未盡去，須信坦道多荆榛。

〔一〕「天門」，明正統本作「空虚」。

雨花臺

大江斷後誰絶前，右踞蒼虎龍左蟠。英雄角逐三百載，庭花玉樹歌聲殘。王氣消磨城郭改，荒村古木棲寒煙。我來兩月不出户，登臺始覺天宇寬。城中樓觀在井底，環視百里皆峰巒。烈風拔樹雲蔽野，飛電霹靂驅蜿蜒。虚亭坐視河海湧，平地立見波濤翻。天開翳掃羣響息，空翠削出滁和山。陰陽雲雨反覆手，向來喜懼誠無端。興亡世事亦如此，俯仰千歲須臾間。

春城晚步分我字

紅樓鼓歇烏輪墮，淺水横舟弄漁火。春風生草雉堞青，隨處軟茵供小坐。斷煙飛鳥入杳冥，闤市行人競幺麽。溪城斗大無遠趣，目礙雲山環瑣瑣。驊騮騁駕路或迷，蜩鷽槍枋計非左。歸同三子歌考槃，茫茫宇宙誰知我。

放櫂行

安溪湖平行櫂多，黄頭豎兒倚櫂歌。梅花照眼送寒色，酒暈著臉生春和。炎涼世態翻覆手，江水長静風吹波。出門一笑天萬里，白鷗浩蕩如吾何。

三月十五夜登迎華觀

夜深來此倚闌干，千里樓臺俯首看。月到中天花影正，露零平地草光寒。氣清更覺山川近，意遠從知宇宙寬。長嘯一聲雲外落，幾家兒女夢初殘。

西山萬象亭

亂峰盡處接浮雲，東望悠悠萬事陳。百里江流縈縞帶，滿城居室比魚鱗。野僧倚竹嘯留客，山鳥穿林啼唤人。落日亭中一杯酒，何年復此對晴春。

九月十七日登清涼寺翠微亭故址

梵宇峥嶸枕石頭，倚風極目立荒丘。黄花覆地初經雨，白雁横雲帶遠秋。城郭已非山故在，江淮失險水空流。衲僧八十仍多病，拉淚殷勤説故侯。

春夜次韻二首

飢烏驚鵲起南枝，夢入槐柯覺亦悲。花裏樓臺春到早，竹間窗户月來遲。篝熏翠被鑪存火，燈落紅屋硯汙池。可惜風光半塵土，明朝火急報君知。

兩部蛙聲似打衙，披衣清坐夜紛譁。門同靖節日長閉，家近相如酒可賒。低幕風生翻宿燕，小簷雨歇落輕花。玉琴聲斷尋幽夢，回首西窗月未斜。

秋暮有懷

十二闌干倚翠微，露華寒重逼羅衣。碧天連水思空遠，衰草滿庭人未歸。秋雨樓臺幾寂寞，春風院落自芳菲。冥鴻應有青霄侶，爲隔閒雲尚獨飛。

即席用蘇世賢韻送郭子昭

攬轡春風入駿蹄，兩隄煙柳護晴溪。黄鶯自有留人意，相對殘紅不忍啼。

次韻潘明之秋思

西風冉冉鬢毛侵，鳳老梧衰鎖夕陰。倚遍闌干重回首，斷鴻千里暮雲深。

夜過黃泥渡

夜深風息水安流，白雁黃蘆滿眼秋。行李蕭蕭官櫂穩，卧看明月過真州。

李徵士存

存字明遠，更字仲公，饒之安仁人。好爲古文辭，通醫術。既而遊於上饒陳立大之門。延祐開科，一試不第，卽決計隱居。三以高蹈丘園薦，不應，秘書李孝光舉以自代，當事者將以翰苑處之，不果。葺書室曰竹莊，題曰俟菴，人稱爲番陽先生。四方兵起，門人何琛迎養於臨川。以至正十四年卒，年七十四。有《俟菴集》三十卷。仲公與祝蕃遠、舒元易、吴尊光三人遊，志同行合，號「江東四先生」云。虞山錢牧齋《列朝詩集》載俟菴詩，稱爲洪武中年卒者，誤也。危學士素所撰墓誌年月甚明。《俟菴集》，刻於明永樂三年，國子祭酒徐旭序之，謂其距俟菴之没五十二年，則俟菴已卒於明太祖未定金陵之先也。牧齋於史學最爲詳密，而不能無誤，考證之難蓋如此。

雜詩三首

老去無所爲，結廬在竹莊。竹莊荆棘深，宿昔狐兔藏。豈無江海願，齒髪不足償。生則居菴中，死則埋菴傍。

秋日方杲杲，獨行溪水干。紛然浣紗女，及此清未寒。相語有相厲，歲晏霜雪繁。誰云陶唐風，遠矣不可還。

慕古既多沮，從俗寧可安。吾冠方委塵，政爾不必彈。羣醉敢獨醒，孤芳若爲園。秋風況無情，最解吹朱顏。

贈胡巡檢民 志〔父〕(文)光卿，皆當年叛寇。姦臣指近年伯顏而言也。

重雲閉溼熱，欲作夏至雨。胡子溪上來，披衣一相語。南風解人意，稍亦入窗户。開樽薦瓜韭，汲井具雞黍。子爲廬陵秀，家世蕃且鉅。早歲走京師，繻然好儀矩。詩書雖素習，殺氣在眉宇。暫爲巡警吏，出入備鉦鼓。手弓張黑角，腰箭開白羽。里疃散雞豚，垣牆奔狗鼠。因思閩廣間，壤地有深阻。兇豪據溪洞，老幼負戈弩。幾微相啖噬，動輒生齟齬。古今聲教遠，往往累南土。整齊非束縛，全活在綏撫。荒忽固無常，跳踉乃其所。雖云聚蜂蟻，頗亦頓軍旅。遠道困供輸，窮陬多毒蠱。幸逢天子聖，元帥復雄武。前歲醢光卿，今年烹志父。此雖下愚者，生育皆父母。端由一念失，血肉涴砧斧。天道實寬容，皇威安敢侮。今聞豺狼窟，悉已反農圃。早暮或笙竽，村墟且商賈。姦臣操國柄，近亦死南浦。詔書一日下，海内盡歌舞。横算罷舟車，求賢復科舉。閭閻皆跨馬，流謫歸故處。百祥斯可至，萬惡爲之沮。顧余頭已白，甚覺負章甫。眼目更昏眵，筋骸將傴僂。子年纔十五，聲價滿吴楚。朋友實天倫，磊落傾肺腑。行當分閫櫝，終可立朝著。相看方侃侃，索别何踽踽。波濤隨地有，切莫倦篙櫓。雙雙鸛鶴來，一一漁樵去。淒迷斜照草，髣髴晚煙樹。出處莫爲謀，音書可相許。

昔年

昔年有語雙白頭，弃我忽作齊梁遊。雲鴻不飛音信斷，寶鏡塵昏秋鬢亂。君心一去如飄風，妾心死與黄河東。清霜昨夜入庭樹，欲寄寒衣不知處。

次韻戚總管賦雪

長風剪水不成片，城上將軍鐵爲面。五更吹角墮梅花，天女騎龍淚如霰。坐令萬瓦白參差，人在蓬萊水晶殿。黄河夜合黿鼉深，太行曉裂豺狼戰。尚憐廬阜足佳致，五百寒僧不開院。崑崙朔南日本東，未信天花一時遍。塞邊勒馬公所聞，橋上騎驢吾不倦。化工作巧本容易，臘盡春臨已三見。明知無酒俱冷落，豈有多情更歡宴。長安市上一貧士，白晝閉門何所羨。

次高元博韻 亂後作。

老逢盜賊繁，俛爾度昏旭。蕭蕭歎莖髮，連月不暇沐。晝常雨中餐，夜或林下宿。深惟崑岡上，誰辨石與玉。茹珍羞糠籺，飲水卽醽醁。相逢破肝膽，豈但皺眉目。大宜適他所，采擷皆可蔌。揭來安且靜，殆若立於獨。南風滿窗簷，衣袂清不縶。梅實得調鼎，松明勝然燭。顧此若蝸牛，殼中少涎足。故人意不滿，蓬蓽無乃辱。置酒對榴花，誓將徙華屋。吾聞學仙者，隨處武夷曲。矧兹秋風近，白酒家有熟。雖無魚羹飯，賴與鹽虀粥。

下第南歸別俞伯貞

驅車出都門，别酒忽在手。去國古所悲，況復失良友。芃芃丘中麥，鬱鬱道傍柳。揮手從此辭，煙雲黯回首。

叉魚

霜風刮面冰如刀，持叉入江矜厥豪。投深中叉始一出，眼澀膚涷如紅桃。嗟爾得食亦稍稍，性命或與蛟龍遭。安得長叉一萬丈，直向海中叉六鼇。

僞鈔謡 代爲耆社作帳辭，謝尹楊思齊。

國朝鈔法古所無，絶勝錢貫如青蚨。試令童子置懷袖，千里萬里忘羈孤。豈期俗下有姦弊，往往造僞潛隈隅。設科定律非不重，奈此趨利甘捐軀。縱然桎梏坐囹圄，贓有囊橐并尊壺。生平心膽死相遁，口舌所挂多無辜。人生既以不堪此，惡卒乃藉生危圖。苦之捶楚甘酒肉，役用在手猶粁珠。或思夙昔報仇怨，或出希覬傾膏腴。搜求寧肯謄雞狗，汙辱閆有連妻孥。何如巧遇賢令尹，燭照劍斷神明符。先窮支蔓到根本，礦鐵雖硬歸紅爐。非唯此境少憂畏，亦遣鄰邑多歡愉。自憐弱肉脱虎口，從此飲水皆醍醐。誓將白首至死日，頂戴豈與勩勞殊。願推此舉徧天下，咸使良善安田廬。

祝丹陽以古琴見惠且寄以詩次韻答之復以史略一本爲謝

涼風蕭蕭吹井桐，佳懷如寶千不逢。二年蹤跡走闤闠，面目土炭心盲聾。其荄豈異伏櫪馬，雲漢獨羡高飛鴻。詩琴遠致心甚厚，金玉備具相玲瓏。大珠沈淵炯不動，朗月照水清欲空。亦知廬阜入幽夢，幻此三疊銀河風。紛紛醉裏不知老，有此二美誰吾同。彈琴固可消世慮，作詩乃或令人窮。未如祝仙古巖下，往往遇會方瞳翁。聊將史略報深意，并問馬首何時東？

山中留夜宿明日以風雨對牀眠爲韻賦詩

雅性厭喧隘，結廬林野中。林中果何有，勢利罕相從。異哉四子心，春江遡孤篷。洒洒竹方雨，泠泠松欲風。貧家百無爲，蔬食隨所供。但於文義間，稍願相磨礲。顧此有餘樂，言旋胡忽忽。人生難定期，往往如萍蓬。豈不易分别，談諧誰與同。尚懷秋花前，與滿山園東。豆寒始能莢，韭潤亦已叢。儻或不遐棄，清遊應可重。

哀祝明遠

我昔遊師門，與子始相識。襟懷藹春氣，顔色澤而晳。憐我學無方，爲我數開迪。子言雖懇懇，奈此正茅塞。他時七月暑，子與舒元易。芒鞋杖而蓋，訪我到荒僻。松陰作參坐，快飲不餘滴。清論秋夜長，草舍隨所息。蚊虻及風露，義不作賓客。别來子久病，傳者亦非的。但云類痁瘧，豈意至兹極。我嘗習醫藥，此候頗不惑。中乾而外强，翕翕脣頰赩。痰涎屢吞吐，寒熱互煎逼。我雖弗果問，子固不能卽。寄書或浮沈，遣价胡不克。縱無續命方，未必大差忒。一朝訃音至，造物果難測。老師倡絶學，正賴相附翼。譬如萬稂莠，初覿一二穡。有子未爲多，失子良可惜。深慙病莫助，執紼當致力。及知已没土，尚擬瞻几席。因循至如此，過矣復奚飾。昔爲同舍好，今有生死隔。嗟我凡下資，意欲填胸臆。

支離久成熟，豈悟本方直。靈苗不自愛，日日縱螟蟹。今雖來照徹，實信已非億。緝熙苟無怠，非久當有得。子雖在重泉，豈不念疇昔。明明爲子告，執筆重悽惻。

題雲菴

夜宿雲菴中，白雲滿牀頭。客來雲不語，客去雲不留。明日在山下，白雲何處求？

義役謡

八都安仁最下都，易水易旱生理無。奉公往役名主首，半是摘篛擔柴夫。或因苗麥僅升斗，或忝殷實元空虛。千中得一稱上户，土赤聊當辰砂朱。五更飯罷走晝卯，水潦載道歸來晡。夫丁木物諸瑣碎，每以附近先供需。課程茶酒率倍開，所取鹽米何錙銖。逃糧逃金不待論，職田子粒尤難輸。公家督促過星火，唯聽捶撻生蟲蛆。幾年辛苦垤容蟻，一界了畢鍋游魚。間逢令宰賢恤者，蘇息無術空嗟吁。省府郡帖一朝下，義遜得許從鄉閭。徐君更是好義者，率以公正人争趨。同時共事數君子，但有贊協無次且。出多出少由厚薄，若小若大皆歡愉。支吾縱廣非獨力，佽助能幾咸安居。移東走西可免者，那上躦下歸誰歟。不聞躑突到雞狗，但覺和睦安犁鋤。願依此舉更堅久，美事無以三年拘。

送徐典史歸四明

細雨堂前酒，初梅雪後吟。誰云新識面，已是舊知心。冉冉蓮花幕，青青桂子林。簞瓢千古意，臨别一何深。

次汪簿秋日見寄

隔水秋雲薄，連山夕照荒。去鷗分遠色，來雁帶初涼。風物何常異，人生亦自忙。因懷吾友問，醫俗若爲方。

送王季寶歸江西

露白村村曉，霜紅葉葉飛。愁邊仍歲晚，客裏又人歸。未別情無奈，臨分語復遺。往來黃子敬，莫惜寄新詩。

早起

短髮梳殘月，輕裳試曉風。無言渾似道，多病欲成翁。竹簡聊千載，藜羹亦萬鍾。昂昂非自異，瑣瑣得無同。

別黃俊昭

歸矣黃夫子，清愁葉葉風。深知疑我獨，無補與人同。天地年年老，江河日日東。相思有新語，并寄鯉魚中。

贈胡大使 黄河滄洲人。

久客徒催老，微名不救窮。尋詩亦及我，好事豈非公。勳業遊天北，家鄉望海東。重逢知幾日，小酌晚林中。

周伯清秋江曬網圖

曬網夕陽斜，攜壺入荻花。平生誤識字，恨不作漁家。

懷友

美人不可見，煙雨一登樓。隔岸誰家竹，娟娟不解愁。

贈禹弼

相思不見最愁予，奈此村醪儘可沽。安得片帆風色順，一時飛過洞庭湖。

題寒青亭 并序。

余結菴竹莊上，率平阜淺流，唯南望山有連山，如樓臺簾帷之在百里外，臨川之雲林也。天色清徹時，嘗倚杖面之不能已。歎曰：彼生居是間者，其樂當何如也！他日蔣君自述其寒青亭者，傳以示余，余欣然賦一絶寄之。時五月二十又二日。

簷頭烏影案頭蠅，鷺鴨溝渠漸漸腥。想見高人延客罷，披衣岸幘坐寒青。

追舊二首

自是瀛洲第一人，玉漿麟脯幾曾貧。想今尚秉千金帚，欲掃蓬萊海底塵。

空谷何由滯此人，束書萬里豈憂貧。秋清車駕灤河上，匹馬嘶風在後塵。

夢祝直清

斜窗半夜月娟娟，宿火添香獨自眠。忽夢潯州祝經歷，滿頭如雪坐空船。

贈人

没馬塵埃白晝馳，人生得似此翁稀。西風牆竹疏疏雨，短帽長髯百衲衣。

春帆

能舉人間萬斛舟，中流何用櫓聲柔。楊花兩岸東風軟，送盡斜陽更未收。

落梅

更開殘酌不成歡，一片多情拂袖乾。想見孤城吹畫角，朔風斜日暮江寒。

晚步 用唐高蟾韻。

茅屋青帘隔晚橋，白沙紅樹水迢迢。人生到底頭如雪，莫管春風消不消。

呈原卿蕭翁二表兄

濃露微霜菊正開，紅梨紫栗共銜杯。雲山百里頭俱白，十五年間三度來。

和吴宗師灤京詩

紫駝白象壯行儀，但覺炎威日日微。露透地椒清寶仗，風生天棘滿旂旂。金盤藹藹行新饌，玉體翛翛進裌衣。自得仙吟因想像，半生元不離門畿。又一首頷聯云：「千官擁翳雲朝起，萬帳隨營雪夜鋪。」亦自壯麗相稱。

挽三十七代仙姑

前身知在月中央，金縷瑶環夢未忘。麟饌已供仙府貴，鸞封猶被國恩長。碧雲萬里簫聲遠，黄壤千年劍氣藏。空使人間有悽愴，滿山松柏雨浪浪。

次子勉韻二首 甲午年避地於彼，絶筆之作也。

蛇虎縱横二載餘，偷生於此計何疏。俗情只欲分茅土，國士終當顧草廬。留世但知瓶有雀，攜家敢歎食無魚。試看何氏新園裏，種菜牆根已藹如。

疲馬常思捲旆旌，如何處處尚屯兵？爲邦喜有漢三傑，習禮慚無魯兩生。雖覺風沙成晝晦，終期河漢向秋明。買牛負耒歸鄉里，没齒簞瓢亦已榮。

次何高士成道韻

許我重來意甚真，山林城郭路由分。十年共憶青燈舊，一日相看白髮新。促席未銜杯裏月，攜鎌先割隴頭雲。臨流儘有西風便，杖屨終當逐後塵。

贈别楊秀才赴真揚二州打捕提舉司都目

錦江重會各蒼然，别夢驚同二十年。虞府已需君入幕，詩壇猶笑我無氈。瓊花月冷看騎鶴，玉椀春香取獻豜。此去帆檣千里近，封書到得故人邊。

送倪東江之上元縣主簿

沙頭煙際挹征襟，嚼盡梅花出短吟。鄉黨又成千里别，功名聊盡百年心。東南形勢風流遠，吴晉山河蒼莽深。此去吟邊有高邁，客樽應與爾同斟。

趙處士偕

偕字子永，宋魏王廷美之後，遷於慈谿。自以前代宗室，不求禄仕。嘗讀楊文元公遺書有省，隱於大寶山之東麓，學者稱爲寶峯先生。郡守縣令多執弟子禮，受成法焉。門人烏斯道序其遺文，謂爲有道之言。六世孫文華重刻。其詩不多，類皆陳腐之語，録其稍蘊藉者存之。

送葉伯奇入官

朔風列列，海天茫茫。良朋告别，我心皇皇。既卜隱居，花嶼之陽。既有諸賢，可以徜徉。豈宜今日，有兹遠行。吁嗟大道，不明久矣。矧我後進，流俗靡靡。正喜幽人，所居依邇。開我清明，滌我塵滓。庶其有賴，日新無已。不謂此行，匪人可止。蕩蕩上帝，厥鑒昭然。福善禍淫，至公無偏。吾友伯奇，道心本全。落落默默，融融淵淵。於人弗欺，常畏於天。矧今執政，篤於敬賢。豈不念女，孝心虔虔。豈不容女，奉安爾父，以享萬年。

送阿里擇之都目之浮梁

古人在畎畝，尚不忘乎君。爲官不盡職，何以爲人臣。吾觀四海内，茫然浩無垠。兵甲尚未息，傷哉此良民。省臺與州縣，冠蓋多如雲。真知小民苦，落落今幾人。先生業儒術，其才尤出羣。皇朝有此老，合置要路津。白髮已滿鬢，青衫不掛身。鬱鬱淹下僚，壯志何由伸。天寒途路長，北風揚沙塵。勗哉加餐飯，此外安足云。

題引子龍

黑雲萬里隨長風，白日失色天濛濛。老龍翻身出海底，瞬息之間升太空。小龍奮躍力尚微，舉頭大叫追其宗。老龍正飛復回顧，煇煇紫電生雙瞳。浩然神氣兩相接，其間變化難形容。秋蟾老子寫此圖，野夫一見心忡忡。苦念蒼生久枯槁，焚香再拜心肅恭。上祈老龍垂惻隱，特遣龍子施神功。四時膏澤及時降，大有五穀年登豐。風不鳴條雨破塊，暦民壽域時熙雍。龍兮龍兮，有功如此，斯不失其爲真龍。

送宗元始和尚之天竺維那

覺來何處有鶯鳴，寒碧山中正五更。遥想高人思我處，霜華月色半窗明。數聲鐘罷木魚鳴，不管桑田幾變更。惟有西來意無限，一溪寒玉照人明。上人自有荆山玉，豈愛驪龍頷下珠。楊柳湖邊天未曉，偶隨孤棹落西吴。

題梅書於周砥道宅壁間

老梅枝老花逾妙，幾度相看正眼開。不道夜深人正睡，一枝隨月上窗來。

送伯奇入官

目斷斜陽雁不來，碧空無畔絶塵埃。此心久矣堅如石，生意蕭然冷似灰。之子入官偏跼蹐，誰人爲我暫徘徊。秋風已到桂枝上，借問緣何花未開。

栲栳山人岑安卿

安卿，字静能，餘姚人。自號栲栳山人，以所居近栲栳峰也。與李著作季和、危學士太樸相善。嘗作《三哀詩》，弔宋遺民之在里中者。寄託深遠，有俯仰今昔之思焉。岑氏昆季多以科名顯者，而静能獨淪落不偶。其《餉王子英詩》云：「平生耕稼心，愧此老病軀。」又云：「老成愧苟得，童稚羞無官。」又《會資敬菴詩》云：「我窮不出門，頗覺天地窄。」何其坎壈抑鬱之甚也。兵火之餘，典籍散佚，而今日尚知有静能者。豈非顯晦亦各有數邪。

古意四首

亭亭千歲松，起自一寸植。苟無斤斧患，壽可比金石。青青園中草，一雨回故色。清霜忽飄零，彫悴在頃刻。

寶刀不斷水，綫溜可穿石。君看城門軌，要非兩馬力。爲學不苦心，虚談政何益。偉哉大禹功，猶思寸陰惜。

濬沖執牙算，武子蓄金埒。積鏹不能施，名穢身亦滅。富貴何足云，道義自可悦。偃蹇彭澤腰，不爲五斗折。

江河東入海，天漢恆西流。感此不息機，宴安匪良謀。農夫務耘植，爲學奥義求。青春厭老大，還可回施不？

百雁圖

離離鴻雁羣，渺渺水雲國。白雪剡川藤，玄香牧溪迹。形真具生意，彷彿二百翼。四海兄弟情，於茲見敍秩。前鳴後如應，高下低復逆。隨陽足稻粱，直夜防機弋。水寒蘆葉黄，霜清葦花白。羣遊得所止，一氣同悦懌。哀哉《淮南謡》，布粟歌斗尺。東阿賦豆萁，才高終擯斥。觀圖適念此，翻爲古人戚。今人猶古人，毋爲後人惜。

食新筍

黄虀甕已竭，枯牖筐亦空。老芥長芒刺，食久咽爲痛。山雨拆竹胎，未入春盤供。畦丁適踵門，致我親戚送。脱綳錦紋散，切玉霜刀弄。新香歕湯鼎，饞涎迸齒縫。未倩搜詩腸，已破食肉夢。參禪誠滑稽，煮簀宜笑鬨。贊寧譜亦佳，涪翁句堪誦。僻居東海偏，斯味時一中。山僧應厭餐，飽食聽春哢。

盆蘭

猗猗紫蘭花，素秉巖穴趣。移栽碧盆中，似爲香所誤。吐舌終不言，畏此塵垢汙。豈無高節士，幽深共情素。俯首若有思，清風颭庭户。

夢中作

積雨稍開霽，晴川櫂孤舟。雙目豁陰翳，四望餘雲收。輕風生衣袂，灑灑舒煩憂。橋横落日迴，水與山俱流。白鷗洲渚涼，黄鳥林塘幽。十旬九陰雨，兹晴信難求。美景與心會，及暮猶遲留。賓朋愜清賞，晤語更獻酬。歸途見明月，華顛風颼颼。

送景融姪之潮

宴安人鴆毒，我老嗟無聞。知汝行有日，送汝寧無言。汝父早即世，汝子衣猶斑。汝弟頗知學，且識應門難。别家思自奮，託蔭薇花垣。王侯近下士，接待禮尤寬。人觀所爲主，結交愼扳援。期汝在遠大，囑汝猶殷勤。蛟龍蟄深壑，變化斯須間。鵬鶚志霄漢，奮迅凌風翰。錢塘萃佳麗，比屋人煙寰。寢食須自謹，勿躡春風門。酌此一杯酒，我心愈憂煩。功名儻相遂，寄我歸來篇。

次兹息菴冬日海棠韻

盈盈宫錦仙，厭彼繁華場。當春不自獻，婉娩懷無方。託根旃檀林，金仙借恩光。羣陰正凝冱，特與回春陽。拒霜宜愧死，江梅亦羞香。翻令桃李顔，應有趨時傷。定惠一笑姿，未免隨春芳。始信鶴林仙，解逞非時妝。

和李宰韻

春風吹繁花，秋露淨孤月。壯年嗜好新，對此每傾悦。年來百念灰，搔首惟短髮。流光不我與，苔生古人骨。常懷却世紛，宴坐學龜息。心平茂叔蓮，興乃子猷竹。從渠鵬去留，不問馬得失。李侯宦遊蹤，來僦海上宅。庭蘭茁春芽，笑語落霏雪。詩文嘗我過，老晦資啓發。窮思獨善身，自獻殊未屑。對酒還當歌，甘旨肯朝夕。君心與我懷，相對交歎息。

灌畦

灌畦起清晨，汲水甘自勞。微露溼裳屐，涼風吹鬢毛。緬懷漢陰丈，東陵亦其曹。顧予何爲者，佚豫敢自驕。日午得偃息，讀書志彌高。年饑見秔稻，萬民免煎熬。寄跡天壤間，於焉遂逍遥。

送任正之旋里

君居東海國，投犒思釣鼇。持竿三十年，歸來鬢蕭騷。六鼇不可得，動盪空波濤。跋涉山海間，力費心徒勞。惟餘詩酒興，不負平生豪。揭來三山居，燕坐樓閣高。開窗納新月，展席延清飈。此樂我所嗜，爽氣生膚毛。世人附炎熱，反爲我輩嘲。窮冬雨雪途，竹輿替蘭橈。歸隱五磊峰，俯視雙丸跳。何當共登覽，長嘯青雲霄。

傷心行用李長吉韻

朔風動清吟，孤月流寒素。白髮困青燈，紅妝泣秋雨。羅扇沿網蟲，寶鑑青鸞舞。白晝魍魎行，山昏鬼無語。

詠范氏池亭

虛亭巧結構，有此觀魚境。碧沼風生紋，高林月留影。花竹列我前，松杉瘦而穎。山環翡翠屏，水瑩琉璃井。書生東海來，山水頗深省。喜有鄭家湖，詩文每相警。

三哀詩

故厲先生　先生諱元吉，字無咎，號半村。宋末舉進士第，爲烏程尉。

厲公予先師，侃侃國髦士。文詞奮白屋，名識動丹扆。帝鄉眷遇殊，曲宴錫豐侈。青衫何足云，倏忽期顯仕。云何尉苕溪，露泣秋萱死。朔風撼南極，黃屋繼隳圮。歸棲從山雲，松柯蔭琴史。揮淚新亭悲，詩窮《黍離》旨。雪霜轉侵凌，故里不可止。漂泊海東西，生計日彫靡。暮年賦歸歟，幸遂首丘志。遺經惜無傳，嗣續但耘耔。死別三十春，恨未致一慰。何當馬鬣封，秋菊薦寒水。

故高先生　先生字師魯，里先儒。

我憶總角初，羣立侍師魯。蒼然太古姿，肩髮垂素縷。慨思英發時，濟濟整風度。承家二百禩，衣冠踵餘武。馳騁文藻林，濩落老無遇。轉盼五十春，國祚倏非故。荒涼東海濱，誰復嗟罄窶。幸餘慈溪翁，詩文接情素。孫枝復萎折，宗祏凜無主。斯文竟何辜，不綴一綫緒。嗟予三世交，念此轉增慕。蕭蕭務樟風，悲號惘難訴。

故李先生 先生字天錫，號碧峰，里先儒。

吾鄉山水佳，問世産英特。邇來百年間，接武愧寥寂。蒼蒼梣桹峰，東西峙空碧。先生擅斯名，挺挺無愧色。馳聲翰墨場，羣彦咸辟易。五色日迷眼，造物祕莫測。餘年付詩酒，琴詩自朝夕。晚交無功師，妙語契金石。談空眇生死，奚以貧賤戚。青衫固不就，縱就國步革。凄涼文會基，狐兔穴遺甓。我生恨後時，不及風采識。空餘書一編，焚香得紬繹。

題太真春睡圖

東風吹香蕩晴晝，長安宫殿花如繡。海棠一夜拆輕紅，淑氣薰蒸困醇酎。太真徙倚沈香亭，宿酲未解春冥冥。眉峰斂翠翳秋水，侍兒夾擁花娉婷。玉牀膩滑芙蓉展，水沈煙裊金屏暖。丹腮融潤珊瑚温，寶釵斜嚲烏雲綰。上皇玉笛那敢吹，地衣紅皺靴輕移。傳令别殿罷歌管，流鶯不語游絲垂。漁陽鼙鼓邊塵動，臺閣無言卿士懵。婦人一睡四海昏，主闇臣諛總如夢。翠華西狩九廟隳，禍胎未剪三軍疑。馬嵬之夢生死訣，一時悔禍人心歸。驪山舉燧供歡笑，犬戎蹴踏周原草。丹青誰寫春睡圖，後世不須箴太寶。

次韓明善題推篷圖

青松陰陰間修竹，六月翛然破炎溽。梅花一味只宜冬，江上孤舟水邊屋。筆端春信回孤根，鮫綃淺抹玄霜痕。江南煙雨正愁絶，一枝喚醒羅浮魂。無聲詩生有聲畫，吟詠工夫見揮灑。坡翁仙去二百春，夢繞松風古亭下。兹花清致誰堪當，孤山題品淵源長。推篷細認心凄涼，鼻端彷彿聞天香。

題晴川圖

清溪粼粼生淺花，曉日倒射摇金沙。翩然雙鷺下危石，玉雪照影無纖瑕。溪邊小景入圖畫，青煙緑樹漁翁家。漁翁歸來歌未終，鷺鷥忽起蘆花風。回眸遥望不可極，但見白玉飛青空。昔年夜宿瀟湘浦，徹曉不眠聽急雨。解衣曳杖立沙頭，何似今朝得容與。長安馬寒泥没腹，雪滿朝衣凍肩縮。試令援筆題此圖，長篇應賦《歸來》曲。

二月二日大雪偶賦時寓州郭

東風吹寒春漠漠，海氣作暝天昏昏。空階夜落雪一尺，起看萬樹梨花雲。詩翁撚鬚僵不死，開窗强作飢猿蹲。欲呵凍筆寫清思，甕中餘瀝催頻温。山僧積財富畎畝，驅馳役事何紛紛。木魚停撾磬聲絶，但聽衙鼓趨公門。何如孤舟釣魚叟，一蓑獨釣寒江濆。

出門偶賦

老驥伏櫪風蕭蕭，飢鷹側目看青霄。驪龍抱珠海底卧，虎豹不噬羣狐嗥。河邊老人倚牆坐，六合茫茫彈丸大。平生牘讀古人書，倒篋青錢無一箇。側聞朝廷遺逸徵，集賢著作空盈庭。紫微堂上日羊飯，世祖山河如砥平。

予觀近時詩人往往有以前代臺名爲賦者輒用效顰以消餘暇

章華臺

周綱陵夷九鼎輕，玉帛交錯朝蠻荆。熊虔北睨志未已，積材壘土攙青冥。姬姜麗質鄭衛音，臺中燕樂森如林。汾沮遠略肘腋變，乾溪一散愁人心。荒山飢走歸無所，睡酣又失涓人股。棘闈深閉魂魄飛，申亥負尸埋淺土。章華臺上空子規，啼殺游魂終不歸。

姑蘇臺

吴王築土山爲址，俯視水雲三百里。臺中歌舞萃華麗，金碧巑岏眩珠翠。江花泛泛浮鴟夷，會稽思霸甘卑辭。千金不買西子笑，一舫竟逐陶朱歸。丹砌草深麋鹿卧，淒淒棘露沾人衣。闔廬丘墓虎爲衛，至今鐘磬聞餘悲。遊人不悟國傾亡，松間援筆題真娘。

朝陽臺

巫峰十二青參差，石形儼現仙娥姿。蒼藤翠木怯淒冷，精誠夜感襄王思。仙衣縹緲仙裙溼，雲影飄颻雨聲急。陽臺朝暮不勝情，高唐想像愁無極。夢中奇遇事杳冥，公子雕辭亦胸臆。荒涼古廟屹江干，臺空不見行雲跡。遊人悵望尚徘徊，古碑寂寂荒莓苔。

黄金臺

雕牆峻宇無不亡，薊城築宫國乃昌。屈身延士禮優異，四方英俊如雲翔。郭生馬喻真良策，亟拜樂卿爲上客。兵行旬日入臨淄，秦楚諸君咸辟易。夙心已雪先王恥，七十齊城衹餘二。君王仙去主帥逃，歎息後人非繼志。巍臺悲慘朔風號，不知騎劫何時招。

歌風臺

嬴秦北築聲萬里，芒碭無人識雲氣。鴻門斗碎驪山焚，漢楚殘民半爲鬼。重瞳失道身首分，沛公酒叙還鄉恩。風雲飛動白日永，歌聲激烈悲動親。四方備禦思虎士，進取守成良不易。長陵崇奉四百春，歌臺遺築今荆杞。壯哉一曲《大風歌》，千古英雄盡懷愧。

戲馬臺

彭城負險河爲障，南屹崇臺勢雄壯。重瞳奮跡入秦回，諸侯攬轡皆東向。酒酣蹴馬升崔嵬，鬉翻鬣振雲煙開。倚鞭四顧示無敵，指揮貔虎心雄哉。黄金間行亞父去，帳下茫然失謀主。楚歌聲合潰重圍，昔日名騅空故步。千年積恨氣未消，繞臺泗水撞飛濤。

望思臺

金莖擎露空崔嵬，湖臺築恨心猶哀。剖桐殯土事曖昧，禍機元自長生來。壽踰大耋世已稀，趙國憸人心險巇。盜兵誅佞兩非是，屈氂督戰猶驚疑。銜冤竟殞鳩泉里，壺關三老言非遲。向無少卿護病已，上林僵柳何緣起。空餘老淚滴紋甃，斑斑相間苔花紫。

銅雀臺

漢室分崩成鼎峙，銅雀翬飛鄴宫起。碧甃漾日覆紋鴛，蕙帳凝香集餘妓。我觀創始既驕逸，後裔焉知惕奢侈。洛陽宫闕凌青霄，公卿負土何焦勞。玉音親責役夫緩，瞬息身首横霜刀。荒遊日恣典午肆，西陵空掩欺孤智。至今硯墨抱遺羞，千古姦雄穢青史。

鳳凰臺

萬里長江東入海，千年高臺今尚在。當時誰道鳳凰來，覽德何人足相待。鳳聲悠悠梧葉空，謫仙文采流長虹。跨鯨一去不復返，後人欲語羞雷同。海上三山渺何許，羣仙騎鳳隔風雨。登臨空詠謫仙詩，白鷺斜飛過秋浦。

八月上旬出遊晚歸

栲峰老人頭雪白，竹扇如箕障炎赫。徐行阡陌稻花間，稚子歌呼手高拍。西風吹我衣巾輕，鷺鷥飛起鸜鴿鳴。西山一餉挂龍雨，薄暮歸來新月明。

題張彦明所藏剪紙惜花春起早圖

流蘇帳卷春寒輕，紗窗弄碧天微明。軟紅嬌紫怯朝露，美人推枕心爲驚。鬟雲未綰香奩開，侍兒側立肩嬰孩。黄鶯飛動花影亂，停梳睥睨猶相猜。誰將妙意寄工巧，溪藤雪瑩金刀小。丹青退舍松煤枯，剪出天真數分杪。筌熙傾軋空自誇，惟競時人顏色好。無聲有聲兩相副，此景此詩均壓倒。司空見慣了無言，應是禪心被花惱。

美人行

錦雲窣地春風軟，彩鸞影展烏雲綰。繡茸慵理怯餘寒，寶鼎煙斷花陰轉。露晞香逕苔蘚肥，鳳鞋溼翠行遲遲。憑闌無語何所思，默看雙蝶花間飛。

防盗夜行

翠蘿滴露絡緯鳴，熠燿照影秋水清。輕雲度白河漢明，月挂半壁生東溟。幽人不寐起夜行，鐵撾攫地鏗有聲。緑林豪客慎勿驚，白晝大盗猶縱横。

求葉仲輿寫墨竹扇面

此君一日不可無，子猷篤愛心歡愉。延平官舍斬伐餘，稽山倦客心煩紆。先生抛官南海來，胸中丘壑争崔嵬。筆端造化奪天巧，籜龍一夜驚春雷。素絹團團剪秋月，顧染玄霜寫幽絶。蕭然便覺風雨生，頃刻清寒屏炎熱。昔時與可稱絶倫，息齋近世尤逼真。我持此扇出門去，要使襪材咸萃君。

逢秋

高梧脱葉金井寒，璧月夜挂珠闌干。銀河萬里浸虚白，凌風欲訪乘槎仙。金壺箭水聲第一，畫角《梅花》聽悽惻。三山樓閣碧海凉，老鶴不眠清露滴。

謝李仲容見贈

海風立水天空濛，瘴雲晝掩蓬萊宫。仙人跨鶴天姥東，歸來樓閣昏無蹤。九仙山高玉爲户，廣寒夜訪乘鸞女。桂香滴露夢不成，看徹《霓裳羽衣舞》。宫袍舞錦花翩翩，詩成毛骨生清寒。飛章贈我歸剡川，推篷月在梅花邊。

次王敬助見寄韻三首

開元古名刹，獨客思淒然。不佩六國印，元無二頃田。吾猶甘自守，人政不須憐。堪笑陶朱子，西施共上船。

琴書曾遠訪，訪我海東濱。對酒不成醉，看花惟惜春。青燈書有味，白眼世無人。儘有耕桑趣，翛然一幸民。

祕圖留滯日，鄉思已淒淒。黄卷挑燈閲，紅妝掩鏡啼。交新情僶俛，感舊恨低迷。語及深知處，應憐獨鶴棲。

八月十九日宿慈水車輪橋野人家夜聞犬吠有一人立門首忽問曰鷄鳴否詰之乃入縣膺役者蓋卜夜之早晚恐違官事也感而枕上有作

官道月瞢瞢，微雲弄薄晴。居人聞犬吠，行客問雞鳴。王者化無外，公家事有程。民心雖謹畏，何日是昇平。

九月三日晚與鄭元秉對坐至日暮小雨後歸宿偶成

歸人歸未得，天際復生陰。小雨溼官道，清砧傷客心。蕭肥蘭蕙瘦，雀語鳳鸞瘖。坐對滎陽老，空懷正始音。

夏夜偶成

雨下山雲黑，雨收山月明。涼風蚊蚋散，活水蚓蛙鳴。露頂中庭坐，披衣曲砌行。遥憐荷戈士，觸熱入占城。

沙縣小樓

半載客延平，沙陽夢愈驚。蛩鳴深巷静，月戾半樓明。故國三千里，歸途一月程。西風在庭樹，絺綌不勝情。

寄易禮弟

越客半年住，閩溪千里流。山高不礙夢，日暮易爲愁。兄弟終相憶，鄉閭非所憂。何當先壟側，同理釣魚舟。

簡王東皋

劍光飛射斗牛寒，應笑如今鋏尚彈。萬國梯航朝帝闕，百年禮樂付儒冠。黄金用盡無顔色，白髪交深見肺肝。重念蒲輪東魯客，暮年名動漢朝端。

重峰寺祈雨後簡李元善

麈尾高揮演大乘，火雲不散愈峻嶒。謾同三島吟詩客，閒訪重峰醉酒僧。僧謂竺西。翠竹陰移涼夢遠，碧蓮香散暮雲凝。歸途未即天瓢注，猶有長風解鬱蒸。

去華山人洪希文

希文,字汝質,莆田人。其父巖虎,號吾圃,宋貢士,爲興化教諭。希文,其次子也。巖虎與坐萬山中,朝晡盂飯,燒芋咬菜相倡和,無愠色。巖虎有集曰《軒渠》,希文因自號《續軒渠集》。巖虎卒,嗣爲鄉先生,郡之名族争致西席。郡庠聘爲訓導,大賓延請無虚歲,卒時年八十有五。以生年考之,當生于前至元壬午,卒于至正丙午,實與元代相終始。郡人林以順謂其詩得意處,皆自肺腑流出。至于造語鍊字之法,頗費工夫。易隱卓器之曰:「吾圃試校游洋翁季枕邊談詩,以「僧敲未敢一言定,鳥過曾安幾字來」之句授之。《夜卧三鼓聞書聲》云:「有子定知吾事足,貧家頗覺此聲佳。」《志喜》云:「甫譏失學難爲比,琰見趨庭喜可知。」所謂是父是子,自成一家機軸者也。

閏八月郡庠小集呈高一初廣文并會問諸老

今年中秋月,不見白玉盤。天公莫省事,留待閏月看。邂逅至此夕,萬里雲漫漫。孀娥爲誰怨,不肯驂素鸞。尊酒興不盡,聊借今日歡。庭前桂花開,更覺酒量寬。隨寓皆可樂,何必遊廣寒。相從君子堂,餘慶由衣冠。當時金谷園,徒起長恨端。丁寧坐中客,慎勿嫌冷官。東籬菊漸黄,尚可供遊觀。

聞清漳近信

龍逃海水熱，簡書亦足畏。蹇蹇皆王臣，或有獨勞悴。有司輸軍儲，風飄往供餽。朔風卷欃槍，願散施頭彗。蒼生豈不困，督責太煩碎。側聞良家子，坑塹紛填棄。坐視若不聞，勇壯失贔屭。毋負朝廷恩，泥沙傾廩饎。猖獗迫河隍，踟躕果何遲。堠鼓日夜鳴，擊鮮交勞吏。燕寢尚宵衣，健兒獨搴幟。聖祖仁立國，垂統千萬祀。方隅有竊發，敢不趨父事。宜推子弟恩，疾痛腁膺臂。奈何當此時，反若秦越視。太平日已久，兇惡無噍類。富庶非不多，休禎靡不至。何當穢濁清，凱奏歡童稚。使我閩囝翁，翹首瞻佳氣。

送林景惠和興化教諭三首

華星何歷歷，際此時休明。嚮來章甫冠，太平皆長纓。某也收科第，濯濯邦國楨。某也受書禮，擬作觀光行。儂亦清浪兒，歲月徒崢嶸。壽陵欲進步，蹇躩路不平。豈不念憔悴，借譽無公卿。逝將買一廛，空谷爲耕氓。歌聲出金石，聊以陶吾情。

朝遊夾漈山，漈水何漣漪。暮登石門山，山石亦差差。水石太古色，山人去何之。君今遊此山，爲予訪頹基。多謝吹藜翁，七略今有歸。矧兹十室邑，文獻猶庶幾。君子樂育才，薪槱理不遺。白袍久延佇，雪立風披披。煦之以惠風，暢若春陽熙。前程雖云邁，來者猶可期。夾漈，鄭夾漈所居。石門，陳聘君所居。

昔我侍吾翁，設教山水鄉。摳衣琴册暇，問禮俎豆行。在寢皆淵騫，籍湜走以僵。五年飽藜莧，粗糲甘我腸。別我事瓦解，改邑從新岡。蓁荆暗丹臒，巋然魯靈光。回首三十年，追憶成荒唐。獨有溪水聲，絃誦猶琅琅。

貧甚食草具作

赤莧赤如脂，苦蕒甘如飴。盤登惡草具，味等薇與芝。賢哲逝已遠，昧昧余所思。伊人既忘世，此外皆若遺。粱肉世豈乏，飽死黄腦兒。千金渥洼種，歲晚鳴枯萁。尚餘耽書癖，不與塵土緇。此樂豈在外，簞瓢猶山雌。蹇劣安所性，所恨生清時。揚子《法言·修身》：「或問回之簞瓢，臞如之何？曰：明明在上，百官牛羊，亦山雌也。闇闇在上，簞瓢捽茹，亦山雌也。何其臞。」

癸酉閏三月十六日仙邑館所兒子琦入夢悵然不懌後八日自解

人生壽幾何，過若飛鳥速。詎云垂老日，欠汝淚一掬。棄來將一期，觸感常在目。夜夢或見之，恍若牛舐犢。回頭語鍾琰，此子豈不蓄。得非愛惑聰，戲我如蕉鹿。吾年在桑榆，期汝猶絲竹。胡爲舍我逝，世事如水覆。嗟哉六如身，悟道講已熟。莫將恩愛刀，更刻風中燭。

枕簞入林僻

朱夏困蒸鬱，城市多淫哇。閒招嘯雲侶，來食山中霞。山中有何好？泉石端可嘉。清溜接筧筒，火種䔧菑畬。枯松偃澗壑，赤日流丹砂。茂林無珍禽，眢井空讙蛙。桃笙寄憊濾，菊枕便昏花。煩襟頓消釋，密蔭争交加。羲皇有神交，蓬廬等仙家。久坐令人健，微吟到日斜。浮雲滄海狗，歧路常山蛇。祥飈偶披拂，哀音餘摻撾。山深民多醇，鄰酒亦易賒。去去下巖扃，歸途暝棲鵶。

嘗新橄欖

橄欖如佳士，外圓内實剛。爲味苦且澀，其氣清以芳。侑酒解酒毒，投茶助茶香。得鹽即回味，消食尤奇方。宫商舌底發，星宿胸中藏。雖云白露降，氣味更老蒼。山林假歲月，顔色饒風霜。以兹調衆口，誰敢輕頡頏。作此橄欖詩，遠繼葑菲章。大器當晚成，斯言君勿忘。

擬古呈賀郡公

喬林巢獨鶴，自愛經幾秋。戛然伸其喙，衆鳥噤不啾。饑啄玉山禾，渴飲清渭流。豈不念饑渴，芳潔慎所求。翹首仰雲衢，亦有健翼遊。雲衢非吾事，所性林泉幽。林泉有何樂，雞鶩相與儔。賊糧固其性，耿介難自謀。雞肥鶴日瘠，謾自高一頭。况又去其半，半載不見酬。衆禽詬然笑，餓死予爾羞。餓死則猶閒，未死將誰尤。揚子《學行》：「頻頻之黨甚于鷃，斯亦賊夫糧食而已。」

續聶夷中傷田家

貿貿丘麥秀，螵螵吴蠶生。微行執懿筐，亦既受厥明。上焉給王賦，下焉紓官征。豈爲饑寒念，所念瘡痏平。哀哀生理窘，了了無餘贏。惻怛夷中詩，萬古田舍情。

讀涑水司馬公和金陵王半山烘蝨

文人語多工，徽纆自纏糾。嚙蟲至么麽，謂可懸户牖。胡爲大車軸，貫心竟何有。禦寇近道翁，縱此瀾翻口。景略疏救時，袖此無用手。挂名青史中，遺笑傳不朽。後世爲美談，姓字記誰某。二公廊廟資，力可扶宇宙。如何唱酬間，爬剔便絜垢。仁義蝨其官，有益國家不？三歎《商君書》，掩卷重搔首。

初冬述懷十四韻戲簡周介福陳仲敷二先生

顓頊方用事，威節何辛酸。百卉無遺秀，千林變成丹。陰風日淒厲，梯此長恨端。妖蠱不可極，予生尚多艱。寒爐守煤燼，枯條滿青山。乾釜憶瀺灂，甘井生波瀾。新霜骨髓痛，永夜衾裯單。病馬鬧飢齗，霧猿聽號寒。起坐復痒疾，有酒難爲歡。愁如匪澣衣，何時思一浣。棄置兒女悲，壯志生羽翰。況當警寇盜，戒備嚴鄉關。願請受長纓，殄彼爲民殘。天乎矜其能，夕死意所安。

題聖墩妃宫湄洲嶼

我昔纜舟謁江干，曾覩帝子瓊華顔。雲濤激射雷電洶，殿閣硉兀魚龍閒。此洲仙島誰所構，面勢軒豁規層瀾。壺山峙秀倒影入，乾坤擺脱呈倪端。粉牆丹桂輝掩映，華表聳突過飛巒。湘君小水幻靈骨，虞帝跡遠何由攀。銀樓玉閣足官府，忠孝許入巫咸班。帝憐遐陬雜鯨鱷，柄授水府司人寰。五雲殿邃嚴侍衛，仙衣發駕朝天關。危檣出火海浪破，神鬼役使忘險艱。靈旗毵毴廣樂振，長風萬里翔孔鸞。平洲遠嶼天所劃，古廟不獨誇黄灣。至人何心戀桑梓，如水在地行曲盤。升階再拜薦脯藻，不以菲薄羞儒酸。日談書史得少暇，石橋濳度凭雕闌。詩成不覺肝膽醒，松檜蓊薈鳴玦環。騎鯨散髮出長嘯，追逐縹渺乘風還。

書夏政齋欠伸背面美人圖

鬖鬌高髻宫樣妝，天風飄飄雲錦裳。心華未肯開桃李，縱有粉黛難輝光。怪渠何事長背面，百歲風花能幾見。雲收雨散易傷神，齊魯姬姜顔色變。當時畫史筆亦神，風流醖藉作欠伸。丹青意在毫素外，縱使貌得非天人。可憐前代汗青史，薄命佳人類如此。幾多寵極愛歇時，失意長門暗宫裏。老人耳冷不欲聞，世人兒子徒繽紛。摩挲喜見法眼淨，爲君起炷鑪中熏。

飯牛歌

牛吒吒，蹄趵趵，枯萁嚙盡芳草緑。自晡薄夜不滿腹，擷菜作糜豆作粥。飼飢飲渴兩已足，脱紖解銜就茅屋。不愁飢腸雷轆轆，風簷獨抱牛衣宿。丁男長大牛有犢，明年添種南山曲。

煮土茶歌

論茶自古稱壑源，品水無出中濡泉。莆中苦茶出土産，鄉味自汲井水煎。器新火活清味永，且從平地休登仙。王侯第宅鬬絶品，揣分不到山翁前。臨風一啜心自省，此意莫與他人傳。

聽琴歌

疏簾曲檻蘋風涼，細腰美人藕絲裳。神閒意定丰度遠，玉指纖纖彈履霜。喬林鶯囀日卓午，幽澗泉鳴夜未央。孤鸞別鶴生暗恨，毋以冰炭置我腸。

癸酉六月十四日臂痛不自聊戲作短句

卿不見將軍力挽十石弓，勇没矢筈寒氣隆。又不見翰林醉揮數寸管，勑賜宫袍天色晚。古人文武具全材，但見伎倆忘形骸。君看朱亥椎晉鄙，袖千鈞鐵何偉哉。詩翁不復作是夢，磨墨研丹足吾用。晴窗卷手不停披，塗竄典謨箋雅頌。天公何事不見憐，坐失肩背生憂煎。頑然自覺不屬體，縱有杯杓令誰傳。諸君莫笑老無力，他日爲郎能執戟。

春寒無炭

古人坐客寒無氈，我今爲客寒無煙。東風兼領玄冥權，今年春寒過去年。梅子含酸實未堅，薺麥雖茂胎未全。海棠羞澀開紫緜，山南山北無杜鵑。詩翁縮頸聳兩肩，玄龜守殼凍不前。吟成呵硯冰尚堅，毛穎蹇澀非張顛。唤起石鼎句再聯，倚牆道士鼻息喧。此時得酒真解仙，博取一醉真可憐。君不見雲安斗水直萬錢，杜陵雖老性命懸，畫灰對雪思悄然。忍寒披絮夜不眠，牛頭何日雙錦纏。

曉行途中書事

冥發昧所適，東西覺惘然。門敲村店酒，鐘落客津船。猿叫荒山月，雞號墟里煙。回思在家日，日晏尚高眠。

讀杜拾遺老瓦盆戲作

此翁坦率性，長享甕頭春。觴客終頹玉，傾人懶注銀。干戈塵世淚，風月草堂身。賴爾有蘇鄭，情親不厭貧。杜詩：「早歲與蘇鄭，痛飲情相親。」

獨立

雨後衡門立，郊坰晚氣清。鴨頭流水淨，魚尾斷霞赬。並舍開新釀，平疇餉晚耕。微吟扶楖栗，信步自閒行。

少睡

少睡多宵坐，占星看碧虛。病根常撿點，客氣久消除。清有焚香癖，臞因服藥疏。眼前書未讀，肘後看方書。

郊行

天亦自多事，一春勞應酬。哺雛銜雨燕，喚婦出林鳩。有累俱關抱，無生始斷愁。忽逢林下士，羞默但低頭。

龍華上人餽白粲

報道龍華老，驅車入市回。如何迫歲出，端爲餽年來。香鉢停留供，朱門迤邐開。也應憐范叔，莫遣甑生埃。

覽鏡戲作

塗抹東西遍，牀頭膏沐香。恐爲嗔老物，不敢近新妝。翻覆百年態，淒涼數寸光。道心無老少，憔悴亦何傷。

述近懷示諸庚老

與君同甲子，霜鬢白于銀。朋舊歸新鬼，乾坤信老身。干戈猶未替，盤璲幸相親。句法如江鮑，如何救得貧。

癸巳新春作

盜賊生涯困，回頭盡戰塵。春來長是病，老去不如人。屋小香常集，杯深酒尚醇。何時洗兵甲，同作太平民。

寄潘茂

别後聽鳴艫，君曾有夙期。如何三閱月，不寄一聯詩。獨立海山對，相思沙鳥知。端能乘興否，一葦諒非遲。

客中遇寒食二首

長到清明寒食時，客懷如夢復如癡。庭空月淡梨花少，爨冷煙寒麥飯遲。阻隔家山常入夢，挨排節物可無詩。暮年自是難爲别，非爲栖身近子規。

桑柘村村已禁煙，蕭條井邑傍山前。了無詩酒空三月，如此時光又一年。對景鶯花如寄爾，見人兒女倍潸然。業儒不及爲農好，麥已登場蠶又眠。

壽峰翫月

素娥准敕六丁擎，下照塵寰似水晶。河漢無雲天萬里，溪山不夜月三更。蓬萊弱水何曾隔，玉宇瓊樓無此明。今夜壽峰峰絶頂，與君端坐細推評。

秋聲

悚動西南底不平，觸于金石碎鏦錚。氣回海島波濤勢，令壓邊庭人馬聲。瞻薄生憎窗紙擘，夢回錯認枕棱驚。壯懷何事銷磨盡，宋玉中年白髮生。

蒲萄

走架龍鬚弱不支，炎天待月立多時。醍醐縱美輸清滑，瓔珞雖圓讓陸離。珍異曾誇太沖賦，纍垂已入退之詩。當年若得傳方法，博取涼州亦一奇。

仙邑館所歸溪行書觸目

杏花深處酒堪賒，來訪漁翁溪友家。短塹插籬防鹿豕，小舟牽網截魚蝦。鄉村畜牧連荒野，墟落人煙閣淺沙。自是昇平生聚久，女郎共唱《後庭花》。

春半採花

芳菲著雨便成苔，問訊東君幾日回。閏月不曾花下去，今朝偶到樹邊來。幾何間闊鶯偏老，如此生疏蝶也猜。流水時光容易過，舉頭枝上已青梅。

菜羹

雨後過畦嫩甲長，士夫此味未能忘。筠籠採擷朝餔供，土銼烹熬雨露香。鹽豉勻調仍點露，香粳細擣旋加薑。老饕賦好人争誦，唤醒歐生爲洗狂。

春晚郊行書所見

柳下經行不礙□，莎平草軟緑陂斜。雨餘溪澗淺深岸，門外野棠紅白花。隔水明邊知晚照，倚山盡處是誰家？隨他亭館春皆好，擬看東鄰果下車。

種竹

移得霜根趁雨栽，牆陰踏破一方苔。甫能引汝清風到，未暇招渠俗子來。猿訝便當書案立，鶴知早避釣船回。不妨更了歲寒計，早晚栽松兼種梅。

首夏偶成

春光恰好便分違，一眺園林緑正肥。幽草早闗牌印出，浮花遠卸轡銜歸。蛙王踞坐楚歌發，蝶使行成漢騎圍。快入時妝佻闥子，也將絺綌換春衣。

清明遊陳氏園亭

村村花柳暗晴川，百五時光過客然。一作「不暫延」。緑暗園林尚佳節，清明亭館自新煙。喜逢熟食傳遺俗，一作老。怕著新衣學少年。惆悵東闌花似雪，人生底處勝尊前。

糖霜

春餘甘蔗榨爲漿，色弄鵝兒淺淺黄。金掌飛仙承瑞露，板橋行客履新霜。擣來已見堅冰漸，嚼過誰傳餐玉方。輪與雪堂老居士，牙盤瑪瑙妙稱揚。

陪東泉郡公作霖料院兩登檝江水亭

峩峩高閣臨江渚，千古驚濤拍石磯。瓦棟龜魚知客至，水天霞鶩背人飛。奔流電激玻璃碎，瀲灩風生杖屨微。文采風流舊朝士，岳陽景物尚依依。

朱千户自京歸

幾年食玉桂爲薪，不染京華一點塵。孤雁旅懷沙漠雪，蹇驢詩思灞橋春。紆朱喜换頭銜舊，衣錦榮歸鬢髮新。海晏河清予日望，與君同作太平人。

春晚同數客遊靈巖廣化寺書所見

塔外青山匝四圍，澗邊流水遶松扉。白雲一塢僧常住，紅杏數枝春漸歸。雨足人牛耕曠野，山深鳥雀呀晴暉。長廊響屧皆明禁，口自忘言心自非。

新秋客中

一望澄江欲盡頭，鄉園斷絶使人愁。江山遼邈英雄老，河漢微茫天地秋。蛩助吟聲風淅淅，雁傳客信水悠悠。眼前有句懷王粲，煙樹重重倦倚樓。

《汝賓集》中警句，如《題靈巖廣化寺》云：「佳句不隨飛鳥盡，名山可想屬僧多。」《守歲》云：「沈香已帶寅前氣，臘酒初聞子後香。」《水仙花》云：「月明夜色玉連鎖，露冷秋莖金屈卮。」《夏政齋權府再舉留莆郡鎮守》云：「作賦重遊前赤壁，題詩一笑再玄都。」《雪髭》云：「功名不建顛顛老，日月如馳髀肉生。」《幽居》云：「蠹書餘草風搜遍，好樹開花月送來。」《官築城垣起衆墳石》云：「淒其死者無歸路，羞與讐人共戴天。」皆自成一家機軸，酷肖其父。所謂以似以續是也。

牡丹

國色酣朝酒，天香散曉風。荒村蜂與蝶，老死菜花叢。

書畫扇

世上無名鳥，人間絶色花。始知天地闊，未盡入唐家。

夜坐偶書

燈晦客無寐，牀空夜不眠。淒涼心下事，月到小窗前。

無題

二八當筵舞《柘枝》，東塗西抹賽新奇。而今粉暗臙脂冷，懶去翻騰十樣〔眉〕（看）。

田舍曲

杏花開後雨如煙，燕子來時水滿川。眉雪老翁芻一束，省犁扶犢出新田。

明皇太真避暑安樂圖

已剖冰盆金粟瓜，旋調雪水試涼茶。宮娃未解君恩暖，尚引青罌汲井花。

周廣文溥別莆且半載地遠不及奉狀□□□自杭簡莆諸老離索之懷見于言外次韻奉謝聊發千里一笑

軒渠許序索詩催，別後東園不寄來。幾度將心付潮去，夜深和月又飛來。

幽居二首

柴門掩斷徑生苔，坐閲東君幾往廻。看盡牀書無客到，殘花風送過牆來。

投老安閒世味疏，深深水竹葺幽居。牀頭昨夜風吹落，多是經年未報書。

寒食途中書事

去年召募赴霞城，塵暗貔貅百萬兵。又是去年去時節，數聲啼鳥斷人行。

二月梅花

誇得冰姿過歲華，遠離塵垢迥堪誇。卽今年少多脂粉，只恐春光不稱花。

春晴

鷓鴣聲歇日曈曨，山谷溪橋煖信通。花柳村村自生意，青鞋布襪逐春風。

至正庚子十一月二十七日夢中作 並序。

予嘗暇日讀前賢夢中得句或覺而足成之，嘗以爲迂。忽于是夜夢與前埭林學成相聚，視其書几上有二絶句，以釣魚爲題，中間有小魚巨鱗爲韻。予語曰：小鹿角爲小魚，以全鱗勝巨鱗，輒書一絶以遺之。既覺而忘，學成二絶，不知胡然作此語也。書以記之。

煙波蕩蕩寄閒身，筐筥攜歸色似銀。莫笑江湖釣竿子，擔頭挂得兩全鱗。

守歲

掃退陰凝萬瓦霜，儒家守歲似如常。沈香已帶寅前氣，臘酒初聞子後香。凍雪驚春先瀑竹，祥雲夾日上扶桑。熙熙民物皆生意，天建皇疇福萬方。

袁檢閲士元

士元，字彦章，慶元鄞縣人。德祐忠臣鏞之孫，性至孝，父患背疽，吮之立愈。年幾四十，未嘗求仕。御史奥林以茂才薦，授縣學教諭，調鄮山書院山長。危參政太樸薦爲平江路學教授，擢翰林國史院檢閲官，不赴。築城西别墅，種菊數百本，自號菊村學者。所著《書林外集》七卷，太樸爲之序。稱其詩清麗可喜，往往自放於山顛水涯之間，與山僧逸人相與爲倡酬，何其興致之高遠也。子珙孫忠徹，皆以相術知名。珙别號柳莊，嘗識明成祖於潛邸者也。

送張路教

北風何栗烈，木落清霜飛。天高鄞水寒，客子話别離。三載縣博士，官冷苦自縻。青燈坐深夜，竹屋風淒淒。齊人報及瓜，喜色浮雙眉。翩然告歸去，浩氣不可羈。丈夫太阿劍，斷玉如切泥。緑塵凝古匣，豈終韜光輝。縣邑聊小試，才大當優爲。天空雁影寒，日暮煙光微。行行各自勵，勿歎功名遲。

和吕嗇齋三教飲韻

我昔湖上游，悵望湖中嶼。相去咫尺間，一水頗修阻。地偏禽鳥樂，春静花自吐。欲往興復闌，佳期空側佇。

用呂喬齋和鄭以文望霞嶼寺韻

倚杖立湖曲，夕陽明遠嶼。隔水見招提，游興浩難阻。輕舟蕩輕波，魚吹浪花吐。四望山意佳，推篷吟復佇。

題慈隱菴

高僧以慈隱，遠在石橋西。地接支郎寺，門臨孝子溪。松風斜落徑，竹影亂侵畦。不見中巖老，荒村獨杖藜。

題蘭水仙墨竹

上林春又老，在野抱幽貞。泣露丹心重，凌波玉步輕。孤山初雪霽，三徑午風清。志操渾相似，何妨共結盟。

和元善郎中

水館春將晚，凭闌静自吟。蜂粘飛絮起，魚唼落花沈。濟世身無術，鄰邦賊又侵。臨風搔白首，空負讀書心。

和松石齋寒食客中

王孫歸未得，芳草接平蕪。邊報不時有，鄉書絶迹無。馬憐橋外洗，猿憶洞中呼。客邸又寒食，故鄉天一隅。

送張月卿

野水秋風起，孤村落日清。寸心江百折，雙鬢雪千莖。村迥羣烏合，天高獨雁鳴。題詩送歸客，遠别不勝情。

箇樓伯容

雨霽江城晚，涼生六月秋。鳥棲煙樹暝，螢出水村幽。殘笛鳴鄰巷，嚴更起郡樓。故人何處在？新月柳梢頭。

北門團練貝子美

四野尚風塵，民生日轉貧。誰知持戟士，亦有讀書人。過客多憐我，深衣不稱身。晚來歸侍母，莫爲點行頻。

送信孚中住龍翔集慶寺

梵王宫闕皆名山，金陵佳麗非塵寰。龍蟠鳳翥氣磅礴，樓臺縹緲煙霞間。上人昔年住東海，兩袖天香雲靄靄。磐陀石上迎朝暾，潮音洞口瞻神采。尋幽近復游天童，萬松徑裏支吟筇。寒泉迸石影清淺，高崖挂月光玲瓏。祇今飛錫凌雲表，妙高臺上天花繞。秋風江漢動餘思，何日留衣一傾倒。

和劉德彝海棠

主人愛花如愛珠，春風庭院如畫圖。搴衣曲徑步花影，翩翩夜月飛長裾。海棠睡起春正美，花貌參差玉人似。主人吟賞夜不眠，直欲題詩壓蘇子。

米貴

去年避寇荒農天，今年捕寇無客船。江頭白米纔一斗，索我三百青銅錢。

喜雨三十韻 并序。

重光大荒落之歲，自春而夏，不雨兼月，東作幾廢。郡幕有爲民憂者，控辭力請嗇齋吕鍊師設壇致禱。不三日，甘澤霈然。官吏交慶，實五月一日也。因以三十韻紀其事。

仙術由來能致雨，誠心所感可回天。公家既盡祈禳禮，洞府宜分造化權。明處浙東雖大郡，鄞居海右乏深淵。每罹暵旱憂爲甚，況歷饑荒恐復然。春後一犁方欲動，田無勺水絶堪憐。木龍謾吼江頭月，秧馬猶沉屋角煙。病暍征夫心正折，望霓農叟眼將穿。此時奚啻千金直，民命危如一綫懸。郡幕有官偏惻隱，旻天無路莫夤緣。遴才幾度詢諸老，薦口咸推汝獨賢。閉户固辭徒至再，下車力請寖勤拳。一縷丹悃求嘉應，卽喜玄機妙斡旋。衆覽但知惟兀兀，神飛誰識自翩翩。心香虎闥初無阻，膏澤龍宫詎敢專。蜥蜴捧符來洞口，神祇森仗立雲顛。頓驚百辟争趨事，始覺羣巫乃備員。電逐劍光纔動處，雷轟印令未施前。天瓢乍滴終傾倒，月額初開漸復連。別院始看庭積霤，前村已見水行田。秧針被潤青而秀，菜甲分甘緑且鮮。壤畈田翁驚破塊，井眢竈婢喜添泉。乾禽澡羽鳴溪樹，涸鮒揚鱗躍澗川。竚見桑麻還鬱鬱，行吟花竹正娟娟。槐邊市有新鳴屐，柳下塘無久繫船。已掃螟氛消毒暑，漸清燕寢飽高眠。童謡争唱昇平曲，祖帳高題志喜篇。試術葛玄應斂衽，論功束晳可隨肩。世人獨歎重玄祕，真宰多憐一念虔。往歲作霖頻復見，鉅公題石久曾鐫。誰知白首當今日，猶爲蒼生作有年。

題城西書舍次韻

自笑茅檐多野意，水邊栽柳翠成堆。鶴因無恙老猶健，燕若有情貧亦來。曲徑斜穿花影入，小池低傍竹陰開。故人有意能相訪，細啜茶甌當酒杯。

題西山傅菴

新築茅菴僅數楹，翼然輪奐出林坰。溪頭春水繞籬白，門外曉山當户青。山妓折花來供佛，老樵弛擔坐聽經。憑誰作賦能招隱，我欲依巖結草亭。

送李叔易郎中之閩

茅檐僅隔幾漁罾，五載無由識李膺。牛渚月明船久泊，龍門春煖客初登。三山果熟催征騎，四月蕁香憶舊朋。奈爾相逢又相别，河梁攜手復何能。

送柴養吾先生游四明山

春游清興已闌珊，送子扁舟獨上灘。諸老謾期花下醉，好山應待畫中看。曉行嶂霧侵衣潤，夜漱溪泉透齒寒。林壑夏涼宜避暑，主人瓜熟許分餐。

送沙孛丁平章孫秉彝

秉彝又名長壽者，寓項菴前，監生。江浙宣使軍功，舉鄞邑監。有母七十，航海北歸，丁亥五月十二日。

公孫年少尚輕肥，回首誰知世事非。萬里荒煙迷故道，半江斜日照漁磯。帆開雨後南風正，家指天邊北斗歸。我亦乘桴浮海去，沙頭白鳥故飛飛。按丁亥歲爲至正七年。是冬沿江兵起，八年遂有方國珍之亂。彦章又有《和王從素感時》一詩，可見其素志矣。其詩云：「十載中原未解兵，生民逃難散如萍。移家楚峽嫌山淺，飲馬淮河厭水腥。壯士守邊頭盡白，老夫憂國淚交零。何時四海還歸一，使我王心喜再寧。」

和江亭納涼

晚來避暑水邊亭，短髮蕭蕭涼思清。笑摘藕花嬌欲語，細看鷗鳥淡忘情。月依檐轉窺人近，風逐潮來拂面輕。適意不知身坐久，漁村漸見一燈明。

和嵊縣梁公輔夏夜泛東湖

短棹乘風湖上游，湖光一鑒湛於秋。小橋夜静人横笛，古渡月明僧唤舟。鴛浦藕花初過雨，漁家燈影半臨流。酒闌興盡歸來後，依舊青山繞客樓。

和松石舍人秋夜不寐

抛書欲卧意遲遲，坐聽秋聲思慘悽。螢火獨飛侵幔小，星河斜落壓城低。牙籌歷歷隨更轉，燐鬼啾啾隔水啼。更爲挑燈移近榻，與僧相對話曹溪。

過高錢探子章及禪寂詠心源不值

載酒東湖歲已闌，擬同朋舊醉開顔。長鬚吟客近入郭，多病老禪纔出山。霞嶼寺連寒水遠，月波樓鎖暮雲閑。停舟自對梅花酌，雪壓孤篷夜未還。

鄞之青山乃衣冠文物之地，潛齋劉公實居是焉。僕往歲與象山樊公天民長燈卓公宜之皆嘗讀書於斯。暇日潛齋與吾二三子徜徉山水間，以詩酒自娛，如此者十有餘年。後僕回里，諸公亦漸散處。近云此地爲鬱攸所廢，良可歎也。茲聞潛齋宅甬東，去僕書舍不遠，因述舊懷寄之

彈鋏歸來感舊游，天涯何處話離愁。青山有分長爲客，白髮無情忽上頭。冠蓋盡隨雲影散，樓臺近逐電光收。聞君近卜江邊宅，仍許閒情共白鷗。

借韻詠城南書舍呈倚雲樓公

曉倚吟窗曙色開，江頭野趣亦佳哉。平蕪宿鳥銜煙起，遠浦春帆帶雨來。閒種石田供鶴料，旋開園沼買魚栽。讀書自古城南好，擇地多慚吏部才。

寄小溪周復禮

書閣閒吟祇自凭，短簾風峭酒微醒。向陽溪岸梅先白，得雨山田麥漸青。老衲倚筇林下寺，野翁待渡水邊亭。寄言歸隱濂溪客，新歲還來了舊經。

九日後有感

滿城風雨重陽後，客況淒然歎薄游。白酒黄花非舊日，烏巾素髮是今秋。時艱開口難成笑，事往驚心轉覺愁。無復山東有兄弟，雁聲莫遣過南樓。

謝樊天民先生朱以仁先生謝德清見訪并述懷

詩思蹉跎四十餘，未窮經業鬢先疏。歸來自愧窮途客，枉顧多勞長者車。荷葉池塘疏雨歇，榴花庭院晚晴初。吟懷浩蕩憑誰遣，幾向東家借蹇驢。

遊東湖醉中歌

青山偃蹇不可呼，我行青山如畫圖。蕩舟春波並山去，青山盡處横陂湖。周湖一百二十里，湖波極處山孤起。下臨滄海上青天，南有浮屠抱山址。事幽興集天風來，乘風便欲歸蓬萊。憂長未釋天地隘，眼闊稍覺心顏開。酒酣重踏孤舟發，此興平生浩難遏。横山西去復清溝，屠蘇巧構林巖幽。園翁剪花春在手，蟠廻石磴窮雕鎪。興盡歸來月猶在，盤礴解裝春靉靉。呼童置酒復徘徊，明月清風如有待。臨水軒窗次第開，玉山自倒非人推。吁嗟勞生快意少，故園茅屋今蒼苔。明朝陰晴未可必，攜手重遊定何日。借我仙人九節筇，直欲拄上太白峰頭立。

題寒江獨釣圖

堪笑江湖幾釣徒，朝來相喚暮相呼。衹今風雪蒙頭處，回首煙波一箇無。

題水西軒和府推何德孚韻

積雨荒池水欲平，軒窗長夏有餘清。吟餘一枕滄浪夢，卧聽風荷受雨聲。

上陳達卿架閣

金猊香透小窗紗，蓮幕歸來日未斜。掩却竹扉清晝静，呼童汲水更澆花。

雨中遣懷

雲壓低檐雨未收，隔林猶聽叫鉤輈。詩翁慣作天涯客，滴碎空階不解愁。

夏日山居

疏簾拂拂颺南薰，睡起茶舂隔岸聞。蠶老已收松上雪，麥黄初漲隴頭雲。

甲子七月廿二日忽坐後聞彈鶴

鶴立高枝暫爾安，無情蕩子彈金丸。老來還有沖霄志，莫作投林倦翮看。

暮雨

山北寒雲去復還，黄昏院落雨珊珊。數聲捎入芭蕉上，不道愁人獨倚闌。

孤梅

玉骨冰肌迥不羣，羅浮山下幾黄昏。應時桃李知誰在，月冷霜清欲斷魂。

水仙

醉闌月落金杯側，舞倦風翻翠袖長。相對了無塵俗態，麻姑曾約過潯陽。

張溝南端

端字希尹，江陰人。博學好修，以薦授紹興路和靖書院山長。歷官海鹽州判官、江浙行樞密院都事。人稱爲溝南先生。所著有《溝南漫存稿》。子宜，洪武初與修《元史》，擢翰林編修。

和傅可除夕

曆盡年俱往，寒多火未銷。爲憐無去日，翻恨有來朝。世路看何隘，家山望更遥。雙娥燈影裏，剪綵待元宵。

和秦仲對雨

雨多檐溜響潺潺，矮屋深窗面面關。秉燭襟期憐晝短，看花心緒恨晴慳。銀塘水滿鷗先下，翠幕春寒燕未還。執戟揚雄今白髮，久無夢到紫宸班。

次韻酬馬國瑞都司二首

老去人閒百不宜，晷長何補歲陰移。絶憐識字翻投閣，肯爲窺園廢下帷。一樹梨雲迷醉眼，十年春草誤歸朝。倚闌片月能知我，故故穿雲照影遲。

寂歷東風草盡生，緑陰啼鳥過清明。江山望眼他鄉美，雨露懷恩我輩情。身老不堪春去速，名虚底用晚來成。才難自古人與歎，一將賢於萬里城。

穹窿寺次倪雲林韻

穹窿佛寺買臣居，臺殿猶存漢代餘。山勢盤陀真是畫，泉流宛委遂成書。從渠說夢迷蕉鹿，著我眠雲聽粥魚。十頃薄田桑八百，南陽只合卧茅廬。

城南游次秦仲韻

城南與君十日游，柳條拂蓋花迷舟。穹窿上方青未了，點綴時見雙飛鷗。花深湖曲不肯住，直欲尋源過湖去。軍裝小妓起清歌，争看風流漢都護。亭臺已荒麋鹿走，笑指吴王□□□。紛紛往事何足論，冉冉流光暗中度。小年看花花在眼，只今看花花隔霧。故園樹樹開東風，油幕金鈴有誰護。人言花落春與歸，未省春歸在何處？縱令剪綵强留春，不禁青天走烏兔。古人秉燭良有以，行樂及時恐遲暮。明朝滿地緑陰多，青草池塘吠蛙怒。我歌君飲君鬢黑，我衰强歡須酒力。顛秦蹶劉且勿言，翻雲覆雨何由測。人生所貴肝膽傾，有酒不飲難爲情。有酒不飲難爲情，杜宇苦向春山鳴。

和楊孟載對花五詠

種花以娱情，而必去惡草。草惡人所憎，不似花枝好。莫教花易飛，花飛迫人老。歲晏孰華予，行樂宜及早。右種花。

春風方袞袞，春雨亦疏疏。江南二三月，好花無處無。看花不知疲，飲酒須百壺。明朝酒重載，紅雨落紛敷。右看花。

灼灼樹上花，枝枝可攀折。折以贈所思，亦復自怡悦。今日顔色好，明日風光别。年年送清明，一樹東闌雪。右折花。

萬井夜雨歇，一枕春日紅。開簾買花看，恰與去年同。花枝固須好，人生自飄蓬。未信賣珠兒，不作白髮翁。右買花。

見花心目舒，惜花懷抱惡。日日池上行，片片風前落。盈盈一春愁，脈脈無處托。殘紅抱餘香，遺恨芳洲泊。右惜花。

澄江詩社賦得斬白蛇劍

芙蓉秋水湛青萍，曾伴高皇起沛亭。蛇斷恍聞神嫗泣，人傳疑帶鮑魚腥。山河帝業憑三尺，雷電龍光護百靈。却笑豐城深瘞土，精英空射斗牛星。

大雨

海上雷驅雨，人閒陸可舟。羣龍低在野，雙燕急歸樓。楚甸連天暗，吴門六月秋。咎徵誰任責，珍重廟堂憂。

秋懷

半年旅邸愁聽雨，七夕樓頭偶見星。竹樹蒼蒼思故國，江山歷歷話新亭。誰家素練敲明月，獨我絺衣步廣庭。住向錦城心未樂，自緣垂老感飄零。

答大方厓禪老

吟得詩成寫貝多，維摩問訊意如何？貪看案上《傳燈録》，不管門前奏凱歌。寸寸娑羅低作樹，纍纍窣堵亂成波。黄花翠竹西風外，杖屨無嫌屢見過。

擣衣

爲擣清砧素，令人念藁砧。近寒將雁至，入夜正蛩吟。霜月三更杵，關山萬里心。金風何太弱，不與送餘音。

答秦仲感秋

闤市樓居小似車，讀書聲怕惱鄰家。自憐不及雙鷗鳥，占斷溪南十畝沙。

賓鴻吟

鴻雁來，天雨霜。鴻雁去，春日陽。雁來雁去如嘉賓，寒寒暑暑愁殺人。一聲叫落秋空雲，不覺淚下霑衣巾。如賓又復如兄弟，吁嗟人兮不如彼。張仲簡云：此數句勝作大篇，關係世教。

送徐仲盟還松江

十年不見南州士，吴下相逢涕泗横。鬓髮蒼蒼俱老大，襟懷耿耿尚峥嵘。年來江上魚無味，夜半雲閒鶴有聲。明日扁舟入空闊，岸花汀草不勝情。

白苧詞送孟季成崇明同知

歌吴歌，舞吴舞，吴兒蹋浪鳴雙櫓。春風衮衮送行舟，新除使君衣白苧。君衣一何素，娟娟照青年。飄摇舉長袖，亦足相廻旋。白衣之白白於鷺，看時莫使緇塵汙。

白頭母次徐孟岳韻

白頭母，結縭亦嘗作新婦。雞皮鮐背行龍鍾，數挽青裙不掩股。自從夫壻死軍中，夜夜西風吹獨樹。問之言是餘杭民，義兵當年起閭伍。生子誰如孫仲謀，憂國誰如祭征虜。白頭母，自傷還自語。情知生不如無，人間何似黄泉路。記妾當年出嫁時，人言李下元無蹊。只今瓶沈寶釵折，縱守貞心何足埒。醜非嫫盤茶，妒悍裴談家。妍非張麗華，解唱《後庭花》。豈學乳媪嫁竇老，竟使世人呼阿耆。白頭終當死村塢，有足何曾入城府。近聞金雞夜半啼，天子肆赦平淮西。白頭母命在絲忽，得見太平無此骨。東家笠簇急於雨，西家銀筝移雁柱。請君彈作《白頭吟》，莫放哀聲入雲去。

和姜將儀寒食韻

倦拈重碧擘輕紅，困坐江城似酒中。送却春光三月雨，吹來花信幾番風。人離桑梓艱難遍，淚灑楸梧感慨同。浩蕩煙波千萬頃，苦愁無地著溪翁。

酬秦仲納涼三絶

庭樹團團散夕陰，浴蘭步屧懶冠襟。殘蟬猶戀餘薰好，故故長繅獨繭琴。

空庭坐待月華生，蓮葉吹香到骨清。誰把銀箏彈別院，聽來多是斷腸聲。

池上尋詩繞百回，何須東閣對官梅。静中賞識人知少，一箇山螢度水來。